细说大唐第一家庭（上）

原著◎许啸天

编著◎西江月色

时代出版传媒股份有限公司
安徽文艺出版社

武媚娘虽然年纪幼小，

却是一个工于心计的女子。

她知道自己豆蔻年华，

洛神风韵，

仗着自己的娟骨花容，

正可以颠倒少年，操纵英主。

见太宗已近五十岁，

享国不久，又多内宠，

自己是新进的，位卑职小，

怎么受宠也得不到几天风光。

因此虽然太宗百般宠爱，

她总是淡淡的，

并不把太宗的宠爱放在心头，

只暗暗地在诸位王子中物色人才，

用心笼络。

触摸后宫

中国的宫廷是个名副其实的大染缸，任何人置身其中都很难独善其身。门深似海的皇宫禁苑里，无数美丽的女子一旦进入宫廷，就被打上了皇家烙印，永远成为了皇帝的女人。她们在人前显耀的唯一途径就是得到皇帝的宠幸。激烈的夺床斗争，就跟专制制度下的政治斗争一样，尔虞我诈，充满杀机，令人不寒而栗。一个女人的胜利崛起，往往是建立在许多女人痛苦的基础之上的。新当权派也是踏在旧当权派尚未凝结的血泊上欢欣歌舞的。

隋唐之际的帝王们整天过着醉生梦死的生活，沉浸在无休无止的欲望之中不能自拔。隋炀帝杨广登基后，不问朝政，荒淫酒色，整天与后宫佳丽嬉戏调情。隋朝的大好江山，就在轻歌曼舞之中葬送了。唐玄宗李隆基把自己的儿媳杨玉环弄到自己的龙床上，专房专宠，最后落得个在安禄山的铁蹄之下仓皇西奔的下场。

宫廷里的男欢女爱无不带有浓厚的政治色彩，是性与政治的媾和。最明显的例子，恐怕就是中国唯一的女皇帝武则天了。她初入皇宫时，只被封为才人，地位是第十六级，想要见皇帝一面都十分困难。为了登上皇后宝座，她阴谋算计，为达目的甚至不惜亲手扼死自己的女儿。皇后的身份使她和她的家族飞黄腾达，权倾天下。她以女性的身体当皇后，最后以男性的身份当皇帝，她发动的夺床斗争，凶恶惨烈，无人企及。而她的男宠也不比任何一个皇帝的后宫佳丽少多少。

本书以史为经，以人为纬，描写隋唐两代帝王后妃，特别是隋炀帝、武则天、唐明皇的宫闱故事，揭露了帝王后妃穷奢极欲、荒淫无耻、腐朽糜烂的生活。结构完整巧妙、情节布局曲折动人、人物形象生动多姿是本书的亮点。它以翔实的描写弥补了正史的不足，是了解宫廷内幕不可多得的史料。

乱宫系列·亲仇

细说大唐第一家庭·目录

迷点

【亲仇】

细说大唐第一家庭

◎文帝命丞相杨素废太子杨广，杨广是用了怎样的通天术最终登上了皇帝的宝座？

◎这时的隋朝真如炀帝口中说的那样富足强盛吗？波斯国使臣说了什么话，惹得炀帝要杀他？

◎李靖是何许人也，竟敢拐走当朝宰相杨素的宠姬？宰相杨素将怎么处理？

亲仇·细说大唐第一家庭

第壹章

怨说炀帝

·中秋来客·

绣户微启，湘帘半卷。一群戴着黑头巾的男仆，双手托着盘子在门外往来穿梭，把一碗碗热气腾腾的山珍海味，送到门边。帘内伸出一双双玉手，接过菜肴。屋子里不时传来一阵阵娇嫩的欢笑声，偶尔还有男子的哈哈大笑声。原来这天是中秋佳节，范阳太守朱承礼，正在内室与妻妾儿女把酒言欢。

朱太守约有五十来岁，长着白净脸，三绺长须。夫人荣氏，生了一个女儿名叫娇娜。娇娜是朱太守夫妇的掌上明珠，年方十八，俏丽不凡，满腹诗书，端庄典雅。朱太守有一位如夫人，小名飞红，二十四岁，性格与娇娜迥然不同。飞红谈吐锋利，说的话既有趣又让人喜欢，满屋子只听见她在说笑。朱太守共有六位如夫人，另五位如夫人即醉绿、眠云、漱霞、楚岫、巫云，但没有一个能赶上飞红的。飞红在六年前生下了一位公子，取名安邦。这样一来，不仅朱太守把飞红宠上了天，就是夫人荣氏想起朱门从此有后，也对飞红另眼相看。飞红脸蛋俊俏，眉眼美秀，自然受宠。再加上她知书识字，能算会写，把偌大一座太守府第，上上下下，里里外外，打理得井井有条。全家三四十个仆人，在她面前不敢扯一句谎，不敢回一句嘴，这番才干让朱太守不宠她也难。

这次内室家宴，朱太守坐在正中，左边是安邦公子，右边是娇娜小姐，荣氏坐在上手，飞红坐在下头，醉绿、眠云、漱霞、楚岫、巫云五位姬人，一字排开陪坐在下面。一家人传杯递盏，说说笑笑。吃过几巡酒，上过几道菜，楚岫就轻弹琵琶，眠云吹笙，漱霞吹箫，巫云拍板，醉绿轻启朱唇唱道：

清明寒食踏青游，生小娇怜未解愁。
买得扬州花线髻，时新样子斗梳头。

曲栏低垂湘竹帘，分明窥月见纤纤。
丛头鞋子红三寸，金线编成小凤尖。

丛桂中秋始作花，一宵香露浸冰纱。
不嫌风露中庭冷，坐向三更看月华。

醉绿唱一段，太守赞一声："好新鲜的句子！"等醉绿唱完，太守急忙问道："这新诗是谁做的？谱在这《金貂换酒》的曲子里，真是分外动听。"醉绿站起来说道："是娇娜做的，谱在曲子里，婢子们三天前才唱得顺嘴呢。"太守一听是女儿做的诗，喜得笑逐颜开，忙伸过手去，握住娇娜的手，笑着说道："好孩子！难为你做出这么好的句子来。"说着，回过头对飞红说道："你去把那个翡翠砚拿来。"飞红听了，带了一个丫鬟，转身进房去了。

不一会儿，丫鬟就出来了，把一个黄缎子的包裹交给太守。太守随手交给娇娜。娇娜接过包裹，打开一看，是一个玉匣，匣子里面端端正正地嵌着一方翡翠砚。娇娜抚摸着翡翠砚说道："这个砚儿看着真是可爱，爹爹赏了孩儿吧！"朱太守含笑点头说道："好孩子，你拿去好好用，多做几首好诗。这是五年前，我从海南得来的。虽然算不上什么稀世珍宝，也是个贵重的东西。这几年我一直藏在箱子里，舍不得用，今天就赏了你吧。"娇娜听了，高兴得站起身来，向父亲道谢。

飞红在一旁接口说道："小姐得了这砚儿，从今以后做起诗来，句子精，意思新。将来嫁了姑爷，小两口儿也可以吟诗唱和到天明呢！"娇娜听了，羞得满面通红。朱太守瞧着，哈哈大笑起来。众人正在大笑，这时一个大丫头进来禀告："汴梁申家的公子来了！"荣氏听了，立即欢喜起来，连声说道："快，快请进来！这千里迢迢的，一定把他累坏了。"大丫头听了，急忙转身去传话。五位姬人和娇娜小姐，听到有陌生人来，连忙进屋回避。

过了一会儿，软帘一动，一位玉树临风的公子走进来，抢步上前，向朱太守夫妇请安。荣氏伸手把拉他到怀里，一边帮他暖手，一边说着："好孩子！路上辛苦吗？家里父母都安好？"公子一一答复。飞红拿来一张椅子，在荣氏旁边坐下。丫鬟送上杯筷，荣氏在一旁不停地劝酒劝菜。喝了几杯，朱太守说："甥儿来到这里，都是一家人，快叫娇娜姐弟二人出来陪表兄喝酒。"飞红听了，急忙到里屋把安邦拉了出来。表兄弟二人当下互相施礼。

荣氏指着飞红对外甥说道："这是你舅父的爱宠，正是我们家的泼辣货！好孩子，你也见识见识。"这公子一听，知道是庶舅母，赶忙上去行了半礼。飞红慌得连忙用袖子遮住脸，连声说道："公子折煞我了！快不要这样。"又笑着说："六年不见，公子更是英俊不凡了！还记得六年前公子来我家做客的时候，常常溜进屋里瞧人梳头，看人搽胭脂。我那时候刚来，见了公子还十分害羞呢。现在我的孩子也养得这么大了，公子如果再来瞧我梳头，我就把公子像抱自己孩子一样抱在怀里！”荣氏听了，笑道：“了不得了，泼辣货又现原形了！”满屋子人听了，都哈哈大笑起来。

这时，两个丫鬟拥着一位娇滴滴的小姐走了出来。只见她锦绣衫裙，珠围翠绕，靓丽逼人。荣氏说：“快过来拜见申家表哥！”申厚卿早就站起身来，抢步上前，在娇娜小姐裙边深深地作了一揖，娇娜小姐也袅袅娜娜地还礼。两人站在那儿，真是一对玉人，公子风采翩翩，小姐清丽动人。申厚卿抬起头来，忍不住在娇娜脸上深深地看了一眼。娇娜小姐被他看得不好意思，忙躲到母亲身边坐下。申厚卿归座说道：“五六年不见，妹妹长得跟天仙一般了！怪不得我家三妹天天在家里念叨娇娜妹妹呢！”飞红说道：“公子既然说我家小姐是天仙，刚才为什么不多拜她几下呢！”一句话说得朱太守和荣氏撑不住笑了。娇娜更是羞得坐不住，悄悄带着丫鬟退进了内房。

朱太守问申厚卿路上的情形，申厚卿说：“这次出门，一来是奉父母之命特意到舅父舅母这里请安的；二来是想待到明年春天，就近去赶考。但是甥儿一路走来，看了种种情形，满肚子的功名之念，早已消了大半！”朱太守听了诧异起来，忙问：“外甥，你为什么这样灰心？”申厚卿回答说：“舅父想必也知道。当今圣上一味沉溺声色，任凭奸臣播乱朝政，把国事弄得一团糟。这还不算，俗话说，‘民为国本，本固邦宁’，可是从甥儿沿途看到的情形来看，百姓吃的苦比在十八层地狱还要多。这样糟蹋百姓，不是甥儿放肆，恐怕这大隋的天下，也不会长久呢！”朱太守听了，不禁叹了一口气，说道：“这些事，老夫做命官的哪会不知道？无奈上面有杨素、虞世基等奸臣，横行当道，愚弄天子。老夫区区一个太守，也是无能为力。话虽如此，朝廷昏乱也由它昏乱，外甥个人的功名还是要的。将来得了一官半职，正可以替朝廷整顿国政。”申厚卿听了，只是摇头。

荣氏伸手抚着申厚卿的肩头说道：“好孩子，你路上到底看见了什么，让你这样灰心丧气？”申厚卿说道：“舅母您不知道，甥儿住在汴梁，皇上的一言一行，甥儿都知道。当今炀帝自从第一次游幸江都以后，回宫后日夜不忘扬州的风景，再加上后妃奸臣的怂恿，就要再次游幸江都。炀帝因为受不了路上的寂寞，竟要将宫中的妃嫔全部带去，以便尽情游玩。又嫌京城到扬州的旱路，来往辛苦，决定走水路。从京城到扬州，没有河道可通。要走水路，除非过海。

“皇帝带着后妃漂洋过海毕竟危险，国舅萧怀静就出了一个主意。说大梁西北方原来有一条旧河道，秦朝时候的大将王离曾在那里挖了一条河道引进孟津的水，直灌大梁，时间一长变得壅塞不通。现在只要多招募丁夫，重新开掘大梁至河阴、陈留、雍兵、宁陵、睢阳一带，引来孟津的水，东接淮河，就可以直达扬州了，一共只有一千里的路程。炀帝心中正因为司天监台官耿纯臣报称，睢阳地方有王气隐隐吐出，上冲房星，需要天子亲临压制；现在又听说挖通睢阳就可以掘断王气，炀帝心想只要临幸睢阳，就不愁压不住王气。随即下诏，令大总管麻叔谋为开河都护，又传令荡寇将军李渊为开河副使。

“李将军是个正直君子，知道开河的事必将坑害生灵，辞去了这个差事。炀帝就令左屯卫将军令狐达担任副使，在汴梁设立开河公署。然后在各处颁发文书，招募人夫。不到半年工夫，就招了三百六十万丁夫。另选年少有力的人，做节级队长，监督工程。连老人、小孩和好人家的妇女，都被官家拉去烧饭、挑水、缝衣、洗衣。一共掠去五百四十三万人，一齐动工。那些丁夫被官家捉去，又被节级队长提着刀棍督管着，只得日夜不休地做着苦工，拼着性命一锹一锹地挖，丝毫不敢偷懒，以致个个弄得腰酸背痛，力尽筋疲。只要稍有一点迟延，不是被捆了重打，就是被绑去斩首。看他们在那里做工，人人脸上都露着惊慌。

“每天天还没大亮，就要动工，一直挖到天黑，才让停工。晚上又没有房屋居住，河边草地，随处安身。晴天暖日，还勉强可以凑合。如果是雨雪天气，那班丁夫就在大雨之下，不停地向烂泥地上爬挖，弄得浑身都是泥土，好似泥鳅一般。丁夫毕竟都是血肉之躯，怎么禁得起风寒雨雪的折腾？没几天，就一个一个地病倒了。可恨那些管工的官员，不管你病得多么严重，也还是要你做工。你想那害了病的人，哪还有力气做工？节级队长见了没力气做工的，反而打得更狠，一皮鞭下去，是一条血痕，打得那班丁夫鬼一样地嘶叫着。河道里，每天都有人倒下去，横七竖八，满眼都是。这情形过路人看到，再怎么铁石心肠也要落泪。可恨那班督工的官员，只顾工程进度，不管百姓性命。丁夫死了一批，他们就又补上一批。

“后来死的越多，补的人也越多。一个地方，能有多少精壮的男子？男子不多，只得将老幼妇女一齐拉去搬泥运土。即使是住在乡僻小地的小家妇女，也没有一个能幸免。那群老弱妇女，更是禁不住折腾，没几天就死了无数。尸体填街塞巷，到处哭声不绝。甥儿一路是在死人堆里走来的。有些心肠软一点的县官，另雇丁夫，借用开河道装泥土的车子，把尸骸搬运到荒野埋葬。一路走来，北起河阴，南至雍丘，抬死人的和抬泥土的并道而行。

“舅母想想，如果是圣明当道，怎么会发生这样的惨事？如今昏君在上，奸臣在下，甥儿生性憨直，即便是考取了功名，得到一官半职，在奸臣手下讨生活，也不能为天下苍生谋福。倒不如埋头读书，不求功名，韬光养晦，等以后辅佐圣明。不然，仗着书生本色，去上一本万言书，尽言竭谏，也不失为一个忠义的秀才。”朱太守听了，拍着外甥的肩膀，说道：“好一个有志气的孩子！只怕举世浑浊，一人独清。你上了万言书，非但得不到好处，反而惹下大祸，就不好了。我劝你还是不问是非，多喝几杯酒吧！”说着，招呼丫鬟替厚卿斟上酒，舅甥二人，传杯递盏，欢笑痛饮。

朱太守这时已经有了七分醉意，就吩咐把五位姬人叫出来，说：“甥舅如同父子，用不着避忌什么，你们拣些好听的曲儿弹唱一番。”正说着，那巫云、楚岫、醉绿、漱霞四姬已经调弄乐器。眠云珠喉一启，唱了一曲《醉花枝》，接着楚云也唱了一折《凌波曲》。一句一折，折到高处，余音娓娓，绕梁不断。朱太守听着得意不已，不知不觉连喝了三大觥，酩酊大醉。飞红见了赶紧上来，扶着朱太守进卧房去了。荣氏见丈夫离了席，就招呼五个姬人一齐坐下喝酒。

五个姬人，个个绮年玉貌，爱说爱笑。见申厚卿是一位公子哥儿，品貌又好，性情又和顺，抢着你一杯我一杯地劝酒。申厚卿酒量本来就大，越是多喝了酒，越是话多。姬人们问他：“公子在京城，宫里的新鲜事应该知道的不少，讲几件给我们听听。”申厚卿听了，忙丢下酒杯，连说：“有，有，有！当今的炀帝是一个好色之徒，他在宫中干的风流事多着呢！文帝有两个儿子，都是独孤太后所生。大儿子杨勇，早年立为太子；第二个儿子，就是当今皇帝，取名杨广，先封为晋王，出居晋阳。炀帝一直有谋夺皇位的心思，虽然封藩在外，却常常贿赂文帝的近臣。那些近臣都替炀帝说好话，炀帝也常常进宫，在皇帝跟前尽些孝道。独孤太后原本就宠爱小儿子，自然经常在文帝跟前替炀帝说话。炀帝又结识上了越国公杨素，里外合力，生生地把东宫废了，改立当今的皇上做太子。

“炀帝从此改住东宫，天天在先帝宫中厮混。当时有一位陈氏宣华夫人，深受先帝宠爱，夜夜受宠。可先帝已经年老了，再加上纵欲过度，没多久就弄出一身病来。宣华夫人见先帝有病，日夜不离地侍奉汤药。炀帝想博得一个孝顺的名声，时刻在文帝身边伺候，因此能够天天见着宣华夫人。炀帝见她黛绿双娥，腰肢似柳，鬒发如云，艳冶销魂，是天下一大绝色，不禁动心。有一天，炀帝进宫去问候先帝病情，在分宫路口遇到宣华夫人。他抢上前去深深一揖，趁势用袍袖在宣华夫人的裙边一拂。裙底下宣华夫人的小脚露了出来，宣华夫人见了，知道炀帝来意不善，急忙转身要走。炀帝却上前把她拦住说道：‘杨广久慕夫人仙姿，今天相逢，实在是天缘，如果能得夫人错爱，我杨广至死不忘！’说着涎皮赖脸地向宣华夫人怀中扑去，吓得宣华夫人转身逃向文帝的寝宫。

“文帝这时病得气息奄奄，正昏昏沉沉地睡着。宣华夫人被炀帝追得慌张，匆匆逃进寝宫。头上的金钗被帘钩挂住，落到一只金盆里，砰的一声响，猛地把文帝从梦中惊醒。这时宣华夫人已经走近龙床，她气喘吁吁，红晕满脸。文帝是久病的人，容易动肝火，见了这情形，大声喝问。宣华夫人知道事情重大，低着头不敢做声。文帝看了，更加怒不可遏，颤着声音喝道：‘什么事这么惊慌？快快说来！你不说，就传内侍立刻赐死！’宣华夫人听了这话，跪倒在龙床前，淌着眼泪将炀帝调戏她的情形，一五一十地说了出来。文帝一听，气得目瞪口呆，半天说不出话来。挣扎了很久，才喝出一句：‘这淫贱的畜生！’一口气转不过来，晕厥过去。

“宣华夫人慌得大声哭喊起来，一时间独孤皇后和三宫六院的妃子，通通赶进寝宫。炀帝也听到了风声，不敢去见文帝，只是躲在寝宫门外探听消息。过了一会儿，文帝才转过一丝气来。见了独孤太后，手指着太后，气急败坏地说道：‘全是皇后误导了我，白白废了我儿杨勇啊！’又连声说道：‘快传旨宣杨素进宫！’”申厚卿说到这里，觉得口干了，举起酒杯就要向嘴里倒，荣氏连忙拦住说：“冷酒喝不得的，快换热酒来！”

·子占父妾·

申厚卿说着隋炀帝的风流故事，说得嘴干了，才停了下来，荣氏劝他吃些酒菜。醉绿性急，连连问道："文帝要传杨素，后来怎么样呢？"申厚卿喝了一杯热酒，眠云夹过一片鹿肉送到厚卿碗里，厚卿连忙站起来道了谢，拿起筷子夹起吃了，又接着说道："炀帝早在偏殿候信，文帝传唤杨素，自然有他的心腹太监前去报告他。炀帝就吩咐太监在朝门外候着，见到杨素，务必先把他带到偏殿里见自己。

"杨素早已和炀帝通了声气，听到文帝召见，就跟着两个内史官进宫。到了大兴殿前，几个太监上前说道：'东宫有请。'杨素是何等奸雄，岂有不明白之理？到了偏殿，只见炀帝满脸慌张。炀帝看见杨素，上去抓住他的袖子，低声说道：'你如果能帮我登上大位，我一定终身报答你的大恩大德！'杨素听了，说了'殿下放心'四个字，就跟着内史官走进文帝寝宫。

"文帝一见杨素，就大声说道：'你误了我的大事！真不该立杨广这个畜生！'杨素听了，故意装作诧异的样子，说道：'太子一向仁孝有德，不知道做了什么事，让圣上这么愤怒？'文帝气愤地说道：'好一个仁孝有德，全是假惺惺！如今他竟趁朕抱病在床，猥亵庶母，这样禽兽不如的东西，怎么能继承大位？朕的病越来越严重了，恐怕时日不多了。爱卿是朕的心腹老臣，相信不会辜负朕。朕死后，仍立杨勇为嗣皇帝，一定要记住啊！'突然声嘶力竭，喘不过气来。文帝挣扎着大喊：'快叫我儿杨勇来！快叫我儿杨勇来！'一口血喷到罗帐上，猛地两眼一翻，身子一直，一命归西了。

"文帝死后，杨素帮助炀帝登上了皇位。杨素的权势因此更加壮大，他引荐了许多奸臣，像萧怀静、麻叔谋等人，横行不法，才闹成今天的局面。炀帝自从即了皇位后，从来不问朝政。有了三宫六院，八十一御妻，还不满足，总念念不忘宣华夫人。做天子的第三天，他见各处宫院妃嫔夫人都来朝贺过，只有宣华夫人没来。心里等不及了，就打发一个太监把预备下的一个金盒子拿去赐给宣华夫人。

"宣华夫人那天违拗了炀帝，现在文帝已经死了，炀帝接了皇位，知道自己得罪了新皇帝，担心新皇帝报复，整天忧虑不已。思来想去索性横下心肠，等着一死，就没有去朝贺。后来转念一想自己毕竟是新皇帝的庶母，谅他也不敢把自己怎么样。正在犹豫，忽然看见一个内侍，双手捧了一个金盒子，走进来说道：“这是新皇帝赐给娘娘的，盒子里还有东西，皇上吩咐娘娘亲手打开。’宫女上去接来，宣华夫人一看，盒子四周都用皇封封着，盒口又有御笔画押，疑心盒子里是炀帝赐她自尽的毒药。宣华夫人想到自己绮年玉貌，却被文帝选进宫来，陪伴老皇上，已经是万分委屈了。如今又为了保全名节，得罪了新皇帝，眼看就要断送性命，不禁一阵心酸，流下两行珠泪。宫中的侍女见宣华夫人哭得凄凉，也忍不住流泪。整个宫中，顿时哭得天昏地暗。

“送金盒来的太监等得不耐烦了，一再催宣华夫人打开盒子。宣华夫人一听，更是痛哭不止，拖延一刻是一刻。后来见内侍一再催逼，就把牙齿一咬，小脚一顿，‘嗤’的一声揭破封皮，打开盒子一看，宣华夫人不禁呆了。原来金盒里面，根本不是什么毒药，而是一个同心结。旁边的宫女围上去一看，都欢喜起来，说道：‘娘娘千喜！’宣华夫人一听，羞得把盒子一推，转身坐到床沿，默不作声。内侍见宣华夫人既不收同心结，也不谢恩，就催道：‘娘娘快谢了恩，奴才好回去复旨。’两旁的宫女，都巴望着夫人得宠，自己也得点好处，纷纷围过来劝道：‘娘娘正当妙年，独守空闺岂不可惜？难得新天子多情，不但不恼恨娘娘，还要和娘娘永结同心。娘娘何不趁此大好年华，多享几年富贵？’宣华夫人听了，叹声说道：‘新天子如此多情，我也顾不得了！’说着，袅袅婷婷地站起来，伸出纤纤玉指取出同心结，然后对着金盒拜了几拜。内侍接过盒子，回去复旨了。

“宣华宫的侍女，知道新皇上要临幸太妃，急忙打扫宫中。放下绣幕，点起御香，床上更是收拾得花团锦簇。然后众人都静悄悄地候着。初更时分，不见御辇来。过了二更时分，也没有什么动静。快到了三更，众人正昏昏欲睡，忽然听到内侍喝道的声音。众人惊醒过来，急忙跑到宫门外候着。只见御道上一簇红灯，照着一位风流天子步行而来。

“原来炀帝初登皇位，六宫新宠应接不暇，在萧后面前，也得周旋一番。又因子占父妾，怕让旁人看见，就故意挨到夜深了，才悄悄地来会宣华夫人。宣华夫人收了同心结后，又惊又喜，又羞又愧，情思昏昏，等到半夜已经和衣在床上朦胧睡去了。忽然宫女上来悄悄推醒她，不由分说地簇拥着宣华夫人走出宫来。滴水檐前，宣华夫人和炀帝相遇。身旁的太监，高举着红灯。宣华夫人不由得拜倒在地，低头称了一声‘万岁’。炀帝见了，慌忙上前扶住宣华夫人，挽着她走进宫去。

“这时屋里红烛高烧，阶前月色横空，宣华夫人的脸更显得异常娇嫩。炀帝把宣华夫人的手一拉，放到怀里，低低地说道：‘今夜朕如同刘阮入天台！’宣华夫人侧着玉颈，默默不语。炀帝又说道：‘夫人风流美丽，令朕魂荡神迷。朕为夫人寸心如狂，差点丢了大位。如今天缘凑合，在这疏灯明月之下又见仙容，不知夫人打算怎么慰藉朕？’炀帝连问数次，宣华夫人流泪说道：‘贱妾已经侍奉了先皇，之前因为名分攸关冒犯了万岁，实在是不得已，还望万岁怜恕。陛下后宫三千粉黛之中难道就没有国色，何必眷顾残花败柳？既污圣身，又丧贱节，还望陛下三思。’炀帝听了，笑道：‘夫人说的很是在理，但是朕自从见了夫人之后，早已魂销神荡，寝食难安。夫人如果不见怜朕，还有谁能治好朕的心病呢？’

“说到这里，炀帝向宣华夫人深深作了一揖，慌得宣华夫人赶忙把炀帝的袖子拉住。一时情不自禁，抬头向炀帝脸上一看。那时月光正照在皇帝脸上，只见他眉清目秀，正是一个风流少年。自古嫦娥爱少年，炀帝如此软求哀恳，宣华夫人心中早已应允，只是羞答答说不出口来。正在这时，左右送上筵宴。炀帝吩咐：‘把筵席移到檐前，今晚朕要陪娘娘赏月。’说完携着宣华夫人的手，走出帘幕。这时宫禁寂静，月华如水；花影树荫，参差庭院。炀帝和宣华夫人相对而坐，如同月宫神女、蓬岛仙郎。

“炀帝满斟一杯，递给宣华道：‘好景难逢，良缘难再。今夜相逢，共饮一杯，但愿此情长久。’宣华接住酒杯，含羞说道：‘天颜咫尺，恩威并重。今夜定情，但愿陛下钟情不渝！’说着，也斟了一杯送到炀帝手里。二人你一言我一语，说说笑笑，渐渐亲热起来。宣华夫人薄醉以后，风情毕露，轻盈旖旎。炀帝看得神魂颠倒，眼迷心醉。不知不觉间，月移斗换，宫漏深沉。炀帝站起来，握着宣华夫人的手，在月光下漫步一番，然后并肩携手，同进寝宫。二人你怜我爱，同欢作乐，早把先帝的恩情，一生的名节置之度外。那时甥儿在京里听到两首诗，说的就是炀帝和宣华夫人的故事：

月窟云房清世界，天姝帝子好风流。
香翻蝶翅花心碎，妖嫩莺声柳眼羞。
红紫痴迷春不管，雨云狼藉梦难收。
醉乡无限温柔处，一夜魂消已遍游。

不是桃夭与合欢，野鸳强认作关关。
宫中自喜情初熟，殿上谁怜肉未寒？

谈论风情直畅快，寻思名义便辛酸！
不须三复伤遗事，但作繁华一梦看。

荣氏听厚卿说完了，笑道："甥儿真是好记性，连诗都记住了。"眠云说道："这段故事，莫非是公子自己编出来的？怎么说得活灵活现，好像亲眼看到一样？当今天子怎么会如此荒唐呢？"醉绿也说："是啊，我也不信。我们老爷常和宫里的人来往，都没说过这样的事。"申厚卿道："诸位姨娘有所不知，与舅父来往的都是宫中官员，怎么可能知道内宫的情事？即使知道一些，碍于自己的前程，也不敢说给外人知道的。前段时间我家来了一个老宫人，他伺候过宣华夫人，空闲的时候就把皇帝的风流故事，一件件地说给我听。所以这些事我虽然没有亲眼见着，但也和亲眼看见的差不多。"

大姨娘说："真没想到当今天子竟然这么荒唐。"申厚卿笑道："当今天子荒唐的事多着呢！天子这样糊涂，满朝都是奸臣，我即使考上功名，又有什么用呢？"说着，不禁叹了一口气。楚岫说道："好公子，你说当今天子有很多荒唐事，现在老爷不在跟前，再讲几件给我们听听吧。"飞红也悄悄出来，说道："好公子，你说的那些，我也没听过呢。求你再说一个给我听听，我替公子斟一杯酒。"说着，从丫鬟手里接过酒壶，走到申厚卿跟前。亲手把杯中的冷酒倒掉，斟上一杯热酒，把酒杯送到申厚卿唇前。

申厚卿慌得连忙起身，接过酒杯，连说："不敢。"荣氏说道："你们不要胡缠了，公子一路风霜，现在也很累了。他在我们家的日子长着呢，有话过几天再说，你们劝公子多吃几杯酒，才是正事。"飞红听了，把红袖一掠，说道："劝酒啊，这事我拿手。"说着，坐在荣氏肩旁的座位上，三啊六啊地和申厚卿猜起拳来。她一边说笑，一边猜拳，发鬓底下的两挂耳坠好像打秋千似地乱晃着，手臂上的玉钏碰得叮咚作响。飞红连输了三拳，喝下了三杯酒，粉腮上顿时飞起了两朵红云。一双水盈盈的眼珠，不停地向厚卿脸上溜去。

荣氏在一旁说道："大姨娘总是这样蛮干，要劝酒也该斯斯文文地行一个令，慢慢地喝着，才有意思。"眠云听说行令，最是高兴，忙说道："太太快想，我们行一个什么令才有趣？"荣氏低头想了想，说道："我们来行一个'女儿令'吧。第一句要说女儿的性情和言行举止，接着的一句，要用诗书成句。说不出句子的，罚一大觥；说的不对景的，罚一中杯；说的不错的，饮一小杯；门杯缴过令之后，依次行令。"飞红听了说道："太太快喝一杯发令，我准备着罚一大觥呢！"

丫鬟上来，先替荣氏斟一杯。荣氏拿起酒杯喝干了，说道："女儿欢，花须终发月须圆。”申厚卿接着说道：“女儿妆，满月兰麝扑人香。”说着饮了门杯。安邦坐在厚卿肩旁，他年纪小，不懂这个。厚卿说道：“我代安弟弟说一个。”眠云抢着说道：“我有一个了，我来代安邦说。”荣氏点头道：“你说！你说！”眠云道：“女儿裳，文采双鸳鸯。”安邦听眠云说完，也饮了门杯缴令。安邦肩旁是飞红，她接道：“女儿娇，鬓云松，系裙腰。”醉绿紧接着道：“女儿家，绿杨深巷马头斜。”漱霞接道：“女儿悲，横卧乌龙作妒媒。”接着是巫云，她说道：“女儿离，化作鸳鸯一只飞。”荣氏听了，不禁向漱霞、巫云脸上看了一眼。

巫云后面就是眠云了，她想了一个替安邦说了，轮到自己时却想不出好的来了。只见她低着头想了半天，说道：“女儿嫁，娥皇女英双姊妹。”飞红第一个嚷道：“三姨娘该罚一大觥！”眠云听了，笑道：“五姨娘也该罚。我说的，只是不押韵；五姨娘说的，可是不对景的。”楚岫问她：“怎么不对景？”眠云说道：“你自己想吧，做女孩子的选入了名门，又做了神仙眷侣，还有什么好怨的？”一句话说得楚岫自己也笑起来，连说：“我罚！我罚！”说着，自己拿了一个中杯，满满的斟了一杯饮下，然后满桌子人都饮了一杯完令。

忽然飞红跳起来说道：“这玩法不好，我们本来是想劝外甥喝酒的。如今闹了半天，外甥只饮了一小杯。我却和他猜拳输了，把自己灌了三大杯，这不是中了反间计吗？”满桌的人听了她的话，都笑了起来。眠云说道：“这也怨不得人，是你自己没本领才败了下来。你不服，应该再找外甥报仇去。”飞红忙摇着手说：“我可不敢了！”说着，让丫鬟斟上两杯酒，笑道：“外甥请！”眠云说道：“你不敢，我敢。”说着，叫丫鬟倒满两杯酒，笑着说道：“外甥请！”

三姨娘的手指甲，用凤仙花瓣染过，猜起拳来，鲜红点点，一晃一晃的，十分好看。正嚷得热闹，一个大丫鬟走来说道：“老爷醒了，叫三姨娘和六姨娘呢！”眠云听了，只得丢下申厚卿，和巫云两人手拉手离席进屋去了。安邦这时也睡眼蒙眬拉着他妈妈的袖子，说要睡觉。丫鬟正送上汤果，荣氏说道：“是时候睡了，外甥一路辛苦，吃些汤果，早点睡下，有话明天再谈吧。”一场家宴，一直吃到黄昏人静。申厚卿起身告辞，退回客房去睡。

从此申厚卿就在舅父朱承礼家里住了下来，有他舅父的六位如夫人与他天天说笑着，倒也不觉得寂寞。朱太守的六位如夫人，飞红进门最早，府上叫她大姨娘，醉绿是二姨娘，眠云是三姨娘，漱霞是四姨娘，楚岫是五姨娘，巫云是六姨娘。大姨娘为人爽利，模样也最风骚。日子久了，朱太守对她不免有些厌倦，就把家务交给她打理。床笫之欢，都是叫三姨娘和六姨娘。三姨娘善弹会唱，朱太守沉闷的时候，非她陪着不可。六姨娘进门最晚，年纪也最小。俗话说旧爱不如新欢，六姨娘房中时常传来朱太守的欢笑声，其他的如夫人那儿都十分冷清。如今来了一个申厚卿，众夫人见他年轻英俊，性情和顺，又会说笑，就整天围着他说笑解闷。尤其那位大姨娘，最爱斗嘴，她见了申厚卿，嘴里总带着三分取笑。申厚卿整天在脂粉堆里混着，心中却念念不忘表妹娇娜。

申厚卿只比娇娜大两岁，因生母去世，九岁时就寄住在舅父家。十四岁时，他父亲调任岭海节度使，才把他带去。如今申厚卿的父亲年老多病，告老在家。申厚卿和娇娜小姐足足有六年没有见面，这六年里，厚卿没有哪天不记挂着娇娜。只因两地隔得远，没事的时候又不能到舅父家里来。申厚卿屡次想借探望舅父的名义，去见娇娜，却不敢对他父亲说。如今他父亲做主，让他出门赶考，顺路去探望一下舅父。申厚卿听了，十分高兴。一路看到上万人夫开掘河道，见了人夫的困苦，加上路上处处受人拦阻，害得他不能早点见到娇娜，为此对隋炀帝恨入骨髓。

好不容易赶到了范阳城，申厚卿一想到就要见到日思夜想的娇娜，心中十分激动。此时，他的脑海中不禁浮现出六年前娇娜那娇憨的样子，真是想忘也忘不了。后来在筵席前见到娇娜，见她出落得更加娇俏靓丽，恍若天仙。不说别的，只那一点珠唇，粉腮上的两点笑窝，就够让人心醉神迷的了。只是当着舅父舅母的面，不便说什么心里话。他本想趁没人在跟前的时候，把分别后的相思尽情倾诉一番。谁知自从中秋宴席上见了一面后，六七天来，都没再见一面，反倒被那些大姨娘、三姨娘缠得头昏脑胀。申厚卿心中虽然挂念着娇娜，但面上总得敷衍一番，和那些姨娘们依旧有说有笑。

直到第十天，申厚卿走进内堂，陪着舅父舅母说话，娇娜小姐也坐在一旁。她见了厚卿，只淡淡地招呼了一声，低着头在她母亲旁边坐了一会，就起身回房去了。厚卿见了这情形，真是一肚子委屈，就向他舅父舅母告辞，说打算第二天动身回家。娇娜正走到门帘下面，听到厚卿说要回去，不由得停了一停。只听她父亲对厚卿说道："甥儿多年没来，老夫常常惦念。好不容易千里迢迢地赶来了，应该多住几天。况且你父亲也让你明年春天赶了考再回去，怎么住了几天，就要回去呢？是不是我们家怠慢了你，让你想回家了？甥舅就跟父子一样，甥儿有什么委屈，不妨直说。好孩子，你还是住在我家，等过了明春的考期再回去，这样我对你父亲才有个交代。你有什么不满的，就对我和你舅母说，我们一定依你。朝廷最近打发内官许廷辅南下办差，老夫这几天，要赶去前站迎接钦差。这衙署还得托甥儿代为照看，这个时候你怎么可以回去呢？"

·西域开市·

申厚卿住在舅父内衙里，一连十多天都没能和表妹说上一句知心话，很是闷闷不乐，就起了回家的念头。当他向舅父告辞的时候，舅父说了许多挽留的话，又托他照看衙署。听了这番话，厚卿不得不留了下来。舅母荣氏，也把厚卿拉到自己怀里，好孩子长好孩子短地哄着他。又说："甥儿住在外面的客房里，清静寂寞，怪不得你要想家了。"说着，回过头对众丫头说道："你们快把申公子的铺盖搬到花园里的西书房去！住在里面，我们可以常见面，这样也热闹些，不会冷落了我的好孩子了。"

当天晚上，申厚卿搬到内厅的西书房里住。二更时分，忽然听到纱窗上有声音。申厚卿急忙开门去看，一个丫鬟扶着娇娜小姐，正站在月光下。娇娜含着笑向厚卿点了点头，月色映在她的脸庞上，娇滴滴的越发显得红白相润。厚卿痴痴地看着，仿佛丢了魂一样，都忘了邀她们到屋里坐了。那丫鬟扑哧一声笑道："客人来了，也不知道请到屋里坐，只知道灼灼地贼一样地瞧人！"厚卿连忙边说"哎哟！该死，该死"，边让娇娜到屋里坐。

厚卿坐在书桌前，娇娜背着灯儿坐，两人默然相对，虽然有满肚子的话，却找不到一个话头。半晌，厚卿拿出纸笔写成两首七绝。娇娜转过身，倚在桌旁，看他一句一句地写道：

乱惹祥烟倚粉墙，绛罗斜卷映朝阳。
芳心一点千重束，肯念凭栏人断肠？

娇姿艳质不胜春，何意无言恨转深。
惆怅东君不相顾，空留一片惜花心！

厚卿才把诗句写完，娇娜就急着伸手去夺纸笺，笑着说道："这说的是什么？"

厚卿道："这是我昨天在花园里倚着栏杆看花，随嘴诌的烂诗。如今妹妹来了，我也不怕你见笑，写出来请妹妹帮着修改修改。"娇娜听了，珠唇一撇，说道："哥哥哄谁呢？这上面的话，明明是怨妹妹冷落了你。"一句话说得厚卿低头无语。

过了一会儿，厚卿说道："妹妹自己想吧，六年前我住在妹妹家里，陪妹妹一块读书一块玩，那时候是多么亲密。如今六年没见了，谁知妹妹人大志大，见我来了，却五天不理十天不睬的，我怎么会没有怨言呢？妹妹知道的，我母亲早死，父亲自从娶了继母以后，对我也很冷淡。我在家里一个亲人也没有，这六年里念念不忘的，只有妹妹。如今妹妹又不理我，我也没别的想望了，只有回家闷死算了！"说到这里，声音不禁酸楚起来。

娇娜听了，微微叹了一口气说道："我冷淡哥哥，是我的不是。但哥哥也该替妹妹着想：一来，我是个女孩子，现在大了，一言一行需要处处避嫌；二来，如今我家里也不比从前了，自从我爹娶了几位新姨娘，人多嘴杂，我平时一举一动都得处处留神，免得被她们说长道短。如今哥哥来了，她们知道我和哥哥是自幼亲近，就处处冷眼留心看着。如果有什么被她们看到眼里，不说别人，就那六姨娘，我爹最宠爱的，只要她在我爹跟前说个一言半语，我就休想再活在这世上了！哥哥你不知道，如今我们家里是颠倒过来了：我母亲虽说是一家的主母，却没一点权柄。大姨娘当了家，我们母女二人，是在别人手下讨生活。那六姨娘又爱在爹爹跟前拿我们母女凑趣。自从她进了门，一家人被搅得六神不安。我父亲和母亲，常为这个闹意见，弄得面和心不和的！"

这一晚之后，娇娜常常瞒着母亲，带着丫头趁着黄昏人静的时候，悄悄到书房找厚卿。二人见了面，不是谈小时候的事情，就是谈谈家务。谈来谈去，总觉得没谈到心坎上。娇娜小姐又是多愁善感的人，每次谈起自己在家里的孤单，就十分伤感。厚卿听了，找不出话来说安慰她，只是默默地坐在一旁。娇娜坐了一会儿，就走了。厚卿见娇娜走了，不免万分牵挂。可是见了面，又找不到话说。娇娜又怕母亲知道，每次都是略微坐一坐，就回房了。

申厚卿偶尔到内堂或花园里走走，遇见了飞红或是眠云、漱霞，这群姨娘就拉住他打听隋炀帝的事。申厚卿就对她们说起了隋炀帝西域开市的事：

"炀帝自从夺了皇位，强占了宣华夫人以后，日夜在宫中行乐，穷奢极欲。他做晋王的时候，在外面游荡惯了，在深宫里待久了就觉得闷。即使有成群的美人整天陪着他嬉笑，他还是觉得很压抑。这时正是隋朝兴旺的时候，西域各路镇守的将军都呈上文书，报说西域诸国想要和中国互市。炀帝得知西域出产奇珍异宝，就想亲自带着妃嫔到西域游玩。京城离西域有三千多里路，一路上沙草连天、荆棘遍地，天子的乘舆怎么过得去呢？于是朝廷下令，命沿路各州县调遣人夫，修出一条御道，从京城出雁门、榆林、云中、金河。为了这条御道，不知花费了多少钱粮，送了多少人命。

“吏部侍郎宇文恺又说，路上没有行宫别馆，应当建造一座观风行殿。观风行殿，是建造在很大的车轮上的，可以容纳六七百人，四周珠玉锦绣，同样有寝宫内殿、洞房曲户。妃嫔宫女，都住在车里。车在路上走，车内歌舞的歌舞，车外吹打的吹打。一天只走了二三十里，就在靠山傍水的地方停下。随行的兵士有五十多万，一路上金鼓喧天，旌旗蔽日。到了夜里，连营数百里灯火遍野。炀帝一路游览，到了一个地方就召集群臣游山玩水、饮酒赋诗。看到山川秀美、地势奇胜的地方，就连着停几天不走。后面的辎重粮草和各郡县献上的物产堆山积海的，只得拉了上万人夫来搬运。

“走到金河，那里正是一片沙漠，大风吹来，尘飞沙涌。炀帝坐在行殿的中央，一群美人围着他。他一边看着美人，一边饮酒，快乐无比。那群美人身体都很娇嫩，怎么经得起沙漠里的狂风？灰沙尘土顺着风势，穿帘入幕，妃嫔们满头罩着黄沙，粉腮珠唇瞬间灰的灰黑的黑。炀帝看了，很不高兴。内侍郎虞世基出了又一个主意，在行殿外再修造一座行城。这座行城高十丈，有四座城门。行城下面装着车轮，围着行殿，由大队士兵前挽后推着前进。造好后果然风沙全无。天气晴朗的时候，炀帝就走上城楼，和百官饮酒望远。行殿和行城在御道上缓缓走着，炀帝快活了就提笔赋诗，百官们争相和韵，炀帝就赏赐他们黄金彩缎。

“如此快乐地过着日子，不知不觉就到了西域。吏部侍郎裴矩领着各路边将，前来朝贺。接着许多外国可汗，也都来朝贡。第一个是突利可汗，他和炀帝是郎舅至亲。文帝开皇年间，义安公主下嫁突利可汗，因此突利可汗和隋朝格外亲近。炀帝见了义安公主，宣她上殿并赐座，突利可汗也一并赐座。筵席摆好后，殿上传杯递盏，殿下鼓吹铙歌，很是和洽。接着又有室韦靺鞨、休邑女真、龟兹伊吾、高昌、苏门答腊、撒马儿罕、波斯等大小二十多国，逐日挨次前来朝贡，炀帝一一赐赏酒宴。

“饮酒时，苏门答腊使臣出席，匍匐在地，献上一只鲻鹊儿。鲻鹊身高七尺，能说人话，是西域的灵鹊。炀帝接受了苏门答腊国的献礼，赐酒三大杯。苏门答腊的使臣才下去，那于阗可汗，又上来献上两块方圆美玉：两块美玉各长五寸，光润可爱。圆玉叫龙玉，把它浸在水中，就会有虹霓出现，不久天就会下雨；方的称为虎玉，拿虎毛拂拭它，就会有紫光四射，百兽见了，都吓得四处逃避。炀帝得了这两块异宝，十分欢喜，吩咐赏赐，几百万的金银绸缎瞬间就赏完了。

“过了几天，炀帝传旨亲临突利可汗行帐。炀帝亲自跨马，带着文武大臣向突利营中走去。走了二十里路，望见前面路上突利可汗和义安公主骑了两头骏马，花帽锦衣、挂金披玉，率领各部落的小酋长鸣金打鼓，前来迎驾。迎到可汗营门口时，义安公主先下马，然后亲自扶皇帝下马，一同走入牛皮帐。帐中早已备下一张蟠龙泥金交椅，椅子前有一张碧玉嵌万寿的沉香龙案。炀帝坐上宝座，文武百官，分成两行侍立一旁，公主和可汗上去行大礼。突利虽然是外国，但十分豪富，绣帐中的摆设精金美玉、珠光灿烂，十分富丽。不到一会儿，酒献上来了，公主和可汗二人亲自斟酒，劝炀帝饮下三杯。炀帝赐他们在一旁陪席，突利可汗和义安公主才敢坐下。席上金盘玉碗，都是海味山珍。翠幕外笳乐频吹，金炉内兽烟轻袅。

“喝了数巡，突利可汗又叫来女乐。炀帝一看，这群女乐个个明眸皓齿，身丰体润。她们袒着怀儿，露着臂儿，腰上围着五彩兽皮，挂着一串小金铃，一起围着炀帝边歌边舞。炀帝目迷艳色，耳醉蛮歌，早就神魂怡荡，不由得睁大了眼，咧开了嘴，露出种种丑态。大将军贺若弼站在一旁，见炀帝举止很不雅，担心发生不测，就示意高颎。高颎会意，立刻上前奏道：‘乐不可极，欲不可纵，请天子尽快回銮。’炀帝心中不舍，沉吟不语。贺若弼接着奏道：‘日已西斜，天色不早，不宜在塞外夜宴。’炀帝无可奈何，只得传旨回驾，并吩咐赏赐舞女金帛。

“炀帝回到行殿后，心里还是想着突利可汗帐中歌舞的蛮女。后来打发内侍官悄悄到突利可汗帐中，挑选了十个蛮女，藏在寝殿里日夜交欢，把原来的宫嫔都丢在脑后。这座行城行殿在塞外足足停了半年，始终不见炀帝下旨回京。渐渐的天气寒冷起来，下起了漫天盖野大雪，文武百官纷纷劝皇上回銮。炀帝拗不过众人，只得在八月份的时候起驾回京。各国的可汗听到炀帝要回銮，一齐跑来送行，一直送到蓟门才各自离去。

“谁知一进了蓟门，炀帝忽然又起了一个念头，竟要沿路游览边地的景色，不肯顺着来时的御道回去。越是山深林密之地，炀帝越是要去。众官再三苦谏，他一概不听。从榆林出去有一条小路，叫做大斗拔谷，两旁高山壁立，中间的山路崎岖不平，只有一丈多宽。别说是硕大无比的行殿、行城过不去，就是平常的车驾也很难过去。炀帝不管这些，一定要从大斗拔谷中走去，他丢下了行殿、行城，独自一人骑着马向前驶去。护驾的侍卫和亲随的大臣，都踉踉跄跄地跟在后面。宫娥彩女没了行殿行城，或三五个在前，或七八个在后，啼啼哭哭地和兵士们一起走着；到了晚上都还没出山谷的，就随着兵士们一起歇宿。当时正是深秋，山谷中北风呼啸，嫔娥军士相抱而死的，不计其数。

“朝中大臣，只有高颎和贺若弼二人正直些。高颎见了这样的凄惨情形，对贺若弼叹道：‘这真是丧尽朝廷纲纪！’贺若弼也说道：‘奢侈到了极点，总会受到报应的。’二人说的话，被奸臣传到了炀帝耳朵里。炀帝因为还在路上，不好发作。圣驾回到西京，炀帝吩咐宇文恺、封德彝两人，到洛阳监造显仁宫。因为洛阳居于天下的正中，就改称洛阳为东京，以便日后临幸。不知趣的贺若弼和高颎二人又来多嘴，趁早朝的时候，奏道：‘臣听说圣主治世，以节俭为先。昔日先帝叫杨素建造仁寿宫，见造得奢丽，就要斩了杨素，以谢天下。后来痛加节省了二十多年，才有了今天的富强。陛下应当继承先帝之志，何必修筑宫室，劳民伤财？’

“炀帝听了大怒，喝道：‘老贼又来多嘴！朕是天子，富有四海，造一座宫殿，能花几个钱？前天在大斗拔谷中，不过死了几个兵士，你们一个说朕丧失纲纪，一个说朕过于奢侈。朕念你们是先朝老臣，不忍加罪。今天你们又在大庭之上、百官之前，出言诬蔑朕，没有一点君臣体统。不斩你们，何以整饬朝纲？’二人又奏道：‘臣等死不足惜，只可惜先帝的锦绣江山，就要亡了啊！’炀帝怒道：‘天下即便亡了，也不能留着你们这样诽谤君父的人活在世上！’说着，命人将高、贺二人拿下问斩。

“众官员见天子动怒，吓得面如土色，浑身颤抖，谁还敢上去说一句话？唯有尚书左仆射苏威和刑部尚书御史大夫梁昆，同时奏道：‘高颎、贺若弼都是朝廷大臣，尽忠敢谏，无非是为陛下社稷着想。纵使有罪，也只能降调削职，万不可处以极刑，不然天下后世都会说陛下擅杀大臣。’炀帝冷笑说道：‘大臣不可杀，天子就应该受辱吗？你们与他们都仗着是先朝大臣，互相标榜，朋比为奸。朕不斩你们，已经是万幸了，还敢来花言巧语，蛊惑人心。’说着，喝令削去苏威和梁昆的职位，将二人乱棍打出去。朝中的大臣见苏威和梁昆二人得了罪名，更是没人敢劝谏了。

“宇文恺、封德彝二人，领了监造显仁宫的旨意，到洛阳开设匠局，大兴土木。一面查看地势，一面差人选取奇材异木和各种珍宝。水路用船，陆路用车，将木材珍宝纷纷运了来。天下骚扰不堪，日夜不得安宁。不用说几十围的大树、三五丈的大石，搬运费事，就是一草一木，也不知花费了多少钱粮，害死了多少人命。为了寻觅奇花异兽，深山穷谷被搅得鸡犬不宁。百姓怨恨、府库空虚，只换得一座金碧辉煌，如同九天仙阙的显仁宫。

“显仁宫造成以后，炀帝的车驾就向东京进发。宇文恺、封德彝二人领着皇帝，来到显仁宫，只见显仁宫果然造得楼台富丽，殿阁峥嵘。御苑中百花开放，红一团，绿一簇，都不是平常颜色。炀帝问：‘这些花木，是从哪里移来的，怎么这样鲜妍可爱？’宇文恺在一旁奏道：‘四方的花木都有，碧莲、丹桂、银杏、金梅、垂丝柳、夹竹桃这些艳丽的花草，都是扬州出产的。炀帝听到‘扬州’二字，心中万分艳羡，说道：‘怪不得古人有“腰缠十万贯，骑鹤上扬州”的诗句。’

“封德彝又奏道：‘御苑中的许多花木，还算不上扬州的上品。臣听说扬州蕃厘观有一株琼花，花开似雪，香飘数十里，天下再没有第二株，这才是扬州的第一名花呢！’炀帝说道：‘既然有这样的神品，为什么不把它移植到禁苑里呢？’封德彝道：‘琼花不能移植，一移就会枯死。’炀帝问：‘东京离扬州共有多少路程？’宇文恺答道：‘一千多里。’炀帝听了，不禁踌躇：‘朕想到那里游玩一番，只是苦于道路遥远，不能多带宫妃，途中寂寞，这可怎么办？’封德彝道：‘这个不难，依臣愚见，只须隔三十里建造一座宫殿，每五十里修造一座别馆，大概修建四十几座离宫别馆，就可从东京直达扬州了。宫馆里再多选些美女佳人住着，分拨几个太监，掌管宫馆里的事务。那时陛下要临幸扬州，就不必劳动军马和运输粮草了，只要轻车简从就行了。一路上处处有宫有馆、有妃有嫔，可以随心受用、任意逍遥，大大胜过在宫禁里苦闷。’炀帝听了大喜：‘既然如此，朕决意前去游览一番。二卿劳苦一下，那些离宫别馆都交给二卿督造，不限年月，但求尽善尽美。’炀帝当即赏宇文恺、封德彝二人在宫中筵宴。

“宴席散了后，宇文恺、封德彝领了圣旨，招来奇工巧匠，捉来人夫，修建离宫别馆。或隔三十里一处，或隔五十里一处，或是傍山，或是临水，从东京到扬州，共选了四十九个地方。要求各地郡县，备办材料、催点人夫。各郡县因为修筑显仁宫，已经仓空库尽，官疲民死，怎么可能再造起四十九所宫馆来呢？四境之内，哭声遍野。宇文恺和封德彝二人，如同耳聋眼瞎一般，一味地催督郡县交差。他们从东京派出两百名官员，专门催督地方。如果有迟误的，就指名参奏处死。郡县官为了保住自己的功名性命，都逼着百姓日夜修造。不到半年工夫，就逼死了十万人。炀帝安居在显仁宫里，新选了几位美人，昼夜行乐。

“隋家天下，全亏文帝在时很节省，各处兵精粮足。因而外国都畏威怀德，年年进贡，岁岁来朝。炀帝到东京的时候，正是各国使臣前来朝贡的时候。炀帝想要夸耀富足，暗暗传旨，不论城里城外，凡是酒馆客栈，只要是外国人来吃饭喝酒的都免费招待。又吩咐地方官员，将御街上的树木，全用锦绣结成五彩。通宫门的大街一带，处处娇歌艳舞，百戏杂陈。百官们领了旨意，在大街一带搭起了无数锦栅，排列了许多绣帐，让众乐人或歌或舞，有打秋千的，有舞柘板的，也有玩戏法的，宽大的御街上，热闹而拥挤。

“那群外国人一路看来，果然个个惊诧，都说：‘中华天朝，真是富丽！’引得他们三五成群，四五结伴的在大街上游赏不厌。也有到酒肆中喝酒的，也有到饭馆里吃饭的。吃的都是美酒佳肴，吃完了付钱时，又听道：‘我们中国是富饶的地方，这些酒食都不要钱。’外国人见有白吃白喝的地方，十分欢喜，就来回吃吃喝喝。酒喝了又喝，饭吃了又吃，这几个醉了，那几个又来，那几个饱了，这几个又来，接连不断。

“后来炀帝又在殿上赐各国使臣御宴，问波斯国使臣道：‘你们外国有我们中华这样富盛吗？’谁知这使臣却奏道：‘外臣的国家虽然没有这样富盛，但百姓们个个饱食暖衣，不像上国还有没衣服穿、没饭吃的穷人！’又随手指着树上的彩绸说道：‘这绸子如果拿给穷人穿该多好，挂在树上有什么用呢？’炀帝大怒，要杀了那外国使臣。众官员慌忙劝谏，炀帝才让波斯国使臣安然回国。”厚卿说了一番，大姨娘、三姨娘、五姨娘、六姨娘和丫鬟，听一阵笑一阵，越听越有精神。正讲得热闹，荣夫人身旁的大丫头喜儿，匆匆跑来说道：“太太请诸位姨娘快去给老爷饯行！”

·饯行酒宴·

一抹斜阳，挂在杨树梢头，轻风一过，柳叶轻轻摆动。柳荫下站着一个英俊少年，两眼凝视着池水。柳丝儿在他脸上抹来抹去，他却浑然不觉，依旧伫立不动。池水里一对对鸳鸯，游来游去；岸旁一丛丛秋菊，开得正盛。

这少年正是申厚卿，他到花园里闲逛，原本希望能遇到娇娜表妹，谈谈心事。不料他来到花园，表妹没见着，却遇到一群要听故事的姨娘，拉着他要他讲隋炀帝的风流事。厚卿没办法，只得坐下来讲故事。他嘴里虽然在讲故事，心中却念念不忘表妹娇娜。五六个姨娘围坐在湖边山石上，足足听了一个时辰，直到荣夫人打发喜儿来传唤，她们才一哄散去。

剩下申厚卿一人，站在池边出神。正出神，忽然背后飞来一粒石子，惊得一群鸳鸯张着翅膀，拍打着水面，啪啪飞着逃去。厚卿急忙回过头来，一看，原来是娇娜身边的小丫头。这小丫头见了厚卿，咧着嘴嘻嘻笑着。厚卿问她："小姐在什么地方？"小丫头指着前面的亭子。厚卿于是沿着柳荫下的花径走去，果然前面的亭子里，表妹娇娜正倚着栏杆看芙蓉花。厚卿走上亭子，笑着说道："这才是名花倾国呢！"娇娜小姐听了，突然变了脸色，低着头，半晌才说道："这样的娇花，却开在西风冷露的时节，它的命和我一样薄啊！"说着，不禁泪光溶溶。厚卿一听，忙拿别的话开导她。

二人一边说着话，一边走出亭子，顺着园子西边的小径，慢慢走去。迎面有一座假山，里面有一个山洞。厚卿先走进去，小丫头扶着娇娜在后面跟着。洞中只有几缕微光，脚下黑黝黝的。厚卿怕娇娜滑倒，走一步就叮嘱一声："妹妹脚下小心。"娇娜笑着说道："夏天我们经常来这洞里乘凉，路早走熟了。哥哥不熟路，更应该小心些。"话没说完，就听到厚卿哎呀一声，两手捧着头，奔出洞去。娇娜跟在后面，惊慌地问道："怎么了？"厚卿连说："没事，没事。只顾着和妹妹说话，不小心磕到了额头。"

娇娜小姐走近前去，说道："让我看看。"厚卿放开手，娇娜一看，他左边的额头上隆起了一个大包。娇娜边问"痛吗"，边从袖子里掏出一方罗帕，在厚卿的额角头上揉了起来。才揉了一下，忽然粉腮羞得绯红，忙把罗帕递给厚卿，让他自己揉。厚卿看着娇娜，只觉得她耀得晃眼，又闻到一缕甜香，从娇娜的袖中飞出，更是发呆。他接了罗帕，也不揉搓，也不说话，只是傻笑着看着娇娜。娇娜转过身子，羞得不行，只静静地看着路旁的花儿。

正一往情深的时候，娇娜身边的大丫头走来说道："我找小姐找得好苦，原来小姐躲在这里！"娇娜小姐听了，说道："谁躲了？"那大丫头说道："老爷明天要去接钦差，今天夫人摆下筵席替老爷饯行。六位姨娘都到齐了，就缺了小姐一个，快去快去！"娇娜听了，转身走去。走了几步，又回头对厚卿说道："哥哥回房去歇歇再来。"厚卿站着点了点头。大丫头扶着娇娜小姐，走出内堂，见他父亲和母亲，带着六位姨娘坐了一桌。荣氏见娇娜来了，拉着她坐在自己的右边。朱太守问道："外甥怎么没来？"那大丫头走进花园，把厚卿请了过来。大家看他额头上起了一个大包，荣氏忙问："我的好孩子，怎么弄了这么个大包？"厚卿忙说："走得快了点，在门框上磕了一下。"荣氏把厚卿揽在怀里，帮他揉搓了一会儿，拉他坐在自己的左边。厚卿偷眼看娇娜，见她只是低着头。荣氏对厚卿说："你头上磕碰坏了，快多喝几杯酒活活血。"说着，举起酒杯，劝大家喝酒。

这桌酒席，是为朱太守饯行的。朱太守对厚卿说道："老夫明天就要赶到前站去迎接钦差，大概要一个月才能回来。衙署里的公事，自有外面的诸位相公管理。内衙里只有安邦是男孩子，他年纪太小，不会管事，其余都是女人，我实在放心不下。好孩子，还是你年纪大些，成熟懂事些。我去了以后，你替我好好地看管内衙，门户火烛，千万小心！"厚卿一一答应。

丫鬟送上热酒热菜，大家吃喝了一阵。朱太守见人多，就想行令，于是吩咐人到外书房里把酒令匣拿来。过了一会儿，书童捧着一个锦缎包的大匣，交给帘内的丫鬟，送到朱太守面前。朱太守打开匣子，里面有五个碧玉的签筒，其他的就是一个一个小檀木令签盒，上面雕着酒令名。朱太守随手拿了一个"寻花令"签盒，打开盒子，拿出一个象牙令签。点了点人数，见是十一个人，就把十一支牙签，放在签筒里，又把签筒放在桌子中央。从朱太守起，每人依次抽一支令签藏着。大家抽完签，都低头看签上的字，含笑不语。

飞红忽然娇声嚷道："这可坑死我了！怎么让我这个莽撞鬼寻花呢！"原来她的牙签上刻的是"寻花"二字。荣氏笑道："你快寻，寻到谁是花园的，就和花园对饮一杯完令。如果寻错了人，就照着那签上刻的字意喝罚酒！"飞红听了，皱着眉心，摇着头，手摸着腮儿，向各人脸上瞧去。众人都看着她暗暗发笑。飞红看了看，忽然指着娇娜说道："花园在小姐手里！"娇娜把牙签一摊，上面刻着"东阁"二字，下面又刻着一行小字"无因得入，罚饮一杯"。飞红看了，拿起一杯酒，一口饮干。

漱霞在一旁拿着筷子夹了些鸡丝儿，送到飞红嘴里。飞红一边吃着，一边又向别人脸上看去。厚卿见她乌溜溜的两道眼光，不停地向众人脸上乱转，忍不住哧地笑了一声。飞红急忙指着厚卿笑道："好外甥！不打自招，这一下可找到花园了。"厚卿听了，忍不住大笑道："大姨娘你找到醉人了，这下你可要喝个烂醉了！"说着，把手里一支牙签送到飞红眼前，只见上面刻着"醉人"，下面刻着"拉寻花人猜拳无数，饮酒无数"。荣氏说道："这下可够你们闹了！"

飞红见是猜拳，最是高兴，当即让丫鬟一字儿斟上十杯酒，抡拳撸袖地和厚卿猜起拳来。只听她娇声娇气地五啊六啊嚷了半天，她手气很坏，猜十拳输十拳，十杯酒都要自己一个人喝完。飞红看了，不由得娥眉紧锁，向厚卿央求道："好外甥！你知道你大姨娘量浅，喝不下这么多，请你醉人饶了我吧！我还要往下找去呢。如果找不到花园，还不知道要罚我多少酒！好外甥，你就疼疼你大姨娘吧！"几句话说得满座大笑起来。眠云在一旁也帮着说道："外甥，听你大姨娘说得怪可怜的，就饶了她，一杯也不要喝了。"厚卿说道："一杯不喝，令官那里交代不过去。这样吧，喝个对数。这对数里面我再帮大姨娘吃两杯，三姨娘帮着喝一杯，大姨娘自己两杯，就算交过令了。"飞红听了，忙拍掌说道："阿弥陀佛！谢谢外甥的好心肠！"一边说着，一边喝下两杯。

这一下，她不瞧人的脸色了，随手一指，指着楚岫说道："五姨娘一定是花园了！"楚岫笑道："我不是花园，我是柴门。"她拿出手中的牙签，上面果然有"柴门"二字，下面也有一行小字"胜一拳，方开门"。楚岫就与飞红猜起拳来，竟被飞红猜赢了。没得说，楚岫只好饮干一杯酒。飞红这时又猜醉绿是花园，醉绿拿的牙签却刻着"深院"两字，又注着"无花饮一杯"。飞红依令饮了一杯。接着又猜荣氏是花园，荣氏拿出牙签来，写的是"小山"两字，又写着"招隐饮一杯"。飞红又饮了，拉着安邦说："好儿子！你是花园？"拿过安邦手里的牙签一看，却是"酒店"两字，小字是"拉寻花人饮酒"。安邦说："我还要拉姨娘吃三杯酒呢！"飞红笑着说道："糟了！连你也要捉弄你妈了！好儿子，你店里的酒太凶了，我这个酒客量浅，和你做一杯酒的买卖吧！"听了她的话，众人忍不住都笑了起来。

飞红喝干了一杯酒，安邦拿着筷子夹了一片火腿送到她嘴里。飞红一边嚼着一边说道："走出酒店，去找一处花园游玩游玩！"众人一听又哄堂大笑。正笑着，飞红走出席，拉住朱太守的袖子说道："花园一定在老爷手里，拿出来放大家进去玩玩！"朱太守笑说道："我帮你去寻花吧！"说着，把手里的牙签拿出来，上面是"仙蝶"两字，下面小字注着"请其寻花"。飞红说道："天可怜见，我也找到替身了。"眠云接着说道："老爷最疼你，老爷不替你，谁来替你呢？"飞红走过眠云身旁，听她这样说，悄悄伸手在她粉腮上轻轻拧了一下，然后急忙逃回座位去了。眠云狠狠地向飞红溜了一眼。

接着听到朱太守说道："我做仙蝶的寻花，一寻就是——花在六姨儿身上。"巫云拿出牙签，上面果然是"花园"两字，下面一行小字是"寻得者，对酌完令"。朱太守就和六姨娘对饮了一杯酒。飞红在一旁笑说道："难怪老爷常常到六姨娘房里去，原来六姨娘身上是一座花园，老爷又是一只仙蝶，怎么会不唱《蝶恋花》呢？"一句话说得满座大笑。荣氏指着飞红说道："还有你这个贫嘴薄舌的促狭鬼。"笑完，眠云、漱霞交出令签。眠云的令签上是"石径"两字，下面小字是"无花饮一杯"；漱霞的令签上是"水亭"两字，也写着"无花饮一杯"。朱太守说："你们各饮一杯完令。"

这一场热闹，飞红酒喝得最多。只见她两腮鲜红得跟苹果一样，眼珠水汪汪的，更是勾人。她拍着手说道："有趣有趣！老爷，再找一个令出来行。"荣氏笑道："你还没醉死吗？"说着，朱太守拣出了一个"捉曹操"令。大家看了，都说："这个令好玩，又热闹又有趣。"朱太守依旧拣了十一支牙签，放在签筒里，让众人依次抽去。各人把牙签藏在袖子里不做声。

荣氏抽到了诸葛亮，就去捉曹操。荣氏笑道："曹操是大胡子，老爷也是大胡子，老爷定是曹操了。"朱太守拿出牙签来看，是"张辽"，下面写着"七拳"。荣氏就和朱太守三啊五啊地猜起拳来。七拳里，朱太守却输了五拳，荣氏只输两拳，各人依数喝了酒。接着又说是厚卿，上面是"汉寿亭侯"，下面注着"代捉曹操"，又注着"遇张辽对饮，其他猜拳"。荣氏笑道："好了！我也找到替身了！"

厚卿笑道："我奉丞相军令，来到华容道上，捉拿曹操。曹操，曹操，你还不快快下马投降？"说得众人又大笑起来。飞红接着说道："外甥，我就是曹操，你为什么不来捉我？"厚卿道："我就捉你个曹操。"等她拿出令签来看时，上面写着"赵子龙"，下面写着"代捉曹操"，又写着"猜过桥拳"。厚卿先找他舅父充张辽的对饮了一杯，然后和飞红猜起过桥拳。飞红又输了，饮过了酒，二人一起去捉曹操。

飞红说道："我知道，曹操肯定是小姐。"娇娜笑道："你们找错了，我是老将黄忠！"说着拿出牙签，上面写着"代捉曹操，遇夏侯渊加倍猜拳"。厚卿说道："这倒有趣，三个人一块捉曹操，不怕曹操飞到天上去！"娇娜说道："这屋子里的曹操，年纪还小呢！"厚卿接着说道："我也这么想，一定是安弟弟。"安邦听了，先脸红了。娇娜把他的牙签抢过来一看，果然是曹操。小字是"被获，饮酒三杯。一捉即获，饮五杯。诸葛亮与五虎将，各饮一杯庆功"。飞红替安邦讨饶说："他年纪小，酒量浅，三杯改作三口吧。”朱太守也点头答应。安邦抿了三口酒。

荣氏点五虎将，除厚卿拿的“汉寿亭侯”，飞红拿的“赵子龙”，娇娜拿的“黄忠”，大家已知道了以外，眠云拿的“张飞”，巫云拿的“马超”，六个人各饮了一杯庆功酒。签子上写明：张飞遇到夏侯惇，要加倍猜拳。溆霞拿的是“夏侯惇”，就与眠云对猜起拳来。一连猜了六拳，溆霞输了四拳不肯服气，还要找眠云猜拳。荣氏拦住了说：“猜拳的时候多着呢。马超和许褚是要猜十二拳的。”醉绿拿的是“许褚”，她的酒量很大。巫云的酒量很小，听说要猜十二拳，喝十二杯酒，早已捏着一把汗。等到猜拳的时候，巫云竟然全输了。丫鬟倒上酒，十二杯一字排在巫云跟前，巫云急得紧锁眉心，说不出话来。醉绿一心想要喝几杯酒却没得喝，见巫云跟前摆着许多酒，她抢过去，一杯一杯的，把十二杯酒全部倒进肚子里去了。安邦在一旁说道：“许褚投降到蜀国去了！他帮着马超吃酒呢！”说得巫云和醉绿两人大笑起来。

黄忠遇到夏侯渊，要加倍猜拳。楚岫拿的是“夏侯渊”，就和娇娜对猜起拳来。一连五拳，娇娜输了三拳。丫头斟上三杯酒，娇娜不会喝酒，正在为难，厚卿伸过手去，把三杯酒统统替她喝了下去。安邦看见，在一旁拍着手道：“关公在那里替黄忠喝酒呢！”娇娜听了，羞得低下头去，偷偷瞧了厚卿一眼。厚卿笑着对安邦说道：“黄忠老了，喝不得酒。关公酒量很大，替人喝几杯酒，算不得什么。”安邦笑道：“难怪关公是一张红脸，原来是喝酒喝的。”飞红接着说道：“如今是关公的脸没红，倒是不会喝酒的黄忠脸红了！”大家向娇娜脸上看去，粉腮上果然起了两朵红云。荣氏忙为女儿解围，催着朱太守再行一个令。

朱太守随手在户签盒子里一摸，拿出一个“访西施”令。把十一支牙签放在碧玉筒里，各人依次抽一支藏着。这西施令是谁抽到范蠡，就要说出来，然后去找西施。厚卿抽到的正是范蠡，朱太守催他快去找西施。厚卿瞧了瞧满桌子的人，一脸迷惑。娇娜怕厚卿找不着西施，要喝罚酒，就低着头向厚卿递眼色。厚卿会意，却故意沉吟了一会儿，拉着荣氏的手说道：“舅母是西施了。”荣氏笑道：“有我这样老的西施吗？”说着把牙签一摊，上面是“越王”，又写着“赐酒慰劳范大夫立饮”一行小字。厚卿看了，心里欢喜，就站起身来。荣氏把酒送到他嘴边，他饮干了酒，坐下来指着娇娜说道：“妹妹美得和西施一样，妹妹一定是西施了！”羞得娇娜把牙签往桌上一丢，转过头去。

大家一看，果然是西施，还有小字“歌一曲，劝范大夫饮”。众人都说：“妙，妙！小姐曲子唱得好，只是不肯轻易唱。现在好了，小姐快唱一支好的，赏给我们听听。况且外甥是客，小姐怎么能怠慢这位范大夫呢？”娇娜被众人你一言我一语劝得无可推诿，就背过身子，低低地唱道：

苎萝村里柳絮飞，几家女儿制罗衣。怪底西家有之子，乱头粗服浣纱溪。乱头粗服天姿绝，何物老妪生国色？向人含颦默无言，背人挥泪娇难匿。

一朝应诏入吴宫，珠衫汗湿怯晓风。歌舞追欢乐未央，运筹衽席建奇功。奇功就，霸图覆，画桨芙蓉瘦，胥台麋鹿走。响屧廊空馆娃秋，遗香残月黄昏候！

歌声抑扬顿挫，十分清脆。娇娜唱完了，厚卿也跟着喝完一杯酒。飞红不依不饶，说道：“我们小姐为范大夫唱了曲子，你做范大夫的只喝一杯酒就算了吗？”厚卿问道：“那大姨娘说还要怎样？”飞红道：“依我说，范大夫应当拜谢西施。”厚卿正求之不得，立即站起身来，在娇娜跟前，深深作了一揖，羞得娇娜急忙躲到母亲怀里去了。大家看了，又大笑起来。

荣氏把厚卿拉回座，朱太守叫大家拿出牙签。朱太守是“文种”，写着“和范大夫对饮”，厚卿就和他对饮了一杯；安邦是“诸稽郢”，“各对饮一杯”，也和厚卿对饮了一杯；飞红是“吴王”，写着“犒赏范大夫一杯，劝子胥饮酒”。飞红笑着对厚卿道：“大夫站起来，待寡人赐酒！”厚卿站起来，饮尽一杯酒。飞红又看着娇娜小姐道：“小姐从此做了我的妃子呢！这样的美人，怎不叫寡人爱煞？”一句话说得满桌的人又大笑起来。娇娜小姐低下头去，偷偷地向厚卿笑了一笑。

眠云是“伯嚭”，上面写着“范大夫说笑话，奉酒太宰饮”。眠云笑道：“大夫快酌酒来，待老夫痛饮一杯！”朱太守听了，也撑不住大笑起来。厚卿亲自拿着壶，走到眠云跟前，满满地斟了一杯，双手捧着，说道：“丞相饮酒！”荣氏看了，笑道：“都是老爷，引得大家都成了疯人了！”眠云饮过了酒，一个劲地催着厚卿说笑话。朱太守说道：“今天大家也笑够了，就不说了，还是罚他唱一支曲子吧。”厚卿听了，低声唱道：

六宫谁第一？天下负情痴。耽闷岂独癖？为看不多时。卧而思，影何翩翩而垂垂？立而望，步何姗姗而迟迟？真耶幻？是耶幻？瑟瑟兮帷风吹，盼彼美兮魂归，细认还疑不是伊。

听他唱完了，众人都说好，说说笑笑十分热闹。厚卿的酒量很浅，酒喝得多了，头昏沉沉的，突然哇的一声吐了出来。大丫头连忙过来扶住他。荣氏说：“快扶公子回房去睡！”说着众人都散了席。

厚卿一直睡到第二天下午才醒过来，急忙跑到舅父房里去送行，舅父早在清早动身走了。厚卿陪舅母聊了一会儿，还是觉得很疲倦，就到房里去睡了。到了晚上，荣氏让人把晚饭送到他房里去。厚卿吃完了饭，见窗外月色如水，独自一人走出院子。走到一株梧桐树下，仰着脸看着天上的月亮。

正静悄悄的时候，忽然听到身后有衣裙窸窣的声音，厚卿急忙转过身去，只见娇娜正穿过花径走来。见她身旁没有带着丫鬟，厚卿心中一喜，忙迎了上去。两人并肩走着，娇娜靠近厚卿的肩膀，手指指着天上，低声问道：“哥哥，天上的牵牛星、织女星在什么地方？”厚卿看着她的脸，在月光下是那么皎洁，如同白玉雕成的一般，不由得痴了，说不出一句话来。正出神的时候，娇娜指着西边，惊叫一声：“啊，失，失火了！”就晕了过去。厚卿急忙扶住她，朝西边看去，只见漫天大火，把整个院子都照得通红。

·情动·

范阳太守府忽然失火。霎时，火光冲天，人声鼎沸。起火的地方是后衙马槽，马槽四面紧挨着大牢，东面紧邻花园围墙。那火向花园墙里直扑过来，娇娜自幼娇生惯养，深居闺房，突然见到大火，吓得玉容失色，差点晕厥过去。厚卿扶着她，握住她的手，说道："妹妹，别怕！我送你到舅母那里去。"说着二人就向内堂走去，只听见天崩地裂的一响，西面的一垛围墙，霎时坍下一丈多宽，把通往内堂的月洞门给堵住了。

火焰滚滚，扑面而来。墙外一阵一阵的喊杀声，越来越响。娇娜实在撑不住了，一转身，抱住厚卿的脖子，叫道："哥哥救我！"晕了过去。这时大火已经烧到花园的走廊了，喊杀声也越逼越近。厚卿顾不得了，抱起娇娜转身奔向花园东面，奔过荷花池，往假山洞里钻去。洞里有石凳石桌，厚卿坐在石凳上，把娇娜抱在怀里，脸贴着脸儿，在她耳边低声叫着："妹妹，妹妹，快醒醒！"娇娜慢慢醒来，两行珠泪淌了下来，点点滴滴落在厚卿的唇边。厚卿搂紧了娇娜，低声说了许多劝慰的话。这时，山洞外又传来喧闹的嚷叫声。厚卿紧紧地抱住娇娜，连连说着："妹妹不要怕，有哥哥在。"

二人静悄悄地，躲在山洞里半个多时辰。听那外面渐渐平静下来，厚卿才放下娇娜，扶着她走出假山洞。四周寂静无声，西边天空里的红光依旧。天上一轮凉月，照得满地花荫。娇娜云髻半偏，泪光溶面，月光照来，如同海棠泣露、李花饮霜。厚卿心中涌起万分怜爱，握住娇娜的手，又伸手替她理了理鬓儿，嘴里不停地叫着"妹妹"。二人手拉着手，肩并着肩，在月下缓缓走着。

走到小红桥边，娇娜说道："哥哥，我腿软了！"厚卿听了，赶紧扶着她坐到桥栏上，自己站在她跟前，怔怔地看着。惊慌已经过去，娇娜心中不禁欢喜，见厚卿目不转睛地看着自己，忍不住扑哧一笑，低下头去，娇羞无限。厚卿看着，忍耐不住，大着胆子上去把她搂在怀里。娇娜软绵绵地倚着厚卿，厚卿俯下头，轻轻地吻着美人的香唇。两腮相贴，四目相视，静静地看着彼此，心中无限欢悦。半晌，娇娜把厚卿的身体一推，两人相对而笑，不禁有些羞涩。

正情浓的时候，忽然听到池塘那边有人在叫小姐，厚卿替娇娜应了一声。只见四五个丫鬟和娇娜的奶妈，慌慌张张地跑来，见了娇娜，气喘吁吁地说道："小姐快去，老夫人都快急死了！"两个丫鬟，扶着娇娜往前走去。这时月洞门口已经挖出了一条路，她们爬过瓦砾堆，走进内堂。荣氏见了娇娜，叫到："我的心肝！"一把把她拉进怀里。娇娜呜呜咽咽地哭起来，荣氏再三抚慰，娇娜才停住不哭。过了一会儿，丫鬟进来说："伍相公在外面候着。"飞红、醉绿、眠云、漱霞等人，正在淌眼抹泪，一听说伍相公来了，都走进屏后，奶妈也把娇娜扶进房里。

荣氏说了一声"请"，丫鬟出去把伍相公领了进来。荣氏见了，起身让座。伍相公上来请过安，才坐下说道："夫人放心，外边已经没事了。那群死囚也都捉住了，没有走漏一个。都是我们防范不周，害得夫人受了惊吓，还请夫人饶恕。"说着，又起身深深作了一揖。荣氏忙让老妈子拉住他，说道："如今火已经灭了，囚犯也没有逃走，这都是相公的功劳和老爷的洪福。内宅女眷，只是受了一些惊吓，并不碍事。如今应当派一个妥当的人，到前站去通知老爷，请老爷公事办完后，赶快回来。还有花园是通往内宅的，墙垣坍倒了，应当赶快叫匠人来修。这几天就派几个兵丁，早晚看守。"伍相公等荣氏吩咐完了，才起身退去。

厚卿问舅母怎么起的火，荣氏说："是看守囚犯的狱吏不小心闹出来的。那群囚犯得知老爷要出门，就买通了小牢头，约在今夜逃狱。先派小牢头在马槽里放了一把火，然后他们撞破牢门，冲出大牢。狱吏见事情闹大了，手下只有几个狱卒，怎么拦得住？就去通报了伍相公。这时，已经逃出了三十多个囚犯。他们如果只图逃命，本来是可以脱身的。不料有一个领头的囚犯，知道老爷姬妾众多，就起了歹念，竟然带人打进衙门，趁着火势冲进马槽院里，想要从花园外面推翻墙头，冲进内宅。当时三四十个囚犯，扛着大木柱子拼命地撞墙，嘴里乱嚷乱喊，真是太可怕了。"

飞红接着说道："那时吓得我搂住邦儿直打战。后来还是太太出了个主意，让我们钻进地窖躲着。太太因为没看见小姐，急得四处乱找。亏得皇天保佑，都尉官得了消息，立刻带了人马赶进衙门，才制伏了那些囚犯。"荣氏说道："这次多亏了都尉和衙门里的几位相公。明天吩咐厨房，摆上好的酒席，把都尉请来，请伍相公陪着，好好招待。我们内宅里，也摆一席酒压压惊。"一群姬妾听说要办酒席，愁容泪眼立即一扫而光，一个个都欢喜起来。安邦听了，乐得在屋子里打转。荣氏说："时候不早了，大家都睡吧。明天早点起来，痛痛快快地喝一天。"说着，对厚卿笑道："花园的墙垣破了，园子里不能住人了。甥儿你就搬进来，在我后院睡吧！"厚卿听了，心中大喜。丫鬟随即到西书房里把厚卿的铺盖、书籍，全部搬到荣氏后院的东屋。

当夜各自散去，厚卿也回房去了。更楼上已经打过四更，他躺在床上翻来覆去睡不着。他做梦也没想到晚上的一场乱事，却给了他亲近娇娜的机会。他爱娇娜不是一朝一夕的事，心上人出落得如此丰神多姿，让他魂梦难安。他常想，今生今世要能一亲香泽，就是死也甘心。没想到今天夜里，美梦竟然实现了。月光下，他吻着娇娜的双唇，贴着她的脸庞，早已魂飘神荡。如今静悄悄地一个人睡在被窝里，细细地咀嚼着，越想越有味，心里甜丝丝的，怎么也睡不着。

第二天日高三丈，他还没有睡醒。直到外边摆下酒席，荣氏打发丫鬟到后院去请，才把他的好梦惊醒。丫鬟去揭起厚卿的帐门，见他抱住枕头朦胧睡着。丫鬟伸手推醒他，他第一句就问："小姐呢？"丫鬟说："小姐和几位姨娘，都在内堂等候公子入席呢。"厚卿听了，忙跳下地来，急匆匆地梳洗一番，然后跟着丫鬟走出内堂，娇娜正坐在荣氏右边。荣氏拉厚卿坐在自己左边，他第一句话就问娇娜道："妹妹昨晚睡得好吗？"娇娜瞧了他一眼，脸上起了红云，一时答不出话来。荣氏也问厚卿："甥儿昨晚是不是没睡好，一直到中午才起身？"厚卿一听，一时语塞，不知道说什么才好。他和娇娜二人各怀心事，默不作声。这时丫鬟送来酒菜，荣氏劝众人吃喝了一阵。三姨娘又催着厚卿，要他讲隋炀帝的故事。

厚卿见娇娜在座，心里高兴。他想了一会儿，说道："我现在要讲的，是当朝宰相杨素家里一个姬人的故事。杨素自从帮着炀帝谋夺了帝位后，自以为是有大功的人，常常在宫中进出。见了炀帝也大模大样的，见着宫里标致的宫女，就向炀帝要回家。炀帝因他是先朝老臣，又是同谋篡位的人，就尽量让着他。谁知杨素却得寸进尺，越来越骄横。

"一年夏天，炀帝驾临太液池纳凉，派了两个内相，宣杨素进宫。杨素得宠的两位姬妾，一个是张美人，一个是陈美人，正陪着杨素在长杨馆下棋避暑。听到有旨宣召，杨素就坐了一顶凉轿，带了几个跟班进宫了。到了太液池边，他不下轿，反而是炀帝下殿迎他，二人并肩走上殿去。炀帝赐座，杨素并不拜谢，只把手略略一拱，大模大样地坐下。两人略略谈了几句，杨素开口老臣，闭口老臣，老气横秋，说的全是自己的功劳。炀帝觉得很无趣，就说：'朕和爱卿到太液池去钓钓鱼，怎么样？'杨素把头点了点，起身慢慢向太液池边走去。

"太液池的水直通外面的江河，鱼自然很多。池子很宽，有六七里，上面架着白石大桥，池岸边杨柳低垂，临风飘动。君臣二人，并坐在柳荫下面，清风徐来，柳丝拂面，水面游鱼结队，自在自如。炀帝说道：'游鱼很可爱，朕亲自为卿钓一尾下酒吧。’杨素说：‘怎敢劳驾陛下，还是老臣钓一尾献给陛下。’炀帝又说道：‘我们君臣二人，同时下钓，谁先钓到谁胜，败了的回殿罚饮一大杯。’说着，内侍们就送上钓竿，又把他们坐的金椅移到岸边。

“这时太阳很大，宫女取来两把黄罗御伞，一把罩着炀帝，一把罩着杨素，两旁都簇拥着文武官员。宫人上去装上香饵，两缕钓线，一齐投下水去。炀帝专心地看着水面，杨素虽然拿着鱼竿，脑袋却总是向左右晃着。原来在炀帝身旁伺候的，都是些绝色的女子。君臣两人身后，足足有一百个宫女。那些宫女个个香脂艳粉，让人忍不住要多看几眼。杨素见站在他左边的一个捧着茶盘、穿着紫色衣服的宫女，玲珑娇小，十个手指洁白纤细，恨不得拉过来摸一摸，只是碍于炀帝，不好意思动手。但他的两只眼睛可是忙活得不行，看了这个，又看那个。鱼在水里把他钩上的香饵偷吃了，他也不知道。

“炀帝才把钓竿垂下去，就钓到一尾三寸长的小金鲫鱼。炀帝十分欢喜，笑着对杨素说道：‘朕钓到一尾了，记上丞相一杯。’杨素正看得出神，听炀帝说钓到一尾，以为是自己钓到了，急忙起竿，一看却是个空钩儿，那香饵早没了。宫女上去再替他装上香饵。这时，炀帝又钓到了一尾小鲤鱼。两旁的官员，齐呼万岁。炀帝笑道：‘朕钓到两尾了。’这时杨素的钓丝在水面上微微动着，他一急，赶紧扯起钓竿，一看又是一个空钩。众官员都掩着嘴窃笑，杨素羞恼成怒，说道：‘燕雀安知鸿鹄志？就两条小鱼而已，有什么难的，待老臣为陛下钓一尾金色大鲤鱼来。’炀帝听杨素说话无礼，心里十分不悦，就把竿儿放下，借口洗手，起身进了内宫。杨素装作没看见，依旧坐着钓鱼。

“炀帝走回内宫，萧皇后见他脸有怒色，连忙询问。炀帝道：‘可恨！杨素这老贼，竟敢在朕面前放肆！朕要传旨出去，就在宫中把他杀了，以泄闷气。’萧皇后劝道：‘这样不行。杨素是先朝老臣，又有功于陛下。如今把他宣进宫，无故杀了，外官必然不服。况且他又是个猛将，几个宫人怎么制伏得了他？若一时弄巧成拙，他兵权在手，猖狂起来，社稷都难保啊！’炀帝听了，怒气和缓下去，更了衣，又来到太液池边，见杨素还没钓到一条鱼，故意问道：‘丞相钓了多少了？’杨素正要回答，只见他把手一提，钓上来一尾金色大鲤鱼，足足有一尺二三寸。杨素大笑着，把钓竿丢在地上，说道：‘有志者，事竟成！陛下以为呢？’炀帝忍着气说道：‘有你这样的大臣，朕还有什么好担忧的呢？’说完，传旨设宴。

“君臣二人，回到便殿，宴席早已备下。二人坐定，饮了数巡，左右才把钓得的鲤鱼做成美羹，献上桌来。炀帝吩咐宫女斟了一觥赐给杨素，说道：‘钓鱼有约，朕先钓到，丞相请满饮此杯，才不辜负鱼的美味。’杨素接过酒慢慢地饮干了，也吩咐近侍，斟上一杯酒，奉给炀帝道：‘老臣钓得迟了些，但鱼比陛下的大。陛下也该饮一杯，赏臣之功。’君臣二人，你一杯，我一杯，都有些醉醺醺了。炀帝吩咐宫女再斟上一觥赐给丞相，说道：‘朕钓到的鱼，有两尾，丞相该补饮一杯罚酒。’

“杨素酒已经喝了很多，见了这一大杯，不肯再饮。又见那捧酒杯的宫女，正是在池旁捧茶盘的绝色宫女，就趁着酒醉，连推带让的，隔着袖子去捏那宫女的手。那宫女虽说是在皇帝跟前伺候酒饭的，但也是好人家的女儿，见杨素摸她的手，忙把手一缩。哐当一声，金杯打翻，倒得杨素满身是酒。杨素见那宫女不肯依从，恼羞成怒，大声道：‘大胆的蠢婢子，竟敢在天子面前戏侮大臣，真是一点规矩也不懂。来人，拉下去重责！’炀帝见宫女泼翻了酒，正要发作，没想到杨素全然不顾自己的面子，竟然高声喝打。炀帝不好发作，又不好拦阻，只得默默不语。

“左右见炀帝不言不语，杨素又连声喝打，只好把那泼翻酒的宫女揪下殿去，打了几棍。杨素转过身来，对炀帝说道：‘这些女子小人，最是可恶。古来帝王稍加姑息，他们就经常坏事。今天老臣粗鲁惩治她们一番，使她们知道陛下虽然仁爱，但还有老臣执法，以后自然不敢放肆了。’炀帝虽然昏聩，却极爱惜女子。他在宫中，只和宫女玩笑，从不责打宫女。如今见杨素擅自责打宫女，既丢了天子的脸面，又怜惜那个宫女，心中十分不快。杨素跟炀帝说话，炀帝只是默默无言。过了半晌，炀帝才冷笑着说道：‘丞相为朕外治天下、内清宫禁，真是大功臣！’杨素听了，知道炀帝有些不乐，就起身谢了宴，由跟班扶着出宫了。

“从此以后，他们君臣二人，各自在宫中、府中寻欢作乐。炀帝不宣召杨素进宫，杨素也不入朝。自从调戏宫女回府后，杨素也广备姬妾，托人在扬州、荆襄一带选购幼女进府，教她们歌舞。有绝色的女子，就成了他的姬妾。行动坐卧，都有十多个姬人围随着他。有捧巾的，有托盘的，有执拂的，有掌扇的，有拿吐壶的，有拿坐褥的，粉白黛绿，鬓影钗光，耀得人眼花，看得人心醉。杨素是一个六七十岁的老头儿，置身在众姬妾里边，如同一丛红杏林子围着一株梨花，他怎么能不颠倒痴迷呢?

“一天，杨素正在内院和姬妾饮酒，外面有人进来说：‘有一少年求见。’杨素问：‘那少年有什么事要见老夫？’来人说，那少年说有机密，要面见丞相才肯说。杨素一听有机密，就吩咐人把少年传进内院相见。过了一会儿，家丁领进来一个清秀少年。杨素盘着腿坐在大椅子上，见了少年，也不起身，也不招呼，只是问道：

‘你个小娃娃有什么机密话要对老夫讲？’那少年见了杨素骄横的样子，转过脸去，看着庭心，冷冷说道：‘我常听人说，丞相礼贤下士，上比周公。周公一饭三吐哺，一沐三握发，绝不会如此倨傲。’杨素被他这几句话说得酒也醒了，心也清了，忙站起来，离了坐椅，吩咐给来客看座。少年转过身来，作了一个长揖才坐下。

“杨素又问：‘你有什么机密话？’那少年劈头一句竟是：‘丞相是要做乱世的奸雄，还是救世的仁人？’杨素问：‘做奸雄怎么样？做仁人又怎么样？’少年道：‘奸雄如西汉的王莽、后汉的曹操，一味篡夺，受后世千万人唾骂；仁人如商朝的汤王、周朝的文王，仁心爱民，天下自然归心。如今炀帝荒淫无道，万民怀怨。丞相位极人臣，权侵百僚，既不吊伐，也不尽力辅佐，只一味朝酒暮色，苟图淫乐。上昏下惰，隋家天下灭亡固不足惜，只可惜生灵涂炭，万劫难复！丞相不要以为百姓可以欺瞒，一旦天下大怒，不但隋家天下不保，丞相的性命也岌岌可危！小生今天为拯救百姓计，为保全丞相计，特来劝丞相上宜效法商周，做一个万民归心的仁人；下亦可效法莽操，躬行篡夺之事，解救黎民。’

“一席话说得杨素哑口无言，垂着头，默默想着。当时杨素身边有许多姬妾围着，因有生客在座，众人都低着头。独有一个手执红拂的姬人，在那少年侃侃而谈的时候，时时溜眼偷瞧着。那少年说完了话，抬起头来，两道眼光和那姬人的眼光碰个正着。少年心头一动，心想天下怎么有这般绝色的女子？正含情脉脉，杨素说道：‘老夫再想想。’少年知道杨素不会听从他的话，就起身告退。杨素忽然想起还没问他的姓名住处，忙吩咐人去问。话还没说完，拿红拂的姬人就应了一声，急忙追出院子，叫住少年问道：‘丞相问相公姓甚名谁？住在何处？’少年答道：‘小生姓李名靖，暂时住在护国寺西院。’那姬人听了，说道：‘好一个清静的住处！’说完对着他盈盈一笑，转身进去了。”

·红拂夜奔·

“李靖从相府退出来，回到护国寺，一头倒在床上，满肚子不高兴。李靖是个有志青年，他见炀帝荒淫，就舍弃了功名，奔走四方，广结豪杰。这些豪杰志士见朝廷横征暴敛，民不聊生，就打算效法陈胜，揭竿起义。一来可以杀了昏君，二来也救了百姓。李靖劝阻了他们，然后亲自到相府来见杨素。他想杨素手握兵权，如果能听从自己的话，吊民伐罪，易如反掌。谁知杨素只贪眼前的淫乐，无志做大事。李靖乘兴而来，败兴而回。他跋涉千里，来到西京，盘缠已经用尽。如今失意而回，行李萧条，十分落魄。

“护国寺的方丈，起初听说李靖要见丞相，以为他是个贵客，就好酒好菜地招待他，还把他安排在西院住。西院明窗净几、水木明瑟，是一个十分清雅的住处。李靖住了十天，没出过一文钱。如今方丈见李靖垂头丧气地从相府回来，顿时换了一副嘴脸，冷冷地对李靖说道：‘依老僧看来，相公没有大富大贵的命。不如安分些，多读些书，他日赶考，或许还能得个孝廉。即使在家里教书，也能温饱，痴心妄想地来见丞相干什么！如今丞相封相公做了什么官？难道是封的官太小了，相公不愿意，所以闷闷不乐？其实呢相公官大也好，官小也好，都不关老僧的事。老僧的寺里，全靠几个大施主布施。如今相公做了官，也曾打搅过小寺几天，老僧今天特地来求相公也布施几文钱。’李靖是个铁铮铮的男子汉，哪受得住这样的冷嘲热骂？无奈自己抱负落空了，手中又没有半文钱，人在屋檐下不得不低头，只得好声好气地对方丈说：‘丞相改天还会传见我，房租和饭钱我改天一定奉还。’

“李靖一肚子牢骚，无处发泄，独自一人走到院子，低着头踱来踱去。深秋了，一阵阵秋风吹来，树上的枯叶簌簌地落着，东飘西散。李靖看着落叶，蓦然想起自己终年奔走，浮踪浪迹，前途茫茫，心头一酸，忍不住落下几滴英雄泪。西风一阵一阵刮来，寒气逼人，李靖连忙缩进屋里。这时天色已经昏黑，寺中沙弥始终没有过来掌灯。李靖忍着一肚子气，坐在炕上，想起自己曾对舅父韩擒虎说过‘大丈夫应当以功名取富贵，何必死读书’的大话，没想到现在却如此落魄。

“正感慨的时候，一个男子推门进来。只见他头上套着风兜，身上披着斗篷，手中提着一个大包，二话不说就在靠窗的椅子上坐下。李靖很诧异，便问道：‘你是什么人？’一再追问，那男子始终不回答。房间里没灯，十分昏暗，看不清来人相貌。李靖只得亲自出去，央求沙弥掌上一盏灯。灯下只见来客面貌清秀，含笑看着李靖。等沙弥退出房后，来客起身把门关上，然后转过身，把头上的兜儿和身上的披风取下，娇声说道：‘公子可还认得我？’李靖一看大惊，原来来人正是白天在相府里遇到的那位手执红拂的姬人。

“只见她绿裳红衣，打扮得十分美艳，笑盈盈地看着李靖。李靖忙问：‘姑娘来这有何贵干？’那姬人一听，雀儿投怀似地扑在李靖膝上，粉腮贴在他的胸口，呜呜咽咽地说道：‘公子白天在丞相跟前还说要拯救天下苍生，难道说公子连一个弱女子都保护不了吗？’说时，一点一点的热泪，扑扑落在李靖的手背上。李靖心中一动，托起那女子的脸一看，见她长眉入鬓，凤眼含羞，玉容冰肌，珠唇红艳，恍若一个仙女。

“李靖慌忙把她扶起来，说道：‘丞相权倾天下，姑娘是怎么逃出来的？美人恐自多情，只怕小生福薄！’那女子听了，笑着说道：‘天下人都怕丞相，我却不怕。杨素年老昏聩，死在旦夕，何足畏哉！’李靖一听，顿时胆壮，但想到自己身无分文，不禁叹气。那女子见他双眉深锁，问道：‘公子为何事发愁？’李靖说：‘漂泊在外，身无长物，拿什么来供养美人呢？’那女子听了，扑哧一笑，拉着李靖，走到炕前，把那大包裹打开，里面尽是黄金珠玉，足足可以铺满一炕。李靖情不自禁，把美人揽入怀中，欢喜不已。随后李靖把金珠收起，拿出一锭黄金搁在案桌上。然后叮嘱美姬，套上兜儿，披上斗篷。李靖出去，把方丈叫进房，拿出一锭金子赏给他。和尚乐得直晃光头，满嘴大相公长，大相公短地叫着。李靖不答理他，只吩咐他快点备上酒菜。方丈听了，赶紧出去备上一桌上好的素席，打发沙弥送进西院。

“李靖和红拂姬人，促膝谈心，交杯劝酒，浓情蜜意。姬人说自己名叫张一娘，进丞相府已经有三年了，见丞相年老志昏，沉迷酒色，不甘将自己的大好年华葬送。那天见李靖风流倜傥，慷慨有志，不禁心生爱慕，所以问了姓名住址，亲自赶来投奔。几杯酒下肚，姬人不胜酒力，娇醉慵懒的模样，更是撩人。李靖醉眼瞧去，心动神迷，双臂一伸，就把美人拥入罗帏。两人一夜恩情，成就了后来的千古佳话。第二天，李靖和红拂双双起身，并坐窗下。李靖捧定美人的脸，越看越爱，忍不住替她梳头画眉，再帮她套上风兜，披上斗篷，眨眼间美人成了一个俊美的男子。二人并头对着铜镜照着，不禁笑了起来。

"李靖突然想起越国公家里忽然丢了一个宠姬，哪有不追寻的道理？杨素自从自封了越国公之后，威权更大了，西京地面，到处都是他的耳目，自己应当速速出京才是。李靖当即与红拂商量一番，然后匆匆告别方丈，骑上两匹快马向城关大道跑去。快到城门口时，李靖回头向红拂看了看，打了一鞭，两匹马直向城门飞去。到了城下一看，李靖心不禁凉了半截。原来城门已经紧闭，遍布士兵。有士兵上来查问，李靖说道：'我们兄弟二人是出外经商的，烦请诸位大爷打开城门放我们兄弟出去。'一个兵头说道：'昨晚丞相府中走失了人，奉丞相的大令，紧闭四门，无论军民，没有丞相的兵符，不能放行。你们要出城很容易，只要拿出兵符就行。没有兵符的话，就回家去。等丞相挨家挨户搜查过后，自然会开城门。'李靖一听，不禁呆了。红拂听到丞相要挨家挨户搜查，知道自己性命难保，不禁头晕，几乎要跌下马来。幸亏李靖眼快，忙跑过去扶住她。二人回转马头，退回原路，在长安大街上找了一家客店住下。

"这时，满西京都沸沸扬扬地传说丞相府中走失了一个宠姬，如今四门锁闭，要等丞相挨家逐户搜查过后，才能放行。李靖和红拂听了这话，吓得躲在客房里不敢出门，只听到外面马嘶人沸。原来丞相府中，已经派出无数兵士，在大街上四处驱逐闲杂人等，赶他们回去住着，听候查点。李靖得知消息，搂着红拂发呆。他得到美人眷顾，心中十分感激，早把自己的生死置之度外。只是想到红拂这样天仙般的美人，如果让丞相抓回去，必会被乱棍打死，或是用白绫绞死。想到她为了自己，却得罪了杨素，不禁热泪直滚。红拂却扑进李靖怀里，满面笑容，毫不忧愁，说道：'能得郎君一夜恩爱，即使碎身万段也心甘！如今情势紧急，郎君前程远大，快丢下妾身，逃命要紧。只要郎君在每年的这个时候，点一炷清香，妾身的魂魄，定当永随郎君左右。'红拂说着，也忍不住珠泪滚滚。

"李靖与红拂紧紧相拥，脸贴着脸，相对拭泪。一场惨泣，互诉衷肠，诉过了又哭，哭过了又诉。红拂声声催着郎君快走，李靖却搂着红拂不肯放手。街道上的兵士驱逐行人，越赶越凶。红拂说道：'郎君快走，再迟一步就来不及了！'李靖不肯，红拂使劲挣脱身，亲自给他戴上方巾，又拔下髻上的珠钗，塞进李靖的怀里说道：'妾的魂魄，都寄在这支钗上了！'又从包裹里拿出两大锭金子，塞进李靖的包裹。李靖看着，更不愿一人逃生。红拂连推带送地把他推到门边。刚要开门，就听到一队士兵走进客栈，对店小二说道：'奉丞相的命令，凡是没有丞相兵符的，在没有搜查之前都不能出门，违令者斩！'店小二连连点头。李靖与红拂一听，更是惶急万分，眼看插翅难飞，性命不保。红拂噗的一声，跪倒在李靖跟前，哭道：

‘都是妾身害了郎君，如今无路逃生，只愿死后能与郎君生生世世做夫妻。’李靖把红拂搂到怀里，轻声安慰着。这时，黄昏将至，四下静寂无声，只有他们二人的悲泣声。

“李靖和红拂正难舍难分，忽然眼前一晃，一个人从窗口跳了进来。红拂惊得急忙往李靖怀中躲去。李靖一看，见来人身材伟岸，皂靴直裰，一脸大胡子，睁着铜铃大的眼睛，瞪着李靖。李靖正觉得莫名其妙，半晌，那大汉哈哈大笑道：‘好一对痴儿女！区区小事，何必急得要死要活？你李靖在江湖上也颇有声名，怎么遇到这样的小事，竟急得手足无措？亏你还说什么吊民伐罪、军国大事？’李靖一听，料想此人必有来历，上前作了一揖，说到：‘英雄救我！我李靖纵横天下，何惧凶险？只是美人情重，李靖不能不有所顾忌，一时情乱，才失了方寸。英雄既已现身，必定已经想到良策，还望英雄出手相救，大恩没齿难忘。’那大汉一听，捋着胡须说道：‘这也不难，只要问问美人，丞相府中的兵符藏在哪里就行。’红拂一听，立即把丞相内宅的路径详细告诉大汉，并说：‘兵符藏在丞相卧房东面炕上的大拜匣里。’话刚说完，那大汉双脚一顿，往外一跃，瞬间无影无踪了。

“李靖和红拂两人半忧半喜，痴痴地等着。远处谯楼上已经打过二更，那大汉还没有回来。往窗口一望，只见长空一碧，冷月无声。李靖和红拂二人，手拉着手，你瞧着我，我瞧着你，不做一声。远远听到一阵马蹄声，李靖立即从椅子上跳起，一手揽着红拂，一手指着窗外。那马蹄声越来越近，直向窗外跑来，震得窗户都摇晃起来。那一队骑马的人，停在客店门口，甩起马鞭打门。店小二赶紧开了店门，二十多个士兵拥进来嚷着：‘查人，查人！’眼看着就要查到自己了，李靖急得双眼直瞪，目不转睛地盯着门。听见有人打门，李靖不由得转过脸，回望红拂，红拂早已慌得倒在李靖肩头。打门声越来越急，李靖知道躲不过了，揽住红拂，吻了吻她，说道：‘我拼掉性命，也要报答你的恩情。’

“李靖正要放手与兵士相拼，只见那大汉跳进窗来，把兵符往案上一抛，拉过红拂，说道：‘我们在东关外的十里亭会合。’说完，带着红拂纵身跃去，霎时就不见了踪影。这时，咣当一声，门被军士撞开了，十多个人气势汹汹地一拥而进。李靖见红拂已经走远，胆子就大了起来。见了兵士，手指着案头上的兵符道：‘丞相兵符在此，这里我已经秘密查过，没有丞相的姬人，你们快到别处去查。’军士们见了丞相的兵符，立即退出客栈，跳上马，飞奔而去。

“李靖慢条斯理地收拾行囊，吩咐店家备马，快马加鞭直奔东关。把关的兵士验明了兵符后，就放他出关。李靖一口气赶到十里亭，下马一看，红拂早已在那等着了。那大汉大笑走出亭子，李靖和红拂双双拜倒在地，大汉忙把二人扶起。李靖问大汉姓名，那大汉朗然一笑：'我在江湖上爱管闲事，从不留名。李公子如果一定要问，就叫我虬髯公吧。'李靖听了，拜道：'髯公恩德，改日再报。你我后会有期，就此告别。'说着，他扶着红拂，转身就走。虬髯公一把拉住他，说道：'公子要去哪里？如今天下汹汹，群龙无首。公子前程万里，正可以找一条出路。此去三十里的佟家集上，有我的好友，公子不妨跟着我去投奔他，将来公子飞黄腾达，也不辜负了姑娘的一番情意。'李靖正愁无路投奔，听了虬髯公的话，当即答应。

"虬髯公、李靖、红拂三人各骑一匹马，趁着月光，穿林渡涧。直到月落星稀，晨光四起，才到佟家集。虬髯公领着他们，敲开一家柴门，进去见主人。那主人眉清目秀，长着三绺长须，姓陈号木公，是一位饱学之士。虬髯公说明来意，陈木公听了十分欢喜。李靖和红拂二人，从此在佟家集住下，虬髯公则继续云游四海去了。

"秋去冬来，漫天飘雪。李靖和陈木公，正围炉煮酒，忽见虬髯公踏雪走来，一进屋就催着李靖：'快走，快跟我走！有一条大大的出路。'李靖听了，立即放下酒杯，回房穿上雪披。红拂知道后，也披上风兜和斗篷。三人三马冒雪前行。见走的是到西京的路，李靖勒住马，迟疑起来。虬髯公瞪着眼说道：'李公子不相信我？'李靖忙拱手道歉。三人一路无语，进了京城。见走到了越国公门口，李靖不禁害怕起来，低声说道：'髯公是要害我吗？'虬髯公拍着胸脯说道：'如果有什么差池，我一死赔罪！'李靖听了，只得硬着头皮进府。红拂此时也只得紧紧跟在李靖身后，进了内堂，心里忐忑不安。三人走到滴水檐前，一齐站住。停了一会儿，只听到屋里嚷一声：'丞相请见！'虬髯公跨步而进，李靖扶着红拂跟进去。二人见杨素高高坐着，不禁腿软，双双跪下。杨素一见，哈哈大笑，走下座扶起二人，说道：'好一对美人才子。老夫已经保荐李公子做殿内直长，你们俩从此好好地过日子吧。'

"原来杨素听了虬髯公的劝，不但不怪罪李靖，还成全了他和红拂二人，并举荐李靖做官，自己博一个大度的美名。如今杨素虽然死了，但李靖却青云直上，做了马邑郡丞。"厚卿说到这里，拿起酒杯饮了一杯。这个故事，足足讲了一个多时辰。讲到危险处，那班姨娘和娇娜小姐都急得柳眉双锁；讲到凄凉处，大家都纷纷洒泪；讲到恩爱处，飞红和娇娜小姐都偷偷看着厚卿，楚岫、巫云都低着粉颈，痴痴地想着；讲到快活处，满桌子人都听得扬眉吐气，大说大笑起来。一屋子连丫鬟女仆二十多个人的心，都让厚卿一个人调拨得如醉如痴。荣氏笑道："自从你来我家，无日不欢笑。好孩子，你如果在我家长住，我家上上下下的人，都舍不得你回去呢！"飞红的嘴最快，听了荣氏的话，笑道："要外甥长住，也是容易的事，只是找不到那个又美貌又多情的拂姬！”一句话说得五个姨娘，脸都红了起来。这一席家宴，吃得热热闹闹的，直到月上中天才散席。

从这天晚上起，厚卿就睡在他舅母的后院。娇娜小姐睡在前院的东厢楼。前楼后院，灯火相望。二人自从在月下花前，相亲相爱后，心里就一刻也忘不了彼此。这一晚，厚卿大醉，回房去睡，脑袋昏沉沉的，但心中仍记挂着娇娜；对着荧荧灯火，不禁朦胧睡去。忽然觉得有人摇他的肩，睁眼一看，正是心上人。厚卿心中一喜，酒也醒了，急忙坐起身来，不料头脑眩晕，撑不住又倒下床头。娇娜扶住他，拿来高枕让他垫着背，又去倒了一杯参汤，服侍他一口一口喝下。娇娜坐在床沿上，左手托住厚卿，右手被厚卿紧紧握住。娇娜低声说道："哥哥醉了，静静躺一会儿。"厚卿倒在娇娜怀里，沉沉睡去。

·麻叔谋吃人肉·

娇娜自从在月下让厚卿拥抱亲吻以后，一点芳心，早已给厚卿吊住。厚卿的一言一笑，她处处关心。散席后，娇娜小姐回房对着孤灯，想起红拂姬人和李靖的情事，就把厚卿比作李靖，自己比作红拂姬人，她想这样才算是才子佳人的佳话呢！对镜自照，见自己如花美眷，不禁动了怜惜之念。心想一样是女子，她有这样的胆子去找如意郎君，我为什么不敢去找？我要去问问表哥，他拿了我的心，藏在什么地方。楼下静悄悄的，娇娜轻轻走出房门，才到扶梯口，只觉寸心狂跳，忙又跑进房里，对着妆台坐下，心想自己如果不早点打定主意，将来由父母做主，落在一个蠢男子手里，岂不白白糟蹋了一生？况且自己已经和表哥相亲相爱，心早已交付给了他，怎么可能再抛得下他？于是趁着夜深人静，一步一步下楼，悄悄走进厚卿房里，想要和他商量一番。那时厚卿已经烂醉如泥了。

厚卿看见娇娜来了，喜出望外，几次想支撑着起来，无奈头脑昏沉，身不由主地倒在娇娜怀里。软玉温香，只觉得十分舒适。娇娜初近男子身体，羞得转过脸去，心怦怦直跳。见他两眼蒙眬痴痴睡着，娇娜也不忍搅醒他，就任他睡着。娇娜大着胆向厚卿脸上看去，只见他眉清目秀，口角含笑，两腮被酒醉得红红的。娇娜越看越爱，情不自禁地把脸贴过去，却发现他的脸热得烫人，于是，娇娜轻轻地把他扶到枕头上，给他盖上被子，放下帐子。然后走到桌边，剔明了灯火，又撮上一把水沉香，坐在案头，随手翻弄书本，见一面花笺上写着诗句：

日影萦阶睡正醒，篆烟如缕半风平；
玉箫吹尽秦楼调，唯识莺声与凤声！

娇娜诵读着，知道厚卿心里十分情急，不觉点头微笑。略略思量了一下，拿起笔来，在诗笺后面和诗道：

春愁压梦苦难醒，日迥风流漏正平；
飘断不堪初起处，落花枝上晓莺声。

写完，把这诗笺夹在书中，退出屋子，蹑着脚回房去了。

厚卿在床上足足睡了三天，娇娜也瞒着人去偷瞧了他几次。她心中有千言万语，见了面却羞得一句话也说不出来。直到第五天黄昏，荣氏在屋子里拉着三位姨娘斗纸牌，厚卿也坐在他舅母身后。他留神偷觑着，见娇娜不见了，也退出房，绕到后院去了。只见娇娜倚在栏杆边，抬头看着柳梢上的蛾眉月。厚卿蹑着脚，从她背后走过去，低声说道："月白风清，良夜美景啊！"娇娜不防背后有人说话，转过身说道："我还以为是谁呢，原来是吹玉箫的哥哥！"厚卿接着说道："原来是压梦难醒的妹妹！"两人相互看着，不禁都笑了起来。

厚卿上去拉着娇娜的手，走出庭心，从月洞门走进花园，一直走到花荫深处，厚卿向娇娜作了一揖，说道："那晚我醉了，辜负了妹妹的好意，如今当面向妹妹赔不是！"娇娜故作不解，说道："什么好意？"厚卿说道："妹妹就别跟我玩捉迷藏了！如今只有我和妹妹两个人，对着天上的明月，还不能说句肺腑话吗？实话说了吧，我这些天为了妹妹，神魂不安，梦寐难忘。恨只恨我那一夜不该喝得烂醉，撇下妹妹冷冷清清地回房，妹妹心中一定十分怨恨我了。妹妹啊！求你饶过我这一次，我给你磕头，你不要再怨我了。"说完，真的噗地跪了下去。娇娜慌得也跪了下去，扑在厚卿的肩头，呜咽着："哥哥如此爱我，我也顾不得了，水里火里都心甘情愿，哥哥也不要再多心了。"厚卿一听，欣喜如狂，说道："我替妹妹死了也情愿。"说着，眼眶中流下泪来。二人海誓山盟了一回，站起身来。厚卿说道："我住的地方离舅母太近，妹妹又在楼上，夜里下楼，不小心弄出声响，惊动了丫鬟就不好了。这可怎么办呢？"娇娜想了想，说道："这里人少花多，今晚三更，哥哥就在这荼蘼树下等我。"正说着，大丫鬟正在月洞门口叫唤着，娇娜赶忙跑了过去。

荣氏斗完纸牌，吩咐开饭。过了一会，厚卿也来了，大家坐下来吃饭。厚卿心里有事，匆匆吃完饭，说不舒服，就回房去了。他从衣箱里找出一件新衫穿上，对着镜子照了又照，然后对着灯火坐下，留心听着那边屋里的动静。打过二更，他开始坐立不安了，站起来在屋子里绕来绕去。然后摊开书本，想要看会书，谁知字里行间，都是娇娜笑盈盈的脸。厚卿心乱了，眼也花了，怎么也看不下去，合上书本，不禁浮想联翩，站起来推开窗，只见明月在天，浮云层层，凉风吹来，衣袖生寒。厚卿关上窗，等了一会，再也忍不住就悄悄溜出了房。他摸索着出了月洞门，绕过四面厅，走到荼蘼架下，在回廊上坐着，一双眼睛一动不动地望着花径。墙外已经打过三更，娇娜还没有来。厚卿正想得出神，一阵凉风吹过，大雨哗哗而下。幸亏他坐的地方，上面有花荫遮着，雨点打不进来，但是风很大，冷得他抱着身子，缩成一团。

等了一会，雨点越来越大了，花荫上不时地漏下雨来，厚卿的夹衫也湿了大半，冷得牙齿直打架。墙外打了四更，他实在撑不住了，就跑回屋去。一路淋着雨，天色又黑，地上又泥泞。等到跑回房，往镜中一照，早已狼狈不堪了。他急忙脱下衣服和沾满了泥水的鞋袜，揉作一团塞到衣箱里，换上一套干净的衣帽鞋袜。后来冷得不行，就钻进被窝，竖起耳朵听着，随即蒙眬睡去。

一觉醒来，头昏脑涨，身体发热。看看天已经大亮，头还是昏沉沉的；直到他舅母知道了，忙赶进屋来，摸着厚卿的额头，说道："我的儿，你怎么烫成这样？这病来势不轻，快躺着不要动。"一面让人快去请大夫；一面吩咐大丫头煎来姜茶，亲自喂他吃下。这时六位姨娘和娇娜都来探望。厚卿见了娇娜，想起昨夜的苦楚，泪眼汪汪地望着。娇娜怕人瞧见，急忙转过脸去；趁人不注意，又转过脸来，向厚卿默默点了点头。厚卿足足病了一个月，才能起身。这一个月里，娇娜也曾瞒着人去探望他。因为丫鬟送汤送药，屋子里常有人走动，娇娜也不敢多作逗留，见了面说不了几句话，就匆匆走了。

朱太守早在半个月前就回家了，娇娜更是不敢到厚卿房里走动。朱太守常常到外甥屋里说话解闷。说起炀帝开河，直通江都，命令沿路建造行宫别馆。行宫里设着三宫六院，广选天下美人，四方奇珍异宝、名花仙草充入行宫。许廷辅此次南下，就是当个采办的差使；挖掘御河，炀帝让麻叔谋督工。开河都护麻叔谋在宁陵县闹下一桩大案，现在皇帝派大臣把他囚送到京，连性命也保不住了。

原来麻叔谋一路督看河工，经过大城大邑，都是以沿路地方官的衙署作为行辕。可到了荒僻的山乡，连房屋也没有，只得住营帐。营帐搭在野地里，大风暴雨，麻叔谋不免感染了风寒。到宁陵县下马村时，天气奇冷，一连十多天都是大风大雨，麻叔谋突然头痛，病情不轻。麻叔谋病倒在床上一个月不能办事，河工也停了下来，于是只得上表辞职。这麻叔谋是炀帝的亲信大臣，炀帝怎么肯准他辞职？于是一面下旨，让令狐达代督河工；一面派御医巢元方星夜赶去宁陵，给麻叔谋开出一味药。这味药是用初生的嫩羔羊，蒸熟，拌药末服下。连吃了三天，果然病势全退。从此麻叔谋养成了一个吃羔羊的馋病，一天必要杀几头小羊，用五味调合蒸熟，蒸好的羔羊香甜肥腻，美其名曰含酥脔。麻叔谋爱吃羔羊的事传遍远近，渐渐的就有人来献羔羊。麻叔谋对献羊的人，总是加倍给赏。一传十，十传百，百姓们听说献羔羊可以得厚利，就都来献羊。但献羊的人多，羔羊却少了。宁陵四周围一二百里地方，渐渐断了羊种，甚至三四百里以外的地方都无羊可买。麻叔谋一天三餐没吃到羔羊，十分愤怒，常常责打厨子。不久，麻叔谋到处找羔羊吃的事传到了下马村的陶家兄弟耳里。

下马村陶家兄弟三人，大哥陶榔儿、二哥陶柳儿、三弟陶小寿，都是不良之徒，专做鸡鸣狗盗之事。他们手下养着无数能人，都能飞檐走壁。不论远村近邻，还是富裕人家，都得供着他们。他们兄弟三人，做了一辈子盗贼，不曾惹下案子。据看风水的人说，他家祖坟下面有一条贼龙，子孙如果做盗贼，就一生吃用不尽；只是杀不得人，一杀人风水就破了，这碗饭也就吃不成了。陶家三兄弟仗着祖宗风水有灵，渐渐做了盗贼世家。谁知隋炀帝开河，河道要穿过陶家祖坟。陶榔儿兄弟三人为此日夜焦急，商量着备些礼物去求麻叔谋，不要开掘他的祖坟。转念一想，这次开河工，王侯家的陵寝都挖了，自己家的祖坟又怎么能幸免？千思万想，也想不出一个好法子。

后来，得知麻叔谋爱吃羔羊，陶榔儿说："我们为什么不献上几头上好的小羔羊？这虽然是小事，但是我们今天献明日献，等到麻叔谋心中欢喜了，我们再把实情一说，求求他，或许能成。"小寿听了笑道："大哥真是一厢情愿！我听说麻叔谋这人，贪得无厌。给他献羊的，一天就上千上百，他哪会稀罕我们这几只羊？就算他收了羊，几只羊又算得了什么，他哪会依着我们改换河道？只怕天下没有这么便宜的事。"柳儿也说道："除非是天下的羊都绝了种，只有我家有羊，才能博得他的欢心。"兄弟二人，你一言我一语争论着，榔儿只是低着头，不吭一声。柳儿问道："大哥，你为什么连声也不吭？"榔儿道："我正在想主意呢。"小寿道："大哥想到好主意了没？"榔儿道："你们的话都有理。我想麻叔谋爱吃羔羊，必定是一个贪图口腹之人。我听说人肉味道最美，我们不如找来几个三四岁的小孩，斩头去脚，蒸熟煮烂，调好五味，充作羔羊献给他。他吃了滋味好，别人的都赶不上，那时自然会来求我们。等到与他混熟了，再随机应变，或多送他银子，或拿着他的短处，再要他保全我们的祖坟，那时或许还有几分希望。"柳儿、小寿听了，不禁拍手称妙。榔儿道："事不宜迟，今晚就找来几个孩子做了，明早赶在人前献去。"

兄弟三人定好主意，吩咐手下前去偷盗小孩。那班手下个个都有偷天换日的本领，这偷盗小孩的事，自然是手到擒来，没多久，就偷来两个又肥又嫩的三四岁的小孩。兄弟三人活活将其杀死，斩去头脚，剔去骨头，切得四四方方，加上五味香料，蒸得喷香烂熟，用盘盒装上。第二天早上，陶榔儿骑了一匹快马，直奔麻叔谋营帐中。见过守门人役，然后将肉献上。那门差一面叫人把肉拿了进去，一面拿出簿册叫榔儿写上姓名。随后来了许多献羔羊的百姓，沸沸扬扬的。不一会儿，里面走出一个官差，高声问道："谁是第一个献蒸熟羊肉的？"陶榔儿一听，立即应声上去！原来麻叔谋清早起来，才梳洗完毕，就有人献来蒸熟羊肉。他肚子正空着，见了这一大盘肉，就吃了起来。只觉得香喷喷肥腻腻，鲜美异常，心中十分欢喜，问："这羊肉是什么人献的？快把献肉的人叫进来。"陶榔儿进去见了麻叔谋，慌忙跪下叩头。麻叔谋问明了他的姓名住处，又问："这羔羊怎么蒸得这样甘美可口？"榔儿只说："这羊是小人家养的，只怕进不得贵人的口。"麻叔谋听他恭维，更是欢喜，吩咐赏他十两银子。陶榔儿却抵死不肯收受，麻叔谋道："你不领赏，我就不好意思再向你要吃的了。"榔儿道："大人如果不嫌粗陋，小人愿天天孝敬。"说完磕了一个头，离开了。

从此，天天偷盗小孩，蒸熟了献给麻叔谋。麻叔谋吃了这个美味以后，凡是别人献来的羔羊，他都嫌粗恶，一概不收，只爱吃陶榔儿献来的羊肉。那陶榔儿因献羊肉，天天到麻叔谋营帐，很快和麻叔谋成了相知。麻叔谋因他不肯受赏，也对他另眼相看。有一天，麻叔谋对榔儿说："我现在都离不开你送来的羔羊了。你天天蒸着送来，又不肯受我的赏，我心中过意不去。不如你将蒸煮的方子传给我营帐里的厨役，叫他如法炮制，也免了你天天奔波。"陶榔儿不肯说出实情，只说："大人不必挂心，小的愿天天蒸熟来孝敬大人。"麻叔谋说："这事不妥，我如今在宁陵开河，你还可以送来；再过几天，我开到别处了，你还怎么送？"这几句话，逼得陶榔儿不得不说实话。他踌躇了一会，说道："不是小人不肯说，只是说破了方子，如果提防不密，不只小人有过，就是大人也有几分不便。"麻叔谋笑道："不过是一个蒸羊肉的方子，又不是杀人放火，怎么连我也不便起来了？你倒说来我听听。"榔儿道："还求大人屏退左右。"麻叔谋笑道："乡下人这样胆小。"然后转过脸去，对左右说道："你们都出去。"左右听了急忙避出。

陶榔儿劈头一句就说："小人只有蒸孩儿肉的方子，哪里有什么蒸羔羊肉的方子！"麻叔谋听到"孩儿肉"三个字，大惊失色，忙问道："什么孩儿肉？"陶榔儿忙跪下磕着头，哭道："不瞒大人，初次献上的，是小人亲生的儿子，今年才三岁。因为听说大人爱吃羔羊，杀死蒸熟，假充羔羊。后来献的都是从各乡村盗来的。大人如果不信，盗得的小孩人家的姓名，小人都记在一本册子上；那些孩子的骨头头脚，都埋在一起，大人只须差人去看便知。"麻叔谋听了，这才惊慌起来，疑惑道："我与你素不相识，你为什么要干这样毒辣的事？"榔儿道："小人的苦情，到如今也隐瞒不住了。小人一族将近百人，都靠着一座祖坟；如果动了祖坟上一勺土一块砖，小人全族就要遭灾。不幸这座祖坟正在河道界限中间，一旦开掘，小人全族恐怕都要灭了。族人商议，打算来恳求大人，苦于不得其门。因此小人情愿将幼子杀死，充作羔羊献来。上天可怜小人，得蒙大人垂青，现在只求大人开恩，将河道略移三五丈地，就算是救了小人一族。"说完，连连磕头。

麻叔谋心想，此人为我下此毒手，我如果不依，他是亡命之徒，猖狂起来，暗地里伤人，恐怕是防不胜防；又想小孩的肉味很美，如果拒绝他，就再也尝不到这个美味了。于是就将改换御道的大事答应下来，并叮嘱他，蒸羔羊肉还是得天天送来。陶榔儿道："大人既肯开恩，就是小人的重生父母！蒸献羔羊的事，小人赴汤蹈火，在所不辞。"麻叔谋大喜。第二天暗暗传令，下马村地方河道，绕开陶家祖坟五丈远开掘。陶榔儿见保全了祖坟，只得打发手下四处偷盗小孩。邻近地方偷完了，就到远处偷，或让人四处去买。从宁陵县至睢阳城一带，不是这家不见了儿子，就是那家不见了女儿。做父母的，东寻西找，昼哭夜号。后来得知孩子被陶榔儿盗去献给麻叔谋吃了，人人愤怒，家家怨恨。有人到邑令那里告状，也有人到郡中送呈，还有人邀集了众人，打到陶榔儿家里。

陶家的房屋器具，烧毁的烧毁，打烂的打烂。陶家三兄弟早已闻风逃走，赶到麻叔谋营帐哭诉。麻叔谋听了大怒道："几个鸟百姓，竟敢如此横行！就算是我吃了几个小孩，那百姓又能拿我怎么样？"于是到官府，只说了一个"办"字。官府知道麻叔谋是隋炀帝的宠臣，不敢怠慢。立即将告状的百姓捉去，打的打，夹的夹，问罪的问罪，充军的充军。一时间怨气冲天，哭声遍野。

宁陵和睢阳一带的百姓，乱哄哄地都赶到东京告御状。隋炀帝驾下的虎贲郎将中门使段达，早受了麻叔谋的贿赂，见了状纸，亲自传齐众百姓审问。那班小儿的父母，都哭着对段达诉说麻叔谋吃小儿的惨毒情形。段达一声喝道："胡说！麻都护是朝廷大臣，怎么会做出这样惨毒的事？肯定是你们这班刁民，为了阻挠河工，故意造谣毁谤。况且三四岁的孩子，白天必定有人看管，晚上和父母睡在一起，怎么可能家家的小孩都被偷去，还一偷就有四五千？如此胡言乱语，如不严治，刁风更难煞住！"于是不由分说，将众百姓每人重责一百棍，发回原籍问罪。

后来隋炀帝驾幸江都，龙舟走到睢阳。炀帝见河道迂曲，查问起来，才知道麻叔谋营私舞弊，连带查出私通陶榔儿，蒸食小孩的事。炀帝大怒，一面传旨将麻叔谋打入大牢，随后绑出大校场腰斩；一面命人到下马村，将陶家全族八十七人，全部枭首示众。

朱太守讲完，众位姨娘都十分震惊。几天过后，厚卿身体痊愈。一天，他吃过晚饭，闲谈了一会，就回屋去了。推开门一看，只见娇娜伏在书案上，凑着灯光，不知在写些什么。厚卿蹑着脚走过去，在她身后一看，见玉笺上写着一首词：

晓窗寂寂惊相遇，欲把芳心深意诉；
低眉敛翠不胜春，娇转樱唇红半吐。
匆匆已约欢娱处，可恨无情连夜雨！
枕孤衾冷不成眠，挑尽银灯天未曙。

娇娜刚把词写完，厚卿就伸过手，把笺儿抢在手里。娇娜忽然见有人伸过手来，惊得捧住酥胸，低声道："吓死我了！"厚卿忙上去搂住她的玉肩，一手替她摸着酥胸说："妹妹别怕。"娇娜不知不觉软下身子，倚在厚卿怀里，笑道："哥哥那晚淋坏了吧！"厚卿听了，打开衣箱，拿出那套泥雨污满的衣帽鞋袜，摔在娇娜面前，说道："妹妹你看，我那天晚上苦不苦？淋了雨一病三四十天，我这么苦，如今都要妹妹偿还！"说着，故意做出嗔怒的神色。娇娜看了，一耸身倒在厚卿怀里，说道："偿还哥哥的苦楚吧！"说着，羞得忙把脸掩住。厚卿听了，早已神荡魂飘，捧起她的脸，看了又看，亲了又亲，不停地问道："妹妹要怎么偿还我呢？"娇娜和厚卿二人搂抱着，喃喃情话，绵绵不绝。

娇娜见书桌上搁着一柄剪刀，拿起来剪下一缕鬓发，塞在厚卿袖子里；厚卿也卸下方巾，剪下一段头发，交给娇娜。娇娜紧紧握住厚卿的手，说道："我今晚在屋子里等哥哥，三更过后，哥哥一定要来相会。"厚卿听了，喜得眉开眼笑，连声说："我来！我来！"忽然想到，到娇娜房里，必得经过飞红的卧房门口，就说："但是这事很险！"娇娜听了，粉腮突然变了颜色，说道："事已至此，哥哥还怕什么？人生难得少年，又难得哥哥如此深情；妹妹我心意已决，事若不成，就是拼着一死也……"厚卿听她说到死字，忙伸手去捂她的嘴。娇娜两行珠泪，滚下粉腮。厚卿替她拭泪，万分温存地劝慰着，娇娜转悲为喜。厚卿送她走出房门，想到今夜的欢会，总可以十拿九稳了，对着镜子痴痴笑了起来。

捱过三更，厚卿拍了拍胸脯，大着胆，走出房门。摸着扶梯，走上楼，窗外月光朦胧。到了娇娜的卧房门口，伸手轻轻地把房门一推，蹑脚走进房去。绣幕里射出灯光，娇娜背着身子，对灯坐着，两只眼睛望着灯火发呆。厚卿上去，轻轻把她抱起，进了罗帐，给她松了衣纽，解了裙带，一宵恩爱。二人了过心愿，在枕上海誓山盟，千欢万爱。直到晨鸡报晓，娇娜才替厚卿披上衣巾，把他送到扶梯口，然后各自回房睡去。

炀帝是一个风流天子，在东京的时候，大兴土木。在显仁宫西面，选了一大块空地，建造湖山楼阁。这块地的南半边，南北东西中，挖了五个大湖。每一个湖，方圆十里，四面种的都是奇花异草。湖边造一圈长堤，堤上百步一亭，五十步一榭。桃花夹岸，杨柳笼堤。湖中许多龙舟凤舸，靠定白石埠头泊在柳荫下面，听候皇帝随时传用。在北边挖了一个北海，方圆四十里，与五湖相通。在北海中央筑起三座神山，一座是蓬莱，一座是瀛洲，一座是方丈。山上造了许多楼台殿阁，点缀得金碧辉煌。山顶高出海面一百丈，东可望箕水，西可见西京。湖海中间交界处，造着一座一座的宫殿。海北面一带，凿了一道长溪；沿溪风景幽胜的地方，建造了十六座院宇，选了三千美女，住在院里。绕着湖海，造了方圆二百里的苑墙，用青石筑成湖海的斜岸，用五色石砌成长溪的深底。

宫殿院宇，全是金妆玉裹。各处郡县都把奇花异草、飞禽走兽献进京。一座西苑，仙鹤成行，锦鸡成对，金猿共啸，青鹿交游。这全靠虞世基逼迫四方百姓，才造成这座西苑。炀帝带了他宠爱的妃嫔，坐着玉辇，进苑来游五湖十六院。东湖四面种的全是绿柳，两山翠色与波光相映，名翠光湖；南湖有高楼夹岸，倒映阳光，名迎阳湖；西湖有芙蓉临水、黄菊满山，白鹭晴鸥时来时往，名为金光湖；北湖白石形若怪兽，错落横在水中，微风一动，清沁人心，名为洁水湖；中湖宽广，月光射入，水天一色，名为广明湖。炀帝游完五湖，又迫不及待地到十六院中闲玩。

十六院中第一座是景明院，南轩高敞，时有薰风吹入；第二座是迎晖院，朱栏曲折，回压琐窗，太阳升起时，百花呈媚；第三座是秋声院，碧梧数株，金风吹来，叶中有声；第四座是晨光院，杨梅开花，宛似朝霞；第五座是明霞院，玉李一株，艳胜霞彩；第六座是翠华院，长松数株，团团如盖，罩定满院；第七座是文安院，隔水突起，石壁一片，壁上的苔痕纵横，宛如一幅图画；第八座是积珍院，桃李成屏，花茵为绣，流水鸣琴，新莺奏管；第九座是仪凤院，疏竹环绕，中间两座丹阁，宛以鸣凤一般；第十座是影纹院，长溪中碎石砌底，簇起许多细细的波纹，水光反照，射入帘拢，连枕簟上也有五色波痕；第十一座是仁智院，左面靠山，右面临水，取孔子智者乐山之意；第十二座是清修院，峰回路断，只有小舟才能通行，中间桃花流水，别有洞天；第十三座是宝林院，种了许多佛国祇树，尽以黄金布地，宛如寺院一般；第十四座是和明院，桃蹊桂阁，春可以纳和风，秋可以赏明月；第十五座是绣阴院，晚花细柳，凝阴如绮；第十六座是降阳院，梅花绕屋，楼台向阳，尽可凭栏赏雪。炀帝日夜在五湖十六院中游玩，不知闹出多少风流故事。

迷点

【亲仇 细说大唐第一家庭】

◎炀帝究竟是为了怎样的一个绝世佳人，竟要斩杀他曾重用的太监许廷辅？

◎袁紫烟到底有何能耐，竟让炀帝对她刮目相看？

◎宫中真的有怪物吗？宫女太监们又是怎么谣传的？御林军为何要进驻宫中？

亲仇·细说大唐第一家庭

第贰章

迷恋江都

·侯女自缢·

有一天，风和日丽，炀帝下旨，召集文武大臣，在西苑中赐宴。炀帝饮到高兴时，对群臣说道："如今四海升平，君臣共乐，乃是千秋胜事。卿等锦绣满腹，何不各赋诗歌，纪念今天的盛会？"

百官奉了炀帝的旨意，搜索枯肠，在御宴前做起诗来。炀帝也做了八首写湖上景色的词，群臣传诵一遍，各有和词，又各献酒称贺。炀帝命百官放量痛饮。君臣们饮了半日，都已经大醉；随即吩咐罢宴，众官谢恩退去。炀帝余兴未尽，就换了一只小龙舟，驶向龙鳞渠，到十六院闲玩。

众夫人听得炀帝驾到，一齐焚香奏乐，迎接圣驾。龙舟沿溪而来，妃嫔夹岸相随。到了迎晖院，王夫人领着二十个美人，笙箫歌舞，将炀帝迎进院。院中酒席早已摆好，炀帝携着王夫人的手，与二十个美人一齐入席。美人轮流歌舞，次第进觞。一个美人，上来献酒。只见她生得绰约如花，清癯如柳，眉目之间，别有风情。炀帝问她叫什么名字，美人答称："姓朱，名贵儿。"炀帝伸手将她揽到杯里，细细玩赏。那贵儿也十分卖弄，拿着杯儿，送到炀帝唇边。炀帝饮了酒，亲自执着红牙，听贵儿唱道：

人生得意小神仙，不是尊前，定是花前；休夸皓齿与眉鲜，不得君怜，枉得依怜。君要怜，莫要偏；花也堪怜，叶也堪怜；情禽不独是双鸳，莺也翩跹，燕也翩跹。

炀帝听了，乐得命宫女斟满自己的金杯，赏贵儿饮了。说道："朕听你唱曲，不仅娇喉婉转，词意也很动人。你要朕怜，朕今夜就怜惜你一回。"这一夜，炀帝在迎晖院，召幸了朱贵儿。俗话说妻不如妾，妾不如婢，婢不如偷。炀帝在西苑里，夜夜行乐，那十六院夫人，虽然个个长得千娇百媚，但她们见了炀帝，总不免拘束礼节，反不如那美人可以随意临幸。没几天，十六院中三百二十名美人，都被炀帝行幸过。他还不知足，下旨各院夫人美人，不必迎送，以便在月下花前和宫女彩娥，私自勾挑，暗中结合。他最喜欢偷香窃玉，如果在花径柳荫巧遇娇娃，私干一回，就觉十分畅快。那班宫人知道了炀帝的心性后，一个个都故意东藏西躲，专等着皇帝来偷情。

有一夜，炀帝在积珍院中饮酒，忽然听到隔墙笛声嘹亮。他悄悄走出院去偷听，那笛声高一声低一声，断断续续，像是在花径外，又像是在柳树边。炀帝顺着笛声，沿着花障走去，刚转过几曲朱栏，走了二三十步，笛声却停住了。只见一个女子腰肢袅娜，款款而来。炀帝侧身躲到太湖石畔，见那女子年仅十五六岁，长得皎若梨花，轻柔如柳，月下行来，好似嫦娥下凡。炀帝见了，情不自禁地从花荫中扑出去，一把抱住那女子。

那女子正要呼救，转头一看，见是炀帝，忙说道："婢子该死！不知万岁驾到，不曾回避。"说着，就要跪下。炀帝忙搂住那宫女，说道："你长得这样标致，朕也不忍怪罪你。你知道汉皋解佩的故事吗？朕今夜正是为解佩而来！"这宫女十分乖巧，说道："贱婢下人，万岁请自重，让人看见了不雅。"炀帝哪里肯听，一把将那宫女抱入花丛，原来这宫女还是处女，月下相看，娇啼百态。

炀帝又怜又惜，十分宠爱，将她抱在怀里，问她："叫什么名？"那宫女却说道："万岁不过是一时高兴，问名字做什么？况且宫女三千，即使问了也记不住！"炀帝笑骂道："小妮子！弄什么乖，怕朕忘了你今夜的恩情吗？快快说来，朕绝不会忘了你的。"宫女才说自己叫妥娘，是清修院的宫人。二人正说话，忽见远远有一簇灯笼照来，妥娘推着炀帝说："万岁快去吧！不要被人看见，笑万岁没个正经。"二人站起身来，抖抖衣裳，从花障背面出来。炀帝握着妥娘的手，笑了一笑，妥娘就回清修院去了。

炀帝出了花丛，找不到积珍院的旧路，见隔河影纹院中灯烛辉煌，就走过小桥，悄悄走进院子。院中的刘夫人和文安院的狄夫人，正在那里浅斟低酌。炀帝放轻脚步，走到二人跟前说道："二妮子这样快活，何不陪朕一饮？"两位夫人见了炀帝，慌忙起身迎接，一边邀炀帝坐下，一边斟酒。

狄夫人眼尖，瞥见炀帝龙袖上一方血痕，笑道："这黄昏人静，陛下来得有些古怪！"炀帝嘻嘻笑道："有什么古怪？"狄夫人忙扯起炀帝的袍袖给刘夫人看，刘夫人笑道："我说陛下怎么肯来，原来有这样的喜事。"狄夫人道："陛下替哪个宫人破瓜？妾等会齐各院向陛下贺喜。"炀帝只是笑着并不说话，二位夫人轮流把盏，把炀帝灌得烂醉如泥，当夜在影纹院中睡下。从此炀帝更加放荡，日日歌舞，时时纵欢。没有哪天不在西苑中游玩，偌大一座西苑，不到一年半载，炀帝就玩厌了。苑内十六院夫人，三百二十个美人，三千个宫女，炀帝也玩腻了。

这一天，炀帝正在北海和众妃嫔饮酒，忽然宇文恺、封德彝差人奏称："奉旨赴江都建造四十九座离宫，现在都已完备，只等圣驾临幸。"炀帝听了大喜道："苑中的风景，早已览遍，不如到江南看琼花。"当筵下旨："宫馆既已修筑，朕不日将临幸江南。一路宫馆，仍须广选民间美女，以备承应。"

圣旨一下，朝臣无人谏阻，只是那班夫人妃嫔恐慌起来，都来劝阻。炀帝道："江都是锦绣之乡，又有琼花一株，艳绝天下，朕早就想去游览。贤妃等尽可安心守在宫中，过了五七个月，朕就回来，与诸位贤妃相见。"贵儿、妥娘、杳娘、俊娥等得宠的美人，听说沿路有四十九座离宫别馆，离宫别馆中又都有美人守着，担心皇帝的宠爱移在别人身上，于是一齐嚷道："愿随万岁爷出巡。一来可以游览江南风景，二来万岁爷沿路也须有人陪伴。"炀帝也舍不得她们，就答应带她们一起游幸江都。

炀帝带着宇文恺和封德彝及三千御林军护卫，正要动身，忽然有一个叫何安的人说造了一座御女车，并要把它献给炀帝。那车中间宽阔，床帐衾枕齐备，四周又用鲛绡织成帏幔。外面看里面，什么也看不见；里面看外面，却十分清楚。又有许多金铃玉片，散挂在帏头幔角。车行时，金玉摇荡，铿铿锵锵如同奏细乐，任你在车中百般笑语，外面却听不见。路上若要行幸妃嫔，尽可恣意行乐，所以称作御女车。炀帝得了这御女车，满心欢喜，传旨厚赏何安。然后携了妃嫔，坐上御女车。一路走来，三十里一宫，五十里一馆。每到一处，郡县官就来接驾，献上奇珍异味、美酿名产。到了宫馆，又有绝色美人，夜夜歌舞。

炀帝坐御女车游幸江都，一路上见着名山就登山览秀，遇到胜水就临水问津，不知不觉就到了扬州。江南山明水秀，柳绿桃红，与北路风光大不相同。炀帝见了，心中十分欢喜，问道："之前说的琼花，开在哪里？"封德彝奏道："琼花在蕃厘观中，每年三月开花。如今是四月天气，百花都谢了，须等到明年春天才能观赏。"炀帝听了，心中有些不乐。宇文恺在一旁劝解道："琼花虽然已经开过，但江都名胜颇多，圣上尽可游览。"炀帝从此天天在江都探胜寻幽。

一天，来到横塘上梁昭明太子的文选楼。昭明太子曾在这楼上写下许多古文，并编成一部文选，所以称其为文选楼。炀帝先命随行的宫女到楼上恭候着，随后炀帝坐着七香宝辇，拾级而上。这座楼高百尺，共分五层。石级阁道，都飞出屋檐以外。从下面望上去，在阁道上走着的人，如同在空中行走一般。忽然东南风起，走在阁道上一队队的宫女身上的薄罗轻縠，被风吹起来，露出紫裙红裤，十分鲜艳。炀帝看了，也无心游览，只吩咐众宫女在月台上围绕着他，饮酒歌舞。炀帝喝得烂醉，才选了几个绝色宫女，回离宫寻欢作乐。

这样早歌夜宴，炀帝在江都足足玩了几个月。深宫里的萧皇后和十六院夫人，感到十分凄清，就联名上奏，把个风流皇帝催回了京都。当夜萧皇后和十六院夫人，在宫中摆着筵宴，替炀帝接风。饮酒时，炀帝盛称江都风景秀美，山水清奇。夫人们笑道："只怕陛下是留恋江南女色，并不是贪恋景色！"炀帝笑道："眼前诸位夫人都尽态极妍，还有谁家女子能胜得？实在是贪玩江南山水，才冷落了诸位夫人。不是朕夸，江都景色不说山水秀美，就是一朵花儿，也比西苑中的红得可爱。不像我们北地的花柳，未到深秋就全部黄落，寂寞得叫人发闷。"清修院的秦夫人听皇帝这么说，回宫就和十六院夫人悄悄商议，又和许多宫女一齐动手，一夜工夫，就已布置妥帖。

第二天，十六院夫人一齐去请炀帝驾幸西苑。炀帝说："如今是仲冬天气，苑中花树凋残，有什么可玩赏的？"无奈秦夫人再三劝驾，说："西苑中百花竞放，专候圣驾临幸。"炀帝素来对女人十分温柔，当下由着众夫人簇拥而至西苑。御辇一进苑门，果然万紫千红，桃李齐放，一片锦绣，草长莺飞，竟像是江南三月风景。非但炀帝看了诧异，就连萧后也暗暗吃惊。炀帝说道："不过一夜工夫，怎么会花柳齐放？"这时柳树荫中一队队宫女彩娥，笙箫歌舞地迎了上来。炀帝看了，连连称妙。秦夫人在一旁奏道："陛下看这苑中风景，比江都的怎么样？"炀帝一把拉住秦夫人的手，笑问道："妃子有什么妙法，使得花柳一夜齐放？"秦夫人用衫袖掩着珠唇，笑道："哪有什么妙法，只是众姐妹辛苦了一夜罢了！"说着，炀帝走到一株海棠树下，伸手去采花，一看，原来这些花全是用五色绸缎剪成后系在枝上的。炀帝不禁哈哈大笑道："是谁的好主意，亏得她有这么巧的心思！"众夫人奏道："这全是秦夫人的主意，妾等连夜制成。"炀帝笑着对秦夫人说道："这也难为你了！"说着走到一丛梅树林下，见枝上梅花，红白齐放。炀帝说有趣，吩咐在花下摆起筵席。

炀帝坐在席上，看着四周花木，不分春夏秋冬，万花齐放，心中十分欢喜，忍不住和众妃嫔开怀大饮起来。一时觥筹交错，丝竹齐鸣。几十杯下肚，炀帝已有几分醉意，笑道："秦夫人既然想出了这样妙的法子，诸美人也应换唱新歌，谁来唱一支新曲，朕立即满饮三杯。"话声未落，只见一个美人，穿一件紫绡衣，束一条碧丝裙，袅袅婷婷地走近筵前，娇声奏道："贱妾愿歌一曲新词，博万岁一笑。"炀帝一看，原来是他宠爱的仁智院美人雅娘。只见她轻敲檀板，漫启珠唇，唱着《如梦令》词道：

莫道繁华如梦，一夜剪刀声送；晓起锦堆枝，笑煞春风无用。非颂，非颂，真是蓬莱仙洞！

炀帝原本就爱雅娘，如今见她娇滴滴的声音唱出这新词来，不觉连声称妙，连饮三杯，众夫人一齐陪饮一杯。才放下酒杯，又有一个美人，浅淡梳妆，娇羞体态，出席奏称："贱妾也有新词献上。"炀帝认得是迎晖院的朱贵儿。这贵儿本就唱得好曲，她也唱了一折《如梦令》道：

帝女天孙游戏，细把锦云裁碎；一夜巧铺春，尽向枝头点缀。奇瑞，奇瑞，写出皇家富贵。

炀帝听了赞道："好个'写出皇家富贵'！"连饮了二大觥。这场筵宴，直到黄昏月上，炀帝也被众夫人迷得酒醉昏沉，当下扶着秦夫人的肩头，临幸清修院。

一连几天，炀帝都幸着秦夫人，慌得众夫人或探消息，或赋诗词，百般地去勾引。无奈这秦夫人把个风流天子霸在院子里，不放他出门一步。这一天午膳，炀帝和秦夫人略饮了几杯，手牵着手，走出院子，沿着长堤，看着流水玩耍。见前面叠石断路，水中却浮着一只小艇。秦夫人把炀帝扶下小艇，两人荡着桨，摇进曲港。两岸柳树林子，种得密密层层，那树头上的假花，却开得十分灿烂，映在水面，连水光也十分鲜艳。炀帝正痴痴地看着，忽见一缕桃花瓣，浮在水面上，从上流断断续续地漂下来。炀帝以为是秦夫人弄的，就笑着向秦夫人点头。

这时有三五点花瓣，正傍着小艇浮来。炀帝伸手去捞起花瓣，不禁吃了一惊，原来这花瓣鲜艳娇嫩，不是假花。炀帝忙问秦夫人，秦夫人也莫名其妙，连说"怪事"。再看水面，那花瓣还是不断地漂来。炀帝说："如今仲冬天气，哪里有这样鲜艳的桃花？看来朕今天遇到了仙子，这长溪变成武陵桃源了呢！"说着划着小艇，沿着花瓣的来路寻去。绕过几曲水湾，穿出一架小桥，只见一个美人蹲在石埠上，伸着玉手，一瓣一瓣地放着桃花瓣。她穿着紫绢衫子，白练裙子，低垂粉颈，斜拢云环，不知是什么人。等到小艇摇近石埠，美人抬起头来，炀帝才认得是妥娘。妥娘年纪最小，炀帝最爱她的娇憨性情。

她见了炀帝就拍着手笑道："刘郎终于被贱婢诱出桃源来了！"炀帝见了妥娘，心中欢喜，走上岸，拉住妥娘的手说道："你这小妮子，又在这里作乖弄巧！"妥娘说道："陛下在清修院里一住六七天，弄得众夫人冷清清的，像失了魂魄一般。大家想闯进清修院里找寻陛下，又怕触了陛下的清趣，因此贱婢才想出放桃花瓣引陛下出来的法子。这条溪水正通向清修院，陛下又是一个多情的人，妾在上流放桃花瓣，陛下在清修院见了，肯定会沿溪寻来。果不其然，贱妾真的把陛下给哄出来了！”炀帝问：“众夫人现在何处？”妥娘用手指着前面说：“正在胜棋楼候着陛下呢。”说着，果然见十五位夫人，从堤上迎来。见了炀帝，齐说：“陛下快乐，却忘了贱妾。”说着，粉脸上都露出一丝怨恨之色。炀帝笑着，一一和夫人拉着手说道：“朕偶尔避几天静，又劳诸位夫人想念；如今朕就伴着众夫人尽一日之欢。”说着，就到胜棋楼去，传上筵席，歌舞畅饮。炀帝问妥娘：“你那些鲜艳的桃花，是从什么地方弄来的？”妥娘说：“是三月间从树上落下的。妾闲时把它收起来，密藏在蜡丸里。当时也是无心，没想到留到仲冬，颜色却还很鲜艳。”炀帝见她小小年纪，如此乖巧，越发觉得可爱，当夜在妥娘院子里留幸。

炀帝从此留住西苑，终日和夫人宫女追逐欢笑。好似狂蜂浪蝶一般，不管黄昏白日，花前月下，遇着就和妃嫔戏耍一回。那班美人见炀帝爱好风流，想尽法子去引诱。这炀帝就生成下流性格，专爱和宫女在花前柳下偷香窃玉。正正派派讲究床第之欢，他反觉得索然无味。因此，那妥娘、贵儿、杳娘、俊娥故意打扮成宫女模样，在花明柳暗的地方，悄悄藏着。风流天子撞见了，就上前拉住，做出许多风流事来。后来又因炀帝识得她们的脸面，便个个拿轻绡遮着头脸。一时宫里上上下下的宫娥彩女、妃嫔媵嫱，越是在灯昏月下的时候，越个个披着颜色娇艳的轻纱，在各处回廊曲院里，袅娜微步。远远望去，宛如月里嫦娥，洛水仙女，隐隐绰绰的煞是动人。炀帝见了，不管蠢的俏的美的丑的，遇到的凑成一番露水缘。整座西苑里的宫女，都沾了皇帝的雨露恩情。因此外面百姓人家，凡有女儿略长得好的，都巴不得送进宫里。这位天子，性格风流，且心肠温柔，从不曾责骂宫女，一旦宠幸，就把她的父兄封侯拜相。

管理挑选宫女的宦官，名叫许廷辅，是一个贪财的太监。穷苦人家的女儿得先拿上千上万的银钱孝敬他，他才给你挂上一个名儿。世家大族的人，舍不得把女儿断送在宫廷里，他就在炀帝跟前诳奏，说某家女儿长得如何美貌，世家大族为了保护自己的女儿只有送给他成千上万的银钱，他才会给你在册子上除名。凡是在册子上挂上名字的，他如数拉进后宫锁闭起来。到这时，那班做宫女的，又非得给他钱才行。炀帝天生喜新厌旧，一个上好的闺女，他玩上几次，如果没有特别动人之处，或没有歌舞的技能，他就丢在脑后，又玩别个去了。虽有三千粉黛，这样走马看花地玩着，没几天又厌了。于是吩咐许廷辅，到后宫挑选新的女子进来。许廷辅到了后宫，就作威作福。那拿银钱首饰孝敬他的，就选进宫；没孝敬他的，他就把你关到头发雪白，也不选你。任你有西施、王嫱一般的才貌，他也束之高阁。

没想到太监弄权，活活逼死了一个绝色佳人。这佳人是侯氏的女儿，长得天姿国色，又绝顶聪明，八岁时就能吟诗作赋。虽长在贫寒门户，却也是诗礼世家。当时有许多名门豪宅前来求婚，侯女仗着才貌双全，不把那班公子王孙看在眼里。一误再误，直到许太监来挑选美女，听到远近沸沸扬扬地传侯家女如何美丽，如何有才情。许太监慕名而来，一文钱也不要，把侯女选进后宫。凡是选进后宫来的人，见了许太监，都百般献媚，十分相亲。那班脂粉娇娃，终日围着许太监，声声唤着爹爹，常常说笑歌舞，替许太监解闷。那班女儿逢时逢节做些针线，孝敬给爹爹；也有把自己耳朵上挂的珠环，臂上套的金钏，卸下来送给爹爹的。许廷辅得了这些女孩儿许多好处，自然要把她们早早选进宫去，让她们早沾雨露之恩。

独有这侯家女，生来端庄，不露半点轻狂。她见了许太监，不肯献媚，也不孝敬他银两。她住在后宫，静悄悄的一个人，点一炉好香，咏几首好诗，一任那班女伴卖尽轻狂，她依旧孤高独赏。有时许太监有意拿话去兜搭她，她总是不理不睬。侯女心想，自己有这样闭月羞花的容貌，任他是风流的天子，好色的皇帝，见了准能宠擅专房，到那时再放些手段，做一个汉家的飞燕，千古留名。她存了这个心思，因此从不肯屈志求人。谁知这许廷辅也十分刻毒，他见侯女如此孤高，故意不选她，任她年年寂寞，岁岁凄凉。

侯女自从十五岁选人后宫，一住三载，从未见过天子一面。她终日点香独坐，每晚掩泪孤吟。国色天香无人赏识，帐暖衾温却是独宿孤眠。熬过黄昏，又是长夜；才送春花，又听秋雨。每到五更梦醒的时候，凄清寂寞，想起自己的身世，一泪千行。侯女起初因爱惜容颜，调脂弄粉，耐着性儿守着。谁知一年一年过去，一直杳无消息，不免对花弹泪，对月长叹。好不容易，盼到许太监到后宫来挑选美女，提起精神，刻意梳妆。对着镜子，见自己美丽如仙，料想同院的三千姐妹，谁能比得上自己？那许廷辅也知道侯家女最为美丽，一心想要侯家女送他几件饰物，平了心气，才肯选她进宫。侯家女又自恃绝世容颜，任着性子，不肯屈就，任凭如花美眷，似水流年。每次伤心，姐妹们劝道："姐姐何必自苦，拿几件珠玉孝敬许爹爹，选进宫，见了万岁，就不愁一世富贵了。"侯女听了，叹一口气说道："我听说汉昭君长着绝世容颜，因奸臣毛延寿贪赃，她宁愿让画师在她画像上点一粒痣，也不愿拿一千两黄金去孝敬奸贼。她虽一时被害，远嫁单于，后来琵琶青冢，但万世流芳，不失为千古美人。我纵使赶不上昭君那般美貌，但也不愿为了富贵，落下一个话柄！”众姐妹说道：“姐姐如此执拗，岂不辜负了绝世容颜？”侯女拭着泪道：“我自知命薄，即便见了天子，只怕也得不到好处；拼去一死，叫千载后知道隋宫中有这样一个薄命人，做鬼也值得！”

这次，侯女打听到许太监又选了百十个宫女送进西苑，自己依然落选。大哭一场后，说道：“妾此身终不能见君王了！要得君王一顾，除非在妾死后。”于是打定主意，茶饭不吃，在镜台前打扮一番。又把平日写的感怀诗，写在一副玉版笺上，装进小锦囊中，挂在自己左臂上。等到晚上，掩上宫门，悄悄跪地拜了圣恩，拿出一幅白绫，亲自掩杀了人间这抹绝色。等到宫人发觉，美人早已断气。大家痛哭了一场，不敢隐瞒，报知萧后。萧后差宫人到后宫查看，宫人在侯女左臂上解下一个锦囊，呈与萧后。萧后打开，见是几首诗句，就吩咐转呈炀帝。

这天炀帝正在宝林院和沙夫人闲谈解闷。炀帝自夸说：“朕是一个多情天子，两京十六院无数粉黛，朕一一恩宠，从不曾冷落一个人。因此朕所到之处，总是欢歌笑语，没一个人愁眉泪眼的。”正说得畅快时，忽见萧后打发宫人送上侯女的锦囊，炀帝打开一看，见一幅精绝的玉版乌丝笺，齐齐整整写着几首诗句。第一首是《梅花》诗：

砌雪无消日，卷帘时自颦；
庭竹对我有怜意，先露枝头一点春。
香清寒艳好，谁惜是天真？
玉梅谢后和阳至，散与群芳自在春。

炀帝读了又读，赞道：“好诗！”再看第二首，是《妆成》：

妆成多自惜，梦好却成悲；
不及杨花意，春来到处飞。

又《自感》三首道：

庭绝玉辇迹，芳草渐成窠；
隐隐闻萧鼓，君恩何处多？

欲泣不成泪，悲来强自歌，
庭花方烂熳，无计奈春何！

春阴正无际，独步意如何？
不及闲花草，翻承雨露多。

炀帝一边读着，跌足叹道："如此才华，是朕冷落了她！"再看后面是一首《自伤》长诗道：

初入承明殿，深深报未央；长门七八载，无复见君王。春寒入骨情，独卧愁空房；飒履步庭下，幽怀空感伤！平日新爱惜，自恃料非常；色美反成弃，命薄何可量？君恩实疏远，妾意待彷徨；家岂无骨肉，偏亲老北堂。此身无羽翼，何计出高墙？性命诚所重，弃割良可伤！悬帛朱梁上，肝肠如沸汤；引领又自惜，有若丝牵肠！毅然就死地，从此归冥乡！

炀帝读到后面几句，忍不住流下泪来，说道："这样一个美人儿，怎么不让朕见一面，就白白地死了呢？朕真是追悔莫及！"说着，瞥眼见纸尾上又有一首诗，题目写着《遣意》两字，诗道：

秘洞扃仙草，幽窗锁玉人；
毛君真可戮，不肯写昭君！

炀帝不禁拍案大怒道："谁是毛君？枉杀了朕的昭君！"沙夫人忙道："陛下息怒，想这侯家女儿，不过是平常姿色，所以许廷辅不把她选进宫来；痴女子却妄想陛下雨露之恩，所以弄出人命。"炀帝听到许廷辅，恍然大悟，说道："一定是这厮从中作怪，逼死了朕的美人！"当下传唤许太监。

·袁紫烟得宠·

许廷辅原本是炀帝重用的太监，历来挑选美女，都由他一人经手。因此许廷辅在宫中的威权很大，十六院夫人也是他选进来的。大家想起自己所受的宠幸，全是当日许太监挑选之德，哪有不帮他之理？沙夫人劝谏炀帝道：“也许那侯家女，本没有什么姿色。是她心存非分之想，枉自送了一条性命，这也不能专怪许太监。”一句话提醒了炀帝，于是起驾亲临后宫，察看侯女的尸身，看她是否美貌，再定许太监的罪。

消息传到许廷辅耳里，吓得他心惊肉跳，忙和手下的小太监商量。那小太监出了一个主意，说：“不如趁皇上还没见过尸身前，悄悄把侯女的脸毁坏，皇上看不出美丑来，就没事了。”许太监连说：“妙计！”立即打发一个小太监去毁坏侯女的脸。谁知炀帝去得很快，小太监到了后宫，炀帝已经在便殿上坐着了。他吩咐太监把侯女的尸身香汤沐浴，之后宫女又替尸身梳了一个垂云髻，然后抬上殿来。炀帝见她樱唇凝笑，柳眉侵鬓，俨然一个绝色佳人。浑身莹洁滑腻，胸前一对乳峰，丰满高耸，纯洁的处女之身，叫人一见销魂。再看那粉颈上的一抹伤痕，炀帝情不自禁起身走近尸身伸手抚摸那伤痕，才说了一句：“朕辜负美人啊！”就放声大哭起来。霎时殿上的宫女侍卫，都跟着大哭。炀帝一面哭着，一面对尸身诉说道：“朕一生爱才慕色，独独辜负了你这美人。美人长成这般才色，咫尺之间，却不能与朕相遇。算来也不是朕辜负了美人，是美人生来薄命；或许美人并不薄命，是朕生来缘悭。美人在九泉之下，千万不要怨朕无情；朕和美人生前虽不能同衾共枕，如今美人既为朕自尽，朕就封你做一位夫人，也了了美人生前的心愿，安了美人死后的幽魂。”炀帝一边抚摸着尸身，一边诉说着。哭一阵，说一阵，哭个不停，说个不停。

左右侍从看了，人人心酸，个个垂泪。见炀帝伤心不已，无法劝住，只得悄悄地把萧后请来。萧后把炀帝扶进后殿，好言劝慰。又说：“死者不能复生，愿陛下保重龙体。陛下如果哭出病来，死去的美人心中也会不安。”炀帝于是传旨出去，用夫人的礼节收敛侯女，从此宫中称侯女为侯夫人。又吩咐把侯夫人的诗句，谱入乐器，叫宫女弹唱；并将埋没美人的许廷辅，打入刑部大牢，着刑部堂官严刑拷问。

那许廷辅受不住大刑，只得把自己如何勒索宫女的财物，如何不让侯夫人进宫，一一招认了。问官得了口供，不敢怠慢，一一照实奏闻。炀帝听了，十分愤怒，说道：“这厮辜负朕恩，在背地里如此大胆，不处死他怎么对得起屈死的美人。”于是传旨把许廷辅绑到东市腰斩。十六院夫人和众宫娥念他旧功，听说要把许廷辅腰斩，一齐劝解说："许廷辅罪本该死，但他也是陛下的宠用之臣，还求陛下格外开恩，赐他一个全尸。"炀帝依了众夫人，批旨赐许廷辅狱中自尽。权威赫赫的许太监，空有万贯家财，此时得了圣旨，不得不在三尺白绫上了却残生！

炀帝葬了侯夫人，杀了许太监，心中还想念着侯夫人，终日长吁短叹，郁郁不乐。萧皇后百般劝慰，又终日陪着皇上饮酒游玩，那妥娘、杳娘、贵儿、俊娥、刘夫人、狄夫人、王夫人、沙夫人也整天在皇帝跟前轮流歌舞，替皇上解闷。萧皇后和众夫人伴着炀帝游到绮阴院中，院主夏夫人将他们迎进去饮酒作乐。酒吃到半醉，炀帝忽想起侯夫人的诗句，吩咐众宫女唱曲。萧皇后说："讲到歌喉，袁宝儿唱得最好。"炀帝于是传袁宝儿。谁知袁宝儿却不知去向。后来见她带领着一群宫女，嘻嘻笑笑地从后院走来。炀帝问："你这个小妮子，躲到哪里去了？"宝儿和几个宫女一齐跪下说道："贱婢等在仁智院看舞剑，不知万岁爷和娘娘驾到，罪该万死！"炀帝听说看舞剑，十分诧异，忙问："谁在舞剑？"宝儿奏称："是薛冶儿。"炀帝又问："谁是薛冶儿？快叫她舞给朕看。"太监得了圣旨，就去把薛冶儿传来。

那薛冶儿见了皇帝，慌忙跪倒。炀帝见她脸若朝霞，神若秋水，玉肩斜削，柳眉拥秀，果然又是一个绝色美人。炀帝心中有几分欢喜，亲自把薛冶儿扶起，说道："你这小妮子，既然会舞剑，为什么不舞给朕看，却在背地里卖弄？"那薛冶儿娇声说道："舞剑算不得什么本领，岂敢在万岁与娘娘面前献丑？"炀帝笑说道："美人舞剑，是千古韵事。你舞一回给朕看看。"随即吩咐赐一杯酒，给薛冶儿壮胆。

薛冶儿听了，不敢推辞，跪着饮了酒，提起两把宝剑，走到院心。也不揽衣，也不挽袖，轻轻地舞起来。初起时，一往一来，宛似蜻蜓点水，燕子穿花，把那美人姿态，完全显露出来。后来渐渐舞得快了，竟看不见来踪去迹，只见两把宝剑宛似两条白龙，上下盘旋。炀帝和后妃宫女都看呆了，不禁连连称妙。薛冶儿舞罢，气也不喘，脸也不红，鬓丝一根不乱，走到炀帝跟前跪下，口称："贱婢献丑了！"炀帝看她温香软玉般柔媚可怜，心中十分喜欢，忙伸出手把她揽到跟前。回过头对萧后说道："冶儿美人姿容，身怀英雄技艺，不是天生仙骨，不能如此。今天如果不是朕亲自看了，险些又错过一个美人。"萧后也凑趣道："对此美人，不可无酒。"忙吩咐左右献酒。炀帝坐对美人，心花怒放，左一盅右一盅痛饮着，不觉酩酊大醉。萧后见炀帝有醉幸薛冶儿之意，就带了众夫人，悄悄避去。炀帝这一夜，便在绮阴院中临幸了薛冶儿。一连几宵都由薛冶儿伺候着。

后来炀帝忽然想起后宫数千宫女，不知埋没了多少美人才女；如果不亲自去挑选一番，只怕又要闹出侯夫人那样的事来。就去和萧后商量，要和萧后亲自到后宫挑选美人才女。萧后说："后宫数千宫女，陛下从什么人选起？"炀帝说："朕自有道理。"第二天，传旨后宫，不论夫人、贵人、才人、美人、宫娥彩女，或是有色，或是有才，或是能歌，或是善舞，凡有一才一技之长的，都可报名自献，听朕当面点选。旨意一出，那一天，能诗的，能画的，能吹弹歌唱的，能投壶蹴鞠的，纷纷赶到殿前献艺。炀帝在显仁宫大殿上备下酒席，带同萧皇后和十六院夫人，一齐上殿面试。萧后和炀帝并坐在上面，众夫人罗列两旁，下面摆着几张书案，放着纸墨笔砚、笙箫弦管。

炀帝拣那能做诗的，出题目叫她吟咏；能画的，就说景致，叫她摹画；能吹的，叫她吹；能唱的，叫她唱。一时间笔墨纵横，玑珠错落，宫商迭奏，鸾凤齐鸣。不会字画，但有姿色的，炀帝也叫她一一从跟前走过。粉白黛绿，满殿尽是美人，看得人眼花，听得人心荡。炀帝看一个爱一个，后来狠心割爱，选了又选，只选了两百多人。或封美人，或赐才人，各赐喜酒三杯，一齐送入西苑备用。

选到后面，只剩下一个美人。那美人也不吟诗，也不作画，也不歌，也不舞，只是站在炀帝跟前，默默不语。炀帝见她品貌风流，神韵清秀，不施脂粉，别有姿仪，就问她："叫什么名字？别人都献技献艺，为什么你却不言不语？"那美人不慌不忙说道："妾姓袁，小字紫烟。自幼选入掖庭，从不曾瞻仰天颜。今蒙圣恩多情采选，特敢冒死晋见。"炀帝道："你既来见朕，定有一技之长，何不当宴献来？"袁紫烟却回奏道："妾虽有微能，却非娇歌艳舞，只图娱乐君王耳目，博一己之恩宠。"炀帝听她说出大道理来，不禁悚然起敬。萧后追问道："你既不会歌舞，那有什么才能？"袁紫烟道："妾自幼好观天象，观气望星，能识得五行的消长，察知国家的运数。"炀帝听了，诧异道："这是圣贤的学问，朕尚且不懂得，你一个红颜绿鬓女子，竟懂得其中的玄机？今天就封你为贵人，在宫中造一高台，专管内天台的职务，朕也可伴着贵人，时时看看天文，这倒是宫廷中从没有的风趣。"袁紫烟听了，慌忙谢恩。炀帝即赐她列坐于众夫人下首。众夫人贺道："今日陛下挑选美女，不独仅得了许多佳丽，又得了袁贵人为内助，都是陛下的洪福！"炀帝大喜，与众夫人饮到夜深，随即临幸了袁贵人。

次日，炀帝传旨在显仁宫东南面，筑起一座高台。不到十天工夫，高台就已建成。炀帝在黄昏时，和袁贵人同上高台。袁紫烟一面伴着炀帝饮酒，一面指着天上的星宿跟炀帝说，哪里是三垣，哪里是二十八宿。炀帝问道："什么是三垣？"袁紫烟回奏说："紫薇垣、太薇垣、天市垣是三垣。紫薇垣，是天子之宫；太薇垣，是天子出政令诸侯的地方；天市垣，是天子主权衡积聚之都。三星明清气朗，国家就享和平；晦暗不明，国家就有变乱。"炀帝又问："什么是二十八宿？"紫烟奏对道："角、亢、氐、房、心、尾、箕，七宿在东方；斗、牛、女、虚、危、室、壁，七宿在北方；奎、娄、胃、昴、毕、觜、参，七宿在西方；井、鬼、柳、星、张、翼、轸，七宿在南方。二十八星宿环绕天中，分管天下各地。如果五星干犯何宿，就知道什么地方有灾难。或是兵变，或是水灾，或是火灾，或是虫灾，或是地震，或是海啸山崩，都以青黄赤白黑五色来分辨。"

紫烟说得头头是道，炀帝也听得津津有味。于是，炀帝又问："天上可有帝星？"袁贵人伸手向北一指，说道："紫薇垣中，一连五星。前一星主月，是太子之象；第二星主日，赤色特别大的，是帝皇。"炀帝顺着袁贵人的手望去，见上面果然有一粒大星，只是光焰忽明忽暗，摇晃不定，忙问："帝星为什么摇晃不定？"袁贵人笑道："帝星摇晃，主天子好游。"炀帝笑道："朕好游乐，不过是小事，怎么天象也要显示？"袁贵人正色奏道："天子是一国之主，一举一动都应天象，所以圣王明主刻刻小心，不敢放肆，就是怕这天象。"炀帝听了也不答言，只是怔怔地抬头望着天上。半晌，问道："紫薇垣中为什么这么晦暗不明？"袁贵人低下头去道："这是外司天台臣工的职责，妾不敢造次。"炀帝说道："天上既有显示，贵人说说也无妨。"再三催迫，袁贵人只得说两句道："紫薇垣晦暗，只怕陛下享国不久！"怕炀帝心中不乐，袁贵人忙劝道："只要陛下修德行仁，也未必不能挽救。"

二人正沉默时，忽然西北天上一道赤气，直冲霄汉。那赤气中，隐隐现出龙纹。袁贵人吃了一惊，忙说道："这是天子之气，怎么在那个地方出现？"炀帝回头看，果然见红光一缕，结成龙纹，照耀天空，游漾不定。炀帝问："怎么知道是天子之气？"袁紫烟道："天文书上记载，五彩成纹，状如龙凤，就是天子之气；气起之处，就有真人出现。此气起于参井两星之间，这真人应当出现在太原一带。"

第二天外司天台的臣工奏称："西北方有王气出现，请皇上派大臣去镇压。"接着又连上几道表章："第一道表章，称弘化郡至边关一带，连年荒旱，盗贼蜂起，郡县无力抵御，乞皇上早遣良将，前去剿捕；第二道表章，是兵吏两部共举良将，称关右十三郡盗贼蜂起，郡县告请良将，臣等公推现任卫尉少卿李渊，他才略兼全，可补弘化郡留守，责成剿捕盗贼。"炀帝看了，在第二道表章上批语"李渊既有才略，即着补授弘化郡留守，总督关右十三郡兵马，剿除盗贼，安抚民生"。批复后炀帝就闷闷不乐地在内苑中闲走。走到杨柳树下面，却听见娇滴滴的歌声，炀帝顿时心中快活起来，急忙寻着歌声走去。只见一个美人，临流坐在白石栏杆上，扭转柳腰，低垂粉颈，娇喉唱道：

杨柳青青青可怜，一丝一丝拖寒烟；
何须桃李描春色，画出东风二月天？

杨柳青青青欲迷，几枝长锁几枝低；
不知萦织春多少？惹得宫莺不住啼。

杨柳青青几万枝，枝枝都解寄相思；
宫中哪有相思寄？闲挂春风暗皱眉！

杨柳青青不绾春，春柔好似小腰身；
漫言宫里无愁恨，想到秋风愁煞人！

杨柳青青压禁门，翻风挂日欲销魂。
莫夸自得春情态，半是皇家雨露恩。

那美人正要接着往下唱，炀帝已悄悄地走在她身后，伸手抚着她的脖子，笑道："美人为何如此关心杨柳？江南杨柳正多，朕带你到江南游玩去。"美人吃了一惊，回过脸来，见是万岁，忙跪下接驾。炀帝认得她是袁宝儿。袁宝儿进宫时间不久，是长安令进献的，生得伶俐乖巧，又天生一副娇喉，能唱各种歌曲。炀帝十分宠爱她，为了一句到江南游玩，顺带想起去西北方巡游镇压皇气，因此调动百万人夫，掘通御河，盖造江都行宫。

厚卿在舅父朱承礼家中做客，和表妹娇娜结了私情。舅父姨娘颇多，个个爱和厚卿兜搭说话。厚卿因和娇娜恩情很厚，怕得罪了她们，会让娇娜有什么不便，因此常常在花前灯下，讲述宫廷里的故事。那班姨娘听厚卿说故事，越听越有趣，一有空，就拉着厚卿讲炀帝的故事。厚卿一心在娇娜身上，对那些姨娘不免淡淡的。大姨娘飞红，自从厚卿初来，就对他有了意思，言语里总带有几分情意。平日厚卿的饮食冷暖，大姨儿也最为关心。厚卿也知道她的情意，因自己一颗心被娇娜绊住，又因她是舅父的如夫人，所以不敢放肆。飞红一心要收服厚卿的心，每夜更深人静，厚卿悄悄走上来，在她卧房门外走过，到娇娜房中去，她都听到了，但并不声张。只盼着时间久了，厚卿也分些情爱在她身上，因此她非但不去破坏他们的好事，还暗暗在背地里照应他。

从秋到冬，从冬到春，厚卿和娇娜二人好得如胶似漆，难舍难分。娇娜认为这样偷偷摸摸，总非长久之计。暗暗催着厚卿两人暂时分别，快回家去叫人来向自己父亲求亲。厚卿也知道娇娜说得在理，无奈舍不得娇娜这个天仙般的美人，因此一天一天地耽搁着。看看考期已近，他舅父就叮嘱他温习文章，准备进京夺取功名。厚卿心里，因炀帝无道，满朝全是奸臣，因此不愿去考取功名。无奈娇娜再三劝说，厚卿只得在书房中埋头用功，等到黄昏人静，就向娇娜房中一钻。见分离在即，二人的恩言爱语说也说不尽。厚卿口口声声答应等考期一过，就回家去求父母，叫媒人前来求亲。他们闺房中的恩情蜜语，飞红句句听在耳中，越发勾得她春心荡漾。

隔了几天，厚卿按着时候，悄悄去会他的心上人。走上楼梯，正在暗中摸索着，忽然伸来一只手，拉住厚卿的手臂。接着那人贴过脸来，悄悄凑在厚卿耳边说道："我的好公子，你不要害怕，是你大姨娘。我有许多心里话想对你说，快跟我到我房里去，我们好好说会话。"厚卿是来偷情的，本来就不敢声张，况且被她死拉着手臂，只得乖乖地跟着她走进卧房。飞红见厚卿进了房，轻轻将房门下了闩，转过身来，笑眉笑眼地把厚卿拉到床沿上坐下。厚卿见飞红的粉腮上，两朵红云，红得十分鲜艳；水盈盈的两眼不停地向自己脸上斜溜过来。这时飞红放下帐门，抱小孩儿一样地把厚卿抱在怀里。厚卿吓得心头乱撞，嘴里低低地央告道："好大姨娘！咱们规规矩矩地说话，不要这样动手动脚的！"娇娜小姐在隔房听到飞红如此揉搓她的心上人，又是气愤，又是心痛，又是害怕，只得暗暗垂泪。想起自己的终身大事，要坏在这大姨娘身上，不由得呜呜咽咽地痛哭起来。厚卿在飞红房里听到了，再三央求飞红，放他到娇娜房中。飞红见厚卿一副可怜的神情，也不忍逼他；只是要厚卿答应她，从此分些情意给她，她就答应暗中帮忙，劝老爷答应他表兄妹的婚姻。厚卿当时，正需要她的帮助，就权宜答应了她。

·游幸江都·

自从那夜一番情话以后，飞红认为厚卿对自己也有些真情，就死心塌地帮助厚卿，同时百般安慰娇娜。娇娜心里也感激飞红的一片好意，但爱情这东西，到底是很难与人分享的。为防日久生变，娇娜悄悄叮嘱厚卿，早日动身赶考，取得功名之后完婚，那时名正言顺，就不怕飞红变卦了。厚卿于是向舅父告辞，说要早日动身赶考。朱太守听了，忙让荣氏替厚卿料理行装。诸事齐备之后，就在内室设宴饯行。

朱太守和荣氏带着安邦公子和娇娜小姐，以及飞红、醉绿、眠云、漱霞、楚岫、巫云六位姬人，坐了一大圆桌。分别在即，彼此心中不免有些难舍难分。娇娜小姐和厚卿有了私情，在众人面前要避嫌，更是不肯多说话。再加上心中别恨离愁，柔肠九曲，一时也找不出话来。大姨娘飞红原本是一只响嘴老鸦，平时满屋子就她一个人话多，如今在这离筵上，却做了哑巴。她见厚卿玉貌翩翩，才亲近几天，还没能上手，就要离去了，如同刚得了一个宝贝，就失去了，叫她心中如何不痛？另外五位姨娘，见大姨娘不作声，也沉默不语。席上荣氏叮嘱厚卿路上小心，朱太守吩咐厚卿努力获取功名。众人潦草饮了几杯，就散去了。

当晚更深人静的时候，娇娜小姐房中开起了离筵。筵席上的酒菜，都是飞红瞒着众人一手准备的。娇娜和厚卿二人促膝相对，那深情蜜意、伤离惜别的话，絮絮滔滔地说个没完。飞红陪在一旁，一会替厚卿斟酒，一会替厚卿拭泪。娇娜和厚卿两人，说一回，哭一回。飞红自己也满怀心事，陪在一旁淌眼抹泪。一场泣别，直到五更。娇娜拿出一个白玉连环赠给厚卿，说道："玉体双连，犹如你我二人终身相守。天可见怜，婚姻有圆满之日。洞房之夜，以此物为证。"厚卿接了玉连环，从汗巾上解下一个翡翠双狮挂件，放到娇娜手中，握着她的手说道："妹妹闺中珍重，他日相见，愿长保玉臂丰润。"说着，匆匆退出房去。娇娜一直送到扶梯口，实在撑不住了，伏在扶手栏杆上痛哭起来。飞红把厚卿送下楼，悄悄拿出一面和合小铜镜，放到厚卿怀里，说了一句："公子珍重。"厚卿整晚昏昏沉沉的，到了自己房里，伏在枕上流泪。不久天色大亮，厚卿起身上路。从此侯门一别，萧郎陌路。

炀帝因为要重幸江都，带着众妃嫔不便航海，就想出一个开掘御河、引孟津的水直通扬州的办法。一路上开山破城，不知道费了多少人力。好不容易挖通了一条淮河，就把孟津闸口放开。孟津的水滔滔滚滚地奔向御河，从河阴经大梁、汴梁、陈留、睢阳、宁陵、彭城，东入淮水。清波荡漾，长堤漫漫。为了修这条御河，有二百五十万丁夫和二万三千节级队长丧命。加上沿途受害的几十万百姓，总的算起来，修成这条御河，共送掉三百万条性命。

炀帝见御河已通，十分欢喜。随即吩咐工部筑造十条头号龙舟，供皇帝皇后乘坐；五百条二号龙舟，给十六院夫人和众妃嫔美人乘坐；杂船一万条，并限三个月完工。工部不敢怠慢，忙发文书给各郡州县，分派赶造。州县官员照上中下三户分派给百姓，要求龙舟必须造得富丽堂皇。沿江沿淮一带百姓，家家户户无不因此亡家破产，卖儿鬻女。龙舟造好后，一字排在御河的白石埠头上。

炀帝吩咐在龙舟上摆宴，亲自带领文武百官来到御河。只见碧波澄清，一望如镜。头号龙舟长二十丈，宽四丈多，正中矗起三间大殿，殿上起楼，楼外造阁。殿后造了后宫，画栏曲槛，玲珑窗户，珠帘掩映，满船金碧辉煌。炀帝四处巡游一番，心中颇觉得意，就回到大殿上和群臣饮酒。饮酒时，炀帝忽然说道："龙舟果然造得富丽堂皇，只是太长太宽了些。船篙撑不动，橹也摇不动，航行时必然迟缓，朕在船中定会昏闷。"黄门侍郎王宏奏道："陛下不必劳心，臣用缎匹制成锦帆，趁着东风，扬帆而下，不会迟缓。"炀帝听了，沉吟了一会说道："如果无风，岂不是寸步难行？"王宏又奏道："臣用五彩绒制成锦缆，一头绑在殿柱上，一头由人夫拉着，即便无风也能平稳前行。"炀帝听了，大喜道："卿真是有用之才！"随即赐酒三杯。萧怀静接着奏道："锦缆虽好，只怕人夫粗蠢，不是很雅观。不如派人到吴越选取十五六岁的女子，装扮成宫装模样，无风时上岸牵缆而行，有风时持桨绕船而坐。这样陛下凭栏闲眺，更有情趣。"

炀帝听了，连声称妙，问王宏道："船上需要多少女子？"王宏略略计算了一下，奏道："每一只船有十条锦缆，每条缆须十个女子牵挽，十缆共用一百名，十只大龙船共计一千名。"炀帝笑道："偌大的龙船，一百名娇小女孩怎么牵挽得动？朕想再添一千名内侍，这样才不费力。"萧怀静奏道："臣以为不可。陛下用女子牵缆，图的就是美观。如果用男子夹杂其间，就不美观了。臣认为不如添一千头玉色山羊。每个女子手中拿一条彩鞭赶着山羊，人和山羊一齐牵着锦缆。山羊有力气，配着娇艳的女子，如同神女牧羊，十分美观。不知陛下意下如何？"炀帝听了，连说："卿言深得朕心！"酒间君臣吃得十分尽兴。

炀帝回宫告诉萧后和众夫人看龙舟的事。夫人们听说后，撒痴撒娇地要跟着皇上去看龙舟。炀帝拗不过她们，第二天就带了后妃，排驾到御河埠头去看龙舟。众夫人见了龙舟，嘻嘻笑笑十分欢喜。大家在船舱里看了一会，有的说爱这个舱房明净，有的说爱那个舱房宽敞。炀帝就替十六院夫人和宠爱的妃嫔，预定了舱位。随后在大殿上设下筵席，与众后妃开怀畅饮。众夫人歌的歌，舞的舞，劝酒的劝酒。

炀帝见了这情形，自然畅快无比。看一回舞，听一回歌，饮一回酒，不知不觉就吃得酩酊大醉。众夫人见皇上醉了，忙把皇上扶上玉辇回宫。

车驾走到半路，黄门官拦街奏道："有洛阳县令献异花。"炀帝喜爱玩花草，听说有异花，忙传旨取花。众宫嫔将花捧到玉辇前，炀帝睁着醉眼观看。只见那花茎有三尺来高，种在一个白玉盆里，花瓣鲜美可爱，一圈深紫色镶着边，花心却洁白如玉。拿手指抚摸着，十分滑腻，好似美人的肌肤一般。最奇的是每一个蒂上，都开着两朵花，芬芳馥郁，清心爽脾，炀帝闻着顿觉精神百倍。炀帝捧着花儿，心中十分喜爱，问道："这花有什么妙处？"黄门官奏称："据洛阳令奏说，香气耐久，沾染衣襟，能经久不散。那香味既能醒酒，又能醒睡。"炀帝又问："此花叫什么名？"黄门官又奏说："此花是从嵩山坞中采来的，与凡花不同，洛阳令也不知道它的名字。"炀帝听了，略略沉思一会道："此花迎着朕辇而来，又都是并蒂，朕赐它一个名，就叫合蒂迎辇花吧。"说完催动车驾，进了西苑。

众夫人见小黄门怀中捧着合蒂迎辇花，都上前争夺，好不热闹。炀帝笑道："众夫人不要争，这花只能交给袁宝儿。"众夫人听了，都不服气，说道："陛下也太偏心了！我们怎么就不及袁宝儿呢？"炀帝笑道："夫人不要说这么小器量的话，要知道袁宝儿本来是长安令进贡来御车的。这花朕取名叫迎辇花，御车女看管迎辇花，不是名正言顺吗？"说着，就传袁宝儿，亲自将花交给她，叮嘱她好好看管。自从那天炀帝偷听了她的歌之后就备受恩宠，如今又做了司花女，炀帝因花能醒酒醒睡，时时刻刻不离花，也就时时离不开宝儿，因此宝儿受的恩宠更盛了。

炀帝自从开通了御河、造成了龙舟以后，在宫中坐立不安，恨不得立刻坐着龙舟到江南去。无奈一千个殿脚女，还没有选齐，锦缆没人拉。炀帝心中正十分焦躁，忽然西苑令马守忠进宫求见。马守忠专管西苑的工程事务，听说皇上要抛下西苑游幸江都，心中很是不乐。因此进宫来劝谏炀帝，说道："古来帝王，一行一动，都符合典制。如今陛下游幸江南，全为寻欢作乐，驾出无名，只怕千秋万岁后，陛下会受人指摘。陛下修造这座西苑，穷年累月，千工万匠，不知费了多少心机，花了多少银钱，才盖成这五湖四海三神山十六院。这天宫仙岛一样的风景，陛下为什么要抛弃了它，去寻什么江南景色？"这番话，怎么劝得住炀帝？只是驾出无名一句话，炀帝细心一想，倒有几分道理。这样大排场地巡幸，总得借个大名，才能免掉后世的笑骂。炀帝思索了一回，忽然想起昨天的奏章，说辽东高丽，已经多年没有进贡了。心想朕不如借征战辽东为名，先发一道诏书，传告天下，只说御驾亲征，然后另遣一员良将，略带兵马前往辽东，虚张声势。朕以征辽为名，游幸为实，正好把这场过失遮掩过去。

第二天大开朝议，炀帝把这旨意宣示群臣，下了一道征辽诏书。此时，一千名殿脚女正好也选齐了。于是将她们分派在十条大龙舟上，一缆十人，一船百人。有风时挂起锦帆，各持镂金兰桨，绕船而坐；无风时各牵锦缆，彩鞭逐队而行。炀帝下旨命越王守国，留一半文武大臣辅佐朝政，又命礼官，选一个吉日起行。

到了这一天，炀帝和萧后龙章凤藻，率领着十六院夫人和几位宠爱的妃嫔，共坐一乘金围玉盖的逍遥宝辇。还有三千美女、八百宫嫔，都驾着七香车，围绕在玉辇前后。众内侍一律蟒衣玉带，骑在马上。因有征辽的名号，銮舆前排还列着八千锦衣军。龙旗招展，凤带飘摇，沿着御道排列着，足足有十里。一声号炮响，正要起驾，忽听得一派哭声，从宫中涌出。只见上千宫女狂奔过来，撞在御辇前，拦住马头，齐声嚷道："求万岁爷也带我们去！"原来炀帝宫中宫女太多，虽有上万龙舟也装载不尽，只能带了三千名，留下一千名看守故宫。

这一千名宫女，见不能随行，就撒痴撒娇地拦住车驾，不肯放行。炀帝不忍叫兵士将她们打开，亲自好言安慰众人道："你们安心在此看守宫苑，朕此次出去平定辽东，少则半载，多则一年就会回来。"那班宫女不听，个个不顾死活，上前挽留。炀帝只得下狠心，喝令士兵驱车直前。士兵们领了旨意，就不顾宫女死活，推动轮轴，向前转去。可怜众宫人被车轮挤倒的挤倒，轧伤的轧伤，号哭满路。炀帝在玉辇中听到后面众宫女的啼哭声，心中有些不忍，就传唤内侍，取来纸笔，题了二十个字道：

我慕江都好，征辽亦偶然；
但存颜色在，离别只今年。

派人将诗笺传给众宫女，叫她们不要啼哭。宫女看了诗，无可奈何，只得凄凄惨惨地回宫。

御辇到了白石埠头，炀帝带着后妃众人上船。帝后坐的十只大龙舟，用铜索连在一起，居于正中。十六院夫人分派在五百条二号龙舟里，一半在前，一半在后，簇拥着大龙舟。每条船各插一面绣旗，编成字号。众夫人、美人依着字号居住，以便宣召。一万条杂船，分坐着文武官员和黄门内侍，随着龙舟，缓缓而行。大船上一声鼓响，大小船只鱼贯而进；一声金鸣，各船立即按队停泊。又设十名郎将，称为护缆使，不停地在龙舟周围巡视。龙舟分派已定，大臣高昌带领一千殿脚女，前来见驾。炀帝见她们一个个风流体态，窈窕姿容，略略过目，传旨击鼓开船。

这一天风息全无，不能张帆。护缆郎将把一千头白山羊驱到两岸，又押着殿脚女一齐上岸牵缆。那些殿脚女，都是经过训练的，个个打扮得妖妖娆娆、袅袅婷婷。只听船上画鼓轻敲，众女柳腰款摆，十只大龙舟被一百条锦缆拽着悠悠漾漾地前行。炀帝携着萧后，并肩倚在船楼上，左右顾盼。只见两岸的殿脚女，娥眉作队，粉黛成行，香风蹴地，彩袖翻空，一路上绮罗荡漾。炀帝在船楼上越看越爱，对萧后说道："朕如此行乐，不枉天子一场！"萧后回奏道："陛下能及时行乐，真可称得上是达天知命了！"站了一会，萧后下了船楼，炀帝也走下楼去，靠定船舷，细细观看。

只见众殿脚女未走上半里，个个脸泛桃红，颈滴香汗，喘息不定。当时正是四月，新热逼人，日光强烈。殿脚女全是十五六岁的娇柔女子，哪受得起这样的苦，没走多远，就狼狈不堪了。炀帝看了，心中暗想，她们娇喘吁吁地行走，不但毫无趣味，反而露出许多丑相。于是传旨，鸣金停船，叫殿脚女收了缆回船上。萧后见船停住了，不知何故。急忙来问，炀帝说道："皇后不见这班殿脚女，才走不上半里路程，就一齐喘急起来，再走上半里，弄得个个流汗，脂粉零落，还成什么样？所以朕命她们暂停，得商量一个妙法，免了这番丑态。"萧后笑道："原来陛下是爱惜她们，怕晒坏了她们的嫩皮！"炀帝也笑道："皇后不要取笑，朕并不是爱惜她们，只是这样子实在不美观。"

帝后正在谈论，翰林院学士虞世基奏道："依臣愚见，这事也不难，只要陛下传旨，在两岸种满柳树，肯定能遮住阳光。"炀帝听了，又摇着头道："办法虽然很妙，但长堤千里怎么种？"虞世基奏道："只要陛下传一道旨意，命令不论官民，栽一株柳树就赏一匹绢。"炀帝称赞道："卿真是有用之才啊！"于是传旨出去，命兵工二部，火速写出告示。真是钱能通神，不到一天，百里堤岸，柳树早已种得密密麻麻了。炀帝坐在船上，见众百姓种得热闹，说道："这才是君民同乐啊！朕也亲自种一株，留作纪念。"说着带领百官，走上岸。众百姓见了，一齐拜倒在地。炀帝走到柳树边，选了一株，众内侍忙把那柳树移过去，挖了一个深坑，待炀帝种下去。

·殿脚女的奇遇·

众百姓见炀帝亲自来种柳树，更加踊跃，不到六七天，千里隋堤就已是柳树依依。春光覆地，碧影参天，风来袅袅生凉，月上离离泻影。炀帝看了，连称好风景！对萧后说道："从前秦始皇泰山封禅，一时风雨骤至，无处躲避，幸亏有半山上的五株大松树遮盖。始皇说它有功，封它为大夫，称五大夫松。如今朕游幸江都，全亏这两行柳树遮掩日光，朕就赐它御姓杨吧。"所以后世称柳树为杨柳。萧后见炀帝加封柳树，凑趣道："陛下得了同姓的功臣，应该庆贺。"于是命左右上酒，奉给炀帝。炀帝接过酒，笑着饮了几杯，并命击鼓开船。

一声鼓响，一千殿脚女上岸牵着锦缆，拿着彩鞭，赶着山羊一步一步走去。两堤种了杨柳之后，碧影沉沉，一点阳光都透不下来。清风拂面，凉爽可人。炀帝带着众夫人在龙舟上饮酒听歌，乘着酒兴，带着袁宝儿到各处龙舟上绕着雕栏，细细观赏两岸的殿脚女。只见那些女子，绛绡彩袖，翩跹轻盈，一个个都长得风流苗条，十分可爱。见第三只龙舟的一个殿脚女腰肢纤纤，体态如云，一双眼秋水低横，两道眉春山长画，白雪凝肤，乌云挽髻，金莲款款，玉质翩翩。炀帝对着那女子从上看到下，从下看到上，看了半天，大惊道："这女子柔媚秀丽，有西施、王嫱之姿色，怎么竟做了殿脚女？"炀帝正出神，忽见朱贵儿、薛冶儿奉了萧后之命，来请皇上饮酒。炀帝两眼直直看着岸上，任她们百般催请，总是不理。

朱贵儿请不动炀帝，只得报知萧后。萧后笑道："万岁不知又着了谁的魔了！"于是与十六院夫人一齐来到第三只龙舟。只见炀帝倚定栏杆，两道眼光，直直盯着岸上一个女子。萧后赞道："这女子果然娇媚动人！"又说："远望虽然有态，近看不知如何。为什么不宣她上船来呢？"炀帝一听，忙命人去传宣。不一会儿，那女子就来到了龙舟上，只见她一双弯弯的长眉，好似新月一般；最叫人动心的，是明眸皓齿，黑白分明。炀帝看了，喜得眉欢眼笑，对萧后说道："没想到今天又得了这绝色美人！"萧后也说道："陛下天生艳福多。"炀帝把那女子叫到跟前，问道：

“美人是哪里人？叫什么名字？”那女子腼腆不已，低声道：“贱妾生于姑苏，姓吴，小字绛仙。”炀帝又问：“今年几岁了？”吴绛仙奏称十七岁。萧后在一旁说道：“正在妙龄。”又问她：“嫁人了吗？”吴绛仙害羞，低着头，不说话。萧后在一旁凑趣道：“不要害羞，只怕今晚就要嫁人了！”炀帝听了，笑道：“皇后倒像是做媒人的！”萧后也笑道：“陛下难道不像个新郎？”众夫人接着说道：“婢子们又有会亲酒喝了！”你一言，我一语，把吴绛仙弄得羞答答的，背过脸去。这模样让人越看越怜，炀帝当即传旨，鸣金停船。

这时天已昏黑，船舱内灯烛齐明，左右摆上夜宴，炀帝与萧后并肩坐在上面，十六位夫人分坐在两旁。妥娘、贵儿、杳娘、俊娥、宝儿、冶儿、紫烟等得宠的美人随立在炀帝身后。吴绛仙斟上两杯酒，一杯献给萧后，一杯献给炀帝。吴绛仙双手捧着金杯，走到炀帝跟前，双膝跪倒，把那金杯儿高高举起。炀帝正一心宠爱着她，忙伸手接过酒杯，握住她的纤纤玉手，说道：“你也伴着朕在一旁坐下。”吴绛仙忙谢恩说道：“有娘娘和众夫人在此，贱婢不敢造次。贱婢得以侍立左右，已是万幸。”几句话说得伶伶俐俐，炀帝听了，更是欢喜，说道：“你既守礼不肯坐，那酒总可以喝的。”说着，叫宫女上酒，赐绛仙饮酒。吴绛仙饮了一杯，又跪下谢恩，炀帝趁势握住绛仙的手不放。众夫人见炀帝有几分把持不定，更是你奉一杯，我献一盅，把炀帝灌得醉眼蒙眬。炀帝此时，再也忍耐不住，站起身来，手搭在吴绛仙的肩上，说道：“朕不陪你们了！”就退入后宫临幸绛仙去了。

一宵恩爱，炀帝把吴绛仙看做天仙。次日一直睡到晌午，还与绛仙在床上绸缪。绛仙再三劝谏道：“婢子蒙万岁收录，随侍之日正长；陛下垂爱太过，只怕娘娘见罪。”炀帝道：“娘娘不会嫉妒的。”绛仙说道：“娘娘虽不嫉妒，婢子也要安守礼分。”炀帝听她这么说，才起身梳洗。果然萧后见炀帝贪欢晚起，心中大不欢喜，见着面便道：“陛下初幸新人，正要穷日夜之欢，怎么这么早就起了！”炀帝明知萧后话里有醋，故意笑道：“只因绛仙柔媚可人，朕不知不觉睡过头了，望皇后莫怪。”萧后听了，也不好意思再说，就邀炀帝去用早膳。席间，炀帝又提起绛仙，说道：“朕最爱绛仙两弯长眉，画得很有韵味。”这时，一个黄门官进来，奏道：“波斯国进献螺子黛。”炀帝大喜道：“献得正是时候，快把螺子黛赐给绛仙画眉。”

当时吴绛仙因为起迟了，尚在后宫梳洗。宫女捧着螺子黛，正要送进去，炀帝道：“你对她说，这螺子黛是波斯宝物，画眉最绿，最有光彩；今朕独赐予她画长眉用，叫她快画好出来。”内侍传旨，把螺子黛送去，交给绛仙。吴绛仙想要卖弄才情，信笔写下四句诗，叫内侍拿去呈给炀帝，算是谢恩，然后才细细画着蛾眉。诗道：

承恩赐螺黛，画出春山形；
岂是黛痕绿，良由圣眼青！

炀帝看了更加欢喜，对萧后说道："绛仙诗句清新，不在班婕妤之下。朕想封她为婕妤，皇后意下如何？"萧后忙道："听说绛仙曾许配给玉工万群为妻，如今陛下又封她为婕妤，只怕外宫听了不雅。"炀帝知道萧后有嫉妒之意，就不做声了。过了一会，吴绛仙化好妆出来，先向炀帝谢恩，再拜见萧后与众夫人。她昨天还是殿脚女打扮，经炀帝临幸后，珠膏玉沐，容光焕发，用螺子黛画了两道弯弯的长眉后，更是眉彩飞舞，飘飘欲仙。吴绛仙拜谢后，仍要上岸去做殿脚女。炀帝哪里肯，传旨从宫女中选一人补做殿脚女，令绛仙坐在船上，临流把桨，在他坐的船上弄桨。只见她坐在船舷上，腰肢袅娜，顾盼生姿，真是一经雨露，就不同寻常。众殿脚女见吴绛仙因画长眉得宠，便也都学着她画起来。无奈炀帝一片宠爱，全倾注在吴绛仙身上。吴绛仙每天把桨，炀帝每天凭栏观赏，爱到极致时，对萧后道："古人说秀色可餐，依朕看来，像绛仙这样，确实可以疗饥了！"说完，提笔写下一首诗：

旧曲歌桃叶，新收艳落梅。
将身傍轻楫，知是渡江来。

写完命左右把诗抄了，分头传给众殿脚女，大家念熟了，一齐当吴歌唱了起来。岸上的殿脚女唱着，龙舟中的宫女和着。炀帝听了，满心欢喜，又把吴绛仙封为崆峒夫人，从此她只需每天陪在炀帝左右，不必去持楫了。

龙舟在御河里一天一天走着，不久就到了睢阳。炀帝传旨停船，地方官员纷纷前来朝参。等到天色一黑，炀帝邀同萧后登阁看天。举头四望，只见银汉横空，疏星灿烂。高阁上没有点灯，炀帝就与萧后静静地凭栏而坐。炀帝听袁紫烟讲过天文，知道些星辰部位，就一一指点萧后观看。二人闲话了半天，已近二更。炀帝在阁上徘徊许久，四处观察，没看见什么天子气出现，就笑着对萧后说道："那些腐儒的言论，怎么信得？"萧后也道："陛下如果不亲自察看，心中总不免有疑惑，如今陛下大可放心了。"二人又站了一会，风露逼人，颇有凉意，萧后就和炀帝一起走下高阁。

第二天开船，炀帝依旧和众妃嫔们追笑寻欢。炀帝如同穿花蝴蝶，无日不陶醉在甜情蜜意之中。一路上穷奢极欲，歌舞管弦，龙舟一过，香闻数里。过了几天，就到了江都。炀帝大喜，吩咐第二天登岸。众官领旨，分头打点。百事齐备，到了第二天，炀帝和萧后带着众夫人，坐上逍遥宝辇，一路旌旗招展，鼓乐喧天，进入离宫。

离宫盖得十分高大，前面是宫，后面是苑。苑中也有十六所别院，别院东边，有一所月观。宫门口三座白石长桥，九曲御池，十分清澈。处处金辉玉映，层层锦装绣裹。萧后住正宫，众夫人和美人各住一所别院，独赐吴绛仙住在月观。殿脚女分发各院，当做宫女使唤。炀帝到了江南，见了这山明水秀，天然景色，很想得些自然的乐趣。

一夜，炀帝命小黄门提了酒盒，自己带着萧后、十六院夫人、五六个宠爱的美人，缓缓步行，到桥上赏月。这时夜尽三更，月悬中天。炀帝吩咐不要设席，只拿锦毡铺在桥上，不分尊卑，席地而坐，清谈嬉笑。饮了一会酒，炀帝道："我们这样清坐赏月，比起箫歌聒耳要好得多。"萧后说道："此时吹两三声玉箫，也十分清雅。"炀帝也说道："月下吹箫，最是韵事。"命朱贵儿备箫，遂取了一支紫竹洞箫，悠悠扬扬地吹起来。众人听了，无不神往。吹完箫，宝儿又清歌一曲。冶儿也趁着月光，舞了一回剑。炀帝看得开怀，命宫女斟上酒，饮了一回。萧后忽然问："这桥叫什么名？"炀帝说："还没有题名。"萧后道："既然没有题名，陛下何不依照今天的情景赐它一个名，传给后世，也留一个佳话？"炀帝听了，低头想了一下，说道："景物一般因人得名，古人有七贤乡、五老堂等，全是以人数闻名。朕和皇后、十六夫人连同绛仙等美人在内，共二十四个人，不如叫它二十四桥吧。"众人听了，齐声叫好，一齐奉酒，炀帝接过，开怀畅饮。后来唐人杜牧，有一首诗，就是凭吊二十四桥的，写道：

青山隐隐水迢迢，秋尽江南草未凋。
二十四桥明月夜，玉人何处教吹箫！

从此以后，炀帝在离宫里尽情游玩。

一天炀帝御驾临幸月观。那时吴绛仙正在对镜理妆，忙握住头发，要来接驾。炀帝忙说："不用接驾，朕在水晶帘下面看美人梳头，也是一大韵事。"说着，走进房来，坐在镜台旁，看着绛仙梳云髻，画长眉。绛仙见炀帝目不转睛喜滋滋地看着她的脸，笑道："粗姿陋质，有什么好看的，怎敢劳万岁如此垂青？"炀帝说道："看美人窗下画眉，是最有趣的事。朕只恨宫殿盖得空旷，窗户又太高大了，显不出美人幽姿。如果有几间曲房小室，幽闺静轩，与你们静静相对，与民家夫妇一般，这才遂了朕生平之愿呢。"绛仙奏道："万岁要想造几间幽窗曲户，也不是难事。只是要造得曲折幽雅，只怕宫中没有这样的巧匠。"

炀帝被绛仙一提醒，当即就把管工程的近侍高昌，传唤进来，又把要造曲窗幽户的话，对高昌说了。高昌奏道："奴才有一个朋友，自说能造精巧宫室。此人姓项，名升，是浙江人，与奴才是同乡，现在在宫外闲住。"炀帝于是吩咐传唤项升，高昌不敢逗留，立即出去带领项升进宫。炀帝道："高昌推荐说你能建造宫室，朕嫌这些宫殿造得太空荡，缺乏曲折幽雅之妙。你可尽心替朕造几间幽秘的楼房，先打图样进呈，等朕裁定了再动工。"项升领了旨意，退出宫，独自一人在屋里，通宵达旦，花了十天的心力，才把图样画成。随即进宫献呈炀帝，炀帝见图上画了一间大楼，中间分出千门万户，有无数的房屋，左一转，右一折，竟看不出从何处出入。炀帝大喜，说道："你有这样的巧心，造出这一所幽秘的宫室，朕住在里面，也不枉为天子，即便老死其中也不悔！"左右侍臣听炀帝竟然说出这个话，脸上都不禁变了颜色。炀帝却毫不在意，吩咐先赏赐项升许多彩缎金银，派他督看工程。并传旨工部，四处选取材料。派封德彝催发钱粮丁夫，如有迟慢，从严查办。

朝廷意旨一下，谁敢不遵？可怜做地方官的，只得剜肉补疮。天下百姓，自从炀帝开掘御河，建造行宫别馆以后，早已弄得民穷财尽。封德彝奉了圣旨，到处催逼钱粮，捉拿丁夫。这几年里建造东宫西苑，再加上凿通御河、西域开市、东辽用兵，不知花了多少钱财，伤了多少人命。如今又要征集几十万丁夫到江都建造宫楼，百姓知道此去必定性命不保，留在家里也是生计四绝，索性横下心，拼着性命去做盗贼。这里成群，那里结党，渐渐地聚集起来。有几个乱世英雄，聚集乱民作乱。窦建德在漳南作乱，李密在洛阳猖狂，翟让在瓦岗寨聚义，后来又有刘武周称雄。盗贼纷起，那班文武官员，只图眼前无事，就各自封锁消息。炀帝整天寻欢作乐，昏昏沉沉，什么都不知道。过了一年，项升才把大楼盖成。虽然费尽钱粮，但确实造得曲折华美，极天人之巧。走进楼去，更是弄得人心醉目迷。幽房密室，好像花朵一般。这边花木扶疏，那边帘栊掩映。一转身只见几曲画栏，隐隐约约；一回头又露出一道回廊，宛宛转转。进一步就别有洞天，一转眼又别开生面。才到前轩，不觉又转入后院，极尽逶迤曲折之妙。而且是黄金作柱，碧玉为栏，瑶阶琼户，珠牖琐窗。千门万户，辗转相通。人如果走错了路，绕一天也绕不出来。

项升造成了大楼，就去请炀帝临幸。炀帝坐着油碧小车，一路行来，遥见景色新奇，恍恍惚惚，如同到了神仙洞府一般。等走到屋子里面，见锦遮绣映，万转千回，幽房邃室，宛转相通。炀帝一边走着，一边赞道："此楼如此曲折精妙，不仅世人到此沉迷难认，就是真仙来游，也要被它迷住，可取名为迷楼。"又命项升领着众宫娥，细细地在楼中辨认路径；又传旨吏部赐项升五品官职，另赐千匹内库绫绢。项升谢恩后就上任去了。

炀帝这天没有还宫，自己在迷楼中住下。传诏吴绛仙、袁宝儿一群得宠的美人，前来寻欢。另传一道诏书，选三千十二三岁的幼女，到迷楼中充作宫女。在正中大楼上安下四副宝帐，全是象床软枕，锦茵绣褥，特地定下四个名字：第一帐，叫散春愁；第二帐，叫醉忘归；第三帐，叫夜酣香；第四帐，叫延秋月。炀帝不分日夜，除了喝酒，其余无时无刻不在帐中。又在屋子四角焚烧水沉香、龙涎香，香烟缭绕，从外面望进去，如同云雾一般，氤氲缥缈。炀帝整天在屋子里和几个最得宠的妃嫔游玩作乐。

那三千幼女，全是乳莺雏燕，嫩柳娇花。个个披着轻罗薄縠，打扮得袅袅婷婷的。分派在各处幽房密室中煮茗焚香，伺候圣驾。炀帝整天穿房入户，十分忙碌，只恨那幽密去处，全是逶迤曲折，高低上下，坐不得辇，乘不得舆，每天都要炀帝自己走，十分费力。左右侍臣见炀帝专好游幸，就在游幸的器物上费尽心思，造出许多灵巧的器具，以讨皇帝的欢心。当初何安献了御女车，得了功名富贵。他弟弟何稠，听到炀帝在宫中步行，十分劳苦。于是，他绞尽脑汁，制造了一辆转关车，献进了宫。这车下面装上四个轮子，左右暗藏机括，可以上可以下。登楼上阁，如同在平地行走一样轻松；转弯拐角，皆如人意。车身也不大，只须一个太监在后面推着，就能四处游幸。车子打造得精工富丽，上面点缀的全是金玉珠翠。炀帝见了这车子，心中大喜，亲自坐上车，叫一个内侍推着。果然轻快如风，左弯右转，全不费力，上楼下阁，比行走快了好几倍。炀帝试过了车，传旨赏何稠黄金千两，并赐给官职，让他在朝随侍。

炀帝自从有了转关车，在迷楼中，不管白天黑夜，穷日累月地穿行玩乐。渐渐地欢欲过度，头脑昏昏沉沉，生了一场大病。

·怒砍琼花·

炀帝一病，非同小可。平常只要叫袁宝儿采来合蒂迎辇花，嗅一下，酒就醒了，精神也好了。如今炀帝拿着花一嗅再嗅，却没一点效果。后来亏得御医巢元方开方下药，尽力调治，炀帝的病才好了许多。

炀帝身边有一个忠义小臣，名叫王义。王义是炀帝在东京时，由南楚道州进贡的。那时海内十分殷富，四方安定，各处边远地方，年年进贡，岁岁来朝。有进献明珠异宝的，也有进献虎豹犀象的，有进贡名马的，也有进献美女的。南楚道州深知王义巧辩慧心，善于应对，就把他献进宫。王义身材特别矮小，浓眉大眼，手脚灵活。炀帝当面问过几次话后，觉得他口齿伶俐，十分欢喜。从此无论是坐朝议事，还是宫外游赏，都要让王义伺候着。王义这人细心体贴，处处迎合炀帝的心性。日子久了，炀帝竟离不开他了。只因他没有净身，所以不能带他进宫。王义因不能随驾宫中，心中怏怏不快。

后来仁寿宫的老太监张成，给了王义一包麻醉和收口止血的灵药。王义竟狠下心肠，把下面那话儿割去，从此就进了宫，时刻随侍炀帝左右，说笑解闷。炀帝见他如此忠心，自然另眼相待。

王义见炀帝被酒色伤坏了身体，乘机跪在龙床前哭谏道："奴才见圣上近来精神耗损，身体虚弱，窃以为是陛下过于亲近女色。"炀帝道："朕也知道这个道理。朕登基时，精力旺盛，日夜寻欢，必须妇人女子前拥后抱，才能合眼。如今一睡就昏昏不醒，想来也是为色欲所伤！但好色是极乐之事，不知道为什么反而令人精神疲倦？"王义奏道："人是血肉之躯，精力过于耗费，身体自然受损。古人说：'蛾眉皓齿，伐性之斧。'日剥月削，怎么会不伤圣体呢？如果失于调养，龙体受损，虽有佳丽，也享用不了啊。还望陛下保重圣体！"王义说着匍匐在地，悲不能已。炀帝听了，吩咐王义道："你先回宫，选一个幽静的院落。朕打算搬去休养，只要小黄门伺候就行，宫人彩女一个也不要，饮食以清淡为主。"王义领旨，忙到后宫选了一间文思殿，殿内图书四壁，花木扶疏，十分幽静。王义命黄门官，把屋内收拾得干干净净，然后请炀帝去静养。

众夫人听说炀帝要独居静养，都赶来团团围住炀帝。炀帝对众夫人道：“朕乃天下社稷之主，不可不珍重龙体。近来贪欢过度，身体十分虚弱。你们先放朕去调养几天，等精力好了，朕再来跟夫人行乐。”众夫人见炀帝主意已定，只得说道：“万岁静养龙体是大事，妾等不敢强留。还请陛下与妾等再饮几杯，暂图片刻欢笑。”炀帝道：“朕也舍不得你们，只是为了保养身体，才不得不这样。众夫人既然以酒相劝，那就取酒来痛饮作别。”众夫人忙取酒献上，说道：“万岁今天进殿，不知几时才会重来？”炀帝道：“朕进文思殿，只是暂时调养。少则一月，多则百天，精神一好就出来。你们尽可安心相守。”说完，众人痛饮一回，天色已近黄昏。萧后率领众夫人，送炀帝进了文思殿，然后各自散去。

炀帝到了殿中，见伺候的全是小黄门，并无一个妃嫔彩女。炀帝因有几分酒意，自己解带安寝了。第二天起床，炀帝闲坐无事，就到各处看看花儿，顺手取了几册图史翻看。才看了两行，就困倦起来。因为想到静养正好勤政，就叫小黄门取来奏疏。打开奏疏一看，炀帝心中不禁慌乱起来。第一本，称杨玄感在黎阳起兵作乱，以李密为主谋，正在急攻洛阳。炀帝不禁大惊道：“玄感是越国公之子，怎么敢如此横行？洛阳是东京根本之地，不可不救。”于是提笔批示：遣宇文术、屈突通领兵讨伐。再看第二本，奏说刘武周斩杀太原太守王仁恭，自称太守，占据汾阳宫。第三本，称韦城人翟让，在瓦岗寨聚众万人，与同郡单雄信、徐世勣为乱。第四道奏章，奏说薛举自称西秦霸王，占据陇西一带。第五道奏章，也称杜伏威起兵历阳，江淮盗贼，蜂起相应。第六道本章，称李密率兵占据洛口仓，劫走了所有粮米。

这二十多本奏疏，说的都是盗贼反叛之事，炀帝不禁拍案大叫道：“天下怎么突然有了这么多盗贼？虞世基干什么用的，这些事怎么不早点上奏？”说着，传旨虞世基进殿问话。虞世基听说炀帝传唤，急忙进宫。炀帝一见，就把那一叠奏折掷给他看，问道：“天下群盗汹汹，你为什么都没有上奏？”虞世基忙跪下奏道：“圣上宽心，那些盗贼全是鼠窃狗偷之辈，不足为虑。臣已命各地郡县捕捉。”炀帝听虞世基这么一说，转怒为喜道：“我说天下如此太平，哪里有这么多盗贼。如今听你一说，全是鼠窃之辈，可笑那些郡县竟然如此慌张！”说着，把奏疏扔到一旁。虞世基见瞒过了皇上，就退出了大殿。

炀帝起身闲步，东边走一回，西边走一回，很是无聊。午膳时，炀帝拿起酒杯，见只有自己一人，兴致索然。灌了几杯闷酒，就颓然醉倒，也不用膳，也不脱衣，就倒在床上。一闭上眼，就看见吴绛仙、袁宝儿、朱贵儿、韩俊娥在他跟前绕着。

忽然又见萧后从屏后走来，对那班美人大声喝骂着。忽然醒来，才发现原来是在做梦。这晚炀帝睡在文思殿里，胡思乱梦了很久。好不容易挨到天明，早膳都没用，就上了香车，奔向中宫。

王义慌忙赶上去谏道："陛下是要静养龙体，怎么能出去呢？"炀帝气愤道："朕乃当今天子，高贵无穷，怎么能闷居幽室？"王义又奏道："在此静养，可保长寿。"炀帝怒道："如果只是闷坐，即使活一千岁，又有什么用？"王义见炀帝盛怒，只好退去，不敢再谏。炀帝到了中宫，萧后笑道："陛下休养了一两天，不知养得怎么样？"炀帝笑道："精神没有养好，反而费了很多精力呢！"萧后劝道："其实也不必闭门静养，只要时时节省淫欲就好。"炀帝道："皇后说得对。"说着，帝后两人，同坐宝辇到月观去了。到了观中，吴绛仙接驾。这时正是四月，蔷薇满架，花香袭人，十分悦目。炀帝传旨十六院夫人和宝儿，前来侍宴。不久，众夫人都到齐了，团坐共饮。歌一回，舞一回，整整吃了一天。

从此炀帝依旧天天坐着转关车，在迷楼中游幸。一天，炀帝坐着车，到了一带绣窗外。只见几丛幽花，低压着一带绿纱窗，十分清雅有趣，炀帝认得这是悄语窗。忽见一个幼女在窗下煎茶，炀帝下了车走到窗前坐下。那幼女十分乖巧，忙取来一只玉瓯子，斟了一杯龙团新茗，双手捧给炀帝，又拜倒接驾。炀帝顺手拉住她的纤手，见她长得柳柔花娇，眉新画月，鬌乍拖云，痴憨可人。炀帝问她年岁姓名，她奏道："十三岁，小字月宾。"炀帝笑道："好一个月宾！朕如今跟你做一个月主怎么样？"月宾见炀帝调戏她，微笑答道："万岁如果做月主，小婢怎么敢当月宾，只愿做一颗小星，已是万幸了！"炀帝见她答得巧，喜得一把搂住她，说道："你还是一个小女孩，就有这般巧思，真是可爱！"一时欢喜，就有了临幸月宾之意。

于是传旨取酒，左右忙摆上筵席，月宾在一旁伺候着。欢饮多时，天已昏黑，炀帝已经醉意浓浓。左右掌上灯来，炀帝已昏昏睡去，月宾悄悄把琐窗闭上，扶着炀帝，在软龙床上睡下。又怕皇帝立刻醒来，不敢放胆睡去。只挨在一边，朦朦胧胧地过了一宵。第二天，阳光映入窗纱，她才悄悄抽身起来，穿上衣服，在锦幔里立着。炀帝一觉醒来，见她不言不语地立在枕边，笑道："小妮子！好大胆子，也不等朕旨意，就偷着起身。既然这么害怕，昨天为什么还那样应承？"月宾一听，吓得慌忙跪倒。炀帝见她胆小得可怜，伸手将月宾扶起。月宾急忙服侍炀帝穿好了衣服，同到镜台前梳洗，又伺候炀帝用了早膳。正在用膳，一个太监进来报说："何稠又来献车了，正在宫外候旨。"炀帝听了，立即传何稠在大殿觐见。

只见何稠带了一辆精巧小车，那小车四周都是锦围绣幕，下面配着玉毂金轮。

炀帝道："这车精巧可爱，不知有什么用处？"何稠奏道："这车专为陛下临幸童女而设，内外共有两层。要临幸童女，只须将车身推动，上下两边立刻有暗机缚住手足，让她丝毫不能抵抗。而且这车自己能动，陛下根本无须费气。"说着，一一指给炀帝看。炀帝见了此车，满心欢喜，问道："这车叫什么名儿？"何稠奏道："小臣任意造成了此车，还没有定名，望万岁钦赐名称。"炀帝听了笑道："卿既任意造成，朕又能任意行乐，就取名任意车吧！"随即传旨升何稠的官职。何稠谢过恩，退出宫去。

炀帝把任意车带进宫，还没到晚上，就吩咐把车推到悄语窗下。哄着月宾道："这车精致可爱，朕与卿同坐闲耍去。"月宾不知是计，就坐上车。炀帝忙叫一个小黄门上去推动。果然才一推动，月宾的手脚就被金钩玉轴紧紧按住。炀帝看了笑道："有趣，有趣！今天不怕你逃上天去了！"随即扑了上去。这月宾是孩子身体，被炀帝蹂躏一番，受尽痛楚，早就哭倒在炀帝怀中。炀帝只得好言抚慰她一番。炀帝自从得了任意车后，更是忘了自己身体，拼着性命，不论日夜时时找人寻乐。迷楼中有三千幼女，他见这个娇嫩可爱，那个痴憨可喜，谁都舍不得。一个人能有多少精力，天天敲精吸髓，不久又精疲力竭，支撑不住了。可往往身体亏损的人，欲念更大，因力不能支，常常弄得扫兴不已。后来，只得传画院官画了许多男女的情意图，挂在回廊曲槛上，触目都是。炀帝看了，多少能助助兴致。

一天，太监奏称："宫外有一人叫上官时，在江外得了三十六面乌铜屏，特来献给万岁。"炀帝忙吩咐抬进来。只见每幅高五尺，宽三尺，四面磨得雪亮，光辉照耀，里外通明。每幅下面，全以白石为座。炀帝吩咐把一座一座排列起来。三十六座，把炀帝围在中央，如同一座水晶宫。外面的花光树影，一一映在屏上，如同一道画壁。人在屏前走，须发面貌，纤毫毕露。炀帝大喜道："玻璃世界，白玉乾坤，也不过如此！"立即把众美人传到屏中饮酒。众人在屏前来来去去，千影重重，容光交映，艳色流光。炀帝不禁大笑道："美人怎么这么多？"袁宝儿也笑道："美人本不多，只是万岁的眼多。"炀帝接着道："朕眼睛不多，只是情多！"众人说说笑笑，炀帝见众美人的娇容艳态，映入屏中，更加觉得销魂。从此天天带了众美人寻欢，不是在任意车上，就是在乌铜屏边。无奈精力有限，每天总是昏昏思睡。

一天，正在午睡，一个太监来报："蕃厘观的琼花开了！"炀帝听了大喜，随即传旨摆宴蕃厘观。与萧后、十六院夫人，同上香车宝辇，一路往蕃厘观中驶去。观中的道士见这架势，吓得无影无踪。到了厘观，炀帝和众美人走上殿去，见上面供着三清圣像。萧后原本就敬信神明，见了圣像，赶忙下拜。

炀帝问："琼花开在哪里？"太监忙说："在后殿花坛上。"传说这株琼花，是从前一个道号蕃厘的仙人，与同伴打赌作法。只见他取出一块白玉，种在地下，顷刻之间，就长出了一树花，如同琼瑶一般，因此取名琼花。后来仙人走了，琼花却年年盛开，附近乡里人家，就在这花旁盖了一座蕃厘观。这琼花，有一丈多高，花色如雪，花瓣正圆，香气芬芳异常，与凡花俗草不同。

当炀帝与萧后转过后殿，远远望见高坛上，堆琼砌玉地开得十分繁盛；阵阵异香飘来，十分提神。炀帝满心欢喜，对萧后道："这花见所未见，果然名不虚传！"说着，一步一步走近台去。忽然花丛中卷起一阵香风，左右宫人慌忙用掌扇御盖，并团团围住炀帝萧后。等到风过，把扇盖移开，再看时，炀帝大吃一惊：只见花飞蕊落，如同雪一般铺了一地，枝上连一瓣一片花都没有了。萧后和众美人都看得发呆，半天不做声。炀帝不禁大怒，说道："好好一树花，朕还没看个明白，就谢成这副模样，实在可恼！"再回头一看，见台上已经搭起了一座赏花的锦帐，帐中摆着筵宴。一边笙箫，一边歌舞。无奈这时台上的琼花已经落得干净，顿觉十分扫兴。炀帝胸中一股怒气按捺不住，说道："哪里是狂风吹落，分明是花妖作怪，不把她砍了，怎么泄胸中之恨？"于是喝令左右砍掉琼花。众夫人忙上去劝道："天下琼花，只有一株。如果砍了就绝了天下之种，何不留下它，来年再看？"炀帝更加怒道："朕巍巍天子，尚且看不了，还留给谁看？今年尚且如此，还想什么来年？就是绝了种，又有什么大不了的！"说着，连声喝令砍去。众太监不敢违逆，只得举起刀斧，将琼花砍得稀烂。

炀帝随即回宫。半路上，御林军忽然簇拥着一个道士进来，奏道："这道士拦在路上，不肯回避，又口出胡言，因此把他抓来请旨。"那道人见了炀帝，并不行礼。炀帝问道："朕贵为天子，乘舆所至，鬼神皆惊，你一个邪道小民，为什么不肯回避？"那道士冷冷地说道："贫道是方外之人，只知道寻求长生不死，不知道什么天子！谁管你什么乘舆！"炀帝又问他道："你既不知天子乘舆，就该深隐山中，修你的心，炼你的性，到这辇下来做什么？"那道人却答道："因见世人贪情好色，自送性命。贫道在山中无事，采来百花，炼成一种丹药，救度世人，因此到大街上叫卖。"炀帝听说丹药，问道："你这丹药有什么好处？"道人说道："能固精。"炀帝正因精力不济，不能快意，听说丹药能固精，转怒为喜道："你这丹药就不要到外面叫卖了，快快献给朕。如果有效，朕不惜重赏。"道人听了，解下一个小葫芦，倒出几粒丸药，递上前去。炀帝见丸药只有黍米大小，数一数刚刚十粒，不禁笑道："这丹药又小又少，怎么固精？"道人说道："金丹只需一粒，用完了再相送。"炀帝问："你住在哪里，到什么地方可以找到你？"道人说道："你只要到蕃厘观中一问就知。"说完，长揖而去。

炀帝回到迷楼，一心要试验丹药。吴绛仙和袁宝儿守在一旁，送过一杯香茗。炀帝取出一粒含在嘴里，喝下一口茶。那丹药拿在手中，好像铁一般硬，到了舌头上，却如同一团冰雪，不用咀嚼就化成满口津液。丹药刚服下，炀帝就感到情兴勃勃，精神大增，力气竟比平时强壮百倍。于是炀帝和众美人又日夜嬉乐，不知不觉，早把几粒金丹吃完。随后又精神消索，兴致衰败。炀帝忙差几个太监，到蕃厘观中寻访道人。谁知到观中一问，并没有什么卖药的道士。众太监正要回宫复旨，刚走到庙门口，只见对面照壁墙上，画着一个道人的像。细看面貌，与卖药的道士一模一样，手中也拿着蒲扇，背上也挂着葫芦。众太监惊道："原来这道人是个神仙！"于是回去将实情上报。炀帝忙打发画院官前去临摹画像，那像却不见了。炀帝下旨，命各处地方官寻访仙人，不论道人羽士，只要有卖丹药的，都一一买来。一群烧铅炼汞的假仙人听说炀帝在四处寻找丹药，都将麝香附子制成的假仙丹拿去哄骗炀帝。炀帝得了，都一一服下。可那药方是一味兴热的，炀帝今天吃，明天吃。热药发作起来，弄得口干舌燥，齿黑唇焦，胸中如同火烧一般，见了茶水就灌。萧后见了连忙宣御医巢元方来看脉，御医看了脉，奏道："陛下圣体，全因为服了热药，所以五内烦躁。须用清凉之剂，慢慢散去，才能万安。又因真元太虚，不宜饮水。"随后开了两服解热散火的凉药。

·深宫读表·

炀帝由于服多了壮阳热药，腹内十分燥热。虽然御医巢元方开了清凉的药，无奈炀帝心头烦闷，服了药还是不管用。后来御医想出一个冰盘解燥的办法，装上一大盘冰送来，炀帝拿冰贴在脸上，稍稍舒心。从此行坐住卧，都离不得冰。众美人见了，都去买冰堆成大盘，等炀帝来游幸。一个买了，个个都买。迷楼中千房万户，无一不堆列冰盘，使得江都冰价立即飞涨。幸好炀帝一天天好起来。虽说一时精神不能恢复，但他每天游幸惯了，哪里肯省事，依旧带着众美人，饮酒作乐。不过自知身体不佳，只饮淡酒，在色欲上则竭力避忌。幸亏炀帝身体底子好，没多久身体就恢复了。

一天，炀帝兴致高，把众夫人、美人和萧后，邀到月观，大开筵宴。你饮我劝，比平常更快活几分，歌一回，舞一回，一直吃到黄昏月上。炀帝醉醺醺的，不放萧后回宫。这时正是五月，满架荼蘼，映着月光，雪白一片，幽香袭来，十分动人。炀帝恋着这风景，不肯进房，就在大殿上铺了一榻，和萧后共寝。二人一直睡到三更才醒，睁眼一看，里外清澈，侧耳一听，万籁无声。一抹月光，照进殿中。炀帝对萧后说道："月监宫殿，清幽澄澈。朕与皇后同榻而寝，赛似神仙！"萧后笑道："昔日在东宫时，妾身日夜侍奉陛下，常有这样的情景。当时并不觉得快乐，如今老了，不能如少时一般亲昵。偶蒙圣恩临幸，不啻登仙！"

两人正在说话，忽然听到阶下有笑声。炀帝急忙披上单衣，悄悄寻声走去，站在廊下，向院子里一看。此时月色朦胧，只见荼蘼架外，隐隐约约有两个人影交动，一个是瘦怯怯的女人身影。炀帝疑心是袁宝儿和人在花下偷情，忙跑下阶来，蹑着脚，到花下去捉奸。一看不是袁宝儿，是小太监柳青和宫婢雅娘在花下戏耍。两人衣带被花刺抓住，解拆不开，因而发笑。忽见炀帝跑来，二人慌作一团。炀帝见了，哈哈大笑着走回大殿，萧后披衣迎下殿来。炀帝说明小黄门和雅娘戏耍的情形，又说："朕之前在东京十六院中私幸妥娘，情形正跟今夜相似，那时如同遇到了仙子一般。"萧后也笑道："以前在西京，妾陪着陛下在太液池纳凉，花荫月影，也跟今夜相似，陛下还记得不？"炀帝道："怎么不记得？朕那晚还仿刘季纳作了两首《杂忆诗》。”萧后说道：“陛下如能常记当年恩情，就是贱妾终身之幸了。”

帝后二人，亲亲密密地过了几天。炀帝也很挂念袁宝儿、吴绛仙那班美人，趁萧后回宫，就到迷楼大开宴席，众美人陪侍左右。忽然太监奏称：“宫外有越溪乡民，献来两匹耀光绫，说是仙蚕吐丝织成的。”说着，把两匹绫子献上。炀帝一看，那绫子光彩射人，绫上的花纹朵朵凸起。众美人看了，大赞精美！随即传乡民进宫，当面询问，乡民奏道：“小人家住越溪，一次乘着小舟，经过石帆山，看见岸上异光飞舞，忙舍舟登山。到了放光处，见有蚕茧数堆。就拿了回来，交给女儿织成彩绫。后来遇到一位老先生，他说这野蚕生于禹穴，三千年难得一遇，是天物。”正说着，萧后驾到。萧后见了这耀光绫，欢喜道：“好绫子，天孙云锦，也不过如此！做件衣服穿穿，倒也有趣。”炀帝说道：“皇后要的话，就奉送给皇后了。”萧后连忙谢恩，但也没当即收下。因为有别的事，就走出去了。萧后才走开，吴绛仙和袁宝儿走来，拿这耀光绫看了又看，不忍放手。炀帝见她二人爱不释手，又以为萧后不要了，就说道：“你们喜欢的话，就赐你们每人一匹。”二人听了，满心欢喜，嘻嘻笑笑拿去了。

等到萧后回来，没看到绫子，就问道：“陛下赐妾的绫子，搁到哪里了？”炀帝惊道：“朕见皇后不收，就转赐他人了。”萧后忙问：“赏了谁？”炀帝说道：“刚才吴绛仙、袁宝儿来了，见了绫子很是喜欢，朕就赏给她们了。”萧后因炀帝过分宠爱吴、袁二人，早就嫉妒在心。如今见炀帝把赐给自己的东西，又转赐给她们二人，哪里忍得住，不禁大怒道：“陛下欺妾太甚，专宠这两个贱婢来欺辱妾身！妾虽丑陋，也是一朝主母，如今反因两个贱婢受辱，叫妾如何再有脸面做六宫之主！”说着，忍不住大哭起来。炀帝慌得不知如何是好，再三劝慰萧后。十六院夫人知道了，也一齐赶来劝慰皇后。萧后说道：“除非杀了这两个贱婢，才能消了我心中的怨气。”秦夫人暗暗对炀帝说道：“看来是劝不住娘娘了，陛下只有暂将两位美人贬一贬，才能收场。”炀帝无奈，只得将吴绛仙、袁宝儿二人贬入冷宫，永远不得随侍。萧后见真的贬了两位美人，又经众夫人再三劝说才作罢。

正在饮酒，一个太监慌忙来报：“西京代王派近侍，奏呈紧急表文。”炀帝接过太监手中的表文，一看只见上面写道：

留守西京代王臣侄侑稽首顿首奉表于皇帝陛下：自圣驾南迁后，景城人刘武周杀了马邑太守王仁恭，聚众万人袭破楼烦郡，进据汾阳宫，十分猖獗。近日又掳略宫女，勾结突厥。突厥得利，随即立武周为定杨可汗，兵威愈震。近日又攻陷定襄等郡，自称皇帝，改元天兴。并与上谷贼宋金刚，历山贼魏刁儿，联络一起，很是强横。现在又斩杀了雁门郡丞陈孝思，窃据离宫，大有雄吞天下之心。侄侑懦弱，又无精兵良将，只怕守不住西京。屡次上疏求救，未蒙天鉴。如今亡在旦夕，特遣宦臣面叩天颜，望皇上念先皇社稷之重，早派能臣，督兵救援，犹可支大厦之将倾，挽狂澜于既倒。如果再拖延时日，则关右一十三郡都将丧失！仓皇上表，不胜迫切待命之至！

炀帝看了，大惊道："朕还以为只是一群鼠辈，没想到他们竟勾结胡奴，如此猖獗。"于是亲临便殿，宣虞世基和文武百官上殿商议。虞世基奏称："刘武周实属小贼，只因边将无才，没有全力剿捕，才造成今天的局面。为今之计，必须严责边将，再派在朝亲信大臣，带兵驻守西京重地，长安才能无忧。"炀帝问："现在是什么人把守边关？"宇文达奏称："关右十三郡兵马，皆归卫尉少卿唐公李渊调派。"炀帝听了，大怒道："李渊是独孤太后的姨侄，朕自幼和他在宫中玩耍，亲密无间。朕因此才将边疆重权，交付给他。没想到他竟弄得丧地折兵，养成贼势，实在罪不容诛！"于是传旨派大臣，赍诏太原，囚押李渊到江都问罪。又下旨令朝散大夫高德儒为西河郡丞，多调兵马，驻守西京。炀帝下了两道旨，以为大事已了，就退入了后宫。

萧后问起西京之事，炀帝说："朕已令高德儒领兵前去救援，应该没事了。"萧后大惊道："妾素知高德儒是庸懦之辈，刘武周勾结突厥，声势浩大，他怎么抵挡得住？"炀帝笑道："皇后不用忧虑，天下大矣，朕有东京作为根本，江都用来游览，足以让朕与皇后行乐。就算失了西京，也不过少了长安一片土，也不是什么大事，皇后何必烦恼？快快取酒来饮，眼前快乐要紧！"萧后听了，也不好再说，只得命人上酒。

炀帝正举杯要饮，又有一个太监来奏："东京越王，也有表文奏上。"说着，呈上表文。炀帝一看，见上面写道：

留守东京越王臣侄侗稽首顿首奉表于皇帝陛下：去年杨玄感黎阳起兵，蒙派遣将宇文术、屈突通率兵剿捕，杨玄感已经兵败而亡。但玄感虽死，谋主李密依旧统率余众，且更加猖狂。先夺回洛仓，后占据洛口仓，将积聚的粮米全部劫走。近来又到处张贴檄文，侮辱天子，攻夺东京。伏乞陛下早发天兵，以保洛阳，如果迟延，一旦洛阳有失，圣驾将归于何处？临表惶恐，不胜急切待命之至！

炀帝看了表文以及李密张贴的檄文，大惊道："李密是什么人，竟敢窥伺东京？还口出狂言，要废了朕，朕恨不得生吞其肉！"正想调兵救援，细思又没有良将可用，只得长叹一声道："天意如果佑朕，鼠辈能有什么作为？"说着，依旧拿起酒杯。只是酒不解愁，喝来喝去，兴味索然。炀帝自知天意已去，索性一味放荡，每天不冠不裳，只穿着便衣，在宫中和美人遣愁作乐。

一夜，和月宾、妥娘两人，同在解春愁帐中，想起东西两京的事情，睡不能安。半夜穿上衣服起来，带着众夫人，四处闲走。走了一回，还是无聊。众美人只得将酒献上，炀帝强饮几杯，带些酒意，又拥了众美人去睡。先和杳娘睡一会，睡不安；又换了贵儿，依旧睡不着；再换冶儿，换来换去，总是睡不安。后来换到韩俊娥，俊娥说道："万岁想要安寝，必须照妾所说行事才行。"炀帝道："美人有什么妙计？"俊娥道："叫众美人在外面不停奏乐，万岁枕着妾身睡在帐中，必能入梦。"炀帝于是传命众美人奏乐。奏到热闹的时候，就拥着韩俊娥进帐。帐外的众美人，只见流苏乱颤，银钩频摇，箫笛之间，戛戛有声。众美人见了羞得粉腮都红了。不一会儿，就听到炀帝鼾声雷动，即刻入梦，一直睡到红日高升才醒。醒来，却看到那众美人还在奏乐，炀帝大喜，对韩俊娥道："朕一夜安寝，都是美人的功劳！"说着披衣而起，叫众美人停乐。此后就成了定例，夜夜帐外必须奏乐，必须俊娥陪侍才能入睡。换了别的美人陪寝，还是彻夜不眠。炀帝因此更爱俊娥，时刻离不开她，并赐俊娥叫来梦儿。

俊娥如此得宠，别的夫人美人都不敢嫉妒，但萧后心中暗暗不乐。背地里派人去窥探俊娥，用了什么办法。那人打听了半天，也没打听出什么。只说韩俊娥临睡时放下帐幕，随即只见床帐摇动，不久万岁爷就鼾起入睡。萧后细细推敲，还是不解。后来趁炀帝不在跟前，私唤韩俊娥前来，问道："万岁苦不能眠，美人能让陛下睡着，必有善媚之术，可否对我说说。"俊娥答道："婢子蒙娘娘宽恩，才得以侍奉御床。但衾裯之内，行亵之事，不敢渎奏。"萧后道："是我问你，并不是你的罪过，但说无妨。"俊娥只得说道："万岁好动不好静。前次妾从游江都，见过万岁在御女车中行幸宫女。圣上在车中享天然之乐，习以为常了，如今睡在寝榻之上，肢体不能摇动，再加上国事惊心，自然睡不着。妾并非有善媚之术，只不过是仿效车中动作，使万岁四体摇动，万岁因此得以安寝。"萧后道："你虽非善媚，但为迎合上意，用心未免太过了！"韩俊娥道："妾并非迎合上意，只是善体娘娘之意。"萧后听了一笑置之，俊娥默默退出。从此萧后和炀帝同帐，也摹仿车中动作取悦炀帝。萧后毕竟没有亲身经历，始终不如俊娥能够动荡合拍。炀帝每夜半睡半醒，总不免思念俊娥，只是碍着萧后颜面不敢提起。

说起李渊，他是陇西成纪人氏，字叔德，是西凉武昭王李暠的第七世孙。东晋时，李暠占据秦凉一带，自立为王，传到儿子李歆，被北凉所灭。李歆生子李重耳，李重耳生子李熙，李熙生子李天锡，李天锡生子李虎。李虎在西魏时是一位功臣，赐姓大野氏，官至太尉。后来与李弼等八人，帮助周朝讨伐魏国，被称为八柱国。李虎死后被封为唐国公。李虎的儿子李昞，在隋文帝驾下为臣，袭封唐公。李昞的夫人，就是独孤氏，与隋文帝的独孤皇后是同胞姐妹。因此文帝和李昞名为君臣，实是襟兄襟弟。后来独孤氏生下儿子李渊，文帝见他相貌不凡，就将他养在宫中，让他与炀帝一块游玩。文帝格外垂爱李昞父子二人，让他们恢复李姓。李昞死后，李渊袭爵，历任谯州、陇州刺史。隋炀帝登位，又升他做太守，后来又把他召进京，封为殿前少监、卫尉少卿。炀帝征辽时，又命李渊督运兵粮。那时楚国公杨玄感，趁着车驾远征起兵作乱，围攻东都。李渊飞书上奏，炀帝急忙回京，封李渊为弘化留守，抵挡杨玄感。杨玄感兵败身死后，李渊就久驻东都留守。他对待部下，宽大有恩，颇得人心。

隋朝自从炀帝即位后，日日荒淫，万民有怨。京师就起了一种谣言，起初只在街市中流传，后来渐渐传入宫廷，连炀帝也常常听到。谣言说“桃李子，有天下”，又说“李氏将兴，杨氏将灭”。炀帝听后，很是忌讳姓李的人。李渊是他的姨表弟兄，两人自幼交情很深，因此并不怀疑他。只有蒲山公李宽的儿子李密，常常入朝，随侍左右，炀帝暗暗留心。见李密长得额高角方，目分黑白，就借口将他罢职。李密无过丢了功名，从此对炀帝含恨在心。后来杨玄感造反，李密就从中指挥。杨玄感兵败后，李密逃入瓦岗寨，投在翟让门下，一心想援据民谣，称孤道寡。炀帝赶走了李密，又怀疑郧国公李浑，硬说他要谋反。杀死李浑后，还不放心，又把他全家抄斩。直到宇文达奏称李渊总督关右十三郡兵马，他才慌张起来，立刻派人，借口李渊保护地方不力，要把他押进京城问罪。

这时李渊带兵留守太原，兼领晋阳宫监，裴寂为副监。听说有圣旨传他赶赴江都，心中已经觉得不妙，又想到李浑屈死，不禁胆寒，就和裴寂商议起来。裴寂是一个有大志的人，他见隋室江山难保，早有了揭竿起义的心思。只因李渊平素为人正直，他才不好把这层意思说破。如今见事情危急，就教唆李渊，一面推病不见，一面拿许多金银去孝敬那位钦差官，托他婉言回京复旨，说李渊病势危急，等病情稍稍好转，就入朝听命。炀帝手下的太监，没有一个不贪财的。钦差官得了金银，乐得卖一个人情，于是就拿李渊病重的话复旨。炀帝这时又恣意寻乐，早把李渊的事丢到脑后。

过了几个月，炀帝忽然在宫里遇见李渊的外甥王某。这王某在后宫当差多年，炀帝见了他，不由得想起了李渊，问王某道："你的母舅为什么这么多天了还不来见朕？"王某答说："可能是病未痊愈，所以耽搁了。"炀帝笑道："你舅父死了也罢！"王某吓得不敢言语，转身就写了密信，把炀帝的话报知李渊。李渊看了信，顿时惊魂不定，左思右想无法免祸，只得托病在家，纵酒养晦。

李渊的夫人窦氏，原本是一位女中豪杰。她的父亲窦毅，在周朝官至上柱国。当时周武帝的姐姐襄阳公主，下嫁给窦毅做妻子，生女窦氏，窦氏自小十分聪慧。母亲传授她《女诫》、《列女传》等书，她能过目不忘。后来隋朝高祖杨坚夺了周朝的天下，窦氏这时年纪还小，知道周朝灭亡，哭倒在地说："只恨我不是男子，不能救舅家！"窦毅连忙掩住她的嘴，让她不要妄说，心中却很惊异，常对夫人襄阳公主说道："此女有奇相，且聪慧不凡，要小心为她择婿。"于是令木工制了一座精细的屏风，在屏上画上两只孔雀。凡是前来求婚的，先令其往屏上连射三箭，能射中孔雀双目的，才肯把女儿许配给他。一时间王孙贵胄，都来比射，几乎要把窦家的门槛踏穿。无奈前来射箭的公子哥儿，十有八九连一只孔雀眼也射不中，个个乘兴而来，败兴而返。李渊最后赶到，连发两箭，一箭射中孔雀左眼，一箭射中右眼，因此成就了一段良缘。窦氏自从嫁到李家以后，接连生了四男一女：长子李建成，次子李世民，三子李玄霸，四子李元吉，女儿嫁给了临汾人柴绍。

次子李世民，是一位少年英雄。世民四岁时，一个书生自称会看相，特地上门拜见李渊。刚一见面，就说道："公当大贵，必得贵子。"李渊就把自己的四个儿子叫出来请书生看相。那书生独独指着世民道："龙凤呈姿，天日露表，将来必居民上。此儿二十年后，定能济世安民，做出一番翻天覆地的大业。"李渊听了书生济世安民一话，从此对二儿子世民格外看重。

·李渊起义·

隋炀帝北巡那年，驾出雁门，忽遇大队突厥兵。酋长始毕可汗迎头杀来，想要劫夺乘舆。炀帝见时势危急，忙逃回雁门，据关自守。始毕可汗调集数十万番兵，把雁门关团团围住。炀帝闷在关里，心中十分焦急，随即传檄天下，令各路勤王兵前来救驾。

当时有一位屯卫将军云定兴，奉旨在营前召募天下义士。当时忠心皇室的人还很多，有许多少年英雄前来应募。其中一位英俊少年，跑到定兴军营中报名。云将军问他年纪，只有十六岁。问他姓名，报称李世民。云定兴知道他是将门之子，又见他身材奇伟，就对他另眼相看。李世民当即向云将军领了一小队兵马，连夜悄悄绕到突厥兵后背，在荒山暗地里齐声呐喊。东边喊声才停，西边又叫喊起来。喊了一夜，慌得突厥兵满心疑惑，没到天明就拔营逃去。正出山口，李世民带领校刀手，冲杀出来，打得突厥兵弃甲抛盔，死伤无数。把突厥兵赶得很远了，李世民才整队回去缴令。因为他这一场厮杀，炀帝才得以解围，安然返回东都。李世民立了这场大功，却没得到一丝好处。在定兴营中闲住了一年多，听说炀帝游幸江都，不理朝政，李世民叹了一口气，说道："主上如此昏庸，我待在这能有什么作为？"于是辞别定兴，回到父亲那里。

第二年，有一路贼兵主帅甄翟儿，自号历山飞，带领大群贼党，攻打太原。李世民提枪跃马，要冲出城抵敌。李渊见他年纪太小，不放心，就命李世民守城，自领兵马，前去杀贼。贼兵来势十分凶猛，李渊和甄翟儿对阵，从午时杀到黄昏。贼兵越来越多，李渊一支兵被他们围在垓心，就快支持不住了。李世民在城上看见，就带着生力军，冲出城杀入重围，救出父亲。父子二人，左右夹攻，杀得贼人尸横遍野，血流成渠。好不容易，才把甄翟儿杀退。

自从隋炀帝大业七年直到十三年，六年间各路揭竿起事的有四十九起。第一个刘武周称帝，起兵马邑；接着林士弘称帝，起兵豫章；刘元进称帝，起兵晋安。后来有李密称魏公，起兵巩邑。以及李轨称凉王，起兵河西；萧铣称梁王，起兵巴陵。

此外还有许多人，东扑西起，四处作乱，数不胜数。炀帝日坐迷楼，沉湎酒色，外面闹得天翻地覆，他却不闻不见。百官也只图得眼前富贵，将各处的反信，死死瞒住。满朝君臣都醉生梦死地过着。独有太原留守李渊，眼看着江河破碎，时常愁叹。其子李世民胸怀大志，时时留心英雄才俊，与他们倾心结交，一心准备大举起事。

晋阳令刘文静和副官监裴寂，来往密切。一天晚上，刘文静和裴寂二人在城楼上同宿，见太原境外烽火连天，长叹道："身做穷官，又遭逢乱世，叫人怎么活！"文静听了，忙一把拉住裴寂，说道："盗贼四起，时势可知。你我两人如果同心，还怕什么贫穷呢？"裴寂道："刘大令有什么高见，不妨说来听听。"刘文静说道："俗话说乱世出英雄，依裴大人看来如今天下谁是英雄？"裴寂听了，把大拇指一伸，说道："当今英雄只有唐公李渊！"刘文静点头道："李渊确是英雄，他的公子李世民，更是命世奇才。"裴寂心中总认为李世民太年轻还不成气候，听了刘文静的话，将信将疑。

隔了几天，忽然江都有诏传来。说李密叛乱，刘文静和李密是儿女亲家，依律连坐，立即将刘文静革职下狱。李渊接到圣旨，不敢怠慢，将刘文静除去冠带，打入牢中。后来李世民回衙，听说刘文静入狱，急忙赶到监牢中探望。两人见了面，刘文静不但不愁怨，反而坐在草席上，高谈天下大事。又说道："如今天下大乱，还讲什么是非。除非有汉高祖、光武帝一样的人拨乱反正，为民除暴，或许会有拨云见日的一天。"李世民听了，跳了起来，说道："难道如今的天下就没有汉高祖、光武帝一样的救世英雄出现？只怕你肉眼不识真人呢！"刘文静拍手大笑道："好，好！我的眼力果然不错，公子果然是一位真人！如今天下汹汹，群盗如毛，公子正好收为己用，纵横天下。太原百姓，因避盗入城，将他们召集也有十万人。尊公麾下又有数万精兵。趁机乘虚入关，传檄天下，不出半年，帝业可成。"李世民听了这番话，不禁踌躇起来。刘文静追问道："难道公子无意于天下？"李世民叹着气说："小侄久有此志，只怕家父不从！"刘文静道："这也不难。"说着附着李世民耳边，低声说了几句。李世民点头称是，走出监牢，邀裴寂饮酒赌博。

裴寂生平所好就是饮酒赌博。李世民这天在私室里，盛宴相待，又拿出十万缗钱与他赌博。从午时一直赌到黄昏，李世民故意把钱都输掉。裴寂既喝了酒，又赢了钱，十分欢喜。从此两人天天聚在一起，话到投机时，李世民就把刘文静的主意说了出来。裴寂听了，拍着手说道："我也久有此意！只是尊公为人正直，明言相劝，反而会遭拒绝。我想到了一条偷天换日的妙计，我明天就照计行事。"说完，两人分头准备。

第二天，裴寂就在晋阳宫设席，请李渊入席。晋阳宫是炀帝四处游幸时预备下的行宫之一，行宫里也养着太监宫女，准备圣驾到时使唤。皇帝不在行宫的时候，就立正副官监二人，管理行宫中一切事务。晋阳宫的正官监就是李渊，裴寂是副官监。裴寂在宫中设宴款待李渊，李渊心想自己是官监，和裴寂又是多年老友就毫不起疑，欣然赴宴去了。裴寂迎接李渊入座，谈些知己话，十分开怀。酒落欢肠，更是连杯痛饮。裴寂特意准备了许多美酒佳肴，把李渊灌得烂醉。正在畅饮，忽听帘钩一响，进来两个美人，如同一对姐妹花，拿着手帕掩着珠唇，并肩走向李渊。两个美人盈盈拜倒，慌得李渊忙伸手去扶。裴寂吩咐两美人在李渊身边坐下。那美人坐在两旁，不停地劝酒。李渊一边饮着酒，一边望着两个美人。只见她俩眉黛含颦，低鬟拢翠，盈盈秋水，娇娇红粉，一言一笑，都很撩人。再加上一缕一缕的幽香，从翠袖中暗暗度入鼻管。李渊被弄得神情恍惚，醉倒美人怀中。二美人扶着李渊，竟进入内宫安寝。这一睡自然是偎玉依香。

第二天天明，李渊醒来，只觉锦绣满眼，鼻中闻到阵阵异香。揉眼一看，只见左右两个美人，侧身拥着。见她俩穿着娇艳的短衣，长着白嫩的肌肤，不由得伸手抚弄。这两个美人也是婉转随人，笑啼如意。李渊问她们姓氏，一个美人自称尹氏，一个美人自称张氏。李渊又问她："家住什么地方？是什么人？是谁叫你们来侍寝的？"那两个美人听了，抿着嘴笑道："如今妾身既已有托，就实话告诉大人吧。我们不是寻常女子，而是晋阳宫的宫眷。今日之事，是裴大人的主意。"李渊话没听完，就吓得连说："宫闱重地，宫眷贵人，这……这……这事怎么可以？"边说边从床上跳起，急忙逃出寝宫。路上撞见裴寂，李渊一把拉住他，叫着裴寂的字道："玄真，玄真！你捉弄得我好惨！你要害死我吗？"裴寂笑着说道："李大人怎么这么胆小？收纳一二个宫女，也不是什么大事，即便是收纳了隋室江山，也算不得什么大事呢！"李渊听了，更加慌张，说道："你我二人都是杨家臣子，你怎么能口出叛言，自招灭门大祸？"裴寂正色道："识时务者为俊杰，如今炀帝无道，百姓穷困，群雄并起，四方逐鹿。唐公手握重兵，公子暗蓄士马，今天不乘时起义，为民除暴，还要等到什么时候？"

这时一个少年，带着刘文静，闯进宫来。李渊一见是次子李世民，忙指着刘文静说道："这刘大令是圣上旨意拿下的钦犯，你怎么敢擅自释放？"李世民却大声说道："什么圣上不圣上！如今天下大乱，朝不保夕，父亲如果再守小节，下有寇盗，上有严刑，就要祸患无边了！"刘文静接道："事已至此，大人不如顺应民心兴起义师，或许还能转祸为福。"李渊被他们三个人逼着，恼怒不已，上去一把揪住儿子世民，大声喝道："你们一派胡言，你跟我自首去，免得日后连累家人。"裴寂见了，忙上去劝解。李世民也说道："孩儿细察天时人事，见机会已到，才这么做。如果父亲一定要将孩儿送去自首，孩儿也不敢辞死。"说着，不由得滴下泪来。听李世民这么一说，李渊手不禁放下。李世民见他父亲怒气稍退，又劝道："如今盗贼四起，横行天下，父亲受诏讨贼，但是贼可尽灭吗？贼不能尽，终难免罪。况且世人盛传李氏当兴，杨氏当灭。郕国公李浑，无罪遭祸。即使父亲真能尽灭贼人，又是姓李，到时难免遭忌。现在起义，正是免祸之法。"李渊到此，也没有办法了，只得叹道："算了，算了！今日破家身亡，都是因为你；他日化家为国也由你，我也不能自主了！"

第二天，李渊命刘文静参赞军务，商议出兵计策。并派人星夜赶卦河东，迎来家眷。正商议，忽报突厥大队人马杀来。刘文静眉头一转，计上心来，令李世民、裴寂率兵分头埋伏，然后将四门大开。突厥兵闯进外城，见内城门也开着，不禁疑惑起来，喧哗了一阵，就引兵退出城。李渊关上城门，调兵遣将。过了一天，突厥兵又来攻城，李渊遣部将王康达等率千余骑出战。谁知没过多久就被突厥兵杀得全军覆没。城中得知，顿时惊慌。李世民想出一计，连夜打发将士，悄悄出城。等到天明，张旗伐鼓，呐喊而来。突厥兵以为是别路来的救兵，就退了。城中转危为安，军民欢慰不已。隔了几天，李渊的家眷都已接来。

李渊的正夫人窦氏，早已去世。二夫人万氏和长子李建成，四子李元吉，连同女婿柴绍一并入见。骨肉团聚，相对言欢。李渊问起三子李玄霸，才知他已经病故。万氏之子李智云在中途失散，生死未卜。李渊见了柴绍，又想起女儿来，问："我女儿怎么没来？"柴绍答道："令嫒说途中不便，就没有同来。她说临时自有妙计脱身。"正谈话，李世民从外边进来，说道："如今家眷已到，大事可行了。"李渊在密室，召集刘文静、裴寂共同商议出兵之策。刘文静说道："出兵不难，只是担心突厥常来纠缠。所以不如先和突厥通好，然后举兵。"李渊说："说得是。"然后亲笔写好书信，让刘文静送到突厥营里。

李渊自从刘文静走后，城中暂时无事。想起幼子李智云，屡次派人到河东打探消息。后来探知李智云被抓到长安，被留守阴世师所害。李渊听了，十分痛心。正伤心时，刘文静从突厥营中回来。李渊召问他情形。刘文静道："突厥主始毕可汗说，要大人自做天子，他才肯出兵相助。"裴寂在一旁听了，跃身而起，说道："突厥愿奉主公为帝，大事可成了！"李渊胆小，另想了一个办法。尊炀帝为太上皇，奉代王为帝，借此案定隋室。一边移檄郡县，改换旗帜；一边让刘文静到突厥那里，约好共定京师，土地归李渊，钱帛归突厥。始毕可汗大喜，就与李渊和好，并馈赠千匹好马。

刘文静执掌文书，传檄各处，自号义兵。檄文送到西河郡丞高德儒那里，他新受炀帝征讨之命，因此拒绝李渊的来使。李渊命长子李建成，次子李世民，率兵攻打西河。李世民率军，直至西河城下，高德儒闭门拒敌。李世民身先士卒，竭力猛攻，打了三天三夜，在清晨时冒险登城。李建成的军队，随后攻入。西河全城，顿时陷落。李世民拿住高德儒，将他斩首示众。当即大赦军兵，秋毫无犯。李渊见初战得利，就决意打进关内。裴寂等人商量一番，上李渊尊号，称为大将军。开府置官，命裴寂为长史，刘文静为司马，唐俭、温大雅为记室；温大雅与弟弟温大有，共掌机密。武士彟为铠曹，刘政会和崔道、张道源为户曹，姜謩为司功参军，殷开山为府椽，长孙顺德、刘弘基、窦琮、王长谐、姜宝谊、阳屯都做左右统军。此外文武各属，量才授任。封世子李建成为陇西公，兼任左领军大都督；次子李世民为敦煌公，兼任右领军大都督；女婿柴绍，做右领军府；长史咨议刘瞻，领西河守。部署已定，各有专司。

长史裴寂又把晋阳宫中的积粟送到大将军府，又把五百匹杂彩、四十万副铁盔，也一齐送到大将军府中。那一夜在晋阳宫中伴寝的尹、张二女，都被封为美人，早晚陪伴李渊左右。原来的五百名宫女，也拨入大将军内府。这时是隋炀帝大业十三年。李渊把家事府事料理清楚，亲率三万甲士，从太原出发。留李元吉留守晋阳宫，李建成、李世民都带兵从征。并移檄各地，只说尊立代王为帝。谁知军队走到中途，探子来报，称隋郎将宋老生和将军屈突通，奉代王侑命，带领大队人马前来抵抗。这时屈突通驻兵河东，宋老生已领兵到了霍邑。李渊听了，想到师出无名，不禁踌躇。这时李渊军队驻扎在贾胡堡，离霍邑有五十多里路。又天降大雨，不便行军。军中粮食带得不多，数日前李渊已命府佐沈叔安到太原去运粮草，至今未到。雨势一天大似一天，满路泥泞。正在闷守，探子呈上李密的檄文，历数炀帝十大罪状。李渊当即传裴寂、世民进帐商议。裴寂说："李密如今攻占河洛，瓦岗寨大盗翟让等人奉他为主，自称魏公，有数十万兵众，声势极盛。我们不如暂时与他联络，也免了东顾之忧。"李渊父子听了，都很同意。当即由温大雅起稿，修成文书，约李密为同盟。李密复书，有"还望左提右挈，戮力同心"等话。李渊看了颇觉放心。

再过了几天，雨势依旧不减，太原的粮米也还没到。粮食将尽，忽然骑探来报，说刘武周与突厥约好，要乘虚攻打晋阳。李渊见时势不顺，就打算退兵。李世民得知，自然不肯。一再劝说，泪随声下，李渊才打消退兵的心思。恰巧沈叔安的粮草到了，天气也晴朗了起来。李渊传令三军，在岗地阳面曝甲而行。没几天，到了霍邑城下，宋老生固守不出。李世民性急，先领数十骑直趋城下，令众兵士辱骂。宋老生沉不住气，就率领三万大军，开城出战。李渊担心李世民有失，亲率数百骑前去接应。并令殷开山催召后军，后军如召而至。李渊和李建成合兵，列阵城东，李世民列阵城南。城内隋兵，从东门涌出。李渊和李建成父子两人迎头拦杀，两军喊声震天，一直从辰时杀到未时。李渊手下士兵伤亡很多，隋兵奋勇当先，步步进逼。李渊渐渐有些招架不住了，亏得柴绍率领生力军跃入阵中，挥刀力战，才得以支撑住。宋老生这时又从南门杀出，趋向城东，夹攻李渊。李世民在南城看见父亲势危，就和军头段志玄带领大军从高岗上冲杀下来。宋老生腹背受敌，见李世民来势凶猛，只得回马交锋。

·虬髯公辞别·

宋老生手下个个都能征惯战，幸亏李世民神力挡住。只见他手握双刀，转动如风，东冲西突，凡是近身的敌军，都被他杀死。一时间流血满袖，刀口尽卷。李世民忙从亲兵手中换过刀，再次跃马奋臂，大杀一阵。段志玄等人紧随马后，拼命赶杀。手下的士兵，个个以一当十，以十当百，不到两个时辰，早已杀得隋军旗靡辙乱，人仰马翻。李世民心生一计，传令兵士，大声叫道："宋老生已经被擒，隋兵还不速降！"那时城东的隋军，正与李渊酣斗，忽然听说城南主将已被擒捉住，也无心恋战，急忙退避进城。李渊趁势急追，隋兵只顾逃命，一路弃甲抛盔，飞一般逃进城里，把城门紧紧关上。恰恰把宋老生的一支孤军，关在了城外。他前无去路，后有追兵。正要折回南门，李世民又横冲过来，拦住去路；想要转入东门，李渊的兵又杀来，把宋老生的兵截成两段。李渊父子包围过来，宋老生长叹一声，提着马缰，向壕中一跃。正要自尽，刘弘基飞马赶到，一刀下去，把宋老生砍成两段。刘弘基转身又把隋兵杀得东逃西窜。这场恶战，李渊虽打了胜仗，但手下士兵也死伤无数。李渊传令兵士在城下饱餐一顿。夜深时，城外鼓声四起，李渊和李世民率兵一跃登城。城中守兵，不战而降。李渊随即进城安抚军民。休息了两天，李渊又引兵攻打临汾，临汾守吏不战而降。

从此一路打去，连得绛郡、龙门、河东几座城池，又从梁山渡过大河，夺韩城、攻冯翊，势如破竹。这时刘文静从突厥出使回来，带领五百突厥兵、两千匹战马。突厥兵个个骁勇善战，战马驰骋自如。李渊如虎添翼，军事十分顺利。夺得河东以后，李渊自率诸军，沿河西进。一路朝邑、蒲津、中潬、华阴、永丰仓、京兆打去，许多郡县，都自愿投降。李渊命长子李建成、司马刘文静，带同王长谐等人，屯兵永丰仓，守住潼关以控制河东，慰抚使窦轨以下兵马，概受李建成调配；命次子李世民，率领刘弘基等人，驻扎渭北，慰抚使殷开山以下，概受李世民调派。两军分头行事，李渊则在长春宫住下。

一天，鄠县李氏女派人投书宫中。李渊拆开一看，原来是他女儿的书信。李渊十分欢喜，忙叫女婿柴绍进宫，一同看信。原来柴绍夫妇二人，住在长安的时候，接到李世民的信。柴绍本想和夫人同行，李氏却说："夫妇二人同行，路上颇多不便，大丈夫功业要紧，你尽可放心一人前去。我一个妇人在家，容易避祸。而且我自有打算，你尽可放心。"柴绍无可奈何，只得狠下心肠，独自奔到岳父这里。李氏自丈夫去太原以后，就悄悄地回到郡县的别庄。她散去家财，招兵买马，立起义师。这时李渊的堂弟李神通，因地方官捉拿，逃到鄠山与长安大侠史万宝起兵响应李渊。李氏和李神通合兵攻入鄠县，占据城池。又令家奴马三宝召集关中群盗，与何潘仁、李仲文、向善志等人联合起来，共七万人马，一路进兵，夺得盩厔、武功、始平三座城池。左亲卫段纶的妻子是李渊的妾室所生，他也在兰田聚集一万多人，与李氏合兵。听说李渊大兵已经过河，就由李氏写信给李渊，将所有人马，都交给父亲调遣。

柴绍跟着岳父东征西杀，多日不知妻子的消息。见了这封信，知道妻子也带领人马攻城略地，就向岳父讨得将令，出帐上马，迎接他夫人去了。李渊令李神通为光禄大夫，段纶为金紫光禄大夫。此外各路大盗，都授给官阶，依旧带领旧部，在原处驻扎。所有军队都归李世民调遣。

李世民带领大队人马，向西疾进，沿路群盗归附，数不胜数。到了泾阳，连营数里，共有十万大军。路过隰城，隰城尉房玄龄亲自到辕门口来求见。李世民与他一见如故，立即封他做记室参军，做随营军师。两人在军中朝夕谈论，十分投机。恰巧柴绍夫妇也带兵到来，李世民欣然出迎。见姐姐首插雉尾，身披软甲，腰佩宝剑，足蹬蛮靴，望去十分威武，活像一位女将军。柴绍跨着一匹白马，跟在夫人身后。他后面是万余人的军队，个个精壮，旗帜鲜明，刀枪雪亮。李世民见了，笑逐颜开，拍马向前，向姐姐拱手道："阿姐辛苦了！"三人并马进帐，在帐中设宴，围坐痛饮。饮完，各自回帐。柴绍军队在左，李氏军队在右。当时营中称李氏军为娘子军。第二天，李世民率领左右军进兵阿城，并遣使禀告父亲，请李渊会师长安。

这时李渊已带领人马离开长春宫到了永丰仓。一面开仓发粟，一面进兵冯翊。又命刘弘基、殷开山，分兵西攻扶风。扶风太守领兵应战，被刘弘基打败。攻克扶风城后，一路无阻，直到长安城下。李世民早已驻军等着，两方合兵，共有二十余万。李渊一面巡视营垒，一面传谕守城官吏，表示愿拥立城中的代王。

代王杨侑，是炀帝的孙子，已故太子昭季的儿子。太子早死，遗子三人：长子杨倓，封为燕王；次子杨侗，封为越王；杨侑是三子，留守长安。长安又称西京，由京兆内史卫文升等人辅佐代王，驻守城池。卫文升年纪老了，受不起惊吓。听说李渊军队已临城下，吓出一场大病，倒在床上，不能管事。只有左翊卫将军阴世师、郡丞骨仪，忙着调兵守御。李渊把文书送进城，被阴将军退回。李渊大怒，督率各军攻城。各将士奉令扑城，骨仪带领士兵抵御。孙华带领弓弩手，奋勇当先。城上矢石齐下，孙华用遮箭牌挡着，冒险越过城壕，手中摇着红旗，正要攀登城墙。忽然城上一箭下来，射中要害，孙华立即阵亡。李渊兵士见先锋战死，个个愤怒，死力进攻，前仆后继，日夜不休。第二天黎明时分，只见军头雷永吉，左手执旗，右手握盾，首先登城，后面的士兵如潮涌进。杀退城上守兵，斩开城门，迎李渊大军进城。阴世师和骨仪，还不肯投降，带领少数兵士，在街巷中喊杀。没多久都被李渊的士兵擒住，解送到中军帐中。卫文升病在床上，听到外面喊杀，又听说阴世师、骨仪两将军都已被擒，竟然惊吓而死。

这时代王杨侑，在东宫听说李渊军队已经杀进城中，又听说阴将军和骨将军兵败被擒，卫内史惊吓而死，又听到宫外一阵阵喊杀声，越喊越近，看看左右，都自顾逃命，丢下代王，东奔西窜。代王只是十三岁的孩子，吓得慌作一团。侍读学士姚思廉站在殿前保护代王。李渊的兵士鼓噪入殿，姚思廉厉声喝止道："千岁在此，不得无礼！"众兵士听了，立即噤声站住。李渊下马上殿，行臣子之礼，拜见代王，启请代王迁居大兴殿后厅。代王见李渊带剑上殿，只得下殿。李渊退居长乐宫，下令士兵不得冒犯隋氏七庙及代王宗室，违令者灭其三族。

第二天升座，从狱中拉出阴世师、骨仪等十多个官员，责备他们贪赃枉法又抵抗义师，全部斩首。狱中被冤屈的犯人，一律释放。有一个犯官，年纪轻轻，眉清目秀，见了李渊，却不肯下跪。李渊问他姓氏官职，犯了什么罪，为什么会被监禁？犯官见问，哈哈大笑道："李靖本是马邑郡丞，并没犯法。得知唐国公在太原起事，无从告知天子，所以自愿装入囚车，打算在押送到江都后上告天子。不料囚车刚到长安，你就来围城。城守不知道我的计策，所以把我关在牢中。"李渊听了，不禁大怒，说道："小小一个郡丞，竟敢告发我？"于是喝令左右将李靖推出辕门斩首。李靖冷笑道："唐公大举义兵，原是要平天下暴乱，难道竟要因私怨而杀忠义之士吗？"李渊不答话，士兵上去把李靖拉出辕门，准备行刑。

忽然敦煌公李世民，拍马赶来，连喊，"刀下留人"，急忙下马进帐求李渊道："孩儿和李靖有一面之交，他才勇兼全，是不可多得的将才，望父亲看在孩儿面上饶他一命。况且父亲忘了韩擒虎的遗言了吗？韩擒虎也说李靖有谋略，如果将他收为我用，必能立功。请父亲不念旧恶，赦罪授官。"李渊听了，沉吟半晌才说道："李靖傲然不群，日后恐怕难以驾驭。"李世民道："大人可把李靖交给孩儿，孩儿自有驾驭之术，父亲不必过虑。”李渊只得答应。李世民出帐，亲自替李靖解开绑绳，好言抚慰他一番。李靖进帐谢过李渊，李世民将他引入自己帐中，以上宾之礼相待。

李靖如今在长安城出现，那虬髯公到什么地方去了呢？原来这虬髯公，也不是个平常人，专喜欢结交江湖上的英雄人物。那天在客店遇到李靖，他就料知李靖必将大富大贵，所以一力成全了他和红拂姬人的姻缘。后来又替他在杨素跟前做说客，李靖因此得了一官半职。虬髯公认红拂姬人做了妹妹，常到李靖家中闲谈。一次，虬髯公问李靖：“太原一带还有什么英雄人物吗？”李靖答道：“我交游的人当中，称得上少年英雄的只有一人。此人与我同姓，名世民，是总督唐公李渊之子。”虬髯公听了，忙问：“我可以和他见一面吗？”李靖说：“世民常到我朋友刘文静家中，只要去走访文静，就可以见到他。”虬髯公说道：“我生平相天下士人，百不失一，你不妨带我去会会他。”二人于是约定第二天在汾阳桥上见面。

到了那天，李靖跨马赶到汾阳桥，与虬髯公一同赶到刘文静家。虬髯公自称善相，求见李公子。刘文静也赏识李世民，说他器宇不凡。听说虬髯善相，忙派人去把李世民请来。李世民不衫不履，大踏步走来。虬髯公见了，大吃一惊，拉着李靖到屋角，悄悄说道：“我有九成把握，此人有天子之相。我认识一阁道兄，让他见一面，就百无一失了。”李靖听了，暗地里对刘文静一说，刘文静就约定三日后再在寓中相见。

到了那天，虬髯公果然携一道士同来，邀李靖同去拜访刘文静。刘文静正与人对弈，见道士来了，就邀道士入局对弈；又写了一张字条，请李世民前来观弈。李世民掀帘而入，长揖就座，英姿不凡。道士见了，心中一动，竟把棋子下错了。道士忙把棋子收到盒子里，说道：“此局已输，不必枉费心机了。”说着，起身拉着虬髯公，李靖在后面跟着，一同走出门。半路上，道士对虬髯公说道：“此处已有真人了，君不必强图，还是另谋他处吧。”说着，扬长而去。虬髯公拉着李靖，跨上马默默走着。

回到李靖家中，在内堂坐下。红拂夫人见虬髯公来了，也出来在一旁陪坐。半晌，虬髯公才抬起头，对红拂一笑，说道：“妹子不是常常说要去见你嫂嫂吗？我家住在城西大石坊第四小板门。我明天全家要西行了，请妹子和妹夫明天午间到舍下一别，顺便也见见你嫂子。”李靖平时常说要到虬髯客家中拜见嫂嫂，虬髯公总不肯告诉他地名。听到虬髯公邀他们夫妻到家中相见，李靖一时喜不自禁。

第二天中午，红拂就和李靖到城西去了。大石坊地处荒凉，他们走到第四小板门口，李靖过去轻轻敲门，一个童子走来开门，把他们夫妇迎了进去。走过第三重门，李靖不禁一怔，里面竟然高厅大厦，杰阁崇楼，和外面迥然不同。望去帘幕重叠，奴婢成群。小童子把李靖夫妇引到东厅，虬髯公哈哈大笑着从里面走出来。他纱帽红衫，十分文雅，身后跟着一个绝色少妇，端庄秀丽。红拂忙悄悄拉着丈夫的衫袖，一齐上去拜见。虬髯公邀他们进了中堂，相对而坐。四个俊俏丫鬟，搬上酒肴，大家开怀畅饮。又有一队女乐，在帘前弹唱。

酒到半酣，虬髯公起身止住乐声，命二十个家奴，搬出二十个大衣箱。虬髯公指着衣箱，对李靖说道："这里面全是我这些年的积蓄，如今送给妹夫，算是我给妹子的嫁妆。我原本打算在此地成立大业，昨天既然已经遇见真人，就不应再在此地逗留了。那李公子确是英主，三五年内必成大事。妹夫才器不凡，将来必定位极人臣。妹子独具慧眼，得配君子，他年夫贵妻荣，也是一桩美谈。非妹不能识李郎，非李郎亦不能遇妹，你们二人并非偶然的姻缘。妹夫从此应专心前途，不必挂念我。十年后，如果听说东南数千里之外，有异人崛起，就是我成功之日。那时妹子与妹夫可在闺中沥酒相贺。"说着，就把府中内外钥匙、银钱、簿册，奴婢的花名册全部拿出。又把府中的奴婢童仆，传集到院子里。虬髯公命众人拜见李靖夫妇，叮嘱道："这对夫妇就是你们的新主人，从此事新主如同事旧主，不得怠慢。"李靖夫妇十分惶惑，正要推辞，虬髯公已经和他夫人进了内室，不久出来，已是一身戎装。他们夫妻二人向李靖夫妇拱一拱手，出门跨马远去。

李靖夫妇回屋检点箱笼，尽是珍宝。虬髯公还留下一箱兵书，书中详细记载了风角、鸟占、云祲、孤虚种种法术。李靖专心攻读，颇有心得，从此用兵如神，料事如见。唐太宗贞观年间，东南蛮奏称，海外蕃目攻入扶余国，杀主自立。李靖知道虬髯公大事已成，告知红拂，二人在闺中相对沥酒，向东南方拜贺。不过这都是后来的事了。

李渊入踞长安后，奉代王杨侑为皇帝，即位大兴殿，改年号义宁，遥尊炀帝为太上皇。李渊自称大丞相，都督内外军事，自己加封为唐王。将武德殿改称丞相府，设官治事；仍任命裴寂为长史，刘文静为司马，李纲为相府司录；前考功郎中窦威为司录参军，命他制定礼仪。尊祖父李虎为景王，父李昺为元王；夫人窦氏为穆妃，立长子李建成为世子，次子李世民为京兆尹秦公，四子李元吉为齐公。李渊的势力从此一大大壮大。各处地方官的文书纷纷呈到江都，炀帝的大臣都只图眼前利禄，将文书搁置，根本不送进宫中。

炀帝在宫中和众夫人、美人终日游玩，昏天黑地的，对外面的事一点都不知道。因炀帝十分宠爱吴绛仙，众夫人和美人都嫉妒起来，争相在萧后跟前说吴绛仙的坏话。萧后也因炀帝宠爱吴绛仙，心中很不自在。只因自己是国母之尊，不便吃醋捻酸，只好暂时忍耐着。自从那天炀帝把赐给萧后的绫子，转赐给了吴绛仙，萧后就和炀帝大闹了一场，逼着炀帝把绛仙贬入冷宫。炀帝看萧后正在气头上，又因她是正宫，就把吴绛仙贬入月观。但炀帝心中最宠爱吴绛仙，日子久了，难免想念。一天，炀帝在迷楼闲步，见远处春山如画，忽然想起吴绛仙，叹道："春山明秀，宛如绛仙画的蛾眉。久不见美人，实在想念。"正怅惘，一个太监从瓜州带回一双合欢水果，进宫献给炀帝。炀帝大喜道："快把此果赐给吴绛仙，以示朕不忘合欢之意。"小黄门于是捧着水果飞马跑到月观。

吴绛仙自从贬入月观，终日以泪洗面。忽见黄门匆匆进来，吴绛仙一问，那黄门说道："万岁挂念贵人，特赐贵人合欢水果，以表不忘合欢之意。"吴绛仙听了，长眉一展，笑逐颜开，当即入内梳妆。然后摆上香案，向北再拜，谢了圣恩。等到将合欢水果连盘捧来一看，见水果合欢勾连之处已经摇散，吴绛仙不禁流泪说道："名为合欢，实是不能再合！皇上以此赐妾，明明是要抛弃妾了！"黄门急忙说道："贵人不必多心，此果在万岁赐来时是紧接相连。只因圣旨催促，快马奔驰才摇散了，并非万岁有意拿破果赐人。"吴绛仙说道："如此说来不是万岁要弃妾，而是天意不容妾了！"说着淌眼抹泪，不管黄门怎么劝，她总是悲咽不已。黄门在一旁催道："万岁吩咐，立刻回旨。贵人有什么话要交代的？"吴绛仙愁肠百结，提起笔来写成一首诗，交给黄门官。太监接到诗，飞马回宫复旨。炀帝一看，上面写道：

驿骑传双果，君王宠念深；
宁知辞帝里，无复合欢心。

炀帝看诗，十分疑惑，说："朕好意赐她合欢果，纪念与她昔日合欢。她的诗字里行间却忧愁不已，美人为什么这么怨朕呢？"黄门官见问，知道隐瞒不过，忙跪倒在地，把合欢水果摇散的情形说了。炀帝听了，又拿起吴绛仙的诗句细细吟咏，吟到出神的时候，不禁叹道："绛仙不但容貌绝世，情思深长，而且文才华贵，不在班婕妤、左贵嫔之下啊。"

正嗟叹不已，忽然背后走来一人，劈手夺去炀帝手中的诗笺，说道："哪个淫娃又拿淫词来勾引陛下了？"

·鹿影惊帝·

炀帝正在把玩吴绛仙的诗笺，突然萧后从背后走来，夺去诗笺说道："陛下尽看些淫词做什么！今天是上巳良辰，杜宝学士制成十五卷《水饰图经》，黄衮造了七十二个水饰，无一不穷极天下之巧。妾已命人将其陈设在九曲池中，特来请陛下前去游览。不料陛下正在思念那妖精吴绛仙，想必没有闲心去行乐了！"炀帝听了，勉强笑道："皇后又来取笑朕了，怎么见得朕就没有闲心呢？"说着，就和萧后一同上辇，往九曲池驶去。

还没到池边，远远地就望见五光十色，堆砌得十分精巧。炀帝下辇，走近一看，原来那水饰是用十二只方船装载，一船一船挨次在水面上游走。船上雕刻着木人，有傍山的，有临水的，有斜坐在磐石上的，有住在宫殿里的。船身一动，那些木人就开始笙箫管弦，一齐奏乐，曲调悠扬，十分动听。那些木人又能舞百戏，百般跳跃，与活人无异。又有十二只伎船，杂在水饰船中。那伎女也是用木头做成的，每条船上都有一个木伎举杯立在船头，又有一个木伎捧壶站在一旁，另一个木伎站在舟梢上把舵，还有两个木伎坐在船中摇桨。船慢慢地行着，到了客位前，就停住船献酒，等客人饮完，船才移走，真是巧夺天工。

炀帝和萧后同席坐在池边，一面饮酒，一面一样一样地玩赏着七十二个水饰。第一个，是神龟负八卦出河；第二个，是黄龙负图出河；第三个，是玄龟衔符出洛水；……第七十个，是屈原沉汨罗水；第七十一个，是巨灵开山；第七十二个，是长鲸吞舟。形形色色，过了一船，又是一船。

炀帝赏玩到欢喜的时候，命众夫人传杯痛饮。正热闹快乐时，忽然一个官员踉踉跄跄地闯进宫，左右太监拦也拦不住，那人跑到炀帝脚下，伏地痛哭。炀帝一看，是东京越王杨侗的近侍赵信。炀帝问他："什么事这么凄惶？"赵信奏道："东京亡在旦夕，越王殿下派奴才来跟万岁爷告急。"炀帝向来不问朝政，听说东京危急，十分诧异，忙问："东京怎么了？"赵信奏说："西京已被李渊占据，东京也被李密围困，城破就在旦夕，望万岁速速发兵前去解围。"炀帝听了，手中的酒杯都吓得掉在地上，打得粉碎。炀帝叹了一口气，说道："朕久不问朝政，没想到国事已经颓败成这样。如今大局已去，朕也无可挽回。"说着，命宫女换上酒杯。炀帝说道："朕且图今天的快乐，众夫人伴朕一醉吧！"说着，举杯向众夫人连杯痛饮。赵信兀自跪着，不肯起身，连连说道："求陛下快发兵解救越王和代王！"炀帝笑着对赵信说道："江都富贵，享用不尽，朕何必要东京？局势已经如此危急，发兵有什么用，不如弃之不管。"赵信听炀帝这么说，不敢再奏，只得磕头准备退下。

炀帝忽然想起东京的景色，说道："西苑里的风景怎么样？"赵信奏道："自圣驾东游以后，苑中台榭荒凉，朱户生尘，绿苔绕砌，十分萧条冷清。"炀帝问："湖海中的鱼鸟还跟以前一样吗？"赵信说道："别的鱼鸟都好，只有万岁昔年放生的那条大鲤鱼，二月在风雨雷电交加之时，化成一条五色金龙飞上天，在半空盘旋，京城内外人人都看见了。"炀帝听了，十分吃惊，说道："奇！奇！这鱼竟化龙而去！"炀帝接着又问道："苑中的花木也无恙吧？"赵信奏道："别的花木都好，唯有那玉李树，近来长得更茂盛了。晨光院的杨梅树，在一个月前枯死了。"炀帝听了，不禁拍案大叫道："李氏当兴，杨氏当亡，果真天意如此吗？"

炀帝素来以杨梅合姓，卜算隋室的兴亡。听说鲤鱼化龙，又听说杨梅枯死、李树繁荣，就认定姓李的要夺他的江山，因此大惊。赵信吓得汗流浃背，茫然无措。萧后知道炀帝的心事，劝道："花草无情，不关人事，陛下何必认真？"炀帝也觉得萧后说得有理，心里就放宽了些。又想如今江都的近臣，没有一个姓李的，眼前应该不会有什么危险，心就更宽了。于是说道："外面如此动乱，两京即使没有残破，朕也无心归去！听说江东风景秀美，丹阳、会稽、永嘉、余杭一带山水奇丽，朕想另造宫室，迁都丹阳，不知皇后是否愿伴朕同去？"萧后道："晋宋齐梁陈五代都在江东建都，那里的风景想必不错，就按陛下说的办吧。"炀帝大喜，第二天，出便殿召集群臣商议。炀帝说道："两京都被反贼占据，朕不愿复归，打算退保江东，不知众卿意下如何？"虞世基立即奏道："退保江东，坐观中原成败，是以逸待劳的妙策。"炀帝听了立即传旨丹阳，重建宫阙，另挖新河，以通永嘉、余杭。工部大臣领旨前去，于是开河的开河，造宫殿的造宫殿。此时民穷财尽，万人有怨，地方官却一味逼迫，只图早日完工。炀帝依旧在迷楼中追欢寻乐，只等江东宫殿完工，早日迁都，两京之事早就被他抛之脑后。

众美人也知道欢乐不久，更是没日没夜地迷弄炀帝。炀帝因国事日非，心中不免郁闷，再加上多年纵欲饮酒，身体早就在不知不觉中败掉了。一天，杳娘正在临镜梳妆，炀帝从她身后走去，本想逗杳娘取乐。谁知从镜中看见自己容颜憔悴，满脸都是酒色之气，不禁惊诧起来，说道："怎么消瘦成这样了？"杳娘怕炀帝伤心，故意说道："这正是所谓的渣滓日去，清虚日来。"炀帝对镜凝视了半天，忽然自己抚着脖子，说道："这么好的头颅，会是谁砍了它呢？"杳娘听了，大惊失色，说道："陛下怎么说这样的话？"炀帝哈哈大笑，笑完，觉得困了就在杳娘这睡下了。炀帝上床没多久就惊醒了，醒来也没什么可消遣的，就和杳娘调笑着，不久又觉得乏味。忽然听到窗外隐隐有女子歌唱的声音，腔调悲凄。炀帝在床上一惊，问："谁在窗外唱这么悲凉的曲子？"连问几声，没有人答应。炀帝于是披衣下床，走到帘栊下，侧耳细听。歌声又起，字字清楚：

河南杨柳谢，河北李花荣，杨花飞去落何处？李花结实自然成！

炀帝蹑着脚绕出帘外，只见七八个宫女，围着一个宫嫔，听她唱歌。炀帝心中暗想，杨花李花，一成一败，宫闱之中，怎么有这样不祥的歌？急忙上去叫来宫嫔询问，那宫嫔不过是无心唱的，没想到被炀帝听到，吓得匍匐在地，不敢抬头。众宫女也吓得慌张无措，跪倒一地。炀帝忙安慰众人道："不要惊慌。"又拉起那宫嫔问道："这歌是谁教给你唱的？"宫嫔奏道："这是路上孩童唱的，不是妾婢自己编的。"炀帝问："孩童唱的歌，你在深宫怎么会知道？"宫嫔道："贱婢有一个兄弟，在民间听到后唱给贱婢听过，贱婢因此……"炀帝听宫嫔这么说，不禁大声叫道："算了！算了！这难道真是天意？"

半夜时分，炀帝忽然大惊小怪，早有人报知萧后。萧后急忙赶来，再三劝炀帝回宫安寝。炀帝说道："时势相逼，朕怎么还能安寝？只有酒可以忘忧，快拿酒来！"宫人奉上酒，炀帝直着脖子，一连灌下六七杯。他越是痛饮，越是怒气冲冲，便站起身来，在院子里走来走去，又仰首向天，总觉心中空落落的。后来索性坐下来捧着酒壶，向口中直倒。放下酒壶，又觉得万转千愁，于是提起笔，写下一首词：

琼瑶官室，金玉人家，帘珠开处碧钩挂。叹人生一场梦话，休错了岁岁桃花！奈中原离黍，霸业堪嗟！干戈满目，阻断荒遐。梨园檀板动新雅，深痛恨，无勘王远将，銮舆迓！须拼饮，顾不得繁华天下！

写完，自己又唱起来，歌声呜咽，声泪俱下，萧后忙上前来劝，又劝炀帝喝酒，然后扶炀帝进帐睡下。

第二天，炀帝从床上醒来，还没起身。王义就头顶奏本，走到御榻前跪下。炀帝接过他的奏本，匆匆看完奏折，说道："你的话虽然在理，但自古以来怎么会有不亡之国，不死之主？"王义听了，忍不住大哭起来，说道："万岁到了今天，还要文过饰非吗？万岁常说自己当超越三皇五帝，使万世不能匹敌。今天，陛下的车辇都不能回两京，还说什么富国强兵的话呢？"炀帝这时，也撑不住流下泪来，说道："你真是忠臣，说话如此中肯，朕后悔没有早听你的话！"王义说道："臣今天奏明心中所想，死也无憾，愿以此身报万岁数年知遇之恩！如今天下渐乱，愿万岁自爱。"说完，磕头退出。炀帝以为他是悲伤感恩之意，也没多想。不料到了午后，几个内相匆匆来报："王义在屋中大哭一场，自刎死了。"炀帝听了，顿足叹道："是朕辜负了王义！"萧后在一旁劝道："王义已经死了，悲伤也于事无补。"炀帝说道："满朝臣子大多高爵厚禄，却没有一个人能像王义这样以死相谏，实在是可恨、可惜！"随即传旨厚葬王义。

从此炀帝每次想起王义，总是郁郁不乐。萧后命宫女歌舞，美人劝酒，十分热闹的时候，炀帝总是长吁短叹。袁宝儿在一旁劝解道："时光不等人，整日寻欢作乐，都嫌不足，何必悲戚呢？"一句话点醒了炀帝，炀帝于是又高兴起来，命众宫女日夜歌舞作乐，自己拉住几个宠爱的夫人、美人饮酒作乐，片刻不许离开。又传旨一切国事，不许上奏，凡报两京消息者斩。从此迷楼里戏笑歌舞，如痴如狂，外边烽火，遍地刀兵，炀帝都置之不理。炀帝更是彻夜欢乐，不到天明不肯休息。

这时正是初春，秦夫人院中梅花盛开。炀帝说月下看梅，更有韵致，传旨黄昏后在梅花树下开宴。炀帝披着重裘，带着十六院夫人和众美人赴宴。只见一轮寒月，映着花光人面，倍觉清艳。炀帝坐下，吃过几巡酒菜，命薛冶儿在月下舞剑，袁宝儿当宴唱曲。炀帝乘着酒兴，拉着秦夫人出席散步。炀帝因胸中烦闷，常爱离开众人，到清静无人的地方走走。秦夫人也知道炀帝的意思，就扶着炀帝，静悄悄地在月下走着。踱过梅花林，是一片空地，天上一轮皓月，正当头照着。炀帝大赞月色，吩咐秦夫人在一株梅花树下的石头上坐着等他，自己慢慢地在空地上踱步。他一边走着，一边抬头望着天上的月亮，不知不觉走到一丛荆棘前。那荆棘忽然抖动起来，接着跳出一头长脖子的巨物。炀帝大叫，转身逃去，踉踉跄跄跑到秦夫人跟前。炀帝面容失色，气喘吁吁地指着身后说道："怪物！怪物！"秦夫人一听说怪物，也吓得两脚打战。幸亏有许多宫女太监，拥着萧后追来，把炀帝接回院。然后命太监拿着兵器，去捉怪物。谁知众人找了个遍，也没看见什么妖怪，只看见几头长颈鹿在月下吃草。炀帝这才知道自己看见的是长颈鹿，并不是什么怪物。但经此一吓，卧床躺了七八天，后来变得十分胆小，再也不敢独自行走。

自从那夜炀帝在月下受惊以后，大家都疑神疑鬼。有的说在冷宫里看见妖魔，有的说在长巷中遇到鬼怪。一传十，十传百，顿时传遍宫廷，说得人人心惊，个个胆战。这迷楼宫殿，建得十分广大。宫院中空屋子很多，一到天黑，大家都不敢往空屋中走去。那冷僻的地方，就更冷僻了；荒凉的地方，也更加荒凉。大好楼台，一到夜间，空屋中狐鼠成群，啼嘶跳掷彻夜不休。那班宫女太监听到了，更加说得活灵活现。传到炀帝耳中，他虽不信鬼怪之事，但想到皇室正是多事之秋，怕有刺客大盗潜进宫中想着，不由得不寒而栗。萧后劝炀帝，调御林军进宫驻扎，既可以防叛贼，又可以杜绝众人的谣言。炀帝听了，传屯卫将军宇文化及进宫。宇文化及是宇文士及的兄长，宇文士及是炀帝的女婿，南阳公主的驸马。自此，宇文化及和宇文士及两兄弟常在宫中走动，以确保炀帝等人的安危。

隋亡唐兴

第叁章

亲仇·细说大唐第一家庭

·月下遇红颜·

炀帝把屯卫将军宇文化及传进宫，当面嘱咐他，将御林军调进宫。宇文化及领了旨意，拣选了五百名精壮兵士，亲自领进宫，分成四班，日夜轮流替换。又派了四个少尉官，时常进宫巡查。四个少尉官全是大臣子弟，其中一位是宇文化及的四公子宇文庆德。宇文庆德长得猿臂狼腰，眉清目秀，自幼爱玩刀枪，能射百石硬弓，百发百中，宇文化及最宠爱这个儿子。宇文庆德奉命进宫巡查。他们的军令是：每夜三鼓后直到五鼓，需要四个少尉督同手下兵士，在冷僻的宫巷中四处巡查。

夜静更深，天寒露冷。三更时分，宇文庆德正率领一队御林军，在衍庆宫的长廊一带巡查。才绕过后院，听到东北角门呀的一响，接着一盏红纱宫灯，在走廊上慢慢地移动。宇文庆德见了，连忙站住，并悄悄屏退兵士，吩咐他们退回前院候着，自己忙把手中的灯火吹熄，隐在穹门脚下。这时满天冷月，遍地寒霜，偌大一个院子，黑漆漆静悄悄的。院子墙脚下一带花木高高低低，月光如水，照在树叶上，发出点点滴滴的寒光。走廊上那盏红灯，一步一步地向眼前移来，院子里月光越是分明，走廊上越是黑暗。宇文庆德用力望去，始终看不出是什么人。隋炀帝临幸宫女，常常爱在黑暗中行事。宇文庆德没有见过皇上，他想万一来的是万岁爷，自己怎么能现身？又想万岁因怕深宫冷巷中埋伏刺客，才叫人进宫巡查。前面来的，莫非是刺客？一想到这里，身子不禁打战。又想宫中近来常常闹鬼，莫非来的是鬼怪？那红灯越走越近，宇文庆德急忙拔起佩刀等着。

红灯慢慢移到月光照着的廊下，才看清那人穿着黑色衣裳，一手提着一盏红灯，一手托着一只炉盘，袅袅婷婷地走着，原来是一个女子。再向她脸上看去，宇文庆德不由得又吓了一跳。只见她梳着高高的髻，脸面漆黑，看不清面目。这分明是鬼怪，宇文庆德吓得连两条腿也软了。刚想转身，两只脚好像被长钉钉住了一样，一步也动不了。手臂刚要举起，又好像被十道麻绳绑住了一样。只是睁大了两眼，目不转睛地看着那鬼怪。那鬼怪从宇文庆德跟前走过，宇文庆德万分慌张，几乎失声叫喊出来。转念一想，自己见了一个女鬼，就吓得大喊，一世英名就丧尽了。

正在这时，那女鬼转身走下白石台阶，立在庭心，抬头望了望月。然后把手中的炉盘放在庭心的石桌上，又慢慢伸手摘去头上的黑色罩纱，露出一张玉脸。只见她点上三支香，俯身跪倒在地，把香插在炉中，拜了几拜后站起身。原来是一个宫女，并不是什么女鬼。宇文庆德这时手提佩刀，走到庭心。那宫女听到身后有人走来，急忙用黑纱遮住脸，捧着炉盘，转身要逃，谁知已被宇文庆德拦住去路，见他手中提着明晃晃的刀，那宫女吓得“哎哟”一声，身子不由自主地倒了下来，手上的炉盘掉到了地上。宇文庆德急忙上去，把那宫女抱住，那宫女已经晕厥过去，宇文庆德伸手揭起黑纱，不禁大吃一惊。原来这个宫女竟是一个绝色女子，只见她眉毛弯弯，朱唇流彩，玉面芙蓉，映着月光，分外动人。宇文庆德看得魂荡神驰，怀疑自己遇到天仙了。

宇文庆德年仅二十四岁，是一个英俊男子。他自命不凡，眼高于顶，发誓非世间绝色女子不娶。父母再三劝他早点娶一房妻小，谁知这宇文庆德整天只是骑马弯弓，从不知道怜香惜玉。在这深夜里，不想竟遇到了绝世美人，看着这仙子一般的容貌，又闻到一阵阵醉人的香味，他生平第一次被一个女子打动心肠。趁着美人还没有醒来，紧紧地贴着她的酥胸，轻轻抚弄着美人的香腮。半天美人才星眸微转，见自己倒在一个男子怀里，羞得急忙站起，从地上拾起炉盘，转身要走。宇文庆德哪里舍得，忙上前拦住。那宫女见宇文庆德手中提着刀，以为要杀她，忙跪倒在地。宇文庆德见她害怕，就收起佩刀，把她扶起。然后问她叫什么名字，在哪个宫院当差？为什么夜静更深的时候到宫院里烧香？那宫女只轻轻地叹了口气，忍不住流下泪来。宇文庆德见了，一时忘情，走近问道：“你不要慌，我绝不欺侮你，也不把你的事告诉别人。你心里有什么为难的事，只要告诉我，就是拼去性命我也替你做到！”宇文庆德被这宫女的美色打动，心中打定主意，今生今世爱定这个宫女了。因此不管那宫女如何冷淡，他总是一遍一遍地问着。宫女见他纠缠不清，冷冷说道：“将军愿意帮婢子的忙？婢子只求将军答应两件事：第一件事，请将军允许婢子每夜到院子里烧香；第二件事，以后将军再遇到婢子，不要和婢子说话。”那宫女说完，急忙托着炉盘转身走去。

要在平时，宇文庆德听了这样的话，早就拿出公子哥的气性，拔刀相向了。无奈他心中已爱上了这个宫女，任她如何抢白，如何冷淡，他总是不动怒。他非但不动怒，为了能和这宫女天天见面，他还向父亲讨了每晚三更后到衍庆宫巡查的差事。每天晚上宇文庆德带着一队御林军进宫，先把兵士调开，吩咐他们在前院子守着，自己一人则转到后院，看那宫女出来烧香。等她烧完了香，捧着炉盘进了角门，他才走出前院，带着兵士到别处巡查。日子久了，那宫女见了宇文庆德，也不害怕了。他们约定在先，不许说话。宇文庆德如同奉了圣旨一扬，虽然每晚和宫女见面，却不敢跟她说一句话，只怕一开口，美人就要恼他。

后来那宫女忍不住了，低声问道："将军为什么每晚都来这里？"宇文庆德恭恭敬敬地答道："我看你一个娇弱女子，半夜在这深宫广院里烧香，怕有什么鬼怪惊吓了你，因此特地到此保护。"这一句话，柔情千叠。那宫女听了，脸上嫣然笑了，说了一声："多谢！"从此以后，这一对俊男妙女，夜夜在深宫曲院中互诉衷肠。两人的话越说越多，宇文庆德趁机对着宫女美人长美人短地称呼起来。这宫女非但不恼，反而放出百般妩媚，千种风流。一个俊男，一个美人，夜深时分，幽宫密院，月下花前，静静对着，怎么会不勾起万种柔情。那宫女看着这个月下少年，万分可爱。不知不觉两人常常握手依肩，有说有笑起来。后来他们谈久了，觉得苍苔露冷。宇文庆德大着胆子，偷偷地打开衍庆宫的正殿。正殿原本是炀帝平日召见妃嫔用的，中间设着软褥龙椅，四面竖着锦绣屏风。宇文庆德扶着宫女坐在龙椅上，自己却坐在宫女脚边的绣墩上说着话，心里十分温暖。

这宫女告诉他，自己原本是官家小姐，小名凤君，父亲现任范阳太守。自幼养在父母膝下，和哥哥同在书房伴读，父母十分宠爱自己。只因前年父亲在公事上触怒了西安节度使，被他参奏，父亲因此被判充军。这时来了一个黄门官，奉旨到范阳采选美女。父亲为了解脱罪名，狠下心肠把女儿献给黄门官，送到江都行宫。又听说当今万岁是一位多情的天子，凡是宫女，略长得平头整脸的，都会被万岁临幸。进宫以后，就和同伴商量，设法保全贞节。又把自己所有的钗环银钱，统统拿去孝敬管事的宫监。宫监可怜自己，就设法派自己在冷宫做宫女。这宫里养的都是失宠的妃子，万岁爷从不会来临幸。

宇文庆德问她："你每夜烧香祷告什么？"凤君说道："第一支香，祷告父母安康；第二支香，祷告哥哥早得功名；第三支香，是为自己祷告。"说着忽然停住不说了。宇文庆德听了，接下去说道："祷告自己早得贵婿！"说着，情不自禁地凑近脸低声问道："我替美人说的是吗？"凤君被他问得含羞低下头去。后来被宇文庆德问急了，凤君忍不住扑哧一笑，伸出纤指在宇文庆德的眉心里戳了一下道："将军真是一个鬼灵精。"宇文庆德趁势扑上去，拥住凤君的纤腰，嘴里不住地央告着："好美人，好心上人，就让我做了你的贵婿吧！你可知道我向来高傲，父母几次替我做主，有许多富贵小姐，甚至万岁家里的公主，都愿给我做妻小，我都不愿意。自从遇到了美人，不知怎么了，夜里梦里都想着，连魂儿都交给美人了。你如果不答应我这门亲事，我也不做人了。”说着竟伏在凤君的酥胸上，洒下几滴英雄泪！

凤君见他落下泪来，心也软了下来。宇文庆德一耸身，站起来捧住凤君的粉腮，正要去亲她。凤君急忙闪过脸，逃下龙椅，躲在绣屏后面，探出脸抿着嘴笑着。这时月光照进殿来，凤君的粉腮映着月光，更是娇艳动人。宇文庆德要上去捉她，凤君忙摇着手说道："你我相爱，不应这么轻狂。将军如今爱上婢子，要婢子嫁与将军做妻小，婢子也愿意。只是婢子也不是一个寻常女子，生平也曾立誓，非得一位极贵的夫婿，否则甘愿一生都做老处女。将军愿娶婢子，敢问将军有怎样的富贵？"宇文庆德听了，拍着自己的胸口说道："我二十多岁做到殿前少尉，贵不贵？家中父亲传下来百万家财，富不富？"谁知凤君听了他的话，只是摇头。宇文庆德又说道："我父亲现在屯卫将军，一人之下，万人之上，贵不贵？"凤君听了，又摇了摇头。宇文庆德又接着说道："将来父亲高升了，我就是屯卫将军了。"凤君还是摇头。宇文庆德呆呆地看着凤君，问道："那美人说要怎么富贵才满意？"只见她不慌不忙地走近龙椅，把手在龙椅上一拍，说道："将军如果能坐上这龙椅，婢子才满意呢。"

宇文庆德听了，吓得连退三步，一句话都说不出了。凤君依旧满脸堆笑，扭转了腰肢，站到他面前。宇文庆德见她这副娇媚的神韵，实在舍不得，鼓起勇气说道："美人说的是真的吗？"凤君指着天上的月亮说道："明月为证。"宇文庆德忙上前，拉住凤君的纤手，走出庭心，双双跪倒。凤君低声向月亮祷告道："将军成功之日，婢子如果不如将军所愿，有如此钗。"说着把云鬓上的玉搔头拔下来，在石桌上一磕，磕成两半，二人各拿半段。宇文庆德也说道："他日如果不如美人所愿，有如此袍。"说者一手揭起袍角，一手拔下佩刀，嗖的一声，割下一只袍角交给凤君。然后扶起凤君，顺势把她抱在怀里，又要凑上去亲她。凤君笑着用袍角隔开说道："还是留着作为将军成功的贺礼吧。"转身从怀中跑出，走上台阶。宇文庆德追上去，凤君转过身来，说道："将军努力，成功之日再见。"说着一缕烟似地进了角门。宇文庆德抬头望着天，把脚一顿，自言自语道："拼着性命做吧。"说着大踏步走到前殿，领着一队御林军悄悄出宫了。

从那一夜起，宇文庆德就打定主意推翻隋室江山，夺得炀帝的宝座。他虽然每晚带领御林军进衍庆宫去巡查，但他每夜走到后院，都没有再见到凤君。宇文庆德越想见心上人，造反的心思就越急。他白天在各文武官员家中乱跑，探听各人的口气，随处留心起事的机会。宇文庆德和司马德戡、裴虔通、元礼三位郎将是莫逆之交，这三人都是关中人，这次随驾到江都，心中都很不乐意。他们都有家小住在关中，久不回家，怎么会不想家？又听说四处叛乱，关中也落在寇盗手中。自己有皇事在身，眼看着家乡烽火连天，却不能回去，心中自然怨恨。每到怨恨的时候，几个知心的官员，就在深房密院里商量一回，宇文庆德也常常被他们邀去商议大事。

六个月以前，炀帝下旨，派封德彝到丹阳建造宫殿，开掘从丹阳到余杭的八百里新河。如今到了限期，封德彝完工，前来复旨。炀帝在江都住厌了，听说丹阳宫殿完工，心中大喜！一面下旨嘉奖封德彝，赏他金银彩绢；一面下旨各官员、侍卫衙门，限一个月内，整顿车驾军马，随驾迁都丹阳宫，如有不遵，立即斩首。这旨意一下，触恼了元礼、司马德戡、裴虔通等郎将，再加上宇文庆德从中鼓煽，大家约定黄昏时候，在禁营中商议。司马德戡说道："我等离别家乡，已有数年，谁不日夜想念父母家小？近来听说刘武周占据了汾阳宫，又听说李渊攻破了关中，眼见家中父母妻子，都要遭殃了！如今皇帝又要迁都永嘉，这一去南北阻隔，恐怕再无还乡之期了。诸位大人，有什么妙计挽回主上迁都之意？"元礼听了，接着说道："我们不能去永嘉，不如会齐禁兵，奏明主上，求陛下念及士兵的苦处不要渡江。"裴虔通摇头道："这样不行，主上荒淫无道，一心贪图酒杯妇人。连江山社稷都不顾，又怎么会为我们着想？依下官愚见，不如瞒了主上，私自逃回西京与父母妻子相见。"司马德戡和元礼等人听了，都齐应声道："对，对！就这样。"当下各自散去，打点行装，准备逃回家。

他们在路上说的话，早被一个宫人听到，忙报告给炀帝。谁知炀帝听了，反而痛骂这宫人道："朕先前有旨，不许人妄谈国事和两京消息。你这贱人，怎么敢抗旨？况且郎将直阁全是朕的亲信，怎么可能叛逃？不杀了你，只怕其他人还来进谗言！"说着，喝令左右将这宫人乱棍打死。炀帝打死了宫人，别人即使有所耳闻，也不敢再管闲事了。

·宫变·

宇文庆德自从爱上了宫女凤君后，就蓄意谋反。他见满朝文武，都因炀帝要迁都丹阳，人心浮动，就鼓动各处官员，劝他们乘机起事。宇文庆德的叔父宇文智及，现任少监，执掌禁兵。他虽然是炀帝的亲信侍卫，但最恨炀帝荒淫无道。宇文庆德常在叔父跟前鼓动一番，宇文智及也很听信侄儿的话。

这一天，叔侄二人又在后书房密议。忽然门官报称，郎将赵行枢大人拜访。宇文智及和赵郎将是至交，当即将他迎入。赵行枢劈头问道："将军知道众将士的事吗？"宇文智及听了，故意说不知道。赵行枢说道："众将土不肯随驾渡江，纷纷商议逃回去。我也很思念家乡，所以特来请教。"宇文智及拍案说道："这么做必定性命不保！"赵行枢问："为什么？"宇文智及道："主上虽然无道，然而威令还在。私自逃走的话，又不能随带兵士，朝廷如果派兵追击，那时不就白白丢了性命吗？"赵行枢一听，也踌躇起来。宇文智及趁势说道："如今炀帝无道，天下英雄并起，四海盗贼蜂生。我们二人掌握着数万禁兵，依我之见，不如借此机会，或挟天子以令诸侯，或诛无道以就有道。这样做都能建万世之业，何必做亡命之徒呢？"赵行枢听了，大喜道："多谢教诲。"宇文智及道："话虽如此，只怕人力不齐，还须邀几个人共襄大事，才能确保万全。"赵行枢道："为什么不邀来司马德戡与元礼、裴虔通共谋呢？只要他们肯，大事就能成了。"宇文智及于是派人去请司马德戡与元礼、裴虔通。

不到一会，三人请到。赵行枢忍不住先开口道："主上不久就要游幸永嘉，各位行李打点得怎么样了？"司马德戡诧异道："我们要逃回去的事人人都知道了，大人还来问永嘉之行的行装做什么？"赵行枢哈哈笑道："我不过随口一问罢了！"宇文智及说道："逃回去虽然也好，但路途遥远，如果主上派兵追捕，你们打算往哪里逃？"三人听了，面面相觑，一时说不出话来。元礼跌足叹道："我们怎么都没想到这点了？这下怎么办？"赵行枢说道："不要担心，宇文将军已有妙计，只担心你们心力不齐，不肯答应。"司马德戡说道："我们都是关中人，日夜思归，将军既有妙计，我们怎会不从？如有异心，不得其死！"赵行枢大喜，于是将宇文智及的话，详细地对三人说了。三人大喜道："将军要图大事，我们三人愿效一臂之力。"宇文智及道："列位将军如果肯同心戮力，大事不患不成了！"司马德戡说道："校尉令狐行达、马文举都是我的心腹，也可把他们邀来。"赵行枢道："既然是心腹，多一个人就多一份力。"

司马德戡于是起身亲自把他们请来。赵行枢又把前议说了一遍，二人齐声说道："愿奉列位将军之命。"宇文智及大喜道："众人志向相同，大事可成了！但禁军数万，不能轻举妄动，必须立一人为盟主，听其约束。"说到这里，宇文智及暗暗伸手拉了拉司马德戡的袖子。司马德戡站起来说道："我举荐一人。"赵行枢忙问："谁？"司马德戡道："宇文将军的兄长宇文化及是当今英雄，让他主持大事，众人肯定心服。"裴虔通与众人听了，也齐声说道："司马将军说得对。事不宜迟，我们立即去见他。"于是一齐跑到宇文化及私宅。宇文化及是一个色厉内荏、奸贪多欲的人。听说众人来见，慌忙说道："不知各位来府上有什么事？"赵行枢说道："主上荒淫酒色，游佚无度，弃两京于不顾，又要再幸江东。各营禁军思乡心切，盼望西归，都不愿跟从主上。我等想借此机会诛杀无道，但必须立一盟主，统率其事。将军位尊望重，众人都愿立将军为盟主。"

宇文化及听了，大惊失色，慌得汗流浃背，忙说道："这可是灭族的大祸！"司马德戡道："如今人心摇动，天下盗贼并起。外无勤王之师，内无心腹之臣，主上势孤力单，我们又执掌各营禁军，谁能灭我族？"宇文化及道："说虽如此，满朝臣子难道就没有忠义智勇之士？如果有人倡义报仇，那时怎么办？"裴虔通道："在廷臣子都是谄谀之人，不过贪图禄位而已，谁肯倾心吐胆为朝廷出力？即使有一两个忠臣，也未必有才，有才者却未必忠心，又有谁会与我等为仇？将军尽可放心。"宇文化及听了，又沉吟道："主上驻驾玄武门，有数百骁健官奴护卫，如果举事，我们怎么进去？一旦事机败露，我们难逃十族被诛的大难。"众人听了，一时答不出来。宇文智及道："这有什么难的？官奴都由司宫魏氏管制，魏氏最得主上信任。只要多给些金银贿赂魏氏，托她让主上放出官奴，主上昏聩，必然听从。官奴一旦放出，就可无虑了。"众人大喜。宇文化及说道："那下官就恭敬不如从命了。祸福由天吧。"众人喜道："有将军提携，我们都能富贵了！"裴虔通说道："大计已定，事不宜迟，谁愿意去贿赂魏氏呢？"令狐行答道："在下愿往。"于是领了许多金银币帛，悄悄地送给魏氏。

魏氏是一个妇人，管领着一群骁勇官奴，守卫玄武门，以备不虞。这天得了众官员许多贿赂，就进宫奏明炀帝道："玄武门守御官奴，日日侍卫，不得休息，十分劳苦。伏乞圣恩，放出一半，让他们轮班替换，这样困劳者也能得以休息，实在是陛下的洪恩。"炀帝道："就依汝所奏，放出一半，以表示朕体恤士兵之心。"魏氏忙叩头谢恩道："谢万岁爷洪恩！"当即领旨出宫，放出一半官奴，令剩下的官奴轮班更换。众官奴见此，就都躲着不来守御。司马德戡等人都暗暗欢喜，邀同裴虔通密召禁军，在自己府中会齐，说道："主上不体恤群下，纵欲无度。如今两京残破，主上却不思收复，又要东幸永嘉。我们如果跟着昏君出去巡游，就都要客死他乡，今生永不能再见父母妻子。如今许国公宇文将军欲倡大义，使大家都能再回长安，免去你们的劳苦，不知各位是否愿意听令？"众兵士齐声说道："我等唯命是从。"司马德戡听了大喜，当场约定四月中旬举火为号，内外响应，共图大事。

外面闹得天翻地覆，炀帝在宫中却一无所知。每天只是催逼着宫人，打点行李，预备迁都丹阳宫，临幸永嘉。这一天炀帝与萧后同游十六院，多喝了几杯酒，不免困倦，就在第十院的龙榻上倒头睡去。才朦胧睡去，恍惚之中看见越国公杨素穿着青衣、带着小帽走来，奏道："陛下好命，享受了整整十三年才来，叫臣等得好苦。"炀帝猛抬头一看，吃了一惊，忙问道："朕与卿许久没见，卿怎么变成这样了？卿有什么话要对朕说？"杨素道："陛下还不知道吗？当时派张衡入侍寝宫，假诏杀太子，这两件事都被发现了！今天只等陛下来三曹对案，看看是谁的罪过。"炀帝道："这些都是卿设谋的，朕有什么罪？"杨素道："计谋是臣想的，但皇帝是谁做？主意是谁出的？陛下怎么能推得这么干净？"炀帝道："是卿也罢，是朕也罢，这些都是往事，今天为什么要提起这些呢？"杨素道："陛下快活日子过多了，往事想都忘了。臣也不跟陛下细辩，只要陛下跟臣同去，自然有人问陛下。"炀帝开始不肯去，只因杨素一直催逼，不得已就跟着杨素来到一个地方，仿佛是西京仁寿宫。

走到阶前，往上一看，只见正中间坐着一人，头戴冲天冠，身穿蟠龙绛袍，十分严肃。炀帝心中暗想，怎么这里会有一个皇帝？定睛一看，却是先皇文帝，陡然吃了一惊，转身要往外走，只听得文帝大叫道："杨广哪里去？"炀帝吓得魂魄俱散，手足失措，只得走进殿，俯伏在地，说道："孩儿久违膝下，时常想念父皇，没想到今天还能再睹慈颜。"文帝怒骂道："你这弑父杀君的畜生，到了今天，还敢花言巧语？"炀帝道："篡逆之事，都是杨素、张衡二人所为，与孩儿无关。"杨素在一旁忙说道："是谁让臣设的谋呢？况且奸烝父妃，难道也是老臣设的局？"一句话说得炀帝满面通红，无言可答。文帝骂道："你这畜生！罪恶滔天，不容于死。今天相逢，怎能饶你？"说着从近侍手中取出一把宝剑，亲自起身腰斩炀帝。炀帝汗流浃背，魂不附体。正无可奈何，忽见屏风后面转出一人，执剑奔来。炀帝一看，是太子杨勇。炀帝急忙拔脚逃下殿，杨勇在背后大步追来，口中喊道："杨广哪里逃，快还我命来！"炀帝吓得魂魄全无，正要上前分辩。杨勇怒气冲冲，不管好歹，举起钢刀，照着顶梁骨砍来。炀帝一时躲闪不及，说道："不好，我要死了！"忽然惊醒，吓得满身上下，冷汗如雨。

萧后伴坐一旁，见炀帝神情怪异，忙斟了一杯参汤奉上，问道："陛下为什么这么惊悸？是不是有什么梦兆？"炀帝定了定神，说道："朕做了一个梦，非常不祥。"萧后道："有什么不祥？"炀帝就将梦中所遇，一一细说了一遍。萧后说道："陛下不必忧虑。俗话说，日有所思，夜有所梦。陛下忧心两京，追思先帝，才会做这样的梦。"说着，天色已晚，院中掌上灯，院妃吕夫人又摆上宴，大家依旧欢饮。忽然听到宫门外喊声震地，好像军马厮杀一般。炀帝慌忙丢下酒杯，拉着萧后，走出院去。只见东南方火光烛天，照得满天通红。炀帝惊道："这是怎么回事？"随即叫众太监前去探查。众太监领旨，就向宫外跑去，才到宫门口就看见直阁中裴虔通领了许多军士，拦住宫门，问道："你们要到哪里去？"众太监道："奉旨看哪里起火了，为什么这么喧哗？"裴虔通道："是城东草房失火，外面军民救火，所以喧哗。你们也不必去看了，拿这话回旨就行。"众太监乐得偷懒，就退回院里，报告炀帝。炀帝道："原来是草房失火。"于是依旧和萧后、众夫人回去饮酒。众人都喝得迷迷糊糊，萧后把炀帝扶回正宫去睡。

一觉醒来，天还没亮，就听到一片喊杀声。炀帝心中惊慌，忙命人去查看。原来司马德戡与赵行枢、裴虔通，约定日期，内外举火为号，各领禁军，团团围住皇城。各要害之处，都派了士兵把守。见天色微明，就领了数百骑杀进宫。宫中的骑勇、官奴，都被魏氏放出去了，没有一人在宫中。各殿的守御将士都被裴虔通等预先劝散了。只有屯卫将军独孤盛与千牛备身独孤开远二人，正守宿内殿。听到外面兵马喧嚷，知道有变，独孤盛忙率了千余守宿兵士，出去迎敌。刚遇到司马德戡，独孤盛忙拦住大骂道："背君逆贼，休得无礼！"司马德戡道："识时务者为俊杰。如今主上荒淫无度，游佚虐民，我等倡大义诛杀无道，你为什么不反戈相助我等，以谋取富贵？"独孤盛大怒道："你这反贼，不要走，吃我一刀！"说着就举刀砍来。司马德戡挺枪相迎，二人战了数个回合。忽然裴虔通从左掖门杀来，独孤盛猝不及防，被裴虔通斜刺一刀，砍下头去。众军见主将被杀，不敢再战，又无处躲避，都一齐叫喊起来。司马德戡与裴虔通乘势乱杀，闹得宫中犹如鼎沸一般。独孤开远听到独孤盛被杀，本想引兵去战，又想到众寡不敌，只得转进宫请炀帝亲自督战，借此稳定军心。

此时炀帝已经知道是兵变，惊得手足无措，忙传旨将阁门紧紧关上。独孤开远赶到阁门下面，见双门紧闭，事起仓促，也顾不得君臣礼节，就令众兵隔着门齐声喊道："贼兵变乱入宫，军心不定，请万岁天威亲临督战。"接着听到阁门上面有人传旨道："万岁爷龙心惊慌，不能临战，命将军等尽力破贼，事后必有重赏。"独孤开远道："万岁不出战，贼众我寡，臣等虽肝脑涂地也没用。恳请圣驾亲自督战，否则贼兵一到，就要玉石俱焚了！"门上又传下旨来道："圣驾不能亲临，暂避内宫，请将军努力死守。"独孤开远奏道："掖庭已经成为战场，贼兵一到，哪有内外之分？万岁如果不出来，则君臣生命与社稷都不能保住了！"说着，用头撞向阁门，号啕痛哭。近侍忙报告炀帝，炀帝惊得目瞪口呆。听到独孤开远竭力苦请，正要出去，萧后忙拦住道："众兵既已为乱，还分什么君臣？陛下这一出去，如果出战不利，那时怎么办？不如暂避宫中，等天亮了，百官知道了，定有勤王之兵。"炀帝道："说得有理。"于是慌慌张张拉着萧后去躲藏。此时大家也无暇梳洗，炀帝蓬着头和三五个心爱的美人，躲入宫内的西阁。

独孤开远在阁门外哭叫了一回，见阁门内杳无消息，他知道炀帝不肯出来，大势已去，只得拼一拼性命了。于是回顾左右大叫道："有忠义能杀贼者，快随我来！"众兵见炀帝不出来，料想敌不住贼兵，都渐渐散去。独孤开远正无可奈何，只听见喊杀声惊天动地，司马德戡、裴虔通、令狐达等人，如潮涌一般，杀向阁门。独孤开远挺枪大骂道："逆贼年年拿朝廷厚禄，竟敢反叛朝廷？"裴虔通应声骂道："我等杀无道之君，是义举。你不识天命，实在是找死。"说着，举刀砍去。司马德戡与令狐达一齐动手，混杀一场。独孤开远最后被乱兵杀死。手下的兵丁，逃得一个不剩。司马德戡领着众兵，涌到阁门下，见双门紧闭，一齐动手，将门打开，杀进内宫。众宫女和太监们都吓得魂飞胆散，乱成一堆。

司马德戡杀入寝宫，没见着炀帝，就领兵四处寻找。只是宫廷深远，左一座院落，右一处楼阁，怎么也找寻不到。走到永巷，撞见一个美人，她怀中抱了许多宝物，裴虔通上去一把拉住问道："主上在哪里？如果不说实话，就把你一刀砍成两段！"那美人哀求道："将军饶命！万岁躲到西阁去了。"裴虔通于是带领众人，赶到西阁。到了阁下，听到上面有人声。令狐达拔刀先登，众人相继一拥而上。只见炀帝与萧后正在相对垂泪。炀帝见了众人，说道："你们都是朕的臣下，朕终年厚禄重爵养着你们，哪里亏待了你们，你们竟要篡逆，对朕苦苦相逼？"众人听了，面面相觑，一时说不出话来。裴虔通大声说道："陛下只图一人快乐，并不体恤臣下，所以才有今天之乱。"炀帝见他们声势汹汹，气得一句话也说不出来。

这时，炀帝背后的朱贵儿站出来，用手指着众人说道："圣恩浩荡，你们是什么心肝，做出这样大逆不道的事？且不说终年厚禄，三天前见天气寒冷，皇上就下诏命宫人为你们缝制絮袍絮袴。万岁亲临催督，数千件袍袴，两天就已完工，昨天颁发给了你们，你们就忘了吗？圣恩如此，还说不体恤，真是没心肝的人。"炀帝接着说道："朕没有亏负你们，你们为什么要背负朕呢？"司马德戡说道："就算是臣等有负陛下，但如今天下已叛，两京都被叛贼占据，陛下已经无门可归，臣等也无生路。"炀帝大怒道："一派胡言，你今天来这里，想要干什么？"司马德戡大声喝道："今天我们来斩陛下首级，以谢天下！"

朱贵儿听完司马德戡的话十分气愤，大骂道："逆贼怎敢口出狂言？万岁纵然不德，也是天下至尊，一朝君父。你们不过是侍卫小臣，怎么敢逼胁乘舆，担受万世乱臣贼子的骂名？趁早洗心革面，万岁将降旨赦你们无罪。"裴虔通道："如今已是骑虎难下，你区区一个掖庭贱婢，不得放肆。"朱贵儿大骂道："背君逆贼！等到勤王之师来到，那时定将你碎尸万段！"令狐达大怒道："淫乱贱婢，就是你们平时蛊惑君心，才导致天下大乱。今天竟敢毁辱义士，不杀你何以谢天下？"说着，喝令乱兵一齐动手。朱贵儿大骂道："人谁无死，我今日为万岁而死，留香万世，不像你们这些逆贼，明日碎尸万段，也要遗臭万年！"骂声未绝，乱兵刀剑早已上来，可怜朱贵儿玉骨香魂，都化作一腔热血。只听到一声惨号，朱贵儿倒卧在血泊里。

令狐达见杀了朱贵儿，就一手执剑，一手来扯炀帝下阁。炀帝见杀了朱贵儿，早已惊得魂不附体，慌得大声叫道："扯朕干什么？"令狐达冷冷说道："你去见了许公自然知道。"炀帝道："今天的事，是谁倡导的？"司马德戡道："普天同怨，岂止一人？"炀帝不肯下阁，众兵一齐上前，推着他前行。炀帝没有梳洗，被众人推来攘去，弄得蓬头跣足，十分狼狈。萧后看见了，赶上前去，双手抱住炀帝，放声痛哭道："陛下贵为天子，原本何等富贵。今天落在贼人手中，弄得这样狼狈，妾看了心痛万分！"炀帝也大哭道："今天恐怕没有活路了！在此就和皇后永别了！"萧后哭道："陛下先走一步，妾估计也不能久活了！"

·帝死隋亡·

炀帝被令狐达揪住，拉去见宇文将军，他知道自己性命难保，就和萧后两人抱头痛哭。令狐达在一旁等得不耐烦了，命人拉开萧后，押着炀帝去往前殿。司马德戡一面吩咐把炀帝暂时拘禁在一间便殿里，一面亲自率领士兵，迎请宇文化及入朝为政。

此时天色初明，宇文化及得知令狐达逼宫的消息，吓得他半天不敢说话。裴虔通道："将军不要犹豫了，大事已成，请将军入朝理政。"宇文化及见事已至此，只得穿上暗甲，披上蟒袍玉带，带领众人入朝。到了殿上，官员都抢着来见。宇文化及说道："今天的事，还得先聚集文武百官，让他们臣服，才能镇定人心。"司马德戡道："将军说得有理，请速发号令，晓谕百官。"当下宇文化及传令大小文武官员即刻齐赴朝堂议事，不来者依军法斩首。文武百官听了，吓得魂魄齐飞。想号召众人讨贼，苦于没有兵将；想逃出城，各大城门又都有人把守；想躲在家里不出来，又怕触怒了宇文化及，性命不保；想要入朝归顺，又怕事情不成，反落得一个反叛的罪名。大家你推我，我推你，你打听我的举止，我打听你的行动。等了好一会，几个看风使舵的官员，穿了吉服入朝贺喜去了。一个两个三个四个也都陆续入了朝。半个时辰不到，文武大臣几乎全部到齐了。

众官到了朝中，见宇文化及满脸杀气，高坐殿上。司马德戡、裴虔通、赵行枢等贼党，都戎装披挂，手执利刃，排列两旁。各营军士，刀斧森严，围绕阶下，杀气腾腾。众官看了，个个吓得胆战心惊，不敢做声。宇文化及说道："主上荒淫酒色，眼见两京处于危亡却不思收复。又要迁都丹阳，临幸永嘉。昏愚至此，怎么能再君临天下？军心思变，都不愿听从主上。我因而倡大义、废昏君，你们愿与我同心协力，共保富贵吗？"众官面面相觑，不敢做声。这时人丛中先闪出二人，齐声说道："主上虐民无道，神人共怒，将军义举顺应天心人望，我等愿意听命。"众人看去，原来是吏部侍郎裴矩和内史封德彝。众官员看了，心中暗暗惊诧，心想主上荒淫奢侈，大半都是这两个人从中撺掇的，如今见势头不好，他们就转过脸来，争先献媚，实在是无耻至极。宇文化及听了，满心欢喜道："好，好！"

话声刚落，只见炀帝蓬头跣足，被令狐达和许多军士推着上殿，狼狈得根本不像个帝王了。宇文化及远远望见，顿觉局促不安，怕百官见了炀帝动了忠君之念，站起来说道："把他带来干什么，快下去，下去！"令狐达听了，就把炀帝押回寝宫。司马德戡以为宇文化及要留炀帝一条活路，忙上前说道："这样的昏君怎么能放过？”封德彝也说道：“不能留下昏君，应该早点下手！”宇文化及在殿上大声喝道：“快把这昏君杀了！”司马德戡得令，连忙赶到寝宫，对炀帝说道：“许公有令，臣等不能尽节了！”说着，拔出剑来，怒目相向。炀帝叹了一口气，说道：“我有什么罪，为什么要这样对我？”贼党马文举说道：“陛下怎么没罪？陛下抛弃宗庙巡游不息，黩武逞淫、大兴土木，致使壮丁尽死、四民失业、盗贼蜂生。陛下罪大恶极，数不胜数，怎么没罪？”炀帝道：“朕喜好游佚，是有负百姓。但是你们高位厚禄，终年荣宠，朕从未有负于你们，今天为什么这样逼人太甚呢？”马文举道：“陛下所作所为，人神共愤。事到如今，个人恩仇又算什么？”炀帝正要说话，忽然看见封德彝慌慌张张走进宫。

原来宇文化及知道封德彝是炀帝心腹佞臣，今天他又第一个归顺，怕他有诈。随即心生一计，对封德彝说道：“昏君不知道自己的罪状，你到后宫当面数说他的罪恶，让他死而无怨。”封德彝不敢推辞，只得硬着头皮进宫。当时炀帝正被司马德戡逼得危急，他见封德彝慌慌张张地跑来，还以为他是来帮自己的，连忙叫道：“快来救朕！快来救朕！”封德彝却假装没听见，举手指着炀帝的脸，大声说道：“陛下穷奢极欲，不体恤臣民，导致军心变乱。事已至此，即便以死谢天下，也不能平众怒。”炀帝见封德彝说出这样的话，心中十分愤恨，大声斥责道：“侍卫武夫不懂得君臣名分，做出篡逆之事，还可以原谅。你一个士人，读诗书、识礼仪，却忘恩负义、助贼欺君，真是禽兽不如！”封德彝被炀帝这么一说，羞得满面通红，一时也无言可对，只得悄悄退下。

此时宫女们逃的逃，躲的躲，各寻生路，不知去向。炀帝跟前只有儿子赵王杨举。杨举是吕后所生，年仅十二岁。杨举见父亲受臣下欺侮，就号哭着跟随炀帝左右。裴虔通在一旁催道：“反正是死，哭死了也没得活路，还不如早点动手！”于是上前，扯过赵王，一剑刺去，可怜一个王子，竟死在逆臣手里！赵王头颅落地，一腔热血溅到炀帝身上，炀帝吓得心碎胆裂，哭也不敢哭，逃也不敢逃。裴虔通乘势提着剑，直奔炀帝。炀帝慌忙大叫道：“不要动手，天子自有天子的死法。你难道没听说过吗？诸侯的血落地的话，天下就会大旱。诸侯尚且如此，何况朕是巍巍天子？你快放下剑，把鸩酒取来。”马文举道：“鸩酒没有锋刃快。”炀帝大哭道：“朕天子一场，只求全尸而死！”令狐达于是取出一匹白绢，扔给炀帝。炀帝大哭道：“之前宠妃庆儿梦见朕白龙绕颈，今天果然应验。”司马德戡又催逼道：“陛下请快点自裁，许公还在殿上等着呢。”炀帝还想拖延，令狐达令众武士一齐动手，拿白绢将炀帝活活缢死。炀帝年终三十九岁。

司马德戡见炀帝已死，就去报知宇文化及。宇文化及道："斩草除根。"令裴虔通等，勒兵杀戮宗戚蜀王杨秀、齐王杨暕以及各亲王，无论老少都被诛戮。只有秦王杨浩，平素与宇文智及往来密切，才得以苟活。宇文化及杀了各王以后，自带士兵，要入宫诛杀后妃。刚走到正宫，就看见一个妇人与许多宫女在抱头痛哭。宇文化及上去喝问道："你是什么人，竟敢在这里啼哭？"那妇人慌忙跪倒在地，说道："妾身是帝后萧氏，望将军饶命！"说着低头抹泪。宇文将军禁不住伸手扶起她，一看真是月貌花容，妩媚动人，就不忍心杀她了，于是说道："主上无道，虐害百姓，有功不赏，所以我们杀了他。这些事与娘娘无关，娘娘不要惊慌。我手握兵权，只为除暴救民，并无异心。只要娘娘有心，一定与娘娘共享富贵。"说着，不禁哈哈大笑。萧后含泪说道："妾身是生是死，全由将军做主！"宇文化及扶起萧后说道："娘娘放心！"萧后乘势说道："既然如此，将军为什么不立隋家后代，以彰显大义？"宇文化及道："臣也是这么打算的，如今先与娘娘入宫商议国家大事要紧。"说着，不顾君臣体统，也不顾宫门前士兵，竟拥着萧后，进了寝宫。两个时辰后，宇文将军脸上喜形于色，走出内宫。然后带着随身亲兵，去查抄其他宫院。吩咐兵士留下，看守正宫，不许放人进去骚扰。

宇文化及一处一处地查宫。炀帝宫中美貌妇人多不胜数，宇文化及一看都是天姿国色，真是见一个爱一个。他吩咐亲信兵士，把最年轻貌美的，都送到正宫安置。查到衍庆宫，这里是冷宫，静悄悄的，里面住的都是年老色衰的妃嫔。宇文化及一脚跨进正殿，却看见一对男女相拥坐在龙座上。那男子见有人进来，忙推开女子，拔下佩剑。宇文将军一看，这男子不是别人，正是他最宠爱的小儿子宇文庆德。宇文庆德见是父亲，忙丢了剑，低着头站着，脸羞得通红。宇文将军见那龙椅上的女子，艳如秋水芙蓉，就上去拍着儿子的肩头说道："难怪我四处都找不到我儿，原来你在这里享艳福。这女孩儿，我见犹怜，我儿眼力不差！这宫里有我儿在，我也就放心了！不要惊慌，好好地在这里玩吧。"说着退出了衍庆宫。

宇文庆德为了凤君一句话，处心积虑，推翻了炀帝的皇位。他带着大队禁兵，杀进宫。攻打阁门的时候，他最是奋勇，提刀直入，大呼大喊。等到杀进阁门以后，就不见了他的影踪。原来宇文庆德撇下众人，拐到衍庆宫去了。衍庆宫的妃嫔，见他手提着白晃晃的宝剑，带领了几十个雄赳赳的兵士杀来，吓得燕泣莺啼，缩成一堆！凤君见是宇文庆德，知道大事已成，笑吟吟地迎出院子，拦住宇文庆德说道："这里都是一些可怜的女人，将军不要吓坏了她们。"宇文庆德一心只要凤君，见了凤君，也就无心搜查宫院了。当即吩咐兵士在院子里看守，他和凤君手牵着手，走到以前夜深私语的正殿。依旧把凤君捧到龙椅坐着，两人你恋我爱地说着情话。说到情浓之处，就并肩在龙椅上坐着，脸贴脸互相拥抱着。宇文庆德忍不住想要吻她，凤君只是抿着珠唇闪来闪去。正闹得有趣，宇文化及一脚走进殿来。宇文化及已经搜到了很多美人，心满意足，见儿子也得了一个，就让他快活去，自己退出殿了。

宇文庆德见他父亲走了，趁势把凤君抱在怀里，美人宝贝地叫着。又说："你看我父亲已成大事了，将来父亲做了皇帝，我就是太子，你不就是妃子了吗？以后我坐了这把龙椅当了皇帝，你就是皇后，这不是依了你的话吗？"说着捧过凤君的粉脸，不停地吻着。一时欲火上身，乘势把凤君按倒在龙椅上。凤君推开宇文庆德，说道："将军稳重些，天下哪有苟合的皇后？"宇文庆德原也是一个多情种子，却被凤君的一句话按住了欲火，于是就松开手，亲亲密密地说了一会话，退出宫去。

来到正殿，他父亲正传令，说奉皇后懿旨，立秦王杨浩为帝，自立为大丞相；又封弟宇文智及和裴矩为左仆射，异母弟宇文士及为右仆射；宇文庆德升任屯卫将军，长子宇文承基，次子宇文承祉都执掌兵权。此外心腹之人，都有封赏。又杀牛又宰马，大宴群臣。酒饮数巡，宇文化及对众人说道："我自觉德薄，不足以担当大位，因而承立新君，以表心志。"百官听了，齐应声道："丞相之命，谁敢不遵？"宇文化及大喜，继续饮酒，大家尽欢而散。

第二天大丞相又传出令来："主上无道，全是奸臣虞世基、裴蕴、来护儿等人引导的。昏君已诛，奸人也应斩首，以儆后人。"司马德戡与裴虔通等得令，领着士兵，挨家搜捉，将数十个助纣为虐的奸臣，一齐行刑。虞世基的弟弟虞世南，得知消息，抱住虞世基，号啕痛哭，请求以身代死。左右报知宇文化及，宇文化及不允。杀了奸臣，宇文化及又传旨细查廷中臣僚，昨天有哪些人没到。赵行枢回复道："只有仆射苏威和给事郎许善心二人没到。"宇文化及道："他们二人素有重名，上次就算了。再派人去召，如果仍执迷不悟，就斩首示众。"

苏威因劝谏炀帝罢选美女被炀帝削职，后来又做了官。那天得知炀帝被弑，闭户不出。见有人来召，只得前去。宇文化及大喜，任命苏威为光禄大夫。许善心，字务本，高阳新城人，担任礼部侍郎。因屡次进谏，被降为给事郎。得知宇文化及逼宫，闭门痛哭，不肯入朝。宇文化及派人来召，许善心不肯前往。宇文化及大怒，命军士将他拿捉入朝。众人得令，将许善心绑缚入朝。宇文化及大怒道："我大义举事，诛杀无道，是救民。满朝臣子无不听从，你是什么人，竟敢抗命？"许善心道："人各有志，何必多问？"宇文化及怒不可止，众臣劝道："昔日武王伐纣，不杀伯夷、叔齐。如今许善心虽然违抗号令，但也情有可原，请丞相息怒！"宇文化及于是命人给许善心松绑。许善心抖一抖衣冠，并不拜谢，转身昂然走了出去。宇文化及看了大怒，命人将他斩首。许善心的母亲范氏，年已九十二岁，得知消息也绝食而死。

宇文化及杀了许善心以后，威权更重了。他见众人畏服，更加恣意任性，竟将少帝杨浩迁入别宫，派兵在宫外团团围住。一切政令，都是自己先议定了，只让少帝盖印颁发而已。自己搬进迷楼，占据六宫，天天和萧后及十六院夫人，淫乱为乐。打在冷宫里的吴绛仙、袁宝儿，也被他随时召幸。一个多月了，禁军时时想念家乡。衍庆宫中的凤君也是关中人，她和宇文庆德说定，要把她送回家，和父母说好，宇文庆德再依礼迎娶，才肯和他结成夫妻。宇文庆德自然百依百顺，因此天天在父亲跟前，催着回关中。宇文化及于是逼着少帝，带了六宫妃嫔、皇帝的传国玺，拔队西行。一路上乘坐着炀帝的玉辇，用骡马车辆装载宫人珍宝、金银缎帛。军士的车甲行李，都让他们自己背着。宇文化及在路上和萧后及众美人，调笑放荡，毫不避人耳目，也不知道爱惜兵士，众人都起了怨心。

走到彭城，赵行枢悄悄对司马德戡说道："因为隋主不仁，天下离乱，民不聊生，我们才做出非常之举。本想转祸为福，改辱为荣，不料宇文化及也是一个暴戾之人。不久诸侯起兵除暴，此贼必死。我们如不早点脱祸，将来必定死无葬身之地。"司马德戡说道："各位不要担忧，众人既然已经生怨，明早入朝，只须袖藏利刃，趁机刺杀就行。"不料事情泄露，被宇文化及知道了。宇文化及将计就计，埋伏下武士，等赵行枢、司马德戡、裴虔通、元礼、令狐达、马文举一进帐门，就将他们拿下。宇文化及喝令将他们押赴市曹斩首。从此宇文化及更加目中无人，横暴肆行。

走到聊城，凤君对宇文庆德说她家就住在聊城东坊。宇文庆德告诉他父亲，又说要娶凤君为妻。宇文化及说道："我儿婚姻大事，应该郑重。"于是拨了五百名兵士，又派了两名亲信大臣护送，算是替宇文庆德说媒的。宇文庆德也舍不得放凤君一人回去，就跨着马跟在凤君车后，一同前去。

·美人饮剑·

凤君坐在七宝香车里，后面有五百名兵士簇拥着，又有宇文庆德和两位大臣跨马护送，一路上荣耀无比。到了东坊的一座高大门楼前，凤君吩咐停下，那车马就都停住了。见屋子外面来了许多兵马，屋子里的人吓得个个往门外探头。一个老婆婆，认出车子里坐着的是娇娜小姐，忙出门拉住她的手。

原来凤君不是别人，正是范阳太守朱承礼的女儿娇娜。凤君是她选进宫后，改的名。这高大门楼，也不是娇娜小姐的家，而是表兄申厚卿家。申厚卿和娇娜不仅有一段缠绵悱恻的私情，而且娇娜小姐的身体，早给了申厚卿。厚卿住在舅父家里，和娇娜暗去明来，偷情也不知道偷过多少次了。自从申厚卿和娇娜小姐分别后，申厚卿让父母派人向朱承礼求亲说媒。谁知朱太守十分势利，不管媒人怎么说，他总是说："我家女儿的亲事，早已定了。"其实全没有这回事，是朱承礼瞧不起申家，他见女儿长得十分美貌，又见天子好色，就想靠着女儿谋取高官厚禄。自从那天去迎接总管太监许廷辅回家后，见很多人把女儿送进宫，女儿得到皇帝的宠爱，父兄就封侯的封侯，拜相的拜相，朱承礼看得眼热，就打定了主意要送女儿进宫。

谁知他的夫人荣氏，十分喜爱外甥申厚卿，对这门亲事，自然是十分赞同。那娇娜小姐，自从申厚卿去了以后，就好像掉了魂，天天伸长脖子，盼望申家有人来说媒。好不容易，媒人来了，谁知这无情无义的父亲，竟把亲事回绝了。娇娜心中懊丧不已，荣氏也觉得可惜，连那大姨娘飞红，也不禁郁郁不乐。飞红几次在老爷跟前劝说，把小姐配给申家的外甥，是门当户对，亲上加亲。朱太守却一句话也不肯听，荣氏的话更是不听。为了娇娜的亲事，夫妻二人几乎反目。后来许廷辅第二次来采求美女，朱承礼就将他亲生的女儿献了去。娇娜小姐临走的时候，既舍不下父母，又挂念厚卿哥哥，伤心得晕倒在车里。等到清醒过来，离家已经很远了，从此拭去眼泪，不再哭了。

她一路上打定两个主意：第一个主意，进了宫绝不和皇帝见面，一来替厚卿守着清白的身子，二来不得皇帝的宠幸，她父亲也得不到好处，让父亲死了这条富贵之念；第二个主意，在宫中静心守着，遇到机会就刺死那淫乱的皇帝。她在家里常常听厚卿说起隋炀皇帝的淫乱暴虐，又因为了供皇帝淫乐，破坏了和表兄的一段好姻缘，因此把隋炀帝恨入骨髓。她在宫里，每到夜静更深的时候，就悄悄出来烧三炷香：第一炷香是愿皇天保佑她的厚卿哥哥，长寿安康；第二炷香是愿天公帮助她早早杀了昏君；第三炷香愿天保佑她保住贞节而死。

那天晚上被宇文庆德撞破了，说什么愿天保佑她早得富贵夫婿的话，其实是哄宇文庆德的。谁知宇文庆德竟当了真，竟依着娇娜小姐的话，拼命地干起来，真的杀了炀帝。娇娜见宇文庆德如此痴情，心想如果之前没有申厚卿，宇文庆德的人品才志，也很中自己的心意。无奈她立愿在前，要替申厚卿守一世贞节，她知道此生如果不离开宇文庆德，依旧不免要被他糟蹋身子。因此心生一计，说父母家住聊城，把宇文庆德引到东坊。东坊正是申厚卿家。这时申厚卿父亲已死，只有母亲朱氏在家。申厚卿自从被朱家回绝了亲事，就立志终身不娶，也无意功名，只伴着母亲住在家里。忽然听到门外马嘶人喧，家里上下的人都出去看。过了一会，那老婆婆扶着娇娜小姐，走进院子，后面跟着一个雄赳赳气昂昂的少年英雄。这老婆婆是从前在朱家伺候荣氏的，所以认得娇娜小姐。

申厚卿见了娇娜，忙上前拉住娇娜的手。娇娜急忙甩开手说道："哥哥站远些，如今妹妹的身子，已经被别的男子抱过，手也被别的男子握过，嘴也被别的男子亲过了，妹妹已经不干净了。但哥哥也要原谅妹妹，妹妹也是不得已。"说着不禁呜呜咽咽地痛哭起来。朱氏见自己娘家的侄女来了，十分欢喜，亲自出去扶她。谁知娇娜小姐，噗的一声跪在地上，把自己在宫里做的事，一五一十地说了；又转过身来向厚卿拜了几拜，说道："哥哥！如今妹妹的身体污秽了，今生今世不能再侍奉哥哥了。哥哥千万不要记着妹子，好好奉养姑母，娶一房贤淑的妻子，妹妹就是在九泉之下，也瞑目了。"说着，从袖中拔出一柄雪亮的尖刀，往玉颈上抹去。申厚卿和宇文庆德见了，同时上前去抢，已经来不及了。一朵娇花，瞬间枯萎。宇文庆德和申厚卿两人，你看着我，我看着你，怔怔地看了半天。宇文庆德叹了一口气，伸手在申厚卿肩上拍了一下，说道："美人是你的，终是你的。"说着一甩手，转身走了。他一走出门，既不招呼手下的士兵，也不上马，只到山脚下找了一座小庙，落发做了和尚。任他父亲宇文化及再三劝说，他始终不肯回去。宇文化及没办法，只得留下一队兵士，驻扎在庙里保护他。

宇文化及带着大队人马，依旧向前行进。到了魏县，宇文化及见了少帝，想道"千日为臣，不如一日为君"，当夜就在客店，用鸩酒毒杀了少帝。魏县原也有一座行宫，第二天宇文化及进了行宫，就即了皇位，改国号为许，改元至道，发下诏书，颁布四方。魏公李密得知，立即屯兵巩水、洛水，拦住宇文化及的兵马。吴兴太守沈法兴，得了宇文化及的诏书，十分愤怒，乘势占住江表十余座城池，声称讨伐宇文化及。梁王萧铣，见炀帝已死，居然自称大皇帝，迁都江陵。

李渊手下的许多谋臣，得了探报，连日连夜地劝李渊自立称帝。李渊迟疑不决，就把李建成、李世民两人叫回长安商量。他们兄弟二人听了，不由分说，立刻带剑进宫，逼着代王杨侑禅让帝位。代王是一个庸懦小儿，怎么经得起威吓？见他兄弟二人前来逼迫，只得唯唯从命。一群攀龙附凤的臣子，就天天替代王拟诏，今天加唐王九锡，明天允许唐王戴十二冕旒、建天子旌旗、出警入跸。在五月戊午日，下诏宣告禅位。

代王发下禅位的诏书，就命刑部尚书兼太保萧造，司农少卿兼少尉裴之隐，捧了传国玺，送到李渊府中。李渊手下的众官员，早就在府中大堂上，筑起了一座受禅台。诏书一到，就把唐王请出来。李渊到了台上，萧造和裴之隐把诏书捧上去。李渊再三推让，推让三回才拜受。当时用全副帝王的仪仗，把唐王迎接进去。改称大兴殿为太极殿，定于甲子日登基。到了甲子日辰刻，先派萧造祭告南郊，再行即位典礼。这时李渊已经五十二岁了，须发花白。推算五行是土德，朝服都用黄色。于是戴黄冕，穿黄袍，由侍卫簇拥着登上帝座。殿下的宗戚大臣，趋步上殿，排班朝贺，一齐跪在丹墀下面，山呼万岁。这就是唐朝第一代皇帝——高祖皇帝。

随即下诏改义宁二年为唐武德元年，大赦天下；官员各赐爵一级；义兵所过之处，豁免三年赋税；废郡改州，改太守为刺史。退朝后，在便殿上赐百官筵宴，赏赉金帛。第二天又下诏授李世民为尚书令，侄子李瑗为刑部侍郎，裴寂为右仆射，刘文静为纳言，萧瑀、窦威为内史令，李纲为礼部尚书，窦琎为户部尚书，屈突通为兵部尚书，独孤怀恩为工部尚书。自殷开山以下，各加官爵。又在都城里建立四亲庙，追尊高祖李熙为宣简王，曾祖李天锡为懿王；祖李虎为景皇帝，庙号太祖；父李昺为元皇帝，庙号世祖；祖妣和母后，都称后；追封妃窦氏，为太穆皇后；追封皇子李玄霸为卫王，立世子李建成为太子，封李世民为秦王，李元吉为齐王。又降故隋帝杨侑为酅国公，给了一座邸第，让他在京师住着。追封炀帝为隋太上皇。

江都太守陈棱见宇文化及走了，就准备了天子的仪仗，把炀帝改葬在江都宫西边的吴公台下。当时被宇文化及杀死的炀帝的弟弟蜀王杨秀，炀帝的儿子齐王杨暕，长孙燕王杨倓以及宗室外戚，殉难的大臣虞世基、裴蕴、来护儿、萧钜、许善心，都挨次分葬在炀帝墓旁。

江都宫中有一位老太监秦真，原本服侍文帝。炀帝即位后，他就在炀帝驾前侍卫，见炀帝如此淫乱，知道不好。只因自己是下贱之人，不敢劝谏。他将积蓄的家产散去，结识了守苑太监郑理与各门宿卫、宇文将军手下的将士。打听到司马德戡等人，定期起事，就悄悄打发母亲姜氏，带一个丫鬟坐了车，到宫苑去。姜氏常去苑中，所以也没人拦阻她。到了苑中，下了车，走进宝林院。只见清修院的秦夫人，文安院的狄夫人，绮阴院的夏夫人，仪凤院的李夫人和袁紫烟、沙夫人，还有沙夫人的儿子赵王，围坐着看夏夫人和狄夫人下围棋。姜氏一见，说道："外边出事了！众位夫人怎么还有闲心下棋？"众夫人忙问："出什么事了？"姜氏把司马德戡预备逼宫的情形说了。众夫人听了，哭成一团。沙夫人劝道："哭是没用的，姐妹们快想一个脱身之计。我如果没有这个赵王，一死殉了国难也是应当的。赵王毕竟是万岁爷的命脉，请姥姥救救我们母子。"说着，就跪了下去。姜氏忙把沙夫人扶起说道："老身今天来就是来救诸位夫人的，请众夫人快去收拾细软。"众人听了连忙回去收拾。

正忙乱时，薛冶儿跑进院来，说道："朱贵儿叫我告诉沙夫人，外边紧急，今生恐怕不能再见。只是赵王是圣上的亲骨血，务必带出去，一同逃生。"沙夫人见了薛冶儿，就拉上她，两人商量着怎么脱身。薛冶儿说道："贵妃与我已经安排妥当。"说着从袖子里取出一道圣旨，说是前天派人到福建采办建兰的旨意，早已写好，只因万岁爷连日饮酒，耽搁了没有发出。贵姐姐因为要保全赵王，就悄悄偷了来，送给夫人应急。正说着，只见四位夫人都带着随身衣服来了。大家看了圣旨，袁紫烟说道："妹妹认为，我们应该分两批出宫。"姜氏说道："不如将赵王扮成女装混出宫门。再把丫鬟扮成小宫监，由老身带着赵王先出宫。众夫人也都扮成太监，慢慢地混出宫门，由丫鬟领着，到了老身家里，再和我儿子秦真从长计议。这样不就神不知，鬼不觉了吗？"众夫人听了，说道："计是好计，但一时之间到哪里去取七八套宫监衣服呢？"姜氏说道："不劳众位夫人费心，老身早已带来了。"众夫人听了，连忙换上装。姜氏见赵王已经换好装束，就带了赵王，出了宫苑。

秦真见姜氏进了宫苑，就去邀守苑太监郑理到家里喝酒，灌得他醉了，才放他回宫。郑理带醉站在院门口，看小太监翻筋斗，见姜氏的车子出宫，说道："姥姥回府去了，刚才奴才在姥姥府上，吃了好酒好菜。"姜氏笑说："公公有空请常去坐坐，我家还酿了上好的瓮头春呢。"说着，就出苑去了，不久就到家了。秦真看见赵王，将他藏在密室里。接着又有七八个太监，由丫鬟领着，大模大样走进门来。秦真也不敢停留，连忙收拾了一下，和众夫人上路。各城门都有秦真结识的人，因此没谁拦阻他。半夜宇文化及领兵进宫，秦真已经领着赵王和众夫人出了城了。众夫人平常在深宫，都是娇生惯养的，一个个颠得狼狈不堪，当夜在一个民户家歇了一夜。

晚上只听见城中炮声隆隆，火光一片，来往之人都说城中大变。袁紫烟说道：

“我夜观天象，主上可能已经就难，我们现在脱了樊笼，要投往哪里呢？”秦真思索了半天，说道：“别处都走不得，只有一个地方可以逃生。”众夫人忙问是哪里，秦真说道：“太仆杨义臣那里。”袁紫烟一听，喜道：“杨义臣是我的舅舅，投靠他是再好不过了。”于是买舟赶往濮州。

杨义臣自从大业七年休官回家，就改名换姓，隐居雷夏泽中，和渔樵做伴。那天偶然从樵夫那里听说宇文化及在江都逼宫弑帝，心中不禁十分愤恨，说道：“宇文化及不过是庸懦匹夫，竟敢如此猖狂！他的弟弟宇文士及和我有八拜之交，将来天下合兵讨贼，他必遭连累，我得为他想个办法才行。”当下想出一计，让宇文士及能全身而退。于是就打发家人杨芳，把一个瓦罐送到黎阳。宇文士及接了瓦罐，打开封皮一看，见里面封着两枚枣子和一只糖做成的乌龟。宇文士及看了，一时摸不着头脑，他一面打发杨芳退去，一面把瓦罐拿到书房，细细推敲。

正纳闷的时候，忽然画屏后转出一个美人来，正是宇文士及的亲妹妹宇文淑姑。见宇文士及对着瓦罐发呆，问道：“哥哥！这瓦罐是谁送来的，哥哥为什么这么发愁？”宇文士及说道：“这瓦罐是我的好友杨义臣送来的，让人难以猜透。”淑姑对着瓦罐端详了一下，说道：“这谜有什么难猜，不就是‘早归唐’三字吗？”一句话说得宇文士及恍然大悟，道：“原来杨义臣怕我哥哥做了弑逆的事，我被他拖累，劝我投降唐王，避免灾祸。但我如今也不便写信，也得用一件器物告诉他，使他明白我降唐王的意思。”淑姑听了，转身回到内室，捧出一个漆盒子。揭开盒子，里面藏着一只纸鹅。鹅脖子上挂着一个小小的渔网，网上面竖着一个算命先生的牌子，那牌子紧紧地绑在鹅脖子上。宇文士及看了，十分诧异，说道：“这个是什么意思？”淑姑附在哥哥耳边低声说了几句。宇文士及听了，连声说妙！然后将漆盒封好，交给杨芳拿回去。

第二天，宇文士及去见宇文化及，说：“听说秦王李世民就要领兵前来，臣愿意带领一二家童，假装成避难人，前去探听虚实。”宇文化及见自己亲弟弟愿去做探子，自然一口答应。宇文士及随即让妻子和淑姑扮成家童，当晚混出长安，投奔唐帝，并将妹妹献给唐帝做昭仪。唐帝见淑姑聪明美丽，十分欢喜，封宇文士及为上仪，统管三司军士。

杨芳带了漆盒回家，交给主人，杨义臣打开盒一看，就知道他是回答“谨遵命”三字。第二天杨义臣独自一人，拄着拐杖，到门口河堤边眺望。这时天色尚早，河面上静悄悄的，忽然一只小船摇了过来。

·窦线娘巧战得婿·

杨义臣正在家门口闲望，见一只船从门前的小河摇过来，摇到杨家门口就停住了。船舱里一个老人，走上岸，东张西望着。杨义臣一看，原来是老太监秦真。杨义臣在朝时候，经常见到他，于是上前去拉住老人的手。秦真见是杨太仆，连忙跪下，给他叩头。杨义臣一把拉起他，秦真忍不住眼泪直流！杨义臣邀秦真到屋里坐。秦真在杨义臣的耳边说道："还有小主人和夫人们在船里。"杨义臣听了，忙说道："快请上岸。"说着自己进去穿了巾服，命小童开了正门，自己站在门首，将一行人迎进门。杨义臣不敢抬头，只在一旁打恭作揖迎接着。忽然一个少年男子，上前扶住杨义臣，叫着："舅舅。"杨义臣抬头一看，并不认识。那男子摘掉方巾，露出一头云髻，杨义臣才认出是自己的外甥女袁紫烟。袁紫烟扶着舅父，进了草堂。见了赵王，杨义臣再次行君臣之礼，然后一一见过众夫人。厨房里煮了些粗菜淡饭端上来，赵王和众夫人随便吃了些。

吃完饭，沙夫人和杨义臣商量赵王的事。杨义臣说道："这里草舍茅庐，墙卑室浅，不是潜龙容身之处，一旦有什么疏忽，叫老臣怎么面对先帝？"沙夫人道："如今应当投奔哪里？"杨义臣道："能去的地方倒是很多。李密父子二人都是隋臣，拥兵二三十万，屯扎在金墉城；东都越王杨侗，令左仆射杨世充带兵数万，在洛仓驻守；西京李渊立代王杨侑为帝，大兴征伐。不过这些人都是假借名义谋取私利，事成了就会废名自立，他们那里，去不得。依老臣愚见，只有两个地方可以去。一是幽州总管罗艺那里，他虽然年老，却忠勇可嘉。先帝委任他坐镇幽州，手下强兵勇将很多，四方乱贼不敢小觑他。殿下和夫人们前去，他必定接待。只是路上有窦建德这贼子，阻住去路。如果想安身立命，可以投奔义成公主。那里虽然是蛮夷之国，但驸马启民可汗还算诚实忠厚。他和殿下是郎舅至亲，先帝在时，曾和公主一同前来朝觐。殿下如果肯去，公主必能以优礼相待，可保平安。"沙夫人听了，点头称好。杨义臣道："如果殿下主意定了，臣自有办法送殿下出去。此去千山万水，人多不好走，只能让秦真带着殿下和夫人同去。薛贵嫔弓马娴熟，也可一同前去。其他四位夫人，不便同去。"

四位夫人听了，都落下泪来，这时夏夫人说道："妾等姐妹四人，愿意与殿下同生共死。老将军不要以为只有男子是忠臣义士。我们虽是女流，也并不是随波逐浪的人。况且朱贵儿身为女子，都能骂贼而死，我们难道就贪生怕死吗？我们如果不表明心迹，只怕老将军还会猜忌。"说着，从裙带上取下佩刀，往粉脸上划去。沙夫人和姜氏慌得忙上前阻拦。这时夏夫人脸上，早已割了两道刀痕，血流满面。杨义臣连连磕头道："都是老臣失言，罪该万死！但是这次投奔启明可汗，实在是路途遥远。四位夫人贵体娇弱，路上必定难以忍受。老臣另有一个办法，前方一二里的地方，有一个断崖村。村里不过数十户人家，都是朴实小民。村北有一座女贞庵，庵里有一个老尼，是高开道的母亲，原本是沧州人氏。因少年时夫亡守节，才迁到南方，建了女贞庵。那里车马罕见，人迹萧条，四位夫人可到庵里安身，也可保半生安康。至于每天的开销，老臣在一天就供奉一天。"说着，赵王上前去把杨义臣扶起。当夜众夫人和赵王，都在草堂里住下。第二天把四位夫人和袁紫烟送到女贞庵。过了几天，打听到登莱海船到了，悄悄地把赵王和沙夫人、秦真、姜氏四人，送上船去往辽阳了。

这时的天下，自从隋室灭亡以后，四方豪杰纷纷起义，势力大的都称王称帝。有个叫窦建德的，起义多年，占据了许多地方。他兵精粮足，在河北称霸，早已自称长乐王。听说河间郡丞王琮举城来降，窦建德封王琮为河间郡刺史。河北各郡县知道后，都来归附。一年冬天，一只大鸟停在乐寿城楼上，数万只小鸟在大鸟四周飞绕着，停了一天一夜才飞走。乐寿地方的百姓，都说是凤凰来仪，是国家的祥瑞。宗城人张亨，在山上樵采，得到一块玄圭，私下献给窦建德。窦建德因此决意称帝，在乐寿城即皇位，改元五凤，国号大夏，立曹氏为皇后。窦建德统带一万士兵打算吞并李密，听说宇文化及弑帝称尊，十分愤怒，就想分兵征讨宇文化及。只是苦于兵少将寡，又没有足智多谋的大将。祭酒凌敬趁机推荐杨义臣，说他胸藏韬略，腹隐机谋，足以胜任。窦建德就准备了一份厚礼，令凌敬到雷夏泽中，去把杨义臣请来。

杨义臣因宇文化及弑杀了炀帝，急于报君父之仇，就答应替夏王出力。但他有三条约定在先：不称臣于夏；不愿显露自己的姓氏；杀了宇文化及，报了先帝的仇后，就退隐乡田。窦建德一一答应了。杨义臣替他招降了曹濮山的强盗范愿，他手下兄弟数千，极其骁勇。杨义臣又替他招募了数万人马，日日操练。夏国的威势，顿时强盛起来。

正预备出兵，忽然唐朝秦王李世民，派纳言官刘文静送来书信。窦建德打开书信一看，原来是约他会兵黎阳，征讨宇文化及。窦建德对刘文静说道："我早就想征讨这贼子，正准备出动，请纳言回去告知秦王，不必远劳大驾，只须派将领兵前来，与孤共诛逆贼，以谢天下。"刘文静道："臣奉使出来时，秦王已经率兵离开了长安，望贵国速速出师。"窦建德送别了刘文静以后，就封杨义臣为军师；刘黑闼为大将军，挂元帅印；范愿为先锋，高雅贤为前军，孙安祖、齐善行为后军，曹旦为参军；裴矩为纳言，宋正本负责运粮，女儿窦线娘为监军正使；凌敬和孔德绍留守乐寿，与曹皇后一同监国。

窦线娘，她是窦建德最宠爱的女儿，由窦建德的结发妻子秦氏所生。秦氏亡故已久，窦建德常常想起前妻，因而格外宠爱这个女儿。做了大夏国王后，就封女儿为勇安公主。一口方天画戟，勇安公主能耍得出神入化；又练成一手好金弹丸，百发百中。这时年方十九，身材苗条，姿容秀丽。四方赶来求婚的少年公子，也不知有多少。窦建德见有几个年貌门第相当的，就要给她做主许婚。谁知勇安公主眼界高，必要才貌武艺和自己相当的，才肯托负终身。婚事因此一直拖着。

勇安公主自己练了一支女军，共有三百多人。窦建德每次出师，都派公主领一军作为后队，令三百余名娘子军，环列在公主左右。勇安公主对待军士，比他父亲还更加严明。又因她容貌动人，每到打仗的时候，只要她娇声一呼，那将士都肯替她拼命。因此勇安公主的威名，一天比一天大。窦建德没有得到杨义臣帮助前，兵力很单薄，北方总管罗艺又常常出兵骚扰他的后方。窦建德这时要去征讨宇文化及，又怕罗艺截断他的后路。他女儿就劝父亲，先打退了罗艺，再放心前进。窦建德又担心兵力不够，勇安公主倒竖柳眉，连拍酥胸说："小小罗艺，包在孩儿身上，保证马到擒来。"窦建德听了立刻率领兵马，向北方进发。

罗艺是一员宿将，已经六十四岁了，精气神色却很好。他与老夫人秦氏，齐眉共守。他手下原本有一二万精兵，被隋主东调西拨，只剩下了七八千人。他儿子罗成，是一个少年英雄，有万夫不敌之勇。一支罗家枪，舞得出神入化。罗成长得眉清目秀，齿白唇红，发誓非亲眼见过的绝色美人，终身不娶。因此他的婚姻大事，也耽搁了下来。

窦建德父女两人，带了人马去攻打罗艺。哨马报知罗艺，罗成当时正陪坐一旁，听了，跳起来说道："请父亲拨给孩儿五千精兵，乘他还没立营寨，杀上去，挫挫他的锐气，叫他知道我们的厉害。这样一来，就能不战而胜了。"罗艺听了不许，却齐集众将，传发号令。派左营总帅张公谨，率领一千精兵，埋伏在城外高山的左边，听到城中子母炮起，杀出挡住窦建德的前军；另派右营总帅史大奈，率领一千精兵，埋伏城外高山的右边，听到城中子母炮起，杀出阻住窦建德的中军；命儿子罗成，带一千精兵，埋伏在离城三十里的独龙冈下，等窦建德败下阵的时候，就冲散他的后队，截取他的辎重；自己与薛万彻、薛万均二人，在城中守护。三路人马，各各领命前去。

那边窦建德带领大兵，直抵州城。先锋刘黑闼安了营寨，见城门紧闭，就让兵士们在城外大声辱骂。后面窦建德领着大队人马到来，见攻城不下，就驾起云梯，上城攻打。不料城中火箭齐发，云梯被火烧断，夏兵只得退下。刘黑闼又安排数百辆冲车，鼓噪而进；城内打出铁锁、铁锤，把冲车都打毁了。两军相持了数天，窦建德手下的兵，都不禁有些懈怠了。

一天晚上三更的时候，罗艺密传将令，令三军饱餐战饭。那时夏兵正在睡觉，只听得一声炮响，金鼓大振，山崩海沸一般。窦建德从睡梦中惊醒，连忙披甲上马。亲随邓文信，紧紧跟在窦建德身后，恰巧遇到薛万彻杀入中军，一刀将邓文信斩杀了。窦建德转过身挡住薛万彻，高雅贤拦住薛万均，刘黑闼挡住罗艺，六人正在军中酣战。只听到子母炮响了三声，山脚下涌出大群伏兵。窦建德连忙逃走，狂奔了二三十里。众军士还没来得及喘息，忽然听到山冈下，一棒锣响，一个少年勇将冲杀而来。先锋高雅贤，挥着大刀，迎面砍过去。那少年将军，正是罗成。只见他不慌不忙，手中枪一指，就刺中了高雅贤的左腿。高雅贤痛得几乎跌下马，亏得有刘黑闼过来接战。窦建德怕刘黑闼有闪失，也急忙前来助战。罗成力战三将，越战越勇。只见他向刘黑闼脸上虚晃一枪，大喝一声，枪尖却向窦建德当胸点过去。窦建德吃了一惊，不久就败了下去。

罗成一直杀到天明，只见阵后忽然转出一队女兵，中间拥出一员女将。只见她头上盘龙裹额，额间翠凤含珠，身穿锦绣红绫战袄，手持方天画戟，跨着青骢马，更显妩媚风流。罗成只觉一阵眼花，手中的枪也不知不觉停下了。那女将见了罗成，心中也暗暗吃惊，将手中画戟搁在鞍桥上，飞过眼波痴痴地看着。手下的女兵，齐声喊道："公主不要只是看他，快用弹丸打下这个贼人。"罗成心中想道："我听说窦建德的女儿，是个女英雄，今天一见，竟还是个绝色女子。我也不舍得杀她，就羞辱她两句，让她退下就行了。"于是说道："你父亲也是一个草泽英雄，难道手下就没有敢战之士，怎么让你一个女孩出来献丑？"窦线娘听了，也不动怒，只娇声喝道："我也在这里想，你父亲也是一名宿将，难道城中就没有敢死之士，竟派你这条小犬出来咬人。"说着用一方罗帕，按住樱唇，嫣然而笑。众女兵听了都狂笑起来。罗成听她骂自己小犬，心中不觉动怒，抬头看见窦线娘的娇媚笑容，竟忍不住哈哈大笑起来，说："好一张利嘴，我今天就让你知道知道小犬的厉害！"说着，舞起手中的枪，直向窦线娘的粉脸上刺去。窦线娘毫不示弱，举起手中的方天画戟架住，一枪一戟，一往一来，在阵前战了三四十个回合。

窦线娘渐渐的有些招架不住，于是拨转马头要走。罗成在后面紧追不放，一直追了四五里地。前面是一丛树林，窦线娘拍马向林中奔去，罗成的马也冲进林中。

罗成正要举枪刺去，忽然一阵风吹过，夹着阵阵脂粉香。罗成心中一动，不觉停下了手中的枪，连马也不跑了。窦线娘见罗成不追了，就转过身，在锦囊内取出一丸金弹子，搭上弓弦，嗖的一声，罗成的头盔当即落地。罗成在后面看着窦线娘的背影，双肩削玉，一搦柳腰。正出神的时候，猛不防一颗金弹丸打来，他哎哟一声，捧着脑袋，掉过马头逃去。勇安公主的弓弹向来百发百中，发弹前窦线娘见罗成少年英雄，风采过人，心中一动，手中的弹弓就偏了偏，因而没有打中罗成的命门。

窦线娘见罗成逃出林子，也勒转马头，追出林子。罗成一时心慌，也不回大路，只朝荒僻小路走去，一直走到一座削壁下面。见前无去路，后有追兵。罗成大喝一声，转身向窦线娘的坐骑刺去。那马一声狂嘶，左眼出血，倒地而死。窦线娘跌下马，一支画戟，掉在一旁。罗成也跳下马，等窦线娘从地上爬起来，拿上画戟，两人在平地上，又一来一往地厮打起来。窦线娘到底是一个女孩子，从马上摔下来的时候，又跌坏了筋骨，经不起罗成那杆枪儿。窦线娘边战边退，突然被脚后的山石一绊，倒下地去。罗成一耸身，举起枪就要向窦线娘刺去。窦线娘仰天倒地，紧锁柳眉，闭上双目。罗成看了，实在不忍，就丢下枪，扶起窦线娘，又从地上拾起画戟递给她：“小姐！我欺侮你了，你恨我吗？小姐心中如果恼恨，就请小姐一戟刺死我，我决不躲闪，也决不回手。”说着，他站着一动也不动，等勇安公主去刺他。窦线娘这时又怎么下得了这毒手，她想难得遇到这么个英雄少年，性格温存，说话也柔顺，自己的终身不托付给他，还托付给谁呢？

罗成闭上眼，等了半天，没一点动静。睁开眼一看，只见窦线娘，低着头望着地上出神。罗成跑上前去，作了一个揖，说道：“我不忍杀小姐，小姐也不忍杀我，我们两家讲和吧？”窦线娘因父亲打了败仗，自己也打了败仗，正在懊恼，听罗成这样说，就说道：“我父亲此次前来，原本就打算和尊大人讲和，合兵攻打宇文化及。”罗成也说：“我父亲也有征讨宇文化及的打算，我这就回营跟我父亲说去。”说着，转身就走。走了几步，又回转身，将自己骑的马，牵到窦线娘跟前，说道：“小姐想来十分辛苦了，快骑我的马回去吧？”说着，将窦线娘扶上马鞍，亲自替她拉着马缰，慢慢走去。一边走着，一边问道：“小姐青春几何？”窦线娘说：“十九。”罗成又说道：“明天我向尊大人求婚去，小姐愿意吗？”窦线娘听了，羞答答不肯抬头。

罗成手下的兵丁和线娘手下的女将，见主将追杀到树林中，半天不见他们出来，就一齐拥进树林中去找。只见罗成替窦线娘拉着马，从山脚下出来。众兵士十分诧异，也不打仗了，只是你看着我，我看着你。罗成把讲和的事和求婚的事都跟他父亲说了。罗艺见他们双双对对，也十分欢喜！罗成立即逼着他父亲到窦建德营中去说定这门亲事。罗艺于是带了罗成、线娘二人上马，跑到窦建德营中。窦建德打了败仗，走失了爱女，正在悔恨。忽然见罗艺笑容满面地走进帐来，心中惊疑万分。窦线娘见了父亲，上前把战场上的情形、讲和的事情，细细地说了。接着罗艺又把罗成求婚的话说了，窦建德当即在营中摆上筵席。宴席上把讲和的事讲定了，喜事也说定了。从此罗成在营中和窦线娘同出同进，言笑追随。窦建德把罗成带回乐寿住下。

·征讨宇文化及·

杨义臣自从招降了范愿，声势顿时浩大起来。他一方面会合了唐王的军队，一方面会合了罗成的兵士，三路兵马，杀奔宇文化及的许国。宇文化及得知三路兵马杀来，就散尽府库珍宝、金珠缎匹，招募海贼。这时唐王派李靖、李神通、徐世勣率领两万人攻来。徐世勣探知宇文化及正在招兵，密派心腹王簿化名殷大用，带领三千人马，暗藏三百余斤毒药，投奔宇文化及。宇文化及大喜，封他为前殿都虞侯。淮安王李神通，进兵征讨宇文化及，离城四十里下寨。宇文化及连忙率众出城迎敌。

三路兵进攻宇文化及，李靖的兵来得十分神速。宇文化及的兵马刚到，李靖就让刘宏基领军，攻打宇文化及。杜荣、马华，各提一支画戟赶来抵挡。刘宏基把刀左右一挥，两戟齐断，杜荣、马华拿着两支戟杆往刘宏基的马头上一阵乱打。正厮杀的时候，李靖远远拉弓搭箭，向杜荣心窝射去，杜荣应弦落马，许国兵大败。宇文化及守不住魏县，连夜带了萧后，逃到聊城。李靖和李神通回营，商议明天的战略。李靖低声在李神通耳边说了几句，李神通点头称好。随即传令屈突通，带领五百人各带兵器、网罗前往郊外，看到聊城里飞出禽鸟，就上去捕捉，捉到活的有赏。屈突通领命而去。

那边窦建德带领人马，也到了聊城，询问杨义臣破兵之计。杨义臣说道："刚到敌境，还不知道对方的虚实，先命范愿带三千人马去叫战，然后再做打算。"窦建德听了立即传令范愿领兵前去。范愿到了聊城，宇文化及令长子宇文承基出战，二人战不到二十回合，范愿就假装打败，退后二十多里。宇文承基并不追击，各自鸣金收军。

消息传到李靖营中，知道杨义臣用的是诱敌之计。随后命人把胡桃李杏的核打开去仁，在里面装上艾火，用线绑在屈突通捕捉的几千只鸟雀燕鸽的尾巴上，然后把鸟都放回聊城。宇文承基杀退了范愿以后，以为夏兵不足为虑，第二天宇文化及传大将杨士览、郑善果、司马雄、宁虎等战将，让他们各自领兵，伏埋四方。太子宇文承基为前军，宇文智及为中军，宇文化及自率后军，都在聊城六十里外扎营，以号炮为信。留殷大用和宇文承祉守城保驾。当夜各将士都领兵出城，只有宇文化及因迷恋萧后，没有动身。到了夜深的时候，二人正拥抱酣眠，忽然有人来报说满城起火。宇文化及连忙出宫巡视，烈焰冲天，眨眼之间，城内就一片通红。仓库、殿阁都烧成一片废墟。殷大用和唐朝通了声气，假借救火之名，叫军士存储三天的水，然后命人将毒药投在井里。宇文化及见军士焦头烂额之后，忽然又上吐下泻，一齐病倒，不禁放声大哭，以为天降灾殃，要夺他的命，日夜惊慌不安。

夏兵探子报知夏主后，杨义臣传令范愿率一万步兵，扮成许国兵，各自做好记号，乘夜偷偷走到宇文智及大营二十里外埋伏；又命刘黑闼、曹旦、王琮，率兵五万，与宇文智及对垒；另拨两万精兵，由杨义臣统带，亲自去劫夺宇文智及的营盘；高雅贤、孙安祖、宋正本带领四万士兵，埋伏在路上，以截断宇文承基；由裴矩率领两万士兵，留守大营；勇安公主护驾。军士们饱食战饭后，大炮三声，夏主领兵，直逼聊城；唐、魏二营，探知夏主攻城，也放炮助威，攻打四门。宇文化及催督将士，与殷大用出城拒敌。

夏主认得宇文化及，提着偃月刀就砍过来。宇文化及挺枪来战，战了二十多个回合。本来指望殷大用来接战，谁知殷大用反而退进城，把城门打开。宇文化及知道自己中计了，忙转身跑向宇文智及营中。只见杨义臣劫了宇文智及的大营，纵马前来，挺枪直刺宇文化及，战了两三个回合。勇安公主在后面，忙从锦囊里取出弹丸，一弹打去，正中宇文化及眉心。一群女将，手持团牌乱砍宇文化及的马足。杨义臣也赶上去，奋力一枪，把宇文化及刺下马。杨义臣喝令捆了，把宇文化及推上囚车。只见曹旦已经斩了杨士览，刘黑闼与诸将还在与宇文智及酣战。杨义臣分开众兵，将宇文化及的囚车推出军前，大声对敌将说道："你们都是隋国军民，被逆贼逼迫才不得不作乱。你们的家眷都在关中，如今逆贼已经就擒，你们可以速回家乡。愿投降夏国的，就给官升爵；如果执迷不悟，不肯投降，就全部坑埋。"许国士兵听到，都丢去兵器，卸下甲胄，伏地求降。

宇文智及见哥哥已经被擒，又见众军倒戈弃甲，就撇了众人，转身想逃入宇文承基营中。不料孙安祖一骑飞来，一枪正中腰间，直跌下马来。众兵士一齐上，也把宇文智及绑了，打入囚车。然后又麾兵去攻打宇文承基的营盘。窦建德见手下将士打了胜仗，领兵冲到聊城下；只见城门大开，一将手提一颗首级，向窦建德马前扔来，说道："臣是魏公部下左翊卫大将军徐世勣的首将王簿。奉主将之令，改名殷大用，领兵三千，假扮海贼，投入宇文化及城中，被封为都虞侯。之前把毒药投在井中，今天开城迎接大王，都是末将所为。"说着，又献上首级，说是宇文化及次子宇文承祉的首级，说完就要离开。窦建德因他有破城之功，不肯放他离去。无奈王簿再三说是徐将军的命令，不敢逗留，窦建德只得放他出城。随后拥兵入城，到了宫中，请萧后出御正殿。窦建德立炀帝少主神位，令百官穿着素服发丧。

这时勇安公主，带领诸将陆续进宫，并将宇文化及、宇文智及弟兄二人，推到殿前。曹旦提了杨士览首级，范愿提了宇文承基首级，刘黑闼、孙安祖绑获许多敌将，前来报功。窦建德命人将宇文化及、宇文智及两人，绑在殿柱子上，以快刀细细碎剐二人祭祀炀帝；又令许将跪在灵前，愿投降的赦他一死，不愿投降的立即杀死；随后在龙飞殿设宴，赏赐功臣。大小将领，正在欢饮，忽见留守大营的小将送上禀帖，原来是杨义臣的。窦建德打开禀帖来一看，上面说："贼臣宇文化及已经就擒，臣的心愿已了，望大王践行前言，放臣归田。"窦建德看了，只得答应。然后将隋宫留下的珍宝，分赏给各位功臣；国宝、图籍都交给勇安公主。随后问萧后："你有什么打算？"萧后道："妾已经国亡家破，生死荣辱，悉听大王之命！"窦建德听了，笑而不言。勇安公主在旁，怕父亲也受了萧后的迷惑，忙接口说道："既然如此，何不将娘娘交给孩儿带到乐寿？一来可免了母亲挂念，二来也免得娘娘在此多受惊恐。"窦建德深以为然。

第二天一大早，曹旦带兵护送萧后、韩俊娥、雅娘等人，上了宝辇。勇安公主也带了她的娘子军，一同启行。不到一天，到了乐寿，派人报知曹后，说公主回朝。曹后听说女儿回来了，十分欢喜，忙派凌敬出城迎接。凌敬到了城外，将萧后等人暂时安排在行馆住下。勇安公主随着舅父曹旦进城朝见曹后，并将隋氏国宝图籍、奇珍异宝呈上，曹后大喜。勇安公主又奏称："萧后现在在客馆中，请母亲懿旨定夺。"曹后听了，冷笑道："什么萧皇后，分明是一个老狐狸，把隋家整个江山都断送了！亡国淫妇，要她来做什么！"凌敬劝说道："萧后既然到这了，她是客，我们是主，娘娘还当以礼相待。等主公回来，再商量怎么安置她。"曹后听了，说道："那就吩咐摆宴宫中，说我有足疾，不便迎接。"

凌敬领了懿旨，就到行馆，把萧后请上銮舆，向宫门走来。萧后坐在宝辇上，想起当初随着炀帝在各处游幸时，侍从如云、笙歌触耳，不禁伤心泪下。不一会儿，到了宫门，勇安公主出来将萧后迎进宫。萧后一眼望去，见曹后凤冠龙髻，端庄凝重，丝毫不露轻狂之态。四个宫女扶着曹后下阶，迎接萧后进殿。

曹后请萧后上座，萧后推让再三。然后一齐走进龙安宫，只见正屋中摆着两桌盛筵，两位皇后分宾主坐下。大家坐定，酒过三巡，曹后问萧后道："东京与西京相比，哪里更好些？"萧后答道："西京规模宏大，但没什么景致；东京不但造得宫室富丽，西苑又有湖海山林，十六院幽房曲室，四季又有佳景。"曹后道："听说那时赌歌题句，剪彩成花，一定很有乐趣。"萧后道："全是十六院夫人做来呈览，妾与先皇不过是评阅而已。"曹后道："月下长堤、宫人试马，真是千古帝王都没有的风流乐事。"韩俊娥站在后面，答道："那晚因为娘娘有兴致，所以万岁爷选了许多御马进苑。”曹后问萧后道：“她是谁？”萧后指着四人说道：“她是韩俊娥，她是雅娘，二人是先帝在时承幸的美人；这两个是罗罗、小喜儿，是在我身边伺候的。”曹后问韩俊娥道：“你们当初共有多少美人？”韩俊娥答道：“朱贵儿、薛冶儿、杳娘、妥娘、贱妾与雅娘，后来又添上吴绛仙、月宾。”曹后说道：“杳娘是拆字死的；朱、袁二美人是骂贼死的；妥娘是个什么结局？”雅娘答道：“是宇文智及逼她，她跳进池中溺死了。”曹后笑道：“她与朱、袁两美人，真是傻！不想想人生一世，草木一秋，为什么不学学你们两个，随着娘娘，到处快活，何苦轻生呢？”

勇安公主在一旁接着问道：“听说有一个会舞剑的美人，现在在哪里？”韩俊娥答道：“那人名叫薛冶儿，她随着五位夫人与赵王逃出宫了。”曹后点头说道：“她们还有点见识。”又问萧后道：“当时炀帝在苑中，虽然与十六院夫人绸缪，但却夜夜回正宫，这也可见夫妻情深了。”萧后道：“一月之内，也有四五晚住在苑中的。”曹后又说：“我宫中有一个宫女，据说她原来是当年娘娘身旁的宫女，我把她叫出来。”说着，吩咐传青琴。只见一个十五六岁的宫女，出来叩见萧后。萧后仔细一看，认得是袁紫烟的宫女青琴，说道：“我还以为你随袁夫人走了，怎么到了这里？”勇安公主道：“她原来是南方人，被我撞见，得知是隋宫侍女，就把她收留在这里。”曹后又笑指着萧后身后的罗罗道：“听说昔年炀帝要临幸她，被她再三推却，难得她守法度。又听说炀帝曾赠她佳句，娘娘可还记得？”萧后道：“妾还记得。”说着就开口念道：“个人无赖是横波，黛染隆颅簇小蛾；今日叫侬伴入梦，不留侬住意如何！”曹后听了，叹道：“好一个多情的皇帝！”

勇安公主问道：“听说吴绛仙秀色可餐，现在在哪里？”韩俊娥答道：“她听说先帝遇难，就和月宾缢死在月观了。”勇安公主又问：“十六院夫人，死了五位，其他人呢？”雅娘答道：“花夫人、姜夫人和谢夫人，是缢死的；梁夫人与薛夫人，因不从宇文化及，被他杀死；知明院江夫人、迎晖院罗夫人、降阳院贾夫人不知去向；如今只剩下积珍院樊夫人、明霞院杨夫人、晨光院周夫人三位还在聊城。”曹后喟然长叹道：“锦绣江山，却被几个妮子弄坏了！幸好也有几个守节殉难的，捐躯报恩，也可慰先灵于地下！”又问：“这三位夫人还在聊城，为什么不陪伴娘娘来乐寿？”萧后还没来得及回答，勇安公主说道：“既已别抱琵琶，何妨一弹三唱！”

此时萧后被她母女二人冷一句热一句，讥笑得实在难堪，只得老着脸强辩道：“这里面的苦情，娘娘有所不知。妾也不是贪生怕死之人，只因那天晚上逆贼入宫，事起仓促，尸首血污遍地，先帝尸横枕席。如果不是妾将沉香雕床改成棺榇，殓葬了先帝，再把殉节的美女逐一收敛，那些尸首必然腐烂！”曹后听了，忍不住说道：“后来贼臣已经立秦王杨浩为帝，为什么不久又被贼臣毒杀了？这时娘娘正与贼臣情浓意蜜，却不出言相救，是为什么？”萧后答道：“当时未亡人一命悬于贼手，即使说了也无济于事。”曹后冷笑着说道：“‘未亡人’三字可以免称，不知娘娘今天是隋氏的‘未亡人’，还是宇文氏的‘未亡人’？”一句话说得萧后无地自容，只得掩面悲啼。

正下不来台时，一位宫人进来，说道：“主公已到，请娘娘快去接驾。”曹后一面起身，一面吩咐把萧娘娘送到凌大夫宅中暂住。夏王窦建德这次回宫，带了隋宫中遗留下来的彩帛绫罗以及宫娥彩女不计其数。拿出十分之二，分赏给了功臣战士；余下的全部收进宫。曹后笑着对夏王说道：“现在还有一个活宝在呢，不知道陛下打算怎么安置！”夏王道：“皇后不要以为朕是好色之徒，只是怕萧后留在中原又被别人奸污，于先朝面子上太不好看，所以派女儿先把她带回宫。现在不如把萧后送到突厥启民可汗那里，义成公主和她有母女的名分，应该不会推却。”二人商量已定，过了几天，就雇了一条海船，命凌敬送萧后起程。

秦王李世民见夏国杀死了宇文化及，得了头功，就班师回长安，朝见唐主。父子二人，谈起国事，说刘武周和萧铣二人占住西北，十分猖獗，应设法灭去二人，才能高枕无忧。李世民道：“要用兵攻打刘、萧二人，必先与王世充交好，免得瞻前顾后。”唐主听了，立即让李世民修书一封，派杨通、张千二人送到洛阳王世充那里。谁知王世充看了来信，拍案大怒，竟将杨通斩杀，张千再三哀求，被他割去耳朵，逃回长安，哭诉一番。唐主听了大怒，秦王劝道：“父皇不必动怒，儿臣自有计策，灭掉王世充。”当下令李靖为行军大元帅，领兵十万，扼住刘武周；自己统带一支兵马前往洛阳。命殷开山为先锋，史岳、王常为左右护卫，刘弘基为中军正使，段志玄、白显道为左右护卫，自领一军在后。长孙无忌、马三保等保卫船骑。水陆并进，来到洛阳。王世充领军在睢水列阵。秦王在睢水以北屯兵，两军天天交战。唐家兵精将勇，杀得王世充大败，逃进城闭门不出。唐营打了胜仗，大摆筵宴，犒赏三军。秦王乘着酒兴，骑马到北邙山游玩。

北邙山离城北十里远，周围一百里都是帝王陵寝、忠臣坟墓。李世民带了马三保和十余骑亲兵，直奔山脚下打猎。秦王见了高山上的华表墓碑和石人、石马，不禁叹道：“一代雄主只落得墓门宿草，想我唐家天下，将来也难免这下场，真是可叹！”正说着话，忽见一头白鹿，从树林中冲出，李世民急忙射箭，正中鹿背。那头鹿带箭向西逃去，秦王纵马追赶。跑过数里，转过山头，却不见鹿的踪影。秦王放马四下追寻，不觉跑到大平原上，远远望见旌旗耀日，干戈如林，城门上写着“金墉城”三个字。李世民猛然想起这是李密的城池，马三保跟在身后，也劝道：“殿下快回去，一旦被李密知道，就不能脱身了。”谁知守城的兵士，早已看见，报告了魏主。李密听了，以为是唐兵的诱敌之计，心中不免迟疑。程咬金听了，说道：“此时不擒，更待何时？”说着，手提大斧，跨马出城去了。秦琼在一旁看了，担心程咬金，也跟着出城了。

·秦王落难·

秦王正想回去，只见一人飞马赶来，大叫道："李世民，别跑！"李世民横枪立马，问道："你是什么人？"程咬金道："我就是程咬金，特地来捉你。"李世民大笑道："谅你一个贼人，也没多大本事！"程咬金不说话，举起双斧砍向秦王，秦王挺枪相迎。两人斗了三十回合不分胜负，因马三保被秦琼截住，李世民只得拨转马头逃去。秦王回过头来，搭箭射去，嗖的一声，正中程咬金的盔缨。见没有射中，李世民心中发慌，纵马加鞭逃走。远远望见前面有一座古庙，写着"老君堂"三字。秦王这时也顾不得马三保了，忙躲进庙门，把门关上，搬过一条大石板顶住门，把马拴在庙廊下，然后进殿，向神像作揖道："神灵在上，如果这次能让我逃去此劫，日后必定来此重修庙宇，再塑金身。"说完，急忙往神座里躲去。

程咬金赶到庙门口，上去推庙门，却怎么也推不动。正要回去，秦琼随后赶来了，两人于是抬了一块大石头撞开庙门。走到殿前，见廊柱上拴着一匹马。他们认得是李世民的坐骑，急忙冲进殿，见神台上帘幕摇晃。原来秦王见有人进殿，在帘幕中轻轻拔出剑。程咬金眼快，抢步上前，把帘幕揭开，喝道："贼子，躲着算什么好汉！"举起大斧，向秦王头上砍去。李世民急忙用剑挡住，随即逃下神座。斧来剑往，夹着秦琼的双锏，李世民一个措手不及，手中的剑被打掉了。秦琼命手下兵士上去，把李世民绑了，带出庙门，推上马，送进金墉城。

到了府前，魏公李密升座，在堂上呵斥道："你这个猾贼，自己来送死！你父亲镇守长安，坐承大统，我占据金墉，管理万民，原本各不相犯。如今你们野心大了，之前已经明占河南，现在又来暗袭金墉，到底是什么意思？"李世民分辩道："叔父请息怒，侄儿这次来并不是窥觑金墉。只因洛阳王世充杀了我的使臣，所以才发兵征讨，打败了他的三军。王世充闭门不出，侄儿退兵千秋岭下。因为喝醉了，出来打猎，不知不觉才到了叔父的地界上。"李密怒道："你们父子日夜觊觎我的土地，还讲什么交情？你既没有我这个叔父，我也没有你这个侄儿。这次明明是来查探我的虚实，现在被我捉住了，还敢强辩？"随即喝令将李世民推出去斩了。这时魏征从一旁闪出来，劝道："这人杀不得。他们父子二人，坐承大统，兵精粮足，手下战将如云，谋臣如雨，如果杀了他，他父亲李渊必然会倾尽一国之兵，前来报仇。"李密听了，怒气减了几分，问道："依你之见应该怎么办？"魏征道："不如将他拘禁起来。李渊怕我朝伤了他的爱子，终生都不会来侵犯。”李密听了，点头称是，于是吩咐狱卒将李世民打入南牢。

马三保回长安报信，唐主李渊急得坐立不安，要亲自率兵讨伐李密，后来想到刘文静和李密有郎舅之亲，就修书一封，让刘文静带去交给李密。不料李密不但不肯放李世民，还要斩刘文静，亏得徐世勣在一旁劝解，才把刘文静也打入南牢。恰巧这时开州凯公校尉杀了刺史傅钞，夺了印绶，会合参军徐云，联合宁陵刺史顾守雍造反，大队人马，杀奔李密。接连又听说凯公计诱洪州何定刺史献了城池，然后合兵攻打偃师、孟津一带。李密大惊，决定亲率大军前去抵抗。命程咬金为先锋，单雄信、王伯当为左右护卫，留徐世勣、魏征、秦琼三人总理朝政。然后拔队往开州进发。

秦琼是个重义气爱结交朋友的人。他亲自捉了李世民，却暗暗留神，认为李世民是一个英雄豪杰，因而颇有结交之意。当时碍着程咬金，只得把李世民捉来，关在牢中。如今程咬金随魏主出征去了，秦琼就常到南牢里探望李世民、刘文静，又时时赠送食物，买通狱卒对他们多加照顾。南牢狱官徐扶义，也是一个仁心仗义的人，而且见高识广，眼力极精。他一见李世民，就知道他不是寻常人物，于是处处照顾。南牢里的犯人，吃的是粗恶囚粮，徐扶义却每天备些精美酒菜，送进狱中给刘文静、李世民两人。

徐扶义妻子早死，只留下一个女儿蕙英，自幼绝色，十分聪明，又孝顺父母。她父亲自然格外疼爱她，还请一位老儒在家教蕙英诵读诗书。聪明女儿一得了书中滋味，不论梳妆还是刺绣，总是手不释卷。十四岁时早已满腹诗书，写得一手秀媚的字。闲暇的时候，常常吟诗作赋，描龙绣凤。那时魏王册立正宫王娘娘的时候，广选天下绣女，蕙英被选进宫替王娘娘绣袍。蕙英刺绣的本领高人一等，王娘娘看了十分欢喜，当时就把蕙英传进宫，两人十分投机。从此蕙英和王娘娘成了闺房好友。王娘娘忧闷的时候，必把蕙英小姐宣进宫，后来升她父亲徐扶义做了南牢狱官。

南牢狱官不是一般的职位，专管军国要犯，狱官每天可以朝见魏王。徐扶义见王娘娘如此宠爱蕙英，本想将女儿献给魏王做妃子。谁知蕙英有大志气，觉得魏王没有天子之量，不会久拥天下，因此总是不肯。徐扶义宠爱女儿，也不忍勉强她。这次李世民被关入南牢，徐扶义回家对女儿说，南牢中关着一个唐王的儿子，品貌俊伟，人才出众。蕙英芳心一动，要父亲在狱中没人的时候，带着她到南牢看看。这时李世民和刘文静二人，正在谈论天下大事，李世民眉飞色舞，没有一点忧戚的神色。蕙英小姐在窗外看得出了神，低声说了一句：“这才是真英雄啊！”徐扶义忙拉着蕙英走出南牢。

从此蕙英小姐的心思都在李世民身上了，每天亲自烹调几样精美小菜，送进南牢；又怕李世民在牢中用的被褥不干净，就把自己贴身盖的一条绣花被，送进南牢去。绸被上绣的是鸳鸯戏荷，那一对鸳鸯的毛色和荷花的颜色，都鲜艳无比。李世民见了绣被，又从被中闻到一阵一阵的幽香，不禁心动起来。又常听徐扶义说他女儿美貌有才，更是一心向往，时时挂念着。徐扶义见女儿情有所寄，格外优待李世民和刘文静两人。

秦琼、魏征、徐世勣都向着唐王，也常常私下到狱中探望李世民。魏征对秦琼说：“秦王龙姿凤眼是真英雄，趁他有灾先和他结交，以后相逢也好做一番事业。”秦琼听了，说道：“既然如此，不如趁主公不在朝中，备一席酒，到狱中和他叙叙交情。”当下备了一席盛筵，悄悄抬进南牢。魏征、徐世勣和秦琼三人，邀狱官徐扶义，与李世民、刘文静二人，在监狱中浅斟低酌。这时魏王带兵攻打开州凯公，朝廷大事都由徐世勣、魏征、秦琼三人主持。他们在南牢中宴请李世民，有谁敢透漏消息？六人一边饮酒，一边商议日后的大事。秦琼有心要放走李世民，于是和徐扶义商议怎么让李世民脱身。这时，一个家仆匆匆走来，在徐扶义耳边低声说了几句，就转身走了。徐扶义说道：“刚才家仆来报，说王娘娘生了太子，传下懿旨，叫小女进宫陪伴。小女特地让家仆来叫老汉回去商量，老汉先失陪了。”说着，站起来，退出南牢。徐、魏、秦三人，听说王娘娘生了太子，各人衙中有事，就也和李世民告辞。

第二天，喜信传遍了金墉城，百姓听说魏王添了太子，家家挂灯庆祝。当日王娘娘懿旨下来，大赦囚犯，只有南牢重囚不赦。秦琼看了这道赦旨，正在发愁。徐扶义进府，两人见了面，徐扶义说道：“将军不必忧虑，下官已有释放李世民的计策了，特地来请将军今晚到舍下共同商议。”当晚秦琼悄悄跑到徐扶义家里，走进内书房，一看，徐、魏二公早已在座。过了一会儿，徐扶义领着四个仆人从内房出来。秦琼眼快，认得前面两个是李世民、刘文静二人改扮的，忙上去相见；又看后面站着两个仆人十分年轻，面貌俊美。秦琼问：“他们是谁？”徐扶义笑道：“一个是小女蕙英，一个是小女身旁的丫鬟秋云。”说着，让蕙英过去拜见徐、魏、秦三位，转身又拜见李世民、刘文静二人。蕙英小姐羞得红晕满面，拜见过后，就低着头，拉着丫鬟，避进后房了。李世民听说蕙英小姐女改男装，急忙留神看，果然长得俊美万分，直到蕙英小姐躲进后房，他还看着房门出神。

原来这全是蕙英小姐预先定下的计谋，她进宫见了王娘娘，替她父亲徐扶义讨了一个到开州魏王行营里报喜信的差使，然后把李世民和刘文静改扮成仆人，从南牢里混出来，藏到自己家里。徐扶义知道自己这一去，绝不能再回来了，就让女儿和丫鬟扮成男子，混充是差官的仆人。他们六人说了会儿话，看看到了四更，就到院子里。那里备有五匹马，李世民跨上自己的追风马，徐扶义父女二人和刘文静另骑三匹骏马。一行人骑上马，与徐、魏、秦三人洒泪分别。六匹快马，二十四只铁蹄，卷起一阵泥土，飞向城门口。蕙英小姐早已在宫中盗得兵符，守城兵官验明了兵符，开城放他们出去。

徐扶义不敢停留，快马加鞭赶了一程，走了大概三十里路。迎面一座高山，村鸡乱鸣，东方大白。蕙英小姐一向在深闺中娇生惯养，跟着跑了许多路，早已腰酸腿软，在马上娇声呻吟起来。李世民自从在徐扶义家中和蕙英小姐一见以后，就十分钟情。见她娇喘细细，香汗涔涔，更是动了怜惜之念。忙吩咐停马，亲自上前，扶蕙英小姐下马，到山石子上休息一下。休息了一会，一行人再上马，慢慢地走上岭去。

这条岭山壁又陡，山路又窄，很不好走。李世民下马，亲自替蕙英小姐拉住辔头，慢慢走过岭。走到岭下，已是暮色苍茫。徐扶义四处奔走，苦于找不到住处，无可奈何，只得在一个山野人家借宿。可只有一间屋子，一张炕，五个人就不得不睡在一个炕上。蕙英小姐沿路走来，已经和李世民混熟了。这时二人同宿一炕，有说有笑，十分亲爱。第二天黎明，徐扶义从梦中醒来，听到炕头蕙英和李世民二人说着话。又见蕙英伸着一只脚，搁在李世民的膝上。李世民弯下腰蹲在地下，捧住蕙英小姐的小脚儿，替她穿靴儿。徐扶义心知女儿的终身，就在李世民身上了，就任他们亲热。一行人起来，依旧赶路。

很快到了霸陵川头，忽然听到身后喊声动地，尘土蔽天，一队人马赶来。李世民知道是魏国追兵，急忙吩咐徐扶义保护蕙英小姐，自己回身勒住马等着。敌兵有五六百人，李世民只有单枪独马，见了来将，他也不说话，奋勇上前，刀枪齐举。刘文静不会厮杀，只能站在一旁干着急。斗了五十个回合，李世民渐渐有些支持不住了，就虚晃一枪，落荒而逃，敌将拨马直追。蕙英见李世民败了，急得连呼："哎哟！"危急时刻，猛不防一队兵士赶来，把他四人团团围住，拿过绳索，下马来绑他们。蕙英小姐对自己的性命，早已置之度外；她只是伸长脖子望着，怕李世民也被敌将捉住。

李世民骑的是追风马，敌将骑的是平常战马，怎么追赶得上？徐扶义正仰首呼天，忽然跑来一队人马，打着大唐旗号。等到了跟前一看，刘文静认出是袁天罡、李淳风、李靖三人。他们杀退魏兵，解了绳索。刘文静说李世民被敌将追杀，李靖听了，嘱咐李淳风保护刘文静他们，自己和袁天罡二人带领人马，前去追杀敌将。只听见前面树林中喊杀声不绝，敌将见李世民来了救兵，赶快从林中逃出来，李世民和李靖、袁天罡三人从林中追出。徐扶义忙拉弓搭箭，嗖的一声射去，敌将应弦而倒。兵卒上前，割下首级，献到李世民马前。魏兵见死了主将，早已四散奔逃。

李世民吩咐整队回国，进了潼关，望见城楼，蕙英小姐却不肯进城。李世民再三劝说，让她一同进宫。蕙英小姐说道："我是一个寒贱女子，随公子进宫，算是什么人呢？"李世民听了，明白她的意思，就吩咐差官，将他父女二人，安排在客馆住下，自己带了刘文静、李靖等人进宫朝见父皇。说起李密不念两家交情，唐皇万分愤怒。李世民说："父皇不必动怒，孩儿总有一天能报仇。"刘文静又奏称南牢狱官徐扶义解救秦王一事。唐皇命人从客馆里把徐扶义传上殿，亲自抚慰了几句。第二天，传谕封他为上大夫；蕙英小姐，配给秦王为妃，加封一品夫人。立妃的这一天，秦王府中十分热闹，唐皇也亲自到王府吃一杯喜酒；蕙英小姐全身披彩，与父亲一同出来，拜见唐皇。因为新妃子有救秦王之恩，唐皇赏了她一对白玉如意。新妃在府中，十分得秦王宠幸。

唐皇这时，势力大，土地广，隋朝的天下，已有大半在唐皇手中。李靖和刘文静等元老大臣，商量上表，劝主公接皇位。李渊因突厥未平，魏王的势力也很强大，想等一统天下以后，再登皇位。臣下纷纷劝谏，秦王李世民又请命征讨突厥，王世充也请命征讨李密，唐皇推辞不了，就下谕选定吉日登皇位。臣下奉上尊号，称神尧大圣大光孝皇帝。

这位皇帝，半生厮杀，这时得以安享富贵。在皇后下面，立贵妃、淑妃、德妃、贤妃四位妃子。立昭仪、昭容、昭媛、修仪、修容、修媛、充仪、充容、充媛九人称为九嫔。又有婕妤、美人、才人，再下又有宝林、御女、采女，共八十一人。管宫的有尚宫，管礼的有尚仪，管衣服的有尚服，管膳食的有尚食，管中帐床裤的有尚寝，管营造裁缝的有尚工，共称六尚。六尚以外，又选纳了两千名宫女。派了四千多工匠，三年建起一座太和宫。殿阁崇宏，楼台曲折，花柳掩映，莺燕翩跹。唐皇上朝结束后就去游赏，十分快乐。之前在晋阳宫私幸的张、尹两位宫女，很得唐皇宠幸，张氏被封为贵妃，尹氏被封为淑妃。唐皇年已垂老，也不十分留心政事，终日与美人说笑拥抱。

秦王李世民和王世充、李靖见突厥兵势一天天强盛起来，十分忧心。突厥兵侵犯唐朝疆土，唐皇下旨，派并州行军总管张瑾，统带五万人马前去征讨突厥。在太谷与突厥大战十天，张瑾大败逃回。郓州都督张德政也阵亡了，行军长史温彦博被突厥兵活活捉去。接二连三的败报，使唐皇气得咆哮如雷。秦王李世民自请征服突厥。唐皇下谕，派大将军李靖，统率十万大兵，出师灵州；又派任城郡王道宗，带五万人马为后应；秦王李世民，屯兵蒲州，监督兵马。三面夹攻，才把突厥打败。突厥王命大臣屈列真来唐营求和。这时唐皇在周氏陂一带围猎，李靖送屈列真到行宫，面订和约。

唐朝气运十分旺顺，这边打败了突厥，那边又收服了李密。魏王李密，自以为兵精粮足，地广人多，就四处讨伐，争城夺地。他刚打败了开州凯公，得胜回来，就更不把唐朝放在眼里。在半路上，接到王娘娘的密报，说南牢狱官私放李世民、刘文静，一同脱逃。李密听了，不觉大怒，也不班师了，带着人马，杀奔洛阳。

不料唐皇用兵如神，这时早已打退了突厥，收服了王世充。王世充在唐皇跟前，自请讨伐魏王，领了一支劲旅，在偃师、邙山一带守着。李密留王伯当留守金墉城，自引精兵，也从邙山一带进发。猛不防王世充伏兵齐起，杀得魏兵辙乱旗靡。这一仗，李密只带了三百骑脱逃。手下的大将裴仁基、祖君彦，都被王世充活捉了去。洛口守将郑颋，听说魏王大败，忙起兵来接应。谁知手下的兵将，早已变了心，郑颋一出城，城内就大乱起来。五千兵士冲进将军府，把郑颋的妻小杀了，献了城池，投降了唐朝。郑颋在路上得知，拔剑自刎而死。手下的兵丁，也各四散逃命。王世充不费一箭一卒，唾手得了洛口城。

消息传到金墉城，王伯当见守不住了，就弃了金墉，退到河阳。李密带了败残兵马，从武牢间道奔回河阳，见了王伯当，说道："败了，败了！诸位辛苦了！我愿一死！"说着，拔下佩刀要自刎。王伯当急忙抢上前去，抱住李密，同声大哭。手下的兵丁，都陪着淌眼泪。正徬徨的时候，忽然传进唐皇的招降书来。王伯当竭力劝李密投降唐朝，府掾柳爽也说道："明公与唐主同族，两人有旧情。明公出兵东都，断隋归路，使唐主不战而进据京师，也算是有功。"众人都说："柳大夫的话有理。"王伯当检点兵马，一边送降表，一面整队起程。唐皇命使臣，在半路上迎接。李密见唐主待他不薄，也十分喜悦。

亲仇·细说大唐第一家庭

第肆章

皇位之争

·私通嫔妃·

李密投降了唐朝，一心以为唐皇会重用他，谁知他到了京师，一连半个月，唐主都没召见他。使臣又十分怠慢，竟向李密要一千匹缎，才让他朝见唐皇。李密是一个刚直汉子，怎么受得了这肮脏气。正巧这时唐皇传谕下来，说黎阳还有李密的旧部，命李密亲自去招降，再来觐见。

李密带了王伯当，赶往桃林，随后叛变起来。他选了几千骁勇兵丁扮作妇人，假称是婢仆妻妾，杀入桃林县城，占据了桃林县附近的几个城池。这时右翊卫将军史万宝，坐镇熊州，得了消息，派遣副将盛彦师率领四千士兵，追到陆浑县，在深山野谷里埋伏下兵马。李密亲自带了人马，从山谷中经过，打算攻打陆浑县。兵队在山谷下走着，盛彦师一股生力军，拦腰杀出。李密的兵士，进退两难，前后不能相顾。盛副将卫向前一刀砍来，斩了李密的首级。王伯当在后面压阵，听说李密阵亡，痛不欲生，在马上自刎而死。手下兵士，死的死，降的降。王世充兵马赶来，把失去的几座城池都收复过来，班师回朝。

这时秦王李世民，也扫平了突厥，班师回国，两队人马会合。得知唐皇在昆明池，一齐赶到昆明池，奏明皇帝。唐皇见儿子立了大功，格外欢喜。一面庆功行赏，一面把李世民留在行宫。父子二人，十分亲密。李世民从晋阳起义以后，东征西杀，屡立大功；唐皇本想立他做太子，李世民一再推辞。唐皇就立了李建成做皇太子，封李世民做秦王。唐皇见李世民又立了大功，叹了口气，说："我儿真是英雄，却不得其位，他日功高震主，兄弟之间，只怕不免会有一番嫌疑。"李世民待人接物，十分和气，因此臣下归顺他的很多。自从唐皇说了这句话以后，就有臣子在唐皇跟前进言，劝唐皇废了太子李建成，立李世民为太子。太子那边，也有党羽在唐皇身旁探听消息，早把唐皇说的话和臣下谋废太子的事，通报了李建成。李建成听了十分惊慌，连夜召弟弟齐王李元吉，进府商议。

李建成自从做了太子后，自以为唐朝天下，可以稳坐了，就放胆胡行起来。又有一些趋炎附势的大臣，见太子贪财好色，又爱游玩，就百般收刮金银送到太子府里，又搜寻了许多绝色的女子，安置在洞房曲院里，任太子随意淫乐。太子妃是左仆射周禹吉的女儿，生性端庄，和太子共过患难。如今见太子得了富贵，就狂放胡为，于是好言劝谏。无奈李建成心迷财色，把妃子的话当做耳边风，夫妻之间，情爱一天天冷淡。

太子色胆如天，整天在府中寻欢作乐，还嫌不足。那些同流合污的官员，轮流着设宴，征歌选舞，悄悄把太子接去享乐。太子就生成一种下流性格，到了官员府中，逼着官员把自己的妻女姬妾献出来陪酒伴坐。见有几分姿色的，就仗着酒气百般调笑。有几个轻贱的妇女，贪慕太子荣华，急急地把自己的身体献给太子享用。太子既奸污了人家的妻女，自然给她的丈夫加官晋爵。

这时骠骑将军彭人杰，娶了一位夫人，真是天姿国色，满京城里都知道这位彭夫人是当今第一美人。名气渐渐地传进宫，张贵妃和尹淑妃就设下筵宴，把彭夫人接进宫。三人见面后，十分投机。从此彭夫人时常进宫，和张、尹二妃聊天。那时唐皇宫中最得宠的，除张、尹二妃外，还有万贵妃、莫嫔、孙嫔、郭婕好、宇文昭仪、王才人、张宝林、张美人、杨美人、刘婕好、崔嫔、小杨嫔、杨嫔、鲁才人、柳宝林等二十几位妃嫔。见张、尹二妃得唐皇的恩情最深，众人都来亲近她们，彭夫人因而也认识了这班妃嫔。这班美人每天聚在一块儿说笑歌唱，好不热闹。唐皇又不时出外游猎，时常不在宫中。

唐宫的规矩，皇子一生下来，就交给保姆养到了十岁送交世子府教读，不是皇上传唤，不得擅自入宫。因此唐皇共生有二十二个儿子，年长的都娶了妃子，居住在外；年幼的也都在世子府里，聆听师傅的教诲。李建成仗着自己是当朝储君，唐皇正驾幸昆明池，委任他留守监宫，就耀武扬威，在宫中自由出入。

这天，他在太和宫的长廓下，遇见了彭夫人。见她轻盈袅娜，冉冉走来，好像月里嫦娥从云中捧出。李建成的一缕痴魂，就被美人儿绊住了。见美人走远了，正想追出去，后面小黄门上来拉住，低声说道："千岁不可鲁莽，那位是当今骠骑将军彭人杰的夫人。"李建成在他父皇宫中，早已肆无忌惮。见有姿色的嫔娥，就拉进密室，威逼软诱，总要如了他的愿，才肯罢休。那些被奸污的嫔娥，有的畏惧太子的威权，有的羡慕太子的势位，都含垢忍辱地受着。听说彭夫人是骠骑将军的夫人，只得把一腔欲火暂时按住，嘴里却自言自语地说道："这样的美人，叫我怎么忍心放过！"正出神的时候，一个小宫女迎上来，说道："张娘娘有请。"李建成这才跟着小宫女，走进凤藻宫去。宫中的侍女，一见了李建成，都避开了。张贵妃和李建成两人，竟手拉着手，肩并着肩，走进寝宫，只留下三五个心腹宫女，在走廊下守着。只听得一阵阵娇脆欢笑声，从帘幕里传出。

这位张贵妃生性放荡，她在隋宫里，得炀帝一度雨露以后，就被冷清清地丢在晋阳宫。后来得侍唐皇，枕席之间，颇得唐皇宠幸。她与尹淑妃都是天生的艳态媚骨，不可一日无伴。无奈唐皇已过半百，后宫的新宠又多，轮流侍寝的有一百四五十位妃嫔。张、尹二妃，位分虽高，但雨露之恩，却一天比一天少。唐皇精力渐衰，又常爱四处围猎，出京的日子多，驻宫的日子少。张、尹二妃正值中年，情欲十分旺盛，怎么忍受得了寂寞？她独守宫中，常常对月长吁，看花洒泪。

一天清晨，侍儿正服侍张贵妃梳洗，忽然太子李建成请见。这时唐皇正巡幸龙跃宫，命太子留守宫中。张贵妃当时一面催着侍女赶快梳妆，一面吩咐宫女出去，挡住太子的驾，请太子在外室等候。她拣了一套美丽的衣裙穿上，脸上多擦些脂粉，鬓上多插些珠翠。正妆扮时，忽然门帘一动，接着小宫女报道："千岁来了！"张贵妃手中正拈着一朵鲜花要插，太子抢步上前作揖道："参见娘娘。"张贵妃慌忙敛袖还礼，一松手鲜花掉了下来。李建成忙去把鲜花捡起，身旁的侍女正要去接，太子竟甩脱侍女的手，跨进一步，把鲜花送到张贵妃手里。张贵妃不由得伸手去接，太子的手在袖口里，轻轻地扣住张贵妃的纤指不放。张贵妃粉脸上不觉飞起一重红晕，任太子握着，也斜着媚眼看着太子。李建成两道眼光，不停地在张贵妃粉脸上转着。两人痴痴地站着，也不说话，也不让座。

两旁的侍女，见了这神情，倒也知趣，各自悄悄退去。李建成见左右无人，就大着胆，伸手向张贵妃柳腰上轻轻一拢，低声说道："我来替娘娘戴花。"张贵妃趁势软靠在太子肩头，任太子轻薄着。张贵妃本就妖贱，见了太子雄赳赳气昂昂的一个伟少年，心中自然欢喜。太子见张、尹二妃，最是妖冶动人，早就想下手了。只因父皇在宫中，耳目太近，怕闯出祸事，所以一直忍着。好不容易父皇出外巡狩，自己又是宫监，此时不下手，更待何时？于是他故意起了个早，到宫里来偷香窃玉。两人一拍即合，没几天连尹淑妃也弄上手了。

从此李建成常常进宫，左拥右抱，送暖依香。张、尹二妃，私通太子，除了贪图恣欲之外，另有一种心思。张贵妃生的儿子周王李元方，尹淑妃生的儿子酆悼王李元亨，都年幼软弱。张、尹二妃，深怕唐皇去世以后，两儿受弟兄的欺负，因此有意结欢太子，希望将来太子登位以后，另眼看待这两位皇弟。但李建成蓄意勾引张、尹二妃，也另有一层深意。李建成也知道自己的狂放行为，很不满人意。况且密报传来，秦王左右正在那里谋废太子。为了保全太子的名位，非得有人在父皇跟前替他说话不可。当朝大臣中，父皇最亲信的，如刘文静、房玄龄、萧瑀、宇文士及、封德彝、陈叔达、裴寂、长孙无忌、杜如晦、尉迟敬德、侯君集都是忠直的官员，大都和秦王亲近，想来也不肯帮助自己。于是他就从内宫下手，好在宫中那班妃嫔，都希望太子将来保全自己儿子的禄位，十有七八，都和太子结下私情。张、尹二妃势力最大，打通了全宫中的妃嫔，替太子在唐皇跟前说话。妃嫔们保住了太子的禄位，就是保住了自己儿子的禄位，自然替他出力！

男人的嘴，究竟敌不过女人的嘴。有几位忠直的大臣，也曾在唐皇跟前劝谏，说："太子在外面嚣张跋扈，如果不尽快废除，后患就不堪设想。"唐皇也明知太子行为不端，将来难继大业，但一进宫，被那班妃嫔七嘴八舌地说了一番，他心中就动摇起来。又想到从前，初打天下的时候，李建成在河东保护家小，又帮着在太原起义，带兵略定西河，打平洛阳，立了很大的功劳，也不忍心废除他。况且还有最宠爱的张贵妃竭力替太子说话，唐皇更是不愿废太子了。

当初唐兵攻下洛阳，隋宫中的珍宝财物、田宅契券和那早已天下闻名的三十六院，一齐落到唐皇手里。唐皇兵马倥偬，哪有时间去看。那班妃嫔却一齐吵嚷着，要到隋宫游玩。唐皇也想趁此迁都洛阳，就让这班妃嫔先行。一路上香车连连，绣旗飘展。齐王带领羽林军士，保护着妃嫔，进了洛阳城。秦王李世民，正在点收宫廷，听说妃嫔驾到，忙出去迎接。张贵妃想要直接进住隋宫，秦王却不答应，说宫中器物，还没有点查清楚，一时不便移居，就把这一群妃嫔，安置在别殿里。房屋十分狭小局促，弄得那班妃嫔，人人怨恨。好不容易，进了隋宫一看，大失所望。原来秦王早已把三十六院中陈设的珍奇玩物收了起来，只留下空荡荡的高大院落。张贵妃去问秦王，秦王说那些珍宝器物，父皇还没有过目，自己不敢擅自动用，东西都收藏在府库里，诸位贵妃如果要玩赏，可以到府库中看。话音刚落，张贵妃就带着一群妃嫔们，到府库中观看。谁知那些珍宝衣饰以及钱财契券，都装在箱子里。箱子上面，都贴着秦王府的封条。那班妃嫔一齐吵嚷起来，要打开箱子看，秦王执意不从。那班妃嫔，个个乘兴而来，败兴而返，人人心中怨恨秦王。

张贵妃一回宫，就写了一本奏章，说了秦王封锁珍宝的事，又替他父亲求赐上党的美田。上党的美田，是隋炀帝的御田，每年收成十分丰厚。张贵妃在晋阳宫的时候，早已知道。张贵妃的父亲，是一个田舍翁，家中十分贫寒。张贵妃在家中的时候，受尽饥寒，父女两人常常在茅舍中相对哭泣。张老儿叹着气，说："家中如果有三亩薄田，也不会让女儿挨饿了。"后来穷苦不堪，张老儿才把他女儿卖到城中富人家做养女。张贵妃选进宫后，时时不忘家中老父。如今得了唐皇的宠爱，想起父亲从前说的话，就在奏章上求唐皇把上党的美田赏给她父亲。谁知奏章才送出宫，唐皇就下了一道谕旨送进秦王府。谕旨上说："除内宫服玩财帛外，所有官爵田宅，秦王可以专权处置。"秦王得了谕旨以后，就把上党的美田，赐给了淮安王李神通，因为攻打洛阳时，李神通立了头功。此外封爵的封爵，赐田宅的赐田宅，一时文武百官，都欢声雷动。独有那妃嫔们的亲族，没得到好处，因此都恨秦王恨得牙痒痒的。

没几天，唐皇又有第二道谕旨，将妃嫔的父兄亲戚都封作列侯，赐田赐宅。又另下一道诏书，把上党的美田，赏给张贵妃的父亲。张贵妃得了这道诏书，欢喜得笑逐颜开，立刻打发内监到乡里，把她父亲请来，住进高大的府第。豪奴艳婢，十百成群。又打发内监带领数十豪奴，到上党去点收美田。谁知一到田边，淮安王早已派了庄丁，在那里看守田地。两家都是有大势力的人，一言不合，就动手斗起殴来。那班庄丁，十分凶横，打死了张家的豪奴。内监见事情闹大了，就抓住了看守庄田的头儿，一同进京在太尉衙门里告状。太尉见原告是张贵妃的内监，被告是淮安王的庄丁，这样大的来头，他哪里敢问？就亲自到秦王府中，请秦王裁断。秦王也十分诧异，忙亲自到张府中查问。张老儿拿出唐皇的诏书，秦王看了，也无话可说，只得把这桩公案搁起。

后来唐皇到了洛阳，一进宫，张贵妃就哭诉秦王欺侮她父亲。唐皇听了大怒，立刻把秦王传进便殿，喝问他："你怎么敢不奉诏？"吓得秦王连忙奏辩说："臣儿之前已有手敕，把上党的美田，赏给了淮安王。臣儿也不敢专权，只因父皇之前有诏书，允许臣儿专权处置。"唐皇听了，大声喝道："难道我的诏令，不如你的手敕？"一句话，吓得秦王哑口无言，忙趴在地下，动也不敢动。裴寂忙上去劝解，把秦王扶起，令内监送出宫门。唐皇叹着气，对裴寂说："秦王多年厮杀，心气粗暴，又被那班儒生教坏了，不是我昔日的儿了！"第二天，圣旨下来，依旧把上党的美田赏给了张贵妃的父亲。张贵妃心中对秦王的怨恨，却一直不能散去。不料一波未平，一波又起。没几天，秦王府的属官杜如晦又和尹淑妃的父亲结下深仇，弄得李世民险些丢了王位。

杜如晦和秦王是患难之交，唐皇在隋朝做弘化留守时，他就在府中。后来秦王扫平京城，就任用杜如晦为兵曹参军。他忠诚正直，很得秦王信任。秦王因为上党的美田，受了冤屈，杜如晦很替他抱不平，常对同僚房玄龄说，一定要替秦王报了这冤仇。房玄龄劝说："如今主上宠爱张、尹二妃，妃嫔的戚党，势焰正大，你不要在虎头上搔痒，误了主公的事。"杜如晦听了房玄龄的劝，只得忍气吞声。无奈这时妃嫔的戚党，一天比一天蛮横，他们内仗妃嫔的宠幸，在外勾结太子府和齐王府中的爪牙，在京城胡作妄为。大街小巷，抢劫奸淫的案件，告到御史衙门里的，每天总有十多起，查问起来，十有八九是那班妃嫔的戚党犯下的。地方官深怕招祸，也不敢过问。弄得京城的百姓，家家怨恨。

·淫暴的齐王·

在妃嫔的戚党之中，要算张、尹二妃的父亲，最为跋扈。他们竟勾结太子手下的大盗，抢劫京师的富户。建成太子，跟着父皇东征西杀，手下原本就养着一群猛将；做了太子后，别的弟兄也各自分立私党，在背地里图谋他的也很多，因此太子又养了许多飞檐走壁的侠客。这些人在夜深人静的时候，悄悄到各处王府里探听消息，回府报告太子。这班人是大盗出身，在各处王府富户中出入，见了珍宝财物，总不免手痒。这些盗劫后来都被张、尹二妃的父亲收了。那些被劫的官富人家，把盗案报到官里，却始终没有一个案子是破了的。弄得满城的官家富室，顿时惊慌起来。张、尹两家，胆子越闹越大，手下的奴仆见过路的人手里拿了值钱的东西，就威逼路人留下。

这些事情，传到秦王府里，秦王因从前吃过亏，因此敢怒而不敢言。杜如晦知道了，看不过去，就瞒着秦王，带着兵士，捧着宝物，骑着马故意从尹家门前走过。尹淑妃的父亲家门口站着一群如狼似虎般的奴仆，见兵士捧着财物经过门口，一齐拥上前去，把兵士手中的财物，统统劫了过去。那兵士们不肯罢休，就与奴仆在大门外的空地上厮打起来。那班兵士厮杀惯了，各人都随身带着小刀。不一会儿，尹家奴仆就被兵士杀死了十多个，尸首七横八竖地倒在空地上。其他的奴仆抱头鼠窜，逃进宅里。杜如晦见吐了气，正要拨转马头走，忽见又有二十多个奴仆，拥着一个老人，从大门中出来，喝道："你们这班强盗，给我站住！"杜如晦听了，愤怒起来，拍马上前，问道："老贼是什么人？"那老头儿拍着自己的胸脯，大笑着说道："老夫就是当今的尹国丈！你这小丑，见了国丈，怎么不下马？"杜如晦一听说是尹淑妃的父亲，更是愤恨，喝令手下上前揪住老贼。然后跳下马，拔出佩刀，把尹国丈的两个中指割去。尹国丈痛彻心骨，当场晕倒在地。杜如晦冷笑一声，转身跳上马，扬长而去。尹家的奴仆把尹国丈扶进内宅，请医生的请医生，报官的报官，忙得一团糟。

尹家被秦王府中的属官杀死了十个人，尹国丈又被割去手指，这件事情不久就传遍了京城。地方官知道是秦王府中闹下的案件，哪里还敢受理。后来还是尹淑妃的母亲，坐着车进宫，在尹淑妃跟前哭诉。尹淑妃听了，在唐皇跟前撒痴撒娇地哭诉着，要万岁替她申冤。话里面，又说了秦王许多坏话。唐皇因李世民劳苦功高，原本就怀疑他不服皇命。自从上党美田的事后，也时时留意着，深怕秦王做出不守法度的事情来。听了尹淑妃一面之词，不禁拍案大怒，立刻亲临便殿，传李世民进宫。

秦王府中早已知道了这个消息，李世民埋怨杜如晦，不该闯下这个大祸。杜如晦说："一人做事一人当，是杀是剐，臣都愿意。"内监到秦王府中传唤，杜如晦早已将自己捆绑，坐到囚笼里，命两个兵士抬着，跟着秦王进宫。房玄龄见杜如晦闯了大祸，悄悄地去通报裴寂、刘文静、长孙无忌、尉迟敬德，快进宫去解救。这几位大臣，都是唐皇的患难之交。

这四人得了消息，急忙赶进宫，只见唐皇正在那里拍案大骂，说："你家中的属官，胆敢欺侮我的妃家，由此可见你平常是怎么怂恿手下欺凌百姓的了。"秦王匍匐在地，痛哭分辩。唐皇也不听，只喝令把秦王废为庶民，把杜如晦碎尸万段。裴寂、刘文静、长孙无忌、尉迟敬德四人，忙跪在地下，代秦王求情，说："秦王在皇家是儿子，在国家是功臣。陛下即使不念父子之情，也应为功臣留一分颜面。如今陛下为了一妃之父废了秦王的爵位，只怕会使满朝功臣人人寒心。"听了这一番话，唐皇的心肠才软下来，赦了秦王的罪，把杜如晦逐出京师，永不任用。又把行凶的二十个兵士，绑到尹家大门口斩首抵罪。

那班妃嫔的戚党，经杜如晦一番惩办以后，也敛迹了许多。建成太子见秦王不得唐皇的欢心，就格外在唐皇跟前献殷勤，又在各妃嫔跟前赔小心，那妃嫔又时时替太子在唐皇跟前说些好话，因此唐皇十分信任太子。江山一统，天下太平，唐皇闲暇无事，就爱在各处游猎。每次出巡，总是让太子留守监宫。秦王常因战事，统兵在外。京师只有李建成和李元吉二人，耀武扬威，无恶不作。

李元吉，自幼容貌丑恶。生下来，窦皇后就十分厌恶他，吩咐乳母陈氏，悄悄丢到野外去。陈氏不忍，就抱到家里私自乳养。等他长大成人，窦皇后去世以后，陈氏才把李元吉送去见他父皇。唐皇见他面貌虽丑，但十八般武艺样样皆精。唐皇东征西杀，正要用人，就把李元吉留在营中。凡是有厮杀的事，就派他去。李元吉十分勇猛，屡立战功。唐皇看了大喜，封他做齐王，领兵驻扎在边疆。父皇不在跟前，他就跋扈起来。在外行军，沿路见有美貌的女子，就掳去做他的姬妾。玩过三次五次，厌弃了，就丢在后帐。不久，姬妾多得连后帐都容纳不下了。他就想出一种新奇的玩法：把那班姬妾拉出帐，脱去衣服，一队一队站着，每人拿着一柄剑、一张藤牌；又另选了几队凶猛的武士，各执刀枪，逼着他们和那班姬妾厮杀。那班姬妾又羞又怕，缩作一团，任枪搠刀砍，霎时几十个娇嫩的尸体，横七竖八地躺在地上。齐王看了，拍手大笑。

齐王帐中有一个他最宠爱的妃子陈氏，是乳母陈善意的女儿。她和齐王同年，长得娇艳动人。乳母陈氏把齐王收养在家的时候，让女儿和他做伴。后来两人慢慢长大，渐渐知道那男女之事。陈氏十六岁那年，齐王瞒着乳母，早已和她偷过情了。直到生下私生子，乳母才知道。但木已成舟，乳母也就顺水推舟地答应了他们二人的事。李元吉天生好色，那陈氏又十分风骚，因此直到李元吉封王，陈氏做了贵妃，别的姬妾，早已被王爷抛弃，独对陈氏宠爱不减。她见齐王滥行淫杀，既有几分醋意，又有些不忍。一天齐王看了武士杀死姬妾后回内室，陈贵妃絮絮叨叨地说了一番劝谏的话。谁知却触动了齐王的怒气，当下也不念夫妻十余年的交情，命人把贵妃斩杀了。

乳母陈善意得知，赶来看见女儿血肉模糊，怨愤之气无处发泄，纵身上去，扭住齐王的衣领，要他赔女儿的命，哭哭啼啼，说个不停。齐王杀了陈贵妃，其实也有几分悔恨。但被陈氏说得恼羞成怒，一不做二不休，他一甩手，把乳母推到地上，喝道："拉碎了这贱人！"原来齐王府中有一种私刑，五个大力的勇士，拿绳子绑住人的手脚和脖子，每人拉住一条绳子，用力向五方扯去，那人的身躯就生生地被扯碎成五块尸肉。武士得了王爷的号令，如法炮制，活活地把乳母的身子拉碎。齐王吩咐把她母女二人的尸身都扔到深谷里。从此以后，李元吉无论怎么淫凶残恶，也没人敢说一个字了。直到他回洛阳，在京师建立了王府，回想起从前乳母的收养之恩，就替她建立祠堂，封她为慈训夫人。他住在京师，仗着太子的威势，父皇和二哥李世民又不常在京师，胆子越闹越大了。

建成太子，整天在皇宫里鬼混。宫女们略有姿色的，没有一个能逃过太子的手。后来，他和张、尹两妃私通以后，更是明目张胆，公然在宫廷留宿。李元吉见了，也不论青天白日，还是夜静更深，闯进人家的内宅闺房，见有年轻的女眷，就随意奸污，放胆调笑。他常常随身带着二十个勇士，闯进了人家家里，分几个把守大门，又分几个把这家的父兄捆绑起来，然后大模大样地直入闺榻，尽情取乐。事过以后，一哄而散。受他污辱的人家，打听他是四王爷，又有当朝太子撑腰，哪里敢喊冤枉。有几个不识时务的，气愤不过，告到当堂。地方官不敢收受状子，一个转眼，那告状人的全家老小，都被齐王命人杀得一个不留。

齐王最欢喜打猎，他经常带着鹰犬和一大队弓箭手，坐着三四十辆猎车，在大街上扬长而过，把路上的百姓，吓得心惊肉跳，躲都躲不及。到了乡间，把好好的田稻，践踏得东倒西歪；好好的民房，推得墙坍壁倒。手下的兵丁，要讨主子的好，也不管家禽家畜，全部弄来，献到齐王马前讨赏。临走的时候，又把乡下人家储藏着的鱼肉果菜，吃得干干净净，弄得十室九空，男啼女号。因此齐王出去打一次猎，就得糟蹋一个地方。

当时有一位大臣歆骤，见元吉如此胡作妄为，亲自到王府恳切劝谏他要爱民。李元吉听了，只冷笑几声，说道："我不知道什么叫做爱民，我只知道打猎寻乐。我不但要猎兽，还要请歆大夫看我猎人呢！"歆骤问："殿下怎么猎人？"元吉当即命弓箭手驾着车子，自己拉歆骤坐在车上。那车子向闹街上驰去，元吉喝一声"放箭"，顿时箭如飞蝗，向人群中射去。吓得百姓四散奔逃，躲闪不及的，就被流矢射死了。歆骤坐在车上，遮住眼睛，不忍再看。李元吉看了，却拍手大乐，直到兴尽了才回府。京师的百姓，吓得都不敢再到街上走了。

这年唐皇从高陵狩猎回来，秦王和歆骤奏诉李建成和李元吉的跋扈情形。唐皇把他们召进宫，见二人十分恭顺，不像什么凶恶的人。唐皇最信任中书令封德彝，又把封德彝传进宫查问，封德彝早已受了李建成、李元吉的贿赂，自然竭力替他二人辩解。唐皇就疑心他们弟兄不和，为了让他们兄弟和睦，就下旨令秦王搬进西宫承乾殿，李元吉搬进武德殿，太子住在上台东宫。三处相离很近，唐皇原本希望他们弟兄三人朝夕见面，能相互亲热起来。李元吉和李建成防备秦王的心思很深，宫中弟兄来往，都带着弓刀，一言不合，两处的侍卫就要厮杀。李建成私下在外面招募了两千骁勇和恶少，驻扎在左右长林门，称为长林兵；又令左虞侯可达志，在幽州招募三百突厥兵，悄悄带进宫去埋伏着。两路伏兵，约在半夜时分举事。却被歆骤觉察，于是他悄悄地去跟唐皇告密。唐皇亲自入宫一搜，果然搜出许多兵士。追问情由，李建成和李元吉你推我诿。唐皇也不忍穷追，就把可达志刺配了事。

第二天，正是唐皇万寿之期。唐皇在太和宫设下筵宴，把自己宠爱的二十多个妃嫔，二十多个王子，邀到宫中饮酒，庆贺千秋。大家正在吹呼畅饮，独秦王世民坐在一隅，垂头丧气，郁郁不乐。唐皇招呼他饮酒，他一手举着酒杯，掉下两行眼泪。席上的人看了诧异不已，唐皇也连连追问。秦王呜咽得说不出话来，急忙放下酒杯，转身逃出宫去了，把一场饮宴，弄得不欢而散。那班妃嫔都在唐皇跟前说秦王的坏话，张贵妃说道："如今海内升平，陛下春秋已高，正当及时行乐。秦王胆敢对着陛下哭泣，可见他心中怨恨陛下很深，对妾等更是厌恶。陛下他日万岁后，秦王得志，妾等就死无葬身之地了！幸亏太子慈爱，他日必能保全妾辈。"说着，众妃嫔都悲咽起来。唐皇急忙用好言抚慰。隔了几天，唐皇把秦王叫进宫，问他为什么当筵涕泣。李世民想到生母没有来得及见父皇坐拥天下，所以悲不自禁。唐皇听了，心中还是不乐。因张贵妃说太子慈爱，就格外信任太子。从此宫中一切要事，统统交给太子。太子和妃嫔们连成一气，在宫中什么奸恶邪僻的事都做得出来。

这时唐皇又出巡到鄠县甘谷，建成太子整天迷恋宫中。许多妃嫔，伴着太子饮酒作乐，不分昼夜。正快活的时候，忽然在宫中遇到千娇百媚的彭将军夫人，把这风流太子的魂灵给勾出了宫。李建成也知道这位彭将军不好惹，但彭夫人这种美色，真是天上人间，国色无双。心想即使为她送了性命，也是甘心的。太子府中的杨大夫，足智多谋，专替太子在背后谋划些阴谋诡秘的事。太子回府和杨大夫商量。杨大夫眉头一皱，计上心来，教给太子一条计。太子听了大喜，就在府中，另辟一间秘密精室，收拾得绵衾绣幕。

半夜时分，派府中一个侠客，悄悄飞檐走壁，偷偷潜进将军府。这时彭将军正随秦王出征在外，彭夫人绣衾独拥，正蒙蒙眬眬地睡着。忽觉罗帐外有个人影闪动，彭夫人惊醒过来，正要出声，鼻管中只觉一缕香气，沁人心脾，就模模糊糊地开不得口了。那侠客见彭夫人让蒙汗药迷倒了，就轻轻地把彭夫人的娇躯，从被窝中抱起。随手拉过一幅绵被裹上，从楼窗口跳出去，送进密室。太子接着，拥进销金帐，见彭夫人星眸微启，云髻半偏，粉颊红润，珠唇含笑，禁不住连连在粉窝儿上吻了几下。等到揭开绣衾一看，真是肤如凝脂，腰如弱柳。太子痴痴地抚摸着，一时爱也爱不过来，趁夫人半睡的时候，搂抱着轻薄了一回。然后依旧交给侠客，悄悄地抱着，送回将军府。这样神不知鬼不觉的，暗去明来好几次，将军府中上上下下的人，一个也不知道。就是这位彭夫人，几次遭太子污辱了以后，心中也恍恍惚惚的，还以为是狐鬼作祟。于是她吩咐府中的仆人，请了几位高僧，到府中大做法事。

·玄武门之变·

太子用尽心计，奸污了彭将军夫人的身体，总算如了他的心愿。但是每次销魂，总是在美人沉睡的时候，总觉有些美中不足。在太子看来，凡与女子通奸，为难的只是第一次。如今和彭夫人肌肤之亲，也不止一次两次了。如果能在她清醒的时候，和她颦笑相对、言语相亲就好了。恰巧彭夫人家中，有高僧在那里做法事。太子就打扮得浑身风流，到彭将军府中去参拜佛事。

彭将军不在府中，彭夫人在内院，一听说太子驾到，忙走到中堂，隔着帘子迎接。太子在帘外殷勤行礼，彭夫人在帘里深深回礼。太子说："我和夫人在宫中一天也见过几回面，隔着一层帘子，模模糊糊的，不好说话。夫人还是撤去帘子吧！"彭夫人心想，在宫中也曾见过几面，如今相见，也不必遮掩。当下命丫鬟撤去帘子。太子见彭夫人仪态万方、富丽无比，魂都飞了。彭夫人见太子两眼一直盯着自己，觉得不好意思，低下头说道："千岁请到外边书房坐。"当下就有府中的参军，上来领着太子从外宅院绕过花园，走进书房。

太子见不能和彭夫人亲近，就心生一计，说："今天到府上，一是拜佛，二是张贵妃有几句心腹话，托自己传说夫人。快请夫人出来说话。"参军又急急忙忙地跑到内院，把太子的话说了。彭夫人轻易不出中门，听了这话，心中踌躇起来。又想太子是奉贵妃之命来传话的，况且这位太子性格横暴，不好惹，只得硬着头皮，带着一个小丫鬟，悄悄绕到书房。

太子又传话让丫鬟留在外厢，只准彭夫人一人进去。彭夫人走进屋子，太子见了彭夫人，劈头一句就问："贵妃和夫人很知心吗？"彭夫人答说："承蒙贵妃瞧得起，一有心事，都跟妾身细聊。"太子接着又问道："那贵妃和我的一段姻缘，夫人也知道？"彭夫人不防太子问出这个话来，羞得双颊红晕，低着头说不出话来。太子这时，走进一步，挨近彭夫人说道："你可知道自己也跟贵妃走上一条路了？如今贵妃托我传话给夫人，要夫人好好地对待这个宠爱你的人。"说着伸手去拉彭夫人的纤手。彭夫人急忙缩着手，向后退去，说道："千岁放稳重些，将军知道了不好。”太子听了，哈哈笑道：“什么稳重不稳重的，夫人的肌肤我都亲过了，如今捏一捏手儿，又算什么！”说着，又要扑上前去。

彭夫人急忙缩到书架背后，随手从书架上拔下一柄宝剑，握在手中，挡住太子，厉声说道：“千岁有什么凭据，竟说出这样的轻薄话？”太子笑着说道：“夫人要向我要凭据，那很容易，只要在夫人身上找就是了。夫人左乳下面，不是有一点鲜红的小痣吗？夫人裤带头上，一头绣着鸳，一头绣着鸯，这也是我亲手替夫人松过的，这还算不上是凭据吗？”接着太子就把第一次与夫人在宫中相遇，一见魂销，回府后打发侠客，在半夜时分，跳进夫人卧室，把夫人迷倒，偷偷地送到了太子府，一任太子轻薄过后，又偷偷地送回卧房的事实一一说了出来。“和夫人肌肤之亲，也不止一次了。今天特来和夫人当面说明，求夫人以后继续这个良缘。”太子说完话，也追到书架背后去，要搂抱彭夫人。不料彭夫人叫了一声：“将军！”就把剑往脖子上一抹，鲜血溅地，美人魂散。太子一看，吓得慌忙逃了出去。

第二天，满京城传说彭将军夫人暴病身死。太子心里总觉得不安，悄悄叫来齐王李元吉，告诉他彭夫人被逼身死的事。李元吉听了，十分惊慌，说道：“彭将军是有功于国家的，况且他兵权在手，性子又烈，要是知道了这事，怕是要闹得天翻地覆了。”太子听了，也十分慌张。李元吉心生一计，说趁彭将军还没回朝，命庆州总管杨文干招募三千勇士，秘密送进京师埋伏着。彭将军回朝，没有举动就罢了；如果有什么举动，太子就可命三千勇士围攻将军府。杨文干在庆州起兵响应，声讨彭将军，还怕取不了彭将军的性命。李建成听了，连说：“好计！好计！”当即依计行事。

等到年终，唐皇从鸣犊泉罢猎回朝。彭将军带领上万兵士，沿途护送，将八千兵士驻扎在城外，带着二千兵士进城。这时秦王世民，也从蒲州回朝。半夜时分，彭将军忽然前来求见。两人来到密室，李世民见彭将军脸色不好，就问：“将军有什么心事？”彭将军冷冷地说道：“我替你李家厮杀一生，几乎送了性命。没想到你李家连我家里的一个妻小都不能容，竟然把我的妻子活活逼死。”李世民听了忙问：“怎么回事？”彭将军就把他夫人被太子威逼惨死的事，详详细细地说出来。秦王听了，也怒气满腔，说：“将军请息怒！小王明天去奏明父皇，务必请父皇废了这淫恶的太子！”彭将军拿起佩剑，把剑折成两段，说道：“不废了这淫恶太子，有如此剑。”接着两人又谈了会话，彭将军才告辞回家。

第二天李世民独自一人进宫，在便殿中参见父皇，正要奏说太子的事。忽然杜凤送进奏本，上面说庆州总管杨文干，起兵谋反，带领五万人马，直扑京师。唐皇急忙把奏本传与李世民，李世民正要看，又见黄门跑进来奏说：“不知哪里来的一支兵马，围攻彭将军府，彭将军已被乱兵杀死。现在乱兵正围攻太和宫，说要捉拿秦王。”唐皇听了，也不禁慌张起来。李世民知道是太子闹事，奏说：“此事只有太子知道，父皇速传太子进宫。”唐皇也有几分明白了，随即下诏召太子进宫。

太子正和李元吉在府中调兵遣将，见宫中传出圣旨，索性带着齐府里的两千勇士，要冲进宫杀了李世民。正出府上马，詹事主簿赵弘智，上前把太子的马扣住，再三劝谏。又说皇上待千岁不薄，千万不可惊坏了万岁圣驾。太子这才依着赵弘智的话，带了几个随身卫士进宫请罪。只见唐皇满面怒容，他弟弟秦王，也愤愤地站在一旁，李建成不由得跪倒在父皇跟前谢罪。宫门外兵士喊杀的声音，一阵比一阵高。秦王也由不得跪在地下，求父皇杀死自己，平了宫外兵士的怒气。唐皇看着他们兄弟二人，并肩跪在殿下，心中也有几分不忍。就命黄门官把他们兄弟二人扶起，自己带着太子和秦王二人，从后宫溜出，逃到南山离宫。并传旨，命魏征速平京师叛兵。彭将军留下的两千兵士，要替主帅报仇，就帮着魏征在宫门外杀贼。一直杀到天明，才把那班叛徒杀退。宫门外杀得尸横遍野，血流成渠。魏征一面派人打扫宫廷，一面率领满朝文武，到南山请唐皇回宫。

唐皇才回到宫中，就有紧急文书送来说：“杨文干已经攻陷宁州。”唐皇听了大惊失色，说：“宁州离京师不远，谁去抗敌？”话刚说完，秦王就奏称：“孩儿愿去。”唐皇把李世民传上殿，附耳说道：“这事牵涉到建成，只怕响应的，不只是文干一人，你这次去要好自为之。事成的话，朕就封你为太子，封建成为蜀王。蜀地狭小，不足为患，万一有变，你要消灭也很容易。”秦王当即磕头，领旨前去。带领十万人马，浩浩荡荡，杀奔宁州。谁知杨文干手下的兵士，听说秦王兵到，就在半夜时分，杀死了杨文干，把首级献进秦王营中。秦王就分一半兵士，驻扎在宁州一带，自己带了杨文干的首级回朝。

秦王以为这次进宫见了父皇，太子的位置，就是他的了。谁知唐皇见了李世民，只说了几句安慰的话，却绝口不提废立太子的事。出宫一打听，才知道他带兵在外的时候，那班宫中妃嫔和齐王李元吉，都替李建成说好话。李建成又求封德彝奏谏唐皇，说国家不可轻易废立太子。唐皇被他们你一句，我一句，说得没了主意，就下诏，赦免了李建成，让他留守东京。又怕秦王和太子的越闹越糟，又嘱咐封德彝陪着秦王、齐王两人，到太子府中会面。

李建成留二位弟弟在府中宴饮。李元吉衣袋里带有毒药，乘秦王不留神的时候，用指甲把毒药弹入秦王的酒杯。秦王喝下肚去，霎时绞痛起来，立刻吐出一口鲜血，晕倒在椅子上，不省人事。淮安王李神通，也在一旁陪饮，忙扶着秦王回府，请来大夫。幸亏中毒尚浅，保住了性命。秦王病了三个月，身体才恢复。事情传到宫中，唐皇说是秦王府中的奴仆不小心，把秦王亲近的奴仆，都拿去问罪。又下诏，说秦王不能饮酒，以后不可夜间聚饮。

又隔了几天，唐皇特意把秦王传进宫，在密室里对李世民说道："朕自晋阳起义，平定天下，都是靠你拼杀。当时朕要让你正位东宫，你极力推辞，因此立了建成。如今太子已立多年，废了太子，不但朕心不忍，还会使得你们兄弟仇恨更深。你们如果都不肯退让，又同在京师，变乱只怕会更多。朕想让你回洛阳旧都，自陕以东都划给你，也准许你建天子旌旗，你看怎么样？"秦王听了，不禁落泪，当即叩头谢恩。又奏称："远离膝下，非臣儿所愿。"唐皇再三开导，秦王总是不肯奉诏。

消息传到东宫耳中，忙和李元吉等人商议。李元吉说："父皇对太子已有疑心，我们应该先发制人。"接着边关来报，说突厥兵势浩大，杀近边关。李建成于是进宫，保举李元吉统兵北讨。这是他们二人商量下来的计策，让李元吉借着征伐突厥的名，带着大军，出了京城，就把京师围困起来，指名要捉拿秦王，一天不杀秦王，就一天不解围。那时太子在城内响应，内外夹攻，还怕取不了秦王的性命？

谁知太子的一番计谋，早被秦王身边的人识破。当时秦王府中长孙无忌、房玄龄、杜如晦、尉迟敬德、侯君集，这班谋臣勇士，齐集秦王府中。房、杜两人，那年得罪了尹淑妃的父亲，被唐皇革职，逐出京师。秦王悄悄把他们接进府，暗地里运谋定计。众人劝秦王，说事情危迫，主公也顾不了弟兄的情义了，还是快点进宫去求万岁做主。李世民听了，心中也慌张起来，于是立刻悄悄从后门进宫。

这时已是黄昏，宫中灯火齐明，唐皇正在后宫进膳。黄门官报说秦王有要事求见，唐皇急忙把秦王传进来。秦王一见了父皇，忙跪倒在地，满面流着泪，口称："父皇快救臣儿的性命！"唐皇忙退去左右，把秦王唤到跟前问话。秦王劈头一句，就问："父皇是不是下旨让元吉征讨突厥？"唐皇说道："这事朕已准了太子的奏本，明天一早就下旨。"秦王急忙说道："父皇如果爱怜臣儿的性命，万万不能下这道圣旨。"接着又把太子和元吉二人反叛的计策奏明。索性又把太子历来私通宫闱，强奸民妇，作践百姓，淫逼官妻的种种劣迹，说了出来。又说臣儿如有半句虚言，就天诛地灭。唐皇听了，气得咆哮如雷，当晚就要把建成、元吉二人，传进宫问罪。李世民又奏说："太子党羽很多，仓促之间，只怕会激成祸变。等臣儿出宫召集兵士，保护宫廷，再传太子也不迟。”

秦王退出宫，悄悄召集兵马，在宫门外埋伏着；又令府中参军，带一队人马，在太子府门外伺探着，如果有人出入，就悄悄把他擒住，不要惊动了太子。果然不出秦王所料，这晚秦王在宫中和唐皇说的话，早有小黄门偷听了去告诉了张贵妃，张贵妃连夜打发黄门官到太子府中报信。那黄门官才走到太子府门口，就被埋伏着的兵士擒住，连夜送入秦王府中。秦王严刑拷问，那黄门官就把太子与妃嫔们通奸、谋害秦王等事一一招认。

第二天一大早，秦王就骑着马，带着三十个勇士，到玄武门巡察了一周，见人马在宫墙外驻扎得十分严密，就进宫候着。过了一会儿，圣旨下来，传裴寂、萧瑀、陈叔达、封德彝、宇文士及、窦诞、颜师古等文武大臣进宫。最后又下旨传太子建成和齐王元吉。唐皇驾临临湖殿，李建成和李元吉两人，奉了圣旨，各自乘马，随身带了十二名勇士，到临湖殿朝见父皇。二人才走到朝门，就有御林军冲上前，把十二个勇士扣在门外，说：“万岁有旨，太子入朝，不得随带护卫。”李元吉心中不免疑惑。

两人骑着马，进了宫门，在甬道上走着。李元吉留心一看，见两旁埋伏着兵士。走到殿门口，守门兵士，喝令他们下马。李建成正要下马，李元吉上去使了一个眼色，李建成心中也疑惑起来。只听到殿上一声传唤，快宣太子和齐王上殿。李元吉心知不妙，连忙拨转马头，向门外逃去。太子见李元吉逃出宫门，也转身拍马，从甬道上逃向朝门外。正逃时，忽听身后秦王喝道：“建成站住，父皇有旨。”接着耳旁呼呼地飞过三支箭，最后一支射中了太子，李建成喊了一声“哎哟！”就撞下马死了。秦王骑上太子的马，急忙到宫门外去追李元吉。李元吉转过身来，张弓搭箭，嗖嗖嗖的三支箭，朝秦王射来。秦王一低头，避过箭锋，依旧拍马追着。忽然前面冲出一个尉迟敬德，手起刀落，把李元吉砍死马下。

二人见除了大害，就并马回朝。忽然听到玄武门上，鼓声如雷。很快有人飞马来报，说太子手下的两千兵马，正在围攻玄武门。秦王听了，急忙把手中枪一举，宫内伏兵齐起，跟着秦王到玄武门杀贼。顿时喊声如雷，箭如飞蝗。有几支箭落到唐皇的御座前，裴寂急忙保护唐皇退入后殿。萧瑀和陈叔达二人，急忙到唐皇跟前跪奏道：“秦王功盖天下，内外归心，应当立秦王为太子，将军国大事交秦王，陛下也可卸下重负。”唐皇听了说道：“朕一直都想立秦王为太子。”随即草诏命尉迟敬德捧着诏书，到玄武门城楼上，高声宣读，说李建成已死，立李世民为太子。那班叛兵，听说李建成已死，都没了斗志，各自四散逃窜。

李世民回宫，哭倒在唐皇脚下，唐皇好言抚慰他。从此李世民做了皇太子，移居东宫。李世民又替李建成、李元吉二人发丧。灵柩过宣秋门时，唐皇亲自带着二人的旧臣，在柩前哭得十分伤心。李世民上去把父皇扶进宫，唐皇从此精神恍惚，心中郁郁不乐。不久下诏传位给太子，称太宗皇帝，改年号为贞观。太上皇移居大安宫。

太宗即位，立妃长孙氏为皇后。封房玄龄为中书令，萧瑀为尚书左仆射，宇文士及、封德彝、杜如晦，都得了高官。贞观九年，太上皇在垂拱殿崩逝，庙号高祖。太宗皇帝把从前高祖宠幸的妃嫔，都迁入别宫，又放三千宫女出宫。张、尹二妃和李建成、李元吉二人，内外行奸，陷害太宗，太宗心中时刻不忘。只因张贵妃的儿子酆悼王李元亨，尹淑妃的儿子周王李元方，都还年幼，太宗很是爱怜，就不忍杀了他们的母亲。

·齐王遗孤·

李元亨、李元方兄弟二人，自幼和太宗十分亲近，太宗也很爱怜弱弟。但自从李世民即了皇位以后，张、尹二妃退到别宫，爱子心切，担心儿子受太宗的欺凌，就和郭婕妤商议。郭婕妤自高祖临幸以后，生下徐康王李元礼。李元礼已有四十八岁，生性持重，太宗很是看重他。张、尹二妃想把李元亨、李元方兄弟二人，寄养在徐康王府中，请李元礼代为保护。

李元礼有一个不成材的儿子李茂，受封为淮南王。他是李元礼的长子，早已另立府第。淮南王常来徐康王府，和李元亨、李元方二人有时骑马，有时射箭，有时蹴鞠。李元亨、李元方二人，也渐渐跟着淮南王学坏了。兄弟三人在府中，常常瞒着徐康王，和那班年轻的姬妾们通奸。姬妾们见他们年轻英俊，也把伦常大礼丢在脑后。日子久了，淮南王渐渐地和徐康王府上的赵姬勾搭上了。赵姬生有倾国倾城的姿色，是徐康王新纳进府来的。赵姬和淮南王两人，一见倾心，背着人偷偷摸摸，只有徐康王一个人被蒙在鼓里。李元亨、李元方弟兄们见了，也不避忌，常在一起调笑取乐。渐渐的，李建成的几个儿子，安陆王李承道、河东王李承德、武安王李承训、汝南王李承明、钜鹿王李承义，也常常到徐康王的府中鬼混。

盛夏的一天，徐康王午睡醒了，独自一人到花园中纳凉。突然瞥见大花厅上，这班王爷，每人拥着一个府中的姬妾，在那里调笑戏弄。最扎眼的是，他儿子淮南王怀中抱着的竟是他最宠爱的赵姬。徐康王大喝一声，这群男女各自抱头逃窜，只有淮南王站着不动。徐康王抡起拳头，要打淮南王。淮南王顺手把他父亲一推，徐康王一个站不住，跌到地上，被椅子绊住了脚，额角碰在了柱子上。徐康王又气又痛，晕厥过去。等到清醒过来，见自己睡在床席上，屋子里静悄悄的没一个人。徐康王口干舌燥，想要喝杯水，喊了半天都没人进来。自己挣扎着起来，突然头昏，又倒了下去。过了很久，醒来已是半夜，一阵阵男女欢笑的声音传来，徐康王留神一听，正是淮南王和赵姬在那里做无耻的勾当。一个气不顺，又昏昏沉沉了。

好不容易，挨到天明，一个小奴婢走了进来。徐康王叫住她，倒一杯水喝下，又命她把淮南王叫来。眼巴巴地望了半天，才见淮南王走进屋子，远远地站着。徐康王颤着声说道："看在我们父子一场的情分上，我病成这样，你也该叫个医官来给我医治医治。"淮南王听了，冷冷说道："你做王爷做了五十年了，也该心满意足了，还医治什么，老而不死，叫人看了讨厌！"一句话气得徐康王哇地吐出一口血来，晕厥过去。从此徐康王躺在床上，奄奄一息，也没人照料。淮南王依旧和李元亨、李元方、李承德、李承道这几个荒淫的弟兄，在府中和姬妾寻欢作乐。徐康王熬到第八天，活活地饿死了。

消息传到太宗那里，他十分震怒。当即派司徒校尉，带领御林军，闯入徐康王府，把一群王爷捆绑进宫。太宗皇帝亲自审问，淮南王无可抵赖，只好一一招认。太宗吩咐打入西牢，第二天圣旨下来，把淮南王充军振州。李元亨、李元方，年幼无知，永远监禁西牢。安陆王李承道、河东王李承德、武安王李承训、汝南王李承明、钜鹿王李承义五人，既是叛逆之子，又做出荒淫乱伦的事，二罪并罚，由司徒校尉押赴南郊斩首。宇文士及进宫奏说："陛下杀了建成之子，元吉之子心中不安，只怕也会做出叛乱的事，不如斩草除根，趁此把元吉的儿子也一并斩首，免了后患。"太宗准奏，命人把梁郡王李承业、渔阳王李承鸾、普安王李承奖、江夏王李承裕、义阳王李承度，绑赴校场行刑。这时侯君集又列出一张东宫余党的名单，有一百多人，奏请太宗按名捕抓。尉迟敬德当殿竭力劝阻说："罪魁只有两人，现在连他们的后嗣都诛灭，不应当再株连其他人；一再追究，反而会激成祸乱。"太宗皇帝于是下诏大赦，东宫余党里有才学的，就给他们加官晋爵。只有旧太子洗马魏征，不肯受官。

魏征是唐朝有名的忠义之臣，见高祖或太子有过失，就尽言极谏。高祖和太子被他说得恼羞成怒，要下诏杀他，他毫不畏缩，依旧劝谏不止。因此高祖在时，见了魏征，也有几分畏忌。后来做了建成太子的洗马，见世民功高势盛，有压倒东宫之势，暗暗劝建成太子早点下手，除去李世民，免了日后之患。后来建成太子死在太宗手里，魏征就逃回家乡，隐居不仕。太宗皇帝却派人四处寻访，要把魏征找来。

魏征入朝，见了太宗，长揖不拜。太宗呵斥道："你为什么在先太子跟前，说寡人是奸险之徒，离间我们兄弟？"魏征听了，冷笑一声说："先太子如果听了臣的话，就不会身死子灭了。先太子秉性拙直，比不上陛下会逢迎取巧，笼络人心。然而直者为君子，巧者为小人。”太宗见魏征说他是小人，勃然大怒道：“你说寡人逢迎取巧，有什么证据，快快说来？如果有半点不实，休怪寡人无情。”魏征不慌不忙说：“陛下杀死先太子以后，深怕太上皇加罪，陛下在延德宫见太上皇之时，正是盛暑，太上皇坐在东轩，坦胸纳凉。陛下跪在太上皇膝前，太上皇只说了一句：‘骨肉相残，可恨可悲！’陛下无言以对，只是用嘴吮着太上皇的乳头，假装悲戚，这就是逢迎。陛下还记得吗？”魏征话刚说完，宇文士及接道：“魏征不得无礼！先太子无道，已经被诛。陛下圣明，谁不敬服？”魏征大声说：“臣不过是为先太子分辩了几句，怎么就是无礼了呢？”太宗见魏征刚直不屈，心里敬重，于是转怒为喜，下旨封魏征为谏议大夫，并说：“以后朕有什么不当的地方，你尽可进谏。”

这时，侯君集进宫求见。太宗在书房召见他，问：“有什么要事？”侯君集当即献上一封密信，太宗一看，原来是庐江王李瑗写给先太子李建成的密信。信里唆使李建成、李元吉二人，谋害太宗。太宗看了大怒道：“此人不可不除。”侯君集奏说：“陛下不如派人悄悄把庐江王叫进京，再明正其罪。”太宗于是令通事舍人崔敦礼，捧着诏书到幽州，传庐江王入朝商议要事。庐江王做了亏心事，心中不安。他一面安置崔敦礼，一面退入府中，召王将军进府商议。庐江王李瑗，是高祖的堂弟、太宗的堂叔。以前曾奉高祖之命，与赵郡王孝恭，合力征讨萧铣。高祖改任李瑗为幽州都督，又担心他不能胜任，特令右领军将军王君廓助他守护城池。王君廓原本是一名大盗，勇猛绝伦，投降唐朝以后，颇有战功。庐江王把他当做心腹，把妹妹嫁给了王将军。从此庐江王有什么事，都要和王将军商议。

庐江王见太宗召他入朝，就把王将军叫来府上商量。庐江王因为以前自己反对太宗，还和先太子谋害太宗。见太宗忽然来召，害怕太宗重翻旧案。王将军听了庐江王的话，心中忽然变了主意，当即说道：“当今皇上，圣心难测。大王身为国家宗亲，受命守边，拥兵十万，万万不能轻易入朝。大王如果决意入朝，只怕不能免祸。”庐江王听了王将军的话，愤然道：“事已至此，我也不能坐以待毙，我计已决。”当即传命，把崔敦礼拘禁起来，起兵为先太子报仇。然后召北燕州刺史王诜合兵，共同主持军事。

兵曹参军王利涉劝谏道：“大王没有奉诏敕，擅自发兵，就是造反。各刺史如果不遵王令，大王恐怕很快就会被害。臣有一计，窦建德以前的部下都是山东豪杰，现在都削职为民。大王传檄山东，答应恢复他们旧职，他们必定愿意为大王效命。然后再命王诜联合突厥，大王亲率大兵，直驱关内。两边合力，不出数月，就能夺取中原了。”庐江王听了，高兴不已！

当即与王君廓商议。王将军道：“大王已经拘禁了朝使，朝廷很快就会发兵，而大王现在还没有传檄山东、联合突厥。臣认为应该乘朝廷大军还没到，立即出兵西攻，乘其不备，或许可以成功。末将愿率一旅之师，做大王的前驱。”庐江王听了王将军的话，信以为真，道：“我把性命托付给你了，内外各兵，都交给你调度。”当即将兵符、印信交给王将军。王将军接了印信，匆匆出府。

王利涉得知，急忙赶进王府，对庐江王说道：“王将军性情反复，很不可靠，大王应将兵权交给王诜，不可委托王将军。”庐江王听了，心中正在疑惑。忽然有人来报，说王将军调动大军，已将王诜杀死。庐江王顿足叹息，连说：“我中了奸计。”正慌张间，又有人进来说：“朝使崔敦礼，已被君廓放出，满城贴着告示，说庐江王谋反，要进府擒捉大王呢。”庐江王听了，吓得魂不附体，回头找王利涉，已经不见了。庐江王想自己与王将军是郎舅至亲，王将军绝不会这么狠心。于是披甲上马，带领数百亲兵，奔出王府，在府门口就遇到了王将军。庐江王正要开口，王将军忽然大声向众兵士说道：“李瑗与王诜谋反，犯下滔天大罪。现在王诜已经伏诛，你们不想受牵连的话，就赶紧散了。”话声刚落，数百亲兵全都散了，只留下庐江王一人一骑。庐江王转身想逃，王将军大喝：“快把这反贼拉下马。”众兵士立即上前，团团围住庐江王，十多个人上去，把庐江王横拖竖拉地拽了下来，反绑着带进王君廓的营中。王君廓高坐帐上，庐江王骂不绝口。王将军一言不发，吩咐把庐江王在帐前绞死，割下首级，交给崔敦礼带回京师。

太宗下旨，废庐江王为庶人，升王君廓为幽州都督。谏议大夫魏征得知，十分不安，就去朝见太宗，说先太子刚死，人心不定，朝廷不应再株连他人。太宗准奏，令魏征去山东抚慰民心。魏征奉了圣旨，向山东进发，在半路上遇到先太子千牛官李志安、先齐王护军官李思行二人。他们二人被地方官抓住，关入囚笼，押往京师。李志安和李思行二人，在路上看见魏征，就在囚笼中大声呼救。魏征忙吩咐留下二人，对押解官说道：“皇上有诏，所有前东宫齐府的余党，概不过问。”当即把二李放了，自己写了一道奏本，交押解官送到京师。太宗一面传旨嘉奖魏征；一面再降谕旨，说与东宫、齐府及庐江王相关的人，一概不再问罪。

魏征到山东巡查，行辕驻扎在草桥驿。草桥驿是个荒凉的地方，只住了二三十家村人农户。魏征来到这地方，本想探访民间疾苦。忽然看见差官从门外揪进来一个乡妇，这乡妇手中抱着一个才吃乳的孩子。差官手中捧着一袭衮衣，呈给魏征。魏征细细翻看，见衣领后面，有“齐王府督造”几个字。魏征问差官：“衮衣从哪里拿来的？”差官指着那乡妇说道：“小人早上经过这乡妇的家门口，看见她家屋檐下晒着这件衮衣。衮衣只有京师王府才有，乡间怎么会有？小人当即进门查问，果然衣领上有‘齐王府督造’字样。小人追问这乡妇是什么人，丈夫是做什么的，衮衣是从哪里得来的？这乡妇见小人查问，十分慌张。小人再三追问，她总是不肯回答。正在这时候，隔壁房里有小孩哭起来。这妇人听到小孩哭，更加惊慌，三脚两步，跑到隔壁去了。小人在外房等着她，半天不见妇人出来，小人就隔着门缝往里边看，见这妇人手中抱着孩子，手忙脚乱的，要把孩子藏起来。小人心中疑惑，就进去抢过孩子，又查问她孩子是不是她亲生的，丈夫在哪里？这妇人说这孩子不是她亲生的，她也没有丈夫。小人见案情离奇，就把带她进府，求大人亲自审问。”那差官说完话，后退几步站着。

魏征见这乡妇，虽然乱头粗服，但皮肤白净、眉目秀丽，绝对不是乡间女子。魏征心知有异，当即喝退左右，把这女子带进内书房，和颜悦色地探问她小孩和衮衣的来处。魏征又说自己是皇帝派下来的宣慰使，一切事情都可以做主，从前做过太子洗马，凡有与先太子有关的案件，总会帮着的。那妇人听到这句话，才慢慢说："婢子原来是齐王府里的，杨妃身边的侍女，名叫采苹。这孩子是杨妃生的，是齐王的血统。他生下地，不到三个月，就发生大祸了！杨妃当晚打发了一个内官，拿了路费，保护着婢子，带了这小孩，逃到山东，假扮乡妇，在草桥驿住下。这件衮衣，是杨妃当时交给婢子，裹着小王子的身体拿出来的。那时杨妃还说：‘上天如果见怜，让我们母子有重见之日，就拿这件衮衣为证。’因此婢子不敢丢了衮衣。这里偏僻，婢子一时胆大，就拿出衮衣来晒，不想被大人府中的差官看见了。现在事情已经说破，婢子罪该万死，只是当初杨妃把小王子托付婢子的时候，曾向婢子下过跪，说不论怎么千辛万苦，总要保全小王子的性命，不能绝了齐王的后代。现在婢子也给大人叩头，大人把婢子千刀万剐都可以，只求大人看在杨妃面上，保全小王子的性命吧！”这侍女说完，泪流满面，趴在地下不停地叩着头。

魏征看了，心中感动，心想：一个无知女儿，都知道忠心故主，我身为朝廷大臣，难道不能庇护一个王子？于是打定主意，将侍女和王子收养在内宅。

魏征在山东一带宣慰，直到这年冬天，才回京师。太宗准了魏征的奏章，又召还先太子党羽王珪、韦挺、杜淹，封为谏议大夫，下诏令冯翊立、薛万彻等归故里。一时人心大定，内外都安。只有府中收养着小王子的事，一时不好跟太宗说。后来打听到小王子的母亲杨妃，已被太宗收入后宫，封了淑妃，太宗正万分宠幸她。

·谁的杨妃·

长孙皇后见了杨妃，拉住她的手，再三劝慰。杨妃和长孙皇后本是亲戚，长孙皇后在秦王府的时候，杨妃也常常进府探望她。两人十分亲密，同起同坐，如同姐妹一般。那时杨妃见了秦王，也不是很避忌。秦王心中常常想，这样的绝色美人，不知道他日会落在谁手中？每次见了杨妃，总是十分殷勤。杨妃的美貌，连太宗皇帝这样的盖世英雄见了，也不得不动心。但杨妃总是凛凛不可侵犯的神色，秦王虽然十分爱慕，无奈这美人艳如桃李，冷若冰霜。她和长孙皇后说笑时，妩媚缠绵、娇憨可怜。长孙皇后十分喜欢她，常常留她说笑解闷。杨妃常对长孙皇后说自己的心事，说天下最难得的是多情人，天下富贵人最是无情。

后来杨氏被齐王李元吉娶去做妃子，长孙皇后见了面，常常笑她，说妹妹不愿失身在富贵公子手中，怎么却做了四王爷的妃子？况且这四王爷长得又丑。齐王自从得了杨妃以后，万般温柔，异常宠爱杨妃。杨妃在齐王的姬妾中，年纪最轻，样貌最美，齐王就宠以专房，从此一双两好。齐王寸步不离地守着杨妃，娶杨妃以前是个荒淫横暴的人，娶了杨妃后却变成了一个温柔多情的男子。杨妃见齐王对自己如此钟情，也心满意足，就把自己多年藏在心底的一片柔情交付给了齐王，二人相互怜爱着。谁知大祸临头，齐王被乱兵杀死。杨妃痛不欲生，打定主意寻短见。

长孙皇后听说齐王已死，太宗又要派兵到齐王府中查抄，知道杨妃和齐王正恩爱，听了这个消息，也不知道杨妃有多悲痛，又怕兵士们惊吓了她。因此连忙打发黄门官去把杨妃接进宫，好言劝慰她，又备了丰美的筵席，邀着宫中的妃嫔陪着她，劝酒压惊。那阴妃、王嫔、燕妃、韦妃、杨美人、杨婕妤，都是太宗宠爱的妃嫔，大家轮流把盏，好言相劝。其中燕妃身材娇小，说话甜甜蜜蜜的，叫人听了消愁解闷。她和杨妃格外亲热，拉着杨妃到她屋子里，同起同卧，又千言万语地劝慰她。杨妃被众妃嫔，你一言我一语地劝解着，悲伤也减了几分。见妃嫔们都和她亲近，也不好意思冷淡，总要敷衍几句，因此寻死的念头就打消了。又想自己还有个小王子流落外面，不知是生是死，自己如果寻了短见，小王子就是个无父无母的孤儿了。细细一想，只得忍住悲伤，偷生人世，以图母子再见。

她打定了主意，于是和长孙皇后说，要她住在宫中，得依她四件事：第一，是要住在另外一座宫院里，拨八名宫娥、八名小黄门服侍她；第二，是她住在宫中，起居自由，无论什么喜庆事情，都不随妃嫔朝参皇帝；第三，是要在宫院中给齐王设个灵座，准许她烧香祭拜；第四，是不论什么时候都可以出宫。长孙皇后当即与太宗皇帝商量，太宗听说杨妃肯住在宫中，就一一答应了。当时让杨妃住迎紫宫。

杨妃住在迎紫宫，淡妆素服，早晚都在齐王灵前焚香祝祷，祷告齐王的神灵，保佑小王子在外面身体康健，无灾无难，母子早日相见。太宗虽然不能和杨妃见面，但心中总是念念不忘，每天命宫娥，拿着名花异果，送进迎紫宫，供奉在齐王灵座前。杨妃跪在灵座前，代已死的齐王叩谢圣恩。每次春秋佳节，杨妃虽然不出宫朝贺，但太宗每次赏赐妃嫔花粉、珍宝，也照样赏赐一份给杨妃。杨妃得了，也不谢，只淡淡地吩咐宫娥收下。每次皇帝赏赐她的衣服珍玩，她也不看，只冷冷地丢在一旁。杨妃穿的用的，依旧是从前在齐王府穿过的几件旧衣服，用过的几件旧物，穿得破烂了，也不肯丢了。只有皇后和妃嫔送她的物件，她才肯收着。太宗皇帝叹着气说道："这才是洁身自爱而又多情的美人呢！"

杨妃在宫中住了一年多，太宗用尽心机，拿许多珍奇异宝赏给杨妃。杨妃得了赏赐，总是淡淡的，从不说一句感激的话。太宗也无可奈何，只在背地里说道："齐王一生淫暴，却还有美人替他守节，真是各有缘法，强求不得。"到了新年元旦，宫中大小妃嫔都打扮得花枝招展的，到皇帝皇后跟前朝贺。杨妃却依旧不出宫门，守着齐王的灵座，淌眼抹泪地伤心。

元宵这一天，忽然日本国派遣使臣来朝贡，有四百六十件贡品。里面有两顶鲛绡帐，是用南海鲛鱼吐的丝织成的，薄得如同蛛网一般，挂在床上，里外透明，异香扑鼻。太宗皇帝看了很喜欢，吩咐收入后宫，一顶赐给皇后，一顶却赐给杨妃。从来宫中的赏赐，没人与皇后相同。如今杨妃得了与皇后一样的鲛绡帐，宫人都替杨妃欢喜。杨妃见皇帝这样厚待自己，满面羞惭。鲛绡帐送进宫，那班宫娥都劝她挂起，说万岁爷屡次赏赐娘娘贵重物品，娘娘都不肯用。这鲛绡帐，是稀世之宝，除正宫外只赏赐娘娘一人，娘娘如果再不把这顶鲛绡帐挂起，万岁爷知道娘娘不领情，万一触怒了圣上，娘娘也没好日子过。你一句我一句的，把杨妃说得没了主意。见杨妃心思活动了，宫娥们七手八脚地替她挂起了鲛绡帐。

杨妃当初因为齐王死在太宗手里，对太宗恨之入骨。后来住在宫中，见太宗柔情蜜意地待她，任她如何冷淡，太宗总是热情似火地待她。一年来，杨妃的心慢慢软了下来。又见这位万岁爷，在齐王灵座前哭得凄凉，声声叫着皇弟。杨妃心想，没想到皇上这么重手足之情，于是又怨齐王在世时，太不顾兄弟之情，一味结党营私，和皇上作对。齐王虽说死得可怜，也是咎由自取。想到这里，悲伤渐渐化作怨恨。听说皇上宣召她去相见，就略略整理，拭去泪痕，由宫女簇拥着走到前殿。

只因杨妃声明在先，见了皇帝不朝参的。当时杨妃对太宗低了低头，太宗吩咐赐座，问：“杨妃近来身体怎么样？”杨妃答谢后，太宗接着说：“齐王在的时候，我们弟兄一起东征西杀，原本十分和睦。后来齐王受了前太子的哄骗，做出了大逆不道的事。当时朕奉了父皇之命，抓捕齐王。朕本想放他一条生路，不料被尉迟将军在乱兵中把他杀死了。朕每次想起手足之情，都十分痛心！朕这弟弟，千不该万不该做出叛逆的大事，丢了自己的性命，还害得妃子一个人冷清清地守节，孤苦半生。”杨妃回房，把太宗的话细细想了一回，越发觉得太宗是个多情天子。

说也奇怪，自从杨妃改了心思以后，每到清夜梦醒的时候，鲛绡帐里竟传来一缕一缕的幽香。杨妃看着鲛绡帐，想起太宗的恩情，心头不禁微微跳动。一个青春寡妇，良夜怀恩，旧爱新情，一齐涌上心头。在锦衾中转侧难眠。多情天子，更是怜惜她，香花、锦绣一件件地赐。杨妃一向矜持，这时也不好再拒绝，只得一件一件领受着。太宗怕杨妃深宫寂寞，又派来一队舞女，早晚歌舞，为杨妃解闷。有时太宗竟和长孙皇后，亲自到迎紫宫中，和杨妃说笑。杨妃深感皇帝的厚意，见了太宗也不像从前冷淡，也开始有说有笑了。太宗又体贴杨妃，下诏在太极殿西面造一座祠庙，供着齐王的灵座。祠庙建造得富丽堂皇，杨妃看了心中又是万分感激。

三年丧服已满，迎紫宫撤去了齐王的灵座。杨妃换上吉服，更加显得娇艳美丽。太宗皇帝越看越爱，一缕痴情缠在了迎紫宫里，有空就进宫找杨妃谈笑。杨妃受着太宗的宠爱，一寸芳心也被太宗的音容笑貌占住了。杨妃整天寂处深宫，嘴里虽不说什么，心中却念念不忘这多情天子。太宗偶然有一天不到迎紫宫，杨妃心中就好像丢了什么宝贝一般，坐不定，食无味，魂不安的。一听到宫外小黄门喝道的声音，杨妃就不自觉的柳眉轻舒，桃腮凝笑。宫中的宫娥和小黄门看了，无不抿着嘴偷笑。杨妃是奉旨不朝参皇上的，因此太宗进宫，只有宫娥出去迎接，领着太宗走进内院。只见杨妃倚在软帘下，一手抚着云鬓，含着笑，在房门口迎候着。太宗抢步上前，两人低低地说笑着，肩并着肩，走进屋里去了。随侍的宫娥见了，一齐退到廊下守候着。只听到细语声声，一缕沉烟从纱窗中轻轻地漾出来。半天过去，屋中当的一声金钟响，两个宫娥揭开绣帘，走进屋子，献上茶汤。皇上和杨妃对饮着，静坐着，直到东窗日落。杨妃再三催促，太宗才依依不舍地退出宫。

人非木石，太宗这样幽情蜜意，杨妃怎么会不感激？因此禁不住太宗的再三劝慰，到最后杨妃忍不住把自己身子给了太宗。但她要太宗给齐王发丧，把齐王改葬高陵，下诏追封齐王为海陵郡王。太宗自然答应。杨妃随即迁出宫，寄住在母家。太宗下诏，纳杨妃为淑妃，住在延庆宫。杨妃进宫这天，满朝文武，齐集太极殿朝贺。杨妃进宫，按礼朝参皇上皇后。太宗坐在殿上，见杨妃袅袅婷婷地作揖，心中忍不住万分欢悦，赏赐内外臣工、宫中妃嫔不少黄金彩缎。妃嫔得了赏，都到杨妃跟前谢恩。宫里宫外，挂着灯彩，内外通明，歌舞七天七夜不休。太宗在杨妃身上，足足下了三年的苦心，才得到杨妃的深怜热爱，看着这千娇百媚的杨妃，早已把六宫粉黛，弃如粪土。太宗每天除了坐朝，到正宫略坐一会儿，就向延庆宫一钻，千恩万爱，都给了杨妃一人。杨妃受着太宗的宠爱，不露半点轻狂，依旧很恭敬地侍奉着皇后，和气地对待宫嫔。杨妃最爱吹笙，她进宫时带了一支玉笙，低低地吹着，婉转悠扬。太宗最爱听杨妃吹笙，两人常常焚香静坐，月下听笙。选了善歌的女子，低低地和着。每到动听的时候，太宗和杨妃就相视一笑，宛若民间夫妇。

一天，正是中秋良夜，杨妃坐在太宗肩旁，对着一轮明月，吹起笙来。太宗正听得出神，杨妃忽然丢下笙，低着头在那里拭泪。太宗看了十分诧异，忙上去搂着杨妃的纤腰，温存安慰。太宗以为杨妃是见景怀人，又想念齐王了。其实杨妃心中，记挂的是她的亲生儿子，想到那孩子音信全无，不知道还在不在人世。杨妃想到这里，忍不住掉下泪来。

杨妃不知道她的心头之肉，早被丞相魏征在草桥驿找到了，连那宫女，一并收养在丞相府有两年了。这小王子虽只有四岁，在丞相府中，学说话，学礼节，有模有样的。魏征的夫人裴氏，十分宠爱这个小王子，又可怜他是一个无父的孤儿，常对魏丞相说："早早把这王子送还他母亲，让他母子早日见面。"魏丞相总摇着头说："还不是时候。"直到太宗皇帝明诏纳杨妃为淑妃后，魏丞相才吩咐把这王子送进宫。魏丞相对夫人裴氏说："以前杨妃虽在宫中，但名分未定，仍是齐王之妃。一旦忤逆了皇上，爱变成仇，不但杨妃性命不保，就是小王子，因为是齐王之子，恐怕小命更是难保。如今皇上既然明诏娶了杨妃，不说新宠恩深，皇上看在新妃子面子上，饶了这条小命，说不定爱屋及乌，皇上还多怜爱小王子呢。"裴氏听了，就上了一道奏章，请求入宫觐见新淑妃。皇上下诏，准许她三月三日入宫拜见。

裴氏得了诏书，就把小王子装扮一番，用那衮衣包裹着，让那宫女抱着他，坐着轻车进了宫。杨妃在延庆宫正屋中接见，裴氏上去行过大礼。杨妃命宫娥引着裴氏到内院坐，裴氏坐下后，就请杨妃屏退左右，说："小儿一同前来拜见，年幼怕羞，请娘娘屏去左右。"杨妃听了，吩咐屋里的宫娥，一齐退出院子。只见一个丫鬟，抱着一个小公子，走进屋来。杨妃一眼看见这丫鬟，不由得呆了。

·多情天子·

杨妃一眼认出那抱小公子的丫鬟，就是当年保护着李承忠，从齐王府中逃出去的宫女。又见裹着孩子身体的一件衣服，正是当年齐王的衮衣。见那孩子，长得白净秀美。杨妃不由得喜出望外，忙离开座，伸手把孩子抢到怀里，低声说道："我的心肝，把你娘想死了！"那宫娥跪在杨妃的膝下，把别后的情形细细说着。杨妃听了，向裴氏拜谢道："夫人如此好心，就是齐王在天之灵，也感激丞相和夫人二人。"慌得裴氏连忙还礼。杨氏依旧把小王子，交给宫女照顾。延庆宫中，亭台楼阁，花草树木，地方很大，藏着一个四岁的小孩，真是神不知鬼不觉。宫中上上下下的人，都帮着杨妃。因此太宗皇帝什么也不知道。

不料太宗皇帝和杨妃几度欢爱，就在杨妃腹中留下了一个龙种。十个月后，杨妃生下一个白白胖胖的小王子，取名李明。太宗看了，十分欢喜，更加宠幸杨妃。为讨得杨妃欢心，把这刚出生的孩子，封为曹王。乳母抱着他在宫中来来去去，都用王的仪仗，前后簇拥着。杨妃看了，自然欢喜。谁知祸不单行，福无双至。杨妃这边新生了一个王子，心中正欢喜，那边藏在宫中的小王子李承忠，忽然出了一身痘子死了。杨妃见断了齐王的种，心中痛如刀割，背地里哭了几次，瞒着太宗，悄悄地把他埋在了后园。杨妃为此时常推说有病，躲在帐中哭泣。太宗见杨妃郁郁不乐，亲自侍奉汤药，在床榻前说笑陪伴。

谁知正宫长孙皇后，这时忽然也得了重病。太医天天诊脉调治，还是没用，长孙皇后在三十六岁这年的冬天死了。太宗皇帝虽然宠爱杨妃，但和皇后是患难夫妻，皇后突然病逝，心中也万分悲痛！长孙皇后，是一个贤德的女子。她的母亲是河南洛阳人，祖宗是魏朝拓跋氏的子孙，后来是宗室的长房，所以改称长孙。皇后的父亲名晟，字季涉，在隋朝时候做左骁卫将军。唐高祖李渊的夫人窦氏，跟着丈夫征伐突厥。长孙季涉的兄长长孙炽，劝长孙季涉把女儿嫁给李世民。长孙皇后嫁到李家，做新娘才满月，就回了娘家，住在东屋。她舅父高士廉的爱妾，住在西屋，半夜时看见一匹大马，站在东屋窗外，连忙告诉高士廉。长孙季涉去卜了一卦，大吉，卜卦的人说这女子将来必定正位中宫。

这时前太子建成，正处处想法陷害太宗。长孙皇后极尽孝道，侍奉公婆，在高祖的妃嫔跟前，竭力替太宗分辩，解释嫌疑。后来太宗登位，她被立为皇后，服饰朴素。太宗虽然不喜欢，但也不能勉强她。皇后在梳头洗脸的时候，手里也捧着书不肯放。太宗有时跟皇后说起天下大事，皇后就推辞说牝鸡司晨，是国家的大忌。

太宗故意问她朝廷的事，皇后始终不肯评说。皇后的兄长长孙无忌，与太宗是患难的朋友，是唐朝的开国元勋。太宗要封无忌为丞相，和皇后商议，皇后再三劝说不可。后来生下太子李承乾，乳母请皇后增加东宫的器皿。皇后说道："太子只患无德不患无皿。"皇后病危的时候，太子请父皇大赦天下，又请僧道做法事，替皇后消除灾难。皇后说："死生有命，不是人力所能挽回。如果修福可以延寿，妾一生不作恶；如果行善没有用，我还求什么。况且赦令是国家的大事，佛老是异教，高祖都不允许，怎么能因为妾身而乱天下法？"太宗听皇后说得有理，就没有请高僧做法事。皇后平时读书，将古代妇人之事，编成《女则》，共有十篇。太宗令宫中妃嫔，人人抄读。皇后死后，葬在昭陵。

杨妃见太宗想长孙皇后想得厉害，百般劝慰，也不见他好转。于是假装嗔怒，对太宗总是冷冷的。太宗诧异起来，忙把自己的伤心丢开，温存慰问。杨妃流着泪说道："娘娘去世，万岁这么想念，全是因为娘娘在世时，贤德贞淑。贱妾命薄早寡，齐王死后，又不能矢志守节。不要说死后风光，就是活在世上，也被人轻贱。臣妾愿陛下早赐一死，免得在世上蒙羞。"几句话说得娇弱可怜，太宗皇帝不由得动了怜惜之念，忙把杨妃揽在怀里，百般劝慰。太宗实在宠爱杨妃，心想皇后去世，后位空悬，不如把杨妃升为正宫，也可博得美人欢心。当下就把这层意思对魏征说了，魏征再三争辩，说杨妃有辱妇节，陛下要为万世立法，不能让失节妇人母仪天下，使天下人笑陛下是荒淫之主。几句话说得十分严正，太宗听了，也只好死了这份心。又因杨妃常常提起齐王没有立后，就下诏把杨妃的亲子曹王李明，立为海陵郡王李元吉的嗣子，又把海陵郡王追封为巢刺王。

这时天下大旱，有十个月没下雨，京师一带田稻枯死。太宗也曾几次驾临天坛求雨，但还是不下雨。天台右丞李百药奏称因宫中阴气郁结，宫女太多，所以大旱，应放出宫女，才能降雨。于是太宗下诏，二十五岁以上的宫女可以出宫婚嫁，三千多宫女，因而被放出宫。太宗又担心有冤狱，以致天下大旱，就下诏亲御太和宫审囚。刑部尚书奉旨，就把御监内的男女犯人押进宫，听候太宗皇帝复审。

这天，宫门大开，男女囚徒，俯伏进宫，站在丹墀下。太宗升上宝座，由刑部左右仆射喝名，犯人一一上去叩见天颜。遇有可疑的，太宗就详细审问，从辰时一直审到午时，男囚已经审完，就开审女囚。第一个女囚崔氏，匍匐在龙座下面。太宗打开案卷看，见上面写着"犯妇李庶人瑗姬人崔氏"，不禁心中一动。李瑗原本是庐江王，是太宗的堂叔。庐江王谋反，事败身死，全家抄没。王妃崔氏，因太宗没有下诏处置，一直囚在御监中。太宗见了案卷，心中才想起，忙传旨令犯妇抬头。

太宗抬眼一看，不由得心中荡漾起来。太宗心想崔氏是他的叔母，年纪应该已经半老，在狱中幽禁多年，必定憔悴不堪了。等到向崔氏脸上一望，见她丰容盛鬋、眉弯呈秀、唇小含珠，竟是一个少年美妇。太宗忙下旨说："崔氏是宗室犯妇，不应当堂对质。"吩咐快送进后宫，由宫娥看守，自己也退朝回宫。

挨到黄昏，太宗就在宣华宫中传崔氏进宫问话。崔氏何等聪明，她见太宗把她送入后官，知道皇上已动了怜惜之念，进宫后就沐浴熏香，百般装扮。太宗这时微闻香泽，灯下一看，更加觉得崔氏明媚动人。崔氏见了太宗，就在太宗膝前跪倒。太宗问她年纪，崔氏低声回奏说："二十六岁。"又问她在狱中待了多久，回答说："三年。"太宗再问，她总是嘤嘤哭泣，一句也不答。太宗问得急了，她只说薄命女子，求皇上开恩，早赐一死！听她声音娇脆如同笙簧，如此美人，太宗哪里还忍心审问。当时就斥退侍卫，亲自上去扶起崔氏，说："三年牢狱，委屈美人了！"崔氏奏说："妾身原本是士人黄源的妻子，被庐江王在路上劫了去，奸占了妾身，还把妾身的前夫杀死。如今妾身因庐江王之事，无辜受了三年牢狱之苦，妾身好苦命啊！"那崔氏说着，又哽咽起来。太宗上去，亲自用袍袖替崔氏拭泪，好言劝慰。崔氏并不闪避，任太宗抚弄。太宗笑道："朕初认美人是朕的叔母，心中正恨缘分浅薄。如今听美人说，原本是黄氏之妇，朕如今封美人为德妃，想来也不会妨碍朕与庐江王叔侄的名分了。"崔氏听了，忙跪下谢恩。这一夜，崔氏就伴着太宗，留宿在宣华宫。第三天太宗下诏，册立崔氏为德妃，在宣华宫中居住。

崔氏生性十分放荡，太宗迷恋着她，一连五天不去坐朝。魏征、房玄龄、杜如晦等大臣，相继劝谏，太宗却置之不理。后来还是杨妃劝谏说："陛下不宜因私废公。"太宗才勉强坐朝，不一会儿就退朝回宫，钻到宣华宫中，不肯离崔氏一步。朝廷大臣，有要事要面见圣上的，太宗就把大臣召进宣华宫。君臣谈论时，那崔氏也寸步不离地随侍在皇帝身后。那班大臣见了崔氏，免不得要行个臣礼。崔氏很是欢喜，常常拿珍玩赏赐大臣。趋炎附势的臣子，都赶着到崔妃那里孝敬财物。杨妃宫中，渐渐冷寂下来。

谏议大夫王珪，为人忠直，见人有过失，就尽言极谏。太宗也很敬重他，杨妃见太宗如此迷恋崔妃，怕误了国家大事，就和王珪商议，让他劝谏主上。王珪受了杨妃之托，就进宣华宫，朝见皇上。太宗和王珪谈论国家大事，崔妃也随侍身旁。君臣二人谈完了正事，王珪故意指着崔妃说道："这人是谁？"太宗说："是朕新立的德妃崔氏。"王珪故作诧异说道："臣听民间传说主上新册立的妃子，是庐江王的故妃，名义上和万岁有侄婶之称呢。"太宗忙分辩道："朕新纳的妃子，原本是士人黄源的妻子，被庐江王杀死了丈夫，霸占了。朕娶黄家的寡妇，没有什么名分之嫌。”说着，又叹了一口气道：“庐江王杀了人的丈夫，然后纳娶其妻，如此荒淫，实在是自招灭亡！”王珪正色说道：“陛下认为庐江王的行为好还是不好？”太宗诧异道：“杀人丈夫然后霸占他的妻子，自然是不好。”王珪道：“陛下如果认为庐江王的行为不好，为什么还把庐江王奸占的妇人留在身边？陛下要是真的认为庐江王的行为不好，这个妇人必定不会在陛下身边。”太宗听了默然无语。从此以后，太宗召见臣工，崔妃就不敢随侍左右了。杨妃也趁机劝谏说：“陛下应常常接见大臣，谈论国家得失，不宜溺爱声色，致使龙体亏损。”太宗也知道杨妃说的有理，但心中实在爱崔妃的美貌，直到后来查抄侯君集家时得了两个美人，太宗的心思才转移了。

侯君集是幽州三水人，勇健有力，擅长弓马。太宗是秦王的时候，侯君集跟着南征北讨，立下奇功。后来玄武门擒杀建成太子，侯君集也很出力。当时太宗就封他为右卫大将军，晋封潞国公，赐邑千户。太宗即位以后，侯君集又与李靖、薛万均、李大亮，征伐吐谷浑，转战万里，直到星宿海、积玉山，得胜回朝，改封陈国公，晋升光禄大夫。

此时四夷慑服，万国来朝，国家太平无事。太宗就在御苑里建造一座凌烟阁，把当朝文武有功之人画在阁上。又在阁中大宴群臣，侯君集见自己的像也画在阁上，心中十分骄傲，处处欺凌同僚。满朝官员，因他是有功之臣，也不敢和他计较。谁知侯君集越来越骄横，胆子也越闹越大。后来侯君集统兵出征西域，得了许多奇珍异宝，他也不奏闻皇上，私自收在府中。班师回朝后，被部下将士告发。幸亏中书侍郎岑文本为他说情，太宗也念他的前功，就不加追究，只削了他的本官。侯君集闲居府上，心中十分怨恨。就私自与太子李承乾来往，结党行私，胡作妄为。

承乾太子，是太宗的长子，长孙皇后所生。因生在承乾殿中，就取名承乾。八岁时就能应对宾客，太宗十分宠爱。年长成人，更能帮助太宗料理国家大事。那时太宗因高祖新丧，在宫中守孝，遇有国家大政，就交由太子裁决。见他能识大体，太宗每次出狩行幸，就留太子监国。谁知这太子貌似忠厚，其实很恶劣。他见父皇不在跟前，就任性妄为。常微服出宫，强奸民妇，见有绝色的女子，就令府中勇士拿一些银钱，把那女子强买回府，充作姬妾。太子妃嫔，共有二百多人。太子整天在府上，沉迷声色。每次酒醉，就逼着众妃嫔赤身裸体地在大庭中尽情淫乱，还让宫女在旁鼓吹作乐。

民间人家被太子欺凌，忍无可忍，纷纷到衙门控告太子荒淫无道。官员收了状子，也无可奈何。孔颖达、令狐德棻、于志宁、张玄素、赵弘智、王仁表、崔知机，全是忠义大臣，常常用好话劝谏太子。承乾太子却正襟危坐，议论滔滔，说的尽是微言大义，那班大臣听了，都十分敬服，都疑心百姓诬告太子，反帮着太子在太宗跟前分辩。太宗也认为太子是忠厚君子，绝不怀疑他。太子又生成一种怪僻，他让府中数百奴婢，学习胡人的音乐，跳剑打鼓，通宵达旦。又在阶下摆下六个大钢炉，烈火飞腾。派人四处盗劫民间牛马，太子亲自宰割，与一群奴婢抢着吃。又爱学突厥语，穿着胡人的衣服，披羊裘，拖辫发；在后苑中搭着胡人的毡帐，让姬妾扮着胡姬，与奴仆夹居在穹庐里。承乾太子装扮成可汗，腰佩短刀，割生肉大嚼。

东宫中有一个娈童，名叫俳儿，机敏伶俐，长得娇媚动人，又能歌舞欢笑。承乾太子宠爱他胜过妃嫔，在宫中行动坐卧，都带着俳儿，谈笑无忌，行乐不避。有时俳儿就夹睡在众妃嫔之间，互相笑乐。俳儿皮肤白净，太子常令俳儿脱光，与众妃嫔比试。这俳儿十分狡黠，觑着美貌的妃嫔，私地里和她们勾搭上，把东宫弄得污秽不堪。

太子妃颖氏，是个美丽端庄的女子，举止庄重。承乾太子不喜欢她，暗地里唆使俳儿调戏颖氏，看到颖氏惶急的样子，太子反而在一旁拍手笑着。颖氏羞愤至极，入宫奏知太宗。太宗大怒，立刻派内侍到东宫，把俳儿杀了。从此，太子和颖氏结下了深仇。颖氏也因太子行为疯狂，不敢留住东宫，常躲到贵妃宫中。太子也置之不问，只在东宫与蠢奴、武士玩耍。命宫中侍卫都穿上胡兵装束，树起红旗，和汉王李元昌，分领兵士，在后苑中战斗。太子在后面执刀压阵，有畏缩退后的，就把他剥得赤身裸体，绑在树根上，用皮鞭痛打至死。一场游戏后，苑中杀得尸横遍地，血染花木。太子常说："我做天子，就应当任性作乐，谁来劝谏，我就杀谁，连杀五百人，就没有人再敢劝谏了。"

·太子谋乱·

太子自从俳儿被太宗杀死以后，心中郁郁不乐，日夜想着俳儿。特地在府中建了一座念儿室，在屋子里供奉俳儿的画像。又私封他为太子洗马，悄悄造了一座高大的坟墓，把他埋葬了。墓旁立了一座祠堂，太子常常到祠堂里哭祭。一连三个月，不去朝见父皇。后来太宗知道了，叫太子进宫，训斥了一番，又派人平了俳儿的祠墓。太子失了体面，心中敢怒而不敢言。

太子的叔父汉王李元昌，也是一个好色之徒。叔侄二人同气相投，李元昌常常到太子府中游玩。一次他悄悄告诉太子，说："皇上近来很宠爱四王子，我从燕妃那里得来消息，皇帝早晚要把你的太子名位废了，立四王子做太子，你要小心些。"承乾太子听了大怒，恨恨地说道："这老东西！我早晚要把他从皇帝位子上推翻下来，等我做了皇帝，再取四小子的性命！"李元昌听了，心中很是欢喜，忙凑到太子耳边去，说道："你做了皇帝后，不要忘了把那个弹琵琶的宫娥赏给我呢！"太子听了，连连点头。

太宗宫里，有一个善弹琵琶的宫女，名叫小燕。这一天朝廷大庆，营中排着筵宴，汉王随着众亲王进宫去朝贺。太宗见都是自家人，就在内宫赐宴。汉王喝得酩酊大醉，溜出席到御苑中玩赏。看看鸟语花香，绿荫如幕，不知不觉走到沉香亭畔。忽然传来弦索琤琮之声，悠扬悦耳。那一带海棠花密密地围在亭子四周，汉王从花枝丫杈中望去，只见六七个宫女，围着一个穿绿衣服的宫娥，在听琵琶。那穿绿衣服的宫娥，云鬟低敛，杏靥含娇，竟是一个绝色美女。汉王看了，情不自禁，大声喊道："快弹一曲给小王听听！"说着，大步闯进亭子。那群宫女，惊得四散奔逃。汉王正要追上前拉那穿绿衣的宫娥，忽然小径中走来两个内监，把汉王扶住，送回席去。从此，汉王心里念念不忘这个弹琵琶的宫娥，只恨平时不能进宫。

听说承乾太子要谋反，汉王就从旁使劲怂恿。这时，侯君集因为贪赃被囚禁了三十天。中书侍郎岑文本替侯君集求情，太宗下诏赦免了他。侯君集自恃有平西域的大功，心中又怨又愤。汉王打听到侯君集也有谋反的意向，就从中拉拢。侯君集也在太子府中，秘密商议过几次。太子就定了一个日期，邀集了李安俨、赵节、杜荷、侯君集、汉王元昌在密室中，共饮血酒立誓结盟。约定齐王李佑，在齐州起兵，打进京师；太子亲率御林军，攻入西宫响应。谁知实情泄漏，齐王在齐州失败了，被李勣(即徐世勣，后被太宗赐姓李，名勣）擒住，送进京师，招认出太子和侯君集、汉王元昌等人。太宗十分震怒，把他们全部捉住，交由长孙无忌、房玄龄、萧瑀、李勣、孙伏伽、岑文本、马周、褚遂良这些忠义大臣，共同审理。太宗下诏，把承乾太子废为庶人，发配黔州，后来太子在发配的路上死了。其余人犯，一概赐死。

太宗唯独把侯君集提上殿，亲自审问。太宗对侯君集说道："现在谋反的证据确凿，卿还有什么话说？"侯君集只是叩头乞求一死。太宗回头问左右大臣道："回想以前国家还没有安定，君集转战万里，建立大功；现在虽然有罪，朕不忍心依法处置。朕今天为君集向各位臣工求情，各位臣工的意见呢？"太宗话还没说完，左右大臣齐声说道："君集今日之罪，天地难容，请陛下明正典刑，以维国家大法。"太宗听了，不禁垂泪，对侯君集说道："众怒难犯，不是朕不赦免卿。从今以后，只能在凌烟阁上看卿遗像了！"说着，泪落如雨。侯君集也哭着叩着头，求皇帝保护他的家小。太宗下诏，将侯君集斩首示众；另下一诏，查抄侯君集府第，所有男女都押入宫，只留一个儿子回乡看守侯君集的田地和陵墓。

一天，太宗在宫中，想起侯君集的家眷，就悄悄地走到下宫。下宫在御苑西墙外，一带平屋，非常狭小，是用来收留犯官妻小的。太宗身穿便衣，到下宫中一看，只见小儿妇人混杂在一起，十分嘈乱，污秽阵阵，令人不能安身。太宗正要走，瞥见小窗里伸出两只玉手，卷着帘子。太宗看了，心想这污秽的地方，怎么有这样清净的妇人？再看时，帘子已经高高卷起，露出一张女子的脸。虽说是乱头粗服，但长得十分妩媚。一段粉颈，白雪一般。太宗不觉动了心，叫来侍卫一问，原来是侯君集的姬人，姐妹二人都是花容月貌。太宗查问明白了，回到清心院，吩咐把那姐妹二人带进院子。一对璧人，肩并肩跪在太宗跟前，太宗笑道："你们姐妹二人，长得如此清秀，像是一朵并头莲，出污泥而不染呢。"年长一些的女子含笑说道："那请陛下赐名莲花吧！"太宗听她说话伶俐，心中格外喜欢，就把她姐妹二人留住在清心院，连着临幸了十多天。

这姐妹二人，肌肤洁白，如同玉雕的美人。太宗十分怜惜，赐姐姐名琼，妹妹名玖，都封为美人。闲谈的时候，太宗问二美人肌肤为什么这么洁白？琼美人奏称，自从嫁了侯公，侯公十分怜爱，让她们年年吃着人乳，肌肤因此洁白如玉。太宗听了，就传谕清心院雇用二十个乳母，每天挤乳，供二位美人食用。消息传出宫，王府中的妃子和大臣们的姬人，都学着样，人人家里雇用乳母。

一天，魏国公房玄龄入朝，谈完了军国大事以后，太宗问玄龄道："先生有几个姬妾？"房玄龄奏道："贫贱夫妻，不敢相负，因此没有妾媵。"太宗笑道："先生为国辛劳，朕赠你两个美人。"说着，传内侍在婕妤中选美貌处女二人，坐着香车，随房玄龄到魏国公府。第二天，房玄龄进宫来叩谢圣恩。太宗问："二美人可好？"房玄龄奏说："微臣福薄，实在不敢当。二美人昨晚与贱内相处一宵，现在仍把她们带入宫中，奉还陛下。"

太宗听了，十分诧异，忙问："是小妮子不听话吗？"房玄龄说道："实不敢瞒陛下，贱内不愿因此分夫妇之爱，臣也万死不敢受赐。"太宗也知道魏国夫人善妒，听了房玄龄的话，就命杨妃召夫人入宫，百般劝解。无奈这魏国夫人，打定主意，不肯让丈夫有妾，竭力谢绝，杨妃也没办法。

后来，太宗想了一计，吩咐在延庆宫设席，赐魏国夫人筵宴。喝到一半，近侍说天子赐夫人饮酒。魏国夫人听了，慌忙下席迎驾。太宗走到筵前，叫内侍拿酒过来。内侍手中捧着一个长颈酒瓶，倒出红色的酒，斟了满满一杯。内侍喝道："夫人听旨。"魏夫人跪倒，匍匐在地。太宗大声说道："妒是妇人大罪。这里有一杯毒酒，专门给天下妒妇喝的。夫人是愿意不妒忌而生，还是愿因妒忌而死？"夫人听了，奏对道："臣妾宁愿因妒忌而死。"说着，上去接过酒，一仰脖子，都倒了下去，然后立刻出宫。

回到府中，魏夫人拉着魏国公，把天子赐死的事说了一遍。夫妇二人，拉着手大哭了一场。魏国夫人急忙回到房中，香汤沐浴，更换朝衣，直挺挺地睡在床上等死。魏国公也急忙准备好丧服棺椁，见天晚了，就走进房守在夫人床前。又把府中的亲丁男女骨肉，叫进卧室，等着给夫人送终。夫妻二人，哭一回，说一回，十分凄惨，乱哄哄地闹了一个通宵。夫人只觉得醉醺醺，然后就睡去了，天亮的时候，竟然醒了过来。丞相府欢腾不已。第二天房玄龄进宫朝见皇帝，太宗笑着对玄龄说道："朕也怕了尊夫人了，何况玄龄？"于是留房玄龄在宫中陪膳，当时陪膳的还有长孙无忌和尉迟敬德。

酒饱席散之后，就一起退出宫。尉迟敬德走在最后，太宗忽然想起一件事，就把尉迟敬德留住。见四下没人，太宗对尉迟敬德说道："朕听说爱卿的夫人年老龙钟，卿起居不能没有人侍奉，朕就把女儿嫁给卿。卿即可回家收拾屋子，准备迎娶。”尉迟敬德听了，慌忙叩头称谢，口中连称：“臣万死不敢当！臣妻虽然老了，但与臣仍有夫妇之情。古人说：‘贵不易妻，仁也。’乞求陛下成全臣夫妇！”太宗听了笑道：“朕与卿开玩笑呢。”尉迟敬德这才敢起身出宫。

第二天，这消息传出宫，长孙无忌当即进宫，替儿子长孙决求婚。太宗就将第五女长乐公主下嫁。因为长孙无忌是舅家，是皇室懿亲，于是下诏嫁妆加倍，比永嘉长公主的还多。魏征知道了，进宫谏劝道：“以前汉明帝封皇子时说：‘我子岂得与先帝子比，皆令半楚淮阳。’现在陛下怎么能逾越规矩，使得长乐公主的嫁妆多于永嘉长公主呢？”太宗把这话告诉了长乐公主，长乐公主肃然起敬，说道：“女儿早就听说父皇敬重魏征，女儿愚昧，不知道其中的缘故。现在看来魏丞相确实是社稷之臣！”不久太宗又把第六女下嫁魏征的第四子。依例公主下嫁，翁姑须向公主行朝见礼。魏征却令公主行媳妇礼，拜见翁姑，说家庭之礼，不宜上下倒置。太宗知道了，就下诏，以后公主下嫁，一律须行媳妇礼。

太宗的驸马中，只有丹阳公主的薛驸马是行伍出身，举止比较粗蠢。太宗经常对人说：“薛驸马太粗鲁了。”丹阳公主也很厌恶驸马，常常几月不和驸马同席。这一年，太宗因公主大半下嫁，就在清心院设下筵席，召所有公主在内院赐宴，所有驸马在外院赐宴。这些公主，虽然是同父姐妹，但自幼就有保姆管教着，分院居住，不常见面。现在聚首一堂，姐妹们说说笑笑，很是快乐，只有丹阳公主一人郁郁不乐。姐妹们都跟她说笑，丹阳公主只是叹着气说道：“各位姐妹都嫁得如意郎君，只有我命薄，嫁了一个莽驸马，一世也吐不得气！”正叹气，忽然宫女来报，说外院各位驸马，只有薛驸马得万岁爷赏赐。万岁亲解佩刀，赐给了薛驸马。

原来这薛万彻，因为丹阳公主对自己冷淡，就发愤读书。在府中聘了一位饱学之士，教授他经史，不到数月，竟然也能涉笔成文。这一天在清心院领宴，太宗明知薛驸马不通文字，却传命以隋炀宫人吴绛仙的故事，各作乐府一首。其他驸马，都暗暗地替薛万彻捏一把汗。谁知薛驸马得了题目，竟不假思索，一挥而就。太宗把各驸马作的乐府诗拿去一一看过，最后再看薛驸马的，竟是最佳。太宗大喜，唤薛万彻到跟前来，亲自解下佩刀，给薛驸马挂上。笑拍着薛驸马的肩头说道：“驸马居然秀气独钟！”众驸马见薛驸马得了皇上的褒奖，就争着读薛驸马做的乐府：

持短棹，持短棹，三千殿脚羞花貌；描长黛，描长黛，三千殿脚摹娇态。玉工有妇真玉人！秀可疗饥色可餐。谁将十斛波斯螺，勾出广陵新月痕，千载尚销魂；无怪当年看煞隋家风流之至尊。

太宗又令把这篇乐府，送到内院，让众公主传看。丹阳公主看了，尤其得意！宴席结束，众公主和驸马都辞谢出宫。薛驸马正要跨上马，忽然一个侍女，走到跟前说："公主请驸马同车回府。"薛万彻一看，见道旁停着一辆七宝香车，那丹阳公主含笑揭着车帘候着。薛驸马得意不已，急忙下马，走到车前。侍卫上来，开着车门，薛驸马往车中一钻，同坐着车回府了。从此他夫妇二人，十分恩爱，常常成双成对地在宫中出入。这时太宗也有三十多岁了，渐渐懈于听政，爱在后宫和妃嫔们取乐。唐宫中自从高祖即位，放出宫女一千多人。太宗皇帝初登大位，放出宫女三千多人。贞观二年，因为久不下雨，又放出宫女三千多人。后来因为大赦，也放出宫女三千多人。四次共放出宫女一万多人，宫中因此处处冷落起来。现在太宗坐朝的时候少了，在宫中游幸的时候多。见楼台冷落，池馆萧条，下诏令地方选送一千宫女，分派到各处宫院。又令官员上报五十名民间的淑德美貌女子，分任九嫔、婕妤、美人、才人。太宗早就听说士人郑仁基的女儿，美而多才，就命掖庭局下聘书，聘郑女为充容。

掖庭局奉了旨意，就派内侍，捧着册书、冠带到郑家。一行人，正要走出宫门，正遇到魏丞相进宫。魏丞相问起，内侍就把聘郑家女为充容的话说了。魏丞相连忙说不可，就把这些内侍留住，匆匆进宫朝见太宗，奏道："臣听说郑仁基的女儿已经许配给了士人陆爽，陛下怎么能强夺有夫之妇？"太宗也不禁大惊，一面传谕停止册命，一面令房玄龄到郑家，探明虚实；又传陆爽进宫，亲自问话。

那郑仁基对房玄龄再三说，小女并未许配。陆爽也奏对说，小民没有订下婚约。太宗心中疑惑，又请魏丞相进宫商议。魏丞相奏道："这全是下臣迎合上意，故意将陆家这段婚姻瞒住。臣已查明，那郑家女儿，是自幼就许配给陆爽为妻的。万岁万不可强娶有夫之妇，破人婚姻。"太宗道："群臣或许有迎合之心，但陆爽为什么也肯舍去他的未婚妻呢？"魏丞相奏道："陛下圣明，陆爽不敢实说，是怕陛下虽然明说不要，但私下仍会加罪他。"太宗听了，不禁动容："百姓这么不信任朕吗？"魏丞相又奏说："天下美人多的是，何必一定要郑家女呢？"太宗当即下诏，立刻停止选女。

魏丞相见太宗毅然罢免选女的事，就乘机劝谏太宗，要少近女色，保重身体。君臣二人，在御书房谈论着，闲时吟一首诗、下一盘棋，十分契合。太宗忽然问：“朕打算推崇佛法，使天下万民，都知道向善，卿认为怎么样？”魏丞相原本并不信佛，只因怕太宗因色欲弄坏了身体，见太宗信佛，就想借此劝太宗休养身心，因而大力赞同。太宗打定主意，召集天下高僧，举行一场水陆大会，超度枉死的孤魂。传旨出榜招僧，又命各地方州县，推荐有道的高僧。不到一个月，就有八百个高僧齐集京城。

太宗然后令魏丞相会同萧瑀、张道源考察各位僧人，推举一名有德行的僧人做坛主，设立道场。这三位大臣，第二天聚集众僧，在山川坛，逐一挑选，最后选出一名很有德行的高僧，法名玄奘。

玄奘自出娘胎，就持斋受戒。外祖父是当朝丞相殷开山，父亲是状元陈光蕊，文华殿大学士。玄奘不爱荣华，只喜欢修持寂灭，德行高超，千经万典，无不通晓。三位大臣，把玄奘领上殿，朝见太宗。玄奘拜伏在丹墀下，萧瑀在一旁奏道：“萧瑀等奉旨选得高僧陈玄奘见驾。”太宗听了陈玄奘三字，沉思良久，问道：“是学士陈光蕊的儿子吗？”玄奘叩头奏道：“臣正是陈光蕊之子。”太宗大喜，传谕封陈玄奘为天下大都僧纲。玄奘叩头谢恩。太宗又赐他五彩织金袈裟一件，令玄奘前赴化生寺，选定吉日良时，开讲经法。玄奘再拜，领旨而出。回到化生寺，聚集各僧，共有一千二百人，将他们分派上中下三堂。一切佛寺齐备，选定日期，开坛做四十九天水陆大会，开讲经书。玄奘上表奏明，请太宗届期赴会拈香。

到了吉日，太宗早朝已毕，于是带领文武百官，乘坐凤辇龙车，来到化生寺。下了御辇，领着百官礼佛进香。大阐都僧纲玄奘法师，引着一群高僧，前来参拜太宗。礼毕，分别各安禅位，当即揭下济孤榜文。太宗满心喜悦，对众僧传谕道：“你等切勿怠慢，等到功成圆满，朕必当重赏。”众僧一齐顿首称谢。当日太宗在寺中用完斋，摆驾回宫。

一转眼又是七日正会，玄奘又上表奏请太宗降坛进香。太宗立即率文武官员，后妃国戚，无论大小尊卑，都到寺院听讲。到了坛前，只见玄奘法师，高坐台上，讲授《受生度亡经》、《安邦天宝篆》。人头挤挤，约有三五万人，满场肃静。众人正在听讲，忽见两个满头长着癞疮的游僧，挤进人群跨到坛前，举手拍着宝台，厉声高叫道：“那和尚，你只是谈小乘教法，你懂大乘教法吗？”玄奘听了，心中大喜。当即翻身下台，对那两个游僧道："老师父，弟子孤陋寡闻。现在的众僧人，都讲小乘教法，不知道大乘教法是怎么讲的？"那游僧道："你这小乘教法，不能度亡者超升。我有大乘佛法三藏，能超亡者升天，能度难人脱苦，能修无量寿身，能做无来无去。"

正喧嚷，香巡堂官，急忙奏知太宗道："大师正在讲妙法，忽被两个满身长疥癞的游僧，扯下了台，对着大师满口说着混话。"太宗大怒，命人把那两人抓来。只见两个游僧，被带进了后法堂，见了太宗，仰面道："陛下要问我们什么事？"太宗看了他们倨傲的样子，说道："你这两个和尚，既然是来听讲，吃些斋就行了，为什么跟朕的法师胡言乱讲，扰乱经堂。"游僧答道："你那法师讲的是小乘教法，不能度亡者升天，我自有大乘佛法三藏，可以度亡脱苦，寿身不坏。"太宗问："你那大乘佛法，在哪里？"游僧道："西天天竺国大雷音寺，我佛如来那里。"太宗道："你没记错？"游僧道："当然没记错。"太宗听了大喜，命司香巡堂官把他们请上坛讲大乘教法。

那两个游僧奉了旨意，转身大步跃上高台。霎时祥云四起，把讲坛密密围住，中间现出一座观世音菩萨，手中托了净瓶杨柳，左边木吒，右边韦陀菩萨。玄奘大师见了，连忙倒身下拜。太宗皇帝得报，也率领文武百官，朝天参拜。满寺的人，无一不拜倒在地，口中念着"南无观世音菩萨"的佛号。太宗随即把吴道子传来，让他对着菩萨画下真形。渐渐地，彩云散去，金光消失，菩萨真身消失不见了，只见半空中飘下一张简帖，上面写着几句偈语道：

礼上大唐君，西方有妙文。程途十万八千里，大乘进殷勤。此经回上国，能超鬼出群。若有肯去者，求正果金身。

太宗读了偈语，一面传谕先把水陆道场收起，等派人取回大乘经，再证善果。一面在京师城里城外，遍贴黄榜，寻求肯去西天拜佛求经的僧人。

第二天玄奘法师，袖中藏了黄榜，进宫朝见太宗皇帝，跪奏道："贫僧不才，愿效犬马之劳，为陛下去求取真经，保得陛下江山永固。"太宗大喜，亲自下殿，伸手将玄奘扶起说道："法师如此忠心，朕愿与法师结为方外兄弟。"当即与玄奘同坐玉辇，摆驾水陆道场。在佛座前，拜了四拜，口称御弟圣僧，慌得玄奘连忙还礼。

第二天，太宗设朝，召集文武大臣，写了取经文牒，盖上通行宝印。随即把玄奘宣上殿，口称御弟道："今天是出行的吉期，御弟可以就此起程。朕有一个紫金钵盂，送给御弟途中化斋用。再派两个长行从者、一匹白马，一路随行。”玄奘接了钵盂，谢了圣恩。太宗率同众文武官员，一直送到关外。洪福寺僧徒，又将玄奘的冬夏衣服，送到关外。太宗先叫长行从者，收拾行李、马匹，然后命宫人上酒。太宗举杯问道：“御弟可有雅号？”玄奘奏称：“贫僧出家人，不敢称号。”太宗道：“当时菩萨说‘西天有经三藏’，就称御弟‘三藏’怎么样？御弟此去，在异国他乡，可改姓唐，用‘唐三藏’三字，正是表明不忘本国，不忘取经之意。”玄奘谢了恩，接了御酒，举杯一饮而尽，告别出关。

三藏一路上到处讲经说法，异国人都很尊敬他。在西域，共留住了十七年，经过一百多个国家。三藏根据各国的民情风俗，写成十九卷《大唐西域记》。回国后，太宗命人在西安关外，建了一座望经楼接经，共得六百五十七部梵字经典。太宗下诏，在洪福寺翻译梵经，仍令右仆射房玄龄、太子左庶子许敬宗，广召五十多个博学的沙门，帮助整理。

那年唐宫中还有一件要紧的事。太宗下诏挑选宫女，又传谕地方官，进献美人。虽然后来因为郑女的事，下诏罢免选女，但并州刺史访得并州文水都督武士彟的女儿，长得绝色，把她送进宫。太宗一见，叹为国色，就把她封作才人。这才人虽生得妩媚，但年仅十四岁，还羞答答的不解风情。太宗常常叫她媚娘，抱在怀里抚弄着。武才人的小名叫媚娘，太宗叫她小名，原本是宠爱她的意思。无奈武媚娘一味娇憨，不解风趣，太宗常常用恩情挑逗她，她总是避着，不肯承恩。

恰巧有一天午后，太宗坐在月华池边，看鸳鸯戏水。媚娘捧着拂尘，站在一旁。这时左右无人，静悄悄的。只见一只鸳儿，追赶着另一只鸯儿，在水面上成其好事。媚娘看了，掩着唇儿笑着。太宗见她粉颊红晕，娇羞可爱，就也搂抱了媚娘，成其好事。媚娘年幼，身躯娇嫩，承恩之时，婉转娇啼。太宗怜爱，一连临幸了三夜，把个媚娘弄得病倒了。一病二十多天，太宗就到别处临幸去了。

谁知这时民间，忽然有一种谣言，说图谶上载明唐朝三世以后，会有女主武王，坐拥天下。太宗听了，心中十分疑虑，下密诏给地方官，秘密查探，遇到姓名中有武字，或与武字同音的，就从重办理。恰巧华州刺史李君羡，小名五娘，官封武卫将军，又是武安人氏，得封武连县公。太宗授旨借故杀死了他。后来大史官占卦，依旧说女主昌盛。太宗召李淳风进宫，问他消灾的办法。李淳风奏称：“女主不死，多杀无益。臣仰观天象，俯察历数，此人应该已在宫中。从今天开始，不到三十年，就会夺得天下，大杀唐家子孙。”太宗听了，更加惊慌，说道：“朕将宫中疑似女主的人都杀尽，能避过此劫吗？”李淳风奏道：“天命已定，不是人力所能挽回的。从现在开始三十年后，她人已老，也许能发慈心，不致造成大祸。现在如果将她杀了，上天再降生年少的，到时候只怕陛下的子孙会无一幸免。”太宗听了，只得罢休，但心中日夜不安，时时留心这个姓武的女人。冥冥之中，也是天意，武才人天天在太宗身旁侍奉着，太亲却毫不疑心，反而百般地宠爱她。直到武才人病倒，太宗才觉得才人年幼娇弱，不胜雨露，就允许她在后宫静养，还时时拿许多珍宝缎匹赏给她。

武媚娘虽然年纪幼小，却是一个工于心计的女子。她知道自己豆蔻年华，洛神风韵，仗着自己的娟骨花容，正可以颠倒少年，操纵英主。见太宗已近五十岁，享国不久，又多内宠，自己是新进的，位卑职小，怎么受宠也得不到几天的风光。因此虽然太宗百般宠爱，她总是淡淡的，并不把太宗的宠爱放在心头，只暗暗地在诸位王子中物色人才，用心笼络。

那时承乾太子，因谋反被废为庶人，死在黔州。依照定例，四皇子魏王李泰当立为太子。魏王容貌俊秀，性情活泼，太宗皇帝也十分宠爱他。魏王结交宾客，酷好文学，太宗下诏在魏王府中，建立文学馆。魏王在馆中著书讲学，请来著作郎萧德言、秘书郎顾胤、记室参军蒋亚卿、功曹参军谢偃等学士入府，撰写了一本《括地志》。天下文学之士，都投到魏王门下。那些富贵子弟，又互相标榜，魏王府中，门庭若市。连太宗皇帝，也亲自临幸魏王私第。

魏王私第中，服用豪华，侍卫如云。太宗又爱怜魏王，身体肥胖，行动不便，特许魏王乘坐小舆，出入宫禁。太宗在宫中时时想见魏王，就令魏王移居宫中的武德殿。魏王因此得以时时与宫中妃嫔亲近。魏王长相俊秀，又受皇帝宠爱，宫中妃嫔都争夺着去讨魏王的好。魏王渐渐放肆起来，与几个美貌的妃嫔暗暗结下私情。这时承乾太子害了足病，成了跛子，照定例皇子肢体有残疾的，就当退出东宫。承乾太子平时又无恶不作，太宗也很不满意太子了。妃嫔们探知后，一力怂恿魏王谋夺太子的位置。魏王因而结识了驸马都尉柴令武、房遗爱、韦珽、杜楚客，常常在太宗跟前，说太子的坏话。后来侯君集谋反事败，连累太子丢了位。

第伍章 则天称帝

·来喜轩来喜·

当时魏王很得太宗宠爱，宫中妃嫔都和魏王私通声气。有几个放荡的妃嫔，竟暗中和魏王结下了私情。她们一来贪恋魏王年轻，二来也是攀缘魏王的势力，他日魏王做了太子，多少也能得到一点好处。只有武媚娘，对魏王冷冷的。见了魏王，就避得远远的。魏王本是好色之徒，见了武媚娘这样的美色，岂有不贪慕之理？也用尽了手段，百般讨好她，勾引她。魏王心想皇上正溺爱武媚娘，如果能勾她上手，替自己在父皇跟前说几句好话，她的话肯定比别的妃嫔要有用得多。谁知媚娘的心思，正和魏王相反。武媚娘也存心要结识一个少年英俊的皇子，但她要找一个忠厚少年，一旦得宠之后，可以任她颠倒操纵。她见魏王浮滑阴险，料想他将来绝不能成大器；即便是成了大器，也是一个无情无义的薄幸郎君。因此不愿和魏王交往，任凭魏王温存体贴，百般殷勤，总是不理不睬。

武媚娘暗地里，看中了九皇子晋王李治。这位晋王，生性忠厚老成。虽是文德皇后的亲生儿子，但因为生性懦弱，在宫中常常受弟兄们欺负。晋王娶妃王氏，是堂祖母同安长公主的孙女，生性贞静。夫妇两人，住在宫中，常常受妃嫔们的奚落，但晋王却毫无怨言。武媚娘在宫中闲静的时候，就到晋王府找王妃闲谈。内仆局也明欺晋王夫妇忠厚老实，一切供应都会暗中减去一些。走进晋王府，只见婢仆零落，帘幕萧条。王妃自己缝补衣服，晋王也亲自拂拭窗户。武媚娘见了，私自拿些银钱、绸缎贴补晋王妃，又把自己院中使唤的宫女内侍，拨了十六名去听候晋王差遣。这样一来，晋王夫妇都对她感激不已。

这时晋王突然生病，病得昏昏沉沉的，一病病了三个月。王妃早晚在一旁看护，常常守到深夜。后来晋王病势渐渐减轻了，武媚娘也不时进府来探望。白天，武媚娘也替王妃看护晋王，晋王妃才得空回房休息片刻。武媚娘见晋王面貌清秀，性情忠厚，将来也容易操纵，就趁这个机会下手，放出她轻挑浅逗的手段来。本来人在生病的时候，有人怜惜，就容易触动感情。何况一个是美女，一个是美男，昼长人静，枕席相对，哪里能把持得住？晋王是个忠厚男子，在枕上立着誓，说："世世生生不忘媚娘今日之情。”从此以后，二人瞒着王妃，做着风流事。

恰巧承乾太子得罪被废，太宗打算立魏王为太子。武媚娘几度侍奉过太宗以后，深知太宗的性格，暗暗地指教晋王，怎么去博得父皇欢心。恰巧有一天，太宗命诸皇子学习骑射，叫晋王也到郊外去。晋王推辞说：“臣儿不喜欢骑射，但愿侍奉至尊膝下。”太宗听了，心中十分喜悦。立即传谕工部，在太宗寝殿左侧，造一座别院，命晋王搬入居住。从此太宗心中，暗有立晋王为太子的心思。承乾太子被废后，不久魏王结党营私，倾轧太子的计谋也败露了。太宗下诏，贬魏王为顺阳王，居住在均州之郧乡。长孙无忌又一力保举晋王李治为太子。太宗于是下诏，立第九子晋王李治为太子，入居东宫。东宫接近后宫，从此武媚娘与太子来往得更密了。王妃平日留意，残云零雨，也有几次落在眼里。只因他们夫妇二人，能有今日，全靠武媚娘的妙计，只得睁一只眼，闭一只眼。

正在这时，太宗皇帝突然驾崩，遗诏传位太子李治。太子在太宗柩前接位，称为高宗。太宗另有遗诏，令先朝嫔媵，凡是承恩过的，一律出宫为尼。武媚娘虽然一心迷恋着高宗，但自己是先帝的才人，被遗诏逼迫着，也只得随着众妃嫔出宫，削发为尼。武媚娘住的尼庵，叫做水仙庵。高宗暗暗嘱咐内侍，凡是水仙庵中的器用服食，都要格外丰厚。又时时派心腹内侍，拿奇珍异宝赐给武媚娘。二人一个在宫里，一个在宫外，无时无刻不挂念着。高宗每天上完朝后，坐在宫中，长吁短叹。虽然也有六宫粉黛，三千嫔娥，但都是庸脂俗粉，高宗眼里看着，都不如媚娘。高宗即了皇位，照礼册立王妃为皇后，又立了贵妃、淑妃、德妃、贤妃、昭仪、昭容、昭媛、修仪、修容、修媛、充仪、充容、充媛、婕妤、美人、才人，共二十七世妇。又立宝林、御女、采女，各二十七人。虽然其中也有几个得到高宗的宠信，但比起媚娘的旖旎姿态，艳冶风光，还是有天凡之隔。

一天，天气昏闷，高宗带着一个小黄门，随意走到御苑的长廊下纳凉。两廊下古树参天，浓阴荫布。一阵阵凉风吹来，沁人心脾。高宗连称好风，倚着雕栏，坐了下来。正静悄悄的，只听一缕箫声，从浓荫中传来，抑扬婉转，悠静动人。高宗就留小黄门在长廊下守候着，自己寻着箫声走去。那小黄门在长廊下守候了半天，不见万岁出来，箫声却早已停住了。看看天上忽然起了一朵乌云，风起云涌，满天罩住了黑云，就要下大雨了。小黄门忍不住了，就顺着万岁爷走去的路去找。走到葡萄架下，看见前面的芙蓉，正开得花光灿灿。从花间叶底望去，只见两个人影，肩并着肩，脸贴着脸，一个是宫中的嫔娥，一个却是万岁爷。这时那宫娥把粉脸贴在万岁爷的肩头，手中弄着玉箫，低低吹着。那小黄门远远地站在花架外面，却不敢做声。忽然豆大的雨点，哗哗打下来，雨势又密又急，霎时把小黄门淋得浑身湿透。高宗皇帝和宫娥并肩坐在葡萄架下，正你情我蜜时，忽然觉得肩头冰冷，才拉着宫娥，奔到前面的挹翠轩。那小黄门也浑身水淋淋地跟着向挹翠轩中走来。

宫娥见那小黄门，淋得落汤鸡一样，忍不住一手掩住樱唇，躲在万岁怀里，吱吱地笑着。高宗皇帝一面伸手抚摸着宫娥的脖子，一面对小黄门说道："快回房换衣服去！传御膳备筵宴送来，朕要在挹翠轩中饮酒赏雨。"小黄门口称领旨，匆匆退去。不一会儿，御膳局送上美酒佳肴，龙肝凤髓。高宗皇帝慢慢地饮着酒，赏着雨，又看着宫娥。这宫娥冰肌玉骨，身材苗条，语言伶俐。看她眉心儿一展，朱唇儿一启，嫣然的笑容引得人心醉。高宗问她名姓，宫娥奏称："姓萧，小名云儿，进宫还不到三年。内侍省分派婢子在御苑来喜轩中充作良娣。"高宗听了笑道："来喜，来喜，今夜果然喜来了；云儿，云儿，今宵朕就要与你共会云雨。"萧良娣听了，娇羞腼腆，忙跪下地谢恩！高宗伸手把她扶起来，抱坐膝下，命萧良娣吹一曲《凤求凰》。

这时雨过天晴，花木明净，箫声悠悠。夕阳沉醉，高宗皇帝也有了几分醉意，萧良娣扶着高宗临幸来喜轩。这一夜萧云儿，曲意承迎，婉转荐寝。虽说是破瓜处女，但在嬉乐间的一种擒纵手段，让高宗皇帝竟然有应接不暇之势。高宗十分宠爱，第二天就下诏册封萧云儿为萧淑妃。腾出一座彩霞宫，给萧淑妃居住。从此高宗每天朝罢回宫，就钻到彩霞宫，饮酒歌舞，快乐逍遥，早把六宫粉黛，都丢在脑后了。别人不打紧，独有王皇后，从前在王府时，是患难夫妻，如今一朝富贵，高宗就沉迷女色，把正宫娘娘，一连冷落了五六个月。王皇后心中十分怨愤，只因自己是六宫之主，不能轻易去和妃嫔争宠。

那萧淑妃把一个万岁霸占在自己宫里，想出种种歌舞和饮食的法子来引诱皇帝。萧淑妃做女孩的时候，做得一手好汤饼。这时她在宫中，也设着内厨房。淑妃亲自到厨房，烹调各种美味的汤饼，献给万岁爷吃着。又学着民间夫妇的模样，萧淑妃做着主母，高宗做一家的主人，选着面貌俊秀的宫女和内侍做儿媳、儿子，假装是一家骨肉团圆。有时高宗也亲自到厨房，替萧淑妃打下手。又把日用饮食器具，在宫中排列成街市，做各项买卖。皇帝和萧淑妃，扮作平民，挽着竹筐，入市购物。有时萧淑妃扮作嫦娥起舞。轻纱四垂，萧淑妃穿着一身白色舞衣，在纱帐中婉转俯仰舞着。纱帐后面，用灯做成一轮明月，嫦娥就在明月光中翩跹舞着。高宗在帐外设着筵席，一边饮着酒，一边看着：只见那嫦娥长袖轻裾，舞衣如雪，身若游龙。正看得出神的时候，那嫦娥奔出帐来，往高宗怀中一倒。高宗也不顾左右内侍，拥着嫦娥跑进帐，内侍们急得慌忙退出屋去，萧淑妃在帐中嗤嗤笑着。这样的旖旎风流，高宗乐也乐不过来，哪里还想得到皇后的孤寂和妃嫔们的嫉妒呢。皇后却忍无可忍，授意侍郎上官仪，上一本奏章，劝皇上应当勤理朝政，不要亲匿群小，玩物丧志。高宗看了奏章，一笑置之，依旧寻他的乐去。

王皇后无计能劝住皇上，又嫉妒萧淑妃宠擅专房，就私地里召集了几个妃嫔商量。其中一个刘贵妃和王皇后最是投机，在后宫中，年纪也最长，跟随着王皇后在王府的时候，亲眼见过皇后的辛劳。如今见皇帝冷落正宫娘娘，她心中也打抱不平。王皇后无子，刘贵妃在王府中却生下一个儿子，取名李忠，字正本，在皇子中年纪最长。正本满月的时候，王府设下盛大的筵席，太宗皇帝也临幸府第，对群臣道："朕初得长孙，今天要与众卿共乐。"酒吃到半醉的时候，太宗命庭前奏乐，自己在席间舞着，高宗皇帝也和群臣跟着起舞。太宗还赏赐了很多珍宝。高宗见父皇如此宠爱长孙，又因正本的母亲刘氏出身太低，就和王皇后商妥，让王皇后认长子正本为自己的儿子。这时王皇后的舅父柳奭，也劝皇后把正本认为己子，太宗就封正本为燕王。后来高宗即位，柳奭和褚遂良、韩瑗、长孙无忌、于志宁奏请立正本为太子。王皇后奏请立太子生母为贵妃，刘贵妃感恩，从此处处帮助王皇后。

大家商议了半天，也想不出一个好法子。正踌躇的时候，刘贵妃忽然说道："先皇妃嫔中，不是有一位武才人吗？万岁做太子的时候，我们和她一块儿住在宫中，她也和我们很投机。连万岁能够做太子，大半也是武才人的计谋。那时万岁也很迷恋武才人，娘娘不是也亲自撞见过几次的吗？如今我们不妨悄悄地把这武才人弄进宫来。俗话说，新婚不如久别。万岁爷见了武才人，包管把这淫贱的萧丫头丢到一边了。"刘贵妃说完，妃嫔们都说是好计，只有王皇后摇着头说道："前门拒虎，后门进狼。这万岁爷，又是没主意的，见一个爱一个，只怕那武才人，也不是好惹的呢。"众人听了，也无法可想，就各自散去。

那边高宗皇帝和萧淑妃的恩情，一天比一天深，不久萧淑妃就有孕在身了。刘贵妃深怕将来萧淑妃生出一个男孩，仗着万岁爷一时的宠爱，就夺了她儿子太子的位置。因此悄悄去见王皇后，催她把武才人弄进宫。事有凑巧，这时正是太宗死后四周年之期。京师大小寺院，都做着佛事，追荐先皇。高宗也亲自到各寺院去进香祭典。来到水仙庵时，女尼们料理出一桌素席，请高宗用斋。高宗正端起一只白玉酒盅儿饮酒，一眼看见那盅儿上雕着一个篆体双钩的媚字。高宗顿时记起，水仙庵是武才人落发修行的地方。当下传谕左右侍卫，一齐退去，传庵中女尼出来侍奉。果然走出来了四个年轻俊美的女尼，伺候高宗饮酒。高宗见四个女尼中，没有武媚娘，心中不乐，停了杯，低声问："媚娘在哪里？"一个乖觉的女尼，奏对说："媚娘因今天是先帝忌日，心中悲伤，无心装扮，怕亵渎了万岁爷，所以不敢接驾。”高宗听了，笑道：“朕能替媚娘解忧，今天虽是先皇忌日，见个面也无妨的，快传谕去请媚娘。”

一个女尼，奉了圣旨，进内院去传唤武媚娘。武媚娘说：“未亡人已经截发，不能亵渎圣目，不敢见驾。”高宗不肯，接二连三地传谕进去，说再不来见驾，万岁就要亲自移驾进内院了。武媚娘只得略整衣襟，走到筵前。低着头，捧着酒壶，替高宗斟了一杯酒，放下酒壶，转身就要走。高宗上去，伸手拉住她的衣袖，说道：“媚娘，媚娘，缘尽于此了吗？”

说着，眼泪纷纷落下来。武媚娘也不禁低下头，拭着眼泪。高宗伸手紧紧握住武媚娘的手，两人黯然相对。媚娘叹着气说道：“昔日恩情，如今都成了幻梦。陛下还是走吧，不要再记着我这薄命人了。”说着，就要撒手进去。高宗不舍，说道：“我们二人就不能重圆旧梦了吗？”武媚娘摇着头说道：“妾已截发，难以还俗。况且子纳父妃，名分攸关，愿陛下舍下残花败柳，陛下的深情，妾三生铭记！”武媚娘越说得可怜，高宗越是不舍。看她柳眉锁恨，杏靥含愁，高宗恨不得立刻带她进宫重圆好梦；又看她清鬓已经剃尽，实在是无可挽回了，只得挥泪告别。

高宗在水仙庵中私会武媚娘这件事，护驾的侍卫偷偷告诉了王皇后。王皇后就与刘贵妃商量。刘贵妃道：“万岁还未忘情媚娘，迟早总要把媚娘弄进宫来的。那时媚娘得了宠，我和皇后更要受她们的欺侮了。不如请皇后悄悄地把媚娘接进宫，在宫中养着，慢慢地给她留起头发。那萧家婢子，如果再迷住皇上不放，我们就把武媚娘献出去。武媚娘得了宠，萧家婢子就失了宠。武媚娘是娘娘把她弄进来的，自然和我们连通一气，凡事也肯帮助我们了。”后妃两人，正在商议，忽然宫女来报，说萧淑妃产下皇子来。刘贵妃听了，拍手说道：“这下可不得了了，万岁爷从此更要把那萧家婢子宠上天去了。三五年以后，怕是要把这小东西立做太子，把那萧家丫头，封作皇后呢。”王皇后听到这一句话，不由得怒气直冲，说着：“好！好！我就把媚娘接进宫来，看这贱婢的宠幸能保多久。”

高宗见萧淑妃产下一个皇子，心中万分欢喜，给孩子取名李素节。到了满月那天，彩霞宫中，十分热闹，许多妃嫔进宫来贺喜，欢笑畅饮。高宗又在弘德殿上，赐百官筵宴。

·后宫斗争·

彩霞宫中正在欢笑畅饮的时候，只见一辆轻车，悄悄进了后宫门，直到正宫才停下。宫女上去，从车子里扶出一个娇貌轻盈的女尼。那女尼见了王皇后，拜倒在地，口称娘娘千岁。王皇后亲自把女尼扶起，拉着她的手，走进寝宫，亲亲密密地谈着心。从此王皇后就把这女尼养在宫中，暗暗地给她留起头发来。这女尼不是别人，正是被太宗临幸过，又和高宗偷着情的武媚娘。

武媚娘此时还只有十八岁，经王皇后用心调理，更加出落得艳冶风流。她性格乖巧，又聪明伶俐，每日伺候王皇后的饮食起居。闲暇的时候，又说笑着给王皇后解闷。王皇后也时不时地赏她金银衣饰，武媚娘拿了悄悄赏了宫女，因此正宫上上下下的人，没有一个不说武媚娘大贤大德的。就是刘贵妃，和武媚娘也越来越投机，两人在宫中拜了姐妹。刘贵妃把武媚娘拉到自己宫中，同起同卧，十分亲密。就这样过了两年，武媚娘鬓发如云，翠鬟高拥，出落得容光焕发，妩媚动人。

那时高宗宠爱萧妃的心思也减了些，有时间御驾也常临幸正宫。萧淑妃打听到万岁在正宫留住，就在背地里骂皇后是骚狐，又假说素节哭着叫阿父，硬把万岁逼回彩霞宫。有人把萧淑妃辱骂皇后的话，悄悄告诉了皇后。王皇后大怒不已。隔了几天，高宗又临幸正宫，帝后对坐着用膳。饮酒时，皇后故意说："当年如果没有武才人为陛下设谋，陛下怎么能有今日？可怜那武才人自先皇去世以后，就守着暮鼓晨钟。陛下可还念起她？"高宗听皇后提起，不由得叹了一口气道："空门一别，有如隔世。每到花前月下，怎么不想念？只因关系着先王的名分，且美人已经削发出宫，即使挂念也无可奈何。"王皇后笑道："妾身也知陛下不能忘情武氏，已为陛下物色了一个女子，容貌举止与武媚娘完全一样。斗敢献给陛下，以解陛下相思。"高宗听了，忙问："这女子在哪里？"王皇后吩咐宫女，把新入宫的女子叫来。

过了一会儿，果然看见两个宫女，扶着武媚娘出来，走到高宗跟前，深深拜倒。高宗扶起她一看，丰容盛鬋，不是媚娘，还能是谁？当下王皇后就把探听得陛下私访尼庵，知道陛下还想念武氏，就悄悄地把她接进宫，留着头发，藏在宫中的经过一一说了出来。一席话说得高宗心花怒放，连声赞叹，说皇后真是好人。当夜就在西宫临幸了武氏。他二人久别重逢，自有一番缱绻。武氏如今年已长成，床席之间，自有一番擒纵手段，不像从前一味地娇憨羞缩了。高宗十分欢喜，封武氏为昭仪。武氏不忘王皇后引进之恩，每天都到正宫去朝见，伺候皇后的起居，依旧陪着王皇后说笑解闷。直到万岁在西宫守候着，几次打发内侍来传唤，她才回西宫。隔了几天，又亲自把皇帝送进正宫，劝皇帝不可忘了夫妇患难之情。又说那萧淑妃，出身淫贱，只知一味沽宠，不顾后妃大礼，劝皇帝少亲近为是。高宗听了武氏的话，果然冷落萧淑妃。王皇后和刘贵妃二人，都十分感激武氏。

这武昭仪在床笫之间，果然是妖冶浮荡，把个风流天子，调弄得颠倒魂迷。但每当她敛容劝谏的时候，眉头眼角，隐隐露着一股严正之气，不由得让这位懦弱的皇帝，见了也畏惧起来。你如果依从了她，一转眼就横眸浅笑，叫人看了不爱都难；你如果不依从她，见了她那副轻颦薄嗔的神色，又煞是可怜！日子久了，皇帝就被武氏调弄得千依百顺。有时高宗朝罢回宫，心中遇到大臣争执、难解难理的事，只须武氏一句话，就解决了。从此高宗越发对武氏另眼相看，每天都和武氏商量着朝廷大事，还把各路的奏章拿给武氏阅看。武氏做女孩的时候，读了很多诗书，当下就替皇帝批着奏章。起初是和皇帝商量妥当了，才动笔批写，后来因高宗怕烦，一切奏章，都由武氏做主批阅。高宗皇帝本是好逸恶劳的人，见武氏能批阅奏本，也乐得躲懒。武氏本就聪明，随侍先皇的时候，先皇批阅奏章，她就学着了。她批的奏本，语言得体，处置得宜，外面的臣工，毫无异言。高宗也很是放心，于是加封武氏为德妃。

武氏地位一高，就渐渐地放出手段。第一个就拿刘贵妃开刀，她在高宗跟前，说王皇后和萧淑妃两人，暗地里闹意见，全是刘贵妃从中挑拨的。说刘氏是后宫出身，仗着太子是她的亲儿子，才敢任意播弄，宫廷之内，不能留这样的小人；况且当今太子，已经被皇后认为亲子，怎么能留刘氏在宫呢？以后太子知道了，皇后的一番苦心，就要付诸东流。如此一说，硬把刘贵妃废为庶人，打入了冷宫。高宗又把武氏升为贵妃，与皇后只差一级。萧淑妃的位置，还在武氏之下。武氏却日夜在高宗跟前，诉说萧淑妃居心阴险，在外面结党营私，谋害太子，一心想把自己的儿子立做太子。因为萧淑妃也对高宗说过立自己的儿子为太子的事，高宗听了武氏的话，也不免有所怀疑。武氏又暗暗地把这话跟王皇后说了，王皇后恼恨萧淑妃，也在高宗跟前，说萧淑妃怎么怎么包藏祸心。刘贵妃已被废黜，王皇后自然只能把武氏当做心腹，天天商量怎么谋陷萧淑妃。

正宫里的内侍，悄悄把这消息传给萧淑妃。萧淑妃十分惊慌，趁武氏不在皇后跟前，悄悄赶到正宫，在王皇后跟前跪着求着道："婢子知道自己福薄，受不起万岁的宠幸。无奈万岁恩重如山，把婢子升做淑妃。婢子愚昧，一心只怕失了万岁的宠，所以才一个人霸占着万岁的宠爱。婢子也知道这样不对，也曾劝万岁不要冷落了娘娘，天日可鉴，那时婢子绝对不敢在万岁跟前进谗。如今武贵妃一进宫，第一步驱逐了刘贵妃，第二步就要驱逐婢子。婢子虽然死不足惜，但婢子被逐以后，武贵妃就要对娘娘不利了。那时娘娘没有一个心腹，任武贵妃欺负，再想起婢子的话，后悔也晚了。婢子今天真心奉劝娘娘，不如留着婢子，给娘娘做一个耳目，婢子愿意交还皇帝的册封，从此不回彩霞宫，留在娘娘身旁，做一个忠心的奴仆，只求娘娘救我！”王皇后听了，也有几分道理，从此开始提防武贵妃。

后来打听出武贵妃一边在高宗跟前进谗，一边联络外官刘仁轨、岑长倩、魏玄同、刘齐贤、裴炎等人在外面招权纳贿。王皇后这才懊悔起来，常常召萧淑妃进宫商议抵制武贵妃的计策。

一天，高宗在正宫中用膳。王皇后和萧淑妃两人，一齐劝着皇帝，要防着武贵妃弄权。高宗听了，勃然大怒，拿手指着萧淑妃的脸骂道：“全是你这个贱婢，从中间搬弄是非。前几天皇后还跟朕说你这贱婢，怎么阴险，妄图谋害太子，怎么今天又变成说起武贵妃的坏话来了，显然是你这贱婢，从中教唆。武贵妃屡次对朕说要把你这贱婢赶出宫，还是朕顾念旧情，不忍心驱逐你。今天你胆敢说武贵妃的坏话，真是自作孽不可活了。”说着，就命人立刻把萧淑妃赶出宫。萧淑妃慌了，忙跪倒在皇帝膝前，连连叩头求万岁爷开恩。王皇后也满面流泪，跪下来替萧淑妃求情。外面走进四个内侍，揪着萧淑妃的衣领就往外走。萧淑妃两手紧紧地拉住皇帝的袍角不放，口头只嚷着：“万岁爷饶婢子一条蚁命吧！”王皇后也上去劝，说：“萧氏已生有皇子，为了万岁的体面，也该饶了萧淑妃。”高宗听了这句话，才让内侍们住手。第二天圣旨下来，贬萧淑妃为庶人，打入后宫牢中。凡是萧淑妃的亲族，都充军岭南。

没多久，武贵妃就产下一子，十分健硕。高宗常常抱着孩子，给他取名李弘。武贵妃生了皇子以后，更加骄贵，依照唐宫定制，贵妃的地位，已经是最高的了。高宗要讨武氏的欢心，就在贵妃上又定了一个宸妃的名号，封武氏为宸妃。武氏高贵到这个地位，就渐渐地不把王皇后放在眼里了。高宗又封武宸妃的父亲武士彟为司徒，兄长武元庆为宗正少卿，武元爽为少府少监，武宸妃的侄子武惟良为卫尉少卿，武怀远为太常卿。武士彟有妻妾二人，妻子生子武元庆、武元爽二人。妾是杨氏，只生了三个女儿，长女嫁给越王府功曹贺兰越石，二女是宸妃，三女嫁给郭姓。武承嗣是武宸妃的族侄，只因武宸妃宠爱他，高宗就封武承嗣为荆州都督。一门富贵，内外煊赫。

王皇后见自己势单力孤，武宸妃权威日盛，皇帝的宠爱全在武氏一人身上，不得不凡事忍让些。武氏自从位升宸妃以后，也不守做妃子的规矩。六宫妃嫔在喜庆大节时，都要到正宫里去行朝贺的礼，武宸妃却自恃宠爱，从不向皇后行礼。有时皇后反到宸妃宫中闲谈，宸妃和皇后说话时，竟自称姐姐。皇帝朝罢回宫，就驾幸宸妃宫。宸妃就把朝廷大事，问个仔仔细细，有时还说皇帝有些事处置失当，皇帝听了，非但不恼，还称赞宸妃是女中丈夫。

宸妃听皇帝称赞她，就又撒娇撒痴的，要跟着皇帝一块上殿听政。皇帝也欢喜，就传谕内侍省，在太和殿上挂起帘子，在帘内设着宝座。第二天早朝，武宸妃也按礼穿着大服，坐着宝辇，率着内侍和宫娥，前呼后拥地和皇帝一齐上了太和殿，在帘内坐着，受百官的朝拜。只见那班大臣，一个一个地上殿奏事，皇帝又当殿传旨，该准的准，该驳的驳，大概一个半时辰，就鸣鼓退朝。从此成了例规，武宸妃每天跟着皇帝垂帘听政。皇帝坐在帘外，宸妃坐在帘内，一有疑难的事，宸妃就在帘内低声说着话，替皇帝解决。皇帝也依着宸妃的话，传谕下去，日子久了，慢慢地就成了习惯。高宗是一个喜欢偷懒的人，每天坐朝，听大臣们奏对，也很厌烦。见万事都有武宸妃替他拿主意，而且武宸妃出的主意，说的话，也很得体，有时还胜过自己，从此每天坐朝，也非武宸妃陪着他不可了。

王皇后在暗地里留心着，实在是有些看不过去了。一天高宗和武宸妃正朝罢回宫，王皇后手捧奏本，在宫门口候着。见高宗驾到，就跪倒在地，双手把奏本高高举着，口称："臣妾奏请不要让宸妃临朝。"高宗拿奏章看，见奏章上引用了太宗文德顺圣皇后长孙氏的话"牝鸡司晨，家之穷也"。高宗看了，也不禁动容，就把宸妃临朝的事罢免了。武宸妃因此恨王皇后恨入心肺。武氏做才人的时候，就蓄意做一个独揽朝纲的女主。她明知高宗皇帝，是个懦弱无能的人，只要收服了他，将来就可以为所欲为。因此高宗在做藩王的时候，就百般勾引他上手，又竭力帮助他设谋定计，夺得了皇位。第二次进宫，她设法挤去了刘贵妃和萧淑妃二人，自己也挣扎到了宸妃的地位，慢慢地在朝中植入党羽，把持政权。好不容易能天天陪着皇帝垂帘听政，正想把朝廷的大权，揽在自己的手中。不料王皇后上了一本，把她的想望，打得烟消雾散。她心中一恨就想蓄意推倒王皇后，以解她心头之气。

这时王皇后的父亲王仁佑去世了。王皇后得知父亲去世，在宫中日夜哭泣。高宗偶尔到正宫，见皇后脸上有泪痕，知道皇后想念亡父，就下谕准许皇后的母亲柳氏进宫劝慰。柳氏是国舅柳奭的妹妹，虽然是女流，但颇有才智。柳氏奉了谕旨，就对柳奭说道："宫中后妃，互相倾轧，我不应进宫，免得弄起是非。"柳奭再三劝说，说皇帝的旨意不能违抗，宫中外甥女也想念母亲，母女见一面也好。柳氏听了，就进宫去见皇后。

武宸妃得知，心中就有了主意，当即用财帛买通了正宫门监。柳氏自从得了皇帝谕旨，可以自由出入宫廷，就常常进宫探望皇后。一天，柳氏出了宫后，恰巧皇帝到正宫去。正走进宫门，那宫监呈上一张黄色的纸条，上面写着时辰八字，又有一支绣花针，刺在那纸条上。皇帝一看那八字，正是自己的出生年月日，当下心中就觉得纳闷。查问门监，说是刚才柳氏出宫，上车的时候落下的纸条。高宗听了大怒，转身到武宸妃宫中，把纸条拿给武宸妃看。武氏看了，故意惊慌地说道："哎哟！这是邪教迷人魂魄的法子，怎么把陛下的生辰写在上面，这人是要取陛下的性命啊！"说着把那纸条扯得粉碎。高宗也气得连声说："快传谕宫门监，从此以后，不许柳氏进宫。凡是出入正宫的，身上都要细细搜查。"高宗从此也不到正宫去，只在武宸妃宫中，和武氏打得火热，把王皇后丢在脑后。皇帝禁止柳氏进宫，心中愤恨皇后。但皇后却蒙在鼓里，一点也不知道。

武宸妃见皇帝第一步就中了她的计，于是在背地里又策划了更毒的计谋。这时武宸妃生了一个女儿，高宗因宠爱武宸妃，就在宫中筵宴庆祝。六宫的妃嫔，要讨武宸妃的欢心，都送贺礼给小公主，算是见面礼。正宫里有一位赵婕妤，忠心于王皇后，劝王皇后忍性耐气去笼络武宸妃。王皇后听了她的话，也趁这个机会让宫女绣了衣裙，另备黄金百两，拿去赏给小公主，满心想买回武宸妃的交情。谁知武宸妃心肠狠毒，早打定主意，要陷害皇后。过了几天，王皇后见皇帝一直不临幸正宫，武宸妃受了她的赏，也不来谢赏，心中万分愁闷。赵婕妤又再三劝王皇后亲自到武宸妃宫中去慰问，乘机探听皇帝的消息。王皇后见事已如此，不得不低头，就忍着怒气，亲自到武宸妃宫中。见了武氏，百般抚慰，有说有笑的。武氏却大模大样地不是很理睬。皇后又把武宸妃的女儿，抱到怀里，抚弄了一回，搭讪着回了正宫。王皇后受了一肚子的冷气，回到宫中，倒在床上，痛哭了一场。赵婕妤在一旁劝着，正在这时，忽然一个宫女，匆忙跑进来说："武宸妃生的女儿，忽然气绝死了。"王皇后听了，也十分诧异，说道："刚才睡在我怀里还好好的，怎么突然就死了呢？"

·皇后武媚娘·

恰巧那天王皇后屈驾到宸妃宫中探望武氏，又抱了一会武氏新生的女儿。武氏趁王皇后刚走，就立刻亲下毒手，狠狠掐住女儿的喉咙，把一个刚出生没多久的孩子活活掐死了。武氏又悄悄把尸身放到床上，用锦被盖住，转身走到外房，找宫娥说笑去了。

过了一会儿，高宗皇帝退朝回宫来，武宸妃上去接驾。高宗一坐下，就说："快把我的孩儿抱来！"当下就有宫女走进里屋去抱孩子。忽然听到那宫女在屋子里一声怪叫，连跑带跌地走出房，跪倒在武宸妃跟前，浑身发抖，嘴里断断续续地说道："奴婢该死！奴婢该死！"高宗看了十分诧异，忙问："什么事？"那宫女一边淌着眼泪，一边磕着头说道："奴婢该死！这位小公主，不知道什么时候归天了！"高宗和武氏听了这句话，吓了一大跳。皇帝拉住武宸妃的手，飞快跑进里屋，一看，小公主果然死了。武宸妃抱住小公主的尸身，大哭起来。高宗跑出房去，咆哮大怒。宫中的内侍和宫女们，吓得跪在皇帝跟前，死命地磕头。

高宗喝令把看管小公主的宫女和乳母，绑出宫绞死。又细细地查问："有什么人进过宫？"一个宫门监，奏说："今天只有皇后娘娘进宫，探望小公主。"高宗听了，忙问武氏："皇后抱过公主吗？"武氏听了，故意装作悲痛的样子，呜呜咽咽地说道："臣妾不敢乱说。"高宗听了，手一拍，脚一顿，大声说道："什么皇后不皇后，她作恶也作够了，看朕早晚把这贱人废去！"说着又追问宫女，宫女才说亲眼见皇后进宫抱过小公主。高宗听了，说道："是了，是了，不用说了，准是这贱人下的毒手，等朕问她去。"说着站起身就要出去。武宸妃急忙上前，把皇帝抱住。到了晚上，武宸妃在床席之间，用尽迷惑的功夫，把皇帝调弄得服服帖贴。他俩商量了一夜，高宗口口声声答应把王皇后废去，册立武氏为皇后。武氏才欢欢笑笑，亲热了一阵。

但废皇后是国家大事，只有皇后犯了大错，由文武大臣奏请，才能废的。高宗为这事，踌躇不已。武氏说："当今大臣中，最可畏的就是长孙无忌。他是国舅，凡事国舅不答应，那文武百官就都不敢答应。只要在长孙国舅那里把话说通，这事就好办了。”过了几天，正是长孙无忌的生日。在前几天，高宗就拿黄金八百两，绣袍一袭，赐给长孙无忌。到了长孙无忌生日这一天，长孙无忌家中大开筵宴，宾主正在欢呼畅饮。忽然皇帝和武宸妃一齐驾临，慌得长孙无忌和众宾客连忙跪接圣驾。随后在大堂上高高地摆起一桌酒筵，请皇帝入席。长孙无忌家中，也养着一群舞女，当时就叫舞女出来歌舞。高宗看了大乐，多饮了几杯酒。屋里面长孙无忌的姬妾们，伺候着武宸妃饮酒。那班姬妾竭力奉承着武宸妃，武宸妃心中欢喜不已。

长孙无忌有三个宠妾，一是黄氏，一是杨氏，一是张氏，三位姬人，每人都生有一个儿子。武宸妃把三位公子传出来相见，果然个个长得眉清目秀，齿白唇红。武宸妃把三个公子拉近身，抚弄一番。酒席散后，长孙无忌把皇帝邀进书房去坐，武宸妃也在一旁陪坐。说长孙无忌三位公子很是可爱，高宗传谕，封三位公子为朝散大夫，又赐三位如夫人十车金银缎匹。长孙无忌奉了旨，忙带着姬人和公子出来跪谢皇帝。皇帝和长孙无忌在书房中闲谈起来，高宗说起皇后不产皇子，接着又叹息了一阵。长孙无忌，听到皇帝说起这个话，就低着头不做声了。武宸妃拿眼睛看着皇帝，皇帝也无法可想，快快不乐地摆驾回宫。

长孙无忌见皇帝回宫去了，就邀集了李勣、于志宁、褚遂良、韩瑗、来济、许敬宗等大臣，在密室中商议。长孙无忌说：“今天万岁爷对老夫一再说起皇后无子，是要探听老夫的口气。老夫受先帝的重托，不愿中宫有变，因此老夫没有做声。老夫也知道万岁爷因宠爱武宸妃，有废立皇后的意思。我们做大臣的，都该匡扶皇上，不能让皇上做出失德之事，不知列位意下如何？”众大臣听了，齐声说道：“我们都该出死力保护皇后，不让君上失德。”只有许敬宗说：“君子明哲保身。万岁爷主意已定，我们保护也是枉然，倒不如顺了万岁爷的意思，免得伤了君臣的感情。”这句话一说出，褚遂良气得跳起来，伸手指到许敬宗的脸上骂道：“我把你这阿谀奉迎的小人……”一句话没说完，两人就扭打起来。长孙无忌和大臣上去，把两人劝开，然后各自散了。

第二天，果然圣旨下来，传长孙无忌、李勣、于志宁、褚遂良进内殿商议大事。他们接到诏书，都赶到长孙无忌家中商议。褚遂良说道：“今天必定是商议废立中宫的事，主上主意已决，违逆者必死。长孙太尉是国家的元舅，李司空是国家的功臣，不可使皇上有杀元舅功臣的恶名，望两位大臣不要进宫。我褚遂良出身草茅，没有立下汗马功劳，却得封高位，早已深感惭愧。今天再不以死相争，到地下怎么有脸见先帝？”

李勣于是称病不朝，只有长孙无忌和褚遂良两人进内宫。高宗一见他们，劈头问道："武宸妃现在已经生子，朕打算立她为皇后，你们看怎么样？"褚遂良当即跪下说道："皇后是名家之后，是先帝为陛下娶来的。先帝临崩前，拉着陛下的手对臣说：'朕佳儿佳妇，都托付给卿了，除非犯有大错，否则绝不能废了。'还请陛下三思。"说着直挺挺地跪下，不肯起来。高宗听了也无话可说，就令褚遂良退去。

第二天早朝，高宗又在当殿传谕："皇后无子，武宸妃生子，朕打算废王皇后，立武氏为皇后。"褚遂良跪在当殿奏道："陛下如果一定要另立皇后，尽可另选大族之女，何必一定要立武氏？武氏原本是先帝的才人，众所共知，现在立武氏为皇后，让后人以后如何评说陛下？"高宗不防他当着众臣说出这个话，一时恼羞成怒，把龙案一拍，正要说话，褚遂良又说道："臣明知忤逆陛下，罪当万死，然而骨鲠在喉，不得不吐。"说着，连连磕头，磕得血流满面，依旧说道："臣今天奉还陛下官职，求陛下放臣归田。"这时武宸妃正坐在帘内听政，听褚遂良句句辱没自己，忍不住在帘内厉声喝道："陛下还不杀了这个逆臣！"一缕尖脆的喉声，飞到殿下。百官听了，都不禁毛骨悚然。

韩瑗听了，不禁大怒，也跪倒奏说："如今武宸妃内惑圣明，外弄朝政，再不废了就与妲己无异。陛下应该乾纲独断，立即废武宸妃为庶人，免得贻祸后世。"说着也把纱帽摘下来说："臣出言无状，愿陛下赐死。"高宗到了此时，也怒不可遏，传谕把褚遂良、韩瑗两人，一齐交刑部处死。左右武士领旨，扑上殿来，要揪褚、韩两人。长孙无忌上前拦住，跪奏道："褚遂良、韩瑗二人，都是先朝功臣，又受先皇之托，即使有罪也不能处死。愿陛下念先帝之意，赦免了他们。"说着也止不住流下泪来，白发苍苍的头也不停地磕着。高宗见舅父求情，也不好意思拒绝。传谕把褚遂良、韩瑗二人，推出朝门，不是皇上传见，不得入朝。退朝下来，高宗和宸妃二人，心中都郁郁不乐。

一天李勣和许敬宗两人在内宫中陪着高宗闲谈，高帝又问起废后立后的事。李勣说道："这是陛下的家事，何必问外人？"许敬宗也说："陛下身为天子，立后之事尽可独断。"高宗听了，决定下诏废王皇后为庶人，与萧庶人一同入冷宫，立武氏为皇后。

册立武后的那天，朝廷内外命妇都在肃仪门内朝贺，文武百官和外国的酋长在肃仪门外朝贺。武后又随着高宗去参拜宗庙，外面太和殿上，里面坤德宫中，都摆下盛筵，武氏全族都被召进宫赐宴。诏书下来，封武后的父亲武士彟为司徒，封为周国公，谥称忠孝，配享高祖庙；武后的母亲杨氏，封为代国夫人。许敬宗又上奏说："前皇后王氏，父亲王仁佑，并无大功，但官位显赫。现在王庶人谋乱宗社，罪应灭族。"高宗下诏，追夺王仁佑生前的官爵，将王氏同族的子孙发配岭南。又降太子李正本为梁王、梁州都督，后因武氏不开心，又降李正为房州刺史。太子见武后处处和他作对，心中十分害怕，得了疯病，穿着妇人衣服，口口声声说皇后派刺客来谋害他。高宗又下诏把正本太子废为庶人，囚禁在黔州。武后又因长孙无忌、褚遂良、来济、韩瑗这些大臣不是自己的党羽，故意上表说："陛下以前要让妾正位中宫，韩瑗、来济、长孙无忌、褚遂良辈，面抗廷争，忠义可嘉，请陛下加以褒赏。"高宗把皇后的表章，扔给长孙无忌等人看，褚遂良等人看了忙叩头辞官。皇帝下诏，罢去长孙无忌、褚遂良的官职，任用武氏子侄。从此朝廷中尽是武后私党，合伙听皇后的懿旨，愚弄皇帝。

武后一心要夺皇帝的政权，但自己终究是一个皇后，凡事不能越过皇帝。所以每天皇帝坐朝，武后就隔着帘子，坐在皇帝的身后。百官奏事，先由武后传话给高宗，高宗再依着武后的意思宣旨。国家大事，实际上已经由武后操控了。武后还是不满足，就想用美人计把皇帝弄昏了，皇帝精神衰弱下来，就无心过问国家大事，自己就可以乘机把大权握在手中了。武后的母亲，这时已改封为荣国夫人，常常进宫。武后就把这意思对荣国夫人说了，荣国夫人也说是好主意，只是怕高宗迷恋上了别的女子，武后反而失了宠幸，不就弄巧成拙了吗？母女二人商议了半天，商议出一个主意来。

过了几天，就是武后的生日。这是武氏入主中宫后的第一个生日，高宗要讨皇后的好儿，故意给她热闹热闹。下诏大赦天下，允许百官妻母进宫朝贺。宫中结起灯彩，到处张着寿筵。一群命妇，打扮得珠围翠绕，娇红嫩绿，前来赴宴。武后在百花洲摆下三张大席：中间一席是皇后坐着，荣国夫人陪席；左边一席，坐着武氏同族的女眷；右边一席，坐着武氏亲戚的女眷。一屋子妇女，莺歌燕语，粉腻脂香。正喝得高兴，忽然万岁爷驾到，那妇女听了，顿时惊慌起来，正要起身避开。武后传谕说："内家眷属，不用回避。"众女眷听了皇后的懿旨，只得候着。见听窗外一阵靴声，不一会儿皇帝就进屋来了。众命妇见了，一齐低下头，只听得皇帝哈哈大笑着说道："朕来替娘娘把盏，劝娘娘开怀畅饮。"说着，小黄门捧着金盘，把酒送到武后跟前，贴身宫娥把酒杯接过，送到武后唇边。武后喝了一口，口称："谢万岁洪恩！"接着，又亲自斟了一杯酒，送到高宗手里，口称："愿吾皇万岁万岁万万岁！"高宗端着酒杯，对众妇人说道："朕与众妇人同饮一杯，为娘娘祝寿！"满屋子妇人说道："领旨，愿吾皇万岁！娘娘千岁！"

高宗听到一缕娇脆喉音，分外动人，抬眼一看，只见一个二八娇娃，倚立在一个美妇人肩旁。只见她眉弯含翠，杏靥凝羞，娇嫩得可爱。再看那妇人，雅淡梳妆，袅袅婷婷。高宗看在眼里，心头不禁微跳，忙问武后道："这夫人是谁家眷属？"武后忙奏说："是臣妾的姐姐，越王府功曹贺兰越石的妻子。不幸做了寡妇，三日前才回京，难怪陛下不认识了。”高宗又问：“那娇小女儿是谁？”荣国夫人代奏道：“是妾身的外孙女，长女武氏之女贺兰氏。”武后招呼她们母女走上前来参见皇帝。母女二人盈盈下拜，慌得高宗忙叫宫女扶住，向她母女二人脸上端详了一回。她母女二人，羞得忙低下头。高宗叹了一口气说道：“真是美玉明珠，绝世佳人，只是太可怜了！”说着，又回头对武后说道：“大姨子不是外人，既然进宫了，就留她多住几天，在御苑中陪着娘娘玩玩。”武后听了，连称领旨。武氏和贺兰氏母女二人，也连忙谢恩。高宗退出内宫，内侍捧着诏册进来宣读，封武氏为韩国夫人。从此武后就把韩国夫人母女安顿在宫里。

过了几天，武后在内宫摆宴，为韩国夫人贺喜。六宫妃嫔，都来陪着劝酒。韩国夫人喜爱饮酒，见屋子里全是妃嫔，也毫无顾忌，放量饮酒。韩国夫人最讨人喜欢的是一喝醉了酒，就有说有笑，能歌能舞。她一张樱桃小嘴，一开一合，杨柳似的软腰，一摆一折，就是妇人看了，也不禁动心。武后看她醉得太厉害了，就命宫娥扶着她进自己的寝宫，在龙床上暂睡一会，养养神。谁知这韩国夫人一倒下身，就睡熟了。

正酣睡的时候，忽然发觉有人握住她的小腿，轻轻地脱去绣鞋。韩国夫人猛然惊醒，从龙床上坐起身。只见高宗皇帝，不知什么时候偷偷进了屋子，站在龙床前，笑嘻嘻的，手中拿着韩国夫人的绣鞋。见韩国夫人醒来，高宗低声说道：“好一位风流放荡的夫人，放着自己屋子里的床不睡，却睡到朕的床上来了。夫人做的什么好梦，被人偷去了绣鞋，也还不知道呢？”几句话说得韩国夫人娇羞腼腆。她转过脸，红潮一阵一阵涌上粉腮，一双尖瘦白净的罗袜露出裙下。高宗看了又忍不住伸手去握，韩国夫人急把两只小脚一缩，口中说道：“万岁爷不要这样，放稳重些。给妹妹进来撞见了，算什么样呢？”韩国夫人一再退避着，高宗皇帝却涎着脸向她胸中扑来。韩国夫人不由得笑道：“陛下放着六宫粉黛，不去临幸，却和未亡人缠绕不清干什么？”高宗听了，叹一口气说道：“六宫粉黛尽是庸脂俗粉，有谁能赶得上夫人一分一毫。夫人长着这般天姿国色，没有一个多情知趣的男子来陪伴你，未免也辜负了老天的美意。朕是一个最多情的人，夫人如果是嫦娥，朕愿做只白兔，一辈子追随着夫人，侍奉着夫人，替夫人解闷。”高宗说着，亲自去拿了一只玉杯，倒了一杯醒酒汤，捧着送到韩国夫人唇边。韩国夫人，原本是个多情多愁的妇人，青春新寡，对着良辰美景，听着风流天子柔情蜜意的话，不由得春心荡漾起来。当即饮了一口解酒汤，就在龙床上与高宗成就好事。

·母女承宠·

武后喝到一半，起身回宫更衣，四个贴身的宫娥跟在后面。走到寝宫长廊下，院子里静悄悄的，武后吩咐宫女，在廊下候着。小宫女见皇后进屋，上去打起软帘。武后一脚跨进房，只见绣幕沉沉，炉香袅袅，低低的笑声，从绣幕里传出来。接着又听到男子的声音，轻轻地叫着："美人儿！美人儿！"这分明是万岁爷的口音。武后忍不住一腔怒气，上前揭起绣幔。瞥见韩国夫人，正伸出一条腿，搁在万岁爷的膝上，万岁爷捧着韩国夫人的小脚，正在那里替她结鞋带。二人被武后撞破了好事，吓得呆若木鸡。韩国夫人坐在床沿上，双颊羞得通红。

武后一眼见白玉几上，还搁着一只绣鞋，再看那韩国夫人，露出一只尖瘦白罗袜的小脚，搁在床沿上。武后一缕酸气，直冲头顶，把韩国夫人按倒在床上，操起绣鞋，向韩国夫人打去，嘴里骂着："你这浪人的小寡妇！你这浪人的小淫妇！"打得韩国夫人哀号不已。高宗站在一旁看了，心中万分疼痛。武氏姐妹二人，在龙床上扭成一团。高宗上前用力把二人扯开。武后余怒未息，把身上的冠带脱下来，扔到地上，直挺挺地跪在万岁跟前，一边哭着，一边说道："姐姐污乱宫闱，臣妾无颜再居中宫，愿陛下另选贤德，收回成命，废臣妾为庶人，臣妾感恩不已！"说完话，磕了几个头，站起身就要往外走。慌得高宗忙上去拉住，嘴里连连说道："朕不但不废去你这皇后，还要让你做皇帝呢。"说着，把自己头上戴的一顶皇冠戴到武后头上，又涎着脸，口称："臣李治见驾，愿吾皇万岁万岁万万岁！"说着就要拜下地。武后见了，忍不住哧的一笑，忙上去扶住皇帝。

荣国夫人正在外边和众夫人喝得热闹，忽然宫女来报："万岁和韩国夫人偷情，被娘娘撞破了，止和万岁爷闹得不可开交呢。"荣国夫人这时已经喝得醉醺醺了，听了宫女的话，笑着对众夫人说道："我那孩儿，又在那里打破醋罐子了。"说着让宫女扶着，急急忙忙走进寝宫。只见皇后头上戴一顶皇冠，那万岁正在向皇后参拜。韩国夫人倒在床上，呜呜地哭着，正下不得台，见母亲走进屋子，忙下床倒在荣国夫人怀里，哭道："万岁欺负我，妹妹又打我，好好的名节，给万岁爷糟蹋了，我也没脸见人了，就在万岁爷跟前自尽吧。"说着就要向墙撞去。慌得荣国夫人忙去抱住韩国夫人。母女俩呜呜咽咽地哭着。高宗看了，心中万分不忍，也顾不得天子之尊了。当着武后的面，向韩国夫人左一个揖，右一个揖地拜着。又把皇后的凤冠，亲自给韩国夫人戴上，口中说："朕如今就封你做皇后吧。"武后看了，不禁扑哧一笑，说道："万岁让我做了皇帝，又封姐姐做了皇后，不知万岁自已做什么？”高宗说道：“朕就给你姐妹俩做奴才吧。”武氏母女三人听了，不禁笑了起来。

荣国夫人出了一个主意，说：“我的长女，万岁既然已经临幸过了，她也不能再回贺兰家去了，只求万岁好好地把她养在宫中，不要辜负我女儿今天顺从万岁爷的美意！”这句话正是高宗求之不得的，当即连连说：“夫人请放心！朕如果辜负了美人的好意，天地不容。”荣国夫人又回头劝着武后道：“娘娘请把胸怀放宽些，看在同胞姐妹分上，你大姐得了万岁爷的宠爱，她也忘不了娘娘的大德。”说着，又叫韩国夫人过去给娘娘叩头。韩国夫人，满面娇羞，上去给武后磕头。武后拉住韩国夫人的手，互相擦着泪。荣国夫人又亲自把皇后的凤冠，给武后戴上。这时一顶皇冠，还戴在武后头上。荣国夫人要给她摘下，武后不肯，正色说道：“天子无戏言，我如今已代万岁为天子，这顶皇冠是万万不能摘下的了。”后来还是荣国夫人再三劝说，高宗又答应她以后在殿上，并坐临朝，不用垂帘，武后才肯把皇冠摘下。

从此每天临朝，都是皇帝和皇后并坐宝位。文武百官都得仰尊皇后，遇到军国大事，传下的谕旨全是皇后的主意。皇帝虽说坐在当殿，却不敢多说一句话。内外臣工奏章上，都称皇上、皇后为二圣。这时高宗一心在韩国夫人身上，也无心管理朝政，见武后凡事抢在前面，他也乐得偷懒，把国家大事，丢在脑后。

韩国夫人很得高宗的宠幸，嫌院子狭小。高宗就传谕工部，立刻在御苑西边的空地上，建一座美丽高大的宫院，称为迎喜宫。宫后面又盖了一座花园，花园内楼台曲折，廊阁蜿蜒。其中有一座采云楼，雕琼刻玉，富丽幽深。高宗把这座楼给韩国夫人的女儿贺兰氏做了妆阁，拨了十二个宫女，十二个小黄门，在楼中伺候着。

贺兰氏天生秀美，小小年纪，一言一笑，就很妩媚动人。她整天伴着母亲韩国夫人，住在迎喜宫中。高宗和韩国夫人，在花前月下戏弄着，也不避讳贺兰氏。女孩儿在二八年华，渐渐懂得了男女的情趣，她又和高宗十分亲热，在宫中追随在皇帝左右，赶着皇帝，叫阿爹。高宗也常常抚弄着贺兰氏的粉脖儿，叫她小美人。又拿许多珍宝玩物，赏给贺兰氏。贺兰氏清晨睡在床上，还没起身，高宗就悄悄地进房，坐在一旁，看她梳洗装扮。然后把她抱在怀里，玩笑一阵，才拉着她手，走进迎喜宫，和韩国夫人一起用着早膳。高宗迷恋着韩国夫人母女二人，也无心过问朝廷大事。朝中大权，渐渐都操在武皇后手中了。有几天，高宗因为晚上和韩国夫人贪欢，很晚才睡，第二天早朝的时候，只有武后一人坐在正殿上，受百官的朝参。

韩国夫人受了高宗的宠爱，也放出百般本领，迷住这位风流天子。二人调弄到动情的时候，也不管花前月下，筵前灯畔，随处干着风流事。即使有宫女内侍们在一旁，也不避忌。有一晚，高宗搂着韩国夫人睡着，香梦沉酣的时候，高宗被夜半的钟声惊醒。睁眼一看，一抹月光正照在纱窗上，映着窗外的花枝。高宗看了，十分动情，忙推醒睡在怀里的韩国夫人。这时正是盛夏，韩国夫人袒着雪般洁白的酥胸，只用一幅轻纱，围着身体。高宗坐起来，拥着韩国夫人的娇躯，悄悄地扶着她走出院子。草地上有几张榻，预备纳凉的时候用的。高宗扶着韩国夫人，在榻上躺下。月光照着玉躯，映着韩国夫人白净的皮肤。高宗看了，忍不住叫了一声“天仙”，一嘴亲上去。二人在凉月风露下，玩到明月西沉，才双双进罗帐去睡。

谁知第二天醒来，高宗皇帝和韩国夫人，都生起病来。武后知道了，急忙把高宗扶回正宫，分头传太医诊脉开方。御医许胤宗，诊了高宗的脉，又诊了韩国夫人的脉，说：“万岁与夫人都是因为风寒入骨生的病。但万岁体力强，还能救治。夫人娇弱，已经无药可救了。”武后听了，再三传谕，命御医竭力救治。许胤宗看着病人，眼睛紧闭，气息急促，已无法下药。就用黄芪、防风各二十斤，煎成热汤，闷在屋子里，使病人呼吸着药味。满屋子热气奔腾，每天这样熏蒸着，病人流下一身大汗。一连十多天，高宗病势果然渐渐减轻，清醒过来。韩国夫人的病情却一天比一天重，到了第二十天，香魂渺渺，离了人世。

高宗病在床上，也常常念着韩国夫人。武后怕高宗知道韩国夫人逝世的消息，病情加重，就传谕内外宫人，把这噩耗瞒住。过了五六十天，高宗病好了，让内侍们扶着，要到迎喜宫探望韩国夫人。武后这才上去拦住御驾，奏说：“韩国大人早已归天了。”高宗听了，只说了一声：“是朕害死了夫人！”泪珠忍不住滚了下来，武后也陪在一旁拭着泪。高宗亲自到迎喜宫中，一走进宫中，只见屋子正中，供着一座灵台。高宗想起往日的欢乐，忍不住扶着灵座，大哭了一场。内侍上来劝住了哭，高宗忽然听到灵帏里面，有女子的啜泣声。高宗认得是韩国夫人的女儿贺兰氏，当时就把贺兰氏叫出来。贺兰氏见了高宗，叫了一声“阿爹”，扑在高宗怀中，哭得凄凉。高宗看她一身缟素，雅淡梳妆，竟和她母亲初入宫时一样惹人怜惜。当下把贺兰氏搂到怀中，百般抚慰，才劝住了她。贺兰氏又搂着高宗的脖子，娇声说道：“阿爹！今晚不要把我一个人留在宫中，冷清清的，我害怕！”

高宗于是依着贺兰氏，伴着她住在迎喜宫。两人整天在一起，寸步不离。武后起初还以为高宗是和韩国夫人情重，守着韩国夫人的灵座。后来暗地里一打听，原来那位多情的皇帝，连个外甥女，也偷偷地临幸上了。过了几天，果然传出谕旨来，把贺兰越石氏的女儿，晋封为魏国夫人。魏国夫人见过了明路，也不避忌，竟把一个天子，羁绊在宫中，暮暮朝朝，寻欢作乐！魏国夫人年纪又轻，样貌又美丽，高宗皇帝被她调弄得神魂颠倒，竟把朝廷大事，丢在脑后，一任武后临朝听政，作威作福。原来当初荣国夫人和武后商定的美人计，就是拿韩国夫人和魏国夫人母女二人的美色来迷弄高宗，武后就可以乘机独揽朝纲，任性妄为。

武家的女人，个个妩媚淫荡。荣国夫人，已经五十岁了，却长得丰肌玉骨，看上去好像二十岁的少妇，这时她丈夫武士彟，早已去世。荣国夫人耐不住寂寞，暗暗挑选了几个年轻力壮的奴仆，在夜半人静的时候，叫进房去作乐。后来长女韩国夫人因丈夫贺兰越石死了，就带着儿女二人，回京师投奔母亲。贺兰越石的儿子，名叫贺兰敏之。荣国夫人见了这个俊美的外孙，不禁动了邪心，只因碍着韩国、魏国二夫人的耳目，不好意思下手。后来武后和她商量用美人计，荣国夫人趁此机会，把韩国夫人母女二人送进宫，自己在府中和她外孙偷摸上了，放浪形骸，昼夜寻欢。荣国夫人爱贺兰敏之爱到心窝里去了，就推说自己没生儿子，要把贺兰敏之承继在武士彟名下，做过房孙子。从此贺兰敏之改名武敏之，长住武氏家中，陪伴着外祖母，夜夜行乐。武士彟娶有两房妻子，长妻相里氏和小妾杨氏，杨氏就是荣国夫人。武士彟自从武氏入宫后，没几年就去世了。武元庆的儿子，武惟良、武怀运二人和叔叔武元爽，都因杨氏是父亲的小妾，很是瞧不起她，暗地里事事欺负她。杨氏也常常进宫跟武氏诉苦。后来武氏立为皇后，高宗封武元庆为宗正少卿，武元爽为少府少监，武惟良为卫尉少卿。武后心中怨恨她两个哥哥和侄儿，就以外戚应当退让为名，降武元庆为龙州刺史，武元爽为濠州刺史，武惟良为始州刺史。武元庆心中懊恨，后来死在龙州；武元爽又被流到振州，死在振州。只留下武惟良、武怀运二人。

这时魏国夫人在宫中得了皇帝的宠幸，年少任性，仗着自己的威势，欺压六宫。又见武后起居奢侈，服饰豪华，自己也事事模仿着，居然用起皇后的仪仗器服。她每次与皇后见了面，总做出一派骄傲的神气，有时竟出言顶撞。武后在皇帝跟前诉说几句，皇帝反帮着魏国夫人，说皇后有嫉妒之意。武后因此恨魏国夫人入骨，一心想要谋害她。恰巧这一年是荣国夫人六十大庆，家中悬灯结彩，十分热闹。事前魏国夫人和武后商量，想要出宫给外祖母贺寿。武后听了，说自己也很挂念母亲，只因忝位中宫，不能轻举妄动，外甥女回家，替我探望探望母亲，我心中也可放心。

又答应把皇后的仪仗，借给她用。魏国夫人心中想借回外祖母家，在亲戚面前夸耀夸耀自己的威福。谁知这位糊涂皇帝，听说魏国夫人要出宫给外祖母贺寿，自己也高兴起来，说要和魏国夫人一起去。到了那天，竟用帝后的龙凤旌旗，到武家祝寿。

武家的亲族远远望见龙凤彩车，忙到大门外跪接。女眷跪在门里，男子跪在门外。这时荣国夫人，已把她两个侄儿，武惟良、武怀运二人召回家中，招待宾客。宫女从车中扶出魏国夫人。见她穿着皇后的服饰，府上的女眷们看了，无不艳羡。内宅里自有许多女眷，陪着魏国夫人饮酒谈笑。外屋又有官员和武惟良、武怀运兄弟二人侍候着高宗说笑饮酒。荣国夫人家中歌着舞着，十分热闹。高宗看了，也很是欢喜。传谕各赏彩缎二段，黄金十两。这一席寿酒，直喝到夜色西斜，高宗才带着魏国夫人，摆驾回宫。

魏国夫人这次回外祖母家，在亲戚女眷们跟前夸耀了一番，心中异常开心。回到宫，对着万岁爷有说有笑，高宗看了，更是爱怜，把魏国夫人搂在怀里。正要亲昵，忽见魏国夫人大叫一声，两眼翻白，口吐鲜血，顿时气绝。高宗抱住魏国夫人娇躯，大声哭唤，两手把她身体，不住地摇摆着。过了好一会儿，魏国夫人才悠悠醒来，星眼微睁着，低低地叫着："阿爹救我！"高宗看了，心如刀割，忙传御医进宫诊脉。御医奏说："夫人是食物中毒，已经不可救药了。"拖到半夜时死了。高宗握住魏国夫人的手，号啕大哭。

武后知道了，也赶进宫，抱着魏国夫人的尸身捶床大哭。宫女妃嫔们上来劝住了哭。武后说魏国夫人是在武惟良家中中的毒，陛下要替魏国夫人报仇。高宗含泪说道："是皇后家中的人，朕不便问责。"武后愤愤地说道："那臣妾给陛下做主怎么样？"说着起身出宫，立刻传内侍官，捧着圣旨，带领羽林军士，连夜赶到荣国夫人府中，把武惟良、武怀运二人抓住，送在刑部监狱里，立刻杀死。又唆使百官，第二天连名上表，声讨武惟良、武怀运二人谋杀魏国夫人之罪。其实毒死魏国夫人，是武后设计的。魏国夫人仗着皇帝的宠爱，渐渐跋扈起来，凡事都要和武后争胜。武后就趁魏国夫人回外祖母家祝寿，暗暗买通魏国夫人的贴身宫女，带着毒药，伺机把毒药放在魏国夫人的酒杯里。武后又深恨武惟良、武怀运兄弟二人，以前瞧不起她们母女，常常在家中欺负她母亲。于是将计就计，把这毒杀魏国夫人的罪名，推到武惟良、武怀运身上，说他是因妒生恨，谋死魏国夫人。杀死武惟良兄弟二人，武后还不解恨，又把二人的亲族，全部充军岭外。

·色胆无边·

自从武惟良、武怀运二人被处死以后，武敏之在家中更加肆无忌惮，他和荣国夫人二人，双宿双飞，名是祖孙，实是夫妻。但荣国夫人，已是六十岁的老妇人了，怎么敌得住武敏之年富力强的人。日夜淫乐多了，精力不免衰弱，六十一岁时竟一病不起。消息传到宫里，武后心中十分悲伤，发下十万两银子，给荣国夫人办丧事，又令两百名白马寺僧人，到荣国夫人府中超度亡魂。武后又赐十段大内的大瑞锦，交给武敏之，命他修建佛像，替荣国夫人修福。

大瑞锦是西域番僧进献的稀世之宝，做成衣衫，穿在身上，可以益寿延年，造福无量。武敏之虽说与荣国夫人结下私情，但他仗着自己多财美貌，暗中在京师勾搭上的粉头也不少，竟有几个官家闺女，和他暗去明来，成就好事。宫里赐下大瑞锦，武敏之知道是稀世之宝，拿着自己做了几身衣裳，又给平日来往的粉头，每人也做了一身衣裳。大瑞锦是大红大绿的丝缕织成的，武敏之在孝帏里面，穿着这大红大绿的衣裳，左抱粉头，右拥美女，饮酒作乐。荣国夫人死后，府中也没有一个正主，武敏之在家中胡行妄为，也没有人敢去干涉他。

到了荣国夫人灵柩出殡的日子，满朝文武官员，都来送丧。武后是六宫之主，不能轻易出宫，就打发她亲生女儿太平公主出宫，替武后给荣国夫人送丧。太平公主，长得美丽聪明，也有十六岁了。武后和高宗二人，十分宠爱她。终年养在宫中，真是娇生惯养，平常有十六个美貌宫女，陪着吃喝玩笑。她是代母后出宫给外祖母送丧的，武后把全副皇后的舆仗旌旗，拿给女儿使用，沿路招摇威武。到了武家门口，文武百官都来跪接。武府上没有一个女眷招待宾客。只因荣国夫人在世时，把武敏之霸住了，不许他娶妻，也不许他纳妾，所以偌大一座府第中，竟找不出一个主事的女眷。现在府中开吊，官府的内眷来得不少。武敏之侧身在脂粉堆里，见有年轻貌美的命妇，就任意调笑着。那些妇女都知道武敏之的威势，也不敢违拗他，好容易挨过一天，女客陆续退去。

武敏之留太平公主在府中玩耍。太平公主，因为是荣国夫人嫡亲的外甥女，平时也常常在武府中走动，自幼和武敏之就认识。太平公主见了武敏之，叫他大哥，武敏之也叫太平公主妹妹。谁知这一晚，太平公主住在武敏之家中，武敏之看了顿时起了邪心。半夜时，武敏之穿着短衣，手拿利剑，悄悄弄开了太平公主的房间。他原本是想强奸太平公主的，但太平公主睡在里房，外房睡着的全是陪伴的宫女。武敏之一脚跨进外房，只见那床上，罗帐高高挂起，一个年长的宫女，横身睡着。武敏之一看，魂儿都飞了。一抹灯光照在那宫女身上，只见她把绣衾推在一旁，小红抹胸脱去了带儿，开着怀，露出两只高耸白净的乳峰，下面围着葱绿色的裳儿，露出一弯尖瘦洁白的小脚。再看她头上云髻半偏，星眸微启，粉脸凝脂，樱唇含笑。那两只玉臂，一只搁在枕上，一只按在乳峰下面，玲珑纤指轻轻地抚着自己的乳头。看了这样的美人睡态，这好色的武敏之，不由得动起心来。当下把想念太平公主的心思抛到了脑后，先把这个宫女糟蹋了。这一夜，武敏之在外房一连糟蹋了六个美貌的宫女。那宫女畏惧他的势力，又害怕他的利剑，只得忍辱含羞任他糟蹋。

从此武敏之的色胆，越闹越大。这时司卫少卿杨思俭，有一个女儿，长得十分美丽，京师人人都知道她的美名。这名气慢慢传进宫，给高宗、武后知道了。武后亲生的长子李弘，已被立为太子，现已十六岁，还不曾册立太子妃。武后就和高宗商量，要选杨思俭的女儿进宫做太子妃。谁知那武敏之，早想娶杨思俭的女儿做妻房，只因杨家女儿太小，那时自己又被荣国夫人霸住了。如今荣国夫人也死了，杨家女儿也长大了，武敏之听说皇后要选杨家女儿进宫做太子妃，不由得焦急起来。

他想凡事先下手为强，当即带了府中二十个豪奴，捧着金银缎匹，自己跨一头高头大马，骑到司卫少卿杨府。杨家守门人，见是周忠孝王府中来的，不敢怠慢，领着武敏之到客厅。杨思俭被皇帝召进宫商议太子的婚事，不在家中，由府中的幕僚杨西宾出来招呼武敏之坐下。问起来意，武敏之就把久慕杨家女的美名，特来亲自求婚的意思说了。杨西宾把武敏之的话，吩咐管家转禀主母。过了一会儿，管家传出主母的话，说万岁已有意旨下来，拟选女儿为太子妃，因而女儿不能另配高门。武敏之听了，勃然大怒，把手一招，带着二十个豪奴，闯进内宅。幕僚和家丁们见了，急忙上前拦阻，却被武家豪奴，一拳一脚打倒在地。

武敏之冲进内宅门，杨夫人和几位亲戚家的女眷，正在内堂说话。忽然见几个虎狼一样的豪奴，拥着一个少年公子，向内堂上扑来。那公子口中嚷道："哪位是杨家岳母，快出来见你家的新女婿！"慌得那群女眷，四散奔逃。一个丫鬟，嚷了一声："不好了！强盗来抢小姐了！"她一转身向西院小姐房中逃去。杨夫人也一时慌得没了主意，跟着那丫鬟也向西院逃去。武敏之带着豪奴，紧跟在杨夫人后面，追到了小姐的绣房门口。

杨夫人和那丫鬟，急忙转身张着两臂，把绣房门拦住，不肯放武敏之进去。武敏之上去一手揪住一个，向院子里摔去。主婢二人，被武敏之一摔，倒在庭心。四五个豪奴，上来按住两人。杨夫人挣扎不得，直着嗓子向女儿房中喊道："好孩子！快逃命吧，强盗来了。"接着听到房中女儿哭喊的声音，一声声凄惨地嚷着："天呀！救命呀！"后来那喊声渐渐微弱下去，原来杨小姐已经晕厥过去了。杨夫人在外面听了，心如刀割，心中一急，眼前一黑，也晕了过去。武敏之在里面，把杨小姐强奸过了，就放开手，哈哈大笑着，大步走出房。那班豪奴见了，一齐上去叩头，嘴里说道："恭喜相公！"武敏之把手一扬，说道："回府去领赏。"二十个豪奴，簇拥着主人，一窝蜂地退出杨家大门。武敏之跨上雕鞍，拿起马鞭指着杨家的门口说道："看你家小姐，还做得成太子妃吗？"说完大笑而去。

第二天早上，东窗事发。武家门口，忽然来了一大队羽林军士。一个内侍捧着圣旨，喝一声"动手"。军士们进去，绑住武敏之，推出大门，送到马上，后面用绳索反绑着二十个豪奴，押送到刑部衙门。圣旨下来，把武敏之发配雷州，二十个豪奴斩首示众。杨思俭的女儿，被武敏之强奸后，就上吊死了。杨夫人亲自赶到宫里告御状，在宫中遇到了丈夫杨思俭。夫妇二人双双跪在皇帝跟前，连连叩头，请求万岁申冤。高宗因武敏之之事关系着武后的颜面，一时不敢做主，就进宫去问武后。武敏之在外面跋扈的情形，武后也早有所闻，只因他是母家的人，就格外忍让些。听皇帝说武敏之做出这样无法无天的事；站在一旁的太平公主，把那晚武敏之强奸宫女的事也说了出来；又有人说武敏之拿皇后赏赐造佛像的大瑞锦，私下拿去做衣裳。三罪并发，武后勃然大怒，立刻替皇帝下旨抓捕武敏之，交刑部定罪。武敏之恶贯满盈，充军雷州。他在韶州时，悄悄在客栈里自己缢死了。

高宗皇帝自从韩国夫人、魏国夫人，相继逝世以后，心中恍恍惚惚，整天长吁短叹，说笑也少了，茶饭也不思了。看着那群妃嫔，全是庸脂俗粉，蠢笑粗言，没有一个是令人满意的。他烦恼不已，就一个人静悄悄地去御书房坐着。无事可做，就拿大臣们的奏本批着看着。高宗皇帝，许久不问朝政了，看起奏章，很多事都不清楚，不得不去和武后商量。武后又因独揽大权惯了，凡事独断独行，不容高宗有一分主意。帝后两人，因为朝廷的事，经常争执得面红耳赤。高宗只因宠爱武后，凡事忍让她些。但武后凡事都要干涉他，对于朝廷大事，自己反没了主意，对武后不免怨恨起来。高宗生性懦弱，他心中越是怨恨，就越畏惧。又想起从前的王皇后和萧淑妃，自从贬落冷宫后，已经有五六年没见面了。于是瞒住了武后的耳目，只带了贴身的两个内侍，悄悄到了幽禁王皇后、萧淑妃的宫院。

走进庭院，只见落叶满地，门窗蒙尘，静悄悄的，找不到一个人影。高宗看了，不禁叹了口气，低声叫了几声王皇后、萧淑妃，也不见有人答应。半天，只见一个小内侍，从侧门出来。皇帝贴身的内侍，上去拉住小内侍，问他王皇后和萧淑妃幽禁的屋子在什么地方。那小内侍领着路，绕过屋子后面，看见两间低低的没有门窗的屋子，屋子的墙上挖有一个泥洞。恰巧一位宫女，把茶饭从泥洞中送进去。高宗上去看，那茶好像酱油一般，饭菜也十分粗劣。这时里面伸出一只女人的手来，高宗看那手，又黑又瘦。洞里那个女子，见了皇帝，拜下地去，口称："万岁万岁万万岁。"高宗仔细一看，认出是萧淑妃，心头一酸，忍不住淌下眼泪，对萧淑妃说道："皇后、淑妃还好吗？"王皇后听到皇上的声音，也走到洞口，拭着泪说道："臣妾等已蒙圣恩，废为庶人，哪里还敢有这样的尊称？"说道，忍不住呜咽痛哭。高宗安慰她们道："你们不要发愁，朕一定设法让你们回宫。"王皇后说道："天可怜见，陛下回心转意，使妾等可以起死回生，重见天日。陛下可赐此宅为回心院。"高宗此时也十分伤心，用袍袖遮住脸，说道："你们放心，朕自有处置。"说着，退出院子。

谁知早有人把皇帝私幸冷宫的事，告诉了武后。武后听了大怒，并假借皇帝的诏书，在半夜打发几个内侍，到冷宫把王皇后和萧淑妃二人，从睡梦中拖起来。王皇后和萧淑妃二人跪在当院，听读诏书。王皇后听完诏书，叩头无语。萧淑妃却顿足骂道："武氏贱婢，淫污宫廷。我来生变成猫，你来生变成鼠，咬断你这贱婢的喉管，报仇雪恨。"四个武士，一把揪住王皇后的头，按倒在地，拔出钢刀，把王皇后的两手两脚，血淋淋地斩了下来，王皇后痛得晕厥过去。又用粗麻绳反绑着王皇后的手臂和腿，把王皇后的身体倒过来竖在大酒缸里；又揪过萧淑妃，斩断手脚，也倒插在人酒缸里。内侍见已把王皇后、萧淑妃两人，依旨处死，就回正宫去复旨。

武后听了，还不放心，又亲自到冷宫，见王皇后、萧淑妃身上脱得一丝不挂，倒浸在酒缸里，手脚斩断的地方，涌出一股一股的血。武后指着缸中的尸体，哈哈大笑。又听宫女说萧淑妃临刑的时候，说"来生变成猫"的话，就下令宫中禁止养猫。武后自从杀死王皇后、萧淑妃二人以后，心中也有些害怕，总觉得王皇后和萧淑妃阴魂不散。从此不敢住在正宫，就移居到蓬莱宫中。谁知阴魂仍在蓬莱宫中出现。武后和高宗于是就搬出长安，到洛阳行宫居住。

高宗因武后毒杀了王皇后、萧淑妃二人，见了武后，又是怨恨，又是害怕，连一句伤心的话也不敢在武后跟前说。无人的时候，常常忍不住流下泪来。但武后心中还不知足，嫌高宗时时干预政事，自己不能任意妄为。听内侍们说，洛阳有一个道士郭行真法力无边，能驱逐鬼神，降服人心。武后怕王皇后、萧淑妃的阴魂还未散去，就把郭行真召进内宫，做了七天七夜的法事。郭行真又用蛊毒混在法水里，交给武后，给皇帝喝下，使皇帝事事顺着武后。

当时有一个宦官，名叫王伏胜，是高宗最亲信的内侍，探听到这个消息，心中愤怒，悄悄地告诉万岁。高宗听了大怒，立刻要赶到正宫责问武后。王伏胜连连叩头说道："万岁这一闹，奴才性命就不保了。万岁应当想一条先发制人的计策，把皇后制伏了才是正理。"高宗听了，叹了一口气道："如今满朝文武，都是武后的爪牙，没有人是朕的心腹了。"王伏胜奏道："西台侍郎上官仪，向来忠义，万岁可以把他召进宫，与他密议。"高宗就交给王伏胜密诏，让他悄悄把上官仪领进宫。上官仪见了高宗，叩头行过礼。高宗劈头一句便问道："皇后为人怎么样？"上官仪跪下叩头说道："恕臣万死！皇后专横跋扈，大失所望。"高宗听了，不禁顿足叹道："真是忠义大臣！"当下命上官仪在宫中，草拟废武后的诏书。

武后明欺高宗懦弱无能，见郭道士长得英俊，早晚传他进宫伺候着。郭行真仗着皇后的势力，在宫中进进出出，也目中无人。见了美貌的宫娥，就任意调笑。这一天他正在宫中过道上，伸手摸着一个宫女的脖子。恰巧被王伏胜看见，他勃然大怒，从腰上拔下了佩剑往郭行真脖子上砍去，郭行真立即人头落地。宫女吓得拔腿就跑，别的内侍见王伏胜杀死了郭道士，忙报告给武后。武后听说郭行真被杀，痛心不已，正要出宫去看。又有内侍来报告说："上官仪在宫中草拟废皇后的诏书。"武后听了，又惊又怒，就丢下郭道士的事，急忙赶到上书房。见皇帝和上官仪、宦官王伏胜三个人，都在屋中。高宗不防皇后竟亲自赶来，慌得忙把诏书，塞到袍袖里。武后一眼瞥见了，劈手夺下来，从头到尾，读了一遍。然后揪住皇帝的衣带，号啕大哭起来。低着头向皇帝怀中撞去，顿时云髻松散，涕泪狼藉。任皇帝怎么抚慰，左右怎么劝谏，她都不理睬，只一味地撒泼，扭在皇帝身上，嚷着："求万岁赐妾一死吧！"

·徐敬业讨武·

高宗见武后哭闹不休，心中已经软了一半。武后又连哭带诉地说道：“早知今天要废去臣妾，当初臣妾是先帝的才人，也被先帝临幸过，陛下又何必拿甜言蜜语来哄骗臣妾失节？臣妾当时也枉废了心机，替陛下用尽了心思，谋得这太子的位置，才有今天这样的至尊极贵。臣妾也知道自己命薄，享不得荣华，受不得富贵，好好的削发待在尼庵。谁知陛下又百般地勾引臣妾进宫，骗臣妾坐了正宫，现在又要无端废了臣妾。臣妾既失了节，又失了位，实在丢不起这个脸。”说着，又一声一声地哭起先帝爷来，把高宗和武后两人从前的私事，都嚷了出来。

高宗被她说得无地自容，又见她泣泪横流，心肠早软了下来。亲自上去拉住武后的手，说道：“朕并没有废后的意思，全是上官仪教朕的。”慌得上官仪忙趴在一旁叩头。武后听了，立刻放下脸喝道：“圣上有旨，上官仪草诏。”上官仪听了，忙把纸笔拿在手中。武后口中念着道：“上官仪离间宫廷，罪在不赦，交由刑部处死。”上官仪写好了诏书，武后又逼着高宗用了印。随即武士上来，把上官仪与王伏胜，绑着押出宫，交刑部绞死。

第二天诏书下来，说故太子李忠，与上官仪同谋，赐李忠自尽；又说右丞相刘祥道，与李忠私自往来，发配沧州。武后趁此时机，把忠于皇帝的大臣，全部罢免，全用了自己亲信的人。又下诏改王皇后姓氏为蟒氏，萧淑妃姓氏为枭氏。自此朝廷一切大权，全由武后掌握。发号施令，武后也绝不与高宗商议，高宗也不敢过问。武后为了要臣下尊敬她，暗地里指使许敬宗会同文武大臣上奏章，尊高宗为天皇，武后为天后。天后废了太子李弘，立李贤为太子。

李弘是武后亲生的长子。当时高宗宠爱武后，就把武后的亲生儿了，立为太子。这位太子，生性很不像他的母亲，待人十分谦和，对待兄弟姐妹，也十分友受。读《春秋》楚世子商臣弑君一段，放下书本不愿再读。率更令郭瑜见了就改授太子《礼记》。太子上奏章，说追封颜回为太子少师，曾参为太子少保。高宗与武后驾幸洛阳，下诏让太子监国。太子在长安，常常询问百姓疾苦，救济灾民。这时萧淑妃已死，留下的义阳、宣城两位公主，天姿国色，性情贞静。太子李弘虽与她们是异母姐弟，但也十分友爱。义阳公主、宣城公主因母亲犯了罪，也被幽禁在掖庭。太子常常瞒着人，到掖庭探望她们。姐弟三人，拉着手哭泣一场。太子很有搭救两位姐姐的意思，只因害怕母亲，不敢说话。两位公主，被幽禁到四十岁，还不得释放。眼看着如花美眷，似水流年。

公主岁数大了，不免有了心事。她和太子弘虽然是姐弟，但在忧愁困苦的时候，有一个少年男子温存体贴着，不觉引为知己。义阳公主，有一个痴念，每次太子弘来看望她，她就把太子贴身的挂件，或是汗巾，留下一两件，藏在枕席下面。到了夜间无人的时候，就搂着汗巾睡。这位太子，为人十分方正，并没察觉到姐姐的心事。只见义阳公主，常常对着自己叹气，一天一天地消瘦下去。有一天，义阳公主清早起来，悄悄的一个人立在花下。见一双粉蝶，在花间一上一下地飞着追着，神情十分依恋。公主猛地想起了自己的心事，一缕酸气，直冲心头，两行珠泪，点点滴滴地落在衣襟上，从此一病不起。

义阳公主死后，宣城公主检点她的尸身，在义阳公主怀中，发现一方太子的汗巾，就悄悄地对太子说了。太子也十分感慨，到义阳公主尸身旁，痛哭了一场，用上等的棺木将她收殓。然后去朝见母后，说宣城公主年已四十，还幽禁在掖庭，不让她下嫁，上违天和，下灭人道。几句话说得十分严冷，武后听了，不禁大怒。立刻下诏，把宣城公主指配给了掖庭卫士。那卫士已有五十多岁了，面貌黑丑，性情粗暴。太子再三求告，让姐姐另嫁大臣子弟。武后不许，并且痛斥了太子一顿。太子因皇家公主下嫁卫士，有失国体，心中怏怏不乐。从此神情恍惚，喜怒无常。上元二年，太子跟着父皇母后到合璧宫。武后暗中在太子酒杯中下毒，太子喝下，毒发而死。武后立潞王李贤为太子。

潞王李贤勇武有力，是个循规蹈矩的少年。八岁读《论语》，读到“贤贤易色”一句，就连读不休。高宗在一旁坐着，问他：“为什么屡读不休？”潞王回奏说：“儿臣实在喜欢这句话。”高宗十分欢喜，对他说道：“贤儿有慧性，当立为太子。”后来李贤迁入东宫，每月朝见武后。李贤虽然也是武后所生，但生性正直，见武后骄横专恣，心中也十分不以为然。自己立为太子后，朝见母后的时候，也婉言劝谏母后，把朝政归还父皇。武后听了，心中很不乐意。从此对待太子李贤，也冷冷的了。

武后自从郭道士被内侍王伏胜杀死了以后，心中总是郁郁不乐。借口要在宫中超度荣国夫人的亡魂，命京城官吏，访求道行高深的道士进宫做法事。京兆府尹访得一个道士明崇俨，据说他在深山修炼，已有六十多年了，看上去却像二十多岁的少年，眉清目秀，齿白唇红。炼得千年不老仙丹，有缘的就赠人仙丹一粒；又能超度亡魂，早登仙界。道士明崇俨进宫后，大得武后宠信。白天召集道友，鼓钹喧天地做着法事；夜间闭门静坐，香花供养，修炼仙丹。武后有时也在法坛前参神拜佛，有时在丹室中参证问道，有时竟把明崇俨道士，召进皇后寝宫，讲法说理，直到夜深人静，还不见放道士出来。一个多月来，这道士和武后二人，常常不离左右。等到七七四十九天，大功告成，明崇俨献上仙丹。武后大设筵宴，独赐崇俨一桌素席，令百官陪宴；又下诏封明崇俨为正谏大夫。从此明崇俨在正宫里走得更勤了。外面沸沸扬扬，说明崇俨道士与武后通奸。风声传到太子耳中，他忍不下这口气，想去奏明父皇，下诏将明崇俨正法。

这时高宗得了头风病，病得十分厉害，已有三个月不进皇后宫中。太子怕父皇得知了，一气恼，病情更严重，只好忍耐着。但武后有时竟在明崇俨丹房中留宿，越闹越不像话了。太子忍无可忍，就带了几个有力气的武士，悄悄地在丹房门外的过道上等着。见明崇俨从丹房里出来，两个武士上去，把道士的嘴堵住，反绑着他的手臂，送到太子跟前，按他跪倒在地。起初明道士十分倨傲，不肯吐露真情。武士拿皮鞭在明道士脊梁上狠狠抽着，道士痛得受不了了，才招认说："自己原本是京师的无赖，实际年纪只有二十六岁。修丹成仙，超度亡魂等话，全是哄骗天后的。"太子问："可曾与天后通奸？"明崇俨只是叩着头，不敢说话。太子看了这神情，气愤极了，亲自上去，把明崇俨的脖子扼住。谁知用力过猛，明崇俨气绝身亡。太子吩咐在尸体上绑一块大山石，抛到玄武湖。太子这才出了胸头一口闷气。

第二天，武后得知这个宠爱的明道士不见了，心中万分焦急。暗中令内侍们在各处寻访，还是找不到明崇俨的踪迹。后来，内侍的同伴中，渐渐有人吐出口风，说明道士是被太子杀死的。武后心中更恨太子李贤了，时时想着要报这个仇，太子也时时提防着。这时宫中又有谣言，说太子不是武后的亲生儿子，是高宗和武后的姐姐韩国夫人私通后生下来的私生子。太子听了这谣言，更加害怕，暗中调进两百名武士，日夜埋伏在东宫里防备着。武后知道了，十分动怒，说太子有弑母之心，不可不除。当时就下诏令薛元超、裴炎、高智周等武将，带领羽林军直扑东宫，搜出武士数百人。武后亲自拉着太子李贤，到高宗跟前，请皇帝发落。高宗因头风卧病在床，见太子贤犯了罪，心中十分悲伤，只是掉着眼泪，不说话。武后愤愤地说道："太子大逆不道，罪不可赦。就在皇帝榻前，请皇上下诏废太子李贤为庶人，立李哲为太子。"太子李贤随即被逐出宫。武后密诏令左金吾将军邱神勣，带兵围住李贤的府第，逼令李贤自杀。

高宗见废了太子李贤，心中郁闷，病情更加严重，两手捧着头，日夜喊头痛，眼眩心跳。六宫妃嫔日夜不休地在床前侍奉汤药，看了都十分焦急！这时御医秦鸣鹤，奏称陛下肝风上逆，只有用钢针刺头，流出血就能痊愈。武后在一旁喝道："秦鸣鹤该杀，怎么能刺皇帝的身体？"高宗忙拦住说道："御医无罪，朕头昏目眩不已，就试试吧。”秦鸣鹤大胆上前，在皇帝左右太阳穴上，重重地扎下两针，淌出血来。不一会儿高宗坐起身说道：“朕不昏了。”高宗传谕，赏秦鸣鹤黄金百两，彩缎十段。但过了几天，高宗旧病复发，头比以前更痛了。高宗依旧传秦鸣鹤来刺头出血，又吃了很多药，但没什么效果。

有一个姓陈的宫女，自称世代行医，擅长治头风，请命为皇上配制药饵。高宗听了，不是很信她。那宫人再三请求，高宗就令亲信内侍，监察着她配制药饵。宫人在院子里，掘地埋锅，才掘了一二尺深，忽然一头大蛤蟆，从泥中跳出，色如黄金，背上有一个红色的武字。内侍见了，不敢隐瞒，连忙奏明皇上。高宗看了，一时也不知道是什么征兆，就命内侍拿去放到后苑池中。宫女又到别的宫院，才挖开地，又有一头金色蛤蟆跳出来，蛤蟆背上依旧有一个红色的武字。内侍又拿给高宗看，高宗心中怀疑是不祥之兆，命人把蛤蟆杀死。第二天，那宫女和内侍，都死在了床上。随后高宗也驾崩了，升武天后为皇太后，遗诏立太子李哲为中宗皇帝，一切军国大事，都必须听太后裁决。皇太后为笼络人心，下诏安民。但中宗即位以后，发号施令从不与皇太后商议。皇太后十分愤怒，也曾和中宗争论了几次。中宗不听，皇太后大怒，下诏废中宗为庐陵王，立子王李旦为睿宗皇帝。这时睿宗虽然是皇帝，却终年被幽囚宫中，不得干预政事。

凡是武后家里的人，都握着大权。武承嗣是武太后异母兄长武元爽的儿子，武敏之犯罪自缢以后，武家族人就把武承嗣从岭南召回。嗣圣元年，封武承嗣为礼部尚书；载初元年，封他为文昌左相，同凤阁鸾台三品，兼知内史事。武承嗣奏请在东都建造武氏七庙，武太后下诏：

追尊周文王为始祖文皇帝，王子武为睿祖康皇帝，封五代祖太原靖王居常为严祖成皇帝，高祖赵肃恭王克己为肃祖章敬皇帝，曾祖魏康王俭为烈祖昭安皇帝，祖周安成王华为显祖文穆皇帝，考忠孝太皇为太祖孝明高皇帝；又封武元庆为梁宪王，武元爽为魏德王；又追封伯父叔父为王，各位姑母都为长公主；加封武承嗣为魏王，武元庆的儿子夏官尚书武三思为梁王。又封承嗣的儿子武延基为南阳王，武延秀为淮阳王；封武三思的儿子武崇训为高阳王，武崇烈为新安王；封武承业的儿子武延晖为嗣陈王，武延祚为延安王。

一门富贵，作威作福，横行无忌。武承嗣心中还不知足，时时劝武则天杀尽皇家子孙。武承嗣的弟弟武三思，也竭力劝诱着。武承嗣自以为日后自己可以稳稳地得了皇位，就令凤阁舍人张嘉福，迫使百姓上表，请立武承嗣为太子。武太后不许，武承嗣心中郁郁不乐。

这时柳州司马徐敬业、括苍令唐之奇、临海丞骆宾王，痛恨武太后威逼天子，招募了数万义兵，杀死扬州大都督府长史陈敬之，占据州城，传檄四方，打算迎立庐陵王李哲仍为中宗皇帝。檄文上说道：

伪临朝武氏者，性非和顺，地实寒微。昔充太宗下陈，曾以更衣入侍。洎乎晚节，秽乱春宫，密隐先帝之私，阴图后房之嬖。入门见嫉，蛾眉不肯让人；掩袖工谗，狐媚偏能惑主。践元后于翚翟，陷吾君于聚麀。加以虺蜴之心，豺狼成性，近狎邪僻，残害忠良，杀姐屠兄，弑君鸩母，人神之所共嫉，天地之所不容。犹复包藏祸心，窥窃神器。君之爱子，幽之于别宫；贼之宗盟，委之以重任。呜呼！霍子孟之不作，朱虚侯之已亡。燕啄皇孙，知汉祚之将尽；龙漦帝后，知夏廷之遽衰。

敬业皇唐旧臣，公侯冢子。奉先君之成业，荷本朝之厚恩！宋微子之兴悲，良有以也；袁君山之流涕，岂徒然哉？是用气愤风云，志安社稷。因天下之失望，顺宇内之推心。爰举义旗，以清妖孽。南连百越，北尽山河，铁骑成群，玉轴相接。海陵红粟，仓储之积靡穷；江浦黄旗，匡复之功何远？班声动而北风起，剑气冲而南斗平。喑呜则山岳崩颓，叱咤则风云变色。以此制敌，何敌不摧？以此图功，何功不克？

公等或家传汉爵，或地叶周亲，或膺重寄于话言，或受顾命于宣室。言犹在耳，忠岂忘心？一抔之土未干，六尺之孤何托？倘能转祸为福，送往事居，共立勤王之勋，无废大君之命。凡诸爵赏，同指山河。若其眷恋穷城，徘徊歧路，坐昧先几之兆，必贻后至之诛。请看今日之域中，竟是谁家之天下！

这道檄文传到四方，被感动起义的兵士，有十多万人。徐敬业带领人马，直扑婴城，又渡江占据润州，杀死刺史李思文。武太后下诏，封左玉钤卫大将军李孝逸为扬州道行军大总管，率兵三十万，抵抗徐敬业。又令左鹰扬卫大将军黑齿常之为江南道行军大总管，从后路包围徐敬业的大军。

·太平公主·

徐敬业是前朝徐世勣(后太宗赐姓李，名勣）的孙子，他怀着一腔忠义，迎立中宗，起兵声讨武太后。谁知满朝文武，都是武太后的爪牙，即使有一两个先朝旧人，也都惧怕武太后，不敢到老虎头上搔痒。徐敬业手下的十多万士兵，东奔西杀，死的死，逃的逃。不到三个月工夫，败得一塌糊涂。他被黑齿常之捉住，割下脑袋，用香木匣子装着，送进了京师。在徐敬业兵败之前，中书令裴炎和左威卫将军程务挺，都上表劝谏武太后，把庐陵王迎回宫。如今徐敬业已死，武太后下诏，也把裴、程二人处死。朝廷中人，个个吓得噤若寒蝉。

第二天，武太后临朝，把骆宾王的一篇讨武氏檄文给百官看，笑道："这孩儿文章做得不坏，我也欣赏他。可惜他犯了弥天大罪，难免一死。"接着又问百官道："朕无负于天下，你们知道吗？"百官听了，一齐喊着"万岁"。太后又说："朕辅佐先帝三十年，你们的爵位富贵，都是朕给的；天下安定，也是朕的功劳。先帝弃世时，以社稷相托，朕不敢爱身，只知爱人。如今甘心做叛贼的，都是将相之子，你们为什么要这样辜负朕？老臣裴炎、大将徐敬业、宿将程务挺都是一世豪杰，一心要谋害朕，朕都能将他们绳之于法。你们之中才干胜过他们的，想作乱的话趁早；不然，就恭敬谨慎地侍奉朕，不要让天下人笑话！"百官们听了太后的话，一齐趴在地下叩头。同时奏答道："唯陛下之命是从！"

武太后就命武承嗣捧着玉玺，假意说要归政给睿宗皇帝。睿宗皇帝正要上去接受玉玺，忽见武承嗣怒目相视，吓得睿宗忙缩住手不敢接，并再三退让，说："请母后临朝。"武太后见睿宗如此识趣，就收回成命。一面由武三思暗中指使御史傅游艺，率关内父老，上表请改帝姓为武氏；一面又逼迫着百官，一齐上表劝进，假说凤凰齐集在上阳宫，赤雀飞落朝堂，天意已归武氏。睿宗见人心都向着太后，心中十分惊慌，也上表请改帝姓为武氏，使天下定于一尊。

武太后此时，知道威信已归于自己，于是大赦天下，改国号为周，自称神圣则天皇帝。称睿宗皇帝为太子；封父亲武士彟为孝明高皇帝，号称太祖；封母亲杨氏为孝明高皇后。废去唐朝各庙，又搜捕唐朝宗族，不论男女老幼，全部流放到岭南。还暗中令人故意向朝廷告密说："岭南流犯谋反"，则天皇帝令摄右台监察御史万国俊，赴岭南查审。万国俊到了岭南，就伪造圣旨，召集流犯，一概赐死；流犯不服，万国俊命兵士拿刀剑追逼，一直逼到水边，将他们一个个地抓来杀死，共杀死了三百多人。那时被武则天流放到岭南的犯人，有四五千人。他们见万国俊威逼杀死了三百人，心中不服，背地里不免有怨言恨语。万国俊知道了，索性一不做二不休，一道奏本上去，说流犯心怀不轨，请全部斩杀。武则天看了奏本，就令右卫翊府兵曹参军刘光业、司刑评事王德寿、苑南面监承鲍思恭、尚辇直长王大贞、右武卫兵曹参军屈贞筠，都加封监察御史的官衔去查审流犯。他们见国俊杀死了三百人，得了则天皇帝的欢心，都抢着杀人：光业御史杀死九百人，德寿御史杀死七百人，鲍思恭、王大贞每人杀死五六百人。然后得意扬扬地回京复命。

万国俊又奏称路过房陵，谒见庐陵王和王妃赵氏，二人都心怀怨恨，请求皇帝废庐陵王为庶人，赐赵氏自尽。原来中宗被幽囚在房陵，身旁带着妻赵氏，妾韦氏。赵氏原本是常乐公主的女儿，中宗在王府时候，聘娶赵氏为妃。赵氏幽娴贞静，高宗在世的时候，很喜欢她。只有武则天见她性情拘谨，不怎么满意。万国俊巡察到房陵，看望庐陵王。庐陵王和韦氏都有财帛送给万国俊，又亲自劝万国俊饮酒。只有赵氏非但没有财帛孝敬，连陪酒也不肯。万御史怀恨在心，回京去就给她上了一本，说了许多赵氏的坏话。则天皇帝听说她怨恨朝廷，立即下旨，把王妃赵氏带进京，并打入冷宫，囚禁在暗室里。暗室里只有一个洞，派一个内侍，每天拿些柴米送进去，令赵氏自己煮着吃。赵氏被囚在这暗室里，既想念王爷的恩情，又悲吊自己的身世，整天以泪洗面。起初她哭到饿了，就逼着自己去煮一碗饭充饥。她在屋子里煮饭，屋子外面烟囱就会冒烟。看守的太监，见冒了烟，就拿柴米送进洞，给她下一次煮饭用。后来这太监在屋子外面察看，已经三天不见烟囱冒烟了，送进洞的柴米，赵氏也没拿。他心中疑惑，就去奏明则天皇帝。皇帝命人去把墙洞打开，只看见赵氏直挺挺地睡在床上，尸身已经腐烂了。则天皇帝吩咐草草收殓，拿到荒地上掩埋。

赵氏的父亲赵瑰，官拜定州刺史、驸马都尉。自从赵氏死在宫中，赵瑰就被降到括州。常乐公主也被发配到括州，不许朝见。常乐公主是高宗的同胞妹妹，兄妹二人，交情很深，高宗常把公主留在宫中。常乐公主很是正直，见宫人有不守规矩的地方，就要训责。这时武后有一个亲生女儿太平公主，长得美丽，生性也很聪明，武后十分宠爱她。太平公主仗着母后的宠爱，也十分放纵，常乐公主见了，常常训斥她。太平公主受了气，就告诉她母后。武后当时碍着高宗的面子，只得忍耐着。如今大权在握，就把常乐公主贬逐出去，为她女儿报仇。

太平公主，是高宗皇帝的幼女，则天皇帝的亲生女儿。长得丰满艳丽，少年时处世就很有权谋。则天皇帝十分宠爱她，朝廷大事，都和公主商议。宫禁森严，公主守得住机秘，则天皇帝更是喜欢。永隆年间，则天皇帝见薛绍长得年少俊秀，下诏让太平公主下嫁薛绍。又给薛绍建造了华美高大的驸马府，则天皇帝在位二十多年，天下只有一个太平公主，父为帝，母为后，夫为亲王，子为郡王，富贵至极。平时则天皇帝赏赐给她的珍宝衣饰，不可胜数。

垂拱年间，武三思告密说："驸马薛绍，与各王联合造反。"则天皇帝十分愤怒，想杀了薛驸马，又怕伤了太平公主的心，就预先把太平公主召进宫，留住在宫中。同时下旨令羽林军士去捉拿薛驸马，捆交刑部正法。谁知太平公主和薛驸马，夫妻恩情很深，她被则天皇帝软禁宫中，不能和丈夫见面，心中郁郁不乐却又不好说。在宫中住了半年，还没放她回去。公主和薛驸马，生了两个儿子两个女儿，都在驸马府中，母子不得见面。公主记念丈夫，又挂念儿女，不久就郁郁成疾。则天皇帝很宠爱公主，见公主生病，懊悔不该杀死薛驸马。公主的病情，一天比一天严重，躺在床上，神志昏迷。则天皇帝亲自去探望，只见公主声声叫着驸马爷，又说快放儿臣回家看看儿女。则天皇帝听了，十分心酸，心生一计，暗地里召侄子武攸暨进宫。

武攸暨是则天皇帝的伯父武士让的孙子，在武氏子弟中，长相最清秀，年纪也只有二十岁左右。则天皇帝平时很宠爱他，封武士让为楚王，武攸暨为千乘郡王。见皇帝召唤，急忙进宫。则天皇帝悄悄对他说道："太平公主想驸马，想得很厉害。现在她性命危在旦夕，朕到哪里去找一个驸马还她。好孩子，只有你长得很像薛驸马，你可怜可怜你妹妹，暂时充一充驸马，伴着公主住几天吧。"武攸暨家中娶有妻子甄氏，美貌胜过公主，夫妻俩很是恩爱。受了则天皇帝的旨意，不敢违抗，只得忍耐着，一任宫女们，把他拥进公主房中，哄着公主说："驸马爷来了。"公主这时正昏沉得厉害，一听说驸马爷到，就把这武攸暨拉进床，紧紧抱着不放。屋子里的宫女，都掩着嘴偷笑。公主却伸着手不停地在武攸暨脸上、脖子上抚摸着，嘴里不停地叫着"亲人儿，好人儿"。过了十多天，公主的病，果然好了起来。见伴着她的男子，并不是薛驸马，而是她的表弟武攸暨，诧异不已，一问才知道薛驸马犯罪已经被杀了。十多天来，公主在病中，虽没有做出非礼的事，但耳鬓相摩，肌肤相亲，渐渐地也生了感情。再加上武攸暨又长得温存妩媚，太平公主想念丈夫的心思，不禁减了许多。

然而武攸暨心中，无时无刻不在想念妻子甄氏。武攸暨和甄氏做夫妻才一年，甄氏长得十分美丽，夫妇二人正恩爱不已。因皇帝威迫，武攸暨才不得不舍下娇妻，来到宫中对公主欢笑承迎。公主正伤着心，见有个如意郎君陪着她说笑，一缕痴情也被勾起。过了几天，则天皇帝亲自去看望她，太平公主自幼被她母亲娇纵惯了，见了则天皇帝，就纵身倒在皇帝怀中哭着。则天皇帝用好话劝慰着公主，笑着对公主说道："女孩子年纪轻轻就守着空房，是很可怜的。朕赔你一个驸马，好吗？"太平公主一扭头说："儿臣不愿再嫁，丢不下家里的儿女。"则天皇帝听了，手在公主肩上一拍，说道："傻孩子，你是皇帝家的女儿，带着孩子招驸马，谁敢说一个不是呢？"公主也不禁一笑说道："母亲要给孩儿招个什么样的驸马，长得不好的，孩儿可不要。"则天皇帝笑道："武攸暨怎么样？"公主听了，连连摇头说："不要！不要！"则天皇帝连忙追问："为什么不愿意嫁武攸暨？"公主说道："武攸暨家中不是有妻子吗？"则天皇帝则笑着说道："那容易办，那容易办。"则天皇帝一转身，就下了一道谕旨，赐太平公主下嫁武攸暨，授武攸暨驸马都尉，晋封定王，封食邑一千户。

武攸暨接了圣旨，十分诧异，忙去朝见则天皇帝，说自己已娶妻室，不能重婚。则天皇帝笑着对武攸暨说道："你的前妻，朕已经赐她自尽了。"武攸暨一听，脑袋都快炸了，忙赶回家，却看到妻子甄氏的尸身，早已陈列在中堂，脖子上还绕着一幅白绫。武攸暨看了，心如刀割，抱住尸身，大哭一场，亲自把她脖子上的白绫解了下来。则天皇帝特别发了一万两治丧费，依照长公主礼治丧，又令太平公主亲自去吊奠。武家这丧事，办得十分风光。不久，武家左边，盖起了一座高大的驸马府。又派了一支御林军，在驸马府把守大门。府中盖着大花园，十步一亭，五十步一阁。

公主下嫁那天，则天皇帝亲自送嫁，百官都到驸马府中道贺。一时车马盈门，十分热闹。太平公主把薛驸马府的儿女，都领进府，拜见武驸马，认作后父。从此公主在武驸马府中，骨肉团圆，夫妻恩爱，过着快乐的日子。则天皇帝又时时临幸武驸马府，看望女儿，有时竟留宿在驸马府不回宫。百官们都到驸马府朝见奏事。太平公主随侍母亲，也参预军国大事。她的见识，有时还胜过则天皇帝。则天皇帝也常令公主听大臣们奏事，太平公主一时权侵内外。文武百官都到公主跟前奉承讨好，一时贿赂成风。公主则依照银钱的多少，定爵位的高低。则天皇帝渐渐厌倦朝政，将相奏事，于是都拿到驸马府和公主商议。公主得了众人的钱财，就广置田园。府中器具全是金妆玉琢的。公主在府中斗鸡走狗，让少年官员、年轻子弟，都进府陪公主游玩。花园中排着筵席，少年男子围着公主，欢呼畅饮，有说有笑。

花园石洞里，有一个密室，铺设着锦衾绣茵。常常有少年官员、年轻子弟，被武士捉进洞。只觉得床褥温软，香味馥郁，然后有人上来替他解开衣服，扶进帐里。忽然一个香馥馥的女子抱过来，那男子也情不自禁，搂抱着颠鸾倒凤。事后又有几个女子服侍他，穿上衣服，走出洞，由武士领出园子。这样一个一个地轮着，满朝少年官员、年轻子弟，人人都尝过温柔滋味。他们都知道这石洞中的女子，是当朝第一贵人，但都不敢说出。

这时京师来了一个僧人惠范，说是见过千山万寺、真仙活佛，二百多岁了还像二十出头的少年，住在本愿寺。起初只有几个平头百姓，前去朝拜，后来宫家内宅也纷纷前去瞻拜。有的拜在惠范大师门下做徒弟，也有的认他为干爹。众人替和尚绣着袈裟帐幔，把和尚的卧房，装饰得花花绿绿，跟小姐的绣房一样。那和尚见女眷们送衣物来，必定让她跪在膝前，伸手摸一摸粉脸，或是摸一摸云髻，说是赐福。女眷们被活佛摸过了，都欣然回去，在闺阁中向同伴夸耀说活佛赐福了。

有一天本愿寺门前，忽然车马如云，兵卫森严。原来是太平公主亲自移驾来求活佛赐福。官府女眷都被兵士挡在门外，不得进寺。公主这次来，直到夕阳西沉，才回府第。第二天就赐黄金十万、彩缎千段给惠范大师。过了几天，又把惠范请进公主府第。一去十多天，才放惠范出府。一群求活佛赐福的人，天天到本愿寺门外守候。好不容易盼到惠范大师回寺，只见幢盖宝幡，夹着刀枪剑戟，前面是活佛的车辆，后面是公主的绣车，簇拥着一直进了寺门。随后就有兵士上去，把在门外等着赐福的人赶走。从此本愿寺前，警备森严，任何富贵眷属，一概不得进寺。惠范大师，赐福也只赐给太平公主一人。从前收下的女徒弟和干女儿，上门探望也被挡在寺门外。暗地里一打听，才知道原来太平公主，天天到寺中求惠范赐福，把和尚霸占住了。

·冯小宝进宫·

惠范和尚，长得异常魁梧，气力也大。他伺候女人，颇能俯仰如意，因此很合太平公主的心意。太平公主代他奏请，替他建造了一座圣善寺，就在驸马府隔壁。这座寺院十分高大，则天皇帝下旨，封惠范和尚为圣善寺主，加三品封。寺旁有一条甬道，通往驸马府的后园。太平公主常常去圣善寺，有时竟住在寺中，说是求仙。驸马武攸暨见了也无可奈何。说也奇怪，太平公主自从求惠范和尚赐福过以后，接连生了二男一女。则天皇帝很是欢喜，下旨封二子，一为卫王，一为成王，封女为郡主。从此以后，以前在太平公主门下奔走的百官，也要到惠范和尚跟前奉承。一时间惠范大师声威煊赫，权侵内外。四处的游僧和浮浪无赖，见惠范大师得了好处，也都到京师闲游浪荡，招惹是非。

唐宫自从则天皇帝登极以后，所有大小公主都十分放荡。有的被一群侍儿簇拥着，骑着马到山林中围猎。有的车马旌旗，招摇过市，在大街小巷中游玩。也有到各处寺院中烧香礼佛的。她们个个年轻貌美，见了寺院中的和尚、街道上的恶少，谑浪戏笑，毫不避忌。见有面目清秀，能言识趣的，就带进府，好茶好饭供养着，称为清客。那些清客，在公主府中出入，绫罗遍体，裘马轻肥。有时和公主并驾齐驱，游览街市，说笑无忌。浮滑少年见了，更加如醉如狂，个个敷粉搽脂、鲜衣艳服，站立街头。见公主的车马经过，争着上去趋奉。公主也和他们搭几句话，赏赐些财物，看见俊秀的就带进府。

有一位千金公主，在众公主中，年纪最轻，也最爱游玩。常常一个人扮成男儿模样，私自出府，在大街小巷中闲逛。洛阳街上，卖药少年冯小宝，长得十分俊美，卖药的时候，唱得一口好曲子。千金公主在一旁，暗暗地看着，见他口齿十分伶俐，不禁爱上了他。于是悄悄嘱咐侍女，在他药台旁等着，自己急忙回府，换了女装。那侍女也穿着男装，静静地候在路旁。天色昏暗后，冯小宝收拾药台，正要回去。一个年轻的小厮，走过去悄悄拉了拉他的衣角，低声说了一句："快跟我来。"那冯小宝是何等乖巧的人，他也常听人说，京师常有公主打发人出来，找寻年轻的男子，进府寻欢。当即把药担寄放在附近店铺，暗暗跟着那小厮，曲曲折折走过许多大街小巷。迎面一道高墙，墙的西边，开着一重小门。小厮上去，把门上的机关轻轻一按，小门就开了，里面是一座大花园。

只见花木阴森，楼台重叠。那小厮把冯小宝往假山洞中一推，叮嘱他不要做声，跟着进去。这时冯小宝在山洞里，又是诧异，又是惊慌。等了半天，才听得洞外有低低的叫唤声，小宝走出去一看，见那个小厮，忽然变成了一个俊俏的丫鬟。长眉侵鬓，杏靥凝脂，在月光下真是美丽万分。冯小宝看了，叫了一声“我的天仙”，就向侍女怀中扑去。侍女拉住小宝的手，两人肩并肩，走进屋去。侍女把冯小宝藏到屋里，服侍他洗漱，然后双双走进罗帐。原来这位千金公主，每找到一个中意的男子，叫进府后，第一晚都是令侍女伴寝。如果男子身上有奇怪气味，或是长着疮疤的，或是外强中干，不济事的，就立刻推出门外。这冯小宝，皮肤白净，气力也大，又能说会道，善收善放，在床笫间把那侍女调弄得服服帖帖的。

第二天晚上，冯小宝就被送到公主外房，替他脱去外衣，洗净了身体，再送他进内房。内房黑漆漆的，公主静悄悄地睡在房中。冯小宝摸索着进房，伺候着公主，把公主服侍得十分欢喜。第二天，公主拿明珠白玉，赏给领路的侍女。这侍女虽说试过不少男子，但没有一个比得上冯小宝。经冯小宝和她春风一度以后，只觉得其味无穷，因此日夜想念他。如今冯小宝天天在房中，伺候公主，没有工夫再来伺候她。虽然公主赐了她明珠白玉，她也不开心，只是悄悄地托女伴去哀求冯小宝。冯小宝得了好处，想起侍女的引荐之恩，就也瞒着公主，暗地里去安慰那侍女。公主身旁有十多个亲信侍女，个个都眉清目秀，又都是二八年华，知情识趣的时候，见了这魁伟男子，怎么能不动心？于是暗地里，你抢我夺，弄得冯小宝应接不暇。一次恼怒了一个侍女，她就跑到千金公主跟前说：“许多侍女，背地里勾引冯小宝，和他犯奸。”千金公主大怒，立刻传齐了手下的侍女，每人给她二十下皮鞭。公主又要把那带冯小宝进府的侍女处死，吓得那侍女连夜逃进宫。那侍女有个姐姐，在则天皇帝宫中当宫女。当下那侍女就把千金公主私通卖药的冯小宝，日夜纵乐的情形，对她姐姐说了。她姐姐就悄悄地去奏明则天皇帝。

原来则天皇帝，天生丽质，不甘寂寞。自从高宗崩驾以后，虽常有俊伟的男人进宫伺候，但没有一个让她中意的。每个男子进宫，用不了三五天，则天皇帝就让内侍拿绳子绑了，丢到御苑中的万生池里。万生池的池面十分宽阔，则天皇帝做皇后的时候，喜欢买很多毒蛇、鳄鱼、大鼋等毒物，养在池中。年深月久，毒蛇、鳄鱼，越来越多。每到阴雨天气，或是傍晚时候，那些毒虫都爬上岸来，千奇百怪，弄得人人害怕。内侍或是宫女如果有违抗圣旨，恼怒了则天皇帝的，就被丢在万生池里喂毒虫。三五年来，那些壮健男儿，死在毒虫肚子里的，也有三五百人。则天皇帝，因找不到一个合自己心意的男子，心中也很是不乐。这时恰好宫女来告密，说千金公主，得了一个好男子。第二天，则天皇帝就把千金公主召进宫询问。千金公主也十分乖巧，见则天皇帝脸色很是严厉，忙奏道：“冯小宝有非常才，陛下可招他为近侍。”则天皇帝见千金公主很知趣，也笑道：“好孩子，难为你替朕留心，明天将那人好好送进宫来。”传谕赏千金公主黄金三百两，彩缎五十段。

第二天，千金公主就把冯小宝悄悄送进宫，当夜在万寿宫中承恩。则天皇帝试用一番，果然俯仰如意，进退识趣。一连十天，则天皇帝也忘了坐朝，军国大事，全由太平公主主持。后来还是太平公主替母亲想出一个主意，说冯小宝出入宫禁，很是不便，不如让冯小宝剃度为僧，奉旨进宫说法，那时光明正大，谁也不敢非议。则天皇帝就按太平公主的意思，悄悄让内侍把冯小宝领出宫，剃度成僧人。那冯小宝又找了一群旧日的无赖同伴，一齐剃度为僧，取名法明、处一、惠俨、稜行、感德、感知、静轨、宜政，自己取名怀义，号称西域九僧。在京师广化寺中，建立道场做法事。则天皇帝，亲自到场进香，把这怀义接进宫，封为国师。宫中另外收拾了一间清净的房屋，给国师住。又因怀义原姓冯，京师没有姓冯的世家大族，就赐驸马薛绍的姓给他，从此冯小宝就改名为薛怀义了。

薛怀义乘着厩中御马在宫中出入。宫中待卫、文武官员，见薛怀义骑着马走来，一齐匍匐路旁，口称国师，直到国师过去了，才敢起身。薛怀义又因广化寺房屋狭小，起居不便，奏请另建寺院。则天皇帝下诏将洛阳城中的白马寺，修筑一番。不到一百天，就造成了。望去殿阁凌霄，花木匝地。则天皇帝封薛怀义为白马寺住持，亲自送国师入寺。薛怀义在寺中建了四十九天水陆道场，把女天子留住寺中。寺中原本备有一座行宫，布置得花木清幽，房闼锦绣。薛大师伴着女天子，在行宫中说笑寻欢。每天散场的时候，双双走上殿，拜一次佛。二人双宿双飞，四十九天工夫，功德圆满。右台御史冯思勖，再三上表，请圣驾回宫。则天皇帝没办法，只得摆驾回宫，才过了三天，宫内就下手诏，又把薛国师召进宫，留着不放。

白马寺中，住着法明、处一、惠俨、稜行、感德、感知、静轨、宜政，一群假和尚，仗着国师的威势，横行霸道，无恶不作。那班和尚，都是色中饿鬼，附近人家的小家碧玉，都被他们抢进庙。官家眷属，入寺烧香的，他们就令人在半路上埋伏着，见香车经过，一拥上前，把女眷插戴的珠宝首饰，全部抢去。有少年美貌的，索性连人抢进寺，轮流强占。等到放出寺，那女人已被他们弄得半死半活。家里的父兄丈夫知道了，懦弱些的只得忍辱含羞；倔强些的，就到御史衙门、刑部衙门去告状。那官员一打听是白马寺和尚做下的案子，就吓得问也不敢问。白马寺中的小和尚，也在外面恃强欺人，闯到大街店铺强赊硬抢。喝醉了酒，又斗殴生事，巡城御史也不敢过问。

冯御史知道了这情形，就上了一本，痛斥薛怀义污乱宫廷，扰害地方，请求立即将薛怀义正法。补阙王李求礼，也上表请求阉割薛怀义，免得他秽辱宫闱。则天皇帝将这两道奏本，拿给薛怀义看。薛怀义假装哭泣，伏地请罪。则天皇帝亲自扶他起来，把两本奏折，往地上一丢。薛怀义这才起来，辞出宫门。才走到玄武门外，正好撞见冯御史。薛怀义喝一声“打”，十多个武士冲上来一把揪住冯御史的衣领，横拖竖拽的，把他从车上拖下地，拳脚齐下。冯御史大喊大嚷，也没人敢上来解救。一直打得冯御史晕厥过去了，薛怀义才带着众武士，一哄而散。冯御史的仆人，见众武士散去，才敢从墙角里走出来，把冯御史扶上车，送到家中。冯御史虽清醒过来，但已被打得皮开肉绽，血肉模糊。冯御史和仆射苏良嗣，交情很深。苏仆射来探望冯御史，冯御史哭着在枕上叩头说：“此贼不除，国难不尽。仆射身为当朝忠臣，务必为国除奸。”苏仆射拍着胸脯，大声说道：“在所不辞。”冯御史听了，大笑一声而死。

原来这时满朝官员，全是武氏私党，只有苏良嗣，是先朝旧臣。他生性刚直，文武百官都害怕他，即便是则天皇帝，对他也是另眼相待。苏仆射见冯御史死得凄惨，心中十分悲愤。第二天，苏仆射退朝下来，在朝堂下与薛怀义相遇。薛怀义却昂着头，装作没有看见，不和苏仆射打招呼。苏仆射大怒，喝令左右，把薛怀义揪到跟前。这时薛怀义身边无人保护，苏仆射亲自动手，在薛怀义脸上，狠狠地打了几十下，打得薛怀义满面红肿。他捧着脸进宫，在则天皇帝跟前哭诉，要求皇帝下旨，将苏仆射严办。则天皇帝一听是苏仆射，摇头说道：“这老头子，朕也怕他。你以后就从北门出入，南衙是宰相往来之路，不要再去招惹他就行。”薛怀义也只得作罢了。

这时新丰地震，平地上突然有了一座高山。则天皇帝说是吉祥之光，下旨免了这个地方的赋税，赦去了罪犯，把县城改为庆山县。荆州人俞文俊上疏说：“山变为灾，不应庆贺。”则天皇帝看了大怒，命刑部把俞文俊捉来，发配岭南。又令各处地方官，搜查唐朝的远族宗室，不论老少男女，有无谋反都抄家，发配岭南。原来则天皇帝，早已探听到宗室中有人谋反，因此先发制人。果然韩王李元嘉等人，准备起兵，号召天下，迎中宗复位。见则天皇帝先发制人，瑯琊王李冲、越王李贞，首先发难。各王因约期未到，一时仓促，不敢响应。则天皇帝命武三思率兵征讨，不到二十天，瑯琊王和越王都兵败而逃。韩王李元嘉和鲁王李灵夔等起义的宗室，都畏罪自缢。其余李姓诸王及唐室亲戚，都被官员搜捕，共有一千四百人，一律押赴南郊斩首。此外即使是襁褓小儿，也发配到岭外。

则天皇帝，又起用周兴、来俊臣等严酷的人，做地方官，到处抓人滥杀。来俊臣是雍州万年人，父亲来操，是一个赌徒，和同乡人蔡本是好友，与蔡本的妻子私通成奸。蔡本因为赌输了，欠来操数十万，无力还钱，就任凭来操霸占他的妻子。蔡本的妻子，到来家的时候，肚子里已经怀孕了，生下一个男孩，取名来俊臣。来俊臣自幼浪荡凶恶，好吃懒做，专爱播弄是非，残害同伴。因犯了奸盗罪，被刺史东平王李续杖打一百下。来俊臣记恨在心。后来则天皇帝登位，来俊臣到京师告密，说东平王李续谋反。则天皇帝封他为侍御史，加封朝散大夫，专管刑罚狱讼。来俊臣稍不如意，就将一案牵连一千多人。后来升任左台御史中丞，满朝文武官员，见来俊臣，都远远地避开，不敢和他说话。来俊臣和侍御史侯思止、王弘义、郭霸、李仁敬，司刑评事康暐、卫遂忠结为同党，召集地方无赖数百人，专找地方绅富，敲诈诬告。

所有各路文告，则天皇帝都交给来俊臣处理。则天皇帝又在丽景门，设立了推事院，令来俊臣担任院主，处理重大案件。百姓称推事院为新开门，凡是被告入新开门的，一百人中，难得一两个能得以保全的。王弘义又称丽景门为例竟门，是说凡是进这门的，照例都要送掉性命的。来俊臣和他的同党朱南山等人，编了一卷《告密罗织经》，里面讲的都是用刑威吓的办法。来俊臣每次审问囚犯，不论轻重，都用醋灌进犯人的鼻子，把他们囚禁在地牢中；或将犯人的身体，装在大瓮中，审问时候，用炭火在瓮下面烧着。又断了犯人的粮食，犯人饥饿时，就拿秽恶的棉絮给犯人吃。每次朝廷大赦，来俊臣就先把狱中犯重罪的犯人杀死了，再宣告大赦。又造了大枷，还有铁笼头。犯人被枷压着，被铁笼闷着，没多久就死了。每次捉到罪犯，先让他在刑具前走一遍，罪犯便魂胆飞越，无不含冤招认。

则天皇帝见来俊臣判案如神，屡次重赏他。天下官员于是竞相残酷，凡是良臣故吏、阀阅之家，一有人诬告，就立即被毁。因此薛怀义的党徒，在各处横行不法，杀人越货，奸淫妇女，谁也不敢喊冤。薛怀义在宫中出入，竟暗地里用皇帝的舆仗。他手下的僧人，都骑着厩中的御马，前呼后拥的，所过之处，行人避道，商肆闭户。朝中贵族武承嗣、武三思等人，见了薛怀义，也要下马下车，口称国师，在路旁鞠躬迎送。薛怀义又因白马寺离宫廷路远，就在建春门内的敬爱寺原址，另造殿宇，改名佛授记寺。

·薛怀义失宠·

薛怀义出入宫禁，承迎女皇帝，得的宠爱一天比一天多。则天皇帝要升薛怀义的官，苦于没有名号。恰巧突厥酋长默啜，领兵侵犯唐朝边界。则天皇帝就封薛怀义为清平道大总管，带领十万人马征讨。则天皇帝亲自将薛怀义送到城外。薛怀义率大军到了单于台，突厥兵在边界上掳掠完了，就退兵回去了。薛怀义上表说自己立了战功，又在单于台立起一块纪功石碑，然后班师回京。则天皇帝又亲自到离城十里外的地方迎接。薛怀义竟和皇帝并辔回宫。圣旨下来，加封薛怀义为辅国大将军，晋封右卫大将军，封为鄂国公，赐帛两千段。则天皇帝也自号金轮圣神皇帝。薛怀义为了颂扬则天皇帝的功德，用铜钱铸成柱子，立在端门之外，并在上面刻上文字，记下则天皇帝在朝的功德，称为大周万国颂德天枢。成功之日，则天皇帝亲临端门，在天枢下赐百官颂德筵宴。

则天皇帝称赞薛怀义有巧思，下旨在宫中建立明堂，由薛怀义督工。薛怀义在宫中选好地，拆了乾元殿，动用国库一亿两白银建造明堂。明堂造得十分宏伟，分为三层，高二百九十四尺，宽三百尺。下面的一层依据春夏秋冬四季，分成四方四色；中间的一层依据十二时辰，分成十二间；最上面的一层按着二十四节气，分成二十四间，屋顶呈圆形，最高的屋顶上，站着一丈高的一头铁凤凰，身着黄金，称为万象神宫。万象神宫建成那天，恰好是第二年正月，则天皇帝亲临万象神宫。封薛怀义为威卫大将军、梁国公。第二天在宫中，祭天地百神。第三天在宫中大宴百官，薛怀义高坐上座，百官轮流着献酒。则天皇帝下诏，称武士彟为周忠孝太皇，杨氏为忠孝太后；改文水墓为章德陵，咸阳墓为明义陵；太原安成王为周安成王，金城郡王为魏义康王，北平郡王为赵肃恭王，鲁国公为太原靖王。

薛怀义从此久占宫廷，权侵天下。则天皇帝十分宠爱他，花前月下，总是薛国师在一旁陪侍说笑着。薛怀义又与众僧人，写成《大云经》，颂扬则天皇帝功德。春官尚书李思文，又写成周书《武成篇》，说垂拱天下治，是则天皇帝受命为帝的征兆。则天皇帝大喜，下旨命天下各寺观，传抄《大云经》收藏。薛怀义又借神佛说则天皇帝是弥勒投胎，周氏命该兴盛。则天皇帝封法明等九个僧人为县公，赐紫袈裟、银龟袋，随时出入宫廷。又令他们分赴天下，讲说《大云经》，晓谕天下。薛怀义又奏请在明堂北面，建造天堂。天堂比明堂更高大宏伟，共有五层。薛怀义借着监造天堂之名，时时在则天皇帝宫中盘桓。皇帝退朝之后，就与薛怀义在宫中欢宴。又在寝宫后面秘室中，设了一个佛堂，里面重帏明灯，绣榻宝盖，十分富丽幽静。

薛怀义陪着女皇帝，喝到半酣的时候，携手共进佛堂。外面绣幕深垂，十二个宫女捧着香盒静候在外。听到幕中一声清磬，宫女便走进绣幕服侍则天皇帝和薛国师两人，洗漱梳妆。则天皇帝换了一身艳服，入座畅饮，饮到开怀的时候，又携手进绣幕。每进去一次，必要洗漱梳妆一次，每出来一次，则天皇帝也必换一次艳服。无论白昼深夜，每天最少四五次，才双双归寝。有时则天皇帝精神饱满，竟和薛怀义纠缠到天明，才肯休息。薛怀义的精力有限，渐渐有些支持不住了，就奏请带领大军北伐突厥。薛怀义军行到紫河，鼓噪了一阵，捉住了几个土人，假说是突厥酋长，押着凯旋。则天皇帝一面升座万象神宫受降，一面摆庆功宴。

薛怀义从此一天比一天骄横，满朝文武，大半是薛师父的徒子徒孙。连权侵中外、声势煊赫的武承嗣，见了薛怀义，也不由得卑躬屈节，称他叔父。太平公主和武驸马，都称薛怀义为父亲。当时有一个御史张岌，最能谄事薛师父，每次薛怀义在宫中出入，张御史必手捧黄伞，跟在薛师父身后。薛师父上马下马，张御史就趴在地下做踏凳，任薛师父在他背上踏着。薛怀义回府，张御史也左右不离。又有一个宗楚客，也很善于逢迎薛怀义，因薛怀义能得则天女皇帝的爱宠，床第之间，十分有本领，就写了两卷《薛师父传》，说薛师父身体雄伟，是天生圣人，释迦重生，观音再世。薛怀义看了，大为欢喜！过了半年，就升宗楚客为内史。宗内史仗着薛师父的威权，在外面贪赃枉法，无恶不作，不久就得了千万家财，在京城建了一座新宅子。当时的权贵，都到内史府中走动。

太平公主听说宗内史府，房屋华丽，也和驸马到府中饮酒游玩。见屋中装饰富丽，雕刻精巧，叹道："我这一生算是白过了。"武承嗣内仗帝王宗室，外攀薛师权势，见宗内史如此奢华，也指使他的爪牙，四处搜刮银钱。建起高大房屋，锦绣花园，养着许多姬妾，天天歌舞，十分享乐。每次盛宴，必把薛师父请来，一同欢乐。那时武承嗣身边有一个最宠爱的姬人，小名碧玉。武承嗣在府中带着这姬人，寸步不离。这姬人长得十分美丽，但她整天低着粉颈，双眉微蹙，默默地不言不笑，武承嗣却越觉得可爱，异常宠爱碧玉。谁知美人命薄，那天薛怀义到武府中赴席，一眼见了碧玉，就向武承嗣索取。武承嗣不肯，二人大吵了一场。薛怀义喝一声，把碧玉抱去。十多个武士上去，为首的一个，轻轻地把碧玉背在背上，转身就走，其余的拔出刀剑，边战边走。一场欢筵，变成了战场，杀得杯盘满地，血迹斑斑。碧玉最终被薛怀义抱到府中受用了。

碧玉原本是右司郎中乔知之家的婢女。乔知之少年英俊，碧玉是乔知之的母亲乔老太太身边的侍女，容颜绝世，乔知之十分宠爱她，碧玉也有心于公子。只因碧玉不甘做媵妾之列，乔知之就求母亲，让他娶碧玉做夫人。乔老太太说让婢女做夫人，有辱门楣，就没答应。乔知之见不能娶得碧玉，宁愿终身不娶，碧玉也宁愿终身不嫁。不知怎么的，碧玉的美名传到了武承嗣耳中。他就借着教姬人歌舞为名，把碧玉骗进府，强奸了碧玉，从此碧玉就做了武承嗣的姬人。碧玉受了奇耻大辱，本想一死，但想起乔公子的昔日之情，也只得忍耐着，希望能与乔公子有团圆的一天，因此整天默默无语。没想到又被薛怀义强劫而去。

乔知之得知，悲愤填膺，吟成一首《绿珠怨》，悄悄托人寄给碧玉。碧玉得了这首词，暗地里痛哭了三天三夜，悄悄投井而死。薛怀义从井中捞起碧玉的尸首，在她裙带上搜到了乔知之的词，立即令手下的御史官，诬告乔知之谋反。把乔知之捉到南市杀死，又查抄他的家室。乔老夫人受惊而死。武承嗣因失了爱姬，恨薛怀义恨得入骨。薛怀义夜夜伺候着女皇，寻欢作乐。则天皇帝，虽然快要五十岁了，因为调养得好，又天生丽质，更加出落得花玉容貌，鹰隼精神，每天和薛怀义纠缠不休。薛怀义精力渐渐衰败，每天出宫，总是弄得精疲力竭。因此薛怀义常常借口修炼，躲在白马寺中，不敢进宫。见了温馨柔媚的碧玉，比起骤雨狂风似的则天女皇，大有精粗之别。因此把她劫进府，正想细细领略，不料昙花一现，薛怀义心中痛苦不堪。则天女皇也因贪恋欢爱，不避风露，御体略略有几分不适，连日传御医请脉服药，病情还是不见好转。内府官奏请皇帝下旨，传榜天下，访寻名医。

这时恰巧武承嗣府中，出了一桩风流事。原来武承嗣府中，养着许多清客，有能吟诗作赋的，有能弹琴作画的，也有能医卜星相的。其中的沈南璆，清秀风流，只因深明医药，武承嗣就把他留在府中。女眷中有伤风头痛的，经沈南璆医治，往往能一剂而愈。因此武承嗣的姬妾们，交口争颂，称他为沈仙人。不知怎的，沈南璆和武承嗣的宠姬佩云，在诊病的时候，眉来眼去，暗中结下露水恩情，常常瞒着武承嗣，在花前月下畅叙幽情。一天晚上，武承嗣因天热悄悄起身，在中庭走着。隔着花荫，看见沈南璆和姬人佩云，在月下搂抱求欢。武承嗣大怒，跑进卧室，从墙壁上拔下宝剑冲来。一对痴情男女，见剑光闪闪，顿时吓得魄散魂飞，衣裳凌乱。佩云袒着酥胸，沈南璆光着身体。武承嗣借着月光，见沈南璆形体十分伟岸，顿时心生一计。喝令沈南璆把衣服穿起，又把宝剑递给沈南璆，逼着他杀死佩云。佩云跪在地下，不停地叩头，云鬓散乱，玉肌外露。沈南璆也跪下来，替佩云求情。这时府中的侍卫赶来，把沈南璆团团围住。武承嗣从内侍卫手中夺来佩刀，拿刀逼着沈南璆。沈南璆只得横着心肠，闭眼举刀，向佩云砍去。

沈南璆见杀死了佩云，知道自己的性命也难保，就连连向武承嗣叩头。武承嗣一把揪住了沈南璆的衣领，走进密室。不知说了些什么，当夜沈南璆在密室里待了一夜。第二天，武承嗣就带着沈南璆进宫，朝见则天皇帝，奏说沈南璆深明医理，请留在宫中，为陛下治病。沈南璆绝处逢生，又得以亲近御体，真是出于意料，自然竭尽心力，把则天皇帝的病医好。则天皇帝阅人无数，见沈南璆形体十分伟岸，深合御意，从此把沈南璆留在宫中，早晚应用。旧爱不敌新欢，则天皇帝新宠上了沈南璆，对薛怀义自然冷淡下来。再加上薛怀义精力渐渐不济，怎么比得上沈南璆？

薛怀义见失了女皇的宠，心中万分怨恨，偷偷进宫，在天堂下放了一把火。当时是深夜，风势又大，夜静更深，又没有人来救火。只一夜工夫，就把颂德天枢和明堂，烧得干干净净。则天女皇帝，正带着沈南璆在南宫夜宴，左右进宫奏报，说薛怀义烧了天堂，毁了明堂。则天皇帝依旧饮酒作乐，饮酒时则天皇帝说要处死薛怀义，只因薛怀义权势煊赫，党羽众多，一时不便下手。沈南璆献计说：“可如此如此，定能擒住薛怀义。”则天皇帝依照沈南璆的主意，第二天就下了一道密旨给太平公主，令她擒抓薛怀义。

薛怀义和太平公主也有过私情。见公主打发人来叫他，他正因一肚子冤屈，无处申诉，就一人来到公主府。公主把他叫进内室，薛怀义走惯了公主的内室，因而毫不迟疑，见公主打扮得十分美丽，坐在床沿上，桌上摆着酒菜。薛怀义一脚跨进房，在桌边坐下，正要诉说。只听太平公主喝一声“来人”，就有二三十个壮健的女仆，用死力抱住了薛怀义。薛怀义这才知道中了公主的计，破口大骂道：“你们母女，一对淫妇。爱上了别人，就忘记了从前的恩情。”话越说越不好听。公主喝令拖出外院，交给驸马爷处死。建昌王喝令武士，用乱棍打死了薛怀义。然后命人用一辆破车，载着薛怀义的尸身，送还白马寺。白马寺僧众，见薛师父已死，纷纷逃散。那些出入薛怀义门下的朝廷官员得了这个消息，也立刻弃官逃跑。薛怀义的尸身，丢在破车上，日晒雨打，后来还是白马寺里的一个烧火的和尚，偷偷将他埋葬了。则天皇帝下旨，将薛怀义宏大华丽的府第赐给了御医沈南璆。

·男宠兄弟·

则天皇帝得了沈南璆的好处，自然把旧宠薛怀义丢在脑后。薛怀义恃宠而骄，飞扬跋扈惯了，怎么肯忍下这口气？于是做出火烧天堂、明堂，反叛的事情，弄得身死乱棍之下，这都在武承嗣的算计之中。武承嗣报了薛怀义的仇，见沈南璆奸污了他的姬人，反得则天皇帝的宠爱，因祸得福，也不甘心，就在背地里暗暗设计，要谋去沈南璆的性命。

这时，则天皇帝因薛怀义烧毁了天堂、明堂，特令沈南璆监工，修建了通天宫。则天皇帝下诏改元万岁通天，在通天宫内，用铜铸造了九州大鼎，又用铜铸成十二生肖，每个生肖肖像，高一丈，按照方位，摆在通天宫外。工程完毕以后，则天皇帝赐沈南璆在仁寿宫庆功。沈南璆这时，得了女皇帝的宠幸，正兴高采烈，忽然口吐狂血。内监忙把他扶回，召来大夫医治，已经来不及了，在黄昏时死了。这是武承嗣买通了宫中的太监，趁沈南璆不防备时，把毒药放入他的酒杯里。沈南璆无意中喝了，中毒而死。武承嗣报了心中大仇，只是则天皇帝，一时没了男宠，心中不免郁郁不乐。虽然太平公主物色了几个奇伟的男子送进宫，但都不中用。

这时，则天皇帝深怕人心不服，有人谋反，就派了许多内监，到各道查察。见有先朝旧臣，或是唐室懿亲，她都设法派刺客去暗杀，或是抓到宫中处死。又另派官员到各处招访贤才，凡是有愿做官吏的，只要报名，全部加以任用，其中大半做了御史。有一个御史台令史，骑着驴子，走进朝门。一群御史正聚集在那里，那令史也不下鞍，骑着驴子向众人冲去。众位御史大怒，要把令史拉下来打。令史却不慌不忙，下骑向众人作了一揖说道："今天的过错，全是因为这头驴，请你们让我先骂了驴再受罚。"说完，转身举着鞭子，向驴子说道："你一无所长，不过是一头蠢驴，竟敢与御史同行。"这班御史，被骂得哑口无言，令史却仰天大笑而走了。

则天皇帝不论臣民，有报告吉祥之兆的，就从重嘉奖。当时拾遗朱前疑，奏称梦见陛下白发变黑，牙齿重生。则天皇帝大喜，立刻下旨，给他升官都官郎中。司刑寺中有三百个死囚人，秋分后要被绑赴刑场斩决。其中一个囚犯，用金钱买通了牢头，在牢门的围墙上，悄悄地做了一个五尺长的足印。到了半夜，三百个囚徒，一齐大声叫喊。管牢的人听到了，忙进牢查问。那三百人齐声说："有一个圣人，身长三丈，面带金色，说'你们都是冤枉的，不要害怕，天子万年，定能赦放你们'。"内使官听了不信，带领十多个狱卒，举着火把，到院子里各处查看，在西面墙脚下，果然发现一个巨大的足印。内使官不敢隐瞒，第二天去奏明则天皇帝。皇帝于是下诏释放这三百囚徒，又改元大足元年。碉口时又有一个襄州胡延庆，得了一头大龟，龟腹上有红色的"天子万年"四字，认为是吉祥之兆，就用盆水养着，送进宫。凤阁侍郎李昭德，见龟腹上的字，好像是伪造的，用小刀在龟腹上刮，不一会四个字全部刮落，原来是用红漆写上的。于是奏请皇上，要定胡延庆欺君之罪。则天皇帝下诏，非但不问罪，反而赏胡延庆百金，说事情虽然不属实，但并没有什么恶意。则天皇帝，又命太监，让猫与鹦鹉一同吃食，说皇帝仁德普及万物。百官见了，都跪称天子万岁。正在夸耀，那猫忽然把鹦鹉咬死了。则天皇帝恼羞成怒，把那太监打入牢中处死。

则天皇帝这时有二十六个近臣，个个英俊，在宫中陪伴着寻欢作乐。但这群美少年，都精力不济，很少有中皇帝意的。皇帝在宫中，闲来无事，就和太平公主、安乐公主、长宁公主、上官昭容，讲骑射、诗赋。上官昭容，小名婉儿，母亲郑氏是侍郎上官仪的妻子。因上官仪有罪，将郑氏收入掖庭。高宗见郑氏年轻貌美，就封她为婕好，十分宠爱。郑氏进宫不到三个月，就生下一个女儿，取名婉儿。在婉儿没出生以前，郑氏做了一个梦，梦见一阁天神，手拿一杆秤，交给郑氏。郑氏还以为肚子里的，一定是个男孩，将来必能称量天下人才。谁知却是一个女孩，郑氏心中闷闷不乐。婉儿美丽胜过母亲，自幼聪明伶俐。出世才满月，郑氏抱着婉儿，戏问道："将来称量天下文才的，就是你吗？"婉儿应声说"是"，从此高宗和郑氏，都另眼待她。

上官婉儿渐渐长大，出落得秀美轻盈，一颦一笑，自成风度，郑氏十分看重她。高宗驾崩时，婉儿已经十六岁了，那时母亲郑氏早已去世。上官婉儿善于装扮，画眉贴翠，搔首弄姿。十六岁时就和中宗皇帝偷情，中宗初近女色，把婉儿宠上了天。中宗即位后就封上官婉儿为婕好，后来又晋封她为昭容。上官婉儿为人十分机警，见武皇后威权很大，就百般献殷勤，整天在武皇后跟前，承迎笑色。武皇后见她活泼机警，也十分疼爱她。后来中宗被废，幽囚在房州，只有韦皇后伴着中宗皇帝在幽囚房州吃尽苦楚。上官昭容，仗着则天皇帝的宠爱，在宫中权势渐渐大了起来。

上官昭容自幼爱读诗赋，学得满腹文才，出口成章。因此上官昭容的举止，更加风雅可人。则天皇帝每天和她吟咏诗歌，言笑追随，十分快乐。自从中宗废黜，上官婉儿就孤凄凄的，一个人住在宫里。则天皇帝自己有一群少年侍臣调笑取乐，见上官婉儿冷清得可怜，就封上官婉儿为修文馆学士。又选少年有文才的公卿李峤等二十人，为修文馆陪侍，每年召集官家子弟，赴修文馆比文才。上官婉儿担任主考，评定甲乙，真是应了天神称量天下人才的梦兆。那群少年公卿，个个潇洒风流，整天陪侍着上官昭容，在宫中游宴吟咏。从来才子爱佳人，佳人也爱才子，渐渐地在花前月下也干出许多风流事来了。

则天皇帝又十分听信上官昭容，外官有事拿银钱去求上官昭容，上官昭容只要略略在皇帝跟前说几句话，事就求了下来，因此上官昭容很是富足。见了年少俊美的儿郎，就留养在宫中，用绫罗珍宝打扮着。那些儿郎一个个都敷着粉，擦着胭脂，在上官昭容跟前，作娇献媚。上官昭容看了，很是欢喜，赏给他们许多银钱。从此成了风气，文武百官，一个个脸上敷着粉，打扮得伶伶俐俐。上官昭容有了势，又有了钱，中宗又远贬在房州，没人管束她，就在京师建起高大的府第，称为学士府。上官婉儿每次出来，车后都跟着一群少年儿郎。在宫中府中，昼夜调笑，毫不避忌。朝中文官，都由学士府封官，用斜封墨敕授官。

上官昭容与安乐、长宁两公主，十分相投。两位公主，都招有驸马，出入不如上官昭容自由，因此两位公主在外面找了少年男子，就藏在学士府。两公主借着赴宴为由，到学士府兴欢作乐，彻夜不休。有时则天皇帝高兴，也移驾学士府，饮酒作乐。上官昭容见皇上驾临，就把府中藏着的儿郎，献出来陪侍皇帝。则天皇帝拣几个中意的，带进宫受用。谁知那群儿郎，都不中用，伺候不到十天，一个个瘦弱得好像痨病鬼一样。则天皇帝看他们不中用了，就把他们抛到后宫的小屋子里，果然一个一个得了痨病死去。则天皇帝吩咐把尸身丢到昆明池里。

则天皇帝，想要选一个如意的郎君带进宫。陆续带了一百多个，却没有一个赶得上薛怀义和沈南璆的。这一天，则天皇帝带着上官昭容和安乐、长宁两位公主，到西郊围猎。突然从土山下奔出一头牯牛，东冲西突。这牯牛中了数支毒箭，还是不倒。眼看就要扑上御车，忽见一对少年勇士跳出来，赤手空拳上去。一人伸出一只手，攀住牛角，把牛头向下一按。那牛膝一屈，服服帖帖地向则天皇帝跪倒。这两个勇士，也都低头跪着。则天皇帝传旨，命两个勇士抬起头。则天皇帝凤眼向那勇士脸上看去，心中不禁一动。原来这两个勇士，长得眉清目朗，面白唇红，身材十分魁梧，猿臂狼腰，十分俊美。则天皇帝问两勇士的姓名，年长些的说道："小臣张易之见驾。”年幼的说：“小臣张昌宗见驾。”都声如洪钟。则天皇帝十分中意，当即带了张氏弟兄二人进宫。一夜欢娱，果然深合圣心。当即传谕封二张为散骑常侍，追随圣驾，寸步不离。

则天皇帝宠爱二张到了极点，叫张易之为大儿郎，张昌宗为小儿郎。这时张易之年仅二十四岁，昌宗二十二岁，正是年富力强的时候。二人长得俊朗，又力大如神，轮流伺候着女皇帝，深得女皇帝的欢心。张易之、张昌宗弟兄二人，自幼没了父母，在京师赶车为生。张易之排行第五，张昌宗排行第六，同伴称他们张五儿、张六儿。后来安乐公主下嫁武崇训，弟兄二人被选入驸马府当御人。上官婉儿去看望安乐公主，见了他们弟兄二人，就向安乐公主要了过来，养在学士府里当厩长，晚上就到床上伺候着。如今张氏弟兄都伺候上了则天皇帝，有空的时候，二人也偷偷到上官昭容那儿叙叙旧。

张易之、张昌宗二人，仗着皇帝和上官昭容的威势，不把文武官员放在眼里。文武百官，个个都对他们弟兄二人谄笑逢迎。众人称张易之为五郎，张昌宗为六郎。则天皇帝把五郎、六郎二人，打扮成仙郎一般，羽衣金冠，翩翩如仙。则天皇帝下诏设立控鹤监，后来又改为奉宸府，封张易之为府令。张易之、张昌宗兄弟从此富贵无比。弟兄二人，偶尔出宫，满朝百官见了，远远地就拜倒在地，等到舆马过去，才敢起身。每到一处，王公大臣都抢着上去，替他捧鞭接镫。则天皇帝把张易之、张昌宗二人留在宫里，怕外人说闲话，就下诏令张易之、张昌宗和李峤三人，在内殿修《三教珠英》。索性连李峤也留在宫里，借口说是修道，瞒住外人的耳目。皇帝和上官昭容二人，没日没夜地在寺观中寻欢作乐。武承嗣献上一只木鹤，则天皇帝命张昌宗骑着，在庭中翩跹起舞。武三思第一个献诗颂美，说张昌宗仙骨玉容。当时文臣群起附和，一时百官献的诗不下百首，张昌宗分别装订成本，装在金匣里。

则天皇帝封张昌宗的弟弟张昌仪为洛阳令。在外买官鬻爵、求富贵的，只要去求洛阳令，没有不灵的。当时有一个姓薛的人，拿了五十两黄金，带着名帖，投在张昌仪门下，求郎官一职。张昌仪收了黄金，就把名帖交给天官侍郎张锡。隔了几天，张锡把那姓薛的名帖丢了，四处找都找不到，不得已只好去问张昌仪。张昌仪说道：“谁记得那么多，凡是姓薛的，就给他一个官职就是。”张锡退回衙署一查，姓薛的共有六十多人，没办法，只得全部封为郎官。张昌仪的权力如此之大，张易之和张昌宗的权力也就可想而知了。张昌仪平时十分奢侈，如同王公一般。有一天张昌仪乘舆回府，见府门上有人写了一行字道：“一绚丝能得几天络？”张昌仪取笔写道：“一天就已足够。”因此人人背地里传说：“张家弟兄的富贵不会长久的。”

一天，张氏兄弟在府中的荷花池边宴客。众人想讨好他们，就说六郎貌似莲花。武三思却说：“错了，不是六郎貌似莲花，而是莲花貌似六郎！”张昌宗听了，哈哈大笑，就把手中则天皇帝赐的玉如意，赏给了武三思。武三思急忙趴下地叩谢。张易之住在宫中，觉得十分拘束，就在宫门外建了一座府第，十分壮丽。新屋刚建成，就有鬼在墙壁上写着：“能得几时？”张易之令人擦掉，第二天上面又有了，张易之又叫人擦去。这样擦了六七次，那鬼还是不肯罢休。张易之恼怒起来，亲自在下面写道：“一月足够。”从此鬼就没再写了。后来张易之和弟弟张昌仪，谈起此事，张昌仪也说他大门上也有鬼题字，弟兄二人，十分诧异。但是他们弟兄仗着则天女皇的宠爱，也毫不畏惧。则天皇帝久居宫廷，深感愁闷，张易之乘机说皇上可在寿安县的万安山上建造兴泰宫。张易之和张昌宗二人担任大总管，监督工程。从长安到万安山上，沿途一百里地，铺开康庄大道，路旁种着花木，用黄砖填着路，铺出龙凤花纹。路旁五里一亭，十里一阁。画栋雕梁，十分华丽，将那座兴泰宫造得层楼杰阁，高出云霄。

·中宗回京·

一座兴泰宫，共花去百万黄金，招募了二十多万人夫，经过三年才建成。则天皇帝下旨，称张氏兄弟督造有功，封张易之为镇国大将军，张昌宗为护国大将军。定在正月初一，驾幸兴泰宫。那时舆马压道，旌旗蔽天。则天皇帝坐着五凤黄舆，张易之、张昌宗在左右骑马护卫。亭阁中设着妆台锦榻，则天皇帝每过一亭一阁，都要下舆更衣休息。只有张氏兄弟二人，陪侍在身旁，与女皇帝说笑解闷。这百里长途，停停走走，足足走了五天，才到万安山。

行宫门外，早已人头济济，文武百官和宫嫔彩女迎接圣驾。则天皇帝下车，举目四望，只见山抱翠拥，中间高高地矗起一座金碧辉煌的宫殿，心中很是满意。百官们簇拥着女皇帝进了寝宫，则天传下旨意，令众官员散去，只留下张易之、张昌宗兄弟二人在宫中陪侍。则天皇帝见御床十分香软，解下盛妆，向御床上倒去，自有张易之、张昌宗兄弟上去服侍。则天皇帝住在兴泰宫里，十分舒适，纵情欢乐，肆意流连。一住三年，也不想回銮。朝廷大事，都交给宫中的太平、安乐、长宁三公主。则天女皇帝已经七十六岁了，只因肌肤洁白，骨肉丰腴，又善于装扮，看上去却像一位中年美妇。她精力又过分强盛，有铜筋铁骨般的张易之、张昌宗两兄弟日夜伺候着，还是精神抖擞的。在这离宫里，百官看不到，则天皇帝就尽情旖旎，彻胆风流，公然带着张氏兄弟二人同起同卧。

张氏兄弟被皇帝幽禁在宫里，三年不曾出宫门一步，觉得万分气闷。则天皇帝就带着他们兄弟二人，去封嵩山，册立山神为帝。嵩山上有一株大槲树，命人把一只金鸡挂在树梢，封为金鸡树，在嵩山脚下刻下石碑，命地方官祭拜树神。然后在嵩山下围猎，尽欢而回。当夜，则天皇帝在离宫中做了一个梦：梦见一只白色鹦鹉，站在当殿。忽然一阵狂风，把鹦鹉的两翼吹断了。则天皇帝醒来十分疑惑，当即把梦中的情形，对张易之兄弟说了。他们兄弟俩，也不知是吉是凶。

恰巧第二天丞相狄仁杰从长安来，奏请皇帝尽早回銮。则天皇帝就把昨晚做的梦告知狄仁杰，问狄丞相是什么梦兆。狄仁杰奏道："武，是陛下之姓；两翼，是陛下的两个儿子。如今陛下两个儿子都幽囚在外，如同狂风吹折了鹦鹉的两翼。望陛下下诏召回二帝。"则天皇帝因自己年老，心中颇想立武承嗣或武三思为太子，振兴武氏宗族。听狄丞相这么说，就把立武承嗣或武三思为太子的意思，对狄丞相说了。狄仁杰听了，忙趴在地下，连连叩头奏道："太宗栉风沐雨，亲冒锋镝，以定天下，传之子孙。大帝以二子托付陛下，陛下却想传给他族，这不是大违天意吗？

况且姑侄与母子相比，谁疏谁亲？陛下立子，千秋万岁后，毅然可以配食太庙；立侄，自古没有侄子为天子，奉姑母于庙堂的，愿陛下三思。”则天皇帝听了，心中震动，半天才说道：“这些是朕的家事，卿不必多问！”狄仁杰又奏道：“帝王以四海为家，四海之内，什么事不是陛下的家事？立国君之事，臣身为宰相，哪能不问？”说着，又连连叩头道：“愿陛下速速召回庐陵王，使母子团聚。”则天皇帝听了，说道：“卿先退下，朕自有主张。”

则天皇帝退回卧室，想起梦境，又想起狄丞相的话，心中忐忑不定，遂召张易之、张昌宗二人进宫商议。张易之听说则天皇帝要迎回庐陵王，知道庐陵王一回朝，自己就无立足之地了，于是竭力劝道：“陛下已经得罪唐朝宗室，不能再立唐嗣，否则只会让陛下不便。”则天皇帝心想张易之的话也有道理，就没召回庐陵王。则天皇帝带着张易之、张昌宗二人在离宫中贪恋风月，昼夜不休，寒暑不避。到底年纪大了，身体渐渐有些支持不住了，于是下诏回銮。到了京师，病情一天天沉重。这时大臣吉顼与张易之、张昌宗同在控鹤监，悄悄地劝张氏弟兄道：“你们兄弟贵宠无比，令天下人侧目。现在陛下春秋已高，不能长久依靠，不立大功，你们怎么能得以保全？”张昌宗忙向吉顼问计，吉顼说道：“天下人还没有忘记唐德，你们为什么不趁机劝陛下迎回庐陵王？日后皇帝感念你们迎立有功，你们不仅可以免祸，还能长保富贵。”张昌宗听了，心中大悟，忙去和张易之商量。

第二天，兄弟二人一起进宫，打算劝谏则天皇帝迎回庐陵王。谁知才走到宫门口，却被武三思率领一群校尉拦住。张易之和张昌宗弟兄二人在宫中出入惯了的，见武三思不放他们进去，十分诧异。一问，原来皇帝有令，让他们奉旨在宫门检查，无论什么人都不许放进去。武三思平常见了张氏弟兄，总是卑躬屈节的，现在突然倨傲起来，其中必定有变。张易之兄弟急忙退回府，召集心腹，商量大事。其中有一个黄门侍郎余日通，消息最灵，当下报告说：“有人也向武三思献计，劝他出面迎回庐陵王，为日后立功，他又打听到主公也有迎回庐陵王之意，怕主公夺了他的头功，因此先下手占住宫门，想要隔绝主公和圣上。”张易之兄弟听了大怒，愤愤地说道：“三思这小狗！他平时拜我做干爷，捧着唾壶、夜壶地伺候我。是我看他可怜，在圣上跟前保举他，才让他有今天的富贵，没想到他却咬起主人来了。不杀了这小狗，誓不为人！他还不知道我就是当今真正的皇上呢！如今我不迎庐陵王，谁也拿我们兄弟没办法？今天我们索性反了！”张氏兄弟二人说反，众人也齐声说反了。当下张易之和张昌宗二人，率领两队人马，一队直扑宫门，一队把守外城。

张氏兄弟二人调兵遣将，十分忙碌，这边武三思也不示弱。则天皇帝见自己抱病已久，想起狄仁杰一番劝谏的话，很是有理。自己又做了一个鹦鹉折翼的梦。当即与太平公主、上官昭容、安乐公主、长宁公主商议，想把庐陵王接回京师。那几位公主，都有手足之情，也愿把庐陵王迎回宫，一块住着，只是不敢直说。恰好这时候武三思进宫，也主张去迎庐陵王回宫。则天皇帝被他们说动了，下旨召庐陵王与韦妃回京。武三思得了圣旨，急忙出宫，与丞相狄仁杰、张柬之、崔玄暐等大臣商议。正在商议的时候，忽然得知张易之与张昌宗二人密谋起事。狄仁杰与羽林将军李多祚等武将向来交好，当即修书一封，派人送出京城求救；武三思则亲自赶赴房州，迎接庐陵王。

庐陵王高宗弘道元年十二月奉遗诏，在灵柩前即位，称中宗太和圣昭孝皇帝。后来皇太后武氏临朝称制，改元嗣圣元年，二月废中宗为庐陵王。把他与皇后赵氏、妃韦氏三人，幽囚一室。后来赵皇后被则天女皇帝打进冷宫，饿死了。过了五年，又改囚中宗和韦氏于房州。十二年来，庐陵王与韦氏二人担惊受怕，在患难之中，恩情更深。则天皇帝经常杀戮唐朝宗室，庐陵王的弟兄叔伯，都已杀尽。每次杀人消息传来，庐陵王都心碎胆裂。庐陵王见有敕使从京师来，总以为是来赐死的，就抱着韦妃，号啕大哭。有时急得无路可走，就想自尽。每次总是韦氏百般劝慰，又私自在使臣面前献些殷勤，送些礼物，才得以保全夫妇二人的性命。庐陵王常对韦妃私下立誓道："以后如果能重见天日，无论妃子做什么，本王绝不禁止。"

听说武三思又来传旨，庐陵王心想，这武三思近年来竭力谋划着要当太子，正是自己的对头，这次得了圣旨，一定是来取自己的性命了。急得他拉住韦妃的手，顿脚痛哭。韦妃被他哭得没了主意，一眼见武三思已走进屋中来了，口称："王爷王妃接旨。"韦妃到了这时也顾不得了，急忙抢上前去，跪倒在地，伸着两条玉臂，攀住武三思的手，不让他宣读圣旨。武三思是好色之徒，他手尖触到韦妃的玉臂，滑腻香软，心中不禁一动。低头看时，见她肌肤莹洁，忍不住伸手握住韦妃的双臂，扶她起来，说道："王妃大喜，是小的在万岁跟前竭力劝谏，好不容易才挽回圣心。如今圣旨下来，召王爷和妃子回京，将来说不定能重登帝位。"庐陵王听了武三思的话，却不信，等到读了圣旨，夫妇二人才笑逐颜开。当即留武三思在府中痛饮，当日起程。

回京的路上，武三思把计除张易之兄弟的意思说了。庐陵王心想，如今母后老病，此次进京，正要下一番辣手，警戒奸佞。于是在路上下了一道手谕，令羽林将军李多祚，入清帝侧，手谕中有"格杀勿论"的话，令武三思先驰赴军中。李多祚带领三万人马，直攻玄武门。张易之也指挥城中御军，闭门抵抗。武三思令人将庐陵王手谕，向城中兵士高声宣读。那些兵士们心都向着唐室，一听说庐陵王驾返京师，大呼万岁，一哄散去。李多祚麾兵直入，张氏兄弟退入迎仙院。兵士们把一座迎仙院团团围住，兵士们爬进墙，把张易之、张昌宗二人活捉。这时庐陵王和韦妃已到城下，文武百官都到郊外迎驾。随即把张易之、张昌宗二人绑到军前，庐陵王传谕斩首。武三思亲自动手，把张氏弟兄杀死。庐陵王随后摆驾进宫。

则天皇帝一听说庐陵王杀死了她心爱的张易之、张昌宗二人，心中一惊。想支撑着起来，可病情沉重得连坐也坐不住，只得躺下。亲信大臣桓彦范，进宫来劝谏说："张氏弟兄，在外作恶多端，如今既然已经被杀，陛下也不必挂念。陛下春秋已高，圣体多病，应及早退位休养。请下明旨，传位给庐陵王。"则天皇帝听了，也不做声。桓彦范忙去写了圣旨，在则天皇帝榻前，用了玉玺。恰巧庐陵王与韦妃进宫来朝见，则天皇帝就亲手把传位的诏书，递给庐陵王。庐陵王和韦妃谢过了恩。武三思和桓彦范等大臣簇拥着庐陵王在通天宫即位，仍称中宗皇帝。中宗受百官朝贺，大赦天下。唯有薛怀义、张易之、张昌宗等同党，罪在不赦。凡被酷吏周兴、来俊臣所陷害的，一概昭雪。则天皇帝徙居上阳宫，上尊号为则天大圣皇帝。复国号为大唐。每隔十天，皇帝率领后妃及文武大臣，到观风殿朝见母皇帝一次。则天皇帝直到八十一岁驾崩，改称为则天皇太后。封韦氏为皇后。武三思、张柬之、李多祚、桓彦范，联合韦皇后、太平公主、安乐公主、长宁公主把持朝政，大弄权威。

当时则天皇帝已死，凡是姓武的，都革去官职。只有武三思因为有杀张易之、张昌宗的功劳，又有上官昭容和太平公主在中宗跟前给武三思讲好话，因此他的爵位越来越高，在宫中自由出入，毫无禁忌。武承嗣的二儿子武延秀娶安乐公主为妻。安乐公主是韦皇后最小的女儿，中宗皇帝十分宠爱。安乐公主是韦皇后迁居房州的时候在半路上生的，韦氏在客店里生产，痛苦万分。后来见安乐公主长得十分美丽，就十分宠爱她，凡有奏请，无不允许。中宗夫妇二人还幽囚在房州的时候，安乐公主留养在祖母则天皇帝宫中，因她聪明伶俐，则天皇帝也十分宠爱。那时武崇训是武承嗣的侄子，武延秀的堂兄，只长安乐公主一岁，品貌不凡，常在宫中出入。则天皇帝因他是自己的内侄孙，也格外宠爱他，常让武崇训留宿在宫中。武崇训仗着自己年少英俊，又有祖姑袒护着，就在宫中偷香窃玉，和宫女闹下许多风流事。外面沸沸扬扬，竟说武崇训上烝祖姑母，传到则天皇帝耳中，觉得太不堪了，就把安乐公主指配给武崇训，以破谣言。其实这个风流公子和那风流公主，早已在则天皇帝下旨之前，就暗中勾搭上了。下嫁以后，不到六个月，就生下一个男孩。武崇训精力过人，伺候得安乐公主称心如意。夫妻二人，一双两好的，过得十分安乐。

武延秀是有名的美男子，他是武崇训的堂弟，比武崇训年轻，相貌比武崇训俊秀。武崇训看在弟兄分上，常常领着武延秀进驸马府游玩。这时，安乐公主和武延秀是嫂叔，一家人也不避忌，常常在一起说笑玩耍。武延秀风流无比，见了嫂嫂，无意中暗暗地卖弄风情。嫂嫂又是知情识趣的，见了风流小郎，就有心向着他。叔嫂二人，整天在府中打情骂俏的，也不避人耳目。武崇训有时撞见了，一来碍于兄弟交情，二来害怕公主势力，也只得把这口怨气闷在肚子里，装聋作哑地过日子。

武延秀的美名传到突厥国王默啜的公主耳中，听说大唐国有位美男子，整天想着梦着，非要把这美男子弄来和她成双作对地结为夫妻不可。这突厥公主，今天也想美男子武延秀，明天也想美男子武延秀，竟得了相思病。默啜可汗十分宠爱这位公主，得知女儿的心病，立刻调动兵马，直犯大唐边界，说要招武延秀为驸马。边报传到朝廷，则天皇帝问武延秀愿不愿意到外国和亲。武延秀听说有人倒贴妻子上门，又是外国公主，心里好奇，倒也十分愿意。则天皇帝于是派中郎将阎知微护送武延秀到突厥国成亲。默啜公主端庄美丽，见了武延秀，果然是一位美如冠玉的少年，自然异常宠爱。怕他身在异国，心中忧闷，弄了许多蛮姬在武延秀跟前，歌的歌，舞的舞，自己陪着在一旁劝酒说笑。有时，夫妻二人并肩骑马，到郊外打猎。武延秀少年好色，见了这异国声色，觉得别有风味，就和几个绝色的蛮姬，暗暗地勾搭上了，日子倒也过得快活。

·众女弄权·

阎知微是护送武延秀到突厥国成亲的，他留住在突厥国中，闲来无事，偶然写了一封家书，寄回大唐。突厥国王知道了，说他是奸细，私通消息，立刻把阎知微捆绑起来。随后率领三万人马，挟着阎知微，打进中原，一连攻破了赵州、定州。大唐天子见突厥兵来势凶猛，就下诏讲和。默啜可汗怕武延秀有变心，借通和为名，命武延秀捧着和书，放他回大唐。武延秀回到大唐，则天皇帝说他通和有功，就升他的官，任他在宫中自由出入。武延秀在突厥国里偷香窃玉惯了，回了国，怎么肯安分？早在宫中和宫娥彩女，偷偷摸摸做下了许多风流事。

他心中还不知足，见安乐公主长得天姿国色，就一心一意地在这公主身上下工夫。武崇训又领着武延秀进驸马府，任他叔嫂二人调笑戏谑着。武延秀在突厥国学得一口的突厥语，常常唱几折突厥歌儿，舞几种胡旋舞，给安乐公主解着闷儿。安乐公主见他知趣识窍，寻欢献媚，又见他比他哥哥武崇训俊得多，把持不住，背地里二人结下风流私情，在府中明来暗去，只瞒着武崇训一人。武崇训也很识趣，中宗回朝的时候，他就一命呜呼死去了。安乐公主把招武延秀为驸马跟韦皇后说了，韦皇后见这位新驸马眉眼长得俊，就答应了。

安乐公主又大兴土木，在闹市中建起高大的驸马府，造着飞楼，跨过长街。公主和驸马二人，并肩依在飞楼上，向街心抛彩绸。有时命使女们捧着大把的钱，向街心里挥洒。看着过路的男女，在街心奔走抢夺，公主大乐。公主又在驸马府后面的小山上，建造了一座安乐佛寺，金碧辉煌，十分宏伟。另外修造了一条长廊，蜿蜒曲折地通向驸马府。最新奇的是，佛寺里并没有什么神身佛像，只塑着一座莲台。安乐公主高兴的时候，自己扮成观音模样，穿着白衣白兜，赤着玉脚，盘腿坐在莲台上，命府中的侍女太监们朝着她拜。这时，武延秀在一旁看公主扮着观音，更是清丽脱俗，忍不住也拜倒在莲台下面。公主在莲台上受着驸马的跪拜，忍不住点头微笑。侍女太监们齐声叫着活佛。安乐公主又在城西开凿了定昆池，沿池造了许多庄屋，招集了许多渔户、猎户，住在庄屋里。公主自己打扮成渔婆或猎户的模样，或在池上钓鱼，或到山上打猎，驸马则在一旁伺候着。

安乐公主下嫁武延秀的时候，韦皇后十分宠爱她，就把宫中皇后用的全副仪仗、舆马等物，借给公主用。大臣们为了讨皇后的欢心，私自贴钱给京城里的百姓，命家家张灯庆祝，从安福门直到宫中，沿途灯光照耀，恍如白昼。韦皇后与中宗临幸安福门观灯，下诏授武延秀为太常卿，驸马都尉，封为恒国公。又在金城坊赐宅。一年后，安乐公主产下一个男孩。韦皇后十分高兴，群臣入宫朝贺，韦皇后在宫中赐宴百官。下旨京师大小庙宇，演戏酬神。一时，男女老幼看戏的，轰动了全城。中宗和韦皇后，双双临幸驸马府中，又赏钱十万，在驸马府中大开喜庆筵席。文武百官，在两旁陪席。中宗皇帝就在驸马府中下诏，大赦天下。又令宰相李峤，文学士宋之问、沈佺期、张说等，献诗赞美。

安乐公主召集天下巧匠，在洛州昭成佛寺中，造了一座百宝香炉。炉身有三尺来高，开着四门，架着四座小桥，雕刻着花草、飞禽、走兽和麒麟、鸾凤、白鹤、飞仙，炉身又嵌着珍珠、玛瑙、琉璃、琥珀、玻璃、珊瑚等宝贝。足足花了三百万钱，把陪嫁来的私房钱，都用光了。韦皇后又私下拿了一百万体已钱，赐给安乐公主。安乐公主仗着皇后的宠爱，放纵无忌，和上官婉儿、长宁公主、太平公主在府中卖官鬻爵。中宗又命安乐、太平两公主，开府置官，两位公主势倾朝野。三位公主中，安乐公主的权力最大。无论什么事，只要愿意出大钱去求安乐公主，公主就会依了那人的请求。她自写诏书，拿进宫，趁皇上正在署名的时候，把自己写的诏书，送上龙案，一手掩住诏书上的文字，一手捉住皇上的手臂，要皇上在诏书上署名。中宗皇帝见公主娇憨动人，笑着依了她，在诏书上署名。因此，京师的土豪劣棍，走了安乐公主的门路，一夜之间就封得大官。不但吏部衙门不知道，就是中宗皇帝，也被弄得莫名其妙。

安乐公主自幼养在则天皇帝身旁，看惯了女皇帝独断朝纲的威风，不免异想天开，说男儿可为皇太子，女子为什么不能做皇太女？于是天天在中宗皇帝跟前絮叨，求中宗册立她为皇太女。中宗皇帝听了，不但不斥责，还呵呵大笑，抚着公主说道："等你母后做了女皇帝，再立我女儿为皇太女也不迟！"安乐公主听了，天天挑拨着母后韦氏临朝听政，她满心想望韦皇后临朝以后，册立自己为皇太女，将来自己和祖母则天皇帝一样君临天下。今天也说，明天也说，韦皇后果然被她说动了。

韦皇后因中宗在房州幽囚的时候，立有私誓。进宫复位以后，就仗着患难夫妻的名义，处处专权揽事，无形中，中宗已被韦皇后钳制住了。后来，韦皇后听信了安乐公主的话，渐渐有了干预朝政的意思。每次中宗坐朝听政，韦皇后就在宝座后面，密垂帷帐高坐帐内，一同听政。每次臣下奏事，皇帝还没有下谕，韦皇后就已经替皇帝裁决了许多朝政，下了许多上谕。中宗皇帝体弱多病，韦皇后常常劝皇帝罢朝，自己趁机垂帘听政，独断独行。韦皇后处处行着威权，处处用着私情，竟比则天皇帝还要厉害十倍。中宗皇帝念在患难夫妻的情分上，也不好禁止她。因此，韦皇后的气焰，一天比一天强盛。中宗皇帝却一天比一天退缩，整天躲在宫中，找几个美貌的宫女调笑解闷。所有军国大事，全听韦皇后一个人裁决。安乐公主见母后握了大权，她想做皇太女的心思就更急切了，于是天天向韦皇后说着。韦皇后每天坐朝，也令安乐公主陪坐在一旁听政。

中宗因上官婉儿深通文墨，又能处理朝政，也命上官婉儿掌管制命。上官婉儿在则天皇帝在的时候，已经和武三思私通了。武三思出入宫禁，毫无避忌。自从韦皇后回宫后，武三思仗着有护驾之功，更加肆无忌惮，在宫中和后妃任意调笑。有一天，武三思正抱着上官婉儿在御花园柳荫深处，喁喁情话，让韦皇后撞破了。上官婉儿见皇后身边没带随从侍女，递眼色给武三思。武三思会意，见韦皇后正站在台阶上，脸上并无怒容，就大着胆子上前扶着皇后下台阶。上官婉儿见韦皇后一手搭在武三思的肩上，一手指着自己，笑盈盈地说道："昭容，好乐啊！"上官婉儿忙低头退下。武三思用尽平生温柔功夫，伺候着韦皇后。从此以后，韦皇后和上官昭容走上了一条路。后妃二人，同心合意，十分亲密。武三思仗着后妃二人的宠爱，骄横无比。

韦皇后常常在中宗皇帝跟前说武三思的好处，中宗就把武三思封为司空。遇有紧急大事，皇帝扮成平常百姓，出宫临幸司空府第，和三思商议。武三思府中，也养着许多美貌的姬妾，每次皇帝临幸，他就把府里的姬妾叫出来，在皇帝跟前献歌献舞。君臣二人，对坐拍手欢笑。武三思府中养了许多销魂荡魄的美人，快活得连宫中也不想去了。韦皇后见武三思许久不进宫，心中便郁郁不乐，在中宗跟前，唉声叹气的。中宗知道皇后记挂武三思，就命太监去宣召武三思进宫。韦皇后见了武三思，顿时笑逐颜开。韦皇后在宫中爱赌双陆游戏，就和武三思对坐着赌起双陆来，韦皇后故意撒痴撒娇的，逗着武三思。中宗皇帝手中握着一把牙签，替他们二人算着输赢的数。正在这时候，内侍进来奏称，丞相李峤有要事进宫面圣。中宗皇帝丢下了牙签，急忙出去。韦皇后见中宗出去，把双陆一掀，撒得满地，一耸身倒在武三思怀里，手拉着手进寝宫去了。从此，韦皇后把武三思霸占住了，上官婉儿却落了个空。

可绝色的美人怎么甘心虚度呢？早有兵部侍郎崔湜，做了入幕之宾，上官婉儿万分宠爱他。崔湜本是桓敬的心腹。桓敬是唐室的忠臣，见武三思专权跋扈，就私地里结识了崔湜。因为崔湜常在宫中出入，桓敬就借他做耳目。崔湜因为长得俊美，则天皇帝时时传他进宫问话。崔湜又长于文才，与上官婉儿吟诗酬答，十分投合。后来，中宗下诏，命上官婉儿执掌诏制，崔湜天天陪侍在上官婉儿身旁。当初上官婉儿和武三思还有一份私情，见了崔湜，总是若即若离。后来武三思被韦皇后霸住，上官婉儿的一缕痴情，就全寄托在了崔湜身上。一天二人同在御书房中办事，情不自禁干下了风流事。

崔湜和他的弟兄崔涖、崔液、崔涤四人，个个眉清目秀，面如冠玉。崔湜把他们一个一个引进宫，和上官婉儿见面。上官婉儿见了这许多俊秀少年，一时爱也爱不过来。从此，上官昭容行走坐卧，无时无刻不和崔家弟兄四人在一起。上官婉儿常常在宫中设宴，和四个少年儿郎，一起饮酒说笑，行令赋诗。崔湜一心迷在上官婉儿身上，不但不替桓敬做耳目，反把桓敬的事告诉了武三思。武三思大怒，跟韦皇后一说，矫诏杀尽五王，把桓敬刺配到岭南。崔湜升到中书令，其他三兄弟各担要职。崔湜常常对人自夸为王谢之家，在家中天天开宴，对宾客说道："大丈夫当制人，怎能受制于人？"当时，朝中女权很大，除韦皇后、上官昭容和安乐公主以外，太平公主也在宫中掌着大权。

太平公主在宫中年纪略大些，但徐娘虽老，风韵犹存，又天生风流的性格。见了崔湜玉一般的美男子，心中早已中意，瞒着上官昭容，打发宫女悄悄把崔湜叫进宫，也成就了她的心愿。崔湜自从巴结上了太平公主，权势也更大了，官拜中书侍郎平章事。太平公主自从得了崔湜以后，心中十分宠爱，称他是可意儿郎。太平公主生平宠过的男子，不计其数，从没有一个比得上崔湜的，叫她心中怎能不爱？一天也丢不开手。只因上官婉儿也很有势力，不敢明目张胆地霸占着，只能瞒着上官昭容，每天私会一次。

太平公主的欲念也很大，同时爱上了几个王子。有个谯卫王，也称得上是美少年，只是和崔湜一比，就比下去了。太平公主的宠爱，渐渐淡薄下去，谯卫王心中怀恨不已。一天，谯卫王悄悄闯进公主府第。谯卫王在府中出入惯了的，他和公主的风流私情，府中上下都知道，所以谯卫王进府，也没有人拦他。这时正是盛暑，太平公主放诞惯了，帘也不放，帏也不掩，就和崔湜二人在走廊的湘妃榻上大寻欢乐。谯卫王见了，心中一股酸气，直冲脑门，急忙转身退出，在外书房中等着。直到崔湜完事出府，谯卫王拦住去路，说他污辱公主，要揪他进宫告诉上官婉儿。崔湜一听吓得忙拦住谯卫王，邀他到自己家饮酒。

谯卫王一到崔湜家中坐下，听到屏风后面娇声悄语、环佩铿锵，不知不觉一缕魂灵儿飞进屏里去了。酒过数巡，崔湜吩咐传女乐出来。只见一群粉白黛绿的女儿，围绕在谯卫王身旁，歌的歌，舞的舞。谯卫王看得眼花缭乱，神魂颠倒，举着酒杯痛饮。正迷乱的时候，忽然虞侯进来，传说丞相有请。崔湜听了，不禁左右为难。谯卫王正在得趣的时候，担心崔湜被丞相叫去，自己也不能久坐了，就拉住崔湜的手不放。崔湜说丞相有要事相商，不能不去。谯卫王却不肯走。正在左右为难的时候，一个侍女从屏门后面转出来，在崔湜耳旁低声说了几句，崔湜连连点头道："这样也可以。"崔湜随即对谯卫王说道："千岁千万多坐一会儿，小臣见了丞相就回来。小臣妻小愿代小臣出厅，奉陪千岁饮酒，万望千岁不要见怪。"谯卫王听说崔夫人肯出来陪酒，真是喜出望外。原来崔湜的夫人，是闻名京师的美人，在朝的文武百官，谁不想一睹美人真颜？谯卫王嘴里推托道："小王绝不敢劳夫人的驾！"两眼却向屏风后面不停地转着，心中只盼望这位美人快点出来。

·驸马偷香·

谯卫王刚说完，一阵环佩声响，空气中传来阵阵脂粉香味。四个侍女拥着一位天仙似的美妇人，冉冉而出。崔夫人走近王爷身边，深深道了一个万福，慌得谯卫王连忙还礼。仔细一看，只见美人容光妩媚，真是玉美人，美得直逼人眼，谯卫王急忙低下头。崔夫人双手捧着玉壶，斟上一杯酒，低声说了一声："千岁！请满饮此杯。"呖呖莺声，听得人心骨都醉了。偷眼看崔夫人一双手，皎洁玲珑。谯卫王恨不得伸手去摸一回，只因在崔湜跟前，不敢放肆。谁知崔湜早已抽身出去了。直到崔夫人再三请谯卫王坐下，他才向屋子四周一看，发现崔湜早不在屋里了，立即一口饮尽崔夫人斟的酒，借着三分酒意，七分色胆，渐渐拿话去挑逗。崔夫人最动人的地方，就是低鬟微笑。那时歌舞的姬妾和侍女们，都不在跟前。谯卫王实在忍不住了，大着胆大步上前，一把将崔夫人的柳腰抱住，刹那之间，已经成就了好事。

这也是崔湜故意安排下的美人计，借此钳制谯卫王。崔湜为图自己的功名，不惜把自己天仙般的夫人，送给别人享用。谯卫王得了崔湜的好处，心中万分感激，竭力在中宗皇帝跟前替崔湜说好话，因此崔湜的官位越来越高。后来各王爷们都知道谯卫王得了好处，有妒忌他的，也有羡慕他的，就都到崔湜家寻欢作乐。崔府的一群姬妾，风骚成性，见了众王爷，是见一个欢迎一个，崔府于是成了众王爷寻欢的场所了。崔湜有两个女儿，是元配王氏所生。一对姐妹花，雪肤花貌，与继母崔夫人不相上下。长女自幼说给张说之子为妻，长成十七八岁，正在妙年。一群少年王爷在府中出入，看在眼里，怎么肯轻易放过？早就抢着向崔湜求婚。崔湜势利，就把长女献给了八王爷，把次女献给了十二王爷。张说知道了，找人跟崔湜理论。但人已经送给了别人，覆水难收，无法挽回了。张说从此记恨在心，要报赖婚之仇。但崔湜正在得意的时候，损伤不了他分毫。有一天，崔湜从宫中回府，见自己大门上有人写着两行字："托庸才于主第，进艳妇于春宫。"崔湜大怒，一面令家人擦去字迹，一面查找写字的人。查问了很久，也没结果。这两句题词，却传遍了京师，人人都在背地里笑话着。崔湜仗着宫中的宠爱，也毫不在意。

这时，高宗之女太平公主，中宗之女长宁公主、安乐公主、宜城公主、新都公主、安定公主、金城公主，由中宗赐宅，在京师与亲王一样开府设官。其中太平公主久持朝政，有擒杀薛怀义和二张之功，赏赐最丰厚，权力也最大。公主平时衣紫袍玉带，倜傥风流，一如男子。这七位公主，与上官昭容每天一起游玩。连车并马，有时在大街上游览，有时在郊外打猎，有时在府中聚欢。太平公主府中还养了小戏子，都是十三四岁的男孩。公主亲自调教，教得一曲，就邀集一群公主在府中听曲。这班小戏子里有一个唱小生的，名字叫荷生，长得最清秀，年纪已有十六岁了。除了唱戏以外，太平公主每天带着他，不论在哪里，荷生始终陪侍在旁。那六位公主见了荷生，人人都很喜欢他。各自带他到府中游玩调笑，赏他许多珍宝。外边许多奔走谋事的人，都到荷生跟前献殷勤。因此，荷生虽是一个童子，在府外也暗地里买了许多田庄，存积了许多银钱。

新都公主的驸马武延晖和宜城公主的驸马裴巽，都爱寻花问柳，常常整天整夜地住在娼家不回府。新都和宜城两公主，在府中空守着闺房，闷得慌，就时时到大公主府中游玩解闷。正是端午佳节，唐宫中有斗草的游戏。各妃嫔公主郡主都竞相比着奇思妙想。安乐公主忽发奇想，想起京师南海泥洹寺维摩诘佛像的五绺须，是晋朝谢灵运的真胡须，如果拿来和诸妃嫔斗，一定可以获胜。于是悄悄地打发黄门官，骑着马，跑到南海泥洹寺里，偷偷把佛须割来。安乐公主又怕留下的佛须被别人割了，又命黄门赶去，把佛须全部割下来，丢到御河里。从此，这维摩诘佛的下颔，就光滑滑的没有一绺须了。原来晋朝时候的谢灵运，长着很美的须髯。自己十分珍爱，每晚临睡时候，都要用纱囊子把须髯装起来，平时在须髯上抹些香油。五绺长须，黑润柔软，十分可爱。后来，谢灵运犯了死罪，临刑的时候，自愿把须髯割下来，送给泥洹寺僧，装塑佛像用。寺中的大和尚见黄门官奉公主之命，把佛须全部割去，心中痛苦，但公主之威，不能违抗。

到了端午这天，一群公主郡主和妃嫔们，都聚集在昆明池畔大草地上，设下盛宴斗草。韦皇后也来凑热闹，从袖中拿出西方柳。太平公主拿出东方桃来和皇后相斗。上官婉儿的夫妻蕙和寿昌公主的兄弟连相斗。正斗得热闹，安乐公主忽然拿出谢灵运的真须，招人相斗，一时人人惊奇，大家都赞公主聪明伶俐。安乐公主手中拿着一绺须髯，向众人夸耀着，众人也找不到和她相斗的东西。正在这时候，荷生忽然剪下自己头上的一绺头发，悄悄递给宜城公主。宜城公主接了头发，高声向安乐公主说道："公主有死人胡须，我有活人头发！"安乐公主问："你拿的是什么人的头发？"宜城公主说是荷生的头发，安乐公主不信，把荷生传到跟前，摘下头巾，果然鬓边剪去了一绺头发。众妃嫔和公主一齐说："今天只有安乐公主和宜城公主斗得最新奇，该庆贺一杯。"说着，宫女斟上酒，大家饮着。这时，武三思在一旁伺候着韦皇后，崔湜在一旁伺候着上官婉儿，太平公主也带了荷生，各自说笑饮酒，真到夜色昏沉才散席。宜城公主自从荷生截发相赠后，就常常到太平公主府中找荷生说笑。二人瞒着太平公主，在花木幽僻的地方，早已成了好事。

过了几天，安乐公主府中定昆池开凿成功，发请帖请皇亲国戚到府中开庆功宴，中宗皇帝和韦皇后也被邀参加。宫中有一口昆明池，是西汉汉武帝时开凿的，池中盛产鱼类。安乐公主和众姐妹们，自幼在宫中游钓。后来，安乐公主下嫁出宫，仗着中宗宠爱，要求把昆明池赏给她，划到驸马府的园中。中宗说："昆明池从不赏人，朕也不敢违背祖宗成例。况且这池里的鱼每年能卖得十万贯，宫中妃嫔的花粉钱全靠它。如果将池赏了人，妃嫔们脸上不就没了颜色？"安乐公主心中十分懊闷，后来，还是韦皇后再三劝说，又拿三万贯钱赏给安乐公主，公主自己添了十万贯，招集了京师数万人，在一年之内，在府中开凿了定昆池。池边草木风景，全仿照昆明池。定昆池凿成的这天，满园点缀着灯彩。到了晚上，树上灯光闪耀，犹如天上繁星。在池畔的大草地上，摆下酒席。中宗亲率文武百官，临幸园中饮酒。一群年轻的公主、郡主和妃嫔们，打扮得花枝招展的，夹杂在男子中间，往来嬉笑，毫不避忌。

这时，高宗的女儿，有太平公主、义阳公主、高安公主；中宗的女儿，有新都公主、宜城公主、安定公主、长宁公主、成安公主、安乐公主。众公主个个都态若惊鸿，神若游龙。安乐公主和驸马武延秀，来往着招呼宾客。这时，武三思、崔湜、荷生都各自跟着他的女主人进园游逛。安乐公主邀众宾客入席，一时觥筹交错，欢呼畅饮，直到夕阳西下。接着一轮皓月，从水面捧出。安乐公主高兴，忙叫人备船，乘着月光，到池面上游玩。皇帝皇后和随从的妃嫔官员们，都上了彩船。船四檐缀着五色明角灯，荡漾在湖心，倒映在水中，煞是好看。太平、安乐、长宁、宜城、新都、安定、金城七位公主，坐着七条小采莲船，在彩船四周，一往一来的，出没不定。

长宁公主和太平公主各坐一只小艇，悄悄驶入小溪，在白石埠头上了岸。两人身旁各带着一个儿郎，携着手儿，走到花木深处，正打算寻乐。长宁公主忽然止步，一手指着水边月光明亮的地方，只见一男一女，并坐在草地上，脸贴着脸，正是情浓的模样，那对男女这时正抬起头。太平公主认出那男子是她宠爱的荷生，那女子是宜城公主。太平公主心中一气，就要上前冲破他们的好事。长宁公主劝说道："看在姑侄情分上，饶了她一次。明天我说给妹妹知道，警戒她下次不可再犯。现在如果闹开来，荷生又是姑姑私下宠爱的人，众人知道了，彼此脸上都不好看。"太平公主听她说得有理，就点头说道："我就饶了这丫头，但这口气还是要出的！"眉头一皱，计上心来，说道："有了！我去叫她的驸马亲自来看他女人的浪人样。"说着，坐着小艇回到大草地。

问了场上的守卫太监，说刚才还看到驸马裴巽和薛国公主在杏树下说笑，一转身就朝小径走去了。太平公主听了，就沿着小径找去，走到路尽头的亭子前。只见薛国公主正倒在裴驸马的怀里，紧贴着作乐。太平公主看了，冷冷一笑，自言自语道："这真是循环报应！他女人在那里偷别人的汉子，她汉子也在这里偷她自己的妹子。"原来薛国公主是睿宗的第七个女儿，和宜城公主是堂姐妹，已下嫁驸马王守一。只因王守一生得粗蠢，薛国公主喜爱裴巽人品风流，两人早已有心，只恨没有机会。趁此良夜，在众人不防备的时候，悄悄地在僻静地方，一偿平生心愿。太平公主见他们正在情浓时候，不便上去打搅，就吩咐身旁的小太监，快去把宜城公主叫来，说是裴驸马有请。

宜城公主正和荷生偷着情，听说驸马有请，一时舍不下她的心上人，在月下和荷生纠缠了许久，才去小亭子那里。宜城公主一望，见一片月光照在亭中心，裴驸马正俯着身把一个宫女搂倒在栏杆上，不知在做些什么，只听见宫女嘻嘻笑着。不料这宫女是安乐公主身边的，裴驸马和薛国公主在亭子里做了瞒人的勾当，被宫女撞破了。裴驸马仗着自己长得一副好嘴脸，就拉着宫女亲热，想借此堵住宫女的嘴。这时却被宜城公主撞见了。宜城公主生性悍泼，看到这样的丑事，立即耸身扑向亭子，右手揪住驸马，左手揪住宫女，把他们揪上彩船，到中宗皇帝跟前理论。

中宗皇帝见宜城公主闹上船来，早没了主意。这时韦皇后和太平公主、上官昭容，正坐在旁边饮酒。只有太平公主明白是怎么回事，向韦皇后耳边低声说了几句话，韦皇后见皇帝没有主意，就替皇上拿主意，宣旨下去，把这宫女赏给裴驸马。这个旨意一下，顿时气死了宜城公主，却乐死了驸马裴巽。裴驸马上前谢过了恩，一手拉着那宫女，肩并肩退出船。后来还是寿昌公主把宜城公主拉入席饮酒，宜城公主才把这口气暂时按住了。裴驸马得了这个宫女，连夜带回府享用。那宫女长得白净美丽，裴驸马十分宠爱她，一连二十晚都不到公主房里去。宜城公主十分气愤。

一天，趁裴驸马到王守一驸马府去，府中没有人，宜城公主令心腹侍女，拥进新姬人房中，把那宫女捆绑起来。宜城公主高坐堂上，吩咐人拿藤杆儿抽打宫女。那宫女被打得在阶石上乱滚，依旧骂不绝口。又把宜城公主与荷生私通的事，喊了出来。公主大喝一声，命人割去贱丫头的鼻子，免得她胡说乱道。几个妇人冲上去，把宫女的鼻子用快刀割了下来。宫女满脸淌着血，痛得晕厥过去。过了半天，悠悠醒来，嘴里还是叫骂着。宜城公主索性一不做，二不休，让人再割去她的耳朵。正要动手割，忽见裴驸马急忙从外面跑进来，口中喊着："请公主饶了她！"说时迟，那时快，那宫女的耳朵却已经割了下来。裴驸马看了，万分心痛，冲上去，抱住宫女号啕大哭。宜城公主见驸马这样爱惜这宫女，更是气愤，一手夺过尖刀，一把揪住驸马的头巾，拿刀割去。驸马双手捧住了脖子，转身逃去。只听到嗖的一声，发髻儿已经被割了下来。驸马拔脚飞奔，逃出府门。

·太子怒杀武三思·

裴驸马原本是去和薛国公主幽会。忽然府中心腹太监来报说："新姬人被宜城公主捆绑起来，割了鼻子。"裴驸马听了，飞快赶回府，已经来不及了，那宫女已经死在台阶上了。幸亏裴驸马逃得快，不然一颗脑袋，只怕也保不住了。裴驸马一肚子悲愤，逃出府门，走进宫，正好遇到太平公主，就把宜城公主撒泼发狠的事说了。太平公主正要找宜城公主的错，听了裴驸马的话，就拉着裴驸马去朝见中宗。太平公主又在一旁说了许多宜城公主的坏话。中宗皇帝勃然大怒，立刻下诏把宜城公主降为县主，召进宫，监禁在冷巷里。太平公主又奏请说王守一谋反，把他杀死；随后又奏请把薛国公主下嫁给裴巽，中宗皇帝都准了。这样一来，裴驸马和薛国公主对太平公主感激得死心塌地。从此，裴驸马在外面替太平公主做耳目。几位公主都卖官鬻爵，只有太平公主门下卖出去的官最多，大半都是裴驸马替她在外面张罗的。

这时，安定公主也闹出一桩风流事。安定公主是中宗皇帝的亲生女儿，韦皇后生了安定公主以后，就被则天皇帝废逐。韦皇后在临行的时候，悄悄把安定公主寄养在舅父韦昌荫家。韦昌荫世代在京师东郊外守着一座庄院，耕着几亩田地，过着农人的生活。安定公主寄养在舅父家中，舅父舅母都十分宠爱她，过着安乐的日子。舅父有一个儿子韦濯，和安定公主同年，整天陪伴着安定公主游玩。一对小儿女，有时在池畔钓鱼，有时在山下采花，两人交情一天天亲密。安定公主天性多情，十六岁时就勾搭上了韦濯，韦濯也是一片痴情向着这位公主。两人在山巅水涯、花前月下，不知做出多少风流事。正在如胶似漆的时候，忽然中宗和韦皇后回宫，把安定公主接进宫，选了吉日，下嫁给王同皎。王同皎是富贵子弟，不解温柔，只知道任性使气。安定公主这时见不到她的心上人，已是万分委屈，又嫁了一个粗暴的驸马，心里难受不已。

在中宗皇帝时候，公主的权柄最大。那时韦濯因韦皇后提拔，进京做了小卿。因他是外戚，得以在宫中自由出入，无意中与安定公主相遇，勾起了旧情，背地里两人情不自禁，已经偷过几次情了。宫中耳目众多，偷偷摸摸的，总是不方便。安定公主就仗着自己的权力，索性把韦濯唤进驸马府中，整宿寻欢。风声传到驸马王同皎耳中，他气愤不过，正打算进宫奏明皇上。谁知安定公主先发制人，连夜进宫，说驸马王同皎谋反。中宗皇帝胆子最小，一听说有人谋反，也不分青红皂白，立刻下诏把王同皎发配岭南。安定公主暗地里向韦皇后说明实情，韦皇后替她做主，招韦濯做了驸马，从此两人称心如意地过着日子。

这时，宫中秽乱不堪。自太平公主起，中宗皇帝的八个公主，睿宗皇帝的十一个公主，谁不是私下养着许多少年男子，瞒着自己的驸马背地里寻欢作乐。安定公主虽说嫁了韦濯，如了心愿，但每天和姐妹们一起游玩，见她们各有心爱的少年男子，带在身边游玩，十分快乐，也不禁心动起来。当时崔湜的弟弟崔铣，年纪最小，长得活泼伶俐，常跟随哥哥在宫中出入。安定公主看上了，就和韦皇后说，封崔铣为太府卿，又把驸马韦濯废了。安定公主于是又改嫁崔铣。崔铣这时只有十七八岁，安定公主已是中年，不免有美人迟暮之感。自从得了崔铣以后，就尽夜纵乐。二人狂荡到忘情时候，不避寒暑，不避风雨。不到三年，安定公主就一病身亡。安定公主死后，王同皎的儿子奏请将公主与父亲合葬，崔铣不肯。中宗把安定公主的遗体，判给崔铣埋葬。

众公主和妃嫔们放诞不羁，常常三五成群，打扮成富贵子弟，骑着高头骛马，招摇过市。见有热闹场面，公主混进人群，和市井无赖调笑。见有中意的男子，就让侍卫捉进府养着。这时，京师东街有一个道士，名叫史崇玄。每天在街上飞钹舞剑，为人治病。一天，史崇玄正在舞剑作法，忽见十多个差役拥着一个贵官冲进来，把闲人驱散。史崇玄见那贵官眉目清秀，神态威严，忙上去作揖。差役传着贵官的话说："贵官骨节酸痛，请道人进府，为贵官治病。"道士听了，就跟着随从骑上马，走进了一所府第。转入一座园林，只见楼台起伏，花木森幽，来来往往的仆役，都是内宫黄门的打扮。史崇玄心中战战兢兢的，跟着一个官役，在园中绕了许多弯，才走进一座大厅。

坐了半天，只见窗外人影幢幢，往来不息，夹着娇声细语，环佩叮咚。史崇玄见是内宅眷属在窗外窥探，吓得忙低下头。又过了一会儿，进来两个官役，手中捧着衣巾，领着史崇玄到浴室，替他梳洗，然后换上一套华丽的靴帽袍褂。往镜中一照，发现自己被打扮得衣履翩翩，面貌也变得清秀许多。正疑惑，那两个官役将他送进一座穹门，两个垂髫的侍女引着他，向重房深闼中走去。走了几重帷幕，只见满目锦绣，芬芳扑鼻，一位丽人坐在绣榻上。史崇玄慌忙拜倒在地，那丽人说："师父起身。"史崇玄抬头一看，才恍然大悟，原来那贵官正是这丽人扮的。如此华贵的丽人，不是公主，就是妃嫔了，史崇玄心中不觉害怕起来，连忙跪倒在地，不敢起身。后来，又进来四个侍女，把史崇玄扶起，又摆上酒菜。那贵妇人命史崇玄陪坐一旁，侍女一齐退出。史崇玄眼对美色，鼻闻奇香，三杯酒下肚，胆子渐渐大起来。当夜，那贵妇人就把史崇玄留住在锦绣堆成的闺房，替她治病。日子久了，史崇玄才知道这贵妇人就是太平公主，从此更加尽心竭力，伺候得太平公主欢喜不已。

公主们知道姑母得了一位师父，都到姑母府中。一群脂粉，围住了史崇玄叫师父。史崇玄长得仙容道貌，精力过人。睿宗皇帝的女儿金仙公主和玉真公主，最爱修仙学道，各自在府中摆下盛大的筵席，请史崇玄饮酒，当筵拜史崇玄为师父。史崇玄的名声，渐渐传到韦皇后和上官昭容耳中，于是求皇帝下诏，把师父召进宫，听他讲经说法。史崇玄留在宫中十多天，皇后和各妃嫔赏了无数的金帛。皇帝又下诏封史崇玄为鸿胪卿，还替金仙、玉直两位公主建了两座高大的仙观。两位公主住在仙观中修道，每隔五六天，史崇玄就要到观中来传道。每次都与太平公主同坐一车，旌旗舆仗，前后簇拥。两人进了观，总是并肩走着，相对坐着。

史崇玄攀上了太平公主后，声势就大起来了。满朝的将相，都到观中来拜见，献着礼物，满嘴称着师父。安乐公主又在定昆池边，摆下酒席，请史崇玄赴宴，中宗皇帝和韦皇后也临幸定昆池。饮酒时，皇帝先赋《定昆池》诗一首，令群臣和诗。那时黄门官李日知诗中有两句道："但愿暂思居者逸，无使时传作者劳！"诗有讥刺之意。群臣看了李日知的诗，都怕他得罪公主，替他捏着一把汗。幸好安乐公主不懂文字，得以含混过去。

这时，京师百姓忽然传唱两句歌谣："桑条韦也女，时韦也！"武三思要讨皇后的好，劝文武官员请韦皇后上尊号为顺天皇后。韦皇后的权威，从此一天比一天大。武三思既与韦皇后、上官昭容通奸，一直想谋弑中宗，常常哄着韦皇后自立为女皇。武三思的儿子武崇训，又是安乐公主的驸马，也时时哄着安乐公主向母后进言，请求废掉太子李重俊，立自己为皇太女。太子李重俊，不是韦皇后的亲生儿子。安乐公主仗着自己是韦皇后的亲生女儿，常常欺辱太子，骂太子是奴才。太子这时无权无势，只得忍气吞声，不敢在宫中逗留。常常对丞相李多祚说父皇懦弱无能，很想肃清君侧。李多祚总劝太子说："时机未到，还需要忍耐！"

这一天，是冬至节，太子进宫朝贺。无意中看见韦皇后和上官昭容与武三思轻狂淫冶的样子，气得无明火向顶门上直冲。他也不去朝见皇帝，急忙出宫，在丞相李多祚府中，暗暗召集左羽林军李思冲、李承况、独孤祎之、沙叱忠义等心腹武将，矫诏率领左羽林军和千骑兵，在半夜分两路直扑武三思、武崇训府第。武三思父子正在做好梦，这时羽林兵直冲进卧室，活活将这两父子捆住，送到太子跟前。父子二人齐声叫道："太子救我！"太子见了武三思，满腔怒气，拔下佩刀一挥，把武三思、武崇训二人的脑袋砍下。接着，又搜抓了武三思的十多个同党，将他们全部杀死。一边令左金吾大将军，成王李千里，带领一千士兵，守住宫城。太子自己统兵三千，直趋肃章门，斩关直入，搜抓韦皇后、安乐公主、上官昭容等淫妇。中宗皇帝听说了，慌忙带着十多个太监走出宫来。韦皇后、安乐公主和上官昭容，慌慌张张地逃来，一见了皇上，上前前推后拥地把皇帝送上玄武门楼，吩咐紧闭宫门。一面传旨，命宰相杨再恩、苏环、李峤、宗楚客、纪处讷等武臣，统兵两千，守住太极殿。一面下诏令右羽林将军刘仁景，带领数百飞骑，抵挡太子的人马。

李多祚带兵到了玄武门，中宗皇帝在城楼上，对着城下的兵士说道："你们都是朕的兵，为什么要作乱呢？替朕杀了反贼，朕有重赏。"士兵一听，当即拜倒在地，齐呼万岁。然后一齐挥着大刀杀向李多祚。李思冲、李承况、独孤祚之、沙叱忠义等人，见大势已去，也纷纷逃散。太子带着几个亲兵，逃出京城，来到了终南山。一路奔波，身边只剩下两个士兵。太子疲累不已，靠在树干上蒙眬睡去。那两个士兵，见太子睡熟了，悄悄商量一番，乘太子睡熟，拔下佩刀杀死太子。拿着太子的首级，奔回京师。半路上，遇到赵思慎带了大队人马赶来，兵士献上首级。赵思慎把太子首级交给宗楚客，宗楚客奏明皇上。中宗下诏将太子首级献上太庙。韦皇后因武三思死了，心中万分凄凉，听说太子首级到京，就下了一道懿旨："将太子首级，放在武三思、武崇训父子的灵柩前祭祀。"韦皇后和安乐公主亲自到灵前吊奠。正在这时，一位官员，白袍白冠，来到灵座前抱住太子的首级，号啕大哭。又脱下白袍裹住太子的首级，抱在怀中不放。众人一看，原来是宁嘉勖。宗楚客喝令兵士上前夺下首级，把宁嘉勖揪下堂，交刑部打入大牢。

重俊太子死后，韦皇后的权力更大了，每天垂帘听政，中宗皇帝坐在宫中不问外事。皇后下谕，改元景龙。这一年，元宵灯节，京师大街小巷，都挂着奇异的灯彩，十分热闹。韦皇后和中宗扮成平民，悄悄坐着街车，到大街上观灯游玩。又下旨，命开放宫门，令宫女外出观灯。三千宫女得了旨意，人人欢喜，呼朋引伴的，打扮得红红绿绿，一队一队地出宫，到大街小巷中游玩。这群宫女长年幽居宫中，忽然见了繁华的街市，十分欢喜，成群结队地到处游行、说笑。京师的流氓无赖见了，上去紧紧围住宫女，花言巧语地哄着，说某处有奇妙的灯彩，某处有热闹的市场。许多十七八岁的宫女，在宫中看惯了后妃那种淫荡的样儿，自己也巴不得拣一个如意的郎君，一双一对地过日子。因此见男子来哄骗，也甘心情愿地跟着男子跑去。这一跑，三千个宫女，竟跑了一大半。

·皇帝做媒·

元宵佳节，皇帝和皇后从大街上看完灯回来，又悄悄临幸兵部侍郎韦嗣立府第。韦嗣立正和同僚在家中夜宴，饮酒行令，十分热闹。忽然见皇帝、皇后直走来，屋子里的官员吓得一齐跪下地接驾。中宗皇帝和韦皇后传旨，让众文武不要拘束，继续饮酒行令。韦嗣立吩咐家中的小戏子演戏，一时锣鼓喧天。韦嗣立自己也会唱曲，扮成老渔翁，登台唱了一出《渔家乐》。

韦皇后在宫中最爱看宫女和太监抛球和拔河，见文武百官都在，下旨道："三品以上的文武官抛球、拔河。"文官和文官，武官和武官，开始拔河。文官韦巨源和唐休琼二人，都七十多岁了，老态龙钟。韦皇后故意命韦、唐二人上台拔河。唐、韦二人，奉了圣旨，不敢违抗，只得领旨上台。谁知两人才动手，就气喘吁吁，手脚打战。绳子落地，两个老头也跟着倒在地下，翻了一个跟头，皇帝和皇后看了，哈哈大笑。抛球的游戏，要在空旷的地方才能玩。韦嗣立家中有一个很大的园林，听说皇后要看抛球，立刻在花园的大草地上，安下皇上和皇后的龙位。点起数千盏灯笼，挂在树枝上，照得草地如同白昼。三品以上的武官，显出全副身手，一个彩球踢来踢去，个个不落空。渐渐地天色明亮，皇后才觉得困倦，于是起驾回宫。

第二天，一查点昨夜放出去看灯的宫女，有一大半没有回宫。于是皇后下懿旨，派四路太监，到民间采买女子。旨意一下，太监们如狼似虎地冲到民间，弄得民间儿啼女号。不到一个月，就选了三千女子，带进宫，安排在各处充当宫女。给事中李景伯上奏，谏请皇上停止采买宫女。中宗不知道有这件事，见了李景伯的奏本，忙下旨停止。

韦皇后自从游过韦嗣立的园林以后，常常称赞他建得巧妙，特意在一个天朗气清的日子，和皇上又临幸韦嗣立府第。众文武官员得了这个消息，车水马龙地赶到园中候着。韦嗣立陪着皇帝皇后在凤凰原上饮酒听曲子。凤凰原是一座高坛，四面筑着一百四十级白石台阶，坡上种着各种奇花异草。这座亭子造得十分精巧，所有梁柱窗槛，都雕刻着大小凤凰，共有数千头。亭子的顶上，一只金子铸成的大凤凰在飞鸣，十分生动。皇帝皇后玩得十分愉快，传旨把凤凰原改为清虚原。帝后在亭中用完膳，又下亭游幽栖谷、兴庆池，直到夕阳西下才回宫。

一转眼，又是除夕。韦皇后先和皇帝说，传中书门下、学士、各王爷、驸马入阁守岁。宫中里外通明，翊圣宫中数十重门，内外大开。每重门上悬灯结彩，六座大殿都摆满了筵席，殿上坐满了文武官员和亲王驸马等亲贵。皇后特下恩诏："凡官阶在三品以上的以及亲王、驸马们，都可以夫妻同席。"因此，谯王、让王、隋王等十八位王爷，携着王妃在第四殿上坐下。驸马中如武攸暨与太平公主，武延晖与新都公主，杨慎与长宁公主，韦捷与成安公主等共二十四位公主与驸马，在第五殿上坐下。中宗皇帝与韦皇后，坐在第六殿。韦皇后自从武三思被杀以后，失了一个宠爱的人，心中总是郁郁不乐。中宗在宫中大开筵宴，也是要讨皇后欢喜。当时在第六殿上陪席的人，有刑部尚书裴谈、工部尚书张锡、将军赵承福、将军薛简，又有卫谯王李重福、温王李重茂，还有国子祭酒叶静、常侍马秦客、光禄少卿杨均，各自带着夫人和王妃，陪坐在皇后左右。这些官员，全是韦皇后的心腹，都是韦皇后一手提拔的。因此韦皇后把他们召集在第六殿上坐着。

杨均、马秦客、叶静三人都得了韦皇后的宠爱。杨均原本是韦嗣立家中雇佣的厨子，烹调的酒菜最是有味。韦皇后临幸韦嗣立家中饮酒，尝了酒菜，十分赞叹，立刻赏黄金百两。杨均上来叩谢韦皇后的恩赏，韦皇后见杨均长得少年俊美，暗暗中意，下诏把杨均调入宫中，专替韦皇后做酒菜。每到夜深，韦皇后就悄悄把杨均传进别室，赐以雨露，杨均因此得了光禄少卿的官衔。马秦客原本是太医院的御医，皇后偶尔受了一点感冒，传马秦客进宫诊脉。韦皇后见马秦客清秀可爱，常常传马秦客进宫治病。叶静是马贩子出身，在马上的功夫很好。景龙四年元宵节，京师盛行灯会，韦皇后微服出宫，在韦嗣立的庄楼上赏灯。杂耍的人从楼下经过的时候，叶静骑在马上搬弄诸般技艺，十分灵活。韦皇后在楼上望去，见一个大汉浑身铜筋铁骨，猿臂狼腰，魁梧伟壮。皇后心中一动，悄悄传旨给心腹太监，暗暗出去把这大汉留下，当夜送进宫。一宵欢爱，皇后十分受用。从此，叶、马、杨都做了入幕之宾，追随着韦皇后，不离左右。宫中守岁，自然也少不了这三位宠臣。只因碍着皇帝，皇后故意装出不欢乐的样子。中宗皇帝见皇后不高兴，越想设法让皇后高兴。

皇后的老乳母王氏，是一个蛮妇，长得奇丑，但对皇后十分忠心。韦皇后进宫后，也把乳母带在身边。王氏善于插科打诨，皇后每次忧闷，就找乳母说笑一阵。皇后在殿上饮酒守岁，乳母王氏也随侍一旁。如今王氏都五十多岁了，面相变得更加丑陋了。王氏的丈夫早在十年前去世，没有留下一男半女。

中宗皇帝见皇后不怎么说笑，以为韦皇后心中有什么不快的事，悄悄找来王氏，命她劝皇后的酒，若引得皇后欢笑，就重重地赏赐。王氏得了圣旨，蹒跚着走到皇后跟前，捧着金壶，给皇后斟上一杯酒，说道："娘娘饮了这杯酒，娘娘明年就一统天下！”韦皇后近年颇有自立为女皇的意思，听了乳母这句话，正是深中圣怀，就把一杯酒饮尽。

王氏接着又斟上第二杯酒，皇后摇着头说：“不喝了。”乳母说道：“娘娘快喝。像贱婢要喝这一杯，也没这个福了。”韦皇后听了，觉得诧异，问道：“喝酒要什么福呢？你要喝，我就赏你一杯。”乳母忙摇着头说道：“奴婢不敢奉旨！这第二杯酒，名叫成双杯。喝成双杯，只有夫妻双全的人才能喝。娘娘如果一定要奴婢喝，先求娘娘给奴婢做个媒，赏奴婢一个老头子。奴婢就和老头子在洞房花烛的时候，喝个成双杯儿，也不迟！”一句话说得韦皇后哈哈大笑。温王的妃子说道：“姥姥这么大年纪了，还想男人吗？”王氏说道：“怎么不想？不瞒贵妃说，奴婢每天害着相思病呢。各位娘娘贵妃公主们，谁可怜我这老奴婢，就赏一个给奴婢吧。”众人听了王氏的话，笑得更厉害了。

皇后忍着笑说道：“这有什么难的？宫中上上下下的男子，姥姥放眼去看，看中了谁，我把谁赏给你。”王氏摇着头说道：“现在殿上的，都是老爷太太成双成对守着，奴婢也不敢造这个孽，生生拆了他们。到时那剩下的太太也害起相思病了，岂不是奴婢的罪过？”这句话，连皇帝听了也大笑起来。忽然想起御史大夫窦从一是个鳏夫，当即笑着对王氏说道：“姥姥是要嫁一个老鳏夫吗？那也容易，朕来替你做媒吧。那御史大夫窦从一，妻子死了十年，还没有娶继室，姥姥愿意嫁他吗？”王氏听了，忙叩头说道：“奴婢说这话是想哄着娘娘欢笑的，奴婢实在不敢害什么相思。奴婢今年已经五十四岁了，再做新娘子也没什么好的兴致了。”中宗皇帝这么说也是逗着王氏玩的，不料给事中李景伯却奏道：“自古天子无戏言。陛下既然指婚窦大夫，不可儿戏，望陛下立即为窦大夫与王乳母主婚，让他们结为夫妇。从此寡者有夫，鳏者有妻，也是千古美谈。”

中宗当即从第三殿上把窦从一宣召到御座前，下谕道：“听说爱卿一直寡居。除夕良宵，人人团圆，朕特为爱卿指婚。”说着回过头，看着韦皇后微笑，韦皇后已经笑不可仰了。窦从一听了皇上的谕旨，一时摸不清头脑，只是叩头谢恩。霎时，鼓乐大作，一对红纱灯配着一对金缕罗扇，六个宫女簇拥着一位新娘走来。只见她兜着红巾，穿着喜服，花钗满头，走出殿来。一对新人在帝后跟前交拜，行了夫妇大礼。皇后特传懿旨，用软车把一对新人送回府。

一路上爆竹喧天，笙歌满路。有许多好事的文武官员，跟到窦府去看热闹。新郎新娘进了洞房，挑去头巾一看，窦从一才认出新娘是韦皇后的老乳母王氏。看她粗手大脚，鸡皮鹤发，涂着许多脂粉，更显得丑陋。文武官员见了，不禁大笑。唯有窦大夫十分快乐，他想自己娶了皇后的乳母做妻子，从此可以接近权贵，不愁不发达了。果然，第二天内宫传出诏旨，封窦从一为莒国公，王氏为莒国夫人。窦从一喜出望外。

中宗皇帝自从为窦大夫主婚后，朝野传为笑谈。接着，韦皇后又为她妹妹七姨做媒。七姨是韦皇后的堂妹，韦皇后入宫的时候，七姨还很年幼。如今十六岁了，姿态曼妙，容颜艳冶，一举一动隐含荡意。韦皇后把她留养在宫中，不知什么时候，被温王李重茂偷偷搞上了手。李重茂已有王妃了，七姨自然不能再嫁给他。于是韦皇后做主，赐婚七姨与冯太和。冯太和官拜兵部侍郎，善于逢迎皇后，这次得配皇后的妹妹，觉得十分荣幸，整天与七姨纵乐。七姨年纪虽小，寻欢作乐的功夫却很深。她在闺中自己缝制去魅的白泽枕、辟邪的豹头枕，都用锦绣做成，十分精巧。人睡在上面，十分舒服。七姨最喜欢的是伏熊枕，她常夸耀说用伏熊枕可以生男，冯太和是一个血气未定的少年，如何经得起七姨在枕席上日夜调弄？冯太和为讨得七姨的欢心，夜夜竭力，不到一年，活活给欢乐死了。虢王得知七姨的好处，就亲自请求韦皇后，要娶七姨做王妃。直到后来韦皇后事败以后，虢王怕连累自己，才亲自把七姨的头砍下来，送上朝堂。

安乐公主自从再嫁武延秀以后，因帝后宠爱更加跋扈。安乐公主的仆役与长宁、安定两位公主的仆役，常常到外面四处劫掠民间女子，拉进公主府中做奴婢。略有姿色的女子，还免不了被恶仆奸污。因此，公主府中的园林，常常有女孩缢死的、投井投河的。那丢了女儿的百姓，都到刑部大堂告状。那官员一听说是公主府中的事，哪里敢问。女孩的父母，受了一肚子冤屈，无处可诉，也在家中寻死觅活，闹得家破人亡，民怨沸腾。事情传到左台侍御史袁从一耳中，他不禁愤怒，暗地里打发衙役在外面四处查访。在西城脚跟，果然发现一群豪奴在民间骚扰、强夺女孩，那家的父母哭着跪着，向豪奴求饶。豪奴捉住女孩，转身就走。衙役见了，一拥而上，捆住豪奴的手脚，送回御史衙门。

袁从一坐堂一审问，得知是安乐公主家中的奴仆。喝令重责，打得那豪奴皮开肉绽，然后关到死囚牢里。当时有几个豪奴逃脱，逃回府禀报公主。安乐公主一听御史衙门胆敢捉她的人，立刻乘着软车进宫，向他父皇要府中的奴仆。中宗皇帝听了安乐公主的话，下一道手诏给御史衙门，命他们把安乐公主家的奴仆放了。谁知袁御史竟不奉诏，亲自进宫，奏道："陛下听公主一面之词，纵容豪奴，劫夺良家女子。陛下如果不从重治罪，拿什么治天下！臣明知释放豪奴可以免祸，杀了豪奴就是得罪公主，然而臣不愿枉法偷生！"说着，连连叩头。中宗听了，也无话可说，只是让公主退下。袁御史回到衙门，立刻把那豪奴枭头示众！自己也弃官隐居山中了。安定、长宁公主家的奴仆，见安乐公主的家奴都被杀了，不禁胆寒，就稍稍收敛了些。

中宗为了安慰安乐公主，把临川长公主的宅第赐给安乐公主，安乐公主这才欢喜起来，立刻招人建造新宅第。宅第四周的民房都被公主霸占，用来做府中的园林。安乐公主宅第落成的那天，中宗皇帝和韦皇后也亲自临幸。这时，安乐公主前夫武崇训的儿子，只有八岁。他来朝拜帝后，很懂礼仪。韦皇后看了，非常喜欢，把孩子抱在膝上。随即下诏，封他为太常卿、镐国公。中宗皇帝见韦皇后擅自做主下旨，心中很不自在，当即拦住韦皇后的手诏说："皇后慢点下诏！等朕回宫了，再作打算。"韦皇后听了，冷冷说道："什么慢不慢的？陛下在房州的时候，不是说任凭妾身做主吗？现在为什么又要来干涉妾身呢？"中宗皇帝见皇后把自己私下说的话当众说了出来，心想皇后一天比一天跋扈，不趁早收服她，将来说不定会变成武太后。中宗于是传旨起驾回宫。

韦皇后早已不把皇帝放在眼里，见皇帝负气回宫，也不在意，依旧在安乐公主府中饮酒作乐。直到半夜，宾客渐渐散去，皇后就在内室，召来心腹官员，商量大事。国子祭酒叶静、常侍马秦客、光禄少卿杨均、刑部尚书裴谈、工部尚书张锡，又有将军赵承福、薛简、卫谯王李重福、温王李重茂，纷纷在安乐公主府中密商，议定在长宁公主新建的东都宅第中举事。长宁公主也是韦皇后的亲生女儿，她见妹妹安乐公主新建了宅第，也向她母亲韦皇后要地建造新宅第。韦皇后就把东都洛水边的鞠球广场与废永昌县主的府第，一起赐给了她。长宁公主于是大兴土木。韦皇后计划，等长宁公主府第落成的这天，和中宗皇帝同临公主府。派将军赵承福、薛简二人带领御林兵士，围住府第，逼迫中宗皇帝下诏，交出玉玺，把皇位让给韦皇后，立安乐公主为皇太女。长宁公主的府第快要落成时，忽然卫谯王来告密说："太平公主带着公子武崇简，昨晚逃出京城，与临淄王李隆基谋反。"韦皇后听了大惊，连说："我的计划要被她破坏了！"

·公主逃难·

太平公主原本和韦皇后同谋，只因后来韦皇后霸占了她心爱的武三思，韦皇后的势力又在太平公主之上，公主敢怒而不敢言。太平公主的儿子武崇简，是武三思的私生子，太平公主十分疼爱他。见韦皇后封武崇训的儿子为太常卿，又封为镐国公，十分眼热，也替武崇简向韦皇后求封，谁知韦皇后却不许。太平公主因此记恨韦皇后，暗地里时常探听韦皇后的举动，告诉睿宗父子。睿宗的儿子，就是临淄郡王李隆基，是一位英俊少年，小小年纪就在疆场上立了许多功劳。太平公主暗暗看在眼里，料想这位王爷将来必有一番作为，于是竭力拉拢。

那天，韦皇后在安乐公主府中召集心腹，秘密商议，太平公主也在座。她想京师必有大变，就带了崇简逃出京城。谁知韦皇后听说太平公主母子二人逃出京，深怕坏了她的大事，决定先下手。当夜在宫中和马秦客、杨均二人把中宗皇帝活活杀死。当时已是三更，皇后召来刑部尚书裴谈、工部尚书张锡，主持朝政，留守京都。另派五万兵马屯守京师，由韦温统率内外兵马。直到第六天，才收殓皇帝的尸身，为中宗发丧。然后矫传遗诏，自立为皇太后，立温王李重茂为皇太子。将军赵承福、薛崇简，领兵五百保护皇太子入宫，即皇帝位，称作殇帝。皇太后临朝听政，命族弟韦濯播、外甥高崇和武延秀，分领一万骑，驻守京师。京师百姓大为恐慌。韦濯播和韦捷璿二人，是纨绔子弟，不懂军事。日夜鞭笞兵士，兵士心中都很怨恨。

消息传到睿宗府中。睿宗被武则天废去，在武则天自立为帝后退居东宫，立为皇嗣。中宗从房州回朝，立睿宗为安国相王，儿子李隆基为临淄郡王。父子二人见韦皇后弑杀了中宗皇帝，另立李重茂为皇帝，怎么甘心？韦皇后也明知睿宗不甘心，但此时军民大半向着睿宗，为笼络人心，韦皇后下诏封睿宗为参谋政事。改元唐隆，大赦天下。一转眼，又罢免睿宗参谋政事，改封为太尉。睿宗概不奉诏，也不入京。临淄王李隆基与太平公主、薛崇简、王崇晔、王师虔、道士冯处澄等人，计划攻打京师。有人劝李隆基去和父亲睿宗商议，李隆基说："父王宅心仁厚，如果举事，父王就有杀嫂之名。如果父亲不同意，我们的计策就无法施行。成败就由我一个人来承担吧。”

这时，韦皇后派遣纪处讷、张嘉福、岑义等武将，捧着皇帝节钺，巡抚关内河南北一带。临淄郡王李隆基趁京中空虚，自率万骑，乘夜与刘幽求等潜入御苑；又令葛福顺、李仙凫另率万骑，围攻玄武门，杀死左羽林将军韦濯播、中郎将高嵩。临淄王率领羽林兵，与各路兵马在两仪殿上会合。这时，宫中守卫中宗灵柩的兵士，全部响应，首先攻入宫中，领着临淄王冲入韦皇后的寝宫。兵士进去，把韦皇后从睡梦中拖出来，临淄王见她穿着鲜艳的寝衣，睡眼惺忪，不禁大喝一声：“把这淫妇杀了！”刀斧手立即将韦皇后拉出去，杀死在中宗的灵柩前。临淄王杀了韦皇后，一转身就攻进安乐公主府。那安乐公主正在对镜画眉，一个少年男子在一旁陪侍着。只听门外一声呐喊，慌得公主画眉的笔都掉到地上，站起身就向后花园中逃去，可惜已经来不及了。临淄王指挥兵士冲上去，明晃晃的刀一齐砍去，只听见一声惨呼，安乐公主就倒地死了。临淄王吩咐割下公主的头，然后又去抓捕马秦客、杨均、叶静和驸马都尉武延秀，押赴宫门外斩首。

京师各路兵马都来归顺，临淄王一一安抚他们。见诸事已定，临淄王回到睿宗府，见了父亲，拜倒在地。睿宗流下泪来，说道：“我能够免祸，全是倚仗你，又怎么会责备你呢？”说着，把临淄王扶起。接着，满朝文武都来迎睿宗复位，羽林军簇拥着睿宗父子二人进宫。睿宗在安福门，接皇帝位，受百官朝驾。睿宗下诏，贬韦皇后为庶人，安乐公主为叛逆庶人。晋封李隆基为平王。太平公主食邑加封到一万户，三子都封王。又抓捕李日知、纪处讷、韦温、宗楚客、赵履温，一概处死。贬汴王李邕为沁州刺史，萧至忠为许州刺史，韦嗣立为宋州刺史，赵彦昭为绛州刺史，崔湜为华州刺史。

太平公主的权势再次大振。由于睿宗久不在朝，对于朝政已比较陌生了，因此国家大事都与太平公主商议。睿宗和太平公主是同胞姐弟，凡是公主所说，皇帝无不听信。凡是公主推荐的人，个个都位至公卿。甚至一介寒儒，略略孝敬几个钱，转眼间就官至将相。偶尔公主身体有所不适，或是懒得进宫，睿宗就派宰相到公主府中去请示。睿宗皇帝毫无主见，凡事都依着太平公主。太平公主最爱钱财，她得了银钱，就购买田地。京城四郊肥美的田地，都被公主买了。府中的起居饮食，也十分讲究。公主每次出门，都有数百名侍儿和奴仆护卫。公主在陇右还有一个牧马场，养马一万匹，公主常和临淄王骑马打猎。

京师天王寺有个僧人，法名慧范，长得白净肥胖，自称活佛转世。太平公主亲自到寺中参拜，轰动了京师的愚夫愚妇，个个去跪求活佛赐福赐寿。公主的乳母年已四十，但生性淫荡，在公主府中常和少年仆役私通。太平公主十分信任乳母，无论去哪里，总要乳母陪着。乳母见了慧范，就在寺中和慧范勾搭成奸。乳母怕奸情败露，不为公主所容，就设计把慧范引到府中。太平公主夏天怕热，慧范借口为公主治病，又和公主私通。慧范因而在京师很有权势，许多将相都拜在慧范门下。许多年轻妇女，被迫在僧人房中留宿，此事传到御史魏传弓耳里，十分愤怒，于是奏劾僧人慧范犯奸，睿宗皇帝因慧范是太平公主的师父，不便过问。魏御史又上奏章，睿宗皇帝不得已，罚慧范十万两白银。青阶大夫薛谦光，上表弹劾慧范不守法纪。太平公主大怒，要睿宗下诏，革去薛谦光的官位，流配到岭南。从此人人畏惧太平公主。

太平公主最忌惮临淄王。临淄王聪明英俊，睿宗已立他为太子。一旦临淄王掌权，太平公主就要失势。因此，公主常在睿宗皇帝跟前说太子的坏话。太子也知道公主势力很大，凡事都避着公主。这时，太子的宠姬杨氏，正有孕在身。太子劝杨氏堕胎，免得公主知道了，在皇帝跟前说长道短。杨氏原本是睿宗的贵嫔，长得妩媚玲珑，太子在父皇跟前走动，两人常常眉目传情。杨氏虽然是贵嫔，一直没被睿宗临幸。一天，太子在宫中御书房里代父皇批奏章，杨氏假借传达皇帝旨意，在书房中和太子成就了好事。后来，太子又买通了宫内太监，将杨氏扮成内侍，混入东宫。太子怕太平公主知道了，传到皇帝耳中，伤了父子之情。杨氏正与太子情浓，太子的话，自然听从。但深居宫中，到哪里买打胎药？

侍读学士张说，常在太子宫中走动，对太子十分忠心。张说受太子所托，三天后悄悄带了三剂堕胎药进宫。太子拿了药，走进内宫，屏退宫女，亲自在殿壁后面煎药。太子守着药炉，不知不觉睡着了。恍惚间，看见一个金甲神人，手执长矛，走上殿，在药炉旁绕着，猛然一脚踢翻了药炉。太子惊醒，一看药罐已经掉在地上了。太子诧异不已，忙把第二剂药倒入药罐，自己仍守在炉旁。转眼间，药炉中炭火下堕，药罐一倾，药又倒出来了。如此连煎三次，药罐连翻三次，太子也无可奈何。第二天张说进宫，太子把事情一说。张说听了，拜倒在地，贺道："恭喜千岁！这胎中的贵子，是天命所归，不能再伤害他了！"太子只好把杨氏秘密藏起。杨氏肚子一天比一天大，爱吃酸的东西。张说借口进献经典，把许多酸味瓜果，藏在书箱里送进东宫。杨氏吃着瓜果，心中十分感激张说。后来，杨氏肚子大得实在隐瞒不住了，太子十分惊慌。这时，睿宗皇帝忽然下诏，命太子即皇帝位，自己为太上皇，追封武则天为圣后。太子接了圣旨，赶忙入宫求父皇收回成命。睿宗皇帝不许。太子只得遵旨，在武德殿即位，就是玄宗皇帝。尊睿宗为太上皇，立妃王氏为皇后，姬人杨氏为贵妃。

玄宗皇帝第一道旨，就是令宋王、岐王总领禁兵。这个职位原本是太平公主的长子、次子的。兵权被夺，太平公主心中十分不乐，亲自坐车到光范门，朝见太上皇，请求废掉玄宗。御史宗璟、姚元之知道了，十分愤怒，上表太上皇，请求将太平公主逐出东都。太上皇不许，只下手诏令太平公主迁居蒲州。太平公主在蒲州，心里惊疑不定。这时，在朝宰相七人，有五个是公主提拔的。五个宰相与左羽林大将军常元楷、知羽林军李慈，一齐赶到蒲州。公主和这几位心腹官员，秘密谋反。又把尚书左仆射窦怀贞、侍中岑羲、中书令萧至忠、崔湜、太子少保薛稷、雍州长史李晋、元楷慈、慧范等人，召来商议了三天三夜。太平公主立意谋反，废去玄宗皇帝。令元楷慈带领羽林兵杀入武德殿，又令萧至忠带着伏兵在南衙做内应。玄宗的几个心腹官员得了消息，赶紧进宫奏报。玄宗皇帝不动声色，暗地里召集岐王、薛王、兵部尚书郭元振、将军王毛仲、殿中少监姜皎等忠臣，在宫中商定计策。就在太平公主举事的前一天，王毛仲率太仆少卿李令问、王守一和内侍高力士、果毅、李守德，暗暗带领五千禁兵，出其不意地冲进虔化门，砍下元楷慈的首级。又活捉了贾膺福、岑羲、萧至忠，捆赴朝堂砍了头。

太平公主在蒲州得知，一时措手不及，就带了慧范逃到南山。乡人见一个和尚带着一个妇人在山野东奔西逃，以为是和尚奸拐妇人，一拥上去，把慧范打死了。太平公主见慧范死了，吓得魂不附体，往荆棘丛中乱窜。太平公主逃到荒山下，落日西斜，满眼荒芜，阵阵西风吹来，冷得浑身打战。看看天色已晚，山谷中鸟兽齐叫，公主心中一慌，眼泪哗哗地落了下来。正在仓皇，忽然听见有人唱歌的声音，不一会儿，从山坳里走出一个少年樵夫，慢慢走到太平公主跟前。公主见那樵夫眉目清秀，知道不是歹人，只得忍着羞向这樵夫要一碗饭吃，要一间屋子住。那樵夫听了，打量了一下公主，问道："看你应该是大户人家的夫人，为什么跑到荒郊野外来了？难道不怕虎狼咬吗？"太平公主只得说道："家里被强盗抢劫了，房屋被火烧了，一家十六口，都被强盗杀死，只有我逃了出来。如今我无家可归，肚子又饿，身上又冷。"说着，两行热泪又落了下来。樵夫看她哭得可怜，说："我的茅屋离这里不远，夫人不嫌脏的话，就先去住一晚再说。"樵夫一路唱着歌，在前面领着路。太平公主低着头，在后面跟着。

走到坡下，就看见一间小茅屋。樵夫进去搬出一个树桩，请公主坐下。又拿出一块木板，用几根树枝撑起来，算是一张饭桌。他撮了一把柴火，到廊下土灶上煮饭。一会儿两大碗热腾腾的饭就端上来了，又拿些菜干兽肉做下饭菜。公主看那饭，又黄又黑，吃进嘴里，又粗又糙，实在不能下咽。无奈肚子饥饿万分，只得闭着眼乱嚼乱吞。这时，月光照在旷场上，冷风阵阵，四周又是狼嘶虎嚎，公主害怕，只得钻进茅屋。那樵夫搬过一块大石头，挡住柴门。公主坐在茅屋里，被臭气熏得头昏脑涨。那樵夫把屋里的床铺收拾了一下，让公主睡下，自己则睡在地上。霎时，就听到那樵夫鼾声如雷。公主哪里肯睡，她坐在破凳子上，往事一件件从心头涌起。

想起幼年时候，在则天皇帝膝下，何等风光？后来，吐蕃国得知自己的美名，前来求婚，皇后不愿把最疼爱的女儿下嫁给夷人，特意替自己建起一座道院，说公主已出家修道，这才绝了吐蕃人的妄想。记得自己有一天穿着紫袍，围着玉带，戴上折角巾，在父皇母后跟前唱着舞着。母后见了，大笑说道："孩儿不能做武官，怎么打扮成这样？"公主说："求母亲把这衣冠赏赐给驸马，好吗？"父皇知道女儿的意思，立刻让她下嫁驸马薛绍。大婚的那天，沿路点着火炬，直到驸马府门口，何等气派？自从嫁了薛驸马以后，就知道了男女间的趣味。薛绍死后，又改嫁驸马武承嗣，第三次又嫁给武攸暨。说也奇怪，一个女孩儿嫁第一个丈夫，心中十分贞洁；等到嫁第二个丈夫，就想玩弄男子，从此见了中意的男子，就有意去勾引。上手的男子越多，心中越觉得快意。后来，自己找寻雄壮伟岸的男子，藏在府中快活。谁的气力最大，谁的样子最俊，谁的身体最雄壮。太平公主闭着眼，一个一个地想着，想得十分出神，都忘了自己正坐在茅屋里。又想到自己势力最大的时候，田园万亩，宅第千间。千不该，万不该，听信了慧范，谋废天子。现在弄得身败名裂，四处逃窜，以后还怎么活？

不知不觉东方已经大白，阳光照进屋子，满地的柴草，满屋的灰土。又看那樵夫，正睡得香甜。阳光从窗棂中射进来，照在他眼睛上，把他从梦中惊醒。他起身，搬开了大石，然后走到溪边洗了脸，拿一个瓦盆，盛了一盆清水，送在公主面前，让公主梳洗。

细说大唐第一家庭（下）

原著◎许啸天

编著◎西江月色

时代出版传媒股份有限公司
安徽文艺出版社

武媚娘虽然年纪幼小，
却是一个工于心计的女子。
她知道自己豆蔻年华，
洛神风韵，
仗着自己的娟骨花容，
正可以颠倒少年，操纵英主。
见太宗已近五十岁，
享国不久，又多内宠，
自己是新进的，位卑职小，
怎么受宠也得不到几天风光。
因此虽然太宗百般宠爱，
她总是淡淡的，
并不把太宗的宠爱放在心头，
只暗暗地在诸位王子中物色人才，
用心笼络。

乱宫系列·爱殇

细说大唐第一家庭·目录

乱宫系列

【爱殇】

细说大唐第一家庭

迷点

◎太平公主逃难途中遇到了一个樵夫，她做了怎样的打算？结果又落得如何的下场？

◎玄宗因为何事，废去了正宫皇后？之后一直宠着武惠妃的玄宗，又宠爱上了谁？

◎武惠妃死后，玄宗心中悲伤，终日愁肠百转，凄凉无味，是谁的出现吸引了他的目光，令玄宗神魂颠倒？

第陆章 玄宗掌权

·香木夺命·

太平公主逃到荒山，幸亏樵夫十分照顾她。太平公主住到第二天，看看四山清秀，地方幽静，她一生富贵奢靡，如今到这里也觉得别有天地，心中的忧愁渐渐抛开了。她见樵夫性情忠实，身体强壮，自己得了倚靠，心也略微放下。白天，樵夫上山砍柴，太平公主在茅屋中闲着没事，就替他打扫打扫，整理整理。又从溪头取来一瓮水，擦擦窗户床桌。公主自打出娘胎，就没做过这些事。现在做着，也觉得别有趣味。公主忙了一会，满身燥热，就把外面穿的一件衣服脱下来，搭在床架上。又把头上发髻理了理，回头望着窗外，夕阳照在山顶上，樵夫又唱着歌回来了。

太平公主见他天真烂漫，快乐无忧，自己也被感染得快活起来了。樵夫从柴草中捉了两只活兔，拿到庭心里杀了，剥了皮，洗干净了，放在土灶上煨起来，顿时肉香四溢。太平公主闻了，也垂涎欲滴。樵夫把兔肉煨好了，走进屋子，打开床后的木柜，拿出几件粗布衣裤，拣了一套衣服，向公主笑了一笑，就到溪边去了。公主回头，见床上有一件樵夫的布衣，恰巧遮在自己的外衣上面。两件衣服并在一块儿，公主看了，心中不禁一动，看着那布衣出神。不一会儿，樵夫回来，身上也换了干净布衣。他赶紧煮饭，把兔肉切成小块，又支起饭桌，和公主对坐吃饭。吃饭的时候，彼此默默无言。吃完了饭，樵夫从柴担上掏出许多芦花。先把床上脏的被褥拿掉，把芦花铺了一床，然后打开木柜，拿出一块布遮住芦花，一床很厚很软的褥子就弄好了。又另外拿出一床干净的棉被，叠在床头。蓝色的被面上，虽然补着一块白布，但是十分干净。樵夫忙了一阵，天色就晚了，他把自己的被褥铺在地下，先去睡了，留着床铺给公主睡。公主见了，心里很是感激，就爬上床去睡了。

这天晚上，公主心里七上八下的，也不知想些什么。在床上翻了半夜，还不能入睡。地上睡着的樵夫也不能安睡，也不停地翻着身。公主心跳得厉害，就从床上坐起来，想让自己清醒些。公主靠着床沿坐着，两只脚垂在床沿下面。忽然一只手伸过来，将公主的脚轻轻握住，一缕热气从脚上一直钻到心头。这时，公主支撑不住了，也伸过手去握住樵夫的手。其实公主早已看中了樵夫身强体壮，又在患难中受他照顾，心中十分感激。两人恩爱缠绵了一夜，直到第二天日上三竿，才双双起身。此时公主打定主意，要跟着樵夫过下半生。就把自己随身佩戴的珍宝珠翠，交给樵夫，叮嘱他拿到城中卖了，估计也能卖得上万银钱。又把自己的身世，原原本本地告诉了他。樵夫听说是一位公主，惊得目瞪口呆。转眼又快活起来，在满屋子跳着笑着。公主拉住他，又说得了银钱就和他逃到远处僻静的地方住着，做一对长久夫妇。樵夫越听越高兴，忍不住捧着公主吻起来。两人亲热了一会，樵夫才拿着珍宝进城。

公主坐在茅屋中守着，闲着没事，拿起一件樵夫穿的破衲，坐在太阳下缝着。正静悄悄的时候，忽然十多名官兵拥进屋来，把公主捉住。一个内侍上来，拿绳子绑住公主，押着出了茅屋。兵士们将太平公主横拖竖拽地拉出山，推公主进了车厢，赶往京城。进了京城，把公主送进府第，幽囚在一间小屋子里。黄昏时候，一个黄门官捧着圣旨来了，赐公主自尽。太平公主知道自己是难免一死了，流着泪，跪倒在地，谢了恩。然后解下腰间的白罗带，套在脖子上，两个太监上去用力一绞，把风流一世的太平公主给活活绞死了。第二天，又派一队兵士到南山茅屋中去搜查，只见一个乡村打扮的男子，高高地挂在屋脊上吊死了。搜那男子的身上，还有一包珍宝珠翠。

玄宗皇帝把太平公主赐死以后，查明公主长子武崇简十分贤明。太平公主秘密谋反的时候，武崇简曾竭力劝谏，被母亲痛打得倒在床上不能行走。直到太平公主死后，玄宗皇帝才把他扶进宫，劝慰了一番，复了他的官，又赐姓李氏。玄宗随后加封杨氏为元献贵妃，不久，元献贵妃生下一个皇子。张说懂得推算命理，皇子生下来，玄宗皇帝就拿着他的生辰八字让张说推算。张说拿回家去细细一算，说这位皇子难养活。玄宗皇帝与王皇后说起，王皇后正苦于无子，就把这皇子抱去抚养。这皇子就是后来的肃宗皇帝。张说从此很得皇帝的信任，一直做到丞相。元献贵妃后来又生下一个女儿，称为宁亲公主，十八岁时嫁给张说的儿子张垍。

睿宗皇帝做了太上皇以后，年纪虽然不高，但身体常常有病，精神也很衰弱，安居在西宫，每天斋戒诵佛。想起从前刘皇后和窦德妃二人死得很惨，就在西宫大设道场，超度亡魂。窦德妃是玄宗皇帝的生母，太上皇在西宫设道场，玄宗就和王皇后双双临幸西宫，去参拜神佛，朝拜太上皇。刘皇后是睿宗在仪凤年间做藩王时娶的，五年后封为王妃，生了儿子宁王和寿昌、代国两位公主。武则天为皇太后，睿宗即位为皇帝时，立刘氏为皇后。后来武则天自立为女皇帝，睿宗降号为皇嗣，被幽囚宫中。刘皇后也被降为王妃，与睿宗分开住，不准见面。刘皇后与窦德妃都住在后宫，窦德妃生下玄宗皇帝和金仙、玉真两位公主。因为睿宗被幽囚，后妃二人悲伤不已。黄昏人静的时候，就对天焚香祷告，愿睿宗皇帝早见天日。

看守的宫婢知道了，暗暗告诉则天皇帝，说后妃二人每天对天咒诅。则天皇帝大怒，喝令内侍把两个贱婢揪来。不一会儿，刘皇后和窦德妃二人被太监一把揪住，拖到武则天跟前。后妃二人，见横祸从天而降，吓得玉容失色，见了则天皇帝，不停地叩头求饶。则天皇帝见了，气得眼中迸出火来，只喝了一声“打”。立即七八条朱漆棍，向后妃二人身上乱打，打得二人惨叫连连。则天怒火不熄，令把后妃二人的舌头挖去。后来见她们没气了，传旨把两个贱婢的身躯毁了。士兵上来，把后妃二人的尸身抬去，在御苑砍成了二三十块，抛到草地上。第二天，草地上来了一大群乌鸦，衔着尸肉，四处飞散。睿宗皇帝想起这些，心中不免伤心难过。如今自己做了皇帝，就请来高明的道士，在御苑中筑台招魂，备了皇后的衣冠，装在两口空棺木里，用皇太后的舆马旌旗为她们出丧。灵柩抬出东都的南郊，埋入土中，建成两座高大的陵墓。下诏封刘氏为肃明顺圣皇后，窦氏为昭成顺圣皇后。肃明皇后的陵墓称为惠陵，昭成皇后的陵墓称为靖陵。太上皇埋葬两后以后，心中还是忧闷不乐。玄宗皇帝扶着太上皇到安福门，想为太上皇解忧。谁知太上皇从安福门回来后，就卧病西宫。开元四年六月，太上皇在百福殿驾崩，终年五十五岁。

玄宗皇帝在宫中守孝，所有朝廷大事，统统交给丞相张说处理。皇帝在宫中闲着没事，就和后妃说笑解闷。那时，玄宗临幸的妃嫔，共有四十多人。宠爱的妃嫔多，儿子自然也很多，共生有三十个皇子。元献贵妃生了后来的肃宗皇帝，刘华妃生子李琮、李琬、李璲，武惠妃生子李敏、李瑁、李琦，赵丽妃生子李瑛，钱妃生子李琰，皇甫德仪生子李瑶，刘才人生子李琚，高婕妤生子李玢，郭顺仪生子李璘，柳婕妤生子李玢，钟美人生子李环，贞美人生子李瑝，等等。在众妃嫔中，玄宗最宠爱元献贵妃。杨氏自从生了三皇子李亨以后，又生了宁亲公主，身体十分虚弱，十年后就薨逝了。玄宗想起昔日的恩爱，十分悲伤，本想追封杨氏为皇后，因为碍着王皇后的面子，只得作罢。

这时有个武惠妃，也颇受玄宗宠幸。她是恒安王武攸止的女儿，自幼养在宫中，与玄宗朝夕相见。玄宗做藩王的时候，就和妃子结下了私情。玄宗即皇帝位后，封武氏为惠妃。众妃嫔中，只有惠妃最明白玄宗的性情。每次玄宗临幸惠妃，惠妃都能合玄宗的意，使皇帝十分舒适。惠妃容貌又十分美丽，虽不多言笑，但静默相对，也心旷神怡。因此，杨氏去世以后，玄宗就常常在惠妃宫中。惠妃善解皇帝忧愁，因而大得宠幸。连生皇子二人，公主一人，但都不满三岁就夭折了。惠妃悲伤不已，皇帝竭力劝慰。接着又生了皇子李瑁，玄宗要讨惠妃欢喜，孩子刚出生，就封为寿王。又怕养在宫中不祥，就抱出宫，寄养在宁王府。自寿王出生后，惠妃又生了儿子盛王和咸宜、大华两位公主。当时，王皇后在宫中权力最大，仗着是太上皇聘娶的皇后，不把众妃嫔放在眼里。太平公主之乱，王皇后最先得知，立了大功，因此更加恃功而骄。王皇后入宫多年，始终没有生育。见皇帝宠爱武惠妃，心中很是嫉恨。每次见到皇帝，就说武惠妃的坏话。后妃二人见了面，总是争吵不休。这时，惠妃怀孕六个月了，皇后见了，心中更是妒忌。惠妃因为与王皇后哭闹了几次，动了胎气，流产了。皇帝知道了，又是痛恨，又是痛惜，就有了废皇后的心思。

一天，姜皎进宫，玄宗说起废立皇后的事。姜皎忙跪下去奏说："帝后不和，不是国家之福！"姜皎一转身，就到王皇后跟前告密。王皇后听了，十分恐慌，忙把国舅王守一传进宫商量。王皇后想先下手毒死惠妃。经王守一再三劝说，王皇后才作罢。又想起京师崇圣寺和尚明悟有压胜的本领，就令王守一去和明悟商议。明悟听了王守一的话，说贫僧自有办法，既能让帝后和好，又能让皇后生子。王守一听了，十分欢喜，忙送去一万银子。明悟和尚就在寺中筑起一座七层的高坛，按着二十八星宿的方位，命二十八个小和尚手执幢幡宝盖，分别站在七层台阶上。又悄悄地进宫去，偷了一件皇帝穿过的衣裳，写着生年月日时，镇在坛下。明悟和尚每天五更上坛拜祭北斗，接连拜了四十九天，功德完成，就从祭坛上取下一块香木，交给王守一拿进宫，让皇后挂在贴身的黑衣上。说这样皇帝就会宠爱王皇后。王皇后信以为真，早晚不离地贴身挂着香木。

惠妃和王皇后各有心腹，相互探听消息。王皇后的一举一动，也早有人报告惠妃。那时皇帝夜夜临幸惠妃，惠妃一心想巴结皇帝，废去皇后，自己做正宫娘娘。趁着欢娱的时候，就把皇后背地里让崇圣寺和尚施压胜的魔法告诉皇上，又说："皇后贴身还挂着勾魂木，想要勾去皇上的魂魄，还想等陛下千秋万岁后，国舅造反自立为帝。"玄宗经惠妃这么一挑拨，立即勃然大怒，也不传宫中守卫，亲自大步走到正宫。宫女们见皇帝怒气汹汹，惊慌不已。王皇后坐在镜台边，正在梳妆，从镜子里看见皇帝气色铁青地站在身后，连忙起身跪下地叩头。皇帝伸手揪住皇后的鬓发，一把将王皇后提起，伸过右手把皇后的围裙扯破一大块。王皇后贴身的腰带露了出来，腰带上正挂着一块香木。皇帝见了气得双手乱抖，劈手把香木夺到手中，见正面刻着霹雳木三字，下面又刻着天地日月之文。背面却刻着"李隆基"三个字。玄宗皇帝伸手掴了皇后一掌，正要踢打皇后，许多妃嫔急匆匆赶来，跪在地上替皇后求饶。有几个妃嫔上去扶着皇帝，在椅子上坐下。

皇后跪倒在地，一边磕头，一边哭诉。说是为了得到皇帝的宠幸，才用压胜的办法。又把得了姜皎的密报，托国舅王守一去求明悟和尚作法事，得了霹雳木挂着等事，详详细细地说了。皇帝不信皇后，喝道："把这贱婢捆起来，送交刑部处死。"圣旨谁敢不依，早已进来四个内侍，上去把皇后绑住。慌得皇后哭着在地下挣扎着，不肯起来，说道："陛下即使不念夫妻患难一场，难道忘了阿忠用衣服换来一斗面，给陛下做生日汤饼吗？"阿忠是皇后父亲王仁皎的小名。皇帝听了这句话，不禁有所触动。

正在不可开交的时候，丞相张说进宫来了。张说是玄宗皇帝的亲信大臣，常在宫中出入。他当时也顾不得了，一脚就踏进皇后的寝宫。见皇后倒在地上，忙摘下官帽，趴在地下磕头。皇帝说："皇后要谋害朕！"张说忙说道："贵莫贵于天子，亲莫亲于夫妇！皇后正位中宫，荣宠至极。即使夫妇不合，也不会谋害陛下！皇后一旦没了陛下，皇后的荣宠也就没了，皇后即使愚笨，也不会蠢笨到谋害皇帝！"玄宗听了，气也稍稍平了，于是立刻下诏，把皇后废为庶人，将姜皎、王守一、明悟全部斩首。

玄宗皇帝想立惠妃为皇后。御史潘好礼上疏奏道："陛下如果立武氏为皇后，怎么向天下人交代？惠妃的宗戚武三思、武延秀也都扰乱纲常，天下人都深深痛恨。况且太子不是惠妃所生，惠妃又生有皇子，一旦有变，储位难安。愿陛下慎重立后。"玄宗看了奏章，担心立惠妃为后，有负于祖宗，也只好作罢。宫中没有皇后，惠妃的势力最大。惠妃因潘好礼上本奏章，坏了自己的好事，就找了他一点错处，把潘好礼革职了。玄宗依旧十分宠爱惠妃，天天临幸惠妃。惠妃乘机在皇帝跟前进谗，把自己不喜欢的妃嫔，都打入冷宫。其中有个林昭仪，原本很得皇帝宠爱。自从玄宗有了武惠妃后，林昭仪就失宠了，也被打入冷宫。林昭仪不怨恨皇帝，只怨恨武惠妃。她在宫中积蓄了很多的银钱，就把银钱交给黄太监，让他出宫去买一个绝色的女子，在宫外侍候皇帝，好夺了武惠妃的宠，出一口恶气。

这年冬天，皇帝照例到各处皇陵祭祖。经过潞州城，在行宫中休息。正沉闷时，忽见一个绝色女子，托着盘，献上酒菜。一双白净纤尖的手，早已勾动了玄宗皇帝的春心。玄宗传谕，留下这女子。一宵恩爱之后，皇帝的整副心肠都挂在了这女子身上。这女子说姓赵，是看守行宫赵侍郎的女儿。玄宗信以为真，便对赵家女子百般宠爱起来。第二天下旨，立赵氏女为丽妃，赵侍郎为尚书。在行宫里流连了五六天后，就带着丽妃进宫。从此，玄宗每天非赵丽妃不欢心，饮食坐卧，都在丽妃宫中，早把武惠妃抛在脑后了。赵丽妃其实是娼家出身，是林昭仪指使黄太监花了三千银子买来，寄养在赵侍郎家中的。赵丽妃放出娼家床第间的迷魂功夫，皇帝自然夜夜纵欢。

·玄宗寻仙·

赵丽妃除床第功夫外，还善于歌舞。她每天陪着皇帝筵宴，在筵前娇歌曼舞，引得皇帝心荡神牵。武惠妃知道后，四五天痛哭不食，自己写了本表章，说了许多从前和皇帝在宫中恩情的话，一心想挽回圣心。谁知表章送去后，却始终不见圣驾临幸。惠妃一肚子怨恨，病倒在床上。起初还支撑着薄施脂粉，倚靠床头，盼望皇帝来临幸。后来得不到消息，知道自己失了宠幸，大哭一场。

从此，玄宗更把赵丽妃宠上天，赵丽妃乘机植党营私。这时，李林甫刚刚封相，处处迎合上意，很得玄宗信任。赵丽妃暗暗地托义父赵尚书送四千银子给李丞相，认李林甫做义父，求他在皇帝跟前帮衬自己。李林甫是一个奸险小人，善于逢迎。自幼寄养在大舅父姜皎家，后来姜皎因漏泄了皇帝废后的旨意被杀，他就在皇帝跟前诬告姜皎的子孙，害得姜皎一家全部下狱。见武惠妃当权，李林甫尽力结交宫中中贵，时时拿珍宝献给惠妃，因此惠妃在玄宗跟前时时称赞李林甫。

李林甫十分邪淫。舅父家中的婢妾，都被他用手段一一勾引上手。他还把侍中裴光廷的夫人也勾搭上了。裴夫人是武三思的女儿，常在姜皎府中来往，与李林甫一见钟情，两人瞒着裴光延，在府中暗去明来。不久，武惠妃在宫中薨逝，李林甫见自己要失势了，就让裴夫人去求高力士，在玄宗皇帝跟前替他说好话。高力士也是武三思提拔出来的，裴夫人有求，他自然出力。李林甫又善于逢迎，见赵丽妃得势，正想托高力士从中拉拢。谁知赵丽妃竟来认他做义父，哪会不愿意？

赵丽妃不能生育，见皇子众多，怕以后吃众皇子的亏。惠妃虽然死了，但惠妃的亲生子李瑛，已被立为太子。丽妃日夜在皇帝跟前说太子结党营私，贪赃枉法。这时，玄宗所亲信的，宫中只有内侍高力士，宫外只有丞相李林甫。玄宗便把丽妃的话，去问高力士、李林甫二人。他二人原和丽妃一鼻孔出气，见皇帝来问，便也一味说太子的坏话。此时玄宗已不爱惠妃了，心中也担心太子有变，听了旁人的话，立刻下诏，把太子废了，改立鄂王为太子。不到一年，又因赵丽妃进谗，改立光王为太子，赵丽妃依旧不欢喜。玄宗又想把太子废了，就去问张九龄。张九龄竭力劝谏，说："储君是国之根本，根本不可轻易动摇，太子不可屡废屡立，望陛下乾纲独断，不要轻信妇人之言！"玄宗听了，心中很不高兴。李林甫在一旁进言道："天子的家事，要外人说什么？"玄宗听了，连连称赞李丞相是明白人。于是就不和臣下商量，立刻下诏，把太子废去，改立忠王李亨为太子。

太子李亨是元献贵妃杨氏所生，玄宗格外宠爱他。太子在藩府中，早就听说李林甫是个大奸臣，握着朝廷大权。太子住在东宫，时时防着李林甫陷害他。李林甫设法阻止太子和皇帝见面，借此常常向太子索要钱财。太子无权无势，又不能和父皇见面，实在没有银钱去孝敬李林甫。李林甫就用语言百般恐吓太子，说要奏明皇帝，把太子废了。太子日夜忧愁，寝不安枕，食不甘味。一天，是玄宗皇帝的万寿，许多皇子和公主纷纷进宫朝贺，皇帝赐他们在宫中领宴。太子乘这机会去朝见父皇，玄宗见太子须发花白，大为惊诧，于是拉住太子的手，问道："我儿怎么憔悴成这样了？"太子见父皇问，也不敢回奏，只是低着头不说话。玄宗见了，知道太子有难言之隐，悄悄地对太子说道："你先回去，朕自会临幸东宫。"太子领了旨意，回到东宫等着。

过了一天，玄宗皇帝果然临幸东宫，一进门，见庭宇不扫，帘幕尘封。走进屋子，只有三五个小太监奔走着，也不见一个宫女。琴瑟乐器，高搁架上，满是尘埃，玄宗不禁叹了一口气。玄宗对高力士说道："太子住的地方都这样了，将军为什么不告诉朕？"这时，高力士已是右监门卫将军，玄宗十分宠信他，所以叫他将军，而不叫名字。高力士不慌不忙地奏道："臣见太子如此艰苦，常要奏明陛下，千岁屡次拦阻，说不要为了区区小事，劳烦圣上！"玄宗回宫，下旨选几名女子送去东宫。高力士忙入宫回奏皇帝道："掖庭中女子不少，可以从那里挑选。"玄宗依了高力士的话，选了三人，赐给太子。

这三人中，吴姓女子最美，一入东宫，就得太子宠幸。一天，夜静更深，香梦沉酣，忽然听见吴氏在梦中叫苦。太子把她搂在怀中，叫着吴氏，原来她被梦魇住了。只见她四肢抽搐，气息微细，太子大惊，连忙下床，拿灯烛照着，伸手在吴氏的酥胸上抚弄许久，她才哇的一声哭醒了。太子忙问："梦见什么了？"吴氏摸着自己的左肋，说道："妾身梦见一个金甲神人，手持利剑，对妾身说道：'天帝命我进到你肚子里，做你的儿子。'说着，就拿利剑剖开妾的左肋进去。妾身痛不可忍，竭力叫唤，现在左肋还隐隐作痛呢。"太子听了，替她解开小衣，肋骨上果然有一缕红丝，深入肌里。太子抚摸了一会儿，入宫把这事奏明皇上。玄宗听了，也觉得奇异。

不久，吴氏果然生下一个男孩。这孩子就是后来的代宗皇帝，吴氏也就是将来的章敬皇太后。吴氏年幼体弱，这皇孙身体也十分瘦弱。玄宗得知太子生了儿子，亲自临幸东宫，赐金盆洗浴。乳媪因皇孙身体瘦小，怕皇上见了不乐。后来打听到贞王也得一子，与皇孙同日，长得十分壮实，就偷偷地去抱进东宫。皇上驾临后，就把贞王的儿子抱出来。玄宗一看，忽然不乐，说道："这不是我孙子！"太子大惊，忙把皇孙抱出来。玄宗抱在手中逗着，又对着阳光看着，笑道："孙儿比他父亲还要有福！"随即吩咐设宴，召宫中乐工舞女歌舞。玄宗上座，太子和高力士在两旁陪坐。玄宗笑着对高力士道："这里有三个天子，真是千古难得的乐事。"李林甫和高力士从此对太子另眼相待。

玄宗皇帝时，国库充足，开元、天宝年间，宫嫔四万、黄衣太监三千、朱紫太监一千六百。得皇帝宠信的太监，就被封为三品将军官，太监因而权倾四方。每次奉命出京，所到之处，各郡县官员都奔走送礼，动辄万金。平时在京师，出宫一次，也能得数千缗。因此，宫中有权的太监，都在近郊一带购买田园，威赫一世。监军节度等官，威权反在太监之下。玄宗即位之初，太监杨思勖很得皇帝信任。杨思勖在宫中为玄宗做内应，除去韦皇后，被升为左监门卫将军。开元初年，安南蛮酋长梅叔鸾反，自称黑帝，夺下三十二州。又联合林邑、真腊、金邻等国，占据海南，号称四十万蛮兵。杨思勖招募十万子弟兵，杀贼二十万，大胜蛮兵。接着，五溪首领覃行章作乱，杨思勖率兵六万征讨，生擒覃行章，斩敌三万。玄宗封杨思勖为辅国大将军，又封其为虢国公。后来，杨思勖又出征六次，每次都杀敌数万。杨思勖生性残忍，投降的俘虏都被剥皮挖脑。手下将士，人人畏惧。当时，内给事牛仙童收受了张守圭的贿赂，玄宗下诏，交给杨思勖审问。杨思勖给牛仙童定了罪，剥去他的衣服，用牛尾抽打。然后又亲自动手，剖开牛仙童的胸膛，取出心脏，斩断手脚。不久，杨思勖逝世，高力士就慢慢露出头角来了。

圣历年间，岭南讨击使李千里，献上两个阉人：一个名叫金刚，一个名叫力士。武后见力士身强体壮，又很聪明，就把他留在身边。力士后来因为贪赃，被武后逐出宫。当时，太监高延福收他为养子，因此改姓高。玄宗做藩王的时候，高力士就攀附玄宗。后来杀萧岑有功，封为右监门将军、知内侍省事，从此威权一天比一天大。宫中所有奏章，都得先经过高力士审查以后，再送到御书房批览。宫中大小事务，都由高力士一人主持。高力士在宫中十分谨慎，日夜在玄宗左右，不是皇上差遣，就不出宫门。即使是沐浴休息，也在皇帝寝宫外的一间小屋子里。玄宗常说："有力士在朕身边，我才能安寝无忧。"

当时在朝廷内外掌着大权的，如李林甫、宇文融、杨国忠、安禄山、安思顺、高仙芝等人，都是高力士提拔的。高力士的爪牙都是有势力的太监，如黎敬仁、林昭隐、尹凤翔、李大宜、朱光辉等。京师的甲第亭园，良田美池，都是内侍的私产。高力士的家产，不说别的，就西庄的田地，骑在马上，沿着田旁跑一天，也不能跑完。皇太子在东宫，称高力士为兄。此外王公大臣，都称高力士为翁。玄宗皇帝也只称他为将军，不叫他的姓名。高力士自幼被卖做奴仆，等到富贵时，十分想念他的母亲麦氏。但失散多年，难以找寻。后来岭南节度使在陇州找到麦氏，迎回京师。母子相见，却不相识。麦氏说记得儿子当胸有七颗黑痣，高力士袒胸一看，果然有七颗黑痣。麦氏从怀中拿出一个金环，说道："这是你小时候戴在身上的！"母子二人，相抱大哭。玄宗封麦氏为越国夫人，追封高力士的父亲为广州大都督。

这时，朝廷官员，不论大小，几乎无一不是高力士的党羽。只有御史严安之，从不巴结高力士。严安之为官清廉正直，爱民如子。平时在街市上行走，看见老幼疾病的，就下车扶着他们，一同坐着车，把他们送回家。因此京城百姓人人都感念他的恩德，称严御史为严父母。到了元旦，玄宗下谕与民同乐。玄宗赏百姓酒肉，还亲临勤政楼，大宴群臣。一时人声鼎沸，把勤政楼挤得水泄不通。宫中卫士，手拿白色木棍棒，驱赶闲人。百姓东奔西避，十分纷乱。玄宗在勤政楼上见了，心中不乐，对高力士道："朕因为年岁丰盛，四方太平，所以想与百姓同乐。不料现在如此喧乱，将军有什么方法制止吗？"高力士奏对道："臣愚顿，无法制止。听说严御史为官深得民心，百姓无不敬服，陛下何不召严安之来呢？臣想严御史必能让百姓安静下来。"玄宗于是传严御史上楼。严安之奉命，下楼在四方绕行一周，划地成线，对众人高声道："敢越过此线者，杀无赦！"百姓顿时安静下来。玄宗在勤政楼，连宴群臣五天，楼下都没有喧乱声。玄宗叹道："严公的威信，朕都比不上啊！"

玄宗久居东都，宫中亭园都看腻了，就想临幸西京。于是召来宰相，说要临幸西京。裴稷山、张曲江二大臣极力谏阻。李林甫在一旁见皇上不悦，等宰相退去，自己故意走在最后。等左右无人，李林甫奏对道："二京是陛下的东西宫，陛下随时可以临幸，何必问大臣呢？"皇帝听了，立即下旨西幸。从此，圣驾常住长安，没有再回东京。皇上到了西京，每天在园林里游乐。因为皇上爱学神仙，那郡国官员，就征求奇士送进宫。这时陪皇上在宫中游玩的，全是一群得道之士。

这年冬天，玄宗皇帝巡幸四岳，车驾到了华山脚下。皇帝见了岳神，连忙下山迎见。玄宗皇帝问左右，左右都说没有看见。高力士奏称："山下有一个女巫阿马婆，能看见鬼神。"玄宗就召阿马婆来。阿马婆奏道："神在路的左边，朱发紫衣，迎候陛下！"阿马婆所见与玄宗皇帝所见相同，玄宗就令阿马婆传旨，让山神回驾，那山神果然就不见了。皇帝进庙，又看见山神佩剑匍匐在殿庭东南方的一棵大柏树下。皇帝又召来阿马婆，阿马婆看见的与皇帝所见又相同。皇帝就向山神行礼，封阿马婆为圣姑，封山神为金天王。玄宗亲自写下山神碑文，立在华山麓。碑高五十多尺，宽一丈，厚四五尺，是天下最大的石碑。碑后面刻着当时随从天子王公以下的官员姓名，雕琢精巧，无与伦比。

·梅妃江采苹·

玄宗下诏，令各郡县访求奇才异能之士。京兆尹奏举李氏三子，擅长歌舞：李龟年、李鹤年善歌，李彭年善舞。皇帝把他们召进宫，李龟年随口作歌，能令皇帝随之哀乐不定。李彭年跳起彩凤舞，翻飞翩跹，令人眼花。玄宗大喜，令李氏兄弟随侍。又选数百宫女，教她们歌舞。李龟年谱成《渭州曲》，教宫女齐声歌唱，娇媚婉转。皇帝开怀不已，常常赏赐李龟年金帛。李龟年在京都建造府第，栋宇如云，富比王公。可惜后来李龟年流落江南，穷苦不堪。杜甫赠诗道：

岐王宅里寻常见，崔九堂前几度闻。
正是江南好风景，落花时节又逢君！

李龟年的故宅，后来被裴晋公买得，其中绿野堂最为幽静素雅。李龟年得宠时，常在堂中宴客。朝中公侯，争相与他结交。玄宗自从得了李氏兄弟，常在五凤楼赐宴群臣，歌舞达旦。又下诏命三百里内州县官，献来歌舞助乐。玄宗亲自观赏，比较优劣，定好赏罚。河南郡守命乐工数百人身穿锦绣在车上作乐，又令士卒披上虎豹犀象之皮，伏在车厢，乐声一响，“群兽”起舞。群臣看了，无不惊骇。每次赐宴，皇帝亲御勤政楼，令宫女数百人，从绣幕中走出，击鼓演奏《破阵乐》、《太平乐》、《上元乐》。

一天正看得开怀，忽然内侍慌张报称：“武惠妃遇鬼发狂，病情十分危急，请万岁爷回宫。”玄宗当时还宠爱惠妃，听了内侍的话，连忙丢下酒杯，匆匆下楼。到宫中一看，只见武惠妃衣裙散乱，嘴歪眼斜，趴在地上不停地叩头求饶，嘴角上淌下白沫，声音渐渐低沉。玄宗心中十分怜惜，过去把惠妃抱在怀中，连连叫唤。只见惠妃伸手指着空中，说道：“太子李瑛、鄂王和光王三人，都来索命了，万岁爷快救我！”

当初，玄宗宠爱赵丽妃，已把武惠妃丢在脑后。不久，赵丽妃生了皇子李瑛，玄宗要讨赵丽妃的欢心，就立李瑛为太子。皇帝又选太常少卿薛绦之女为太子妃。玄宗因宠爱赵丽妃，也十分宠爱太子，常把太子召进官，父子二人一起游玩。十六年冬季，玄宗带领太子和诸王在御苑中种麦子。赵丽妃权倾六官，玄宗又封赵丽妃的父亲和兄长为尚书、侍郎。玄宗除疼爱太子瑛外，还喜爱鄂王和光王。玄宗是临淄王的时候，鄂王和光王的母亲也深得玄宗宠幸。不料这时武惠妃忽然生了皇子寿王李瑁，寿王自幼容貌俊秀，又十分伶俐。七岁时，与兄长一起歌舞，进退有节，玄宗非常宠爱他。因为宠爱寿王，玄宗也常常临幸惠妃宫，因此惠妃又得了宠，而赵丽妃却渐渐被冷淡。太子李瑛和鄂、光二王，从此也很难与父皇见面。

太子李瑛和鄂、光二王，背地里不免说些怨恨惠妃的话，不料被驸马杨洄听到了。杨洄是咸宜公主的丈夫，咸宜公主是惠妃的亲生女儿。杨洄听了太子等人的话，让咸宜公主在惠妃跟前造遥生事，说太子李瑛在背地里毁谤皇上，又说鄂、光二王要谋反。惠妃就日夜在玄宗皇帝跟前哭诉。玄宗听信了惠妃的话，不禁大怒，急召宰相张九龄进宫，要废掉太子。张九龄急忙叩头谏阻，玄宗听了，也不好说什么。那时李林甫当权，嫉恨忠良，常常在玄宗面前挑拨是非，说了张丞相许多坏话，张九龄索性罢官回乡。

李林甫从此独揽大权，惠妃也时时拿财帛去打通李丞相。李林甫见丽妃已经失势，就又倒在惠妃这边。在玄宗跟前，时时赞扬寿王聪明伶俐。又勾结驸马杨洄，在玄宗跟前告密，说太子李瑛和鄂王李瑶、光王李琚，暗约丽妃的兄长谋反。玄宗开始时并不相信。惠妃就派人去召太子和鄂、光二王，说宫中有贼，请太子和二王甲胄佩刀入官。太子和二王信以为真，就披甲戴盔，腰佩长剑，匆匆进宫。走到熙春宫门口，被守宫卫士拦住。守门卫士把太子和二位王爷留在宫门外，急忙进宫报告惠妃。惠妃听说太子已到，急忙赶到御书房，报告玄宗，说太子和鄂、光二王谋反，带剑逼宫，被宫门卫士挡在宫门外。玄宗听了，一面起身躲进紫光阁，一面令高力士带领宫中禁军出宫抵御。不一会儿，一群兵士拥着太子和二王前来，玄宗见他们甲胄挂剑，怒不可遏，也不容太子分辩，就把他们打入内监。

玄宗急召李林甫进宫，商量废掉太子。李林甫奏道："这是陛下的家事，臣不便说什么！"玄宗于是下诏，废太子李瑛，并将李瑛与李瑶、李琚二王贬为庶人，打入内牢。惠妃又买通管狱太监，断绝饮食，活活把太子李瑛和鄂王、光王三人饿死。玄宗皇帝正宠爱惠妃，对这事不闻不问。武惠妃自从谋害了太子和鄂、光二王之后，时时心惊胆战。夜深人静之后，总觉得太子和鄂、光二王的鬼魂要向自己索命。无论黑夜白日，惠妃总把这事搁在心头，甚至大白天的，也觉得鬼影幢幢。因而吓得魂梦难安，饮食不进，渐渐形销骨立。惠妃又在万岁跟前恃强沽宠，见了万岁爷，就打起精神，依旧敷粉匀脂，轻颦浅笑。玄宗只顾自己寻欢，没有留意惠妃的身体。

说也奇怪，惠妃正疑神弄鬼的时候，只要万岁爷一到，那鬼魂就逃得无影无踪。因此，惠妃更加撒痴撒娇，竭力把万岁爷迷住在宫中。但惠妃饮食不进，日夜不眠，始终是支撑不住。那天，玄宗出宫，在勤政楼大宴群臣，惠妃正在床上休息。一睁眼，就看见太子李瑛带领着一群小鬼，直扑上床，举起手中的狼牙棒，向惠妃酥胸上猛打。惠妃痛彻心肝，惨声大叫，接着呕出十几口鲜血，两眼一翻，昏过去了。内宫太监见了，急忙报告总管太监，总管太监报告高力士。高力士不敢怠慢，一面报告万岁，一面传御医进宫。等皇帝来了，惠妃已转过一口气，见玄宗坐在跟前，紧紧拉住玄宗的袍袖，说："万岁救我！"御医进来诊脉，奏说："万岁爷请万安，贵妃只是一时被痰堵住了。"

谁知半夜，惠妃被鬼魂弄得在床上睡不住了，就让两个宫女把她扶下床。忽然惠妃双膝跪倒，说一会儿，哭一会儿。她有时趴在地下求饶，说："太子拿狼牙棒打死我了！"身体在地上打滚躲闪着。双手合在胸口，叫痛不已。玄宗看了，心中不忍，上去抱住她。惠妃力大无比，从皇帝怀中挣脱，仍倒在地上。只见她眼珠突出，口中鲜血直流，头发披散。将近五更，武惠妃嘶叫得声哑力竭，鬼嚎一般，时而晕厥，时而醒来，整整闹了一夜，好不容易挨到天明。玄宗也没精神了，就到高婕妤宫中休息。武惠妃见皇帝走了，也不叫唤了，只是拿手撕衣服。一直挨到第二天傍晚，惠妃才咽过气去。玄宗得了消息，想起往日的恩爱，亲自临幸惠妃宫中，抚尸痛哭了一场，命高力士好好收殓。

高婕妤把皇帝劝回宫，令宫女当筵歌舞，自己扮成花朵模样，在一旁劝皇帝饮酒。玄宗想起惠妃，酒落愁肠，始终觉得凄凉无味。晚上在床上总是长吁短叹，不能安寝。高婕妤暗中约同后宫中的妃嫔，在御苑中安排下盛大的筵宴，还调齐了六百名歌舞的宫女。等天子一到，就歌舞起来。悠扬婉转的音乐，娇滴滴的歌喉，软绵绵的舞态，真令人骨醉魂销！深秋时候，居然满园红紫，垂丝剪彩，犹如春花开遍。玄宗皇帝见两旁随侍的妃嫔，如武贤仪、柳婕妤、郭顺仪、刘才人、刘华妃和高婕妤等都是自己平时宠爱的。玄宗最喜欢公主，高婕妤悄悄地把公主和驸马全部叫进宫来陪宴，如：永穆公主和驸马王繇、常芬公主和驸马张去奢、常山公主和驸马窦泽、晋国公主和驸马崔惠童、新昌公主和驸马萧衡、贞阳公主和驸马苏震、楚国公主和驸马吴澄江、昌乐公主和驸马窦锷、永宁公主和驸马裴齐邱、宋国公主和驸马杨徽、齐国公主和驸马裴颍、咸宜公主和驸马杨洄、新平公主和驸马姜庆初。一对对佳儿佳婿，围绕着皇帝。玄宗见人多热闹，才慢慢把悲哀忘去。

这些妃嫔，各有动人之处。高婕妤口齿伶俐，能说能笑；刘华妃静默幽雅；钱德妃苗条可爱；皇甫德仪丰腴艳丽；刘才人的淡装，郭顺仪的礼服，互相辉映；卢美人的细腰，阎才人的纤手，令人一见心醉。此外，王美人、陈才人、郑才人、武贤仪等，或以姿色胜，或以神态胜。这些妃嫔，都曾深承帝王恩泽。玄宗见了，回想以前的情爱，就各赏彩缎十段，黄金百两。玄宗见钱德妃柳腰侧得可爱，醉靠在钱德妃的肩头，手拉着手，临幸钱妃宫了。御苑宴会以后，玄宗皇帝勾起往日旧情，轮流着到各妃嫔处临幸。一时雨露普及，惹得一群望幸的妃嫔们，夜夜在宫中占卦。玄宗见妃嫔们争夺自己的身体，心中很是得意。

那时高力士出使闽粤一带，第二年春季回宫。采办了许多奇花异草，又把鹦鹉、白鹤、彩鹿、金鸡散放在御花园。玄宗在勤政楼为高力士洗尘，赐宴。高力士当筵说些闽中风景，粤地风俗。君臣二人，一直喝到黄昏月上。高力士又悄悄奏道："臣这次奉诏南行，已为陛下物色到一枝解语花！愿陛下屏退左右，下阁观赏。"玄宗听了，只带一个小太监下阁。只见月移花影，满地如绣，照在月石台阶上，一片皎洁，廊下设着宝座。玄宗皇帝才坐定，只觉一阵香风，从花下吹来，夹着环佩之声。往阶下一望，只见一个美人儿，冉冉地从花下走来。月光照在她的粉脸上，真是羞花闭月，又妩媚又白净，玄宗心头不觉一惊。看她披着雾縠云裙，手握一枝梅花，疏影横斜，几乎怀疑是嫦娥下凡！直到那美人盈盈下拜，娇声道："奴婢江采苹见驾，愿吾皇万岁万岁万万岁！"玄宗皇帝忙亲自下座，伸手扶起她。只见她眉弯入鬓，星眼羞斜。皇帝乐得连呼美人，当夜就在翠华西阁临幸了美人。因江采苹喜爱梅花，第二天，圣旨下来，封她为梅妃。

梅妃幽娴贞静，玄宗坐对美人，闺房静好，如同新婚夫妇一般。梅妃天性爱洁，妆台绣榻，打扫得绝无尘埃。说也奇怪，玄宗在别的妃子房中，那妃子歌着舞着说笑着，百般讨皇帝的好儿，皇帝玩过一两天，就觉得腻了。独有梅妃，她陪着皇帝在屋里，也不歌，也不舞，也不说笑，只是静静的。玄宗和她说话，她总是抿着珠唇，微微一笑。这一笑中，就露出无限娇媚来，把这个风流天子，整天迷在妆阁中，一连十天都没有坐朝。

高力士进宫探望，见玄宗拥着梅妃，拿着彩笔，替她画着眉儿。有时捧着那双玉一样的纤手，替梅妃修着指甲。高力士见了，也不敢进去惊扰。直到大祭之期，李林甫进宫面请圣上祭祀皇陵。玄宗一刻也不能离开梅妃，这次出宫又要十多天，怎么舍得下，就想把梅妃带去。只是祖宗定例，非皇后不能去祭祀。玄宗一心想把梅妃立为皇后，又怕臣下不服，就亲自和梅妃商量。谁知梅妃承幸以后，已有了三个月身孕。玄宗满心欢喜，嘱咐梅妃在宫中静养，自己摆驾出宫，带了文武百官祭祀陵寝。想等梅妃产下皇子，就立她为皇后。

玄宗出了京城，只见山环水绕、一带苍翠，不禁心旷神怡。一时把宫中的温柔滋味，都丢在脑后。祭过皇陵，皇帝住在山下行宫。这时正是初夏，玄宗靠着南窗坐下，清风拂树，花雨缤纷。远远望见林外一片水光，一群村童，在水中游水嬉戏。碧波之下，那儿童赤着身体，更显得娇小可爱。玄宗见了，想起六宫妃嫔，个个肌肤如玉，美如百花，如果个个脱去衣裳，露出娇嫩的身体，在碧波中游着水，一来也不辜负了天生的好肌肤，二来传到后世，也是一段风流佳话。于是急忙回宫，想和梅妃商量建造浴池，让各妃嫔在池中嬉戏的事。

谁知玄宗和梅妃才分别十多天，梅妃却相思成病。玄宗进宫去看望梅妃，只见她双鬓飘蓬，眉峰蹙损，脸庞也消瘦了许多。玄宗看了，十分心疼，就整天在房中陪伴着梅妃，寸步不离。梅妃身体原本就很娇怯，又怀孕在身，一连五六天发烧，竟把腹中的皇子流掉了。玄宗皇帝十分痛惜流掉了的皇子。梅妃流产后，病情变得更加严重，身体也越来越虚弱。玄宗连忙传御医给梅妃开药调理。梅妃病了，自然不能与皇帝寻欢作乐。这风流天子一直守在梅妃身旁，陪着她说笑解闷。

清宫藏寶

迷点

【爱殇】

细说大唐第一家庭

◎玄宗自从在华清池与杨玉环相遇后，便跟丢了魂似的，可为何当美人在眼前时又不敢碰她？

◎寿王妃子杨氏杨玉环，好端端的怎么进万寿庵做了道姑？

◎李白真的敢耍弄玄宗跟前的红人高力士、李林甫吗？李白不怕他们报复吗？

第柒章

贵妃受宠

·华清池沐浴·

玄宗每天在宫中，闲着无事，就想起造浴池的事来，于是召高力士来商议。高力士听玄宗说要建造浴池，奏道："洗浴用温泉最好，先帝在时，常驾幸骊山温泉，那里泉水温暖，经常洗浴可以延年益寿。骊山下原来就有一座行宫，现在不如将那座行宫改造，把温泉盖在屋内，不论冬夏，都可以入浴。"玄宗听了高力士的话，连说："妙，妙！朕现在就下旨，卿为朕督造骊山浴宫，不必节省金钱，精美最重要。"高力士领了圣旨，领了钱，立刻赶往骊山，动工建造。找了许多巧匠，日夜赶造，两年就建成了一座精巧壮丽的行宫。高力士又搜集诸多珍宝玩物，搬进行宫，然后奏请天子临幸。

玄宗在宫中正闷得慌，听说浴宫完工，立即驾幸骊山。皇帝骑在马上，文武百官前后簇拥着。到了骊山脚下，见山抱树绕，林中一条白石甬道，路尽头藏着一座精美的行宫。宫殿全倚着山脚建造，楼阁起伏，半显半隐。玄宗赞叹道："好一个幽静的行宫！"进了宫，人在殿中走着，地势渐渐高耸，不知不觉已走到山腰。眼前一座飞桥，有五六十丈长，七八丈宽。两旁雕栏文窗，推窗一望，远处平畴绿野，错落帘前，近处奇峰翠障，奔赴脚下，桥下万紫千红。一泓清泉，宛转奔腾，从林中流出，流向宫墙，水面上热气熏腾，正是著名的骊山温泉。

玄宗下了桥，就是行宫的后苑。进入后苑，在织锦回廊上走着。回廊全是雕梁文砖，绿窗锦槅。路径回环曲折，人在两个地方行走，看着似乎是隔得很近，再向前走去却被花遮树掩，越离越远，竟有咫尺天涯之感。玄宗大笑道："隋炀帝有迷楼，朕有迷廊！"绕了半天，才出了迷廊，眼前一片池水，上面飞栋雕梁，遮着一层明瓦。分为东西两池：东池称为龙泉，西池称为凤池。龙泉雕了一只大龙，在池面上盘着，梁柱是龙身，龙头在西面池角上俯着，张大了嘴，一股泉水从龙口里喷涌出来；凤池雕着五色云作为梁柱，一只彩凤，浮在东面池角上，张着翅儿戏水，温泉从彩凤的两翼下流出，池水没过凤翅，看不出流水的痕迹。一隐一现，十分巧妙。水面上浮着翠色的荷叶，红色的莲花。荷叶是用翠玉雕成的，大如桌面，莲花是用红玉雕成的，大如蒲团，浮在水上，生动有致。龙泉中又有一头白玉琢成的骏马，是皇帝入浴时乘坐的；凤池中的彩凤是皇妃入浴时乘坐的。池底池岸，都用绿砖砌成。沿着池边种着龙须瑶草，四周围着白石雕栏。栏外走廊，十分宽阔，摆着锦椅绣榻。龙凤两池，水面十丈。此外又隔了四十多间长汤浴池，是各妃嫔入浴的地方。入水的一边，建有银镂漆船和白香木船，各妃嫔可以在那里休息。各池设一个总机括，只要将机括一搬，池水立刻退尽。高力士陪侍天子，在池旁讲着，说出许多妙处。玄宗听得心花怒放，行宫赐名华清宫，浴池赐名华清池。

玄宗回宫后，挑了一个晴朗的日子，下诏命六宫妃嫔、公主、王妃、内外命妇，都到华清池试浴。命妇和王妃公主，听说天子赐浴，个个打扮得粉白紫绿、珠围翠绕，准备朝见天子。这天，玄宗先在华清正宫赐宴。满屋子脂粉少妇，螓首蛾眉，钗光鬓影，传杯递盏，尽情地享受御宴。正喝着，只见高力士进殿，高声传话道："万岁驾到！"众夫人连忙站起，妃嫔和公主站在前面，夫人们站在后面。只见万岁走上殿来，众夫人齐齐跪倒。万岁爷走上殿，在宝座上坐下，梅妃陪坐一旁。各夫人各公主妃嫔娇滴滴齐声道："愿吾皇万岁，万岁，万万岁！"玄宗见一屋子云髻齐俯，花香粉味，飘满殿宇，非常开心，忙传旨赐众夫人华清池沐浴。

众夫人领旨谢恩，宫女上来，引着她们到后苑华清池。一个个脱去衣裙，露出白润的身体，各自走到分间的长汤浴池。温泉天然温暖，润着肌肤，十分舒畅。每一间浴池，都有两名宫女伺候着。宫女们早已将衣服脱去，腰间围着短罗裙，入水扶侍着。洗抹了一会儿，众夫人游入池心，戏弄一回，就坐在银漆船头上，宫女拿浴巾替她们洗抹着。洗抹了一会儿，众夫人又下水戏弄一回，由宫女扶上岸，在锦廊下白石凳上坐着。宫女上来替她们抹干了身体，重整云髻，穿齐了衣裙，出殿去谢过皇恩。皇帝赐各夫人银花一朵，缀在鬓上，她们才各自告辞出宫。

众妃嫔公主在殿上陪着万岁饮酒。李氏兄弟，带领歌姬舞女上殿歌舞着。李龟年和李彭年兄弟二人，各领一群宫女，唱着《渭州曲》，舞着惊鸿舞。歌声婉转悠扬，舞姿翩翩飘忽。玄宗看了，叹赏不已，传旨各赏李龟年、李彭年黄金千两。梅妃见万岁爷爱看惊鸿舞，亲自下座舞着。李彭年略一指点，梅妃舞得进退合宜，宛转多姿。玄宗看了，更是开怀大笑，亲自下座把梅妃的腰肢扶住。梅妃舞完，娇喘细细地软伏在万岁肩头。玄宗把一杯酒送到梅妃唇旁，梅妃饮下归座。众妃嫔要争万岁的宠爱，各个离席，歌的歌，舞的舞，珠喉婉转，柳腰起伏，令人目迷心醉。玄宗传旨各赏彩缎两段，玉搔头一支。接着，玄宗就带着众妃嫔到华清池沐浴去了。

众妃嫔分占了四十余间浴池，脱去衣裙，顿时皓腕齐舒，玉肩斜露。

玄宗和梅妃由宫女扶着，到龙泉凤池沐浴。四个宫女，扶着梅妃入水，斜坐在凤背上。玄宗瞧去，见梅妃雪肤花貌，衬着那副娇羞宛转的神韵，令人失魂。正看得出神，梅妃突然蛾眉紧锁，珠唇失色，轻叫一声，晕倒在彩凤背上。众宫女急忙扶梅妃上岸，替她抚着酥胸。玄宗皇帝慌忙从水中跳起来，把梅妃搂在怀里，拍着肩叫着。梅妃哇的一声，喉底里转过气来。宫女将她扶出外房，玄宗也无心洗浴，穿上衣服，跟到外屋。御医进来诊脉，说娘娘一时气闭，并无大碍。玄宗看梅妃，果然神气清醒，说笑自如，也就放心了，吩咐梅妃进卧室睡着养神。玄宗舍不下众妃嫔，又返身走入浴池。

众妃嫔正隔着窗儿泼水戏耍，脸上都被水沾得胭脂淋漓。玄宗看了，不禁大笑。众妃嫔见万岁驾到，一齐在水中躬身接驾。玄宗含笑，向众妃嫔招着手儿，众妃嫔一齐水淋淋地奔上岸来，把皇帝团团围住，跳着唱着。玄宗见她们赤着玉体，站在面前，忙得他丢了这个，又抱那个。玩耍多时，各妃嫔才拭干身体，穿上衣裙，玄宗也另换了一件袍儿。一群妃嫔簇拥着这位风流天子，朝织锦回廊中走去。玄宗一瞥眼，看见一个女子，隔着廊儿，斜倚在花窗下。那女子背着身儿，云髻半偏，香肩斜露，衬着苗条的腰肢儿，动人心魂。突然那女子转过脸儿来，半边腮儿，恰被一朵芙蓉花儿掩住，露出半边粉靥，娇体丰润，真是国色天香。玄宗有三宫六院的妃嫔，终日赏玩着。娇小的，丰腴的，浓妆淡抹的，虽见了许多，但也没有见过如此绝色的美人儿。皇帝的魂儿不知不觉被美人绊住，脚不由自主地向美人走去。众妃嫔见万岁爷全副心思都在隔廊的美人身上，就悄悄退去，只留着高力士随侍在皇帝身后。

玄宗正向美人走去，看着近在咫尺，谁知却被雕栏隔住，可望而不可即。那美人见万岁爷走来，含羞低头，一转身向廊东头走去。玄宗正想上前叫住，想起那美人可能是亲王的妃子，不可冒昧。狠一狠心，就想丢下手走开。这时，那美人在前面缓缓地走着，她腰肢袅娜，凌波微步，如轻云出岫一般，叫人爱煞。玄宗也隔着廊儿，跟着美人走着。高力士默默地亦步亦趋地沿着回廊跟随在身后。织锦回廊，建造得十分巧妙，如果不识得路，恐怕绕一辈子也绕不出来。玄宗皇帝一心跟着美人，美人也有意引逗这位风流皇帝，向着幽密处走去。两面虽然只隔着一重回廊，但绕来绕去，总不能接近。眼看就要赶上了，不知怎么一绕，美人儿被花荫遮住，忽然就不见了，一转眼又在身后出现。玄宗急忙转身走去，依旧被一重雕栏隔住。那美人只是掩袖一笑，转到别处去了。急得玄宗皇帝只得抱怨建造这织锦回廊的工匠了。等到玄宗走到那美人站立的地方，美人已经没影了。高力士到四处的走廊上找寻，那美人早已绕出回廊，到别殿游玩去了。

玄宗没跟上美人，垂头丧气地出了回廊，出了后苑。走到飞桥上，向下望去，一瞥眼又看见那美人，在桥下花树间走动。这时美人身旁多了两个侍婢，一个手中捧着一个花瓶，瓶中插着两三朵芙蓉；一个手中拿着拂尘帚，在美人身旁拂去空中的飞虫。美人只低着头，沿着溪水边慢慢地走着。玄宗在桥上遥指着，对高力士说道："你看这模样儿真可画进画里去呢。不知是谁家的娘子，哪天将她宣到朕的面前，让朕看一个饱！"高力士到这时候，实在忍不住了，奏对道："这有什么难的？陛下自己的儿媳妇，自然可以由陛下看个饱！"玄宗不禁一惊，忙问他："是谁的王妃？"高力士奏道："那妇人是寿王的妃子杨氏。"玄宗一听，知是自己的儿媳妇，不禁满面羞惭，忙自己掩饰着说道："难怪呢，这孩子自从武惠妃生下地，怕不能养大，自幼抱到宁王府养着。元妃对他如同亲生儿子一般，那媳妇也是在宁王府中娶的，不常到朕的宫中。本是一家人，反倒生疏了，想来真是好笑！"说着，哈哈大笑。高力士听了，奏请道："要不要召杨氏来觐见？"玄宗忙摇着手道："不必，不必！"说着，走下桥去。

玄宗在甬道上低头默默走着，叹了一口气，自言自语道："瑁儿这孩子，真是好艳福！"玄宗说了这句话，才觉得自己说得太忘形了，忙又掩饰着说道："想起朕的大哥在世的时候，弟兄之间非常亲热，吃在一块，玩在一块，睡觉也在一块。朕即位之后，离了众弟兄，孤凄凄的一个人住在宫中，心中烦闷，就把大哥召进宫，依旧和他一起玩着喝着。还记得有一天，朕和大哥对坐着，尝着内厨房新做的荷叶羹。大哥正满嘴含着羹汤，不知怎么的，一个喷嚏，喷得朕满脸都是羹汤。大哥急得满脸通红，忙用自己的袍袖替朕擦拭。朕怕大哥心中羞惭，就叫内侍上来，收拾干净。那时黄播绰在一旁，笑着奏道：'这不是宁王错喉，这是宁王喷帝。'朕和宁王听了，都大笑起来。现在想来，还是很有味儿的。"

玄宗说着，已走进了华清正宫。想起梅妃，就走入寝宫，探视梅妃的病情。这晚，玄宗和梅妃是第一夜临幸华清行宫。梅妃得玄宗如此宠爱，就撑着病体，百般承迎。但是玄宗神色却大变了，总是怔怔的，魂不守舍一般。不管梅妃如何装娇献媚，玄宗的神情总是淡淡的。好不容易，挨过了一夜。第二天清晨起来，玄宗就离开了寝宫，走出御便殿，悄悄把高力士召进宫。高力士听说圣上召唤，急忙进宫。一看万岁孤凄凄的一个人坐着，脸色也不是很好。见高力士进来，皇帝好像没看见一样，只是发着呆。高力士禁不住惊慌，以为万岁和梅妃闹翻了，又以为是自己犯了什么罪，万岁正震怒呢，忙悄悄地趴下地，跪在一旁。

半天，才听到玄宗拍了一下手掌，自言自语道："这美人儿真可爱！叫朕心里怎么抛得下！"高力士听了，才知道皇帝还在想念寿王的妃子杨氏。于是奏道："万岁如果爱杨氏，奴才替万岁爷去召进宫，让万岁见一面。"玄宗叹着气说道："我们翁媳见一面，有什么意思，只怕还会让朕的相思病犯得更厉害！"说着，又连连叹气。高力士听了玄宗的话，有了主意，上前在玄宗耳边，低声说了一番话。玄宗听了，也连声赞道："好主意！好主意！就这样办。"玄宗从此笑逐颜开，也不找众妃嫔游玩，也不在梅妃屋中流连，每天只打扮得遍体风流，在书房中静养。

寿王的妃子杨氏，国色琼姿，世居永乐。自幼父母双亡，在叔父家中养大。十八岁选入寿邸，成为寿王的妃子。如此美人，夫妻自然十分恩爱。但自从那天在华清宫赐浴回来后，不知怎么了，杨妃心中总留着皇帝的风流影儿。从此茶饭不思，睡眠不安，夫妻之间也淡淡的。寿王百般宠爱，妃子却更加觉得厌恶，总是远远地避着。这样一天一天的，夫妻之间，忍无可忍，在半夜时分，两口子大闹起来。王府里的人，都慌得不敢睡觉，挨到天明，把宁王夫妇二人请来。

寿王自幼在宁王府中养大。夫妻二人见了宁王的元妃，诉说不休。杨氏却一口咬定，说要入庵当道姑。不管宁王夫妇怎么劝说，寿王如何求告，杨氏始终不肯留下，总是哭哭啼啼的。在府中又留了三天，杨氏寻死寻活地吵闹不休。元妃见实在留不住了，劝寿王道："这妇人已经变心了，就放她当道姑吧。"寿王无可奈何，只得让这心爱的美人出府。寿王看着杨氏登车，撑不住泪珠儿哗哗落下来。宁王夫妇在府中日夜劝慰着寿王，又传府中的姬人歌舞着，又选几个绝色的妓女，给寿王伴寝。寿王依旧闷闷不乐。杨妃在府中时，有两个贴身的侍女，一个叫永清，一个叫念奴，都长得伶俐美貌。杨妃把她们都带着出府了，丢下寿王一个人冷清清的。隔了几天，皇帝圣旨下来，替寿王选了韦昭训的女儿韦氏，配给寿王为妃。玄宗特赐黄金万两，彩缎千段，作为新妃子的见面礼。寿王见是父皇下旨替他娶的妃子，也不敢怠慢。看那新妃子，也长得美丽贤淑，得了新欢，也就忘了旧爱。

·梦中得曲·

寿王妃子杨氏，带了贴身的两个侍女，出了王府，进万寿庵做了道姑。庵中的老道姑，给她取个法名，叫做太真，既不要她念经，也不让她打扫佛堂。杨氏主婢三人，在庵中自由自在地过着日子。第二年春天，高力士受了皇帝的密旨，悄悄来到庵中，把杨氏召进华清宫。原来杨氏离开寿王府，进入万寿庵，全是高力士的计策。高力士买通了杨氏的侍女永清、念奴，让她们劝杨氏丢下寿王，进宫去讨万岁爷的宠爱，享受荣华富贵。即使不能正位六宫，至少也能封一个贵妃娘娘。杨氏享荣华的心重，爱寿王的心薄。她在华清宫中，见皇帝对她痴痴癫癫，大受感动。心想自己长得一副绝世的容颜，也不能辜负了自己，难得这多情天子，如此流连，即便失了节，也是值得的，就决意和寿王决绝。

高力士把杨氏悄悄迎进宫，在华清宫西阁中召见。永清、念奴两个婢女，簇拥着杨氏走近皇帝身前，盈盈跪倒，说道："婢子杨玉环见驾，愿吾皇万岁，万岁，万万岁！"玄宗一见杨玉环，喜得心花怒放，忙吩咐平身，又令高力士看座，赐杨玉环坐下。此时美人咫尺，玄宗也不说话，目不转睛地打量着杨氏。只见她云髻低覆，脸蛋儿丰艳圆润，妩媚之中另有一种柔和的神韵。红红的粉腮，花娇玉晕，令人目迷神往。玄宗皇帝两道眼光，憨痴痴地看着，杨玉环娇羞腼腆，低下头弄着衣带。玄宗看够了，就传旨赐杨氏在凤池沐浴。另传御厨在华清宫西廊摆一桌盛筵。玄宗退入后宫，换了一身轻衫，在西廊上坐着。

杨氏出来，穿了一件银红衫子，雅淡梳妆，更显得莹洁可爱。玄宗上去，握住杨氏的手，托在掌上，细细把玩。见她柔纤白净，不禁赞叹道："好美的手！"永清在一旁，斟过一杯酒，递给杨氏；杨氏捧着，献给玄宗。玄宗饮了，心中一乐，呵呵地笑着。忙叫高力士把盏，杨氏也饮了一杯，两人携着手并肩坐上席，传杯递盏。玄宗逗着杨氏说笑，又不停地赞叹杨氏的美貌。玄宗说着，把杨氏拥在怀中，两人浅斟低酌，说不尽的同心话，喝不尽的合卺酒。玄宗饮到半酣，提起笔写道：

端冕中天，垂衣南面。山河一统皇唐。层宵雨露回春，深宫草木齐芳。升平早奏，韶华好，行乐何妨？愿此身终老温柔，白云不羡仙乡。

写完，传李氏兄弟和歌舞姬人上殿，把皇帝的词谱入曲中。李龟年才思十分敏捷，当即谱成两阕歌词，吹唱起来。一席酒，一直喝到月照瑶阶。玄宗离席道："朕与美人，同到阶台赏月。”说着，扶着杨氏，向月台上走去。

直到夜静更深，玄宗才吩咐回西宫。走到西宫廊下，玄宗吩咐左右回避，只留永清、念奴两侍女，扶着玄宗和杨氏走进寝宫。

屋子里红烛高烧，绣帏低挂。永清、念奴服侍皇帝和杨氏二人，摘去冠戴，脱去外衣，然后退出房门。玄宗见杨氏只穿一件杏绿小衣，烛光摇曳，映在美人脸上，别有风采。玄宗在灯光下细细地把玩杨氏姿色，低低地唤着美人。一会儿从杯中取出一支金钗，一个钿盒，递给杨氏，说道：“今晚朕与美人订下偕老之盟，特地拿金钗钿盒与卿定情。”杨氏接过金钗钿盒，深深拜倒，口称：“谢万岁海样深恩！”玄宗趁势替杨氏插上金钗，一手扶起杨氏，搂住腰儿，相视一笑，同进罗帏。这一夜恩爱，龙飞凤舞，直到第二天中午。宫女走到廊下，卷起帘子，打开窗幕。玄宗起身梳洗，又转身坐在妆台边，笑看杨氏梳妆。傍晚时分，内宫传出圣旨，册封杨氏为贵妃，高力士为骠骑将军，追封杨贵妃父亲杨玄琰为太尉齐国公，叔父杨玄珪为光禄卿，兄弟杨铦为鸿胪卿，杨锜为侍御史，杨钊为司空。后来玄宗传见杨锜，见他长得清秀，就把他招做驸马，把武惠妃的女儿太华公主下嫁给杨锜为妻。杨氏一门从此显贵。

杨钊就是杨国忠，善权变，工心计，早与高力士结为兄弟，是杨贵妃的堂兄，向来淫恶。少年时候，在家乡永乐饮酒赌博，银钱到手就花光，没钱就向各处亲友强要。亲友们个个厌恶他，渐渐地就没有人理睬他了。杨国忠于是投军，强横多力，临阵十分勇敢。平时在军中，结交无赖，鱼肉乡民。有人告到节度使张宥跟前，节度使将他痛痛地责打了五百棍，打得他皮开肉绽。后来朝廷换了一个新都尉，查出杨国忠种种恶行，就革去他的军籍，逐出军营。杨国忠穷困无路，整天在荒山野地里用弓箭射些野兽充饥。恰巧遇到当地的一个土豪鲜于仲通，带了数十名庄客，上山围猎。见杨国忠勇猛有力，就收留他，并令他看管庄门。杨国忠自此不再凶横，一心逢迎。鲜于仲通见他很识趣，又会趋奉，渐渐信任他，让他掌管庄客的口粮。谁知杨国忠却暗暗地克扣银钱，弄得众人动怒。杨国忠腰包里有了银钱，见众人怨恨，一溜烟逃回蜀州，投靠叔父杨玄琰。

叔父杨玄琰在外行商，家中积蓄丰厚。谁知这年冬天，叔父客死他乡，抛下妻子甄氏和四个女儿。长女杨玉珮，二女杨玉筝，三女杨玉钗，四女杨玉环，个个风流娇艳，妩媚动人。杨国忠护送她们母女五人，扶柩回乡，沿途杨国忠都十分小心地伺候着。甄氏很是感激，回到蒲州家乡，甄氏就让杨国忠在家中代为照料家计。日子一久，杨国忠就露出了本性，整天在外面酗酒赌博。甄氏身体虚弱，终年卧病在床，家中一切银钱出入，都由二女儿杨玉筝掌管。杨玉筝不但长得艳丽妩媚，而且风骚动人。两弯蛾眉，一双剪水明眸，玲珑剔透。整天娇声说笑，声音如莺鸣燕语一般，满屋子只听到她的声音。她说话时，眉尖飞舞，眼波流光，一点樱桃似的朱唇，煞是好看。因是一家兄妹，杨国忠平时穿房入户，都不避忌。那玉筝妹子又整天围着杨国忠哥哥长哥哥短地说着话，小鸟依人一般。两人眉来眼去，风言悄语。只因碍着姐妹们在场，不便下手。

这时正是夏天，杨国忠在外边赌输了钱，急忙赶回家，找他妹妹杨玉筝要钱去翻本。谁知一走进内室，姐妹们都在房中午睡。杨国忠蹑手蹑脚溜进二妹房中，一眼看见杨玉筝上身只遮着一块猩红抹胸，露出雪白的肩颈。两弯玉臂，一伸一屈，横搁在凉席上。下身一条葱绿色散脚的罗裤，两弯瘦棱棱的小脚儿，高搁在床沿上，套着紫色弓鞋。腰间系一条红色汗巾，巾上绣着鸳鸯。看她柳腰杏靥，香梦正酣。杨国忠看着这样的美色，又闻到一阵阵兰麝幽香，心旌大动，色胆如天。也顾不得兄妹的名分，竟上去把杨玉筝推醒了。杨玉筝一片柔情，正无处可寄，见哥哥怜惜她，自然答应。兄妹二人，暗去明来，恩爱了两年。杨玉筝手中有的是钱，暗暗送给杨国忠，拿到外面饮酒赌博。

杨国忠在外面放荡得厉害，手中一有钱，就在外面养着粉头，渐渐有些厌恶杨玉筝了。突然起了一个歹意，趁着杨玉筝熟睡的时候，悄悄起来，打开箱笼，盗了一大笔银钱，带着那粉头，一溜烟逃走了。一去五六年，不见他的影踪。婶母甄氏和一家姐妹，都怨恨杨国忠；独有杨玉筝春花秋月，寄尽相思。甄氏一门无可依靠，三年之中，杨玉珮、杨玉筝、杨玉钗，一齐出阁，嫁得少年夫婿，倒也十分欢乐。家中只留下小女儿杨玉环，奉养母亲。甄氏带着女儿杨玉环来到京师。正在这时，多年不见的杨国忠，又找上门来，天花乱坠地说："寿王府中，正在选王妃，何不把玉环妹子献进王府？如果中选，也能富贵。"又说自己在京师行商，结识了许多宫中有权势的太监。只要自己说句话，妹子肯定能中选。甄氏听了，就依杨国忠的意思，把杨玉环送进王府。杨玉环果然中了选，被册立为王妃。从此杨家就显赫起来了，家中也时常有贵人来往。

杨国忠仗着推荐之功，住在婶母家。恰巧这时杨玉筝因丈夫去世，回家来守寡。兄妹二人久别重逢，再拾旧欢，公然同起同卧，欢娱不止。直到杨玉环被玄宗召进宫，册立为贵妃。杨国忠因为是贵妃外戚，也被召进宫朝见天子。玄宗见他对答敏捷，性情爽利，就升他为金吾兵曹参军。又传见杨贵妃三位姐姐，长姐杨玉珮，封为韩国夫人；二姐杨玉筝，封为虢国夫人；三姐杨玉钗，封为秦国夫人，各赐府第。虢国夫人仗着自己面貌动人，常常进宫去见贵妃。见了玄宗皇帝，也不避忌。皇帝称她为小姨子。三位夫人，恩宠日隆，声势煊赫。虢国夫人在宫中出入，命妇公主见了都立即站立，不敢就位。虢国夫人府中，常有官员进献珍宝，奔走请托。一时门庭若市，财币堆积如山。虢国夫人在大街上出入，不论大小官员遇到了，都让在道旁，等夫人的舆仗过去，才敢行走。

杨贵妃深居中宫，受尽恩宠，享尽荣华。皇帝每天除坐朝外，行走坐卧，与杨贵妃寸步不离。每次宴饮，必令李龟年率全部乐队，在筵前吹唱。乐声抑扬顿挫，非常悦耳。贵妃问："吹的是什么曲调，这么动听？"永清偷偷说："这曲调名《惊鸿》，是梅妃谱的。梅妃的惊鸿舞，是万岁爷的最爱。"杨贵妃听了，心想万岁现在虽然宠爱自已，但梅妃的曲子，天天在万岁耳旁吹着，说不定哪天就勾起了万岁的旧情，又爱上那梅妃，那时自己不是要被万岁抛弃了吗？想到这里，心中焦灼起来，推说身体不适，离席退回寝宫。玄宗也不忍去惊扰她，就守在外屋，随手拿起一本书看着。

永清服侍贵妃睡下，不一会儿，贵妃在床上睡熟了。忽然听到窗外有人说话，杨玉环急忙从床上坐起，走到廊下，只见一个女孩，宫女打扮，站在帘前。杨玉环不由得动怒，喝问："我好好的正睡得香，你大惊小怪的嚷什么？还不快出去！"那女孩却笑嘻嘻道："娘娘不要错认了，我可不是宫女。我是月宫的侍儿，名叫寒篁。"杨玉环又问："月中仙子，到这里有什么事？"寒篁说："月主嫦娥有《霓裳羽衣曲》仙乐。听说下界唐天子好乐，娘娘前身又是莲莱玉妃，月主特命我来请娘娘到桂宫，重听此曲，将来谱入管弦，将天上仙音，留作人间佳话。"杨玉环听了，跟着那仙女走去。

一路冷露寒风，杨玉环十分诧异，问道："现在是仲夏，为什么这么冷？"仙女答道："这是太阴月府，也就是人间所传的广寒宫。"杨玉环抬头一看，只见迎面一座穹门，弯弯如月。仙女道："请娘娘进去。"杨玉环心中一喜，自言自语道："想我浊质凡胎，却能到月府，实在侥幸！"门内繁花杂树，中间露出一条甬道。杨玉环和仙女二人，迤逦走去，四周景色，清幽明媚，令人神爽。见地上栽着一丛桂树，繁花点点，风中吹来，异香扑鼻。杨玉环问道："这里的桂花怎么开得这么早？"仙女答道："这是月中丹桂，四季常开，花叶皆香。"杨玉环赞道："好花！"

这时，忽见一群仙女，素衣红裳，手执乐器，从桂花树下吹奏而来。声调铿锵，十分悦耳，顿觉身体虚飘飘的，如升天际。杨玉环连连叹道："好仙曲！"仙女在一旁说道："这就是《霓裳羽衣曲》。"只见那群仙女，雪衣红裙，云肩垂络，腰系彩带，在芳草地上，分作两队；一队吹打着，一队歌舞着。隐约听到歌词：

携天乐花丛斗拈，拂霓裳露沾；迥隔断红尘荏苒，直写出瑶台清艳。纵吹弹舌尖，玉纤韵添；惊不醒人间梦魇，停不住天宫漏签。一枕游仙，曲终闻盐，付知音重翻检。

字字圆润，响彻云霄。杨玉环叹道："太妙了！清高婉转，感我心魂，真非人间所有呢！"一群仙女冉冉退入花间，只留一片清光，照彻林间。杨玉环忽然记起嫦娥，道："愿求见月主。"仙女笑道："要见月主，还早呢！天色暗了，请娘娘回宫吧。"说着，把杨玉环轻轻一推，一个翻身，跌出月洞门外。醒来原来是南柯一梦，但仙乐依旧隐约可记。

玄宗坐在外室，听到杨贵妃在床上娇声呼唤，忙进房坐到床沿上。杨贵妃拥衾斜倚，掠鬓微笑。这时已近黄昏，玄宗传内侍在床前搁一个矮几，摆上几种肴馔，在床头和妃子两人浅斟低酌。妃子倦眼蒙眬地饮下几杯酒，两颊红艳，分外可爱。玄宗看了，十分怜惜，命撤去杯盘，携着妃子的纤手，双双入睡。直到第二天清晨，皇帝出宫坐朝，杨玉环才从枕上醒来。默记广寒宫中的《霓裳羽衣曲》，字字都在心头。就吩咐婢子永清，到御苑中收拾荷亭，摆好笔砚，准备谱曲。又吩咐婢子念奴，在西窗下给她梳妆。自己只披一身轻衫，把云鬓略拢一拢，由永清扶到荷亭。默忆仙曲，提起笔来，按谱就腔，填好词句。永清忙着在一旁打扇添香。杨玉环一边填着，一边低唱。或有不妥的地方，就反复吟咏。

过了许久，回头问永清："什么时侯了？"永清回答说："晌午了。""万岁爷退朝了吗？"答称："还没有。"杨贵妃起身，带着小宫婢，回宫更衣。

又叮嘱永清在亭里侯着，万岁爷到了，立即通报。杨贵妃才回宫，玄宗已经退了朝回宫。杨贵妃本来约好和万岁爷在荷亭纳凉的，玄宗到了荷亭，不见妃子，就问永清："娘娘在哪里闲耍？"一眼瞥见案上有笔墨，永清回奏说："娘娘在此制谱，刚刚更衣去了。"玄宗见了曲谱，坐下来，逐句推敲，轻吟低唱，音节清新，不禁叹道："妃子啊，美人韵事，都被你占尽了！不要说你的绝世姿容，就这一点灵心，又有谁比得上你！"

·贵妃认养子·

自从杨贵妃谱成《霓裳羽衣曲》以后，先教永清、念奴念熟了，每夜传伶官李龟年，带领唱曲的马仙期，打铁钹的雷海青，弹琵琶的贺怀智，打鼓板的黄幡绰，在朝元阁上，教授曲谱歌词。因此歌声笛韵，每晚从朝元阁上传来。

长安市上有个少年李謩，自幼精通音律，一支铁笛，名遍大江南北。他来到京师，得知杨贵妃谱成《霓裳羽衣曲》，于是悄悄走到骊山脚下，绕到宫墙后面。又打听到李龟年每晚在阁上教歌，就在夜深人静之时，拿着铁笛，靠在宫墙脚下，凝神听着阁上的仙乐仙歌。李謩在宫墙外静听数阕，低声赞道："妙曲！分明是仙音！"一抬头，天际星斜月落，阁上已经寂然无声。李龟年在宫中领了歌曲，就去传授梨园子弟，再教歌伎表演羽衣舞。

六月初一是杨贵妃的生辰，玄宗特令在长生殿设宴。李龟年带领乐工舞者，在殿下候旨。见一群宫女，簇拥着杨贵妃，轻移宫扇，走上殿来。杨贵妃身着鲜艳的云裳，走近皇帝身前盈盈参拜道："臣妾杨氏见驾，愿吾皇万岁，万岁，万万岁！"玄宗忙伸手扶起妃子，说道："这万岁千秋，愿与妃子一同享有。"杨贵妃坐定，玄宗说道："今天是妃子的生辰，寡人特别设下长生之宴，为妃子庆祝。"杨贵妃忙离席谢道："薄命生辰，蒙天子恩宠，愿为陛下献上千秋万岁酒。"说着，宫女捧过金杯，杨贵妃接过献给皇帝。玄宗饮了，又让高力士斟上一满杯酒，递给杨贵妃道："为妃子添寿。"杨贵妃谢过恩，两人相对坐下。阶前仙乐齐奏，殿上传杯递盏。正欢乐时候，高力士上来奏称："启万岁爷、娘娘，国舅杨丞相同韩、虢、秦三国夫人，献上寿礼贺笺，在宫门外朝贺。"玄宗取过礼笺，递给杨贵妃，回头传谕道："丞相免行礼，回朝办事去。三国夫人，等朕同娘娘回宫，再赐筵宴。"

高力士传完旨，又走上席来，奏道："启万岁爷，海南涪州进贡鲜荔枝。"玄宗忙命取上来。只见三个小太监，头顶着三个大冰盘，盘中盛满了鲜红的荔枝。杨贵妃见了这荔枝，不禁笑逐颜开。杨贵妃生于蜀中，爱吃荔枝。选入宫后，就有各路节度使，按时进贡。南海涪州所产的荔枝，色鲜味美，比蜀中的还好。玄宗命地方官一路设下驿马，初夏荔枝熟了，摘下藏在冰囊中，飞骑递送，只为博得妃子吃荔枝时的盈盈一笑。杜牧诗中说："一骑红尘妃子笑，无人知是荔枝来。"说的就是这事。

玄宗对贵妃说道："贵妃，朕因你爱吃荔枝，特命地方飞驰进贡。今天寿宴初开，佳果就到了，贵妃当再饮一杯！"杨贵妃领旨饮酒，永清、念奴在一旁剥着荔枝，进献给万岁和杨贵妃。李龟年带领一群霓裳羽衣的歌童舞女上殿来叩见天子，李龟年奏道："乐工李龟年，率领梨园子弟，叩见万岁爷、娘娘。"玄宗传谕快奏《霓裳羽衣曲》，李龟年领旨下去。殿前仙乐声声，曼妙婉转。玄宗听了，心旷神怡。接着又有一队队舞女，娇歌曼舞，把满殿人的魂儿都迷住了。玄宗也连连赞叹，说："好舞姿！"

歌息舞停，杨贵妃离席奏道："这些不过是庸姿俗舞，妾制了一架翠盘，请求在翠盘上试舞，以博天颜一笑。"玄宗听说贵妃能舞，而且能在翠盘上舞，喜得他笑逐颜开，说道："贵妃妙舞，朕从未见过。"回头就令永清、念奴与郑观音、谢阿蛮四人，服侍杨贵妃走上翠盘。杨贵妃暂时告退，更换舞衣。

不多时，只见二十多个小太监，扛来一架七尺来高的翡翠琢成的舞盘。那盘儿圆如月，滑润鲜艳。盘座雕成莲花模样，脚下又雕了四条玉鱼，昂首顶住。玄宗看了高兴，就命高力士传旨，李龟年领梨园子弟按谱奏乐，又令人把那羯鼓移上殿，说要亲自打鼓。只见杨贵妃身着花冠白绣袍，璎珞锦云肩，翠袖大红舞裙。郑观音和谢阿蛮各穿一色的白舞衣，手拿五彩霓硅、孔雀云扇，遮着杨贵妃上殿。永清、念奴簇拥着杨贵妃，上了翠盘。乐声起，那旌扇徐徐移开。玄宗打着鼓，杨贵妃在盘中，俯仰翩跹地舞起来。腰肢细软，盘旋跌宕，乐声越起越高，舞姿也越舞越急。只见那翠盘上鞋尖点点，舞袖回风团团，越转越急，也分不出人影钗光。正缤纷迷乱时，忽然乐停舞止，旌扇又合上了。永清、念奴二人上去，把杨贵妃扶下盘。

杨贵妃走到玄宗跟前，深深一拜。玄宗扶住杨贵妃的腰肢赞道："贵妃妙舞！逸态横生，浓姿百出，宛如翾风回雪，恍若飞燕游龙，真是独擅千秋！"回头又令宫娥上酒，杨贵妃领了酒。玄宗传旨："快把朕的十匹鸳鸯万金锦，一个丽水紫磨金步摇，取来赏给妃子。"说着，又亲自从腰间解下一枚瑞龙瑙八宝锦香囊，递给杨贵妃。杨贵妃一一领受。玄宗见杨贵妃脸泛桃红，微润香汗，就吩咐备下温汤，要与妃子一同入浴。说着，携着杨贵妃的玉手，走向华清池。

龙泉凤池中，有安禄山从范阳进贡来的白玉雕成的鱼龙凫雁，杂浮在水面上。玄宗和杨贵妃解衣入水，鱼龙奋鳞举翼，好像要飞一样。池中有银镂小舟，皇帝和杨贵妃各各露着身体，坐在舟中往来。又有锦绣缝成的各种花朵，浮在水面，两人尽情戏玩着。许久，玄宗才把杨贵妃扶出水。看她一搦腰肢，柔软无力，玄宗十分怜惜，扶着杨贵妃进寝宫睡去。

安禄山是营州柳城的胡人，本来姓康。母亲阿史德，有邪术，住在突厥国，在轧荦山与人野合，生下安禄山。当时却借口说在轧荦山中向斗战神祈祷而得子。安禄山出生时，有奇光上射天际，野兽齐鸣，望气的人说是祥瑞，上报范阳节度使张仁愿。张仁愿知道是叛贼降世，忙带领人马，亲自去搜捉。阿史德携子逃入轧荦山中，后来再嫁胡将安延偃，禄山因此姓安。开元初年，安延偃带安禄山来到中国，寄住在将军安道买家中。安禄山与安道买的儿子结为兄弟。

安禄山渐渐长大，生性阴险，有智谋，善于揣测人情，会六蕃语言。蕃人牧羊，安禄山偷羊被捆送节度衙门。节度使张守圭，下令将他斩杀。安禄山大声说道："你不是要灭除两蕃吗？要灭两蕃，就不应杀我！"张守圭听了，见他身体魁梧，很是威猛，就释放了他。安禄山和史思明游手好闲，每天在山巅水涯游玩。对六蕃的山川水泉，地势很熟。他们两人骑着马，生擒数十个契丹兵，送交节度使。张守圭非常惊奇，就拨一小队兵马，交由安禄山统带。安禄山每战得胜，升为偏将。张守圭就收他为养子，官一直升到幽州节度副使。御史中臣张利贞来到河北，安禄山百计献媚，拿出金银珠宝讨好他。张利贞回朝，在玄宗皇帝跟前竭力说安禄山忠勇可靠。圣旨下来，升安禄山为营州都督。每有京师往来的官员，安禄山就用财帛结交。官员们都说安禄山是好官。玄宗又升安禄山为两蕃、渤海、黑水四府经略使。

天宝二年，安禄山入朝，先去拜见杨国忠和李林甫两位丞相，献上无数金帛。李林甫奏称："契丹为患边疆，应当重用蕃将。"玄宗于是封安禄山为骠骑大将军。玄宗退入后宫，称赞安禄山身材魁梧，样貌英俊。杨贵妃听了，心中一动，奏道："万岁得此大将，是国家之幸；臣妾打算明天在中宫赐安禄山宴。他得了臣妾赏宴，心中必定更加感激万岁，就越肯为国家出力了。"玄宗听奏，连声说妙。又说："贵妃如果是天子，一定是圣明之主。"

第二天，杨贵妃在中宫摆下盛大的筵宴。玄宗下旨，宣骠骑大将军安禄山进宫领宴。安禄山全身披挂，踱进宫，一见贵妃，就拜伏在玉墀下，说道："娘娘千岁！"杨贵妃见安禄山果然长得身材魁伟，样貌英俊，最可爱的是一身白皙的皮肤，举动从容。杨贵妃娇滴滴传下懿旨，说："大将军平身，上殿领宴。"皇帝与杨贵妃二人同坐一桌，安禄山在下面侧坐另外一桌。安禄山谢过了恩，入座领宴。阶下乐声大作。在饮酒之时，安禄山夸耀自己在幽州两蕃一带的战功，把如何手擒敌将，如何追亡逐北，说得天花乱坠，杨贵妃听得眉飞色舞。杨贵妃见他口齿伶俐，说话有趣，就一句一句地问着话，安禄山也一一奏答。

杨贵妃见安禄山眉目清秀，正在少壮之年，勇武有力，不禁神往。安禄山是何等灵敏之人，见了杨贵妃的神色，立即离席拜倒在地，叩头不已。玄宗看了，很是诧异，忙问："大将军为什么这么多礼？"安禄山一边不停地叩头，一边奏道："臣罪该万死，有心腹之言，不敢奏明万岁和娘娘！"说着，流下泪来。玄宗忙用好话安慰着，杨贵妃也在一旁说道："大将军有话不妨直说，万岁爷最是宽宏大量的。"玄宗也说："朕恕将军无罪，将军有话快说！"安禄山才用袍袖拭去眼泪，奏道："这是臣一时孩儿之见，只因臣见了娘娘，就想起臣的生母，与娘娘的样貌很像。臣想起生母，心中万分悲伤。如今受万岁和娘娘鸿恩，恕臣无罪，臣该万死，求娘娘收臣为养子。即使立即赐臣死，臣心也宽慰！"杨贵妃听了，掩唇一笑，只向玄宗脸上看去。谁知玄宗却说："朕就如将军所愿，收将军为贵妃名下的养子。"安禄山听了，乐得连连叩头，连连说道："父皇万岁，母亲千岁！"

从此玄宗异常宠爱安禄山。安禄山久住京师，自由出入宫禁，常与杨贵妃对坐谈心，十分亲昵。有时玄宗在座，安禄山只拜杨贵妃，不拜皇帝；玄宗笑问："我儿为什么不拜为父？"安禄山奏道："胡家儿，知有母而不知有父，因此不拜。"玄宗大笑。见安禄山肚腹肥大，玄宗指着问道："我儿腹中有什么，怎么这么大？"安禄山应声答道："臣腹中别无他物，只有一颗赤心！"玄宗更加觉得安禄山可爱，从此安禄山上朝，玄宗都待以殊礼。殿西有金鸡障，安禄山来了，玄宗就赐安禄山坐在金鸡障中。太子见了，暗暗劝道："天子殿前，人臣不该坐着。陛下太宠安禄山了，日后安禄山必定骄矜。"玄宗低声向太子说道："胡儿有奇相，朕想用恩宠收服他。"安禄山得了玄宗皇帝和杨贵妃的宠爱，也想尽方法，讨皇帝和贵妃的欢心。

安禄山见玄宗宠爱贵妃，日夜寻欢，就暗暗进献一百粒助情花香。此香是用胡药制成，如米粒一般大小，颜色微红，娇艳可爱。含香一粒，就能助情发兴，筋力不倦。皇帝和杨贵妃得了都很欢喜。玄宗不在宫中，安禄山也时时进宫去朝见杨贵妃。杨贵妃赐安禄山在华清池洗浴。等他洗完，用杂色碎锦，结成一个小儿摇篮，令安禄山装成孩儿，睡在摇篮中。数十个宫女，抬着摇篮，送到杨贵妃跟前。安禄山叫着母亲，杨贵妃看了，掩唇笑个不停。玄宗皇帝进宫，看了大笑，命赏十万洗儿钱。安禄山从摇篮中跳出来，趴在地下谢恩。

·安庆绪强夺父姬·

安禄山随着玄宗来到西阁坐下，高力士捧出棋盘，君臣二人对局。小太监献上美酒，玄宗和安禄山对酌着。安禄山心计深，每胜一招，就饮酒一杯。玄宗的棋法，远不如安禄山，安禄山毫不让步，玄宗也不以为忤。

安禄山有三百斤，十分肥胖。胖人最怕热，他三杯酒下肚，便觉得浑身燥热。玄宗见他热得满脸通红，抓头挖耳，就命他脱去外衣。谁知安禄山脱了外衣，还是汗淋如雨。玄宗命他索性将上衣脱尽，赤膊对坐。玄宗见安禄山长着一身白肉，笑道："好肥白的孩儿！"

正说着，高力士道："杨娘娘驾到！"慌得安禄山忙扯过衣襟，向身上乱遮乱盖。杨贵妃已到了跟前，手中抱着一头白色猧儿。安禄山赤着膊，忙趴到地下叩头。说道："臣儿失礼，罪该万死！"贵妃笑扶着安禄山的肥臂，命他起来，笑说道："谁家母亲不见她孩儿的肌肤，有什么失礼的？"安禄山听杨贵妃这么说，依旧赤膊坐下。安禄山想在杨贵妃跟前卖弄他的本领，于是用尽心计，和玄宗对局，招招进攻，玄宗招招失败。杨贵妃站在一旁，见皇帝全局快要输尽了，玄宗一手拈着长须苦思。杨贵妃故意让猧儿跳上棋盘，把棋子搅乱。三人相视大笑，玄宗拉住贵妃，连称："好计，好计！"忙命人拿来锦缎，赏给杨贵妃。

杨贵妃谢了恩，正要拿着锦缎下阁。忽然安禄山起身奏道："臣儿请与娘娘赌彩，以掷骰得重四者为胜，谁胜谁得锦缎。"玄宗连声赞道："妙妙！"杨贵妃爱看安禄山的身子，又怕玄宗犯疑，听玄宗这么一说，也乐得与安禄山多亲近一会儿。宫女捧上玉碗，放在几上，碗中有四粒骰子。

玄宗命安禄山先掷，安禄山也不推让，抓起骰子一掷，得了一个重幺。轮到杨贵妃掷了，杨贵妃徐舒玉指，抓着骰子，向安禄山盈盈一笑。这一笑，万种妩媚，安禄山看了，都快要支撑不住了。回头一看，玄宗正望着自己，吓得连忙收魂。只听得当啷一声响，三粒骰子已经转定，都是四，只有一粒骰子在碗心里旋转不休，如果再转出一个四来，就是重四。玄宗在一旁大声说："四！四！"那骰子奉了圣旨，果然转出一个四。杨贵妃笑得把柳腰儿一侧，倒在皇帝怀里，两道水盈盈的眼光，暗递过去，望着安禄山。安禄山忙跪倒在杨贵妃裙下：“恭贺娘娘得彩！”玄宗笑说道：“大家得彩。”回头又命小太监去拿锦缎赐给安禄山。

安禄山从此以后，不只在皇帝跟前赤膊相对，就是对着杨贵妃，嚷一声热，就脱了上衣。杨贵妃最爱看安禄山一身白肉，见皇帝不在跟前，即便安禄山不赤膊，也要命他赤膊。杨贵妃又在玄宗跟前说要造一座高大府第，赐给安禄山，赐名亲仁坊。雕梁画栋，异常奢华。亲仁坊落成那天，皇帝和贵妃二人，亲自送安禄山进宅。满朝文武，都来道贺。安禄山住在府中，姬妾满堂。爱姬软红，美丽又擅长歌舞，深得安禄山宠爱。

安禄山长子安庆绪，性情强悍，在外横行不法，不肯受父亲约束。安禄山又因迷恋着杨贵妃，常常进宫鬼混。有一次，安禄山进了宫，玄宗那时正坐朝没回，安禄山和杨贵妃共坐一室，调笑戏谑，无所不为，满宫院里只听到杨贵妃和宫女的说笑声。原来杨贵妃用锦缎做成一个大襁褓，令安禄山脱去衣服，睡在襁褓中，依在杨贵妃怀里。安禄山睡在襁褓中，两眼望着杨贵妃的脸，装着小儿的啼哭声，引得一屋子宫女个个笑得前仰后合。直到内侍说万岁退朝，安禄山才穿上衣服。等皇帝进宫，略坐一会儿，就退出宫。

安禄山回到府中，又有一群姬妾来奉承。这一夜，安禄山醉酒，睡在外书房中。半夜时分，听到内室人声鼎沸。安禄山手仗利剑出房，在中庭遇到一个家奴，问发生了什么事。家奴说：“内室有盗贼！”安禄山急忙赶到中门，只见双门紧闭，门内啼哭声阵阵。安禄山心中最爱的姬人软红，正在内室。安禄山急忙让人拿着利斧劈门而入，走进内室，那强盗早已远走，爱姬软红已经被人劫去。安禄山十分愤怒，把软红屋中的侍女，痛打一顿。安禄山立即召来巡城御史周良臣，拍案大骂道：“禁城之中，竟然出了这样的大盗，你一个御史整天在干什么？限你一日之内抓到盗贼，送本府严办。否则上奏天子，叫你人头不保！”御史急忙退出府，连夜派遣差役四处抓捕。谁知查遍了京城，依旧毫无进展，竟把御史关押在府中，不捉到盗贼就不释放。周御史的夫人黄氏，见丈夫被安禄山抓住，十分忧惧，就把衙中差役传入后堂，向众人哭拜着，求众差役努力抓捕盗贼。差班头魏三大声说道：“夫人万安！小人定能保住主公。”黄氏听了，向魏三深深下拜。

魏三头也不回，出了衙门，跑到安禄山府门口，说已经查得劫持将军姬人的大盗。府中豪奴，让他快说。魏三说：“事关家丑，非面见大将军不可！”豪奴进去报告，安禄山吩咐将他带进上书房问话。魏三见了安禄山，说道：“小人查得大盗踪迹，望大将军退去左右，容小人大胆说出！”安禄山听了，令左右退去。魏三说道：“主公早已查到强盗踪迹，只因盗贼不是别人，正是将军的大公子！他已经劫得将军的爱姬，在密室中双宿双飞！”安禄山听了，提起宝剑，指着魏三道：“狗奴才！胆敢胡言！”魏三又连连叩头道：“小人若有半句胡言，任凭将军割去脑袋！将军如果不信，那大公子现在西城坊大屋子里住着！”安禄山听他说到这里，也不再问下去，吩咐把魏三拘留府中。一边悄悄打发心腹，到西城坊去探听，果然是大公子霸占住了姬人。安禄山一听，气得大叫一声，不省人事。家人请来医生诊脉，医生说是急怒伤肝，要小心调治。安禄山一病，足足有三个月没有进宫。

安庆绪是安禄山的长子，生性横暴。七岁时，安禄山教授他弓马，技术大进，趁父亲不备，射中安禄山的肩胛。安禄山大怒，将他寄住在外府。后来，安禄山得玄宗宠信，安庆绪也得封兵马使，于是另立府第，劫来民间女子充作姬妾。安庆绪在府中享着艳福，但心中始终不能忘情于软红。只要安禄山府中一有家宴，安庆绪必定早早混进府，和软红鬼混。就是在安禄山面前，两人也禁不住眉眼传情。安禄山左右珠围翠绕，也就没有留意他们。

后来，歌停舞息，忽然不见了二人的踪迹，安禄山才微微有些疑心。他趁着众人正在欢呼畅饮，溜出席，正在回廊上遇到安庆绪和软红二人追扑调笑着。

这时，西园回廊下灯昏月上，人声寂静。软红倚在栏杆旁望月，安庆绪从她身后，蹑着脚走去。快到跟前，伸着两条臂儿向她柳腰上抱去。软红早已觉察了，只是低着头不转过脸来。安庆绪快要到手的时候，只见软红细腰一侧，翩若惊鸿般地逃出回廊外，在庭心里的月光下站着，望着安庆绪娇笑。月光下看美人，更添风姿的，怎禁得她掩唇媚笑？安庆绪急得叫娘，连连向软红作揖，又赶到庭心，软红却又逃到了回廊。一手扶住栏杆，嗤嗤地笑。安庆绪趁她不备，跳进栏杆，紧紧地搂住细腰，把嘴向软红的脖子上乱吻起来。正在这时，安禄山闯进园中来，见了，大喝一声说：“该死的畜生！”软红向小径中逃去。安禄山上去拧住安庆绪的耳朵，拖出大客厅，连声喊着要用大棍打死这畜生。后经众亲戚劝解，才把安庆绪赶出门外，从此，父子断绝来往。

安庆绪在京中权势煊赫，党羽很多，被父亲逐出府后，心中时时想念软红。在夜静更深的时候，安庆绪拿猪血涂在脸上，亲自带领家将爬墙打进安禄山的内宅。安庆绪熟门熟路，软红也正想他想得厉害，任他把自己抢去。两人躲在西城坊幽室里，双宿双飞，过着快乐的日子。安禄山大病痊愈以后，说要亲自去查问安庆绪。左右劝阻说：“庆绪家中党羽很多，如果一言不合，争闹起来，岂不是反遭毒手？”安禄山愤愤说道：“杀了这畜生，我才出气！”当即有谋士献上计策。原来安庆绪左右有通儒和希德两党，互相争宠。安庆绪却听信通儒的话，疏远希德。希德怀恨在心，常想报仇。安禄山府中的谋士，悄悄找到希德说知，让他在府中做内应，杀了安庆绪，自有重赏。

安庆绪府中有三千护兵，因安庆绪十分严厉，通儒生性又很刚愎，都听希德的号令，不肯听通儒的指挥。事情不知怎么的，竟被通儒探知了，忙报给安庆绪知道。安庆绪大怒，假意说要商议机密，把希德传进密室，将他杀死。三千护兵，见事情败露，一哄而逃。安庆绪随后带了软红，星夜逃入卫州。安禄山见没抓住安庆绪，心中正愤恨。忽然家人来报，说门外有一个妇人，带着一个胡儿，说是大将军的亲戚，求见大将军。安禄山忙命传进府，一看，不禁大喜。众人看这妇人，一身胡服，看上去有三十岁左右，长得白净皮肤，眉目清秀。细腰一摆，眼波一转，很是动人。那胡儿是一个十二三岁的童儿，面貌俊美。安禄山见了这妇人，笑逐颜开，两人拉着手，说笑着，十分亲热。家中的姬妾都十分诧异。

那胡儿名叫孙孝哲，是契丹人种。安禄山在两蕃的时候，孙孝哲的母亲帖木氏，已经和安禄山私通。帖木氏自幼淫荡，姿容艳冶。附近的浮浪少年，见了这个尤物儿，谁不愿意亲近？惹得那群游蜂浪蝶，整天为这帖木氏争风吃醋，喧闹斗杀。有许多少年男儿，还为她送了性命。安禄山和孙孝哲的父亲和特，都很魁梧英俊，难分上下。只是和特比安禄山多几个钱，因此这美人儿就被和特占了去。和特知道安禄山十分勇猛，不是好惹的，就带了帖木氏避到别处。安禄山忽然失了心上人，自然气愤。他发誓要找到帖木氏，因此在两蕃幽州一带，流浪了五六年，吃尽苦楚。也因此懂了六蕃的语言，熟悉蕃中的山川脉络，风俗人情，后来得到节度使的重用，得了今天的富贵荣华。

和特得了帖木氏，跑到中国，以贩卖皮毛为生，坐拥美人，享着温柔幸福。谁知恩爱过头，没几年，就得病死了，丢下美人和亲生的儿子孙孝哲。帖木氏成了一个半老佳人，把和特留下来的货物和家具，统统变卖作为路费，来到长安城。无意之中，打听到安禄山，官拜骠骑大将军，每天出入宫禁，十分荣宠。她自己正进退无依，就找上门来。安禄山这时正失了软红，心中空荡荡的没有着落，忽然见了旧情人，勾起了往日的情怀；再加上这帖木氏虽说徐娘半老，却更风骚，把这好色的安禄山，紧紧地迷住了。当即，将她们母子收留。孙孝哲寄养在府中，充作为义子。孙孝哲皮肤白净，脸蛋俊秀，整天追随在安禄山左右，屈意逢迎，深得安禄山的宠信。后来长大成人，在天宝末年，做了大将军。

杨贵妃每天和安禄山厮混惯了，两三个月来，心上人都不进宫，杨贵妃身边少了一个说笑打诨的人，顿时觉得十分冷清。虽然玄宗皇帝百般宠爱她，整天陪伴她，但比起安禄山，一个是老夫，一个是壮男；一个是给自己玩弄的人，一个是玩弄自己的人。两相比较，一个多么有趣，一个多么无趣。现在这有趣的人杳无踪迹，一个无趣的人却整天纠缠着，叫她心中怎么能不恼？杨贵妃心中不仅很烦恼，而且因为每天想着安禄山，竟想出相思病来了。

杨贵妃仗着半分恼，半分病，又仗着皇帝的恩宠，佯羞薄怒，撒痴撒娇，处处让皇帝没趣。皇帝何等尊贵，做妃子的怎么骄，也不能骄到皇帝头上。况且皇帝玩弄妃子，是为了自己寻欢作乐，怎么肯受妇人的冷淡？玄宗生性温存，不跟女人计较。谁知这女人却越宠越骄，越是爱怜她，她越是爬到你的头上来。玄宗性情再好，也不由得恼怒起来了。杨贵妃没遇到安禄山以前，虽然明知玄宗皇帝年老，但看在一生富贵的面上，也死心塌地地拿自己的身子供皇帝糟蹋。后来结识了安禄山，她得了年轻强壮男子的滋味，与玄宗皇帝待在一起，更觉得味同嚼蜡，言语举动之间，就露出一种骄傲冷淡的神色来。玄宗气得悄悄把住在东阁的梅妃召来临幸。

梅妃曾也得过玄宗一番宠幸。梅妃名叫江采苹，莆田人，父亲江仲逊，家里世代是名医。梅妃九岁时，就能读《诗经》，父亲很疼爱她，给她取名采苹。开元年间，高力士出使到闽粤，听到江家女儿十分美丽，就把她选进宫，很得玄宗宠幸。当时，玄宗很是好色，在长安大内、大明、兴庆三座宫中和东都大内、上阳两座宫中，共有妃嫔宫女四万人。自从得了梅妃，玄宗就把这数万女子丢在脑后。梅妃又颇有文才，喜欢淡妆雅服，姿色清秀。生性喜爱梅花，她住的宫中前庭后院，遍种梅花。院中有一个亭子，玄宗亲自写了“梅亭”两字的匾额。每逢梅花盛开，梅妃就在亭中吟诗赏玩，直到黄昏月上，还不舍得离去。玄宗因她爱梅花，就称她为梅妃。梅妃除吟诗外，又善作赋，曾作《萧》、《兰》、《梨园》、《梅花》、《凤笛》、《玻杯》、《剪刀》、《绮窗》八赋，进呈玄宗御览，玄宗十分叹赏。

开元年间，天下太平，深宫无事。玄宗和宗室弟兄很是友爱，常常召他们进宫，说笑饮宴。每次宴会，玄宗必令梅妃随侍在侧，谈笑无忌。一次中秋佳节，玄宗召来各位弟兄在宫中家宴。内监献上一筐黄橙，橙色金黄，香味沁脾。玄宗吩咐赏给众兄弟。梅妃随身佩有小金刀，就用金刀破开橙子，献给万岁。玄宗尝着，连称美味。又命梅妃替各位王爷剖橙，各位王爷见梅妃亲自过来替他们剥橙子，慌得一个个站在一旁，局促不安，头也不敢抬，大气儿也不敢喘。

·西阁风波·

玄宗皇帝命梅妃替众王爷剖橙子，是为了表示他对弟兄的友爱。众亲王见梅妃走到跟前，也个个低头躬身，起身站在一边。其中有个汉王是个好色之徒，仗着是皇弟，皇帝又十分友爱，凡事容忍，平时在京城经常令府中爪牙在外面诱骗良家美女。百姓吃了他的亏，敢怒不敢言。汉王早就得知梅妃天姿国色，心中十分羡慕，一心想进宫见见。玄宗赐宴，见了梅妃容貌，果然秀媚动人。汉王时时偷看着梅妃，看得神魂颠倒。眼看着梅妃十指玲珑，剥着橙皮，又有阵阵幽香吹来，汉王心痒痒的，只是万岁爷在跟前，不敢抬头平视。于是低着头，躬着身体，但眼睛却紧盯着梅妃的裙下。正好一阵风吹来，吹动裙摆，露出一双瘦瘦的鞋尖，嵌着明珠，绣着鲜花，十分可爱。这时候，汉王被美色迷昏了头，竟然悄悄伸过一双靴尖，轻轻踹住梅妃的鞋尖。梅妃立即恼怒，手中的橙子，只剥了一半，就放下了，转身向万岁告辞走下阁去。

玄宗皇帝饮酒时没有梅妃在身旁，也没什么兴致。见梅妃下阁，久久不来，心中不免挂念，连连打发高力士去宣召。梅妃心中恼恨汉王，推说身体疲乏，歇一会儿就应召。直到席散，也不见梅妃上阁。玄宗十分挂念，亲自进梅妃宫中看望。梅妃提裙出迎，玄宗见她面有余怒，开口询问，梅妃就把汉王调戏的事说了出来。谁知玄宗听了，却毫无怒容，反而劝慰了梅妃一番。又说："朕做太子时，先皇在庆隆坊赐我们弟兄五人宅第，称为五王宅，环列宫侧。朕在东宫，特别做了长枕大被，召来各弟兄同睡一床，十分亲昵。先皇在宫西建了花萼相辉之楼，宫南建勤政务本之楼，朕弟兄几人常在西楼谈笑作乐，赋诗嬉戏。先皇在南楼一听到乐声，就登上西楼，赐金帛无数。朕与各弟兄在御苑中击球斗鸡、放鹰逐犬，弟兄朝朝相见，何等快乐！现在朕深居宫中，每次想起幼时情景，都感慨不已！"玄宗念及手足情深，不忍苛责汉王。

梅妃因为玄宗停奏《凉州曲》，就自谱了一曲《惊鸿曲》，奏来婉转动人。玄宗赐玉笛一支，梅妃在清风明月下吹着，玄宗在一旁看着，飘飘欲仙。梅妃又舞惊鸿舞，进退疾徐，都循着乐声。玄宗大加叹赏，说梅妃事事都会，就称她为梅精。从此，那些嫉妒梅妃的后宫妃嫔，也都叫她梅精。宫中有斗茶之戏，玄宗常与梅妃斗茶而败，就对诸王道："今天梅精又胜了我！"梅妃应声道："草木之戏，臣妾不过是误胜万岁。治理国家，调和四海，万岁自有妙法，贱妾又怎么能与万岁比呢？"玄宗见梅妃口齿伶俐，更加宠爱她。后来梅妃身体娇弱，时常生病，不能时时承欢，就与皇帝淡了些。这时杨贵妃入宫，一个新欢，一个旧爱，在玄宗心中，原本是两边都丢不下的，常把梅妃和杨贵妃召到一起，亲自劝她们二人效仿娥皇、女英，同心合意侍奉自己。但梅妃有绝世才华，杨贵妃又有天姿国色，两人不但不肯和好，反而互相躲着，老死不愿往来。江采苹生性柔缓，杨玉环却心机灵敏，见皇帝正宠爱自己，就在枕席上天天说着梅妃的坏话。自古旧爱不敌新欢，玄宗听了杨贵妃的话，竟把梅妃迁入上阳东宫。从此一入长门，永无雨露。

直到杨贵妃闹性子，不答理玄宗。玄宗才想起梅妃往日的好处，暗地里令小黄门，灭了灯烛，捧着万岁手诏，摸索着到东阁宣召梅妃。梅妃自从被皇帝弃置后，整天静坐一楼，吟诗作画，十分清闲。忽然见万岁召唤，梅妃知道有杨贵妃在，自己绝不能得志，谢恩辞不奉诏。玄宗皇帝见梅妃不肯出来，就越想起梅妃旧日的好处，非把梅妃召来不可。打发小黄门连去了三次，又把自己平时在御苑中乘坐的一匹千里驹赐给梅妃乘坐。黄昏人静的时候，千里驹悄悄地把梅妃驮来，在翠华西阁上与玄宗相见。梅妃见了万岁，忍不住泪落如雨。俗话说新婚不如久别，玄宗见梅妃哭得可怜，就百般安慰，把她拥入罗帏。说不尽的旧日恩情，诉不完的别后相思。两人情深意浓，诉说了一夜。

杨贵妃许久不见万岁爷来临幸，自己也觉得太骄纵了，失了皇帝的恩宠，心中万分凄惶。于是暗暗令永清、念奴到西阁悄悄打听。杨贵妃平时和玄宗片刻不离，漫漫长夜，孤单独宿，难以入眠，就挑灯在妆台上写下一首词：

君情何浅？不知人望悬！正晚妆慵卸，暗烛羞剪，待君来同笑言！向琼筵启处，向琼筵启处，醉月觞飞，梦雨床连。共命无分，同心不舛，怎蓦把人疏远？

写完，扔下笔，上床睡去。天色微明，永清婢子进来报："娘娘！奴婢打听到翠阁的事了。"杨贵妃急坐起身来，连问："怎么说？"永清道："奴婢昨夜奉娘娘懿旨，到翠华西阁候着。这时已近黄昏，忽然听到皇上密传小黄门进阁。那小黄门奉了皇上旨意，悄悄拉着御马，熄灭灯烛，出了阁门。"杨贵妃忙问："到哪里去？"永清道："翠华东阁。"杨贵妃连连顿足道："呀！翠华东阁，那就是宣召梅精了。梅精来了吗？"永清答道："恩旨连召三次，才用御马驮着佳人，暗地里送到西阁。"贵妃忙问："此话当真？"永清道："千真万确，奴婢怎么敢撒谎？"杨贵妃听了，不禁落下泪来，叹道："天啊，梅精又要得宠了！"

杨贵妃愁肠满怀，又气又恼，说道："梅精自从被迁到东楼，我以为万岁会忘了这妖精，怎么今天又想起这妖妇来了？真是气死我了！"永清道："娘娘不知道，梅妃本来是不肯去的。奴婢听小黄门说，万岁在华萼楼上赐梅妃一斛珍珠，梅妃将珍珠原封不动地退还，还献了一首诗。”杨贵妃问：“写的什么？”永清念道：“桂叶双眉久不描，残妆和泪湿红绡。长门自是无梳洗，何必珍珠慰寂寥？”万岁爷见她诗句写的可怜，就接二连三地召梅妃，重叙旧情。杨贵妃听了，不由得骂了一句：“这个媚人的妖狐，敢去勾引我的万岁爷？我要去找万岁爷，不把这贱妖狐驱逐，誓不罢休！”永清忙说：“娘娘，现在正是夜深时候，怎么能去？”杨贵妃道：“我要到那里，看那贱狐怎么献媚，怎么逞骚。”永清劝道：“奴婢想，万岁爷今晚在翠阁召幸梅妃，之所以这么秘密行事，也是怕娘娘知道。现在夜深了，万岁爷必定已经安寝，娘娘突然跑过去，恐怕不妥。不如等到天亮再去！”杨贵妃只得睡下，在空床上翻来覆去怎么也睡不着。

翠华西阁下面，也有一个人一夜不能安睡。这人便是高力士。原来玄宗皇帝召幸梅妃，特让小黄门秘密召来高力士，让他告诫大小宫监，不能传给杨贵妃知道。又命高力士在阁下看守着，不许闲人擅自闯进。高力士奉了圣旨，在翠华阁下，睁着眼守了一夜，连眼皮也不敢合一下。看看天色微明，担心万岁传唤，送梅妃回宫，因此更不敢离开。谁知玄宗和梅妃一夜欢娱，正苦夜短，好梦醒来，已是日高三丈。高力士在阁下见皇帝没有任何动静，正在纳闷，忽然看见杨贵妃从廊尽头冉冉走来。高力士心里不禁一跳，自言自语道：“呀！难道消息走漏了？梅娘娘还在阁里，这可怎么办？”

高力士正要奔上阁报信，才移脚，杨贵妃早已瞥见，便命永清远远喝住高力士。高力士没办法，只得转身迎上去，叩道：“奴才高力士叩见娘娘！”杨贵妃冷冷问道：“万岁爷现在在哪里？”高力士一听声音不对，知道事情已经泄露，心头怦怦直跳，硬着头皮答道：“万岁在阁中！”杨贵妃又问：“还有什么人在里面？”高力士连说：“没有！没有！”杨贵妃见高力士神色慌张，不禁冷笑了几声道：“你快开了阁门，让我进去看看。”高力士慌张起来，忙说：“娘娘先暂坐一会儿，奴才这就去通报万岁爷。”杨贵妃忙道：“不许动！我问你，万岁爷为什么连日住在西阁？”高力士忙答道：“万岁爷连日为政勤劳，身体偶尔不快，怕烦，所以到西阁静居养神。”杨贵妃道：“万岁爷圣体不快，怎么不临幸我那里？”高力士答道：“万岁爷因喜爱西阁风景清幽，就留住下来了。”杨贵妃又问：“万岁爷在里面做什么？”答道：“万岁爷静卧在床上养神。”杨贵妃道：“高力士！你在这里做什么？”高力士说：“万岁爷令奴才看守门户，不能让人进去！”杨贵妃听了脸色大变，厉声问道：“高力士！你也不让我进去吗？”慌得高力士急忙趴在地上叩着头道：“娘娘请息怒！奴才亲奉万岁爷之命，不敢违抗圣旨。”杨贵妃道：“好一个高力士！在我跟前还装神弄鬼？”高力士道：“奴才不敢！”杨贵妃不理他，说道：“我也知道，你现在受万岁爷宠爱，爬上高枝了，不把我这做娘娘的放在眼里了。算了，我还是自己去叫门吧。”说着，就要去拍门。高力士慌得忙说：“娘娘请坐，奴才去叫门。”然后硬着头皮高声叫道：“杨娘娘来了，快开阁门。”叫了几声，都没听到有人答应一声。

玄宗和梅妃久别重逢，诉说了一夜恩情，日上三竿，还睡得很沉。高力士在阁楼下高叫，守在帐前的宫女听到了，不敢惊动皇帝。又听到高力士在下面叫道：“杨娘娘来了，快开阁门！”这一声，把玄宗惊醒了，忙问：“什么事？”宫女忙奏道：“启禀万岁爷，杨娘娘到了，在阁楼下面。”玄宗听了，一惊，坐起来说道：“谁多嘴说漏了话，这可怎么收场？”宫女问：“请万岁爷旨意，这阁门是开还是不开？”玄宗忙摇着手道：“慢着！”回头一看，枕上的梅妃也吓得玉容失色，很是可怜。这时，梅妃身上只穿着一件小红袄儿、葱绿裳儿。玄宗扶着她的腰肢，她还是软绵绵的抬不起头来。宫女上去，服侍她披上衣服。外面叫门叫得紧急，梅妃也来不及穿绣鞋，只拽着睡鞋，玄宗抱着梅妃，把她藏到夹幕里。然后自己往御床上一倒，装作睡着，命宫女悄悄把阁门打开。

杨贵妃一脚跨进门来，也不朝见皇上，只是向屋子的四处打量着。玄宗问：“贵妃为什么来了？”杨贵妃才走近榻参见道：“妾身听说万岁爷圣体欠安，特地来请安！”玄宗道：“寡人身体只是偶然不快，怎么敢劳贵妃清晨赶来。”杨贵妃也不答玄宗的话，只是冷冷说道：“万岁爷的病源，妾身倒是猜到了几分了！”玄宗笑着道：“贵妃猜着什么了？”杨贵妃道：“妾身猜万岁爷是为了一个意中人，把相思病儿犯了！”玄宗又笑说道：“寡人除了贵妃，还有什么意中人？”杨贵妃道：“妾想陛下向来最钟爱梅精，如今陛下既犯了相思病儿，为什么不把她宣召来，以慰圣情？”玄宗故作诧异，道：“呀！梅妃已经迁到东楼很久了，朕又怎么能再召见她呢？”杨贵妃不禁一笑，说道：“只怕春光偷泄小梅梢，等着陛下去望梅止渴呢！”玄宗故意正色道：“寡人哪有此意？”杨贵妃接着道：“陛下既无此意，怎么会有一斛明珠去慰寂寥？”玄宗摇着头道：“贵妃不要多心，寡人只是身体不快，在这里静养了几天。没想到贵妃却胡思乱猜，来这里奚落朕。”说着，又连连打着哈欠道：“朕精神不济，懒得讲话，贵妃请回宫，等寡人休息一会，再进宫和贵妃饮酒。”杨贵妃一眼看见御榻下一双凤舄，用手指着道：“呀！这御床底下不是一双凤舄么？”玄宗见问，忙说：“在哪里？”急起身下床去看，怀中又掉下一朵翠钿。杨贵妃急忙抢在手中道：“呀！又是一朵翠钿！这些都是妇人的东西，陛下一人独宿，怎么会有这些东西？”玄宗也无言可答，只得说道：“呀！好奇怪，这是哪里来的？寡人也不知道呢。”杨贵妃忍不住满脸怒容道：“陛下怎么不知道？”高力士在一旁看着，悄悄地对宫女说道："不好了，见了这翠钿、凤舄，杨娘娘必定不会罢休，你们快打破后壁，把梅娘娘送回东楼去。"宫女听了高力士的话，悄悄把夹幕里的梅妃扶出，一溜烟向后楼走去。小黄门帮着打破后壁，送回东楼。

杨贵妃手中拿着凤舄翠钿，连连追问着皇帝，昨晚是谁侍奉陛下安寝。玄宗只是憨笑着不答话。这时，杨贵妃的一股醋劲儿已按捺不住了，就把手中的凤舄、翠钿狠狠地向地上一丢，转身在椅子上坐下，撅着珠唇，不说一句话。屋子里静悄悄的，高力士把那凤舄、翠钿拿起。杨贵妃忽然对着玄宗说道："一宵欢爱颠倒至此，日上三竿，还没有视朝。外臣不知陛下是被梅家妖精迷住了，还以为陛下是迷恋着妾身，误了陛下的朝期！现在时间还早，请陛下出阁视朝，妾身在这里等候陛下坐完朝，然后一同回宫。"玄宗拽着被衾，依旧睡倒，说道："朕今天身体不适，不能临朝。"杨贵妃见玄宗躺着不肯离开御床，认定皇帝把梅妃藏在被子里，满心的恼怒，说又说不出，只能掩面娇啼。高力士趁机凑到皇帝耳边，悄悄说道："梅娘娘已经离开了，万岁爷请出朝吧。"玄宗点着头，故意高声对高力士说道："贵妃劝寡人视朝，寡人就勉强出去坐坐。高力士，传旨摆驾。等朕走后，再送娘娘回宫。"高力士领了旨，就送皇帝出了西阁。

杨贵妃突然转身叫住高力士，说道："高力士！你瞒着我背地里做的好事！现在我只问你，这翠钿、凤舄是什么人的？"高力士见问，叹了一口气道："劝娘娘不要自寻烦恼！万岁爷平时与娘娘寸步不离，形影相随，这样的多情天子，真是人间少有！今天这翠钿、凤舄，不要说不是梅妃的，就算是梅妃的又算得了什么呢？万岁以前和她有一番恩情，久别重逢，难免旧情复萌。就是皇上在六宫中选了新宠，娘娘也只该假装耳聋，不闻不问。怎么能不管是早是晚，就来闹得万岁爷不能安睡？不是奴才多嘴，满朝大臣，谁没有个大妻小妾，何况当今天子，就容不得他一宵恩爱了吗？还请娘娘深思！"一席话，说得杨贵妃哑口无言。她一时无可泄愤，就把翠钿摔碎了，把凤舄扯破了，然后哭着回宫去了。

·李白戏耍高力士·

杨贵妃才出西阁，玄宗皇帝又匆匆进阁，一眼见了破碎的翠钿、凤舄，问高力士，才知道是杨贵妃摔碎扯烂的。这翠钿是玄宗昨夜赐给梅妃，亲自替她插戴在宝髻上的，只因一夜颠倒，翠钿又落到玄宗怀中。玄宗本打算令高力士送到东阁去的，不料被杨贵妃摔破了，十分怒恼，当即传旨，令高力士送杨氏出宫，另拿一对翠钿赐给梅妃。高力士东奔西走，送杨贵妃出了宫，又送翠钿给梅妃。梅妃得知杨贵妃已经被逐出宫，就想恢复旧时的恩宠，于是拿一千两黄金给高力士，要他找一个文士，仿照司马相如作一篇《长门赋》感动圣心。高力士怕得罪杨国忠、李林甫，推说朝中无人能作赋，梅妃就自己写了一篇《楼东赋》，呈给玄宗。

梅妃把《楼东赋》献去以后，满心期望皇帝立赐召幸。但她在楼头一天一天地望着，始终杳无消息。看看已到暮春，梅妃独立楼头，引颈远望。这时，夕阳西沉，烟树迷蒙，地上起了一缕尘土，原来是岭南驿使回来了。梅妃问身旁的宫女道："是岭南梅使来了吗？"宫女答道："岭南梅花使者，早已没有了！这个驿使，是为杨娘娘送荔枝的！"梅妃听了，心中大恸，柳腰儿一折，向宫女肩头倒去。原来梅妃一时悲愤，晕厥了过去。宫女慌慌张张扶她上床休息，只见她悠悠醒来，哇的一声，吐出一口鲜血，悲啼不已。宫女们在一旁劝着。这时，黄昏冷巷，窗外淡淡的月光，映着窗里淡淡的灯光，又照着梅妃淡淡的容光，一片寂静凄凉，连宫女也忍不住哭了。

原来玄宗皇帝还是一心宠爱着杨妃的，之前只因一时之怒，才把杨妃送出宫。玄宗一个人住在宫中，郁郁不乐，任你后庭歌舞，声声入耳，玄宗听了，还是心烦意乱。这天，直到午后，还不见皇帝传唤御膳。高力士进去请旨传膳，满案陈列着肴馔，玄宗只是叹着气，不下筷子。高力士奏请，把杨娘娘的一份膳儿送去，玄宗点了点头。高力士知道皇帝还不能忘情于杨贵妃，等到傍晚，见左右无人，高力士跪求万岁爷下恩旨，召杨娘娘回宫。玄宗默默不语，高力士又说："万岁是不是担心天下人笑话？奴才请求令贵妃改从安兴坊门进入，以避人耳目。"玄宗点头，高力士取金头牌，请皇帝盖上小印，作为凭证，拿着到光禄卿杨铦家中去召杨贵妃回宫。

杨铦因妹妹待罪回家，心中正惶惑。忽然见高力士来，手中拿着宣召御牌，不禁大喜。在出宫的这些日子里，杨贵妃整天哭泣着自怨自艾，如今玄宗召她回去，便随着高力士再次进了宫。杨贵妃见了万岁，就急忙跪倒痛哭。玄宗伸手把她扶起，百般劝慰着。这一晚，雨露恩深，胜过往日。第二天，杨铦打听到妹妹又得皇帝恩宠，就与丞相杨国忠、韩国、虢国、秦国三夫人，一同进宫献食作乐。玄宗大喜，赏黄金无数，又赐三夫人每年一百万的脂粉钱。另赐建造五座高大府第，与宫殿相连。

当时，宫中府中，奢侈成风，各王子也竞相效仿。申王府中尤其奢靡，每夜在宫中与王公贵戚聚宴不休。用龙檀木雕成童子，与书案齐高，手举着灯烛，称为烛跋童子。以绿袍为衣，系上锦带，立在筵席一侧的木童子，又称为烛奴。三夫人与丞相府中都用烛奴。申王每次酒醉，就命宫中姬妾将锦彩结成一个兜子，申王仰卧在兜中，让众妾抬回寝室，宫中称其为醉舆。这风气传到杨氏弟兄府中，每次喝醉了，也用醉舆抬回卧房。杨国忠又在冬季风雪苦寒的时候，让府中姬妾密密地围坐在四周，抵御寒气，称为妓围。从此，各个王府中也都用妓围取乐。那群姬妾，个个都能清歌奏乐。玄宗知道了，在宫中宴会，也令妃嫔们围坐四周。个个手中抱着乐器奏弄着，歌唱着。玄宗也命杨贵妃歌唱。杨贵妃能唱很多曲子，她还有一种绝技，能打磬子，轻重疾徐，十分动听。玄宗十分爱听，命乐工采来蓝田绿玉，雕琢成磬，给杨贵妃击打。一声清磬，令人神远。

杨贵妃精通各种乐器。玄宗驾御勤政楼，赐诸王听杨贵妃奏乐。杨贵妃高坐上席，脚下踏着两头金狮子，宫女们捧着各种乐器，在一旁侍立着。杨贵妃徐徐地一样一样地摆弄乐器。诸王也带着各种声乐，在皇帝跟前献奏。申王献了王大娘，王大娘原是教坊中的伎女，喜欢戴百尺竿，竿上雕刻成木山，装成瀛州方丈。又令小儿手持红竿，在王大娘四周围绕着，歌舞不休。诸王看了，大笑大乐。这时，有一个神童刘宴，年只十岁，就已封官。杨贵妃想要见见他，玄宗于是召见刘宴。众妃嫔见他相貌奇丑，和皇帝对答，却很伶俐。杨贵妃见他身体矮小，就抱着他坐在膝上，笑着说道："我给你画画妆，或许能好看些。"说着，命宫女取来脂粉，亲自替他梳妆，果然好看了许多。

玄宗和杨贵妃在宫中无事，每次酒醉，就斗风流阵解闷。玄宗自领小太监百余人，令贵妃领宫女百余人，排成两阵，把霞帔锦被缚在竿头，代为旗号。另有小黄门，在阶下击鼓鸣金，作为两阵进退之号。进时，小太监和宫女互相扭打，各不相让。打败的，罚饮酒一杯。两队相斗，堕冠横钗，娇声叱咤，玄宗不禁大笑。高力士在一旁看着，以为是不祥之兆，劝皇上禁止风流阵。当时正是上元灯节，杨贵妃命兄弟姐妹各府举行盛大的灯会。韩国夫人在后园中立了灯树，每棵树高八十尺，每杆有一百多盏灯，共有一百多棵灯树，竖在后园高山上，园内外都照耀得如同白昼。百里以外的地方，都能望见。杨国忠府中，又带领上千少年子弟，各执火炬，环列在府门左右。每到游春的时候，就用数十辆大车，上面搭着彩楼，每座楼上有数十个女乐，每府各有大车数十辆，前后衔接，在京师郊外游行着，宛若长城。许多姬妾们，坐在彩楼上，顾盼笑乐。从此，长安的富户贵族，都学着五府豪侈模样，游春观灯，各有一番热闹。杨贵妃又想到一种斗花之戏。所谓斗花之戏，是以头上插戴奇花多者为胜。杨贵妃生性爱花，往往不惜千金购得名花，移植庭院。那五府姬妾，也各各种着奇花异草，准备春天斗花之用。都中妇女，一到春天，多不守着闺门，女伴数人相约到野外嬉游。遇到名花，就设席藉草，各出美酒佳肴，共同畅饮。为防有外人闯入，就解下红裙，连结成帷，遮蔽着，称为宴幄。

玄宗爱吃乳柑橘。那时，江陵进献乳柑橘，玄宗吃了，觉得异常鲜美，就亲自拿了十枚柑橘，种在蓬莱宫中。三年后，果实累累，鲜美不亚于江陵产的柑橘。皇帝大喜，特命采下赐给各大臣。在一百五十多个柑子之外，又采到一枚两柑合结成一个的柑子，玄宗称它为合欢柑，说是天赐给他和杨贵妃二人的。特地拿回后宫，与杨贵妃互相把玩。玄宗道："这柑子真懂得人意！朕与贵妃恩爱如同一体，从此永远合欢。"两人剥着合欢柑，互相送到口中吃了。又传画工，把同食合欢柑的情形，画在图上，传到后世，也可作为佳话。

当时，天下太平无事，玄宗每天在宫中除了与杨贵妃嬉戏外，又召集一群文学之士，在御苑中吟咏为乐。当时，文学侍臣中有一个李白，诗才最高，玄宗十分敬重他。李白字太白，生于四川的昌明青莲乡，因此取别名为青莲居士，天资聪颖，能识蝌蚪文字，用手抚着碑文就能读出。当时岭南知州官毛榆桑，自以为文章优胜，后来与李白相见，二人共看六十多块碑文，每块约数百字。毛榆桑背诵一两篇，还是勉勉强强的。六十多篇碑文，李太白却都能背诵，从头至尾背诵得很快，且一字不误。毛榆桑见了，大惊道："你真是仙才啊，我等俗人怎么比得上！"李白天性豪侠，善击剑，轻财仗义，交友满天下。在任城与孔巢父、韩准、裴政、张叔明、陶沔，住在徂徕山中，昼夜痛饮，称为竹溪六逸。李太白酒量很大，斗酒不醉，常自称斗酒诗百篇。酒兴浓时，握笔作文，万言一挥而就，人称酒仙。后来李白来到京师，与贺知章相遇。贺知章读了李白的诗文，叹道："太白真是谪仙，人间无此妙文！"所以，士大夫又称李白为李谪仙。

当时诗人杜甫，深得玄宗器重。杜甫字子美，世居杜陵，家世清贫。后来中了进士，诗名传扬四海。玄宗皇帝读杜甫所作诗赋，称为奇才，封他为集贤院主。后来贺知章推荐李白，玄宗读了李白的诗，叹为李杜双绝，封李白为供奉翰林。玄宗尤其喜爱李白的诗，时时传李白到内宫，饮宴吟咏。李白又喜欢入市喝酒，每次玄宗宣召，太监们就骑着马到长安市上四处找寻，见李翰林却已喝得大醉了。于是太监急忙用水把李白喷醒，扶到马上，送入内廷。见到玄宗时，李白衣冠不整，玄宗笑着扶他坐下。杨贵妃谱了《清平乐》曲，还没有词句。玄宗命李白依谱填词，李白乘醉在玉笺上写下三阕《清平调》：

云想衣裳花想容，春风拂槛露华浓；若非群玉山头见，会向瑶台月下逢！

一枝红艳露凝香，云雨巫山枉断肠；借问汉家谁得似？可怜飞燕倚新妆！

名花倾国两相欢，长得君王带笑看；解释春风无限恨，沉香亭北倚阑干！

玄宗又命李白作八首《宫中行乐词》，李白不假思索，信手写道：

小小生金屋，盈盈在紫微。山花插宝髻，石竹绣罗衣。每出深宫里，常随步辇归；只愁歌舞散，化作彩云飞。

柳色黄金嫩，梨花白雪香。玉楼巢翡翠，珠殿锁鸳鸯。选妓随雕辇，徵歌出洞房；宫中谁第一？飞燕在昭阳！

卢桔为秦树，蒲桃出汉宫。烟花宜落日，丝管醉春风。笛奏龙鸣水，箫吟凤下空。君王多乐事，何必向回中！

玉树春归日，金宫乐事多。后庭朝未入，轻辇夜相过。笑出花间语，娇来足下歌。莫教明月去，留著醉嫦娥。

绣户香风暖，纱窗曙色新。宫花争笑日，池草暗生春。绿树闻歌鸟，青楼见舞人。昭阳桃李月，罗绮自相亲。

今日明光里，还须结伴游。春风开紫殿，天乐下珠楼。艳舞全知巧，娇歌半欲羞。更怜花月夜，宫女笑藏钩。

寒雪梅中尽，春风柳上归。宫莺娇欲醉，檐燕语还飞。迟日明歌席，新花艳舞衣。晚来移彩仗，行乐好光辉。

水绿南薰殿，花红北阙楼。莺歌闻太液，凤吹绕瀛州。素女鸣珠珮，天人弄彩球。今朝风日好，宜入未央游。

从此，玄宗每逢宴会，便命宫女唱《清平调》，或歌《宫中行乐词》，弄得后宫八千嫔娥，都知道李白的名儿。玄宗每有欢宴，就召李白侍坐，饮酒赋诗。

当时，黑水靺鞨国打听到大唐天子沉迷声色，不理朝政，国势渐衰，就派遣使者上表，借此刺探大唐的虚实。平时，外番上表，先用中文，后用番文。而黑水靺鞨国上表，满纸写的都是靺鞨文字，形状像鱼鸟，满朝文武，没有谁识得。当时，只有青州刘宽能辨六体文字，于是玄宗把刘宽宣召进宫。刘宽见了靺鞨国的表文，也茫然不知。玄宗大怒，说："满朝官员，年年拿着皇家俸禄。蛮奴之文，百官却无人能懂，岂不是贻笑外人？"众大臣正慌张，这时尚书裴晋奏道："翰林学士李白，文才独步天下，聪颖不凡，蛮奴之文，恐怕只有李白能识得！"

玄宗急召李白，李白大醉，被小黄门扶到朝上。玄宗命人把靺鞨文交给李白，李白手捧靺鞨文，朗读一遍，就译成汉文。文中有许多藐视大唐的言论，玄宗大怒，要斩杀来使，兴师征讨。李林甫上前劝住玄宗。玄宗于是宣靺鞨使臣上殿，狠狠地训斥了一番。又令李白当殿宣读靺鞨国来文，一字无误。靺鞨使臣，见唐朝如此威严，不禁吓得汗流浃背，匍匐在地，叩首谢罪。玄宗叱退靺鞨使臣，传谕第二天入朝，再领上谕。使臣诺诺而退。玄宗命李白，以靺鞨文写成上谕，以警戒黑水靺鞨国。李白拜奏道："臣无酒不能为文，勉强去写肯定不佳，请陛下赐臣当殿饮酒！"玄宗命赐御酒，李白连饮三杯，握着笔，久久不下。玄宗问："李学士为何不下笔？"李白奏道："臣闻高力士善于磨墨，大胆求高将军为臣磨墨！"玄宗传谕："高力士为李白磨墨。"高力士在朝廷权力很大，一人之下，万人之上，如今要为一个小小的翰林磨墨，心中很不愿意。只是皇上的旨意，不敢不从，只得上去倚着书案，为李白磨墨。李白又令高力士斟酒，高力士含着满腔怒气，替他斟了酒。李白又连饮三杯，在金殿上和群臣谈笑自如。

上谕写到一半，李白忽然跷起一条腿，令高力士给他脱靴。高力士在皇帝跟前，不敢不依，只得蹲下为李白脱靴，李白不禁大笑。李白知道高力士在朝中仗着权势，作威作福，所以故意当着众文武官员羞辱他。大家见李白当着皇帝的面如此狂放，个个变色咋舌。转头去看高力士，见他虽然满面怒容，但也不敢说一句怨恨的话。不一会儿，诏书起草完毕，李白掷笔大笑而起。左右将诏书译文呈上，玄宗看完，不禁大喜，命李白乘御马出殿，又赏御酒八樽。高力士自从被李白戏弄一番以后，怀恨在心，只因玄宗正十分宠用李白，他也无法进谗。

·贵妃醉酒·

李白得玄宗皇帝宠用，十分狂放。一见当朝权贵，就百般戏弄，如李林甫、高力士等大臣，都被李白取笑过，但都敢怒而不敢言。玄宗知道李白爱游山玩水，就赐给他一道御牌，让他游览各郡县的山水佳胜。地方官见了这御牌，十分恭敬地供应着李太白的饮食起居。李白打听到谁是贪官污吏，就将其戏弄一番。那贪官污吏，大都与李林甫、高力士通同一气，早把这些事都报到京师了。

高力士和李林甫商量出一条计策，二人跑到杨贵妃跟前说："李白在《清平调》、《宫中行乐词》中，都把娘娘比作汉朝的赵飞燕！"杨贵妃听了，果然大怒，说道："飞燕是何等轻贱淫污的人，怎拿我比她？这李白真是大胆的狂奴！"从此，杨贵妃在玄宗跟前尽说李白不敬朝廷，侮辱大臣的坏话。玄宗宠用李白的心，因此也渐渐淡了下来。李白知道自己不为玄宗身边的宠臣所容，更加狂放不羁，与贺知章、李适之、王琎、崔宗之、苏晋、张旭、焦遂，整天饮酒，自称酒中八仙，还上表恳求还山。玄宗准奏，并赐以黄金。李白遨游四方，在月下与崔宗之乘船从采石直达金陵。游到并州时，见了郭子仪，两人十分投缘。郭子仪犯法当死，李白竭力营救，使郭子仪得免一死。后来李白有罪，玄宗下旨充军夜郎。郭子仪那时正担任大将，也竭力保全李白。

这时，朝中共有三党：杨贵妃、杨国忠一党，最有势力；李林甫一党次之；高力士是宦党中的首领，势力不在李林甫之下。玄宗被他们包围，越来越昏聩糊涂。李林甫因杨氏势力强盛，屈意巴结杨国忠。高力士外有杨国忠提携，内有杨贵妃庇护，势力也十分稳固。

当时，杨贵妃因为恼恨李白，不愿唱《清平调》。玄宗命杨贵妃学习《满江红》，贵妃每次宴饮必歌此曲。《满江红》是由裴钟传进来的。裴钟是襄阳人，喜爱歌曲，家财丰厚。因为爱好歌曲，遍请名师传授，不到十年，家财荡尽，沦为乞丐，在长安卖歌为生。高力士经过长安市集，听到裴钟的歌声，十分赞美，就把他留在私第中。待教了裴钟一些宫中的礼仪后，献进宫中。玄宗听裴钟奏的曲子，很喜欢，令他教给杨贵妃。杨贵妃问："这曲子是谁谱的？"裴钟不忘高力士的引荐之恩，奏说："是高将军。"杨贵妃听了就记在了心中。

一天，玄宗到长兴宫去了。杨贵妃独坐无聊，命高力士备酒设宴，在宫中谈笑，边饮边歌，渐渐大醉。忽然想起高力士能谱曲，必定也懂诗书。就对高力士说道："'罜罜'一语，出自什么书啊？"高力士忙奏道："臣没有读过四书，实在是不知道！"杨贵妃怒道："你敢欺骗我吗？我知道你会谱曲，又听万岁说你还能吟诗，怎么说没有读过书？”高力士急忙分辩道：“臣偶作粗俗歌谣，并不是真的能作诗。”杨贵妃道：“那就做一首歌谣吧。”高力士叩头道：“臣才疏学浅，不能立刻作好，等明天出宫作好了，再献上。”杨贵妃已有醉意，说道：“万岁爷命你作曲作歌，你能即刻作成；我现在命你作，你就推三阻四，是不是认为贵妃的权力不如皇上？”高力士连连叩头道：“愚臣岂敢！”杨贵妃道：“你既然不愿作诗，那我问你‘缬春万紫满园香’是谁作的？你立即说出下句！说出了，就不用作歌。如果不奉命，就判你的罪！”高力士再三请求道：“臣实在无才，请娘娘恕免。”杨贵妃拍案大怒道：“你胆敢违抗我的旨意？”高力士匍匐在地道：“奴才该死！自幼没有读过书，对文字一窍不通，并不是要违旨！”杨贵妃道：“你既然不遵照我的旨意，那就受罚吧。”高力士侍奉杨贵妃多年，不曾见杨贵妃疾言厉声过，现在杨贵妃又醉了。心想即使受罚，应当也不会很重，就说：“求娘娘责罚。”

杨贵妃命宫女拿竹板。高力士在宫中威权很大，宫女都怕他。见杨贵妃要责打高力士，面面相觑，不敢动手。杨贵妃气愤不已，用力把酒杯摔到地上，大声斥骂宫女道：“你们这些贱婢子是要与高力士联合欺负我吗？”宫女见杨贵妃真的动气了，不敢违拗，就取来了一个大竹板。杨贵妃传谕道：“高力士忤旨，罚掌脸五百下、屁股一千下。”高力士惶恐万状，伏地哭道：“求娘娘开恩。”满屋子宫女，也跪到地上代高力士求饶。杨贵妃道：“高力士之罪，本来不能饶恕，现在看在你们的薄面，改打屁股一百下。”宫女不得已，上去把高力士按倒在地，轻轻地打着。杨贵妃见宫女不肯重打，呵斥道：“你们这些贱婢，与高力士有私情，不肯用力打。我也不用你们了，我亲自来打。”说着，走下来，夺来竹板，双手举起，用力打去。高力士痛不可忍，一声声哭求着，杨贵妃还是不肯停手。两旁的宫女也惊得目瞪口呆，不敢上前劝阻。直到杨贵妃打累了，才扔下竹板，回寝宫安歇去了。高力士身为骠骑将军，受此鞭打，又惭愧又委屈，就一直借口养病，不去上朝。

直到三月初三，玄宗传谕与杨贵妃游幸曲江行宫，凡诸王妃嫔以及各公主、夫人都要陪同前往。高力士得了这谕旨，再也躲不住了，就出宫先到杨国忠、杨铦、杨锜诸兄弟家中通报，又到韩国、虢国、秦国三夫人家去通报，再到诸亲王公主家中通报。一时，亲贵妇女和宫中妃嫔，个个忙乱起来，斗奇争艳，以求能在曲江边得万岁爷一眼眷顾。玄宗又下谕：“乘舆游曲江，准许百姓在道旁观看，以示与民同乐。”沿江一带，黄纱铺地，彩幔蔽天。百姓成群结队，赶到江边看热闹。只见舆马如云，旌旗如林，六匹马驾着龙舆，缓缓过去。后面紧跟着凤辇。杨贵妃端坐辇中，一群小黄门手提御炉，走在前面，一队宫女手执箫管，跟在后面，香烟缭绕，笙乐悠扬。再后面是各宫的妃嫔，接着是各位公主，最后是韩国、虢国、秦国三夫人，杨国忠骑着马在后面押道。

众宫眷夫人的香车过来，美艳夺目，香闻十里。那宫眷夫人个个打扮得浓脂艳粉，只有虢国夫人，娥眉淡扫，不施粉黛，自然娇美。路旁观看的人，见虢国夫人长得妩媚动人，个个都凝神细看，齐声赞叹说："好一位美人儿！"虢国夫人听了，不觉微微含笑，心中十分得意。于是，故意把罗帕银盒，抛到车外，看百姓们在路旁抢夺。杨国忠在马上看了，不觉哈哈大笑。兄妹二人，一个在马上，一个在车中，趁人不留意的时候，时时递眼，相看一笑。一大队舆仗从曲江边走过，长蛇一般，蜿蜒不断。

等御驾过去了，一群闲看的妇女喧哗不已。赵家大娘问吴家二姐道："你捡了什么？"吴二姐回答说："一支簪子！上面还嵌着一粒绯红的宝石！""二姐，你真幸运！"孙家姑娘问陈家嫂子："嫂子，你捡到什么了？"陈嫂子说是一双凤鞋。孙姑娘道："嫂子不如穿上看看。"陈嫂子把鞋一套，说："呀，怎么一个脚趾都伸不进去啊？"那边二姐问三妹子道："你捡的什么东西？也拿出来大家瞧瞧。"一群女伴围着，只见那三妹子拿出一幅鲛绡帕，裹着一个金盒子。打开盒子一看，里面黑黑的黄黄的薄片儿，闻着有些香味。三妹子道："是香茶吗？"二姐道："我尝一尝！"刚放到嘴里，就吐了出来说道："呸！这么苦，吃它干什么？"她大哥走来一看，大笑道："这是春药呢！你们女孩吃它干什么？"众女伴一听，都羞得满脸通红，连骂该死。三妹子忙把药片倒了，把金盒儿揣在怀中，急忙逃走了。这一天，百姓们在曲江边捡着的珍奇玩物，不计其数。

到了曲江行宫，车停马息。妃嫔夫人，各有侍女扶着下车，在御苑游玩。只见万紫千红，艳如织锦。那些女眷，平时在深宫幽处，难得有这么自在的一天，早就各自游玩去了。有登山的，有临水的，有采花的，有垂钓的，也有荡舟的，还有斗草的。莺鸣燕语，花飞蝶舞。玄宗携着杨贵妃，高坐降雪亭中，亭下美人环绕，顾盼生姿，心中十分快乐。众女眷玩乐很久，廊上云板敲动，才知道已是午时。高力士走到台阶上，传谕道："万岁有旨，众妃嫔在万花宫中领宴，众公主夫人在迎晖宫领宴；虢国夫人乘马进望春宫，陪杨娘娘领宴。"

虢国夫人正与杨国忠在树荫下窃窃私语，忽然听到高力士传旨，宣她进宫陪万岁爷饮宴，心中不禁纳闷。韩国、秦国两夫人听了，都来向她道贺，说："妹妹得万岁爷另眼相看，可喜可贺！"虢国夫人听了，更觉没意思。小黄门牵着一匹马走来，在一旁候着。虢国夫人只得离开杨国忠，坐上马。小太监拉住马缰，慢慢走向内宫。秦国夫人年纪最轻，打扮得也最娇艳。见万岁爷独召她姐姐去陪宴，却不叫自己去，心中很是不解，于是拉住韩国夫人的手说道："你看姐姐，竟然扬鞭就去了。她这淡扫娥眉，怎么能朝见至尊？"韩国夫人道："让她去受宠，我们乐我们的。"说着，姐妹二人，到迎晖宫领宴去了。

虢国夫人仗着自己容貌美丽，很是骄矜。虽然雅淡梳妆，但她每天香汤沐浴、薰衣漱口，闺房中很是清雅。一张脸儿，脂粉不施，姣美自然。玄宗皇帝在筵前一见，差点怀疑是天仙，再看杨贵妃，就觉得都是庸脂俗粉了。因此，一心想与虢国夫人周旋着。虢国夫人初近天颜，未免有娇羞腼腆的样儿。这位痴情皇帝，见虢国夫人害羞，越是怜惜起来，在筵席上，叫着小姨子，问长问短。起初，杨贵妃在一旁夸她姐姐多才多艺，说她小字玉筝，弹得一手好筝。玄宗听了，欢喜不已，连连向虢国夫人作揖，求她弹筝下酒。虢国夫人恼恨她妹妹多嘴，后来见万岁爷求得可怜，也不好意思违拗圣旨。内侍捧过一个玉筝，虢国夫人就弹了一曲《昭君怨》。玄宗听了，连声赞叹，说道："年纪轻轻，怎么有如此凄凉的音儿？"杨贵妃奏道："玉筝青春守寡，怎么会不凄凉？"玄宗一听说美人青春守寡，连连拍案叹息道："真可怜！如此天生丽质，闺房中却少了一个伴儿，普通的男子怕是消受不起小姨子的美貌！小姨子，快不要悲伤，朕来替你解闷儿。"于是传旨，令霓裳乐队在筵前歌舞起来。果然仙乐悠扬，舞袖翩跹，但虢国夫人看了总是低颈蹙眉。玄宗皇帝是个多情天子，见虢国夫人一副可怜的样儿，就命停止歌舞。

等乐队退下，玄宗又命上酒，亲自端着酒壶，走到虢国夫人面前斟满一杯酒，双手捧着送到她唇边，低声柔气地说道："快饮一杯解解闷儿吧！"虢国夫人仗着自己美貌，平时轻易不肯和人说笑的。见万岁爷如此低声下气地伺候，不禁盈盈一笑，从皇帝手中接过酒，谢过恩，喝了下去。玄宗这时贴近美人，香泽微闻，秀色饱餐，神魂儿飘飘荡荡，早已把持不定了。趁她一笑的时候，伸手过去，隔着前袖儿，把虢国夫人的纤指握定。虢国夫人吃了一惊，急忙抽手。一看，静悄悄的，一个人也没有了，杨贵妃也不知什么时候离席走了。虢国夫人心头如小鹿儿一样乱跳着，急得要离席。玄宗皇帝却把她的手尖儿握得紧紧的，两眼盯着她，满是可怜的神色。虢国夫人的粉腮上，立刻飞上两朵红云，那粉颈慢慢地低垂下去。守在窗外的宫女，只听见万岁爷低低的一声一声地叫着美人儿。又说："这快乐光阴，朕愿与美人共享！"半天，才听到虢国夫人低低的笑声，一会儿又弹着筝，筝声柔和快乐。筝声停了，接着是娇脆的歌声，万岁爷连声称妙。过了一会儿，传谕出来，叫另备酒筵，设在望春宫月楼上，万岁爷要与虢国夫人对酌。

起初，杨贵妃避出屋来，原本指望万岁爷和玉筝调笑一阵就退出宫来。不料传谕出来，两人还要对酌。她知道姐姐已经勾搭上了万岁爷，自己将来免不了要失宠，心中一阵妒恨，也不去辞别万岁爷，也不招呼嫔妃们，径自坐着凤辇冷清清地回长安宫院了。那时，玄宗和虢国夫人杯酒传情，欢爱正浓，谁也不敢进去通报。月楼上这一席酒，直喝到黄昏人静。虢国夫人说着，笑着，唱着，饮着，把往日在人前的矜持都丢开，只媚着万岁一人。这风流天子，早已被她引得骨醉心迷。直到后来，虢国夫人也喝得醉眼蒙眬，柳腰柔柔了。玄宗扶住她，同入鸳帐，成就了好事。

第二天中午，二人蒙眬醒来。行宫寝殿，正靠着浴恩汉池，池中养着很多鸳鸯。众宫女几次到寝宫窗外伺候，见万岁爷与虢国夫人香梦未醒，就伏在池边栏杆上，争着看雌雄鸳鸯水中相戏。玄宗醒来，把虢国夫人拥到怀中，揭起帐门，笑着对宫娥道："你们可知道水中鸳鸯，怎么比得上朕的被底鸳鸯！"众宫女齐呼万岁，虢国夫人羞得直向玄宗怀里躲着。宫女上来服侍梳洗，高力士进来请驾回宫。玄宗和虢国夫人一夜恩情，舍不下她，要带虢国夫人进宫。虢国夫人再三辞谢说："薄命人生性孤僻，享不得宫中富贵。况且宫中有妹妹在，也不便相处。"玄宗再三相邀，虢国夫人只是不从。玄宗也不忍勉强，就赏了她无数脂粉金珠，又赏了她一匹御苑名马，准许她乘马入宫。两人在行宫中依依分别。

玄宗自从回到长安宫，心中挂念着虢国夫人，见了杨贵妃，神色间不免冷冷的。杨贵妃因万岁爷分宠在姐姐身上，心中又妒又恨，见万岁爷回宫了，也冷冷的。宫中的妃嫔太监，见万岁神情冷冷的，大家也都冷冷的。长生殿中，平时总是笙歌欢笑不断，如今皇帝与贵妃反目，殿中就冷冷清清的。宫女和太监们来来去去，也不敢高声说笑，背地里却唧唧哝哝的，都在谈论万岁爷和虢国夫人的事。高力士莫名其妙，一个人在殿头坐着，自言自语道："前天万岁爷与杨娘娘游幸曲江，欢天喜地的。昨天杨娘娘忽然先回了宫，万岁爷昨天才回。看来，万岁爷和娘娘都有了烦恼，不知是为了什么？"

高力士一个人正嘀咕着，见永清远远走来，上去问道："永清姐来得正好，我问你，万岁爷这几天为什么不到杨娘娘宫中去了？"永清答道："唉！公公，你还不知道吗？杨娘娘和万岁爷闹翻了！"高力士十分诧异道："为什么闹翻了？"永清笑道："只为并头莲旁，又开了一枝花儿！"高力士问："是哪一枝呢？"永青道："说起来，这事也是我们娘娘自己惹下的。只因娘娘常在万岁爷跟前夸虢国夫人美丽，那天在望春宫中，故意叫万岁爷召虢国夫人侍宴。不料万岁爷和虢国夫人三杯酒之后就结了同心罗带！"高力士道："这事已经过去了，万岁爷为什么又恼呢？"

永清道："只因万岁爷回了宫，时时想念虢国夫人，叫娘娘去召虢国夫人进宫，娘娘不肯，万岁爷不快，就不进西宫了！娘娘在那里只是哭呢。"高力士说道："这件事娘娘也未免太小器了！怎么就看不开呢！"永清正要说话，忽然听到里面传自己，便急忙走了。高力士见左右无人，独自叹道："娘娘性情未免太骄纵了！那天酒醉，无缘无故打得老奴皮开肉绽，至今伤势还没有痊愈。如今娘娘也有失宠的时候？若我去万岁跟前挑拨几句，只怕又要把你送回杨家去呢！"正自说自话时，忽然听到里边又传旨宣高公公。高力士连声答道："来了！"急忙奔向玄宗宫中。

虢国夫人自从得了皇帝恩宠，又得了赏赐，十分快乐。平常，虢国夫人总是雅淡梳妆，自从那天曲江行宫承幸以后，就见她梅花点额，每天眉黛唇脂，红红的双颊，平添了许多妩媚。虢国府中，顿时车马喧嚣，文武官员都来趋奉，有献金帛的，有献珠玉的，虢国夫人一一收下。韩国、秦国两位夫人和杨国忠、杨铦、杨锜三兄弟都到虢国府中来道贺。韩国夫人一见了虢国夫人，就嚷道："妹妹大喜！"虢国夫人假装道："妹子一生薄命，年轻守寡，有什么喜的？"秦国夫人抢着说道："讲到薄命，我的命比姐姐还薄！如今姐姐一枝已傍日边红，怎么不喜呢？"虢国夫人笑道："妹妹说的什么话？姐姐那天在曲江行宫，无非是杯酒陪奉，这圣恩本来就是不分内外的。"秦国夫人听了，把颈儿一扭，嘴儿一撅，道："这话我不信！圣恩不分内外，为什么万岁只赏给妹妹许多脂粉金珠？"虢国夫人道："这是万岁可怜妹妹是寡妇，无人照应。"两人正争论着，韩国夫人却插嘴道："这些废话，不用多说了。我问你，玉环妹妹在宫中怎么样？"虢国夫人道："妹妹那性子，更加骄纵了！再这么下去，只怕哪天君心不测，富贵难再！"

·逐出宫门·

高力士自从被杨贵妃酒醉毒打以后，怀恨在心。见杨贵妃一朝失宠，就趁机报仇，在万岁跟前诉说杨娘娘在背地里对皇帝很是怨恨。玄宗皇帝这时正一心迷恋着虢国夫人，叫贵妃以妹妹的名义，把虢国夫人召进宫来，杨娘娘不肯奉诏，如今听了高力士一番话，更是一肚子气，立刻把杨贵妃传来，责罚了几句。杨贵妃一股醋意，闷在胸头，经万岁爷一阵呵斥，忍不住出言顶撞。平时温柔的玄宗皇帝，也不由得动起气来，立刻下旨，令高力士把杨玉环退回杨国忠府。

杨家弟兄姐妹，除虢国夫人外，都慌张起来，个个好像丢了手脚一般。他们一生的富贵，都系在杨贵妃一人身上。如今杨贵妃忍不住一时的醋意，和万岁爷顶撞，打破了醋罐子，被万岁爷退出宫。眼见杨氏一门的富贵，都要坏在杨贵妃一人身上，叫他们怎能不愁，怎能不恨？杨国忠、杨铦、杨锜弟兄们和韩国夫人、秦国夫人都赶来，围着杨玉环，你一言，我一语，个个都抱怨她。你说："妹妹太骄纵了！"他说："妹妹醋劲太大了！"说得杨玉环无言可对，只有啼哭的份。

正惶恐的时候，有人来报说："高力士在外面候丞相说话。"杨国忠匆匆出去，见了高力士道："贵妃被皇上贬退回来了，现在可怎么办？"高力士听了，冷笑几声道："不是我多嘴，娘娘的性情也太骄纵了！如今圣上动怒了，我也无法！"杨国忠见了高力士的神情，知道他的来意，当即凑过去，说了几句话。高力士哈哈大笑道："我们都是自家弟兄，别说钱不钱的话。丞相如果有意，就拿出三千两黄金，散给下面的小弟兄们，让他们欢喜欢喜。"杨国忠听了，连说："有，有！"当即回头吩咐家奴，开了府库，捧出黄金，当面点交给高力士带来的奴仆。又在府中摆下盛大的筵席，款待高公公。席间，杨国忠又说："贵妃被贬出来了，该怎么办才好！"高力士想了一会儿，说道："这事儿这么办，丞相先到朝门谢罪，然后见机行事。"杨国忠连连向高力士作揖道："下官到朝门谢罪，全仗老公公成全，在万岁爷跟前，替我们说几句好话才行！"高力士点头道："我自会尽力，丞相尽管放心。"两人说说谈谈，喝完了酒，高力士起身告别。杨国忠送到门外，高力士道："我先进宫了，丞相随后快来。"杨国忠连声称是，回到府中，一边急急忙忙更换朝衣，一边吩咐丫鬟，好好伺候娘娘。

杨贵妃回到丞相府后，啼啼哭哭，茶饭不进。杨国忠安排她住在一间绣楼里。杨贵妃在楼中，长吁短叹，自怨自艾。她自言自语了一阵，写下一首词：

罗衣拂拭犹是御香薰，向何处谢前恩？想春游春从晓和昏，岂知有断雨残云？

我含娇带嗔，往常间他百样相依顺。不提防为着横枝，陡然把连理轻分。凭高洒泪，遥望九重阍，咫尺里隔红云。叹昨宵还是凤帏人，冀回心重与温存。天乎太忍，未白头先使君恩尽！

杨贵妃放下笔，问念奴道："这里哪里可以望见宫中？"念奴答道："前面东书楼上，西北方向，就是宫墙了。"杨贵妃命念奴扶着，走到东书楼，凭栏站着。念奴指着西北角道："娘娘，这黄澄澄的琉璃瓦，不正是九重宫殿吗？"杨贵妃怔怔地望了一会儿，忍不住叫了一声："万岁爷！"落下两行泪珠。

正凄惶时，永清一手指着楼下道："呀！娘娘快看，远远一个公公骑着马来了，说不定是奉万岁旨意，召娘娘回宫哩！"杨贵妃向楼下望去，果然看见一骑马跑来。马上的内官，说道："万岁有米面酒食赐给娘娘，快请娘娘下楼谢恩。"永清、念奴二人，急忙扶着杨贵妃下楼，谢过圣恩。只见外面推进一百多辆小车，都装着米面酒馔。杨贵妃道："自从一别圣颜，茶饭滴粒未进。万岁爷赏赐这么多米面，不知是什么意思？"那太监说道："万岁爷自娘娘出宫后，独坐御楼，长吁短叹，也茶饭不进。刚才高公公回宫复旨，万岁细问娘娘回府的情况，好像是有些后悔了。是高公公迎合上意，命人将米面送来给娘娘备用。当时万岁爷也说：'贵妃怎么吃得惯民间的米面，快把这酒食送去给贵妃吧。'如此看来，万岁爷一定在想娘娘。"杨贵妃听了，又不禁流下泪来，叹道："万岁爷早已有心爱的玉筝婢子了，哪里还想着我！"

太监韬光道："娘娘也不要太固执了。有什么可以打动圣心的东西，交给奴才，乘机献上，或许可以感动万岁的心。"杨贵妃哭道："韬公公，你叫我献什么呢！"想了半天叹道："叫我拿什么打动圣心呢？除了一颗心以外，其他的都是万岁爷所赐。就算眼泪千行，也不能像珍珠一样用金线穿着，玉盘盛着去献给君王。"说时，一缕青丝，从肩上散了下来。杨贵妃看了，心生一计，说道："哦！有了！只有这一缕又香又润的青丝，曾经与君王在枕上并头相睡。也唯有这头发是我父母所生，可以剪下来，献给君王。"说着，回头命丫鬟取来金剪。一手握着头发，一手举着剪子，不由得掉下泪来，叹道："头发呀头发，全靠你了！"说着，把头发分出一股，嗖的一声，一缕断发，落在手中。杨贵妃淌着眼泪，把断发交给韬光，凄凄咽咽地说道："韬公公！快把这头发拿去，替我转献给圣上。只说妾身罪该万死，此生此世，不能再见天颜。一身之外，都是圣恩所赐，只有发肤是父母所生，无以答谢万岁深恩，谨献此发，以表终生与陛下依恋之意。"。韬光接过头发来，说道："娘娘不要伤心，奴才去了！”直到韬光走远了，杨贵妃才回房，倒在床上睡下。

玄宗皇帝自从把杨贵妃贬送出宫，也曾打发中使去宣召虢国夫人，虢国夫人却含羞不肯进宫；也曾打发小黄门去召梅妃，谁知梅妃病了，也不能进宫。只丢下玄宗皇帝，一个人冷冷清清地度着晨昏。杨国忠入朝来谢罪，万岁爷也不好意思见他，连高力士也不叫他在跟前，只留一对小太监在屋中伺候着。一会儿内侍又上膳了，一个太监战战兢兢跪下奏道："请万岁爷用膳。"玄宗只是不应，那太监等了半天，又催道："请万岁爷用膳。"玄宗脸色一变，喝道："走！谁让你来了！"那太监只得退下。玄宗自言自语道："哎！朕在这想念妃子，却被搅乱了，烦！"玄宗皇帝正烦恼，忽然又有一个太监进来跪奏道："请万岁到沉香亭上饮宴，听赏梨园新乐。"玄宗双目一瞪，双脚一顿，喝道："什么沉香亭，打！"两个太监进屋，口称领旨，上去把这个太监推出宫外去了。

高力士在宫外得知，知道万岁爷正在气头上，也不敢进去，只躲在宫门外候着。远远见御史吉温走来，高力士上前，与他商量怎么挽回圣心。正说话，太监韬光正从杨贵妃那里回来。三人于是一起商议。韬光从袖中掏出一缕断发，说是杨贵妃的。高力士看了，说："万岁正在气头上，即使有娘娘的头发，叫我怎么进去说？"杨国忠也到宫门外来探听消息，连连向高力士打躬，说："求高公公帮忙。"高力士被杨国忠逼得无法，伸手轻轻地在自己额上一拍，说道："算了，拼着我老高这个脑袋不要了，也要向万岁爷把这个人情求下来！"说着，高力士走在最前面，杨国忠、吉温和韬光三个人跟在后面，悄悄向宫门走去。

四人才走到穹窿下面，就有一群武士上前来拦住。高力士十分诧异，忙问道："怎么连我也拦阻起来了？"那武士答道："万岁爷正在气恼，特令我们看守宫门，不许一人擅入，违者重责。"高力士又问："万岁爷现在在哪里？"那武士答道："独自坐在宫中。"吉温听了说："原来如此，我们就在宫外候着吧。"于是四个人就静悄悄地站成一字在门外候着。忽然玄宗从屋子里出来，在亭心中走着。他长吁短叹，无情无绪地闲走了一回，又走到宫门外了。高力士悄悄地说道："万岁爷出来了，咱们先闪在一旁。逮着机会，等万岁爷出来，用话打动圣心。"

果然玄宗向宫门外走来，自言自语地说道："寡人在此思念贵妃，不知贵妃又怎么思念寡人呢！早上问高力士，他说贵妃出宫时，泪流不止，叫朕心如刀割。这半天，一点消息都不知道。高力士这厮，也不到朕跟前来，真是可恶！"高力士听了，忙走上前去跪倒，说道："奴才在这里，万岁爷有什么吩咐？"玄宗一眼见高力士肩上搭着一缕头发，问道："高力士，你肩上搭的什么东西？"高力士道："是杨娘娘的头发。”玄宗道：“什么杨娘娘的头发？”高力士道：“娘娘说，自己愚昧，忤逆圣心，罪该万死。今生今世，不能够再见天颜，特地剪下这头发，让奴才献给万岁爷，以表娘娘依恋之意。”高力士说着，把一绺头发献了上去。玄宗接在手中，细细看着，落下泪来，拿着这头发擦着眼泪，说道：“哎哟，我的贵妃啊！前天这头发还长在你头上，和朕一个枕儿睡着，可怜今天就被金剪铰了下来，不能再到贵妃头上去了。

吉温趁机上去奏道：“娘娘一时有错，忤逆圣上，罪该万死。但娘娘久蒙圣恩，即便有罪，也应当在宫中赐死，陛下何必吝惜一席之地呢？”接着，高力士也奏道：“万岁爷不要伤心，奴才想娘娘既蒙恩幸，万岁爷何必吝惜宫中片席之地，使得娘娘沦落在外呢？”玄宗听了，心中也后悔，叹着气道：“只是寡人已经把她放逐出去了，怎么能再召回？”吉温奏道：“有罪放出，悔过召回，正是圣主大度的表现。”高力士也说道：“况且送娘娘出宫时，是黎明。此时天色已晚，开了安庆坊，从太华宅进来，外人有谁能知道？”杨国忠也抢步上前，急忙跪倒，叩着头道：“臣不才，不能感化娘娘，请陛下赐死！”玄宗忙吩咐：“把丞相扶起，这事与丞相无关。”然后对高力士说：“既然你们都这么说，高力士，你去迎回贵妃。”说完，玄宗就回宫梳洗一番，换上一件新袍，命御厨备好酒菜，赐娘娘回宫领宴。玄宗站在宫门口台阶上，伸长了脖子盼望着。只见高力士匆匆进来，说道：“万岁爷，杨娘娘到了。”玄宗听了，笑逐颜开，说道：“快宣进来！”自己退入宫去。这时室中银烛高烧，盛筵罗列。玄宗站在桌旁，杨贵妃走进宫来，在玄宗跟前跪倒，说道：“臣妾杨氏见驾，请皇上赐罪！”玄宗忙伸手去扶起贵妃，说着：“平身。”眼泪止不住落下来，杨贵妃也流着泪，呜咽着说道：“臣妾有罪，忤逆圣上，现在得以重见圣颜，死也瞑目。”玄宗道：“贵妃何出此言？是寡人一时失言，从前的事，不必再提了。”说着，两人手拉手，并肩坐上席去，传着杯儿，递着盏儿。这一席酒，吃得十分甜蜜。见杨贵妃粉脸儿上，酒晕儿鲜红得可爱，玄宗酒落欢肠，也多饮了几杯。只觉得浑身燥热，就想临幸华清池洗澡去，当即传下旨意。

看守华清池的，有数十个宫女，晚上都到各宫游玩消遣去了。只留下宫女金儿和珊珊二人看守浴池。那金儿长得十分丑陋，却爱搔首弄姿；珊珊长得十分秀美，又懂诗词，往往出口成章，见了金儿，常常讥笑她。二人坐在池边，珊珊又对金儿道：“金儿姐，我有一首好词，念给你听？”金儿听了，忙把两手捂住耳朵，摇着头说道：“我不要听你那些尖嘴刻薄的话，你的词都是欺负我的。”珊珊笑道：“我说我自己行吧？”金儿点点头说：“好，好。”珊珊念道：

我做宫娥第一，标致无人能及。腮边花粉糊涂，嘴上胭脂狼藉。秋波俏似铜铃，弓眉弯得笔直。春指十个擂槌，玉体浑身糙漆。柳腰松段十围，莲瓣滩船半只。杨娘娘爱我伶俐，选做霓裳部曲。只因喉咙太响，嘴边起个霹雳。身子又太狼伉，舞去冲翻筵席。万岁见了发恼，打落子弟名籍。登时发到骊山，派在温泉承值。

珊珊还没念完，金儿纵身上去，把珊珊按倒在地说道："你这刁钻古怪的丫头！你说好不说我的，却句句都说我！"珊珊痒得身体缩作一团。正玩笑着，小黄门传下万岁的旨意，说万岁和娘娘要来洗澡。一句话提醒了金儿，忙提着两只大脚，向外飞跑。顿时各宫女回来，把池水放得满满的，把灯烛点得亮亮的。才准备齐全，玄宗和杨贵妃已走近廊边。宫女说一声："内侍回避。"太监一齐退出外殿。

一群宫女上来，服侍玄宗脱去衣服。又服侍杨贵妃，先把她满头珠翠一齐卸下，再脱去外衣外裙，只留一身小衣衬裙。玄宗上去，把她腰肢儿扶住，轻轻地解着衣带。脱下小衣，露出两弯玉臂。一件猩红抹胸，遮住双乳。玄宗替妃子解开抹胸，洁白高耸的乳房露了出来，杨贵妃羞得粉脸垂到胸前。后来宫女替杨贵妃解去裙带，现出丰腴白皙的臀部。玄宗忍不住伸手上下摩挲着，杨贵妃羞得伏在皇帝的肩头，低低地唤着万岁，又低声笑着。玄宗笑道："妃子，你长着珠玉一般的肌肤，朕不由得爱你抚你看你怜你啊！你不要害羞，同朕一起洗浴去。"说着，宫女上前扶着玄宗和贵妃二人，慢慢地走下池心。温泉齐腰，水面上浮着各色花灯，照在杨贵妃玉肌上，更觉得珠玉光辉。

宫女珊珊站在屏门外面，对金儿说道："金儿姐，你看万岁爷和娘娘这样恩爱，真令人羡慕！万岁爷和娘娘，花朝月夕，拥着抱着，不知尝尽了多少温柔滋味。二人如同形和影一样追随着，又好像拿刀划着水一般，有割不断的恩情。万岁爷千般依顺，杨贵妃百般体贴，犹如一体。"金儿接着说道："我与你服侍娘娘多年，从来没见过娘娘的玉体。今天不如从屏门缝隙中偷看一下。"说着，两人一齐俯下身，凑在隙缝上看着，金儿忍不住低声说道："珊珊姐，你看娘娘的玉体，上半截露在水面上，出水荷花一样清丽娇艳。两个滑腻高耸的乳房，一点深深的脐眼。红巾遮盖的地方，微微映出私处。"金儿说着，忙又推着珊珊的臂儿道："姐姐你看万岁爷在一旁看得呆过去了。呵！你看他不停吻着娘娘的肩窝。娘娘微微含笑，一个劲地向万岁爷怀中躲呢！"珊珊道："不要胡说了。万岁爷和娘娘要出浴来了。"宫女忙把屏风撤去，上去服侍帝妃穿衣梳妆。小黄门进来道："请万岁爷娘娘上如意小车回华清宫。"玄宗携着杨贵妃的手，坐上车，说说笑笑到了华清宫。

·七夕誓言·

走上台阶，见玉几上陈设着瓜果，炉台中点着香。杨贵妃猛地记起，对玄宗说道："啊，万岁爷，今夕是七夕，臣妾却没有去乞巧。"玄宗听了，高兴起来，说道："如此良夜，不能虚度，朕陪着妃子去乞巧。"说着，传谕在长生殿大月坛上陈设瓜果清香，与娘娘乞巧。此时夜凉如水，清风微寒。永清、念奴替娘娘加上外衣，玄宗也换上夹袍小帽。一路花径寂静，虫声唧唧。一钩明月，挂在杨柳梢头，十分动人。玄宗手指着一弯眉月，向杨贵妃道："贵妃，你看这一钩凉月，不知勾起了人心中多少情绪，也不知勾起了人心中多少怨恨。"杨贵妃答道："但愿世间人，仗着陛下的福庇，怨恨全消，乐事增多。"说着话，已经到了长生殿。

玄宗和杨贵妃坐下，略吃了些汤果。高力士来奏说，月坛上香案已经准备好了。玄宗起身，携着杨贵妃的手，绕过后殿。迎面一座白石月坛，有八十一级阶石。玄宗命太监和宫女留在坛下，自己扶着杨贵妃，慢慢走上月坛。到坛顶上一望，只见一片清旷，万里无云。玄宗说："好月色！"见杨贵妃走得娇喘吁吁，忙扶她在花鼓石凳上坐下。香案上摆着果盆瓶花金盒香炉，当案设着一个蒲团。杨贵妃上去，点燃清香，深深拜倒。口中低声祈祷道："妾身杨玉环，虔诚点一炷心香，拜告双星，愿万岁与妾身钗盒之缘，地久天长。"玄宗上去，把杨贵妃扶起，说道："妃子已巧夺天工，何必再乞巧？"说着，揭开那金盒来看，只见盒中龙眼大的一只蜘蛛，满挂着丝儿，在盒中心停着不动。玄宗说道："贵妃真多巧思！"杨贵妃说了一声惭愧。

玄宗说道："贵妃，朕想牵牛织女，隔断银河，一年才见一面，这相思真不容易呢！"杨贵妃答道："陛下说到双星别离之恨，妾身听了不禁凄然。只可惜人间不知天上的事，这两位星主，想必早已相思成病了。"说着，不禁落下泪来。玄宗说道："贵妃为何掉泪？"杨贵妃奏道："妾想牛郎织女，虽然一年一见，却能地久天长。只恐陛下与妾身的恩情，不能够像双星一样长远呢。"玄宗忙去握住杨贵妃的手，把她腰肢一拢，说道："贵妃说的什么话，那双星虽能长远，但怎么比得上朕和贵妃朝朝暮暮，相亲相爱呢？”杨贵妃道：“臣妾受恩深重，今夜有句话儿，要奏明圣上。”玄宗说道：“贵妃有话，但说无妨。”杨贵妃到此时，又忍不住拿罗帕拭着泪珠道：“妾蒙陛下宠眷，六宫无比，只怕日久恩疏，白头相守，妾身不免有白头之叹。如果万岁爷恩准臣妾终身相随，白头相守，臣妾就是死也甘心，死也瞑目！”玄宗忙去捂住杨贵妃的珠唇，说道：“贵妃不要伤感，朕与贵妃的恩情，岂是一般人可比？我和你二人啊，好比酥儿拌蜜，胶漆粘定，今生今世，不能须臾分离。”杨贵妃道：“既蒙陛下如此情深，趁此双星之下，乞求圣上赐盟约，不要再像今天一样把臣妾放逐出宫了。”玄宗听了，伸手搂定杨贵妃的香肩，走到坛角上，手指着天上双星，说道：“贵妃听朕起誓：双星在上，我李隆基与杨玉环……”玄宗说到这里，低头向杨贵妃脸上看着。杨贵妃笑着，把玄宗肩儿一推，说道：“万岁爷快说下去！”玄宗接着说道：“我二人情重恩深，愿生生世世，结为夫妇，永不相离，双星共鉴此盟！”玄宗说着，又拉着杨贵妃，双双对着双星拜着。玄宗又念道：“在天愿作比翼鸟，在地愿为连理枝；天长地久有时尽，此誓绵绵无绝期。”玄宗念完，杨贵妃又跪下去，谢恩拜着，说道：“深感陛下情重，今夜之盟，妾一生遵守。”这一夜，玄宗和杨贵妃二人，在月坛上深情蜜意，一直谈到斗转参横，才双双携手回宫，重圆旧梦。

杨贵妃见皇帝对她恩情如旧，就把韩国夫人、虢国夫人、秦国夫人召进宫来，宴饮游玩。虢国夫人因为受过玄宗的恩宠，自然娇贵些。玄宗也常常把珍贵的物品，独赐给虢国夫人。虢国夫人仗着天子的宠爱，在外面十分放纵。玄宗赐给虢国夫人的宅第，与韩国、秦国两夫人的宅第一样。虢国夫人自以为是天子的外宠，不甘与姐妹一样，向玄宗另求宅第。玄宗说道：“夫人喜欢哪家的宅第，尽管去买，朕来付钱。”虢国夫人领旨出宫。

一天，一个贵妇人由数十个娇艳侍婢簇拥着走进中书韦嗣立的宅第。韦家诸内眷，看了十分诧异，韦老夫人上去问：“贵夫人是哪家的眷属？降临寒舍，有什么事？”那夫人也不答话，只问：“听说你们家的宅子要出售，售价多少？”韦老夫人更是诧异，忙摇手道：“夫人肯定是听错了，这屋子是先夫的旧舍，不卖的。”话音刚落，数百工役一拥而入。韦家子侄，纷纷上去拦阻。工役不由分说，登屋上楼，揭去屋瓦，卸下楼窗。韦老夫人见来人气势汹汹，不可理喻，怕子女吃了工役的眼前亏，就先带着家里的女眷，慌慌张张离去。韦家男子，也只搬出了一些琴书。细软衣服，都被工役丢到路旁。直到第三天，虢国夫人才打发人对韦家说：“京师西城根，有十多亩空地，赏给韦家，换你们的旧宅。”这时，韦老夫人才知道，那天到宅中来的贵妇人，就是宫中赫赫有名的虢国夫人。只得忍气吞声，迁到西城根。

虢国夫人强占了韦家的房屋，就大兴土木。画栋雕梁，非常华美，连长生殿都比不上虢国夫人的宅第精美。这年冬天，京师忽然刮起大风，虢国夫人宅第里的大树，被暴风连根拔起，落在虢国夫人的卧房顶上，轰天一响，把虢国夫人从梦中惊醒，吓得她急忙逃出屋子。第二天风停了，工匠上屋把那大树抬下来，撤去屋瓦一看，屋脊丝毫无损。原来那屋瓦都是精铜铸成的，再大的压力，都不会受损伤。为了虢国夫人这座宅第，玄宗花了一千万两银子。虢国夫人受了天子这么大的赏赐，心中甚是感激。从此常见她跨着小白骢，后面跟着一个小黄门，在宫中进出。小白骢的骏健，小黄门的瑞秀，虢国夫人的美丽，被唐宫中人称为三绝。后人写道："虢国夫人承主恩，平明骑马入宫门；却嫌脂粉污颜色，淡扫娥眉朝至尊。"玄宗在暗地里虽然与虢国夫人意惹情牵，但自从与杨贵妃七夕盟誓以后，两人的情爱，一天一天深起来了。从此每年七月七日晚上，令京师宫廷内外，下至民间，都举行乞巧之宴。长生殿里，到了这天晚上，明月之下，六宫粉黛都来月坛里游玩。月坛上摆下长案，供着瓜果香花。同时六宫里都供奉着牛女两星，替万岁爷祈求长生不老之福。妃嫔们各自在香案上供一个小金盒，捉一只蜘蛛，放在盒子里，到午夜的时候打开盒子，以蜘蛛网的稀密，来计算乞巧的多少。民间妇女都学着宫中风气，京师蜘蛛一时大贵。玄宗又命巧匠在长生殿前，用锦彩结成百尺高楼，数千道五色长线，挂在树梢，在长线上挂着各种颜色的灯笼。楼上最高层，供着牛女二星的座位，杨贵妃亲自上楼去拜祭，楼下声乐大作。满园宫女、妃嫔，在花间草丛上，游耍无忌。笙歌嘹亮，笑语如簧。这时候，宫女拿彩绸遮住眼睛，在草地上玩捉迷藏。玄宗故意从宫女身旁走过，让宫女捉住。玄宗也和妃嫔在大草地上捉迷藏，一直玩到天明才散。

玄宗觉得很有趣味，每到八月十五，就与杨贵妃在太液池边祭月。绕着太液池，挂上五颜六色的彩灯。宫女数千人，临水望月，也和七夕一样热闹。玄宗和杨贵妃在摘星楼上饮酒赏月，李龟年领着歌姬舞女，在筵前酣歌曼舞。玄宗看了，十分快乐，直到月色西斜，还不肯休息。传谕左右，在池西岸另外修造百尺高的望月台，用来望月。太液池里，种有数十株千叶莲，八月盛开时，玄宗与贵戚在池边观赏宴饮。又在池边设了五王帐，邀请五个王弟入宫，与兄弟同起同卧。

宁王最为风流放诞，这次他携带一支紫玉笛进宫。玄宗命杨贵妃唱《水调歌头》，宁王吹玉笛伴奏。笛声嘹亮，歌声娇脆，很是动人。而后宁王将玉笛挂在帐中，到池边陪玄宗宴饮。杨贵妃悄悄走进宁王帐里，偷吹着紫玉笛，却怎么也吹不出声。正纳闷时，宁王突然进来，与杨贵妃并肩坐下，握着她的玉臂，教她掩着笛眼吹。杨贵妃不觉倒在宁王肩头，嗤嗤娇笑。这时，玄宗走到帐中，杨贵妃依旧与宁王并肩坐着，毫不避讳。玄宗相对坐下，看宁王教杨贵妃吹着笛子。杨贵妃在帐中嬉笑了一阵，又随着玄宗来到池边，赏花饮酒。玄宗一手指着池子里的千叶莲花，一手指着杨贵妃道："菡萏虽然娇媚，怎么比得上朕的解语花！"五位王爷，都举杯庆祝娘娘娇姿，杨贵妃也陪饮了一杯。

玄宗既爱名花，又爱美人，常说："名花不可不与美人共赏。"一天，玄宗与杨贵妃来到华清宫，玄宗宿酒初醒，靠着杨贵妃肩头，同看庭子里的木芍药。玄宗走到栏杆边，折下一枝，与杨贵妃一同嗅着花香，说道："这花真是醒酒妙品！"杨贵妃养了一只白色鹦鹉，宫中称为"雪衣女"，伴随杨贵妃多年，非常驯顺。玄宗与杨贵妃都非常喜爱它，坐宫中的如意小车时，必把雪衣女放在小车竿头。宫中唱的《清平调》、《行乐诗》，雪衣女都能一字不差地背诵。雪衣女十分聪慧，能通人意。一天，杨贵妃临镜梳妆，鹦鹉忽然飞上镜台，说道："我昨晚做了一个梦，看见一只飞鹰来捉我。"玄宗命杨贵妃教鹦鹉念《多心经》，以避灾厄。雪衣女日夜念着《多心经》。后来玄宗与杨贵妃游玩时，把雪衣女放在小车竿上。忽然一只飞鹰飞冲下来，咬住鹦鹉的脖子，太监急忙上去救护，雪衣女早已气绝而亡。玄宗与杨贵妃伤心不已，在后苑建了一个鹦鹉冢，命宫女每天用鲜鱼瓜果祭祀。

乐官黄幡绰，深明乐理，玄宗常常召黄幡绰进宫。一天，黄幡绰屡召不来，玄宗大怒，一连打发十多个太监去召唤了十多次。黄幡绰进宫，走到殿旁，玄宗正在殿上打鼓。黄幡绰停下来听着鼓声，知道皇帝余怒未息，就让内侍不要进去通报。半天，殿上鼓声变得平和起来了。皇帝才打三声，黄幡绰就走上殿拜见玄宗。玄宗问他为什么这么晚才来，黄幡绰奏称送亲朋远行去了。玄宗点了点头，打完一曲鼓，对黄幡绰道："幸亏你来得迟了些。如果再早点，朕正在气头上，必定饶不了你。后来想了想你往日的勤勉，气才顺了些。"黄幡绰伏地谢恩。左右听了不禁窃笑，玄宗问："你们笑什么？"左右将黄幡绰进宫听了鼓声，知道皇帝余怒未消，嘱咐内侍稍缓通报的情形说了。玄宗心中惊奇不已，故意厉声说道："朕的心事，怎么可能仅凭鼓声就能料到呢？现在你说朕心中在想什么？"黄幡绰急忙走下阶，面朝北躬身大声说道："奉敕监金鸡。"玄宗大笑，就不再追究了。

玄宗在东都时，一天梦见一个女子，容貌十分美艳，梳着交心髻，大袖宽袍，拜倒在床前。玄宗问："你是什么人？"那女子答称："妾身是陛下凌波池里的龙女。看守宫廷，保护圣驾，其中也有妾身的一份功劳。深知陛下洞晓钧天之音，乞求陛下赐一曲给妾身。”玄宗在梦中对着女子弹胡琴，作了《凌波曲》，龙女拜谢而去。玄宗醒来，记起曲调，自抱琵琶弹奏之。召集文武臣僚到凌波池，临池奏响新曲。顿时池中波涛涌起，一个神女在池心出现。玄宗一看，正是梦中所见之女。玄宗高兴不已，立即告诉丞相李林甫，在池上修筑庙宇，每年祭祀不绝。后来玄宗又梦见十仙子，谱成《紫云回曲》。

这时宫里有一个擅长舞蹈的女伶，名叫谢阿蛮。玄宗与杨贵妃驾临清元小殿，命谢阿蛮跳舞，宁王吹玉笛，玄宗自己打羯鼓，杨贵妃弹琵琶，李龟年吹笛篥，张野狐弹箜篌，贺怀智打象拍，齐唱《紫云回曲》、《凌波曲》二曲，从早上到下午，酣歌不休。只有秦国夫人，端坐一旁静听，等到歌停乐止，玄宗对秦国夫人道：“请夫人赏赐群臣。”秦国夫人微笑着赏了三百万贯。玄宗命群臣谢赏。玄宗又向虢国夫人求赏，虢国夫人取来杨贵妃的玉搔头赐给玄宗，笑道：“大唐天子的小姨子，不能赏大唐天子，就代大唐贵妃赏大唐天子。”玄宗就向杨贵妃谢赏，满座大笑。

安禄山在外任节度使时，常有奇珍异宝，献给杨贵妃，仅乐器就有三百件。管笙都用媚玉制成，都是世所罕见的乐器。每次吹奏，都觉得轻风习习，声音悦耳。杨贵妃的琵琶，是逻沙檀寺人白季贞出使蜀地回京时所献，温润如玉，光可鉴人。用的弦线，是末诃弥罗国在永泰元年时进贡的，用渌水蚕丝制成，光莹如珠。各郡王的妃子都奉杨贵妃为师，自称琵琶弟子。杨贵妃每教授一曲，各郡王妃都有东西进献。只有谢阿蛮无物可献，于是杨贵妃对谢阿蛮道：“你贫寒，没有东西献给老师，那老师送你一点东西吧。”说着，命宫女红桃娘取来一支红粟玉臂，赐给谢阿蛮。

·权臣倾轧·

杨贵妃与玄宗来到兴庆宫避暑，天气十分炎热，杨贵妃娇喘不已，香汗涔涔。杨贵妃身体丰润，格外怕热，玄宗就赏赐她一袭碧芬裘，披在身上，可以避暑。碧芬裘是太宗时林氏国进贡的。碧芬兽是驺虞与豹相交而生，毛色碧绿如黛，香闻数十里，是稀世之宝。一到夏天，杨贵妃就披上碧芬裘，顿时十分凉爽。又口含一对玉鱼，顿时凉沁心脾。杨贵妃天生丽质，眼中流的泪，身上流的汗，红腻多香，用巾帕一擦，颜色艳如桃花。

一天，正是深秋，玄宗想与杨贵妃游园。杨贵妃说秋园景色萧杀，见了也让人心情不快。玄宗再三求着，杨贵妃总是卧床不起。玄宗把杨贵妃抱到怀里，低声问道："贵妃喜欢玩什么游戏？"杨贵妃道："臣妾听说陛下在藩府时，一到清明节，就要斗鸡。臣妾很想亲眼瞧瞧。"玄宗听了笑道："不是贵妃提起，朕差点把这最有趣的游戏忘了。"当即下诏，在长生殿与兴庆宫间，修筑一个斗鸡坊。命黄门到长安市集购买千只雄鸡，养在鸡坊中。这些鸡都金毛铁爪，高冠长尾。又选了五百多人，调弄驯养。等养了一百日后，就可以用来斗了。

护鸡坊的王承恩，率领群鸡来到殿庭。玄宗与杨贵妃驾临殿上观看斗鸡。文武官员和侍从分列两廊。王承恩锦袖绣襦，拿着铃拂，领着群鸡，站在广场上。群鸡一闻号令，立即竖毛掇翼，砺嘴磨爪，进退有序，鸡冠随鞭或低或高。胜负定了之后，胜者在前，败者在后，跟着王承恩走进鸡坊。杨贵妃看了，开怀不已。从此，京师家家都斗鸡。诸王、世家、外戚家、公主家以及各侯伯家，甚至倾家破产买鸡相斗，常常一掷千金，毫不吝惜。

玄宗因太平无事，天天在宫中游宴，尤其爱好音乐。一天，玄宗坐朝时，手指上下按着腹部。退朝后，高力士问道："陛下刚刚屡次用手指按着腹部，是不是圣体有什么不适？"玄宗笑道："不是的。朕昨晚梦游月宫，诸仙奏上清乐，嘹亮清越，曲调凄楚动人。朕醒后，用玉笛试着吹了吹，曲调都还记得。怕坐朝时忘了，就在怀里藏着玉笛，时不时用手指按着。"高力士拜贺道："这不是寻常的音乐。乞求陛下为奴才奏一曲。"玄宗听了，取出玉笛就吹了起来。高力士听了，拜请万岁赐乐名。玄宗笑道："就叫《五色云》吧。"随后玄宗又谱了一曲《圣寿乐》，下令教坊诸女依照曲子歌舞。玄宗在宫中酣歌曼舞，终年不休，朝廷大事，都交给丞相处理。这些大臣弄权，相互倾轧，弄得朝政腐败，玄宗对此却毫不知情。

当时掌握朝中大权的，内外共有四个人：一是李林甫，二是杨国忠，三是安禄山，四是高力士。李林甫、杨国忠、安禄山三人，都与高力士勾结，内外呼应，高力士坐享其利。安禄山是杨国忠一手提拔的，后来仗着杨贵妃的宠爱，势力几乎要凌驾于杨国忠之上。但杨国忠是国舅之亲，又与虢国夫人私通，而虢国夫人新得玄宗宠爱，势力也很大。当时杨国忠、安禄山二人最畏忌的，就是丞相李林甫。李林甫这时年纪虽然老了，但手段更毒辣，文武大臣都对他唯命是从，想方设法贿赂巴结他。杨国忠对此心怀妒忌，常与高力士在玄宗跟前说李林甫的坏话。

李林甫在开元初年，就握有大权。当时宫中武惠妃受宠，妃子、寿王、盛王，都与李林甫勾结，让李林甫拥立寿王为太子。惠妃也在皇帝跟前保荐李林甫。丞相裴光廷夫人武氏，是武三思的女儿，李林甫在裴家出入，见武氏美丽，就与她私通。不久裴光廷死了，武氏替李林甫在武惠妃面前说情，玄宗令李林甫代裴光廷为大丞相。裴光廷夫人武氏，从此与李林甫双宿双飞，恩情美满。高力士原本是武三思家的奴仆，因为裴光廷夫人是旧主，也就在皇帝跟前极力为李林甫说好话。李林甫日渐受宠，职位也越来越高。当时满朝只有右丞相张九龄是忠义之臣，李林甫令牛仙客常在皇帝跟前说张九龄的坏话，张九龄愤而退位。从此李林甫独步朝堂，擅作威福。这时朝中有三个丞相，每次入朝，左右二丞相，躬身侧步，李林甫在中间昂头阔步，旁若无人。朝中称其为“一雕挟两兔”。

李林甫常在玄宗面前说寿王贤德孝顺，劝皇帝立寿王为太子。玄宗因杨贵妃之前是寿王的妃子，想要避嫌，就立肃宗为太子。李林甫恚恨不已，就故意与太子妃的兄长韦坚交往，让他担任重职，借机倾覆，以动摇东宫。后来韦坚犯法入狱，反而牵累了太子。太子为了表明自己的清白，就与太子妃断绝关系。李林甫又让魏林使诬陷河西节度使王忠嗣，要举兵拥护太子。玄宗不信，问李林甫。李林甫道：“太子必定参与了这件事。”玄宗道：“太子住在深宫，怎么能与外面的人谋划？这肯定是谣言！”李林甫数次想要加害太子，但都没能得志。一天，李林甫对玄宗奏道：“古者立储君以贤德为先，没有大勋功的人，就立长子。”玄宗沉思许久，说道：“长子庆王狩猎的时候伤到了脸。”李林甫答道：“破面与破国相比哪个更重要呢？”玄宗听了，心中一震，说道：“朕再想想。”但太子在当时以恭谨孝顺闻名，朝中大臣和宫中的妃嫔都很喜欢太子，不管李林甫怎么离间，皇帝始终没有废太子。

玄宗一味沉迷酒色，深居宫中，朝廷大事任由李林甫肆意拨弄。李林甫阴险，嗜好诛杀，喜怒不形于色。看似可亲，其实深不可测，阴险歹毒。王鉷、吉温、罗希奭都是李丞相的爪牙。李丞相家里有一间月堂，李林甫每次想要陷害朝中大臣，就到月堂苦思计策。李林甫的儿子李岫，深明大义，见父亲权势熏灼，心里十分担忧。一天，随同父亲游览后园，见一个园工在树下酣睡，优游自得，突然跪在地上哭道："父亲大人久居高位，一旦有祸，连园工都不如！"李林甫听了，心里很不高兴，训斥道："势已骑虎，你不要多话！"玄宗非常宠信李林甫，吃到什么美食，必定赐一份给李丞相。当时薛王的府第，宏大华丽，在京师首屈一指，玄宗把它赐给李林甫。

唐朝的宰相，都丰功盛德，不务权威，出入时随从都很少。百姓见了丞相车马，也不用回避。李林甫做丞相后，平时高车肥马，姬妾满房。因为结怨多，担心有刺客，出入时都要清道，驱赶百姓。李林甫的卧室变更不定，连家人都不知道在哪。皇帝停朝时，百官都奔走于丞相门下，衙署里都没人。李林甫没什么学问，说话粗鄙，听到的人在背地里都窃笑不已。王铁是李林甫私党，收受贿赂，被人举报。玄宗下诏让李丞相审理此案，李林甫惊惧，不敢见王铁。于是让杨国忠代为御史大夫，审问王铁。李林甫向来鄙视杨国忠。而杨国忠这时，权威很盛，贵震天下。二人互不服气，势如仇敌。

李林甫有个家奴苍璧，聪明伶俐，李林甫非常信任他。一天，苍璧忽然猝然而死，过了一晚又突然活了过来。李林甫问他："你死后到了哪里？见过什么没有？怎么突然又活过来了呢？"苍璧说道："死的时候也没觉得自己死了，只是看见一个君王模样的人，坐在大殿之上。殿前的守卫士兵大概有一千多人。殿上的人问一个朱衣人道：'大唐国君隆基，做人君的时间已经快满了，寿命却还很长，这是为什么？'朱衣人答道：'大唐国君，奢侈不知节俭，本来寿数将尽。只因为有仁心不好杀戮，所以延长了他的寿命。'殿上人说道：'先取李林甫、杨国忠等人性命。'朱衣人答道：'是。'然后退下。忽然殿上的人叫奴才过去，说道：'你即刻回去，告诉李林甫，让他速归紫府。'然后奴才就醒了。"

李林甫听了，知道自己将不久于人世，精神日渐颓丧，渐渐神志昏沉起来。李林甫的私党吉温，得知李丞相病重，急忙投靠杨国忠，谋划夺取李林甫的大权。李林甫知道后，大怒伤肝，呕血不止。玄宗知道后，让御医前往医治，天天问候李丞相的起居。李林甫病重难愈，不久即死。李林甫死后，玄宗封杨国忠为右丞相，兼文部尚书集贤院大学士，更兼节度使等四十个要职。一时杨国忠权倾内外，将李林甫生前的奸事统统都翻了出来，并毁了李林甫一家。玄宗皇帝因此又封杨国忠为卫国公。

杨国忠与虢国夫人兄妹通奸，路人皆知。虢国夫人住在宣阳坊，杨国忠每次出了宫廷，就到虢国夫人的府第。郎官御史等人有事禀报，都到虢国夫人的府第。兄妹二人同住一府，出入并骑，互相调笑，不以为羞，路人纷纷侧目。玄宗皇帝时常临幸杨丞相家，杨铦、杨锜两兄弟，韩国、虢国、秦国三姐妹的宅第，连绵相望。玄宗每次临幸杨国忠的府第，必定临幸其他五家。其中在虢国夫人府中，欢宴最久。皇帝每次临幸，赏赐都不计其数。杨家兄妹仗着皇帝的恩宠，肆意妄行，公然收受贿赂。

杨国忠骄矜刚愎，百官不敢有任何微词。此时满朝只有安禄山仗着杨贵妃的宠爱，与杨国忠互不相让。杨国忠与安禄山在李林甫擅权的时候，一同谋划倾覆李林甫，还能和睦相处。等到李林甫死后，杨国忠气焰强盛起来，与安禄山有两虎不容之势。杨国忠常在玄宗跟前诋毁安禄山，玄宗因为杨贵妃与安禄山过于亲昵，心里也不免有所猜疑，也想把安禄山调离京师。玄宗见杨国忠对安禄山很不满，于是对杨贵妃说，将相不和，是国家的大患，想把安禄山外调，让他戍守边疆。安禄山自从与孙孝哲的母亲，重续前缘，恩情浓厚，就不怎么思念杨贵妃了。杨贵妃不宣召，就不进宫廷。杨贵妃虽然很思念安禄山，但也不敢太过张扬，如今见皇帝要调开安禄山，也不敢多说什么，只是暗中派人告诉安禄山。

安禄山见杨国忠与自己为仇，心中不禁有了谋反的念头。就在范阳北边修筑城池，号称雄武城；招兵积谷，蓄养八千蕃中子弟为义子；令家奴练习弓箭，暗地里买来三万匹战马，五万头牛羊；暗中部署，将同堂纷纷安插到各个战略要地。还私下与胡人往来，月月进献牛、骆驼、鹰、狗等奇禽异物蛊惑帝心。契丹诸酋，都被安禄山用酒毒害，斩下首级，献入京师。皇帝不知内情，赐铁券给安禄山，并封他为柳城郡公，后来又晋升安禄山为乐平郡王。玄宗封安禄山的儿子安庆宗为太仆卿，安庆绪为鸿胪卿，安庆长为秘书监。安禄山一门受宠，一天比一天跋扈妄行。

当时有一个武举人，名叫郭子仪，是华州郑县人氏。此人满腹韬略，秉性忠正。郭子仪闲住京师，每天闷坐无聊，满街听人谈论的，都是杨国忠纳贿、安禄山谋反的话。他见杨国忠窃弄威权，安禄山滥膺宠眷，把朝廷弄得乌七八糟，满腔义愤，无处发泄，常常独自一人，自言自语道："我郭子仪，没有一官半职。不知道什么时候，才能为朝廷出力。"万分无聊时，就跑到长安的新丰馆酒楼饮酒。喝到半醉的时候，提笔在粉墙上写下两首词：

向天街徐步，暂遣牢骚，聊宽逆旅。俺则见来往纷如，闹昏昏似醉汉难扶，哪里有独醒行吟楚大夫？待觅个同心伴侣，怅钓鱼人去，射虎人遥，屠狗人无！

俺非是爱酒的闲陶令，也不学使酒的莽灌夫，一迷价痛饮与豪粗。撑着这醒眼儿谁瞅睬？问醉乡深可容得吾？所街市恁喳呼，偏冷落高阳酒徒！

郭子仪每天都到这家店里喝酒。一天，他在大街上走着，只见车马喧嚷，十分热闹。他拉住一个酒保，问道："咱们楼前的那些官员，是要到哪里去？"酒保说道："客官，你继续喝酒，我来说给你听。万岁爷赐国舅杨丞相与韩国、虢国、秦国三位夫人新造宅第。四家府门相连，都建得华丽宏伟。今天完工，因此满朝大小官员，都准备了礼物，前往各家道贺。各家的官役，都要从这楼下经过，因此十分热闹。"郭子仪听了，不禁拍桌叹气，说道："唉，外戚都宠到这个地步了，怎么会不生事！"

郭子仪喝着酒，转头看着店里的四面墙壁。忽然见一面墙壁上写着几行很小的字，连忙凑过去仔细看了看，念道："燕市人皆去，幽关马不归；若逢山下鬼，环上系罗衣。"下面写着"李遐周题"。李遐周，是唐朝的一个术士，能知过去未来。这首诗中，显然隐藏着国家盛衰之事。郭子仪正在逐句推敲，忽然听到楼下又喧哗起来，忙问酒保。酒保把郭子仪拉到窗前说："客官靠着这窗往下看就知道了。"郭子仪向下看，见一个胖汉子，头戴金冠，身披紫袍，由一群衙役簇拥着。郭子仪忙问："这个人是谁，这么张牙舞爪？"酒保答道："客官，你没看见他的大肚皮吗？他就是安禄山，万岁爷十分宠爱他，把御座的金鸡步障，赐给他坐过；还把杨贵妃的凤池温泉，赐给他洗浴过哩。听说今天万岁爷封他做东平郡王，刚刚谢恩回来。"郭子仪听了酒保的话，半天才说道："呀，这就是安禄山吗？他有什么功劳，得封王爵？我看这厮，一脸反相，以后为乱天下的，必定是这个人！你看他蜂目豺声，又是犬羊杂种，天子却引狼入室，将来做出什么乱事来，只怕会生灵涂炭。"郭子仪长吁短叹，酒保在一旁看了，十分诧异，说道："客官请息怒，我再去温一壶酒去。"郭子仪这时，满腹忧国忧民，再也没有心情喝酒了，于是把酒壶一推，付了酒钱，跑回了住处。

·内殿里的争执·

郭子仪回到住处，这时朝报到了，兵部奉旨授郭子仪为天德军使。郭子仪看了，自言自语道："我郭子仪虽然官卑职小，但从此也可以报效朝廷了。"从此每天在兵部尽心做事。杨国忠因安禄山四处招收英才，也托人在京师物色英雄。兵部尚书把郭子仪推荐上去，杨国忠初见郭子仪，郭子仪就说要防备安禄山谋反。这句话，深中杨丞相之意。杨丞相立即告诉他天子也防着安禄山谋反，已经将安禄山调离京师，让他率河东兵征讨契丹。郭子仪听了，说道："大事坏了！"杨国忠忙问："为什么？"郭子仪道："安禄山面有反骨，这次让他在外握着重兵，无异于纵虎归山！"杨国忠听了，恍然大悟。一面上表奏请封郭子仪为卫尉卿，统兵保卫京师；一面入宫面奏天子，说安禄山有谋反的心思，不能让他久留在外。玄宗半疑半信，杨国忠再三劝说，玄宗才下诏召安禄山回朝。

安禄山在京师时，知道杨丞相不能容下自己，就入宫与杨贵妃密议。杨贵妃劝他到边疆建立奇勋，回朝后就替他在皇帝跟前进言，立安禄山为相。安禄山听了杨贵妃的话，想到将来功成回朝，身为丞相，大权在握，那时出入宫廷，与杨贵妃朝夕相见，谁也奈何他不得。因此辞别玄宗，率河东兵征讨契丹。杨贵妃自从安禄山离开后，在宫中时常想念。交趾国进贡龙脑香，宫中称之为瑞龙脑。玄宗赐了十枚给杨贵妃，杨贵妃私自让明驼史，拿三枚赠给安禄山。明驼是一种鸵鸟，腹下有毛，夜里能发光，日行五百里。帝王有军国要事，才起用明驼传递消息。安禄山在军中，也时常与杨贵妃通着消息。玄宗对此却一无所知。

安禄山得杨贵妃宠爱，一心想在战场立功。率兵来到土护真河，安禄山传令，连夜进兵三百里，直上天门岭。路上忽然遇到大雨，弓箭都被水浸坏，不能用了，安禄山在后催逼前进，不肯停留。大将何思德劝道："兵士疲于奔命，应当稍作休息，等天晴再行军。"安禄山大怒，要斩何思德。何思德害怕，只得带领士卒，奋勇下山杀敌。何思德与安禄山样貌极为相似，敌营箭如飞蝗，都射向何思德。何思德死于乱箭之下，手下数千兵士，四散逃命。安禄山见了，忙拨转马头，落荒而逃，契丹兵乘胜长驱。正在危急时候，只听到空中呜的一声响，一支箭飞来，正中安禄山的肩窝。安禄山顿时马仰人翻，滚下山涧。安庆宗和孙孝哲，一直紧跟在安禄山的后面。见他掉了下去，连忙下涧，扶起安禄山，乘夜逃窜。

好不容易逃到平卢，那里有安禄山的部将史定方，统兵十万把守。这时朔方节度使阿思布，统率雄兵，镇守边关。安禄山地位低，无可立足。见阿思布兵多地广，就令史定方带领大军，出其不意，直攻阿思布，假称是奉天子之命，取叛将阿思布首级。阿思布一时惊慌无措，单骑出逃，投奔葛罗禄。安禄山得以坐得数千里土地，领兵四十多万。葛罗禄酋长，担心唐皇加罪，就活捉阿思布，送到安禄山的军营。安禄山上报朝廷，说阿思布谋反，自己已将叛臣擒住。玄宗下旨，令安禄山押送阿思布回京。那时杨国忠和太子已经知道安禄山兵败，并吞阿思布的实情，就一同进宫，奏明皇上。玄宗不信，说等安禄山回京后再说。

安禄山回到京师，丞相和太子在天子跟前说的话，早有心腹告诉了他。安禄山到华清宫朝见天子。那时杨贵妃正侍坐在皇帝身旁，一见安禄山，芳心大喜。安禄山装出一副可怜的样子，哭拜在地，说道："臣儿生长番中，不识上国文字，蒙陛下宠爱，令臣儿统兵在外。朝内杨丞相，因妒生恨，要置臣儿于死地，求陛下见怜！"玄宗见了他这副可怜的样子，竭力安慰他。杨贵妃忙让人上去倒酒，为安禄山洗尘。这一天，安禄山吃得醺醺大醉，从宫中出来，回到府中，自有孙孝哲母子二人伺候。

孙孝哲见安禄山奸污了他的母亲，不但不愤怒，反而对安禄山百般承迎，讨安禄山的欢心。孙孝哲长得俊美，语言伶俐，行动敏捷，安禄山常常拿他消愁解闷。孙孝哲的母亲做主，命孙孝哲拜安禄山做义父。孙孝哲一见义父出外回家，总是寸步不离地跟着。就是看见他母亲被安禄山抱着调戏，也丝毫不觉得羞耻，还在一旁欢笑助兴。有一天，安禄山在朝门候旨，忽然衣带断了，正进退两难。孙孝哲在一旁看见了，忙从衣袋中取出针线，过去替安禄山缝好衣带。安禄山大喜，回府后，就把一个绝美的姬人，赏给孙孝哲做妻子。这次出征孙孝哲又在天门岭救了安禄山，回到京师，安禄山更加宠信孙孝哲了。孙孝哲在安禄山的府中，出入内室，毫不避忌。安禄山的几十个姬妾，与孙孝哲调笑无忌，渐渐地都被孙孝哲勾搭上了。

安禄山这次进京，几次偷偷进宫和杨贵妃相会。安禄山悄悄对杨贵妃说，杨贵妃深居宫闱，二人每次相会，都很不方便。现在自己拥兵四十万，驻扎在边境，想把贵妃劫出宫，到边境一双两好地过着日子。因此早已把府中的家财，陆续搬运出京，送到边境了。安禄山见事情都已办妥，就偷偷进宫，劝杨贵妃逃出宫，图个天长地久。杨贵妃听了安禄山的话，笑道："呆子！人人都想做天子，你难道就不能做天子吗？我是大唐妃子，不能学村妇私奔。”一句话点醒了安禄山，忙叩头说道：“孩儿领娘娘旨意。孩儿先去了，娘娘珍重！”

杨国忠略微探知了安禄山的行动，急忙进宫，奏说安禄山谋反。杨贵妃在玄宗耳边低声说道：“将相不和，是朝廷的大患。愿陛下乾纲独断，明察万里。”玄宗被杨贵妃一句话，去了疑心，命杨丞相先退下。当即下旨，封安禄山为尚书左仆射，赐奴婢、宅第。又拜他为总闲厩，掌管陇右群马。安禄山奉旨入朝谢恩，举荐心腹吉温为副将军。此外封将军的五百人，拜中郎将的两千人。安禄山出京的时候，玄宗亲自到望亭为他饯行，又脱下御服，披在安禄山肩上。安禄山大惊，急忙率领他的护卫兵马，匆匆告辞，奔出淇门，驾着大船，顺流而下。到范阳后，就占据了范阳城。地方官把安禄山谋反的情形，报上朝廷。玄宗却不相信，反把报信的人，捆送到范阳，交给安禄山查办。

杨国忠打听到安禄山在外招兵买马，声势一天比一天大，屡次入宫劝玄宗收回安禄山的兵权。玄宗经太子几次劝谏后，才召安禄山回京，封他为同中书门下平章国事官。太子劝玄宗先把封官的旨意留下，让黄门官璆琳以赐柑子为名，到范阳察看安禄山的情形。安禄山早知道黄门官的来意，忙准备盛大筵席，款待黄门官；又赐璆琳一千两黄金，求他在天子跟前帮着隐瞒。璆琳得了安禄山的好处，回朝奏明玄宗，说安禄山在范阳很安分，并没有谋反的形迹。谁知杨国忠早已打听明白，悄悄奏明玄宗，说：“安禄山强占范阳城池，璆琳收受了安禄山的贿赂。”玄宗听了，十分动怒，把璆琳传进宫，严刑审问。璆琳受不住刑，只得把安禄山谋反、行贿的事，统统招认了。玄宗和杨国忠商议，推说璆琳忤逆圣上，命人将他推出午门斩首。

从此，玄宗心中，时时防着安禄山，常常派遣使臣到范阳察看安禄山的动静。安禄山心中虚怯，每次朝廷使臣到来，就称病不出来相见。使臣奉了天子的命令，一定要见。安禄山没办法，在堂上埋伏下刀兵，才肯与使臣相见。玄宗又令黜陟使裴士淹，到范阳察看安禄山。等了十多天，也不得一见。裴士淹回朝，不敢奏明实情，只是说安禄山十分畏罪。玄宗虽明知安禄山有反叛之意，但每天在宫中，听了杨贵妃的劝谏，还是一心希望安禄山回心转意。特地下旨，赐安禄山的儿子安庆宗，娶宗室女为妻，宣安禄山进京观礼。安禄山满肚子藏着反叛的心思，自然不敢再进京。上表说病重，不能奉诏。又献三千匹马，五百乘车。每一辆车上，坐着三名御卒。安禄山本想让这一千五百名御卒，混进京师，作为内应，暗袭京师。没想到河南尹达奚珣，上了一本，说外臣兵马，非奉天子召命，不能擅入京城。玄宗下谕，让安禄山把车马留在京城外，又让安禄山十月到华清宫相见。安禄山见天子将宗室女下嫁给自己的儿子，更不把文武官员放在眼里。

到了十月，安禄山带领十万大军，驻扎在骊山脚下。自己进华清宫，朝见天子。玄宗留心察看安禄山的举动，与平时没什么两样，依旧自称臣儿。玄宗也不疑心，在宫中摆下筵席，赐安禄山饮宴。杨贵妃悄悄把安禄山叫到没人的地方，劝他千万不要谋反。又说："万岁爷对你我恩情不薄，我儿即使有心事，也要忍耐着，等皇上千秋万岁以后，那时任凭你胡作妄为，我也不会阻止你了。"杨贵妃说着，淌下眼泪。安禄山见了，跪下说："孩儿敬遵娘娘的旨意！"说着，再次入席。安禄山喝到半醉，因有事在心，就辞别出宫。

安禄山深得皇帝的宠爱，就是进宫，也是剑戟旌旗，在禁地上喝着道进出。出宫的时候，正遇到杨国忠进宫。杨国忠在宫门过道上，遇到了老公公高力士，两人谈起安禄山的跋扈都十分痛恨。杨国忠道："我杨国忠外凭右相之尊，内恃贵妃之宠，满朝文武，谁不曲迎奉承？只有安禄山这厮，在外假装痴愚，肚子里却暗藏狡诈。竟忘了我对他的救命之恩，遇事就欺凌我，还出言顶撞，真是可恨！不知道圣上到底为什么，竟然这么宠信他？必要让皇上废了他，才能消我心头之恨！"高力士正听杨国忠说着，远远听到宫内有喝道的声音，两人十分诧异。高力士急忙进宫去看，见安禄山高踞鞍马，左右喝着道出来。高力士怕惹祸，急忙走了。

杨国忠进去，两个人正好碰上。杨国忠忍不住说道："这是九重禁地，你怎么敢大声儿喝道？"安禄山听了，冷笑道："老杨！我是贵妃娘娘的儿子，是郡王，就这么喝一声，有什么大不了的！你这做右丞相的，想在禁地上喝道，还早着呢！"杨国忠听了，气得胡须倒竖，说道："好，好！安禄山，我问你，你这样大模大样，是从什么时候开始的？"安禄山大笑道："下官从来就这样大模大样的，谁管得了我！"杨国忠道："安禄山，你也该想想，你当时来见我的时候，是不是这副模样？"安禄山把手一摇，说道："彼一时，此一时，说那些干什么。"杨国忠指着安禄山说道："安禄山，安禄山！你那时候本来已经是刀下之鬼，死罪难逃，你长跪阶前，哀求着我保全你的性命，是什么嘴脸？"安禄山也怒冲冲地说道："赦罪封官，都出自圣恩，与你有什么关系？"杨国忠冷笑着道："你倒是推得干净，你的良心没了，把我的一番恩义，都打水漂了。"安禄山说道："唉，杨国忠！你口口声声说我有罪，你还记得你从前卖官鬻爵的事吗？"杨国忠道："你说我卖官鬻爵，那我问你，你今天的富贵，又是从哪里来的？"说着，对左右道："你们快把当年一个边关犯失意的模样，扮演来给王爷看看。"

说着，就有两个随从，搬来两张坐椅，请杨丞相和安郡王坐下。一个跟随，把帽儿压在眉心，做出一副失意落魄的样子，站在当地，唱道："腹垂过膝力千钧，足智多谋胆绝伦；谁道孽龙甘蠖屈，翻江搅海便惊人。"接着又说道："安禄山，营州柳城人。母亲阿史德，在轧荦山中求子，回家后就生下了我，取名禄山。那时光满帐房，鸟兽齐鸣。后来随母改嫁安延偃，因而姓安。在节度使张守圭帐下投军，他说我生有异相，收我为义子，让我担任讨击使。去年征讨西契丹，一时恃勇轻进，被杀得大败逃回。张节度使将我解送到京师，昨天到了京城。结义弟兄张千，是杨丞相府里的人，帮我打通关节，让我今天到相府去一趟。"说完，扮安禄山的那个亲随，唱道："莽龙蛇本应翻河决海，谁知反做了瓮中鳖，恨樊笼困了豪杰！早知道失军机要遭斧钺，倒不知丧沙场免受缧绁。蓦地里双脚跌，全凭仗金投暮夜，把一身离阱穴。算有意天生吾，也不争待半路枉摧折！"一唱完，杨丞相背后闪出一个真张千，唱道："君王舅子三公位，宰相家人七品官。"扮安禄山的亲随与张千互相作揖。张千说道："安大哥来了，杨丞相已经收了你的礼物，请你进府相见。"

张千把那扮安禄山的亲随，带到杨国忠面前。那亲随噗地跪倒在地，说道："犯臣安禄山，叩见丞相爷。"杨国忠大模大样地道："起来！把犯罪情形说一说。"那亲随将事情详细说了一遍，杨国忠说道："安禄山，你的罪名已经定了，老夫也无力回天。"那亲随又叩头说道："只要丞相爷肯帮忙，犯臣就能有一条活路了。请丞相爷做主，可怜可怜我这条狗命吧。"安禄山坐在一旁，见杨国忠主仆三人在殿廊下演了半天。又听到骂他狗命，一时忍不住，跳下座，一把拉住杨国忠的袍袖，狠狠地说道："你这老贼！装神弄鬼了半天，句句凭空捏造，羞辱本王。你跟我到万岁爷那里理论去。"杨国忠听安禄山说要拉他去面见圣上，仗着自己是权贵，大声说道："去就去，谁怕你！"将相二人，互相揪着衣带，闯进后宫。

迷点

【爱殇

细说大唐 第一家庭】

◎安禄山造反，玄宗打算御驾亲征，杨国忠与杨贵妃等人为什么要阻止，怎么阻止？

◎御林军护驾行至马嵬坡，不愿继续往蜀中进发，面对如此突变，玄宗将怎么办？杨贵妃的命运将如何？

◎杨贵妃的《霓裳羽衣曲》依然在耳，可贵妃已客死他乡，玄宗将如何释怀？

爱殇·细说大唐第一家庭

第捌章

马嵬惊变

·安禄山造反·

杨国忠和安禄山二人，气冲冲地扭打着，闯到玄宗筵前。杨丞相先跪下，气喘吁吁地奏道："臣杨国忠谨奏：安禄山辜负圣恩，在外招兵买马，蓄意谋反。望陛下早除奸臣！"接着，安禄山跪下，抹着眼泪哭诉道："臣安禄山谨禀：微臣因为深受皇恩，触怒了权贵。臣势孤力弱，再怎么赤胆忠心，丞相也不能相容。求陛下罢免臣的官职，放臣归田，以苟全性命！"说着，又向杨贵妃叩着头哭诉道："孩儿承娘娘恩宠，因杨丞相不能相容，不能再留下来孝敬娘娘了！"杨贵妃见一个是哥哥，一个是义儿，谁也不忍丢下，跪着对万岁爷奏道："将相不和，非国家之福，望陛下明察，将他们调开。"玄宗一边扶起杨贵妃，一边传谕，杨国忠和安禄山二人，退到朝门外候旨。

杨国忠和安禄山二人，垂头丧气地一前一后，退到宫外候旨。过了一会儿，只见高力士传下圣旨道："杨国忠、安禄山，将相不和，难以同朝理政。特命安禄山为范阳节度使，立即赴任。"安禄山对着朝门谢过圣旨，起来向杨国忠拱一拱手道："老丞相，下官今天走了，你不要再说我大模大样！朝门内，任你张牙舞爪；朝门外，由我快乐逍遥。"说着，大摇大摆地走了，走到庭心，又转过脸高声说道："杨丞相，下官还有一句话，今天小王镇守范阳，也是丞相的功劳吗？"接着，冷笑了几声，走出宫门，跨上玉骢儿大笑而去。

杨国忠看着安禄山走远了，叹着气道："这明明是放虎归山，纵蛟入海！天下竟有这样的事，叫老夫的满腔怒火怎么能消？今天本想灭了他的威风，谁知道反给他添了荣耀。但愿安禄山这次走了，早点做出叛事来，到那时万岁才知道我有先见之明。"杨国忠一个人在朝门口叹着气，里面高力士又来传旨，大叫："杨国忠听旨！杨国忠长男杨暄，封为银青光禄大夫太常卿，兼户部侍郎；又赐杨暄婚配延和郡主，赐杨国忠幼男杨朏婚配孟春公主。"玄宗因授安禄山为范阳节度使，担心杨国忠心中不服，就下这道旨意，安慰安慰杨国忠。杨国忠谢过圣恩，果然十分高兴，回家立即大兴土木，建造两座驸马府第，与丞相府第相连。皇帝又下旨赐杨国忠弟弟秘书少监杨鉴婚配承荣郡主，在丞相府左边建驸马府第。连同韩国、虢国、秦国等五家，共有十座府第，楼阁崇宏，夹道相对。门前各有执戟士兵，把守门户。

一公主二郡主下嫁的时候，玄宗和杨贵妃亲自送嫁，临幸杨丞相府第。朝廷文武大臣，都到丞相府中道贺。杨国忠以盛筵款待，又另设一席，请皇上和贵妃入座，韩国、虢国、秦国三夫人，陪坐劝酒。门内笙歌悦耳，门外车马喧嚣。玄宗举杯笑着对杨国忠道："丞相一门富贵，位极人臣，朕今天喝一杯，恭喜丞相。"杨国忠忙亲自斟酒，陪着皇上喝了一杯，笑道："这都是圣天子天高地厚之恩，愚臣一生庸碌，只怕无福承当。"说着，跪下地谢恩。玄宗又对杨贵妃道："你杨家一门，已有一个贵妃，两个公主，三位郡主，三位夫人；男子高官厚爵，不计其数，是不是荣宠至极了？"杨贵妃也连忙躬身谢恩。玄宗这时喝得高兴，拉住杨贵妃的手，哈哈大笑道："贵妃如此谦逊，怎么会无福承当？朕索性再封赏一番。"随即当筵传谕："加封杨国忠为司空，追封贵妃之父杨元琰为太尉、齐国公，母亲为梁国夫人；令工部为齐国公修建庙宇，御书墓碑。封杨国忠叔父杨元圭，为工部尚书；韩国夫人丈夫崔珣，为秘书少监；秦国夫人丈夫柳澄，为礼部侍郎。"

这时韩国、虢国、秦国三夫人，身边都有面貌姣好的小儿女陪坐一旁。玄宗特别喜爱韩国夫人的女儿芹姑，明眸皓齿的，非常可爱。玄宗向芹姑招着手儿，韩国夫人把她推到皇帝跟前。玄宗把她抱到怀中，问她："多大了？"韩国夫人代奏说："十二岁。"玄宗笑道："与朕的孙子俶孙同年。韩国夫人，把她给朕做孙媳妇儿吧。"说着，传旨宫中，把长皇孙接来，与芹姑相见。那芹姑娇羞腼腆，奔到母亲怀中躲着。玄宗命长皇孙过去，拜见韩国夫人；韩国夫人忙拉着他手，只见长皇孙眉目俊秀，身材英挺，不禁大喜。玄宗皇帝有很多孙子，但只爱长皇孙。长皇孙这时十五岁，已被拜为广平王。平时养在宫中，玄宗每次宴饮大臣，都令长皇孙坐在御案前面，然后对左右大臣说道："此儿有异相，以后必定是我李家的有福天子。"

杨国忠见自己的外甥女配给广平王为妃子，就与同在府中宴饮的大臣，一齐向皇上和韩国夫人道贺。玄宗见众人高兴，又见虢国夫人膝前站着一男一女，传旨赐虢国夫人的儿子裴徽婚配延兴公主。

虢国夫人见子女都得了富贵，就带着子女二人离席谢恩。玄宗见虢国夫人喜得花眉笑眼，平添了不少妩媚，心中说不出的爱恋。秦国夫人身边坐着儿子柳钧和小叔子柳潭，叔侄二人都长得很清秀。玄宗问他们年纪，都只有十五岁。玄宗笑道："朕家的女儿，都给了你杨家吧！"又传旨，赐柳钧婚配长清公主，赐柳澄婚配和政公主。杨贵妃见母家的人，都和皇家结了亲，心中十分欢喜，亲自斟酒，献给玄宗。玄宗喝得醉了，才由宫女扶上御辇，摆驾回宫。

安禄山离开了京师，心中日夜想念杨贵妃。自从和杨国忠发生争执后，心中十分愤恨，发誓报仇。因玄宗皇帝对自己恩情深厚，本想遵照杨贵妃的嘱咐，把这口气忍在心头，等皇上千秋万岁以后，再谋大事。无奈杨国忠在皇帝跟前说安禄山必反，为了让皇上相信他的话，就步步逼着安禄山造反。凡是玄宗赐给安禄山的诏旨和安禄山上的奏章，都被杨国忠扣住不发。杨国忠又让门客何盈、蹇昂，在京师安禄山的亲友跟前打听安禄山谋反的消息；又指使京兆尹李岘带领兵马，围困安郡王的府第；又把安禄山的好友李超、安岱、李方来、王岷，打入死牢，买通牢头，把这几个人活活勒死。又打听到吉温是安禄山的党羽，亲自带领兵士，把吉温抓到丞相府，百般拷打，审问安禄山谋反的凭据。吉温晕死过几次，始终不肯吐出一句，杨国忠就把吉温发配到合浦。杨国忠在京师威权大震。

消息传到范阳安禄山耳中，怎么忍得下这口气？于是，一边上奏章，诉说杨国忠二十条大罪；一边召集二十万大军，令何千年为范阳镇东路将军，崔乾佑为范阳镇西路将军，高秀岩为范阳镇南路将军，史思明为蓟阳镇北路将军。安禄山手下，本来有三十二路人马，由三十二名将官统带。自从安禄山做了节度使，奏请一律改用番将。安禄山也是番人，这些将领自然听从他的号令。又起用高尚、严庄为随军参谋，孙孝哲、高邈、张通儒为参军。在范阳西城外，高高立起一座将台。安禄山一身披挂，高坐将台之上。二十万人马，排成阵势，一队一队地在将台前走过。一千名将官，全身甲胄，一齐站在将台前参拜道："末将参见大元帅！"安禄山等众军士操练完，下令杀牛宰羊，在校场上摆起千余桌酒席，赐将士们痛饮。接着一阵角声，二十万人马，浩浩荡荡，杀奔灵武关。

范阳镇北路将官史思明，是突厥人，长颈驼背，深目斜鼻，生性狡猾，通晓六番语言。史思明与安禄山是同乡，比安禄山早一天出生，安禄山称他为兄。因为欠了官钱，无力偿还，逃走时被契丹国的巡查兵抓住，见他容貌奇特，要杀死他。史思明哄着巡查兵说道："我是大唐朝的使臣，谁敢杀我？你们送我去见大可汗，就有大功；如果杀了唐天子的使臣，你们契丹就有大祸。"契丹兵听了，果然十分害怕，就把他带到契丹王面前。史思明站着不拜，大声说道："依照礼节，天子的使臣见了小国家的君主不用下拜。"契丹王以为他真的是使臣，就安顿他住下，杀牛宰羊招待他。

史思明打听到契丹国的大将琐高，擅长用兵，经常带兵侵扰大唐，就想活捉琐高，将功赎罪。一天，史思明去见契丹王，说要回天朝，可汗也应当派遣使臣朝见大唐国君。契丹王果然派了一个大臣，三百番兵，备下牛羊等礼物，随史思明去大唐朝见天子。史思明故意笑道："这个大臣还没有资格朝见天子，琐高在大唐有大名，可以让他去朝见天子。"琐高听了，十分喜悦，自请与史思明去朝见大唐天子。琐高是契丹王十分亲信的大臣，一刻也不能离开左右的。无奈琐高再三自告奋勇，契丹王不得已，只得派他随史思明一同去唐朝。一队人马，走到平卢关外。史思明又生一计，让三百名番兵和琐高大将，在关下等候。自己先闯进关，见了平卢节度使，说："番兵数百，直逼关外。请大将军设下埋伏，小人把他引诱进来，伏兵齐起，就能杀尽番人了。"平卢节度使，在府中埋伏下数千士兵。史思明把琐高和三百番兵，一齐迎进府。堂中设下筵席，琐高正要就席，忽然两廊冲出伏兵，史思明率领二十个武士，奋勇当先，把琐高活活擒住，打入囚笼，送交幽州节度使张守圭。

张节度非常欣赏史思明的骁勇多谋，就把他留在帐下，上奏朝廷，封史思明为将军。史思明之后屡立战功，升为平卢军事。玄宗宣召史思明进宫，赐座后问他："多大了？"史思明答："四十岁了。"玄宗道："你好自为之，晚年定会富贵！"后来封他为大将军，任北平太守。史思明自幼贫贱，没人肯嫁给他。乡里有一个姓辛的富豪，膝下只有一个女儿，长得娇美。四方大族，前来求亲的朝暮不绝，辛女都不愿嫁，一心要嫁给史思明，富豪大怒。史思明得知后，异常高兴，于是召集无赖数十人，深夜打入辛家，劫去辛女，结为夫妇。后来生下六个男孩，史思明担任北平太守时，夫妇二人，衣锦荣归。辛氏父母都拜倒在门外迎接。得知范阳节度使安禄山造反，史思明大喜，说道："这正是大丈夫有为之时！"于是统率本部人马，投奔安禄山。安禄山任命他为北路将军，一齐杀奔灵武关。

当时张通儒为安禄山写了一篇檄文，说受天子密诏，特举义师，讨伐国贼杨国忠，列举杨国忠大罪二十条；又说杨国忠并非杨贵妃的弟兄，而是逆臣张易之的孽种。当时武则天女皇，最宠爱张易之。张易之每次入宫，武则天都要留他在宫中住十多天。张易之在京师也有府第，但女皇帝管束得严，不准张易之在府中召幸姬妾。武则天特意为张易之在府里建了一座望恩楼，楼很高但没有梯子。张易之每次回府，武则天就派人监视着，用山梯把张易之送上楼，楼上供应一切饮食，童男仆役都有。等张易之一上楼，就立刻撤去楼梯，楼下堆满荆棘，四面又有禁兵守卫。张易之的母亲，深怕张氏绝后，就拿银钱买通仆役，选了一个绝色的女奴，扮成童男，送上楼，藏在夹幕里。张易之回府，幽居在高楼上，心中正烦闷无聊，见了绝色女奴，十分宠爱，日夜缱绻。谁知没多久，张易之失势，家破人亡。这女奴在慌乱时候，逃出府，投入杨家。杨国忠父亲，把她纳为姬人，不久，生下杨国忠。所以安禄山檄文里说杨国忠是逆臣遗种，污辱杨贵妃门楣，誓死要杀了奸贼。

边关将急报飞马报到灵武城，灵武太守正是郭子仪。他一见探子，就吩咐把门关紧，悄悄盘问探子。探子说安禄山要清君侧，现在兵马已经直逼灵武关。郭子仪听了，大惊失色，忙全身披挂，来到大堂，点齐人马，星夜出城，驰奔灵武关，严密把守。果然，第二天番兵就来了。关外箭如飞蝗，关上石如雨下，两军攻打了三天三夜。郭子仪也曾带领一千名校刀手，冲杀出关。无奈安禄山的兵马足有十万，把小小的关城，围困得水泄不通。郭子仪在关内身先士卒，竭力防守。安禄山督同军士，几次上关攻打，都不能得手。攻打了十天，还没攻下，安禄山与史思明商议计策。史思明说西北路的潼关，是入京的第一捷径，把守潼关的，是老将哥舒翰。哥舒翰年已八十，虽说有万夫不当之勇，但他生性刚强，部下十分怨恨。为今之计，王爷可带领一半兵马，前去攻打潼关，末将领兵五万，在灵武关拖住郭子仪。一旦攻破潼关，灵武关也就不攻自破了。安禄山听了，连说："妙计，妙计！"

当夜安禄山分兵五万，悄悄离开了灵武关，杀奔潼关。潼关守将哥舒翰，果然年老昏聩。在关中没事，就饮酒消愁。每次酒醉，就拷打士兵。士兵们人人怨恨，每天都有人逃跑。安禄山到了潼关，打听到关中兵士很少。又知道哥舒翰手下军心怨恨，就让张通儒写下劝降书，射进城去。军士们见书信上写着，献了城关就有重赏，当下商量献关的办法。一个监军内侍，与哥舒翰闹了意见，见报仇的机会到了，当即进帐去见哥舒翰，探听主帅的口气。哥舒翰自知将寡兵少，不愿出战。这监军内侍，却竭力怂恿开关迎战。今天也催逼，明天也催逼。哥舒翰被部下催逼不过，就开关迎敌。谁知主帅才走出关门，只听到门里一声号炮，那关中军士，倒戈生擒了自己的主帅，献进安禄山的营中。安禄山不费一矢一卒，安然得了潼关。当夜进了关城，犒赏士卒。然后率领三军，连夜杀奔京师。

·醉戏小黄门·

这时，玄宗皇帝正与杨贵妃在御花园中小宴。杨贵妃娇声为玄宗唱曲。

玄宗听了，命左右献上玉杯，倒进葡萄酒。高力士头顶着冰盘，献上满盘红艳的荔枝。杨贵妃见了荔枝，不觉嫣然一笑。欢饮了一会儿，杨贵妃酒醉腰软，向万岁告辞，退回后宫。

杨国忠见皇帝罢了宴，就从袖中拿出边报，奏明安禄山四路人马，杀奔中原的情况。玄宗看了，惊道："这孩儿竟做出这样大逆不道的事！范阳临近潼关，潼关一旦有失，京师就保不住了。如今事情危急，非朕亲自去招降不可。"杨国忠站在一旁，满脸露着得意之色，冷冷地说道："陛下当初不相信臣，才有了今天的变乱。"玄宗立刻传命，宣召太子进宫，又把几位亲信大臣召进宫。玄宗说要御驾亲征，让皇太子监国。杨国忠听了，大惊失色，忙向众大臣暗暗递过眼色。众大臣一齐劝阻。皇太子也奏说："父亲年高，不宜劳苦。"高力士和杨国忠二人也竭力劝阻，玄宗才把这心放下。当夜下诏，令郭子仪、哥舒翰二人，力守关隘，速平贼寇。玄宗因有事在心，回到后宫，一连几天，酒也不饮，歌也不听。虽有杨贵妃陪侍一旁，但两人各有各的心事，热闹的唐宫，顿时冷清下来。

玄宗在宫中一连一个多月，没有接到边报，心里十分焦急。就悄悄把皇太子宣召进宫，商量御驾亲征的事，令太子留守京师。杨贵妃知道后，暗地里打发高力士出宫，告诉杨丞相。杨国忠得了消息，立刻把秦国、虢国、韩国三夫人和两位哥哥请到府中商议。大家齐声说："如果皇太子掌了大权，我们姐妹弟兄，就死无葬身之地了！"商量了半天，也没商量出一个好主意。这时韩国夫人说道："我们进宫求贵妃去。"姐妹三人，坐着车马，一清早就赶进宫，见了杨贵妃，跪下说道："一旦皇太子掌握了国家大权，别说我们姐妹弟兄，从此就有大祸，就是娘娘，也有许多不便之处。还求娘娘看在姐妹情分上，劝谏万岁，千万不能让太子监国。保住了我们姐妹们的性命，也就是保住了娘娘的恩宠。"韩国夫人说着，哭着，拜着。正慌张的时候，忽然宫女来报说："万岁爷退朝回宫，娘娘快接驾！"

韩国夫人听了，急忙跑到院子里，在地上抓了一块泥土，回过头，塞进杨贵妃嘴里。杨贵妃也会意，嘴里衔着泥土，急忙走出宫。玄宗走来，见了贵妃，正要上去搀扶。忽见贵妃走到跟前，噗地跪倒在地，把那块泥土吐出，哀声奏道："臣妾杨玉环冒死上奏：万岁年事已高，不宜犯险。禄山小儿，不足为患。为了振奋军心，可让太子监军，陛下千万不要舍下臣妾远离京师！"玄宗扶起杨贵妃，双双进宫。

三位夫人见了万岁，纷纷跪倒。玄宗吩咐设宴，酒过三巡，玄宗见虢国夫人，蛾眉双锁，粉颈低垂，楚楚可怜的模样，微微叹道："朕每天在深宫伴着美人，饮酒寻乐，何等自在？不要说美人舍不得朕，朕也舍不得美人。早朝的时候，满朝文武，也劝朕不要亲征。大家放心吧，朕意已决，不去亲征了。"说着，玄宗和三位夫人，举杯共饮。三位夫人随即告辞出宫，把玄宗的话告诉了杨国忠。

杨国忠当即和常侍璆琳商议，二人商议了一夜，有了主意。第二天，杨国忠把家里的珍宝，装了二十辆柴车，又让府中的姬妾子女，涂着泥炭，扮作赶车人，分坐在柴车上。又派一队家将，个个身藏利器，扮成乡村男子，押着柴车，偷偷出了西城，向剑南大道奔去。又悄悄通知韩国、虢国、秦国三夫人和诸位杨氏王府，各各如法炮制。车底装着珍宝，车面上堆着柴草，混出京师，先在剑南郡住下。当时杨国忠兼任剑南节度使，梁州、益州一带，都有杨丞相置下的田地产业。剑南的地方官，都是杨丞相的心腹，见丞相的姬妾到来，都竭力好好招待。虢国夫人与杨国忠兄妹情深，不肯离开京城，杨国忠索兴要她搬进府，兄妹二人，一屋子住着。

杨国忠拿着璆琳捏造的边报，进宫去见万岁。得知万岁爷和杨贵妃在长生殿，就一路向长生殿走来。见万岁正和杨娘娘在棋亭上对弈，杨国忠上去朝见后，站在一旁看着。眼看杨贵妃快要输了，她两个纤指，夹着一粒棋子，双眉微蹙，正在苦思。玄宗用袍袖儿在棋盘上一拂，搅乱了满盘棋子，笑着说道："是朕输了，罚朕为贵妃戴花，怎么样？"说着，一个宫女，献上金盆，盆中一朵牡丹花，十分浓艳。玄宗伸手取过花朵儿，杨贵妃一笑，走进天子怀里，低下头。玄宗把花儿插在杨贵妃的宝髻上，杨贵妃跪下去谢过恩，玄宗握住杨贵妃的纤手，并肩走下亭子。杨国忠默默地跟在身后，玄宗在草地上闲步，忽然问道："丞相收到边报了吗？"杨国忠趁机把假边报献了上去。玄宗接到手中看着，念道："灵武、潼关两路兵马，大获全胜，安禄山兵败逃走，不知去向。现由郭子仪统领十万大军，出关追擒。"玄宗看了，掀髯大笑，说道："真是大快人心！传令众大臣，今晚赐宴。"

兴庆宫中，笙歌饮宴，十分热闹。文武百官，都在外殿领宴，天子和妃嫔，在内殿欢宴。当时只有虢国夫人陪宴，玄宗问："秦国、韩国二夫人怎么没来？"虢国夫人代奏说："身体不适，不能进宫领宴。"玄宗见有虢国夫人在，也十分快乐。当即传乐队，在筵前吹奏。玄宗喝到一半，亲自打羯鼓，殿下齐呼万岁。玄宗令高力士领来全部的梨园子弟，进宫当筵歌舞起来。玄宗看了，连声称妙。杨贵妃见万岁很有兴致，奏道："臣妾也有歌助兴。"玄宗见杨贵妃献歌，更加欢喜，拿着玉笛，亲自吹着。这时宫殿上下寂静无声，杨贵妃唱道：

携天乐花丛斗拈，拂霓裳露沾。迥隔断红尘荏苒，直写出瑶台清艳。纵吹弹舌尖，玉纤韵添。惊不醒人间梦魇，停不住天宫漏签。一枕游仙，曲终闻言，付知音重翻检。

一曲唱完，殿下齐呼："吾皇万岁！娘娘千岁！"玄宗连说："上酒。"高力士上去斟了酒，杨贵妃满满地饮了一杯。接着虢国夫人上去敬了一杯，杨国忠也上去敬了一杯。杨贵妃喝多了，粉腮红晕，星眼蒙眬起来。玄宗见了，万分怜惜，说："妃子醉了，宫娥们快扶娘娘上凤辇回宫休息。"

杨贵妃谢过恩，扶着永清、念奴肩头，辞了万岁，上车回宫。

李龟年上来奏称："有《贵妃醉酒曲》，献给万岁。"玄宗听了大喜，说道："快快唱来，让朕听听！"李龟年打鼓板，乐工吹着笙箫，谢阿蛮跳着沉醉舞。乐队齐声唱道：

态恹恹轻云软四肢，影濛濛空花乱双眼。娇怯怯柳腰扶难起，困沉沉强抬娇腕。软设设金莲倒退，乱松松香肩亸云鬟。美甘甘思寻凤枕，步迟迟倩宫娥搀入绣帏间。

玄宗正听得出神，忽然听到外面景阳钟鼓齐鸣，文武大臣都吓得脸色齐变，面面相觑。玄宗手中的玉杯，哐当一声，打碎在地。一个宫门常侍，匆匆闯上殿，气喘吁吁奏道："万岁爷不好了！刚才边报来报，安禄山起兵造反，杀过潼关，不久就到长安了！"玄宗"啊"的喊了一声，急得双目圆睁，口中连连说道："有这样的事！有这样的事！"杨国忠见事情已经败露，忙跪倒在地，不住地叩头。满殿的大臣，一齐跪倒。玄宗看了，跺脚道："现在不是磕头的时候，各位大臣快想想办法！"满殿一百多名官员，都目瞪口呆，想不出一个主意。玄宗看了，大怒道："平时高官厚禄养着你们，有事了就成了哑巴废物！"高力士战战兢兢地上来，奏道："如今京师震惊，万岁爷龙体为重，应当暂避贼锋。"玄宗想了一会，叹道："事到如今，也是没办法了，不知道该迁避哪里？"杨国忠不假思索，立即奏道："蜀中有现成的行宫，而且离贼兵比较远。陛下临幸蜀中，可保万安。"玄宗说道："好吧。"满殿大臣应一声："领旨！"退出宫去。玄宗又回头对高力士道："快传谕，速备车马。传旨右龙武将军陈元礼，统领三千御林军士，护驾前行。"高力士急忙出宫传旨。玄宗吩咐杨丞相快回府收拾一下，安顿家小。杨国忠当即告辞出宫。

玄宗回到后宫，永清、念奴出来接驾。玄宗问道："娘娘安寝了吗？"念奴奏道："娘娘已经睡熟了。万岁爷有什么吩咐？婢子去叫娘娘起来。"玄宗忙摇着手道："不要惊醒她，朕自己去。"说着，放轻脚步，走进寝宫。宫女们上去揭起罗帐，只见杨贵妃斜依绣枕，双眼蒙胧。玄宗反背着两手，走近床前，细细端详了一会，吩咐宫女放下罗帐，说："不要让贵妃吹了风。"说着，退出房，有小黄门跟随着。玄宗走到廊下，仰面对天叹了一口气。

玄宗也不说话，低着头，向宫门外走去，来到花萼相辉楼，命高力士召请诸王。花萼相辉楼，在兴庆宫的西南墙外面。玄宗想起往日坐完朝，就到花萼相辉楼，与众位兄弟饮酒笑乐。玄宗想到明天就要弟兄分散，就乘着月色，来到花萼相辉楼，与众兄弟再见一面。诸王奉召，齐集楼上。玄宗登楼一望，四顾凄然，命人取来玉环。玉环是睿宗皇帝遗传下来的琵琶。当时皇太子也随侍一旁，玄宗命太子拨着琵琶，自己唱完一曲，提笔写下："皇太子与诸王留守京师。"交给太子，然后匆匆下楼回宫。

这时六宫的妃嫔，都知道万岁要临幸蜀中，顿时恐慌起来。宫女们各各收拾细软，准备随驾逃难。永清和念奴见杨贵妃睡得正香，就各自回到私室收拾衣饰。杨贵妃醒来，觉得舌头苦涩，娇声叫着永清。这时廊下，只有一个小黄门守着。永清、念奴出屋的时候，也嘱托小黄门，留心娘娘醒来叫唤。他见左右无人，就应声进屋。见杨贵妃袒露着酥胸，蒙眬着睡眼，倚着绣枕儿躺着，珠唇微微动着，含糊说道："汤！"玉几上有醒酒汤，小黄门倒了一杯，走到床前，说道："娘娘用汤。"连叫了几声，杨贵妃侧着脖子，又沉沉睡去了。小黄门不敢离开，只是静静地站着。

杨贵妃在睡梦中，一侧身儿，把绣被儿推去半边，露出半弯玉臂，一钩罗袜。酥胸一起一落，十分急迫。粉靥上两朵红云，鼻子吐出一阵阵香息，夹着酒味。一会儿杨贵妃又微微睁开眼，见有人举着杯儿，候在床前。杨贵妃玉臂一伸，珠唇一撅，依旧闭着双眼躺着，嘴里叫："拿汤来！"小黄门大着胆上去，把娘娘的头扶起，把杯儿送到娘娘的珠唇边。杨贵妃喝下醒酒汤，慢慢睁开睡眼，才认出送汤的不是宫婢，而是一个小黄门。再看那小黄门，眉目俊秀，大概十六七岁。又见自己的头依在小黄门的手臂上，不禁扑哧一笑，伸手把小黄门的手臂推开。那小黄门忙低着头，离开绣榻，正要退出屋子。忽听娘娘又低声叫着："来！"小黄门转过头去，见贵妃拥着被子，在床上坐着，含笑招着手儿。

小黄门才走到床前，只见杨贵妃突然揭开绣被，露出一身娇艳的衬衣。小黄门忙低下头去，跪倒在床前。杨贵妃忽然将一双洁白的纤足，伸到小黄门怀里。小黄门急忙用袍幅儿遮住，杨贵妃一会把一只脚搁在小黄门的肩上，一会又搁在他膝上。小黄门一眼见床栏上挂着一双罗袜，就取过罗袜，替杨贵妃套在脚上，又替娘娘套上睡鞋。杨贵妃一只手搭在小黄门肩头，下地站着，只觉得眼眩头昏，软坐在小黄门怀中。小黄门取来一件绣衫给杨贵妃披上。杨贵妃披着绣衫，就在榻前舞了起来，并侧过脸来，水盈盈的眼睛，看着小黄门痴痴笑着。

小黄门怕杨贵妃摔着，上去跪着一膝，扶住杨贵妃的腰肢。杨贵妃趁势在小黄门膝盖上坐下，把小黄门头上戴的帽子，拿下来，戴在自己云髻上。只见她一抹帽沿，压住了眉心，更添妩媚。杨贵妃盯着小黄门，两手捧住他的脸，不停地揉搓着，又贴近脸去，鼻尖和鼻尖接着，突然低下头吻了一下小黄门。小黄门慌得趴在地上，不停地叩头，摇着双手。杨贵妃忽然恼怒起来，柳眉微蹙，杏眼圆睁，啪的一声，一掌打在小黄门脸上，接着又是啪啪十几下。小黄门只是抬着脸，一动也不敢动。杨贵妃忽然又露出笑容，捧过小黄门的脸，不停地闻着，又把脸贴着小黄门的脸。正在这时，忽然听到一声呵斥，杨贵妃吃了一惊，忙把手松了。那小黄门一溜烟似地从永清、念奴二人肋下冲出去，逃得无影无踪。永清、念奴走进房，以为小黄门欺负了娘娘，所以呵斥。杨贵妃这时酒也醒了，想起调戏小太监的事，怕失了脸面，便装着倦态，命永清、念奴伺候她上床安睡。

宫门口的云板不停地敲着，杨贵妃从梦中惊醒，玉容失色，娇躯打战，说道："万岁爷呢？"接着，听到宫门外一片号哭，杨贵妃也不由得搂住永清、念奴二人，落下泪来。正慌张时，玄宗皇帝摇着手，走进屋子，连说："不要惊坏了贵妃！"杨贵妃也从床上跳下地来，倒在玄宗怀里，喊着："万岁救我！"玄宗一边吩咐永清、念奴，快替贵妃穿戴好；一边拉住杨贵妃的手，柔声说道："安禄山起兵造反，已经杀过潼关，向长安打来。朕与杨丞相等人商议，准备明早到蜀中避难。朕已下诏，令太子监国，陈元礼保驾。谁知贼兵来得太快，刚才驿马来报，说安禄山人马离京师只有一百里了。朕只得传旨各宫打动云板，叫他们快随朕出宫逃生。可怜贵妃娇生惯养，怎么经得起颠簸！如今拼着朕这天子之力，也要保护贵妃一人。贵妃不要愁，放心随朕出宫吧！"杨贵妃穿戴好，就由玄宗亲自扶着出宫了。

玄宗皇帝和杨贵妃坐了一辆御苑中的黄盖车，一队御林军士，在车子四周护卫。高力士在半夜去车店雇车，谁知京师的百姓，家家逃难，把车马都雇完了。高力士张罗了半天，只雇了十二辆车。先请虢国夫人抱着儿子坐了一辆。其余十一辆，赶进宫来，各宫妃嫔坐了七辆，只剩下四辆车。宫女们人人要命，见有空车，一拥上前，你争我夺。有扯破衣裙的，有拉散发髻的。皇帝传令启驾，顿时车马齐动。还有许多妃嫔宫女，没挤上车，只能互相搀扶着，跟着大队车马走去。弄得她们个个娇喘细细，珠泪纷纷。后面三千御林军士，押着队。有几个脚小的宫女，实在赶不上车队，就被远远地落在了后面。

·杨国忠丧命·

月移梅影，万籁无声。梅妃独倚翠华东阁，对月长吁。六宫妃嫔，走得一个不剩，梅妃远隔宫闱，大祸临头了都还不知道。直到第二天清晨，服侍梅妃的一个老宫女，慌慌张张地跑上阁来，嚷着："不，不，不好了！"梅妃忙问："什么事？"老宫女说道："安禄山造反，杀进潼关，直逼京师。万岁爷已于昨晚率领六宫妃嫔，由右龙武将军陈元礼，带领三千御林军士保驾，迁幸西蜀去了。宫殿里的宫娥大半逃亡，只留下奴婢和娘娘了，一旦贼兵来了，我们主仆二人可怎么办？"梅妃听了，喊了一声："万岁爷！"就晕厥了过去。

宫女搂住梅妃，哭着嚷着，半天才见妃子双目转动，大声哭了出来。宫女劝道："娘娘快拿主意，现在不是哭的时候，我们也要逃命才好。"梅妃摇着头道："想我一个薄命人，父母远在海南。进了宫，承万岁爷百般宠爱，满心希望与万岁恩爱到头，不料来了个不要脸的淫婢杨玉环，媳妇儿勾搭上了公公，生生地离间了我和万岁。如今身入长门，早已没有生趣，又遭离乱，还贪什么残生，不如早早寻个自尽，保住了清白身子，死了也有脸面见父母。"梅妃说着，连连催着宫女："你快逃生去吧！"宫女哭着说道："万岁爷忍心抛下娘娘，奴婢却不忍心抛下娘娘。奴婢都这么一把年纪了，死也死得了。娘娘待奴婢恩重如山，奴婢今天拼了一死也要守着娘娘！"

正说着，忽然听到一阵喧嚷和号哭声，梅妃惊慌道："是不是贼人到了？"突然推开宫女，转身向窗口扑去。正要跳下阁，却被宫女上来紧紧抱住，劝道："蝼蚁尚且贪生，娘娘有绝世容颜，应当珍重。万岁爷如果回心转意，想念娘娘，而娘娘又轻了生，那时岂不辜负了之前的深情？"说得梅妃泪如泉涌。两人哭着，宫女心生一计，对梅妃说道："奴婢有一个舅舅，在京师南城门外。从兴庆宫南便门出去，非常近。娘娘快随奴婢逃出宫，暂时躲避一下，然后再去找万岁爷。"梅妃摇着头说道："万岁爷忍心抛下我，我就在这了却残生，不想逃了。姐姐既然有舅舅可以投奔，不如赶紧去吧。"说着，推宫女下楼。宫女说道："奴婢只守着娘娘，活一起活，死一起死！"梅妃见宫女如此忠心，感动道："那我就和姐姐一起逃生去。"宫女听了，忙收拾了一些细软，扶着梅妃，走下东阁。

主婢二人，弯弯曲曲，经过十几重门墙，没见到一个人影。走到花萼楼下，只见窗户洞开，帘幕随风飘荡。宫女搀住梅妃，走过九曲湖桥，迎面一座穹门。走出门，就是长生殿西角。只见一幅轻纱，掉在地上。宫女指着轻纱道："这是杨娘娘的浴纱，怎么丢在这里？"正说着，西墙角下，跳出一群贼人。手执雪亮的钢刀，饿虎扑羊一样向她们奔来。宫女忙举着衣袖，遮住梅妃，急忙转身逃。四五个人上来，按住她们。一个大汉，伸手摸着梅妃，梅妃吓得晕过去。宫女嚷道："这是一位娘娘，万岁最宠爱的，你们不要玷污她！"连着骂了几声贼人。贼人大怒，捡起地上的轻纱，活活地把宫女勒死了。

只因宫女说了一声娘娘，众贼人以为梅妃是杨贵妃。纷纷说在边关的时候，就听说杨贵妃长得一身白嫩肌肤，如今一见果然不差。于是就命人送她到温泉洗浴去，等脱光了，让弟兄们也见识见识。这时一个大汉，上去抱住梅妃，掮在肩头，大步向华清宫走去，一群贼人在后面跟着。这些贼人是安禄山的先锋，打进宫，看见金银就抢，见了太监就杀，见了宫女就奸污，把三宫六院，搅得山崩海啸，鬼哭神嚎。梅妃醒来见自己被贼人掮在肩头，到了华清池边，贼人拿刀威逼着梅妃，要她脱了衣裙，下池洗浴。梅妃不肯，贼人恼怒起来，要扒掉梅妃的衣服。吓得梅妃连忙求着说："大王饶命，妾身自己脱。"贼人信以为真。梅妃趁势，一转身逃进锦屏，把门环反扣。梅妃见前面院落里种着梅树，急忙解下白罗带，要在梅树下上吊。只听嘣的一声，锦屏门已被贼人撞倒。一个贼人，追出院子，梅妃跌倒在苍苔上。贼人前来，手起刀落，梅妃胁下被砍了一刀，顿时红颜凋零。

第二天，安禄山摆驾进城，自然有官员出城迎接。一群不要脸的文武官员簇拥着安禄山进宫，在长生殿上坐朝。这群文武官员参拜完，就有军士，把捉住的宫眷太监和不愿投降的文武官员等献上大殿。安禄山一一审问，该留的留，该杀的杀，然后在长生殿上，大开筵宴，赐众文武在华清池洗浴。安禄山自己在龙泉中沐浴，孙孝哲的母亲在凤池中沐浴。两人一边洗浴，一边调笑着。安禄山忽然想起梅妃，忙命人到冷宫宣召，早已不知下落。这一晚，安禄山选了十个绝色的宫女，在杨贵妃寝宫中睡下。又传命把韩国、虢国、秦国三夫人府第，杨国忠兄弟的府第，放一把火烧了，一直烧了七天七夜。安禄山在宫中搜刮了许多金银财帛，并用五百辆大车装着运到洛阳。

安禄山从前随侍玄宗的时候，见李白做诗，乐工奏乐，很有趣，于是立即下谕，搜寻乐工和文人。十天里，抓来几百个以前的乐工和梨园子弟。安禄山就在凝碧池头，大开筵宴。喝到半酣的时候，传谕乐工奏乐。玄宗时候，养有四百匹舞马。天子避难出宫，舞马也逃散民间。安禄山进京，在百姓家里，搜回几十头。乐声一动，舞马就奋鬣鼓尾，跳跃起来。乐工听着旧时的乐声，又见舞马被兵士鞭打，不禁伤心起来。调不成调，弄得舞马乱舞起来。安禄山大怒，命兵士手执大刀，在乐工身后督看着。稍有疏忽，就用刀尖刮刺。乐工雷海青，悲愤不已，把手中琵琶摔得粉碎，向西跪倒，放声大哭，叫道："万岁爷！"安禄山看了，更加怒不可当，喝令兵士，把雷海青绑在戏马殿的柱子上，砍掉手脚，挖出心肝。诗人王维，也被兵士抓去，得知雷海青惨死，写下七言绝句：

万户伤心生野烟，百官何日更朝天？
秋槐落叶空宫里，凝碧池头奏管弦！

杨贵妃在没出京以前曾遇见过一件奇怪的事。那时是白天，杨贵妃在长生殿醒来，见帘外云气濛濛，罩住屋子，就令宫人走出屋子察看。忽见一只白凤，口衔天书，从空中飞到院子，站在庭心。宫女忙去报告杨贵妃，杨贵妃亲自走到庭心，命永清、念奴设下香案拜着，接过天书。白凤放下天书，然后展翅飞走了。天书上写道："谪仙子杨氏在玉阙时，常多傲慢。谪居尘寰之后，依旧骄矜。以声色媚惑人君，仗着宠爱庇护族人。内则韩虢蠹政，外则国忠兼权。如今时限已满，应当归天。如果杨氏罪孽加深，法不可贷，令其死于人世。"杨贵妃读完，很不高兴，令宫女不得告诉万岁。然后把天书收藏到玉匣里，过了三天，打开玉匣，天书已不知了去向。

过了几天，杨国忠宅门外，忽然来了一个中年妇人，指名要见丞相。看守宅门的仆人，拿鞭子打她。妇人大叫起来，说："我有机密大事，面见丞相。如果不让我进去见丞相，我即刻令宅中起火，把丞相府烧个干净。那时你们才知道我的厉害！"仆人听她这么一说，慌忙进去，报告丞相。杨国忠听了，召妇人进去。妇人见了杨国忠，正颜厉色地说道："你身为相国，位极人臣，又是国戚，奢侈无度，无德无义，堵塞贤路，谄媚君上。要知道社稷安定才能保住家族，丞相如此肆意妄行，怎么能保住宗族？"杨国忠大怒，问道："大胆妖妇，你从哪里来？难道不怕死吗？"妇人听了，仰天大笑道："你不知道自己犯有死罪，还说我有死罪，可笑，可笑！你死事小，只是国家从此衰弱，大乱将至。可恨，可恨！"杨国忠令人斩下妖妇的头。一转眼，妇人忽然凭空消失了。众人见了，都惊慌起来。一转眼，妇人又笑吟吟地站在面前，大笑着，出门而去。如今果然闹得京师破亡，皇室逃难。

玄宗带着宫眷，西出长安，一路风餐露宿。将军陈元礼，统领三千御林军，一路保护着圣驾，在前面开路。一会在前面领路，一会在后面押队，兵士们奔波得十分辛苦。到了晚上，还要在行宫四周宿卫，通宵不能睡觉。士兵们心中，万分怨恨。

那时长途跋涉，输送粮食十分困难，只留下一两担白米，专供皇上食用。文武大臣都吃着糙米饭，兵士们吃的是粗黑的麦粉，还不能吃饱。原先每人还能领一升麦粉，到了益州驿，就只有半升了。于是兵士们大哗起来，声势汹汹地围着粮官。粮官对众军士道："这是杨丞相吩咐的，因为粮食不够，所以每人减去半升。"一个胖汉跳起来，大声喝问道："什么杨丞相，没有这奸贼，我们就不用吃这苦了！总有一天叫这奸贼知道弟兄们的厉害！"一个军尉过来呵斥他，兵士们不服号令，鼓噪起来，说军尉欺压兵士。这时，大将陈元礼从行宫中出来，见了，说道："砍下脑袋。"校刀手上去，把胖汉的头斩下，军心这才震服。

夜静更深，官店里踱出两匹马。店门口守卫的兵士，认得骑在马上的，一个是杨丞相，一个是虢国夫人。兄妹二人调笑着，一路踏月，到野外偷情。清风吹来，卫兵隐约听到杨国忠说："明天在陈仓官店等候妹妹。"直到三更，还不见杨丞相回来，卫兵立在门外守候着，白天跑了一天的路，已是疲倦万分了，夜深了，一个人站在门外，不由得打起瞌睡。正要入梦，猛不防杨丞相从外面回来，见守兵竟打瞌睡，于是上去，一甩马鞭子，打得那兵士趴在地上号叫不已。然后让亲兵，把兵士捆起来，送交右龙武将军斩首。陈元礼不敢违抗丞相的命令，正要斩首，将士们都进帐跪求。陈元礼担心军心有变，就说看在众将士的面上，暂时寄下那兵士的脑袋，打入军牢。这天晚上，御林兵士借探望兵士为由，到军牢商量大事。

第二天，万岁启驾，御林军也拔队齐起，从辰时走到午时。走的全是山路，崎岖曲折。走到马嵬坡，前面有一座小驿，玄宗吩咐驻驾，令兵士们休息做饭。杨贵妃在车里颠了半天，筋骨酸痛，也随着皇帝下车，进驿门休息，略微喝了点茶水。玄宗携着杨贵妃，走出庭心，见屋宇低小，墙垣坍败，不禁叹着气。杨贵妃在一旁柔声安慰着，见隔院隐隐露出红墙，殿角金铃作响，问高力士道："隔院是庙宇吗？"高力士道："是如来佛堂。"杨贵妃要去拜佛，玄宗伴着她，走到佛院。殿中间塑着庄严佛像，杨贵妃见了，不由得上去参拜，口中默默祈祷着："早平贼难，早回京师。"拜完起身，只见院中一树梨花，风过之后狼藉满地，不禁叹道："一树好花，在风雨中自开自落，真是可怜！"说着，与玄宗回到驿店。

玄宗传谕，命六军齐发，今晚必须赶到陈仓官店投宿。高力士传旨出去，右龙武将军陈元礼，奉了圣旨，发下号令，令六军齐起。谁知连发三次号令，兵士们都不肯奉令，喧哗不已。陈元礼全身披甲，来到门外，问道："为什么喧哗？"三千兵士，齐声说道："安禄山造反，圣驾迁移，都是杨国忠弄权，才激成变乱。不斩了这个奸贼，我等死不护驾！"声音震动山谷。陈元礼正颜厉声喝道："众兵不要无礼！杨丞相是国家大臣，天子国舅，谁敢杀他？”谁知陈元礼还没说完，只见三千杆长枪，一齐举起，枪尖映着月光，耀得人眼花。随营参军，上去悄悄拉着陈元礼的袍袖，陈元礼才说道：“你们暂且安营，等我奏明圣上再说。”

众兵士正要散去，见杨国忠骑着高头大马，后面跟着一个吐蕃使臣，远远向驿店中走来。这来的使臣，是吐蕃的和好使。杨国忠正要带他去朝见天子，众军士瞥见了，齐声喊道：“杨国忠专权误国，现在又要与蕃人谋反。我等誓死要杀了这个奸贼！要杀杨国忠的，快跟我来。”说着，三千兵士，把枪一举，拍马向杨国忠冲去。杨国忠见势，拨转马头，向坡下逃去。谁知山坡下早已埋伏下一队兵士，一声呐喊，跳出来拦住杨国忠的去路。杨国忠又向西绕过驿店后面逃去。两路兵飞快追赶上去，众兵士齐声大喊起来。杨国忠的坐骑吃了一惊，后蹄儿向天一顿，把杨国忠掀下马来。众兵赶去，刀枪齐举，把杨丞相立即砍成肉泥。吐蕃使臣，也死在乱兵之中。众兵士把杨国忠的脑袋割下来，正要去见天子，只见御史大夫魏方进，从驿店中出来，斥责道：“为什么杀丞相？”上兵大怒，喊一声：“杀！”魏方进也被杀死。又从驿店里搜出杨国忠的两个儿子，乱刀杀死。驿店门外，一片喊杀声、号哭声。

玄宗正在行宫，围墙外喊声震天，杨贵妃吓得玉容失色，玄宗也慌张起来，忙问：“高力士，外面为什么这么喧嚷？快宣陈元礼觐见！”高力士急忙出去传谕，只见陈元礼跟着进来，拜倒在地，说道：“臣陈元礼见驾。”玄宗问：“众士兵为什么喧嚷？”陈元礼奏道：“杨国忠专权导致兵乱，又与吐蕃私通，激怒了六军，已经被士兵杀了。”玄宗听了，大惊失色。杨贵妃听说哥哥被乱兵杀死，忍不住哭了出来。玄宗睁大了双眼，半天说道：“怎么会这样！”说着，低下头，又说道：“算了，快传旨起驾！”陈元礼叩了头，起来，急忙出去，对众兵高叫道：“圣旨到，赦免你们擅杀丞相之罪，立即起驾。”

谁知众兵士听了，还是围住驿店，三千军士，直挺挺站着不动。陈元礼看了十分诧异，忙问：“为什么还不起行？”兵士齐声叫道：“杨国忠虽然已被诛杀，但杨贵妃还在。不杀杨贵妃，誓不护驾！”陈元礼听了，也不禁吓了一跳，斥责道：“无礼！”兵士个个拔出腰刀，竟要冲进驿店。慌得陈元礼连忙进去，见了万岁，哭拜在地，奏道：“臣治军无方，罪该万死！”玄宗忙问：“众兵士为什么还不肯起行？”陈元礼只得奏道：“众军士说：‘杨国忠虽然已被诛杀，但杨贵妃还在。不杀杨贵妃，誓不护驾！’望陛下以大局为重，割爱将杨贵妃正法。”杨贵妃听了，“扑通”一声，晕倒在地。玄宗忙扶起杨贵妃，搂在怀里。

·马嵬坡的诀别·

玄宗搂着杨贵妃，不禁流下泪来，对陈元礼说道："将军！杨国忠即使有罪当诛，也已被士兵杀了。贵妃处在深宫，不问外事，杨国忠的事，与她有什么关系？"陈元礼叩着头道："圣上明鉴，只是军心已变，属下也无可奈何！"玄宗发怒，说道："怎么将军也说这样的话，快去告诉众士兵，不要再不知高低，狂言恐吓。"陈元礼吓得低下头，正要退出去，只听驿门外兵士们又鼓噪起来，喊声震天，说："快砍下杨贵妃的头来！"陈元礼急忙跪倒在地，叩着头道："兵士们如此喧哗，叫小臣怎么去传旨？"

杨贵妃也跪到一旁，呜咽着说道："万岁啊！事出突然，这是妾身和众兵士前生注定的冤孽。众兵如此凶横，妾身躲也躲不过了。事到如今，万岁爷龙体为重，吾皇还是抛下妃子吧！"玄宗听了，心如刀割，拉着杨贵妃的手，顿足叹气。七八个兵士，冲进驿门，大喊道："不杀贵妃，死不护驾！"陈元礼急忙拔佩剑上去，砍倒一个，其他的兵士才退出去。杨贵妃看了，喊了一声："万岁！"又晕厥过去。陈元礼又说道："臣启陛下，杨贵妃虽然无罪，但杨国忠是杨贵妃的兄长。杨贵妃在陛下身边，军心难安。只要军心安定，陛下就安全了。愿陛下三思。"玄宗也不听陈元礼的话，只抱着杨贵妃，一声一声地叫着"贵妃"。杨贵妃哇的一声，醒来又悲悲切切地呜咽着。

忽然高力士慌慌张张地进来，说道："启奏万岁爷，外边的兵士已把守门的士兵打死。再迟延的话，只怕会有大祸，这可怎么办？"玄宗道："陈元礼快去安抚六军，朕自有道理。"陈元礼应了一声："领旨！"急忙出去。玄宗听到驿门外又是一片呐喊声，高力士又急忙进来，奏道："万岁爷，不好了！陈将军奉旨出去，还没说半句话，兵士们就鼓噪起来，都说：'快拿贵妃的头来，不必啰唆！'一队兵士，要冲进来，陈将军拔刀杀死了几个。兵士们大怒，三千人一齐冲向陈将军，陈将军难以挡住。万岁爷快传谕禁止！"陈元礼也高声叫道："万岁爷自有道理，众军士不得喧哗。"说着，两眼望着玄宗。京兆司录韦锷，低声奏道："愿陛下割恩忍爱，以安定社稷。"兵士们不见皇帝下旨，人人拿手去摸刀枪，陈元礼见了，急忙站在门口，叫道："众兵不得无礼，万岁爷快要降旨了！"说着，保护着玄宗，退到了院子里。

玄宗走到马道北墙，站住叹道："堂堂天子，连心爱的女人都不能庇护，叫朕哪有脸去见贵妃！"正说着，永清、念奴扶着杨贵妃，从马道迎接出来。杨贵妃跪下地，奏道："臣妾受皇上深恩，九死难报。如今形势危急，望陛下赐臣妾自尽，以安定军心。陛下如果能安稳走到蜀中，妾身的魂魄必定一路追随陛下，虽死犹生！"玄宗见了，心中更是不忍，扶起杨贵妃，说道："贵妃说的什么话，没了贵妃，朕虽然是九五之尊，拥有天下，又有什么用？宁可家破国亡，也决不丢下贵妃。”说着，扶起杨贵妃，打算进屋。正在这时，忽然听到门外震天一响，接着地面也震动起来。玄宗和杨贵妃脸上都变了色，高力士奔进来，气喘吁吁地说道：“外面兵士，不见圣旨，把门外的墙推倒了。情势万分危急，望万岁爷快传谕旨，赐娘娘自尽，才是国家之福！”接着众大臣都跪下，说道：“请万岁当机立断。”杨贵妃也哭着说道：“事已至此，无路求生。陛下如果再留恋，一旦玉石俱焚，臣妾的罪孽就更重了。”众大臣说道：“娘娘既然愿意慷慨赴死，请万岁以社稷为重，勉强割爱吧。”

玄宗左右为难，顿足说道：“算了，算了！妃子既然执意如此，大臣们又紧紧相逼，朕也做不了主了。高力士，一切由着娘娘吧！”玄宗一放手，杨贵妃倒在地下，捧住玄宗的靴尖，呜咽痛哭。左右大臣见皇帝下了旨，齐呼：“万岁！”陈元礼急忙走出驿门，对众兵士大声说道：“众军听着，万岁爷已经下旨，赐杨娘娘自尽了。”三千兵士，齐声高呼：“万岁，万岁，万万岁！”高力士扶起杨贵妃，杨贵妃向众大臣说道：“愿大家保护好陛下。”高力士递过一幅白罗巾，杨贵妃接到手中。玄宗呜咽着说道：“愿贵妃善地受生！”杨贵妃也说道：“望万岁爷勿忘七夕誓言。”永清、念奴扶着杨贵妃谢过圣恩，高力士上去，扶着杨贵妃，说道：“那边有一座佛堂，正是娘娘的善地。”杨贵妃也说道：“让我先去拜拜佛爷。”说着转过脸对玄宗说了一句：“万岁珍重！”然后走向佛堂。玄宗眼中含着泪珠，望着杨贵妃，不见影了，才由永清、念奴二人扶进屋了。

高力士扶着杨贵妃进了佛堂。杨贵妃跪在蒲团上，口中说道：“佛爷，佛爷！我杨玉环罪孽深重，请佛爷超度！”高力士也在一旁跪下，说道：“愿佛爷保佑娘娘，好好升天。”说完，扶起杨贵妃，自己跪下，说道：“娘娘有什么话？快吩咐奴才几句。”杨贵妃道：“高力士，圣上春秋已高，我死之后，只有你是旧人，能体恤圣意，要小心侍奉圣上。为我转奏圣上，不要再念着我这薄命人了！”说着，不禁又呜咽起来。高力士道：“奴才谨记在心。”杨贵妃说着，从怀中拿出钿盒，从头上拿下金钗，交给高力士道：“这对金钗和钿盒，是圣上定情时所赐。将来把这些跟我葬在一起，千万不要忘了！”杨贵妃还想吩咐几句，士兵们已经冲了进来。

高力士急忙上前拦住，大声说道：“众兵士不得过去，杨娘娘即刻归天了！”杨贵妃走出院子，四处一望，看见一株梨树。她走到树前跪下，向着天空叩谢圣恩，说道：“臣妾杨玉环，叩谢圣恩！从此永别了！”高力士帮着杨贵妃，把罗巾套在脖子上，一吊，气绝身死。高力士解下杨贵妃颈上的罗巾，举在手中，拿出去给兵士们看，说道：“杨贵妃已死，众军退下！”军士们齐声说：“没见到杨贵妃尸身，军心不能安。”

陈元礼于是率领数十名兵士，走进院子。高力士把杨贵妃的尸身，安置在庭心，上面用锦被盖着。兵士们绕了一个圈，见杨贵妃果然死了，齐呼万岁，退出门去。

高力士拿着那幅白罗巾和金钗钿盒去见皇帝，跪奏道："启禀万岁爷，杨娘娘归天了！"玄宗靠在案头，怔怔地出神。高力士跪在一旁，等了半天，又奏道："杨娘娘归天了！这里有杨娘娘自缢的白罗巾，还有金钗钿盒。"玄宗跳起身来，接过罗巾，大哭道："贵妃！贵妃！暂时将贵妃用锦褥包裹，好好掩埋了，日后再改葬。这钗盒就与娘娘葬在一起吧。"高力士应一声："领旨！"高力士祭殓完，玄宗抱着杨贵妃的尸身，将她葬在马嵬西郊。杨贵妃死时，仅三十八岁。銮驾驻扎在马嵬驿中，一连五天五夜。陈元礼和高力士二人，天天劝皇上起驾，玄宗无奈，只得答应。众士兵一声呐喊，撑起大旗，浩浩荡荡，奔向陈仓大路。

陈仓是一个热闹的地方，百姓殷富。杨国忠在这里，置有田产房屋。时局变乱，杨国忠早把一家姬妾，珍宝细软，搬运到陈仓，不料自己在马嵬坡被乱兵杀死，丢下心爱的姬妾财帛，都给了陈仓县令薛景仙享用。薛景仙，是杨丞相的心腹，做了十年相府的仆人。杨国忠有产业在陈仓，特派薛景仙到这里做县令，借此可以照管杨丞相的财产。杨丞相哪里有田庄，哪里有房屋，哪里藏着银钱，别人都不清楚，只有薛景仙一人知道。哪位姬人最年轻，哪位姬人最美貌，哪位姬人最风骚，也只有薛景仙一人知道。杨国忠的正夫人裴氏，名柔，是蜀中的妓女，肌肤白净，容貌妩媚。薛景仙看在眼里，记在心头。如今天从人愿，杨国忠把一家大小，都托给薛景仙照顾。虢国夫人和裴氏，住在一个院子。虢国夫人的轻盈姿态，风骚性格，最让薛景仙魂梦颠倒。听说杨丞相被乱兵杀死，他也不客气了，把杨国忠一生辛苦积蓄下来的财帛田屋和姬妾奴婢，全都霸占了。命一队兵士，去抓裴氏和虢国夫人。

虢国夫人正在妆楼上淡扫蛾眉，忽然幼子慌慌张张跑上楼，哭嚷道："强盗杀进来了。"虢国夫人住在别院，因自己长得美貌，时时怕有强盗来。听说强盗来了，慌得扔下眉笔，一手拉着儿子，一手拉着女儿，急忙奔下楼。只听前面院子里呐喊声一阵一阵，于是急忙转到后花园。经过西书房，看见夫人裴氏，扶着小姐，站在书房门口发呆。见了虢国夫人，两人拉着手对哭。虢国夫人说道："逃生要紧！现在不是哭的时候。"裴氏和虢国夫人走出了书房，向后园门奔去。这座后门，远隔着一片湖水，湖面上架着九曲长桥。姑嫂二人，向桥上奔去。忽然两扇后门，全部倒地。一大群强盗，手执刀剑，杀进门来。虢国夫人带着女儿，转身又向湖对岸逃去，奔进了一座大竹林里了。

裴氏一蹲身，坐在地下哭着。虢国夫人也不禁凄然泪下。裴氏说道："我们年轻女子，一旦落到贼人手中，还有什么好事。倒不如趁早寻个自尽。”还没说完，只见虢国夫人从裙带下解下一柄羊角尖刀，一闭眼，向脖子上抹去。她的子女眼快，急忙上去拉住母亲的手哭道：“母亲如果死了，叫孩儿依靠谁？”一句话，触动了她的心事。母子三人，抱头哭了一回。忽见虢国夫人含着一眶眼泪，睁大了眼睛，咬一咬牙齿，把刀尖向儿子胸前一刺，又向女儿咽喉上一抹，一对玉雪聪明的儿女，一齐倒下死了。裴氏看了，吓得腿也软了，蹲身坐在地上，哭着说道：“夫人慈悲，快把我这薄命的女儿，也送上天吧！”虢国夫人上去，一刀戳在腰眼里，一个粉脂娇娃，倒下地去。裴氏看了，心如刀割，纵身上去，抱住女儿的尸身，号啕大哭。虢国夫人两眼发呆，云鬓散乱，看着地下的尸身，哈哈大笑，忽然仰天大叫，拿刀子向自己脖子上抹去。鲜红的血，涌了出来，虢国夫人倒在了地上。裴氏见了，夺下尖刀，向自己酥胸刺去。这时竹林子外奔进一群强盗，一把夺去尖刀，拉着她就走。可怜裴柔最终还是做了薛景仙的姬妾。

第三天，陈元礼御林军赶到，又从深山中搜出杨国忠的三子杨晞，将其杀死。随后，又杀了杨国忠的同党翰林学士张渐、窦华、中书舍人宋昱、吏部郎中郑昂。杨国忠的四子杨晓，逃去汉中，被汉中王李瑀捉住，活活打死。杨氏一门就此全部杀尽，军心大快。玄宗皇帝心中凄凉万分，骑在马上，长吁短叹。高力士在一旁，指着远山近水，玄宗勉强又走了一程，到了扶风，在凤仪宫住下。自从杨贵妃上吊后，玄宗忘了睡眠，忘了饮食，整天淌抹眼泪。高力士看了，心中也愁闷，也曾劝过几次。玄宗总是念着杨贵妃，常常自言自语道：“空做一朝天子，竟成千古罪人！”。

忽然有一个农人郭从谨，煮了一盂麦饭，献进宫。高力士见皇上整天愁眉不解，见有农人献饭，想借此分散万岁忧愁。于是传进话去，奏道：“扶风农人郭从谨特煮一盂麦饭，进献万岁。”玄宗听了，欢喜起来，忙传旨召扶风郭从谨进宫。郭从谨头顶麦饭，进宫跪在当殿，说道：“草莽小民郭从谨见驾。”玄宗问：“你是哪里人？”郭从谨奏道：“草民生长在扶风，六十岁了，托圣天子庇护，年年风调雨顺，国泰年丰。听说御驾出巡，来到扶风，草民特地煮了一盂麦饭献来。乡野之人一点忠心，望圣上不要嫌弃。”玄宗笑道：“寡人久处深宫，没有尝过此味。难得你一片忠心，朕接受了！高力士，快取上来。”玄宗就着瓦盂吃了几口麦饭，连连称赞：“好香甜的饭啊！”

此时，跪在一旁的郭从谨又奏道：“陛下今日的颠沛，是为谁呢？”玄宗也问道：“你说是因为谁？”郭从谨奏道：“请陛下赦草民无罪，草民才能直言。”玄宗命高力士扶起老人，传谕老人：“直说无妨。”郭从谨高声说道：“都是因为杨国忠，依势猖狂，招权纳贿。他与安禄山朋比为奸，流毒十年，天怒神怨。”玄宗叹道：

"杨国忠弄权，安禄山谋反，叫寡人怎么知道？"郭从谨奏道："安禄山早已包藏祸心，路人皆知。去年有人上疏告安禄山谋反，谁知陛下反而将此人诛杀，从此言路尽塞，谁也不敢冒死进言了。"玄宗叹着气道："这些都是因为朕没有明察，才导致了今天的局面！朕记得姚崇、宋璟做丞相的时候，屡次直言进谏，万里民情，朕都能知晓。不料姚、宋以后，满朝臣宰，一味贪取荣位。郭从谨，他们还不如你一个草野之民，心怀忠直，能指出叛臣奸相。"郭从谨奏道："如果不是陛下巡幸到这里，小民怎么能见到天颜。请陛下保重龙体，小民告退。"玄宗从衣带上解下一个佩璧，赐给郭从谨说："拿去做个纪念吧！"郭从谨得了佩璧，连连叩头谢恩。

郭从谨退下后，高力士又上奏道："成都节度使差遣使臣，送来十万匹春彩。"玄宗传旨道："春彩照数收下，打发使臣回去。"玄宗与郭从谨谈论后，心中舒坦了许多；内侍献上御膳，玄宗也略微吃了点。用过膳，玄宗起身走到宫门口，记起那十万匹春彩，想到嫔嫱散尽，春彩也没什么用，就对高力士说："召集御林军将士，到宫门口听朕面谕。"高力士在宫门外高声叫道："万岁爷宣召龙武军将士听旨。"不一会儿，将士全身甲胄，齐集在宫门口："龙武将军叩见万岁爷！"玄宗道："你们的忠义，朕都知道。但是朕实在不忍让你们再为朕奔波，你们还是各回家乡去吧。"陈元礼听了，忍不住说道："万岁爷如此厌弃臣等，是不是因杨娘娘之死，对臣等心存疑惑？"玄宗道："不是。朕此次蒙尘，长安父老肯定挂念。你们回去后，也可转告他们，就说朕已经安全了。"众兵士听了，齐声说道："万岁爷，臣等情愿随驾，誓无二心！"

第二天，高力士扶着玄宗上马，军士列队先行。玄宗在马上，看着四周的山色，叹着气说道："看到鸟啼花落，水绿山青，朕更是悲伤！"高力士奏道："万岁爷途路风霜，十分劳顿，请稍稍排遣，不要太过忧伤。"玄宗叹道："高力士，朕与妃子形影不离，这次仓促西巡，没想到却断送她的性命，叫寡人怎么能不伤心！"说着，用袍袖抹着眼泪。一路旌旗枪戟，缓缓向山腰栈道走来。玄宗皇帝骑在马上，好像喝醉酒一样，歪歪斜斜，马蹄一脚高一脚低。高力士见了，忙赶上前去，拢住万岁的辔头，奏道："前面已经是栈道了，请万岁爷挽住缰绳，缓缓前进。"才走到半山，忽然一阵风来，挟着雨点，向玄宗皇帝迎面扑来。

不一会儿，万岁爷须眉上都挂着雨点，衣襟全湿了，他却还没发觉，依旧愁眉泪眼地冒雨走着。高力士跳下马，向前挽住辔头，奏道："下雨了，请万岁暂登剑阁避雨。"玄宗如梦初醒，抬起头来，向空中一望，惊道："怎么好好的天，突然下起雨来了。快吩咐兵士们，暂时驻扎，雨停了再走。"兵士们听了，齐呼一声万岁，支起篷帐躲雨。

·李龟年骂贼·

玄宗走到剑阁，登高一望，只觉山风削面，冷雨敲窗，十分凄楚。玄宗说道："高力士，拿玉箫来吹着，朕要歌一曲解闷。"高力士就从靴统里拿出一支玉箫，吹着。玄宗唱道：

枭枭旗旌背，残日风摇影，匹马崎岖怎暂停。只见阴云黯淡无昏暝，哀猿断肠，子规叫血，好叫人怕听。兀的不惨杀人也么哥！兀的不苦杀人也么哥！萧条恁生，峨眉山下少人行，雨冷斜风扑面迎。

玄宗唱完第一阕，不禁悲咽，略微停了一会。高力士又吹起来，玄宗接着唱道：

淅淅零零，一片凄然心暗惊，遥听隔山隔树战，合风雨高响低鸣。一点一滴又一声，一点一滴又一声，和愁人血泪交相迸！对这伤情处，转自忆荒茔。白杨萧瑟雨纵横，此际孤魂凄冷，鬼火光寒，草间湿乱萤。只悔仓皇负了卿！负了卿，我独在人间，委实的不愿生。语娉婷，相将早晚伴幽冥。一恸空山寂，铃声相应，阁道峻嶒，似我回肠恨怎平。

玄宗唱到最后一句，心中万分凄凉，忍不住掩面呜咽起来。高力士急忙放下玉箫，上前劝慰。玄宗一时勾起了伤心，怎么劝也止不住，慌得文武百官，都上阁来，跪求万岁爷不要悲伤。

好容易劝住了玄宗，忽然递来太子的奏本，说自己率领亲贵，在灵武关避难；反贼安禄山，攻破京师，大掠宫廷，在洛阳建伪都，自称天子；现由灵武郡太守郭子仪统带十万雄兵，收复京师，进逼洛阳，杀平贼寇，在弹指之间；请父皇回銮，处理朝政。玄宗看了奏章，略微开颜，把太子奏本递给群臣看，百官齐呼万岁。玄宗就与众大臣商议，说："京师不可一日无君，朕决意传位太子，先在灵武设朝，等郭子仪杀平贼寇，再回京师。”文武官员听玄宗要退位，纷纷劝谏。无奈玄宗因杨贵妃之死，万念俱灰，丝毫不再眷念天子之位。不管百官怎么劝谏，玄宗最终还是亲自写下诏书。当天派了使臣，捧着传国玺，令文武官员，随同使臣回灵武关，侍奉新天子登位。又下诏封郭子仪为朔方节度使，即率人马，火速进剿安禄山。文武官员只得辞别太上皇，回灵武关。玄宗亲自下阁，送百官起程。这时风雨停了，高力士传谕兵士起驾，一队人马簇拥着玄宗皇帝继续前行。没几天，就到了成都。玄宗太上皇，住在行宫，依旧朝朝暮暮想着杨贵妃，淌眼抹泪、长吁短叹地过着日子。

晚上，玄宗在行宫中念着杨贵妃，听着风吹铁马、雨打梧桐的声音，伏案睡去。恍恍惚惚，又到了马嵬坡，只见杨贵妃脖子上挂着白色罗巾，飘飘荡荡地从佛堂里出来。玄宗急忙跑过去，在后面紧紧跟着。杨贵妃一边走着，一边说道："我杨玉环随驾西行，刚到马嵬驿，不料六军变乱，逼着我投缳自尽。"说着，啜泣不已。玄宗看了，心中万分怜惜，想拉住她劝慰一番，却怎么都追不上。杨贵妃走到荒野就停住了脚步，见前面烟树苍茫，不禁凄苦起来，哭道："不知圣驾这时到了哪里！"杨贵妃在一条崎岖山路上走着，转过山坡，看见前面树梢上的一簇翠旗尖，说道："好了，看见圣驾了，就在前面了！"然后一声"天子"一声"万岁"地哭着。玄宗在一旁看了，如同万箭穿心，苦于不能近身劝慰，只远远地站着，高声喊道："贵妃，不要哭坏了身子，朕在这里看着你。"可不管玄宗怎么叫喊，杨贵妃好像什么也听不到。

一转眼，见那边愁云苦雾之中又有个女子，躲躲闪闪地走来。等他走近一看，原来是虢国夫人。只见她满脸血污，后面两个鬼卒追上来，喝道："哪里去！"一把揪住虢国夫人。虢国夫人哀声求告道："奴家是虢国夫人，当年万岁爷的小姨子。"鬼卒大笑道："捉的就是你，你生前也享够福了，现在就随我到枉死城去！"说着，不由分说，一把揪住虢国夫人的云髻。玄宗看了，想起从前在曲江召幸的恩情，扑身上前去救，高声喊道："大唐天子在此，不得无礼！"一转眼，虢国夫人和两鬼卒竟然都不见了。

玄宗急忙向四周找寻，那边又来了一个男子，满身鲜血，飞奔前来。后面一群鬼卒，追打着。那男子跑到玄宗跟前，跪在地上，不停地磕头求救道："万岁爷，快救臣性命！"玄宗一看，原来是杨国忠。正慌张的时候，那鬼卒赶上来，一把揪住杨国忠的衣领，大声喝道："杨国忠，哪里走！"杨国忠用手抵抗着道："我是当朝宰相，刚才被乱兵所害，你们为什么又来拦我？"鬼卒骂道："奸贼！我奉阎王之命，特地来捉拿你，还不快走！"杨国忠问道："你们要把我带到哪里去？"那鬼卒冷笑着，不说话。这时，杨贵妃也到了跟前，见了杨国忠就叫道："这不是我的哥哥吗？怎么这么可怜？”杨国忠见了妹妹，正要上前打招呼，那鬼卒哪里肯，用槌打着，脚踢着，推推搡搡的把他拉走了。杨贵妃见了，自言自语道：“哥哥这样，我难道没错吗？虽然承圣上隆恩，赐我自尽，恐怕也不能消除我的罪孽。前途茫茫，似乎没路，不如回马嵬驿。”说着，转身走去。玄宗见杨贵妃在前面独自走，就在后面追赶着，叫道：“贵妃，快随朕回行宫去。”杨贵妃好像没听见一样，自顾自走着，玄宗一步一步地在后面跟着。

走到马嵬西郊道北坎下，只见白杨树上刻着一行字：“贵妃杨娘娘葬于此。”玄宗看了，泪水直涌。杨贵妃的魂儿，见了树下的一堆新土，也不禁悲伤，说道：“原来把我就埋在这里了！唉，玉环，玉环！这冷土荒茔，就是你的下场！”正凄惶着，只见一个白须老人，拄着拐杖走来。玄宗上去拉住问道：“你是什么人，竟敢擅闯贵妃的墓地？”老人答道：“小神是马嵬坡的土地神。奉西岳帝君之命，前来保护杨玉环的肉身，安顿她的魂灵。”说着，拂尘帚向杨玉环肩上一拂，说道：“不要哭了，你是杨玉环的鬼魂吗？我是马嵬坡的土地神。”杨玉环答道：“我是。尊神有什么吩咐？”土地神说道：“杨玉环，你本是蓬莱仙子，因过谪贬人间。现在期限虽然已经满了，但你生前罪孽深重，一时还不能升仙。小神奉西岳帝君旨意，保护你的肉身，并为你解开怨结。”那土地神说着，伸手把杨贵妃脖子上的白罗巾解下。杨贵妃说着：“多谢尊神！不知我与皇上，是否还能相见？”土地神摇着头道：“这事小神不知，贵妃先在马嵬驿佛堂暂住。小神先去复旨。”土地神一转身，就不见了。

玄宗见杨贵妃独自立在白杨树下，上前向她招手道：“贵妃快随朕回行宫。”杨贵妃并不理睬，低着头，向马嵬驿佛堂中走去，玄宗也跟进佛堂。杨贵妃从屋子里转出去，走到庭心，抬头望着，自言自语了一阵。突然当庭跪倒，对着星月，深深拜着，说道：“皇天在上，我杨玉环生前罪孽深重，今夜对天忏悔，望皇天宽宥。只有一点痴情，做鬼也没能醒悟。生前万岁爷待我恩重如山，我即使不能重生，也不愿投生，只愿在九泉之下等万岁前来，重证前盟。土地神说我是蓬莱仙子贬谪人间，我自知罪孽，不敢奢望重列仙班，只愿皇天还我杨玉环旧时的婚姻。”玄宗听了，心中无限感慨。又见杨贵妃一个人冷冷清清地跪在庭心，心中万分不舍，于是扑向庭心，想把杨贵妃抱在怀里安慰一番。忽然那土地神从门外进来，向杨玉环说道：“贵妃不必悲伤，我给你一张路引，千里之内，任你魂游。”杨贵妃接了路引，连连道谢，土地神转身离去。杨贵妃得了路引，欢喜道：“这里离成都不远，我看万岁爷去。”说着，提起裙幅，向门外走去。玄宗急忙追赶着，喊道：“贵妃，朕在这里啊。”忽然脚下被石块一绊，哎哟一声，睁开眼一看，原来是梦。

高力士正一声一声叫着“万岁”，玄宗也不理他，只吩咐快开门，快迎接贵妃。说着，从被窝里跳起来。高力士拿来一袭龙袍，披在万岁爷身上，去开房门。只见一天凉月，万籁无声，冷风阵阵。玄宗痴痴地望了半天，哭道：“我可怜的贵妃！”高力士扶着玄宗，回到床上睡下，玄宗又捶床痛哭。高力士百般劝慰着，玄宗说：“贵妃娘娘的魂儿，一定来朕身边了。”第二天令成都府，在行宫旁建造一座贵妃庙，用檀香木雕了一座杨贵妃像。

安禄山攻破了京师，得了许多美女财帛，就迁都到洛阳城，大兴土木，建造宫殿。这一天，新宫落成，召集文武百官到新宫，大开筵宴。官员大半都是唐室的旧臣，见了安禄山，依旧齐声高呼着“皇上万岁，万万岁！”

安禄山高坐殿上，见了众官员，哈哈大笑，说道：“众卿平身！寡人安禄山，自从范阳起兵，所向无敌，长驱直入，到了长安。那唐家皇帝，已逃到蜀中去了。眼看这锦绣江山，归朕掌握，真是快意！今天新宫落成，特设宴与众卿家共庆太平。”殿下齐呼：“万岁！”然后各自就座，吃喝起来。安禄山令梨园子弟奏乐。梨园子弟，当殿奏着乐器，齐声唱道：

当筵众乐奏钧天，旧日霓裳重按，歌遍。半入云中，半吹落风前，希见。除却了清虚洞府，只有那沉香亭院。今日个仙音法曲，不数大唐年！

安禄山听了曲子，不禁赞道：“奏得好！”殿上殿下，正在欢饮，忽然听到殿角上发出一缕冷冷的琵琶声，哭着唱道：

幽州鼙鼓喧，万户蓬蒿，四野烽烟叶堕空宫，忽惊闻歌弦。奇变，真个是天翻地覆，真个是人愁鬼怨。

接着又大声哭唱道：

我那天宝皇帝呵，金銮上百官拜舞，何日再朝天！

这一唱，把满殿的人都听得停杯落泪。安禄山大怒道：“什么人在哭？”孙孝哲答道：“是乐工李龟年。”安禄山喝道：“拿上来！”

值殿禁军把李龟年、李彭年、李鹤年兄弟三人，揪了上来。安禄山大声喝问道："李龟年，寡人在这里开太平筵宴，你胆敢擅自哭唱，实在可恶！"李龟年面无惧色，厉声说道："安禄山，你蒙圣恩封将封王，却不思报效朝廷，反而起兵作乱，逼走圣驾。你恶贯满盈，日后必定死无葬身之地！还说什么太平筵宴。"安禄山被李龟年骂得拍案大怒，大声说道："你这狗贼，寡人入登大位，臣下无不顺从。你这狗乐工怎么敢如此无礼？"左右大臣慌得一齐跪奏道："主上息怒，乐工无知，请圣上不要介意。就命他重唱一折好听的《凉州》曲赎罪。"李龟年也说愿唱一折新词。满殿的官员，听李龟年说愿唱新曲，都替他求情说："先让李龟年唱唱新词，如果再有冒犯，再重罚也不迟。"安禄山这才缓下气来，对李龟年说道："寡人念你是先朝的旧臣，宽恕你一回。众文武官员都替你求饶，看在他们面上，这个死罪，先寄在你身上。再有不敬，就让你去见雷海青去。"

李龟年听了，也不说话。值殿太监，送来琵琶。李龟年接在手里，弹了起来，提高嗓子唱道：

怪伊忒负恩，兽心假人面，怒发上冲冠！我虽是伶工微贱，也不似他朝臣腼腆！安禄山，你窃神器上逆皇天，少不得顷刻间尸横血溅。我掷琵琶将贼臣碎首报开元！

唱到这一句，猛然举起琵琶，向孙孝哲打过去。孙孝哲一声惨叫，头被打破，倒在地上死了，琵琶也打得粉碎。满殿的人齐声喝道："这狗奴才该死，辱骂圣君贤臣不算，还敢当殿打死万岁的宠臣。"安禄山也高叫："来人，快拉这贱奴拖出去斩了！"立即冲上来一队武士，把这李龟年三兄弟拖下殿。

安禄山被李龟年骂了一场，酒也骂醒了，兴致也没了，于是站起身，说道："寡人心里不快，众卿暂时退下吧。"众官员齐声答道："领旨，臣等恭送主上回宫。"安禄山退进宫。孙孝哲的尸身，自有太监棺殓。众官员乘兴而来，败兴而返，纷纷退出殿去。一路上议论道："真是好笑，一个乐工，竟做起忠臣来了！难道我们吃太平筵宴的，都是奸臣？李龟年啊李龟年！你毕竟是一个乐工，见识太浅。"

李龟年兄弟三人，被揪到午门，正要斩首，忽见李猪儿手捧小黄旗，赶到午门，高叫："刀下留人！主上吩咐，暂时把李氏弟兄打入大牢，好好看守。"武士见李猪儿有小黄旗在手，信以为真，就把李龟年兄弟，推入刑部大牢中关着。半夜时分，一个身材矮小的人，从屋檐上跳进大牢，把李氏弟兄三人救出，并送到城外。李龟年、李彭年、李鹤年三人，星夜逃去江南。救李龟年性命的人，正是李猪儿。李龟年与李猪儿不认识，李猪儿为什么要救李龟年呢？

孙孝哲的母亲孙氏，在安禄山后宫多年，因生性淫荡，深得安禄山宠爱。后来安禄山攻进潼关，在行营中，身边没带妇人，十分寂寞。手下兵士，在民间搜到妇人李氏，献了进来。李氏长得娇艳，皮肤白净，安禄山对她十分宠爱。李氏与前夫，生下一个儿子李猪儿。安禄山因为宠爱李氏，就收李猪儿为义子。见他俊秀聪明，就把他当自己儿子一样看待。安禄山做了皇帝后，孙孝哲的母亲替安禄山生了个儿子，取名安庆恩。安庆恩聪明秀美，安禄山欢喜不已。俗话说，母以子贵。安禄山既宠爱幼子，就把孙氏立为皇后，李氏立为贵妃。李猪儿见自己母亲只做了贵妃，心中不甘。孙孝哲因母亲做了皇后，骄傲起来。二人常在宫中出入，互不服气，见了面不是冷嘲热骂，就是拳脚交加。安禄山虽然立孙氏做了皇后，但心中却更宠爱李氏。见孙孝哲和李猪儿两人，时常打架吵闹，也无可奈何。

李猪儿恨孙孝哲入骨，暗暗与安禄山长子安庆绪联合。安庆绪现任大将军，手下有十万雄兵，帮着父亲东征西杀，功劳不小。以为父亲称帝，太子的位置就是自己的了。谁知安禄山宠爱安庆恩，想要立安庆恩为太子。孙孝哲见主上想立安庆恩为太子，想到将来弟弟做了皇帝，他做哥哥的也免不了封王晋爵，因此在外面拉拢大臣，要他们在安禄山跟前进言，立安庆恩为太子。大将军安庆绪，打听到这消息，心中恨恨不已。李猪儿也替安庆绪在外面拉拢大臣，要他们劝安禄山立安庆绪为太子。两边结党营私，正相持不下，忽然见这不共戴天的仇家孙孝哲，被李龟年打死了，安庆绪心中欢喜不已。李猪儿见报了仇，一心要救李龟年兄弟。他母亲正得宠，于是悄悄偷了小黄旗出来，救下了李龟年兄弟三人。李猪儿自幼学得一身纵跳的本领，飞檐走壁，如履平地。当夜李猪儿亲自跳进刑部大牢，把李龟年兄弟三人劫出牢，偷偷放出城。

·酒铺看锦袜·

李龟年、李彭年、李鹤年兄弟三人，在玄宗宫里做乐工时，俸禄丰厚，深得天子宠爱。开元年中，李氏兄弟三人，在东都大建宅第。后来，安禄山造反，将他们兄弟抓住，依旧让他们奏乐。那天触怒安禄山，被李猪儿救出大牢后，李龟年沿路乞讨，流落江南。每当良辰美景士人游宴，他就手抱琵琶，为人歌一曲《凉州》。听他弹唱的人，都不禁掩面流泪。得知他是宫中的乐工，就送他一些钱米。诗人杜甫曾赠送李龟年一首诗：

岐王宅里寻常见，崔九堂前几度闻。
正是江南好风景，落花时节又逢君。

江南士人见他可怜，就凑了些钱，请他传授琵琶。李龟年兄弟三人，得以暂时在江南安身。

杨贵妃在马嵬驿佛堂梨树下仓皇自缢，遗留下一只锦袜。圣驾走后，有一个王妈妈，打扫佛堂时捡到这只锦袜，当做宝贝一样收藏着。这王妈妈，原来在马嵬坡下面开了一个冷酒铺。自从她捡了锦袜以后，远近的住户知道了，都到铺子里喝酒、看锦袜，生意顿时热闹起来。王妈妈收了人家酒钱，还要收看袜钱。书生李謩住在马嵬坡下，打听到王妈妈的酒铺里有杨贵妃的锦袜，也赶来看袜。李謩是富家子弟，穿戴自然不凡。王妈妈见了，急忙捧出一个锦盒，让李謩观看。李謩才打开盒盖，就闻到异香，把锦袜拿在手里，只觉滑腻柔软。那一弯罗袜，四周绣着云凤，翻过袜底来看，又绣着“臣李林甫恭献”一行小字。李謩拿在手中，翻来覆去地看着，爱不释手。这时一旁走过一个道姑，看着赞道：“好香艳的袜子！”李謩道：“你看锦纹缜密，制作精美，光艳犹存，异香不散，真是人间罕有！”一个老人走来，说道：“唉，官人看它干什么！天宝皇帝，只因为宠爱了贵妃娘娘，朝欢暮乐，才弄得朝纲不振，干戈四起，生灵涂炭。老汉见了这只锦袜，实在痛恨！”

那王妈妈在一旁说道：“呀，这位客官见了锦袜，为什么这么气恼？是不肯出看钱吗？”老汉听了，跳起来，喝道：“什么看钱！”王妈妈冷笑道：“原来是一个村老儿，看钱也不晓得。”那老汉听了，不禁咆哮起来，大声嚷道：“什么村老儿，我万岁也见过，却没见过你这样的老淫妇！”王妈妈听到他骂自己老淫妇，顿时两眼直瞪，青筋暴起，上前一把揪住老汉，要动手打人。李謩忙上去劝住，说道：“不过是小事，不要动手，我帮他付了就是。”说着，拉着老汉，又邀着那道姑同桌饮酒。李謩问老汉姓名，那老汉自称郭从谨，扶风农人，万岁驻跸凤仪宫中时，曾经进宫去献过饭。本打算到华山访友，经过马嵬坡，走得累了，就来喝喝酒。那道姑说自己是金陵女贞观主。彼此对饮着酒。王妈妈来要锦袜，道姑说道：“王妈妈，我想太真娘娘是神仙转世。你能把这袜子给我，带到金陵女贞观供奉吗？”王妈妈笑道：“老身无儿无女，下半世的生活，都在这袜子上了，实在不能送人。”李謩说道：“我出重价买了，怎么样？”王妈妈还没答话，郭从谨拦着说道：“如此遗臭之物，要它干什么？”

正在说话的时候，一个半老妇人，后面带着一个十六七岁的女孩子，抱着琵琶，走进酒铺。二人向众酒客道了万福，坐下来，把琵琶弹得楞楞响，娇声唱道：

咳！想起我那妃子呵，是寡人昧了她誓盟深，负了她恩情广。生拆开比翼鸾凰！说什么生生世世无抛漾，早不道半路里遭魔障。

恨寇逼得慌，促驾起得忙！点三千羽林兵将，出延秋，便沸沸扬扬。甫伤心第一程，到马嵬驿舍旁。猛地里炮雷般齐呐起一声的喊响，早只见铁桶似密围住，四下里刀枪。恶嘲歒单施逞着他领军元帅威能大，眼睁睁只逼拶得俺失势官家气不长。落可便手脚慌张。恨只恨陈元礼呵，不催他车儿马儿一迷家延延挨挨的望，硬执着言儿语儿一会里喧喧腾腾的谤。更排此戈儿戟儿一哄中重重叠叠的上，生逼个生儿命儿一霎时惊惊惶惶的丧。兀的不痛杀人也么哥！兀的不痛杀人也么哥！闪得我形儿影儿这一个孤孤凄凄的样。寡人如今好不悔恨也，羞杀咱掩面悲伤，救不得月貌花庞，是寡人全无主张。不合呵，将她轻放。我当时若肯将身去抵搪，未必他直犯君王。纵然犯了又何妨？泉台上，倒博得个永成双。如今独自虽无恙，问余生有甚风光？只落得泪万行，愁千状。我那妃子呵！人间天上，此恨怎能偿！

一段曲子，唱得一字一咽，声泪俱下。满店的酒客，听得个个停杯拭泪。李謩见那姑娘，身材苗条，云髻半偏，面庞圆润，心中不禁暗暗怜惜。听她唱完曲子，就拍着桌儿，赞叹道："好哀艳的词儿！"那半老妇人，向众酒客一个一个道过万福，说："我们娘俩孤苦伶仃，请各位客官破费几文钱钞。"谁知求了一个遍，众酒客竟没有一个肯给钱钞的。那妇人愁眉泪眼地走到李謩跟前，李謩随手从怀中掏出一把散银交给妇人，大概有三两左右。那妇人千欢万喜地收了银子，又叫女儿过来道过万福。

李謩让她母女二人坐下，询问一番。那妇人说自己是梁氏，女儿紫云，原本是京师士人的妻小。只因安禄山造反，丈夫带了妻儿逃难，到了成都，身染重病，死在客店。带的旅费都花完了，听说京师已经安定，想要回家，又没有盘缠。在成都时，发现《上皇哭妃》的曲子很流行，就让女儿一路卖唱。李謩听了，对那妇人说道："好好士人的妻女，不应当在外抛头露面，卖唱为生。小生也要到京师，你母女二人的盘缠，都包在小生身上吧。紫云小姐，从此也不要卖唱了。"几句话，说得那母女二人感恩不已。那妇人急忙趴在地上拜谢，紫云小姐也抱着琵琶，遮住半边粉脸，露出一只眼睛，暗暗瞧着李謩。李謩付了酒钱和看袜钱，起身带着梁氏母女二人，离开了酒铺。

玄宗太上皇，在成都行宫旁为杨贵妃建造了一座庙宇，又令名匠用檀香木雕了一座杨贵妃像。木像雕成的那天，高力士领着一队宫女，举着幡幡宝盖，奏着笙箫，把杨贵妃的木像，送进行宫。玄宗早已站在台阶上等着。宫女们把木像抬到太上皇跟前，把木像的头略略低着，高声说道："杨娘娘见驾。"高力士在一旁，也高声宣旨道："爱卿平身。"玄宗见杨贵妃的雕像，栩栩如生，不禁流下泪来，叫道："贵妃，贵妃！朕和你离别之后，一直等着你来叙说离情。贵妃，贵妃！"说着，不禁伸手去摸那木像的脸，叹道："呀！原来是檀香木雕成的木像。"玄宗自言自语地说着，高力士在旁跪奏道："銮舆已经备好，请万岁爷上马，送娘娘进庙。"玄宗传旨："马儿在左，车儿在右，朕与娘娘并行。"殿下齐呼："领旨！"一句话，引得宫女太监们纷纷落泪。因此外边就编出了《上皇哭妃》的曲子。

玄宗太上皇在成都住了一段时间，又接到郭子仪的奏本，说安禄山在洛阳被刺，逆子安庆绪亡命在外，洛阳已经收复，天下大定，请太上皇回銮。玄宗看了奏本，心中欢喜。原来安禄山身边的谋臣，是高尚、严庄二人，心腹是孙孝哲、李猪儿二人，战将是安庆绪一人。安禄山起兵之初，统带大兵二十万，日行六十里，直扑潼关，打先锋的，就是安庆绪。安庆绪不但骁勇善战，而且足智多谋。他起兵的前三天，就召集将士，把燕州到洛阳一带的山川险要，都画得详详细细。

然后把地图分给众兵士，又赏金帛，传令不得误期，违令者斩。安禄山率领牙将部下一百余骑，先到城北，祭祀祖先的坟地。走到燕州，有位老人拦住安禄山的马头，劝说他不要叛君。安禄山命严庄好言慰抚老人，并赏老人无数金帛，把老人送回乡里。从此下令，有敢来劝阻的，就灭三族。安禄山第四子安庆宗，在京师做驸马。玄宗命禁军搜捕安庆宗全家老小，送到西城外斩首，荣义郡主也被赐死。天子下诏，责备安禄山，不忠不义，允许他改过自新，来京请罪。安禄山答书，十分傲慢。并派遣贼将高邈、臧均，率领番兵，攻入太原；又令张献诚守定州。安禄山谋反十多年，凡有番人投降，他都用恩惠收服；有才学的士人，就用财帛收买。他起兵的时候，把俘虏的番人释放为兵士，因此人人誓死效力，所向无敌。

玄宗见时势危急，就发所藏库金，招募兵士，封常清为范阳平卢节度使，郭子仪为朔方节度关内支度副大使、右羽林大将军，王承业为太原尹卫尉卿，张介然为汴州刺史、金吾将军，程千里为潞州长史，以荣王为元帅，高仙芝为副元帅，四路出兵讨贼。安禄山走到钜鹿城，停兵不进，他说鹿是自己的名字，于是改道从沙河进兵。把山上树木砍下来，用长绳连住，抛到河中，经一晚水木冰结，形成一座天然的浮桥，于是渡河攻入灵昌郡。又过了三天，攻下陈留、荥阳一带。在罂子谷遇到将军守瑜，杀死数百人，流矢射中安禄山乘舆。安禄山不敢前进，偷偷从罂子谷南面进去。守瑜手下的兵士，矢尽力竭。将军守瑜，跳入河中自尽。封常清兵败，失去东都，逃到陕州，杀死留守李憕。御史中丞卢奕、河南尹达奚珣都投降安禄山。这时高仙芝屯兵陕州，得知常清战败，弃甲逃到河东。常山太守颜杲卿，杀死安禄山部将李钦凑，生擒高邈、何千年。但这时赵郡、钜鹿、广平、清河、河间、景城六郡，都被安禄山占有。

颜杲卿是唐朝数一数二的忠义之士，最初被安禄山提拔为常山太守。安禄山起兵谋反，军马经过常山，颜杲卿与长史袁履谦出去迎接。

安禄山赐颜杲卿紫色袍，赐袁履谦红色袍，令他们与义子李钦凑，领兵七千，屯扎土门。颜杲卿退出去后，与袁履谦、贾深、张通幽设计杀贼。颜杲卿借口生病，不为安禄山做事。暗中令长子颜泉明，奔走四方，联合太原尹王承业、平卢节度副使贾循一起攻取幽州。后来事情泄露，贾循被安禄山杀死。

颜杲卿与隐士权涣、郭仲邕又另想计策。这时守臣李憕，被贼兵杀死。安禄山令义子段子光，割下李憕的首级，传示各郡。段子光到平原，被颜杲卿派去的死士刺杀。卢逖来到常山，与颜杲卿约定起兵，切断贼兵北路。颜杲卿大喜，假用安禄山命令，召李钦凑回常山议事。李钦凑连夜回城，颜杲卿说夜里不能开城门，令李钦凑在城外住下。又让袁履谦和参军冯虔、郡豪翟万德，陪李钦凑夜饮，然后趁机杀死李钦凑、潘惟慎。还发兵将李钦凑士兵全部杀死，投尸滹沱河中。袁履谦拿着李钦凑首级，送交颜杲卿。

安禄山派遣部将高邈，到范阳招兵。颜杲卿令藁城尉崔安石，用计杀死高邈。高邈走到蒲城，与虔万德同住客店。崔安石借口送酒到客店，预先在客店中埋伏下武士，然后趁机将高邈生擒。安禄山大将何千年，从赵州来，也被虔万德捉住。颜杲卿把李钦凑的首级和两个贼将，让儿子颜泉明送到太原。王承业想将功劳据为己有，于是送给颜泉明金帛，让他回常山，并暗中令刺客翟乔，在半路上刺死颜泉明。翟乔见王承业行为奸险，心中不平，就把王承业的阴谋都告诉了颜泉明。玄宗见王承业立功，就升他为大将军。后来袁履谦上奏，玄宗才知道全是颜杲卿的功劳，就封颜杲卿为卫尉卿，兼御史中丞，袁履谦为常山太守。

颜杲卿令先锋百余骑，把柴草绑在马尾上，在树林里奔驰，远远望去尘埃蔽天，声称王师二十万兵马南下。安禄山部将张献诚，正在围攻饶阳，得知王师大军来了，吓得弃甲而逃。一天之中，颜杲卿接连夺回赵州、钜鹿、广平、河间，斩尽各地贼官首级，送到常山。颜杲卿从此兵威大振。安禄山连忙令史思明等率平卢兵渡河，攻打常山。这时颜杲卿坐守城中，分兵四出。城中兵力单薄，贼兵紧逼不舍，颜杲卿怕抵挡不住，就派人到河东，向王承业求救。王承业却不肯发兵。颜杲卿昼夜督战，亲自登城力战六天六夜，箭尽粮绝，直至城破，与袁履谦同时被捉。

敌将劝颜杲卿投降，颜杲卿宁死不从。敌将一气之下，把颜杲卿的幼子和外甥卢逖，一并杀死，把颜杲卿打入囚笼，送到范阳。安禄山见了，拍案大怒道："我提拔你为太守，对你有恩，你怎么恩将仇报，与我为敌？"颜杲卿怒目大骂道："你本来不过是营州的一个牧羊奴，天子厚恩，让你大富大贵，有什么亏待你的地方，你却起兵造反？颜杲卿身为唐臣，力守忠义，只恨不能杀了你这个叛逆！"安禄山听了又气又怒，就喝令武士拽颜杲卿出宫，绑在天津桥柱上，用刀细割而死。袁履谦也被砍去手足，用刀细割而死。一时颜杲卿的宗亲，都被安禄山杀死，所有颜杲卿生前收复的各郡县，又都投降了安禄山。当时还有一位守城的勇将，名叫张巡，是真源令。谯郡太守杨万石，投降安禄山，逼张巡做长史，起兵响应安禄山。张巡率领部属，哭祭玄元皇帝祠，率领两千士兵，征讨安禄山。那时宋州、曹州一带，都投降安禄山。安禄山自称雄武皇帝，改国号为燕。雍邱令令狐潮，为安禄山统兵，杀到淮阳，攻破城池，将淮阳将吏全部绑起来，准备将他们一一斩杀。忽然城外来了一路人马，令狐潮急忙出城察看。淮阳城中的囚犯，逃出大牢，救下淮阳将吏，杀死守卫的贼兵，迎接贾贲与张巡入城。张巡杀尽令狐潮的妻儿，把尸身高悬城上。令狐潮不能进城，又见自己妻小被杀，心中万分悲愤，出死力攻打淮阳城。贾贲首先出城应敌，二人斗了足足三个时辰，贾贲渐渐有些招架不住，急忙挥戈退回城中。部下的兵士，见敌军来势凶猛，各自逃命。贾贲禁止不住，勒马回头，谁知那马被众人挤得翻身倒在地下，贾贲一条右腿，被马压住了，被慌乱的士兵踩踏而死。

张巡见了，大吼一声，举着大刀，从城楼上飞奔下来。大刀所到之处，人头落地。敌兵见张巡刀法如神，也不敢追赶，纷纷向后退去。城中兵士，见主帅得了胜仗，顿时精神抖擞，再次杀出城来。张巡在前面领路，追杀敌兵三十多里。张巡也身受枪伤，血流铠甲。但他毫不畏缩，横刀跃马，杀人如捣蒜。部下兵士见了，高喊："将军天人！"淮阳城外这一战，转败为胜，张巡从此威名大振。郭子仪举荐张巡为兖东经略使，让他坐镇淮阳。

·睢阳之围·

令狐潮奉了安禄山之命，率领大军攻打淮阳城。与张巡相抗六十天，士兵死亡人数一天比一天多。令狐潮只得暂时退兵，派人投书给张巡，劝他投降。张巡反将令狐潮羞辱一番，令狐潮心里也觉得惭愧，就不怎么逼攻淮阳城。张巡守着孤城，与京师不通消息。人们纷纷谣传天子已经被弑。这时，有大将六人，从各郡县赶来，劝张巡不如投降。这六员大将，手下各有兵士，多则上千，少则上百。张巡听了，心中气愤，借口要与部下将士商议。第二天，张巡在公堂上设下香案，上面高高地挂着一幅天子画像。张巡全身披挂，率领满城将士，走上堂，哭拜在地。两廊下面的将士，高举剑戟，齐呼万岁。那六位大将见了，知道不妙，拔脚想逃。张巡大喝一声："跪下！"那六人立即跪倒。张巡就把这六人来劝降的话，对众将士说了，众将士齐喊一声"杀"！六颗人头，霎时纷纷落地。

正在这时，外面敌兵又来攻城。张巡带领士兵，登城抵抗。将士们杀了六员大将以后，人人精神抖擞，十分勇猛。张巡亲自冒着矢石，在城上督城，一连三昼夜，都没有合眼。正在吃紧的时候，忽然粮官前来报告，说："城中没有盐米了。"张巡听了，顿时气馁。这天晚上，他独自坐在大堂上，愁容满面。忽然探子来报："敌军数百艘盐米船，正沿西河而下。"张巡听了，拍案大呼道："真是苍天有眼啊！"当即传集众将，上堂听令。一边调三千兵士，在城东叫战，只管呐喊放箭。一边亲自率领五百勇士，偷偷出了西城，到河边劫粮。

第二天，令狐潮正在吃早餐，忽然听到城东敌军喊声大起。令狐潮立即调右路兵，包围东城。城上见敌兵走近，万箭齐下。箭上都绑着火球，夹着风势，将令狐潮军中的旗帜车辆，全部烧着了。火越烧越旺，不能扑灭。令狐潮见了，发动全部兵马，攻打东城。可这时城中兵士，却不放箭了，只躲在城里摇旗呐喊。城外兵士爬上城，忽然城头上木石齐下，兵士纷纷死伤。从早晨到晚上，杀了一天，城中兵士，丝毫无损；城外兵士，死了很多。天色已晚，令狐潮只得鸣金收军，回到帐中。忽见一个解粮官，垂头丧气地跑来。看他身上狼狈不堪，一问，才知从洛阳运来的粮食，都被黑衣兵劫走了。不用说，这黑衣兵，自然是张巡的兵士了。当时张巡趁城东正厮杀得热闹，亲自带了五百名黑衣兵，偷偷出了东城。这五百名兵士，个个懂得水性，赶到西河，跳下水底躲着。等粮船到了，五百黑衣兵，一拥而上，不费气力，就把五百号大粮船劫了来。船上的盐米十分充足，只可惜张巡手下，只有五百个人，他们用尽气力，只搬得了一千斛盐米。最后，张巡只好放一把火，连船带米，烧得干干净净。

城中得了粮食，顿时欢腾。正高兴的时候，管军火的仓官上来报告说："白天兵士们放的箭过多，武库中已经没有一支箭了。"张巡听了，顿时大惊，心想兵士没了箭，还怎么对敌。抬头往天上一望，月暗星稀，满天都是云雾，立即心生一计。当即传令军中，二鼓以前，扎好一千个草人。当时正是初更，众将士得了军令，一齐动起手扎着草人。二更时分，果然扎成一千个草人。张巡命人给草人穿上黑衣，在每个草人的脖子上系上一条绳子。三鼓时分，一千名兵士，抱着一千个草人，走上城头，一声呐喊，把手中草人，一齐向城墙外面抛去。那兵士们都躲在城墙里面，手中都缠着绳子。

令狐潮的兵士，被呐喊声惊醒。这时夜深雾重，远远一望，见城中兵士，用绳子缒下城来，满城墙都是兵士，急忙报告令狐潮。令狐潮亲自察看，果然见无数黑衣兵，缒下城来。令狐潮传令箭手放箭，顿时万弩齐发。射了半夜，那城上的兵士，只在半空中缒着，也不下来，也不上去，城头上也没有半点响动。令狐潮于是下令停止射箭，天明一看，原来城墙上挂着的，都是草人，浑身上下插满了箭。令狐潮这时才恍然大悟，原来城中是用计借箭。张巡点了点，得了三十万支利箭，令兵士登城高呼："谢令狐将军赐箭！"令狐潮听了，又气又恼，鸣金回营去了。

第二天晚上，城中又鼓噪起来。令狐潮出帐察看，依旧是许多草人披着黑衣，缒出城墙，在半空中随风飘荡着。令狐潮在马上看了，哈哈大笑，令士兵回帐安睡。令狐潮的兵士，睡在枕上，远远听到城中的兵士，鼓噪得厉害，忍不住大笑起来。睡到三鼓，忽然帐外一声喊起，城中兵士，如潮涌来。令狐潮的兵士从睡梦中惊醒，人来不及披甲，马来不及上鞍，个个赤脚逃跑。城中兵士在帐前放一把火，杀入中军帐，一眼看见令狐潮裹着被子，向帐后逃去。众将土追赶上去，举刀去砍。这时一个长着胡子的大汉，伸手把令狐潮抓到背上，大步从后营门跑了出去。营门外停着一匹马，那大汉把令狐潮扶上马背，甩一鞭子，那马飞跑而去。城中兵士见抓不到贼将了，转身扑入敌帐，混杀一阵。这一战，令狐潮损伤了无数人马，带着残兵，奔了八十多里才停下。检点兵士，已经死了一万多人。

令狐潮咽不下这口气，就发起狠来，向雍邱重调人马，再次前来围城，把淮阳城围得水泄不通。从早到晚，不停地攻打。张巡在城上昼夜督战，一连打了八天八夜，城中柴草都用尽了。张巡心中不觉愁闷起来，与各将士商议。一个行军参军，献计道："如此如此，保证得到柴草。"张巡连称好计。到了第二天，张巡站在城楼上，竖起黄旗，令两军停战，高叫："令狐将军出阵答话。"过了一会，令狐潮全身披挂，骑在马上，左右武士随着，直达城下。张巡满脸装着笑容，在城楼上欠身说道："令狐将军，我们二人相持这么久，劳师靡众。如今城中粮尽援绝，想领众兵出城，请将军退去两里，让我们让城。"令狐潮多日攻城不下，心中焦急。听张巡这么说，当即传令，令众兵士退去两里，放张巡出城，不得追杀。不到几个时辰，令狐潮的兵士，果然拔寨退去。张巡先派哨兵出城打听虚实，果然四门无兵。于是传令众将士，午时出城砍柴，申时回城。士兵上山砍倒许多树木，捆了背回来，依旧关紧四门，日夜派兵看守着。令狐潮过了三天，还不见张巡让城，立刻修书一封，令差官送进城，谁知张巡扣住差官不放。

令狐潮大怒，又带领人马，前来攻城。张巡亲自在城楼上，与令狐潮说话。令狐潮问道："为什么失信？"张巡不慌不忙地说道："并非我要失信，只是城中缺马，将士怕将军会半路率兵追杀，请将军赐三十匹马，我们即刻让城。"令狐潮信以为真，选了三十匹良马，送进城。张巡早与部下将士约定，选骁勇将士三十人，各骑一马，冲杀出城，各杀敌军一个将领。见令狐潮果然把马送来，张巡令众将官饱餐一顿，开着城门，冲杀出去。令狐潮的兵士正等着城中的兵士出城，不防敌将冲杀而来。来将如入无人之境，令狐军将士措手不及，有被砍下首级的，有被活捉的，一时阵脚大乱，令狐潮只得带领众军边战边退。这一战，张巡砍得敌兵首级上千，掳获牛马器械无数。令狐潮屡次中计，屡次打败仗，又羞又愤，于是退回陈留，不再出战。

直到这年七月，令狐潮又率领将士瞿伯玉等一万人，前来攻城。另外命四人假扮成宫中的尉官，手捧圣旨，混进城里。圣旨令张巡率领本部人马，立即赶赴行在。张巡设宴款待宫中尉官，席间张巡问道："行在离这里上千里，不知你们是怎么来的？"此话一出，惊得那四人面面相觑。张巡喝一声："拿下！"帐下勇士，一拥而上，砍下四人的首级。令狐潮这时已经没有办法了，只得奋力攻城。张巡自从令狐潮退军以后，就积聚钱粮，训练士卒。又与河南节度使虢王巨，遥相呼应。令狐潮这次攻城，足足打了四个月。虽然令狐潮的士兵众多，但大小两百战下来，张巡每战必胜，令狐潮也奈何不了他。

这时虢王屯兵彭城，封张巡为先锋大元帅。鲁东平被安禄山右翼军队攻陷，济阴太守高承义，献城投降。虢王不能守住彭城，领兵退守临淮。张巡困守绝地，失去支援。贼将杨朝宗出兵宁陵，断了张巡的粮草之路。张巡大惊，率领马三百、士兵三千，乘黑夜退出淮阳，投奔睢阳城。睢阳太守许远，是一位忠义之士。他部下有两员大将，一个是雷万春，一个是南霁云，各领兵数千。二人在宁陵北道，一天之中，斩杀贼将二十人，贼兵两万。从此军威大振。

许远与张巡合兵，势力更加雄厚。睢阳城是东西往来的要道，兵家必争之地。安禄山派遣部将尹子琦，带领数万突厥兵，与杨朝宗合兵，共十多万人前来攻打睢阳城。许远自知才不及张巡，就让张巡为主帅，在城中调遣兵士，自己专管军用粮食战具。张巡分兵守城，自己开城出战，大小二十战，打得尹子琦大败。张巡将所得车马牛羊，都分给士卒。太子在灵武即位，下诏封张巡为御史中丞，许远为侍御史。张巡认为久困孤城，无异于束手待毙，想要乘胜进攻陈留。尹子琦又率大军围城，张巡、许远杀牛犒劳士卒，带领五千兵士，出城奋战。尹子琦见城中兵少，非常轻敌。许远登城，亲自击鼓，城中兵士与贼奋战，尹子琦大败，落荒而逃。

南霁云拍马去追，忽然横空杀出一员大将，身披铁甲，后面跟着上千番兵。南霁云见自己兵力单薄，怕被贼兵围困，只得拨转马头，奔回睢阳城。张巡在城上，看见南霁云被敌兵追赶，急忙放下吊桥，把南霁云接进城。在城壕边埋伏箭手，等敌兵一到，立即放箭。尹子琦又挥动大兵，前来接应。那大将带领兵士，几次爬城，都被张巡在城上射退。南霁云退进城，登城助战。见尹子琦在城脚下往来督战，南霁云躲在张巡身后，搭箭上弦，嗖的一声，射中尹子琦左眼。尹子琦应声倒下马，敌兵见主将受伤，顿时哗乱起来。许远奋力击鼓，张巡冲杀出去，又夺得贼兵军器车马，不计其数。

这时睢阳城中粮食已尽。每个兵士，每天只用一勺米，煮着树皮破纸，吞下肚子充饥。兵士整天饿着肚子，奋勇杀贼，渐渐气力不支。老弱的士兵纷纷倒下，日子久了，强壮的也都活活饿死。城中士兵只剩下了一千多人，个个饿得骨瘦如柴。张巡和许远心中万分焦灼，日夜盼望救兵前来。围城的贼兵，打听到城中粮尽援绝，就死力攻城，用云梯爬城，四面放箭。城中兵士，用钩杆推倒云梯，又抛下火球，烧断云梯。贼兵无法可施，就在城外筑栅包围。城上守兵，每天都有人饿死。张巡、许远眼看着守城兵士，一天比一天少，个个惨无人形，却毫无办法。

一天张巡退入后堂，见爱妾申氏肌肤丰润，心生一计。走到堂上，传集众将士，在堂中大设筵席。众将士列坐两旁，只见桌面上排列着空盘空碗。过了一会儿，四人抬出一个大行灶，放在筵前。张巡吩咐到后堂去请夫人出来，两个鬟环扶着千娇百媚的申氏出来。众将士见是主将的爱妾出来，一齐低下头。申氏走到张巡跟前，低声问道："不知老爷叫妾身出来，有什么吩咐？"张巡指着身旁一个坐椅说道："你先坐下，我有话说。"申氏听了，只得坐下。

张巡突然起身，拜倒在申氏裙下，慌得申氏忙跪下地去。张巡站起身来，流着泪说道："我现在拼着这条性命，做一个忠臣，愿夫人成全了我，做一个烈妇。你看堂下众将士，都为我忍饥挨饿，死守着这座睢阳城。我只因一身系着一城的存亡，不能割下肌肤，以享众士，夫人身体肥嫩，味道应该鲜美，还求夫人成全！夫人这一死，不只我做丈夫的感恩不尽，就是万岁爷也会感激夫人！"申氏听了，毫不迟疑，解开衣襟，露出洁白的酥胸。张巡拔出佩剑刺去，申氏倒下地去。众将士跪倒在地，号啕痛哭。张巡令人把尸身拖下堂，洗干净放在大釜中熬煮起来。满堂将士，齐声哭喊道："小的愿随张大元帅、许大元帅赴汤蹈火，同生共死。"不久，大釜中人肉已经煮成了羹汤，一碗一碗地盛着，端到众将士面前。将士们不肯吃，大喊一声："谢二位将军大恩！"都拿着兵器，一拥上城，依旧和城外敌人对垒。见有敌兵爬上城来，就直着嗓子喊起来，放出几支有气没力的箭，把敌人打退。许远坐在西门城楼上，也饿得头昏眼花，打几下有气没力的鼓，逼着众兵士出战。兵士饿得站也站不住，风一刮，都倒下地去。急得许远抱头大声喊道："皇天有灵，救我一城义士！"

一天晚上，忽然听到叩门声，巡逻的士兵问："什么人？"下面有人答："李怀忠来降。"许远怀疑有诈，劝张巡不要开门，张巡流泪道："事已至此，只能听天由命。"下令开城。原来李怀忠被张巡感动，率本部兵士二百人，背着米前来投降。全城兵士大喜，用米煮粥，饱餐一顿，精神大振。从此张巡与许远二人，各自站在东西城楼，见有敌将经过城下，就苦口婆心地劝降。敌将被二人的忠义感动，陆续有进城投降并私赠粮食的。忽然得知朝廷已派遣大将贺兰进明，进兵临淮，许叔冀、尚衡，进兵彭城。这两地，都离睢阳很近。张、许二人日夜盼望救兵，但守了十多天，依旧没有消息。

很快城中又没吃的了。张巡与许远商议，修书一封，令南霁云率领三十勇士，各骑快马，冲出城去。城外数千兵士，向南霁云围来，南霁云令三十人分开左右两边，用强弩射杀。南霁云一夜赶到彭城，拜见主将许叔冀，把张、许二人求救的书信交上。许叔冀看了书信，忙把贺兰进明请来。贺兰进明素忌惮张、许二人的声威，怕救了他们，自己也捞不到什么功劳，不愿相助。又欣赏南霁云忠勇，设下筵席款待。南霁云登堂问："贺兰将军，已发兵救睢阳了吗？"贺兰进明微笑道："睢阳城亡在旦夕，出师也没用，将军只管饮酒，睢阳的事不要再问了。"南霁云大哭道："末将与睢阳城众义士，发誓同生共死！将军不救睢阳，末将怎能独活？"贺兰进明与许叔冀二人，再三劝酒。南霁云勃然大怒，起身说道："末将奉主帅之命，前来求援。现在不能完成使命，留下一指以报睢阳义士。"他说完，拔下佩刀，砍断一指，掉头大步出门，跃身上马，回身抽箭，射到佛寺塔上。南霁云愤愤说道："我破贼之后必杀贺兰进明，以此箭为信！"

·夜刺安禄山·

南霁云奔出临淮，赶到真源郡讨来八百救兵。睢阳城外敌兵越打越凶，竟然推倒了睢阳城，敌兵如潮涌进。张巡见大势已去，在城楼上向西哭拜，与许远同时被擒。睢阳城中大小将士，共有三十多人，都被绑着去见尹子琦。尹子琦命众人拿刀架在张巡脖子上，逼他投降，张巡仰天大笑。又令人威逼南霁云投降，南霁云低头无语。尹子琦见将士都不肯投降，就令刀斧手押他们出辕门全部斩首。后来朝臣张澹、李舒、董南史等人上奏肃宗说："睢阳是江淮的咽喉，天下之所以不亡，是因为张、许二人守城之功。"于是天子下诏，追封张巡为扬州大都督，许远为荆州大都督，南霁云为开府仪同三司。封张巡的儿子张亚夫，为金吾大将军；许远的儿子许玫，为婺州司马。在睢阳城中，建立双忠祠。

洛阳宫中，安庆绪和安庆恩二人为了争立太子之事，明争暗斗，十分激烈。一天，安禄山在孙孝哲母亲房中临幸，孙母仗着和安禄山多年的恩情，逼着安禄山立安庆恩为太子。安禄山念在与孙氏的患难恩情，也就一口答应了，说："明天与丞相商量定了，就下立太子的诏书。"消息传得很快，孙氏和安禄山在枕上说的话，早已有人报知大将军安庆绪。安庆绪听了大怒，叫李猪儿进府商议。李猪儿说道："事已至此，大将军只能尽早下手了。"安庆绪问："怎么下手？"李猪儿在安庆绪耳边，只说了一个"刺"字。安庆绪沉默了半天，说道："这样在人情上说不过去吧？"李猪儿冷笑一声说道："什么人情不人情！安禄山受大唐天子那么大的恩，还兴兵谋反，也就不能怪我们今天反目无情了！"安庆绪点头道："那就趁今晚夜深人静，了结了这老昏君吧。"

李猪儿得了安庆绪的话，回家准备妥当。听谯楼上打过三鼓，就沿着宫墙走去，一路树荫夹道，凉月窥人。正走着，巡逻的侍卫过来了。李猪儿闪到大树背面，侍卫走到跟前，嘴里说道："大哥，御河桥树枝好像在动。"另一个说道："难道有奸细？"第一个说道："这里哪有什么奸细，想必是柳树成精了！"巡军头儿道："呸！没听到刮风了吗？不要管，走过去就是了。"等他们走远了。李猪儿又闪出来，慢慢走去。看看已到后殿，那一带矮墙，蜿蜒围绕着，李猪儿纵身轻轻跳过墙，侧耳一听，后宫笙歌阵阵。

李猪儿先悄悄地爬到寝宫屋檐上候着。直到四鼓，见宫女扶着安禄山走来。安禄山喝醉了，东歪西斜地走进寝宫。安禄山年老，身体更加肥胖，又因好色过度，把两只眼睛也玩瞎了。每天在宫中出入，都要六个宫女在前后左右扶着。但安禄山还是日夜与孙氏、李氏纵淫不休，而且好酒，每次都要喝醉，每次醉了必定发怒。孙孝哲和严庄二人，整天随侍在安禄山左右，又陪侍在床笫之间，替他解扣结带。每次安禄山酒醉，就痛打这两人醒酒。孙孝哲和严庄二人，受了打，敢怒而不敢言。每次安禄山发怒，必要李氏来劝慰，又陪着在床笫间纵乐。李氏要讨安禄山的好儿，日夜与安禄山纠缠不休。安禄山虽然风流，但也经不起李氏夜夜求欢，渐渐精力不济了。后来安禄山常常借口酒醉，独自一人，睡在寝宫。

这天晚上，李猪儿跳进宫行刺，正好安禄山酒醉，安歇在便殿中。李猪儿站在屋檐上，看得真切。见众宫女扶着醉醺醺的安禄山进宫安寝，安禄山问道："李夫人回宫了吗？"宫女答："回宫去了。"安禄山又自言自语地说道："寡人没醉，只是最近得知各路兵将，都被郭子仪杀得大败，心中着急。又因爱恋李夫人，酒色过度，弄得身子疲软，连眼睛都看不见了。今晚假装喝醉了，令她回宫。"安禄山说着，慢慢睡熟了。在跟前伺候的宫女，一个一个地退出房，坐在廊下打盹。李猪儿趁机跳下地，又蹲身一蹿，蹿进殿里，一侧身钻进门。见窗前红烛高烧，床上罗帐低垂，安禄山鼾声如雷。李猪儿轻轻走到床前，用刀尖拨开帐子，咬一咬牙，对准了安禄山的肚子，一刀砍下去，只听到安禄山杀猪般大叫，两手捧住刀柄，用力一拔，肠子也扯出来了，在床上翻腾了一阵，两脚一挺，就死了。宫女听到喊声，连忙进屋，见安禄山死了，尖声喊道："不好了！有刺客！"侍卫急忙冲进来，又急忙跑出去，报告大将军安庆绪。

安庆绪连夜进宫，把安禄山的尸身，用毡毯包着埋在床下。然后说皇上病危，下诏立安庆绪为太子。第二天清早，又传谕说传位给安庆绪，尊安禄山为太上皇，改元载初，将孙氏母子逐出洛阳。安庆绪做了皇帝，每天与李猪儿母子二人，在宫中饮酒纵乐。朝廷政事，都由严庄一人主持。令张通儒、安守忠二人，屯兵长安。史思明为范阳节度使，屯兵恒阳。牛廷玠屯兵安阳，张志忠屯兵井陉。消息传到灵武，肃宗皇帝下旨，令广平王统率大军东征。李嗣业统前军，郭子仪带领中军，王思礼率领后军。又有回纥叶护部落各骑兵助战。张通儒率兵十万，驻扎长安。军中大部分将士是胡人，胡兵向来害怕回纥，一见回纥兵，就一哄而散。李嗣业合兵进攻，张通儒大败，逃到陕中。广平王夺回长安，又转攻洛阳。此时蔡希德、田承嗣、武令珣等带兵六万，攻向洛阳。安庆绪丢下洛阳宫殿而逃，弟弟安庆和被抓，送京师斩首。

安庆绪带着五百人，投奔史思明。史思明得知安庆绪来奔，先令兵士埋伏在两廊，等安庆绪一到，就将他拿下斩首。肃宗得知安庆绪已死，下诏令郭子仪、李辅国统率二十万兵马，攻打史思明。史思明才篡得安庆绪的皇位没几天，就被儿子史朝义指使手下的曹将军，拿绳子活活缢死了。史朝义不久被臣下田承嗣逼得逃走，在医巫闾祠下自缢。安、史两贼全部消灭。当时接受史思明官职的恒州刺史张忠志，赵州刺史卢俶，定州刺史程元胜，徐州刺史刘如伶，相州节度使薛嵩，大将李怀仙、田承嗣，全都献出城池，投降唐朝。天下从此太平。

肃宗皇帝率领文武大臣回到长安，修复宗庙，安抚百姓，并上表成都，请太上皇回銮。玄宗看了京中的奏章，准备启驾回京。一天，玄宗到成都郊外游走，后面只有高力士一人随侍。忽然看见迎面一架大桥，玄宗举着马鞭，问道："这是什么桥？"高力士奏称："万里桥。"玄宗在马上叹道："一行师真是神仙中人！"高力士忙问："什么事？"玄宗道："朕六年前临幸东都，与一行师共登天宫寺阁，心中感慨起来，问一行师：'朕能活到甲子吗？'一行答道：'陛下行幸万里，圣祚无疆。'现在想来，朕到万里桥边，应当是前定。"高力士也奏道："人间万事都是前定，还请万岁爷宽怀。"正说着，一阵西风吹来，很是寒冷。玄宗心中想着杨贵妃，不禁又流下泪来，说道："那时匆匆埋葬贵妃，只有一床紫褥裹身。现在这么冷，贵妃冰肌玉肤，怎么受得了？"急忙回宫，下旨，要为杨贵妃改葬。陈元礼见了圣旨，很是畏惧。礼部侍郎李揆奏道："改葬杨贵妃，只怕会让将士军心不安。"玄宗看了奏章，也无可奈何。

后来太上皇銮驾从成都出发。玄宗放心不下，暗暗令高力士赶到马嵬驿，用锦绣被服，改葬杨贵妃。谁知掘开坟土一看，只见一幅紫被裹着一把白骨，却没有杨贵妃的尸身，只有一个锦香囊，挂在胸骨前。高力士把锦香囊取下，用锦被包着残骨葬下，回京后把锦香囊呈给太上皇。太上皇藏在袖中，半刻不离。玄宗此次回宫，景物全非。连梨园子弟和李龟年弟兄，还有服侍杨贵妃的永清、念奴两个宫女都不在了，心中万分凄凉。玄宗不知道李龟年这时已流落江南，卖歌为生。

这天，是青溪鹫峰寺大会，游人挤满了道路。李龟年也抱着琵琶，一边行着，一边叹道："想我李龟年，昔日蒙万岁爷十分恩宠，赐赏银钱数万。谁想安禄山造反，攻破长安，老汉也流落江南，沿门卖歌，无限凄凉！"说着，坐在庙门外墙，弹着琵琶，唱起歌来。李龟年一弹唱，顿时惊动了在寺院里闲逛的人。他们一个个都围过来，听他唱得幽幽咽咽，不禁落泪。他唱完一阕，略微停了一停，接着唱第二阕道：

想当初庆皇唐太平天下，访丽色把蛾眉选刷；有佳人生长在弘农杨氏家，深闺内端的玉无瑕。那君王一见了欢无那，把钿盒金钗亲纳，评拔做昭阳第一花。

当时有几个听唱的女子，忍不住问道："那贵妃娘娘长得什么样？有我们家大姐这么标致吗？"李龟年又拨动琵琶唱着第三阕道：

那娘娘生得来仙姿佚貌，说不尽幽闲窈窕；真是个花输双颊柳输腰，比昭君增妍丽，较西子倍风标，似观音飞来海峤，恍嫦娥偷离碧霄。更春情韵绕，春酣态娇，春眠梦俏。纵有好丹青，那百样娉婷难画描！

一个老头儿，听完了这段，捋髯笑道："你这老翁说得杨娘娘这么标致，倒像是亲眼见过的，是不是说谎啊！"李謩也在人群中，听了老头儿的话，忙拦着说："只要唱得好听，管他是不是亲眼见过。老人家你唱下去，那时皇帝怎么对贵妃的呢？"李龟年唱着第四阕道：

那君王看承得似明珠没两，整日里高擎在掌。赛过那汉宫飞燕倚新妆，可正是玉楼中巢翡翠，金殿上锁着鸳鸯。宵偎画傍，直弄得个伶俐的官家颠不剌懵不剌撇不下心儿上。弛了朝纲，占了情场，百支笔写不了风流账。行厮并，坐厮当，双赤紧的倚了御床，博得个月夜花朝同受享。

一个小老头正蹲在地下听着，听到有趣时，噗的一声，仰翻在地，哈哈大笑道："好快活，听得我好像雪狮子向火哩！"一个小伙子扶着他起来，问道："你这话怎么说？"那小老头说道："雪狮子向火，就是化了呀！"众人都哈哈大笑起来。

李謩又问道："当时宫中有一曲《霓裳羽衣曲》，听说是贵妃娘娘所作，老人家可知道？请再唱给在下听听。"李龟年点点头，唱道：

当日呵那娘娘在宫廷把宫商细按谱新声，将《霓裳》调翻，昼长时亲自教双鬟，舒素手拍香檀，一字字都吐自珠唇皓齿间。恰便似一串骊珠声和韵闲，恰便似莺与燕弄关关，恰便似鸣泉花底流溪涧，恰便似明月下冷冷清梵，恰便似缑岭上鹤唳高寒，恰便似步虚仙珮夜珊珊。传集了梨园部教坊班，向翠盘中高簇拥着个娘娘，得到那君王带笑看。

李謩听了叹道："果然是好仙曲！只可惜当日天子宠爱贵妃，朝欢暮乐，致使渔阳兵起，说起来令人痛心！"李龟年忍不住替贵妃辩护道："公子不要只埋怨贵妃娘娘，只因为当时任错边将，委政权奸，以致四海动摇，百姓流离。说起渔阳起兵，真是天翻地覆，惨目伤心。各位不嫌絮叨，老翁再慢慢弹唱。"说着，又唱道：

恰正好呕呕哑哑霓裳歌舞，不提防扑扑突突渔阳战鼓。刬地里出出律律纷纷攘攘奏边书，急得个上上下下都无措。早则是喧喧嗾嗾惊惊遽遽仓仓卒卒挨挨拶拶出延秋西路。銮舆后携着个娇娇滴滴贵妃同去，又只见密密匝匝的兵，恶恶狠狠的语，闹闹吵吵轰轰騞騞四下喳呼。生逼散恩恩爱爱疼疼热热帝王夫妇，霎时间画就了这一幅惨惨凄凄绝代佳人绝命图！

李謩听了，不禁流下泪来，叹道："天生丽质，惨遭逼迫，真是可怜！"旁边一个小老头儿指着李謩拍手笑道："这是说唱，老兄怎么掉泪了？"李謩也不理他，问李龟年道："那贵妃娘娘死后，葬在哪里？"李龟年又接着唱道：

破不刺马嵬驿舍，冷清清佛堂倒斜。一代红颜为君绝，千秋遗恨滴罗巾血。半棵树是薄命碑碣，一抔土是断肠墓穴。再无人过荒凉，野莽天涯谁吊梨花谢。可怜那抱幽怨的孤魂，只伴着呜呜咽咽的望帝悲声啼夜月！

李龟年停了琵琶，收场要走。那班男女也各自散去，只有李謩呆呆地站着不走。他见李龟年夹了琵琶，转身要走，忽然上去一把拉住李龟年道："老人家，小生听你这琵琶，不是凡音，不知是什么人传授的？"李龟年神色惨然道："你问我这琵琶吗？它曾供奉过开元皇帝。"李謩诧异道："这么说，老人家一定是梨园里的人了？"李龟年答道："说也惭愧，老朽也曾在梨园中领班，沉香亭畔承值，华清宫里追随。"李謩诧异道："老人家莫非是贺老？"李龟年摇着头道："不是。"问：

“是黄幡绰？”答道：“不是。”问：“必是雷海青了？”答道：“他已经被贼人杀死了。”李謩追问道：“老人家为什么来到江南？”李龟年答道：“只为家亡国破，死中逃生，来江南卖唱为生。”李謩道：“说了半天，还是不知道老人家到底是什么人？”答道：“老汉姓李，名龟年。”李謩道：“啊！原来是李师傅，多多失敬了！”李龟年问了李謩姓名，才恍然道：“原来是吹铁笛的李官人，幸会幸会！”李謩问：“《霓裳》全谱，你还记得吗？”答道：“也还记得，官人为什么这么问？”答道：“不瞒老人家，小生酷爱音乐，曾经在西京宫墙偷听李师傅传授《霓裳羽衣曲》，但只记住了几段。今天有幸遇到李师傅，不知是否肯赐教？”李謩于是邀李龟年到家中，每天传授《霓裳羽衣曲》。二人常在一起讨论乐理，废寝忘食。

·伤心玄宗·

一天，正是清明佳节，李謩被几个同窗好友邀去饮酒。李龟年一人独坐家中，无聊时就出东门闲走。在柳荫下走着，忽然起风，雨点扑面而下，李龟年浑身湿了，急忙找地方躲雨。见前面有一座道院，横额上写着“女贞观”三字，两扇朱红门虚掩着。李龟年跑进门一看，殿中供着如来佛的金身，钟鼓鱼磬十分整齐。佛座下面又设着一个牌位，李龟年走近去看，见牌位上写着一行字：“唐皇贵妃杨娘娘灵位。”李龟年低声念了一遍，两行眼泪流了下来，倒身下拜，说道：“没想到这里有人供奉杨娘娘。”正拜着，里面走出一个年轻女道士，问道：“谁在那里？”等她走近，惊道：“你是李师傅，怎么到了这里？”李龟年答道：“我是李龟年。”细看那女道士，也大惊道：“道姑莫非是宫中的念奴姐姐？”那女道士见了李龟年，哭得说不出话来。

李龟年问：“姐姐什么时候到这里的？”念奴说道：“我去年逃难逃来了，在这里出家。李师傅为什么来这呢？”李龟年道：“我也是逃难，流落江南，后来在鹫峰寺遇到李謩官人，住在他家，没想到今天又遇到姐姐。”念奴问：“哪个是李謩？”李龟年道：“这人说起来也奇，当日我与你们在朝元阁上练习《霓裳》，这李官人就在宫墙外面偷听，记住了几段，现在留我在家传授全谱。”念奴听了，叹道：“唉！《霓裳》还在，人已渺然，连我们这些人都流落他乡。”李龟年连忙安慰，又问：“永清姐姐现在在哪里？”念奴一听，又忍不住落下泪来：“我们二人，情同姐妹，一路好不容易逃难出来，谁知她在路上受了风寒，病倒了，正在观里休养。”正说着，观主出来对念奴说道：“永清在叫你呢。”这时天已放晴，李龟年随即起身告辞。

回到家中，李龟年就把在女贞观遇到念奴的事，告诉了李謩。李謩听说永清、念奴是当时在朝元阁练曲的人，喜不自禁，就要李龟年带他到女贞观拜见念奴。谁知到了观里，念奴正泪流满面的在那里哭永清，原来永清已于昨夜死了。李謩在一旁劝慰了几句，又拿出十两银子，给永清办丧事，念奴千恩万谢。李謩正要辞别，一眼看见那观主，原来正是去年在马嵬坡一同看锦袜的女道姑。那观主摆上素斋，邀李謩与李龟年二人坐下吃了斋饭再走。李謩心中从此有了念奴，常常独自一人到女贞观中走动。念奴这时身世飘零，却有人来怜爱，心中也不免有了这个多情公子的身影。后来李龟年替他们做了月老，念奴还了俗，嫁给了李謩。

这时太上皇已经回到京师，怀念天宝旧人，就把李謩夫妻二人召进宫，封李謩为中书舍人，而李龟年在太上皇召见前几天就病死了。太上皇回宫，被奉养在兴庆宫中，肃宗皇帝与张皇后每天都来宫中问候。所有天宝旧人，都拨入兴庆宫中伺候太上皇。兴庆宫原来是太上皇做太子时住的，如今住着，太上皇心中也很欢喜。只因杨贵妃已死，宫中三千粉黛也都已凋零，太上皇宠爱的人都没有了。太上皇忽然想起梅妃，忙命高力士到翠华东阁宣召。谁知高力士去东阁找寻梅妃，早已人去楼空，在后宫中找遍了，也不见梅妃的踪影。没办法，只得空手回来复旨。太上皇听了，不禁万分伤心，想起梅妃的美丽婉约，以及旧时与她两地相思的滋味，更加觉得梅妃可爱。太上皇以为梅妃流落在民间，就让肃宗皇帝下诏在民间察访，谁知还是杳无消息。太上皇又命道士上升九霄，下察九州，也不得见。肃宗皇帝暗令丹青妙手，画了一幅梅妃的画像，令高力士献给太上皇。太上皇看了叹道："画像虽好，可惜不是活人。"说完，就在画上题诗道：

忆昔娇妃在紫宸，铅华不御得天真。
霜绡虽似当时态，争奈娇波不顾人！

写完，命匠人把画像刻在石头上，放在东阁。

这时天气渐渐热起来了，太上皇在竹林下纳凉，蒙眬睡去，仿佛看见梅妃在竹林旁伫立着。太上皇问梅妃："你现在到底在哪？"梅妃哽咽着说道："那时陛下蒙尘，妾身死于乱兵之手，后来有人将妾身葬在池东的梅树旁。"太上皇听了大哭而醒，立即传高力士，命内侍到太液池挖掘。掘遍池东梅树，都没有看见梅妃的遗骸。太上皇更加悲伤，忽然想到温泉池旁，也有十多棵梅树，于是亲自坐小辇到温泉。到了华清池，又不禁想起往事，十分感慨。命内侍在梅树下挖掘，才一动手，就看见一个酒槽里，锦被裹着一具尸体，扒开土一看，面色如生。太上皇抚尸大哭，见梅妃玉体肋下有刀痕，忙命高力士准备玉棺收殓。太上皇亲自写了诔文，以妃子礼将梅妃改葬在东陵。

兴庆宫外面就是勤政楼。黄昏月上，太上皇登楼远望，见烟月苍茫，凄凉满眼，信口歌道："庭前琪树已堪攀，塞外征人殊未还！"唱完，远远听到宫墙外有人和着唱《宫中行乐词》。太上皇心中感动，问高力士道："这人应该是梨园旧人，你明天把他召来。"第二天，高力士去找，果然是梨园子弟。高力士又找来杨贵妃的侍女红桃，太上皇命红桃唱《凉州词》，这词是杨贵妃亲自写的，太上皇又亲自吹着玉笛和着。红桃唱完，与太上皇不禁相视而泣。红桃说："以前娘娘在华清宫，常唱这首曲子。"太上皇携着红桃，重幸华清宫，见宫中嫔御，都非旧人。太上皇来到望京楼下，传张野狐在楼上奏《雨霖铃》。没奏到一半，太上皇已经泣不成声，左右也十分伤感。高力士忙劝太上皇回宫，太上皇见宫院荒凉，也无可留恋，就回兴庆宫。

在宫门口，又遇到女伶谢阿蛮。谢阿蛮腰肢瘦削，善舞《凌波曲》，长得美丽动人，杨贵妃认她为养女，十分受宠。这时重与太上皇相见，谢阿蛮憔悴消瘦得可怜。太上皇带她回宫，召旧时乐工奏《凌波曲》，令谢阿蛮再舞。可怜她腰肢已经生硬，病后无力，才转了几下，就晕倒在地。太上皇亲自扶她起来，想起杨贵妃在时那种酣歌醉舞的情景，有如隔世，不禁相对落下泪来。谢阿蛮又从臂上脱下一双金粟装臂环，呈给太上皇，说："这是娘娘在时赐给婢子的。"太上皇见了金环，又禁不住哽咽着说道："我祖太帝攻破高丽时，获得两件宝物：一件是紫金带，一件是金粟装臂环。当时岐王献《龙池篇》，朕把金带赏赐给他，后来贵妃进宫，就把臂环赐给了贵妃。数年后高丽国王得知二宝在朕这里，就派遣使臣上书乞求赐还二宝，说高丽国失了这二宝，风雨不调，百姓受难。朕赐还了紫金带，臂环则因贵妃喜爱，没有赐还。现在宝物在你这，你好好珍惜。朕见了，回想起贵妃，不禁悲从中来！"高力士见太上皇悲不能抑，就让谢阿蛮退下，扶太上皇回宫歇息。太上皇传谕给谢阿蛮医药钱五百两，放回家中调养。

过了几天，高力士又找到了老伶工贺怀智。太上皇问："还记得贵妃的旧事吗？"贺怀智奏称："臣记得太上皇夏天与亲王在勤政楼下棋，传臣到座前弹琵琶。那时杨娘娘手抱康国猧站在案旁观局，太上皇将输，娘娘就放猧子落到棋盘上，打乱了棋局，使得胜败难分，太上皇拍手大笑。风吹落娘娘的围巾，落到臣的脖子上。臣回家后，觉得满屋香气，就把围巾藏在锦囊里，香味至今不散。"太上皇问："锦囊还在吗？"贺怀智从腰间取下锦囊，呈给太上皇。太上皇打开锦囊，奇香扑鼻，叹道："这是贵妃生前爱用的瑞龙脑香。贵妃每次到华清池洗浴，都把此香洒在玉莲朵上。"太上皇在宫中所遇都是伤心事，所说都是伤心话，从此神情郁郁，常常在院子里闲步，吟着：

刻木牵丝作老翁，雉皮鹤发与真同。
须臾舞罢寂无事，还似人生一世中！

高力士见太上皇哀伤入骨，想方设法为太上皇解愁散闷。勤政楼有一座飞桥，桥下横跨市街，只因宫禁森严，帝后亲贵，从不到飞桥上观览。这时天气晴朗，高力士就扶着太上皇到桥上，推窗闲眺。街市上的百姓，从楼下走过，抬头看见飞桥上站着太上皇，不禁喜形于色，齐聚桥下。人越聚越多，把一条大街都堵住了。太上皇见百姓如此爱戴自己，不禁含笑向众人点头示意。百姓不禁跳跃着欢呼道："今天得以再见我太平天子！"齐呼万岁，欢声动地。太上皇见百姓如此拥戴，不禁把满腹忧愁暂时抛去。

这时肃宗皇帝卧病在南内，朝廷大事，都由丞相李辅国专权处理。肃宗宠爱张皇后，李辅国诸事都禀告张皇后，内外通成一气。张皇后因太上皇在位之时，溺爱王皇后，一直怀恨在心，时时在肃宗皇帝跟前说太上皇偏心，又说仙媛、高力士、陈元礼联合太上皇，密谋变乱。李辅国大权在握，见太上皇深得民心，怕对自己不利，就趁肃宗昏迷的时候，假造皇上旨意，奉太上皇迁居西内，只选三十多个老弱内监，随太上皇迁居。移宫那天，李辅国全身披挂，率御林军士一千人，个个提刀跃马，围在太上皇前后。太上皇马蹄略微缓慢了一些，兵士们就大声呵斥起来，慌得太上皇缰绳都松了，几乎跌下马来。幸亏有常侍上去扶住。高力士见了，义愤填膺，急忙拍马上前，扶住太上皇的辔头，大声喝道："太上皇是五十年的太平天子，李辅国你也是旧时家臣，怎么能这么无礼？"说得李辅国满面羞惭，连忙下马，躬身站在一旁。高力士又代太上皇传谕问众将士："你们呢？"一千兵士，个个把刀收入鞘中，跳下马来，拜在太上皇马前，说道："太上皇万岁！"高力士又喝令李辅国拉马，李辅国诺诺上前，替太上皇拉住马缰，送到西内安歇。太上皇等李辅国退下后，握着高力士的手，流泪说道："今天如果不是将军在，朕早就死在李贼刀下了！"

李辅国，本名静忠，原本是宫中的小太监。玄宗时当了一名闲厩，专门调养马匹。长相丑陋，稍懂书算，在高力士手下做了二十多年，后来随侍太子。陈元礼杀杨国忠，李辅国也是同谋。太子在灵武即位后，对李辅国更加亲信，封他为行军司马。肃宗皇帝将四方章奏、军符、禁宝，都交给李辅国管理。李辅国在肃宗面前，小心翼翼，处处迎合意旨，深得肃宗信赖。肃宗回京后，更加宠任他，封他为殿中监闲厩、少府殿中二监、成国公。凡朝中宰相百官要见天子的，必须先谒见李辅国。肃宗每次下诏书，都得李辅国署名，才能通行。李辅国在宫中出入，有三百武士保卫，满朝亲贵，不敢直呼其名，只敢称五郎。丞相李揆，拜李辅国为义父，称其为五父。太上皇初回大内，住在兴庆宫。肃宗每天从夹道中来问候太上皇起居，太上皇有时想念肃宗，也去大明宫，父子谈笑甚欢。有时皇帝与太上皇在宫中遇上，肃宗命陈元礼、高力士、王承恩、魏悦、玉真公主等先朝旧臣，常侍太上皇左右，又令梨园弟子，奏弹声乐。

李辅国自幼在高力士手下，高力士十分瞧不起他。李辅国含恨在心，乘机诬告，说陈元礼、高力士、如仙媛、王承恩，谋划让太上皇复位，矫旨把太上皇迁入西内。那天李辅国受了高力士的羞辱，就更想杀高力士了。第二天，又矫旨将王承恩流放播州，魏悦流放溱州，如仙媛发配归州，还想发配高力士到岭南。高力士奉诏，向太上皇痛哭叩别。太上皇大为悲愤，当即下手谕给肃宗，留下高力士。张皇后怕太上皇见了肃宗有私心话，就令万安公主、咸宜公主住在太上皇宫中，暗地里监察着太上皇与高力士二人的举动。太上皇心中郁郁不乐。肃宗病愈后，听信了张皇后和李辅国二人，许久不朝拜太上皇。父子之间，恩义隔绝。文武大臣，上表请皇上朝见太上皇，表章都被李辅国扣住。五月五日，肃宗抱着小公主在便殿接见李唐，指着小公主对李唐道："朕对这个女儿，爱不释手，爱卿不要见怪啊。"李唐奏道："太上皇思念陛下，也如同陛下疼爱公主！"肃宗听了，顿时天良发现，泪珠夺眶而出。急忙从夹道去朝见太上皇，父子握手痛哭。从此肃宗不时到西内问候，太上皇得以安居。但所有天宝旧人，都被李辅国驱逐得干干净净，只留下高力士一人陪着太上皇。

秋天时，太上皇在黄昏人静时，听到窗外雨打梧桐之声，心中更加伤感。一粒冷幽幽的灯火，照着君臣二人，万分凄凉。太上皇问道："当年朕在剑阁听雨，写了一曲《雨霖铃》，高力士还记得吗？"高力士忙答道："臣字字记在心中。"太上皇于是自吹玉笛，高力士依声唱道：

万山蜀道，古栈岧峣。急雨催林杪，铎铃乱敲，似怨如愁，碎聒不了。响应空山魂暗消，一声儿忽慢嫋，一声儿忽紧摇。无限伤心事，被他斗挑，写入清商转恨遥！

太上皇听高力士唱完，不禁又长吁短叹起来。高力士深怕太上皇又勾起愁肠，连连催道："夜已深了，请万岁爷安寝吧。"太上皇侧耳一听，宫墙外更鼓三敲，站起身来，由两个老宫女扶着到御床上安睡。太上皇睡在枕上，自言自语地说道："哎！今夜啊，不知有什么梦。"高力士吩咐宫女："万岁爷睡了，姐姐们先去歇息。"

太上皇在枕上才说一句话，就沉沉睡去。恍惚间看见两个内侍在御床前跪倒，高声叫："万岁爷请醒醒！"太上皇问："你们从哪里来的？"内侍奏称："奴婢奉杨娘娘之命，来请万岁爷。"太上皇喜道："杨娘娘没死！现在在哪里？"内侍奏道："娘娘在马嵬驿中，恭候圣驾。"太上皇道："朕百般思念贵妃，没想到她还在马嵬驿中。快领朕前去，连夜迎贵妃回宫！”太上皇正随着二内侍走去，忽见一位将军，骑马执枪，大声喝道：“陛下安居南内，为什么深夜微行，要到什么地方去？请陛下快快回宫！”太上皇抬头一看，那马上将军正是陈元礼，不禁大怒道：“陈元礼！你那天在马嵬驿中，暗激军士，逼死贵妃，罪不容诛！今天又来犯驾吗？”那陈元礼奏道：“陛下不回宫，只怕六军又要生变。”太上皇又大惊，喝道：“陈元礼！你欺朕闲居退朝，无权杀你，是不是？内侍们，快把这乱臣贼子拿下斩首！”一阵吆喝，那陈元礼却不见了。只见荒亭冷驿，不见有人出入。太上皇忙问内侍：“已到马嵬驿了，贵妃在哪里？”正问时，驿亭也不见了，只有一片大水，怒潮汹涌。大水中间，涌出一头怪物，猪首龙身，张牙舞爪扑来。太上皇急忙倒退几步，喊道：“吓死我了！”

高力士在睡梦中被太上皇叫醒。太上皇问道：“高力士，外边什么响？”高力士奏称：“是梧桐上的雨声。”太上皇在枕上回想梦境，说道：“高力士，朕刚才梦见两个内侍，说杨娘娘在马嵬驿，请朕前去，可能是贵妃的精魂未散。朕想起古时汉武帝思念李夫人，李少君为他召来李夫人的魂魄相见。天亮后，你就去传旨，令天下地方官为朕遍觅方士，为杨娘娘召魂。”高力士奉了太上皇旨意，奏明肃宗皇帝。肃宗又下诏令各处地方官，访求道行高深的方士，为杨娘娘招魂。

·招魂·

圣旨传遍天下，一群方士，齐集都门，人人自称有李少君之术。太上皇大喜，一一召见，命招杨娘娘的精魂。谁知那班方士，本领都不高强，在地府中搜索，都没见杨娘娘的魂魄。最后有一位道士，从蜀中奉诏来到京师，自称能升天入地，访求魂魄。太上皇在便殿中召见，道士自称杨通幽，向太上皇要求一间净室。杨道士一人坐在室中，焚香闭目，一灵出窍，先在地下搜寻，没找到；第二天神游到天界，也没有找到；第三天，渡大海跨蓬岛，忽然看见东南最高峰上，隐约有一座红楼。杨道士凝神聚气，飘然降到蓬岛红楼。

迎面一座大穹门，杨道士的精魂走进门，渐渐走近西厢，只见一洞，门是关着的，洞上横额上写着“玉妃太真院”五字。杨道士拔下髻上的簪子，轻轻地叩着洞门，那门呀地开了。只见一个童女，梳着双鬟，十分秀美，见了杨道士，十分怕羞。杨道士还没开口，就低鬟含笑走了。接着，又出来一个碧衣女侍，问杨道士：“仙客从哪里来？有什么事？”杨道士自称是大唐太上皇使臣，来寻找杨娘娘精魂。碧衣侍女听了，踌躇半天，答道：“这里没有杨娘娘，只有玉妃，正在休息，等玉妃醒来，婢子就去禀报。”杨道士只得在洞门外静静地等着。直到夕阳西下，那碧衣侍女才出来说：“玉妃召大唐使臣相见。”杨道士不敢怠慢，跟在侍女身后走去。

经过几处琼楼玉宇，来到一座寝宫。杨道士屏息低头，殿上莺声问道：“太上皇可好？”杨道士在太上皇宫中，见过杨贵妃的画像。他微微抬头，见上面坐着的竟然是杨娘娘。云裳霞帔，羽扇宝盖，仪态万方。左右两行侍女侍立着，传下玉妃的话。杨道士忙叩首奏道：“太上皇思念杨娘娘，特派方外微臣，来求娘娘精魂相见。”玉妃听了，微微叹息道：“太上皇应当珍重。”然后令绛衣侍女，取出金钗钿盒。玉妃亲自将钗盒折成二份，一份交给杨道士，令他拿去复命：“为我谢太上皇。谨献此物，以证旧好。”杨道士得了钗钿，担心钗钿不足以取信于太上皇，求王妃讲一件除了当事人他人都不知道的事。玉妃听了，低头想了一会，慢慢说道："天宝十年时，我和万岁在骊山宫避暑。新秋七月，织女牵牛双星相见之夜，听太上皇说起牛郎织女的故事，心有所感，双双拜倒，盟誓愿生生世世，结为夫妇。这事只有太上皇知道，你把这些话告诉太上皇，太上皇应当能够宽怀。为我寄语太上皇，太上皇将不久于人世，应当自爱，不要自苦。"杨道士听完，再拜而出。

急忙睁眼一看，自己身在净室，袖中有断钗半盒。于是拿去献给太上皇，又把玉妃所说的，一字不漏地告诉太上皇。太上皇悲叹道："朕此生与贵妃再无一面之缘了吗！"杨道士奏道："臣还有办法。"说着向高力士要来一轴黄绢，从袖子里拿出笔墨，诵咒呵气，仿佛在画女人像。第二天，请太上皇斋戒沐浴，来到净室，对着黄绢坐定，凝神默想贵妃形态，三天三夜不休。杨道士灭了烛火，请太上皇再凝视黄绢，竟是杨贵妃。太上皇连呼贵妃，不禁大喜。杨道士奏道："还没有完成，请备下五色帐，在室中设坛，虔诚供奉。"又另外找了十五六岁聪慧端正的女孩二十四人，让她们在静室里曼声唱着《步虚词》。杨道士在室中诵咒，连焚符篆，又吸烟直呵画像，命二十四女儿也往画像上呵烟。黄昏人定时，杨道士与二十四个女孩都退出，请太上皇秉烛走进帐中。

太上皇手中的蜡烛，是杨道士用五色石衡遥研成细末做成的，外面画着五色花，称为还形烛。太上皇拿着还形烛进帐，见杨贵妃宛然睡在帐中。太上皇低声叫唤，杨贵妃擦着泪道："陛下身为天下之主，却不能庇护一个弱女子，还有什么面目再来相见呢？沉香亭下的七夕之誓，陛下难道已经忘了吗？"太上皇听了，凄然泪下，再三抚慰杨贵妃说："马嵬坡之变，事出仓促，完全在意料之外，朕也无可奈何。"二人对诉离情，曲尽绸缪。杨贵妃又脱下手臂上玉环，为太上皇戴到手臂上。正怜爱着，忽然听到晨鸡鸣叫，杨道士推门进来，高声奏道："天亮了，是分别的时候了！"太上皇一看，杨贵妃忽然不见了，太上皇如梦初醒。急忙起身出帐，手臂上还带着玉环。

太上皇从此大彻大悟，移居大内甘露殿，练习辟谷练气。张皇后进献樱桃蔗浆，太上皇都没吃，整天只是把玩着一支紫玉笛。闲吹几声，就有双鹤飞下庭心，徘徊不去。一天，太上皇对侍儿宫爱说道："朕奉上帝之命，为元始孔升真人，这次去了，可以见到贵妃了！"说完，命宫爱扶他进帐，刚躺下就驾崩了。肃宗皇帝与张皇后都来哭灵，谢阿蛮哭得最为哀伤。玄宗一生多情，宠爱杨贵妃，艳传千古。

玄宗临死的时候，举目四望，不见高力士，长叹一声而逝。玄宗病危，李辅国矫肃宗皇帝旨意，将高力士发配岭南。高力士奉皇帝诏，哭拜道："臣早就该死，只愿再见太上皇一面，虽死无恨！"李辅国不许，令武士把高力士拉出宫去。直到宝应元年，被赦罪还朝，见了太上皇遗诏，高力士向北拜下哭道："太上皇大行之时，不能送葬，死有余恨！"说着吐血不止，悲痛而绝，终年七十九岁。自从高力士死后，李辅国更是横行无忌。

鱼朝恩也是宫中很有权力的宦官。史思明攻打洛阳时，鱼朝恩统领神策兵，屯守陕中。洛阳陷落后，史思明长驱到硖石，儿子史朝义为游军。肃宗集合十万大军，沿渭河东下。鱼朝恩按兵陕东，令卫伯玉与贼将康文景等交战，大胜而归，收复京师。肃宗封鱼朝恩为冯翊郡公，专领神策军，另外赏赐不绝。鱼朝恩恃功而骄，在朝中无所忌惮。当时郭子仪功盖天下，鱼朝恩心怀妒忌，见郭子仪在相州战败，竭力诋毁他。肃宗因此罢免了郭子仪的兵权。吐蕃攻破京师，鱼朝恩因有勤皇之功，就想挟天子迁都洛阳，以避外敌。当时文武百官，都在朝上，鱼朝恩率领十多个兵士，各执兵器，当殿高声说道："虏贼数次侵犯京师，天子打算避兵洛阳，各文武大臣有什么意见吗？"宰相还没说话，天子近臣就说道："中官是要造反吗？现在朝廷的兵力足以抵抗虏贼，怎么能胁迫天子离京呢？"鱼朝恩听了，低头无语。郭子仪也奏称不可离京。肃宗从此渐渐不信鱼朝恩。自此，宦官李辅国的威势，更在鱼朝恩之上。

乾元二年，九节度兵在河北大败，朝廷震动，起用李光弼代替郭子仪统兵。李光弼请求任命贤王为军中主帅。肃宗下诏，令赵王李係为天下兵马元帅，李光弼为副元帅。回京后，皇帝患病，皇太子监国。张皇后与宦官李辅国有仇，密召太子说道："李辅国执掌禁兵，矫天子圣旨，逼圣皇迁宫，天下为之侧目。平时又非常忌讳我和你，一心想要对你我不利。还有程元振联合黄门官，意图图谋不轨。不趁早把他们诛杀了，我们就有大祸了！"太子听了，哭道："这两个人都是陛下的功臣，现在陛下圣体有恙，一旦杀了他们，圣上必定震怒。还是以后再说吧。"张皇后随后召皇子李係进宫，问道："你能杀程元振吗？"李係领命退出，立即选了两百个勇士，披甲执刀，埋伏在长生殿。然后假传帝命，召太子入宫。程元振得知张皇后的计谋，告诉李辅国，然后勒兵到凌霄门劝阻太子进宫。太子说道："皇上病危，我怎么能怕死呢？"程元振于是率兵护送太子到飞龙厩，杀入三殿，抓捕皇子李係等一百多人，并将张皇后囚在别殿。李辅国暗中派遣刺客，夜入宫禁，杀了张皇后和皇子李係。肃宗病愈后，张良娣受宠。张良娣与李辅国内外联合，一同欺压皇帝。

张氏聪慧能辩，又机警能迎合意旨。玄宗避兵西行，张良娣随肃宗渡渭河，百姓跪在道旁，请太子留守长安。太子不听，张良娣再三劝谏，让太子以天下为重。肃宗只得折向北行，在灵武停驾。张良娣日夜随侍左右，每天晚上都坚持睡在前屋。肃宗劝她睡后面的屋子，张良娣答道："现在天下纷乱，万一有什么不测，妾身愿以一身挡贼，使殿下得以从容避难。"肃宗听了，更加宠爱张良娣。张良娣住灵武不久，就生下一个儿子。三个月后，就起身为将士缝制衣服。肃宗劝她休息，张良娣奏答道："殿下应当多为国家着想，不要过于为爱妾忧虑。"张良娣这样灵心慧舌，又美丽绝世，肃宗与张良娣患难相依，自然更是恩爱。

后来玄宗传位肃宗，得知张良娣的贤惠，赐她七宝雕鞍，张良娣大喜。一天李泌觐见肃宗，看见张良娣的七宝雕鞍，奏道："如今四海分崩，宫中应为节俭表率，请良娣撤除鞍上的珠玉，交给库吏收藏，赏给有功之人。"肃宗当时正倚重李泌，对他的奏请，无不听从。张良娣心中十分不快，肃宗无法劝解，就与张良娣饮酒赌博。从此张良娣在宫中饮酒赌博成了习惯，后来移驾彭原，日夜纵赌，声震户外。李泌在元帅府中，与行宫只隔了一堵墙。每天晚上听到张良娣的娇喝声，就又入宫劝谏。肃宗一方面怕李泌一再来进谏，一方面又怕失了张良娣的欢心，就晒了干木菌，制成骰子玩，悄无声息。后来肃宗想立张良娣为后，与李泌商议。李泌劝阻，肃宗只得作罢。张良娣竭力侍奉皇帝，一番苦心，满心期望肃宗早定后位，可李泌的三言两语将一场好事化为云烟，张良娣心中十分愤恨。

李泌在玄宗的时候，就已得皇帝宠信，当时李泌才八岁。因玄宗喜欢佛老之学，开元十六年，召天下懂得佛老孔子之道的人，入京互相辩答。当时有个童子，名叫员俶，只有九岁，朝见天子，能言善辩。座中博学年长的文臣，都为之折服。玄宗惊异不已，赞道："世上怎么有这么聪明的童子？"员俶奏称："臣舅父的儿子李泌，比臣小一岁，却比臣聪敏十倍。"玄宗不信，下诏征召李泌。那时玄宗正与燕国公张说对弈，就令张说测试李泌的才能。张说令李泌说方圆动静，李泌道："请您先说。"张说指着桌上的棋局道："方如棋局，圆如棋子，动如棋生，静如棋死。"李泌立刻答道："方若行义，圆若用智，动若聘才，静若得意。"张说听了离席贺道："得此奇童，是陛下之福啊！"玄宗大喜，赐李泌彩帛黄金。

李泌年长之后，喜欢读《易经》，常游嵩山、华山和终南山，访求神仙不死之术。天宝年间，又被召入朝中。玄宗与李泌谈论《老子》，封他为待诏翰林，供奉东宫。李泌常常赋诗，讥笑杨国忠、安禄山。杨国忠矫皇帝命，革掉李泌的官职。后来肃宗在灵武即位，李泌亲自来谒见，论述天下成败之理。肃宗赐李泌紫衣，封他为元帅广平王行军司马，对他言听计从，天下大治。当时皇子李倓，英俊有才，肃宗想让他做元帅。李泌谏道："建宁王李倓，向来英勇坚毅，不愧是将才。广平王虽是长兄，但尚未正位东宫，天下艰难，众心所属，都在元帅。如果建宁王建了大功，陛下虽无意立建宁王为太子，但建宁左右的臣属，岂肯袖手不争？太宗、太上皇已有前例，请陛下三思。"肃宗大悟，第二天下诏，封广平王李俶为天下兵马大元帅，统率诸将东征。

迷点

【爱殇

细说大唐第一家庭】

◎广平王李豫常常在肃宗跟前诉说李辅国的罪状，李辅国该怎样为自己辩护？

◎郭子仪将如何为太子李豫免祸？张皇后与李辅国废太子的阴谋能得逞吗？

◎宦官李辅国恃功自傲，渐生谋反之心，代宗将怎么对付他？

第玖章

宦官乱政

·老太监娶娇妻·

李泌在朝，尽心辅助肃宗，平定天下，收复两京，迎回太上皇。太上皇去世后，肃宗内宠张良娣，外溺李辅国。一天肃宗留李泌在宫中宴饮，同榻而睡。李泌请求隐退，肃宗道："朕与爱卿同患难，如今天下太平，正想与爱卿共安乐，爱卿怎么能隐退呢？"李泌答道："臣遇见陛下太早，陛下对臣倚任太重，宠臣太深，而臣的功劳又太高，一生事迹又太奇特。因为这些，臣实在不能再留在朝中。"肃宗见李泌说得坚决，心中很是舍不得，但也无法挽留，默然不语，只是流泪。李泌见肃宗如此情重，心中十分感动，忙叩头道："谢陛下天高地厚之恩，臣终生不再归隐！"肃宗上去，扶起李泌，君臣二人，握手大笑。

肃宗在东宫的时候，常被李林甫欺压，吴妃也因李林甫而死。肃宗登位后，李林甫虽然已经死了多年，但皇帝心中的怨气，始终没出，心中不快。肃宗于是命人掘开李林甫的坟墓，烧了他的尸骨。李泌劝道："陛下身为天子而不忘宿怨，未免让人觉得天子胸怀狭小。"肃宗满面怒色道："李林甫之事，爱卿怎么敢忘了？"李泌答道："臣并不是这个意思，太上皇拥有天下五十年，寿数已高，一旦得知陛下旧怨不散，心中肯定会惭愧不安。万一伤感成疾，陛下岂不是成了不孝之人？"肃宗恍然大悟，泪如雨下，连连说道："朕不如卿啊！"后来收复两京，肃宗打算退居东宫，还政太上皇。李泌又劝道："陛下如果还政，太上皇就不会回京了！太上皇春秋已高，不能再为国事劳累了。"肃宗问道："怎么才能两全呢？"李泌奏道："臣自有办法。"立即退出宫，与群臣拟就皇帝奏太上皇一稿，说天子思念太上皇，要尽人子之心，请太上皇返驾，成全天子的孝心。太上皇果然回京。

朝中有了李泌，肃宗又对他言听计从，李辅国等奸臣，心中大不快活。打听到肃宗皇帝宠爱张良娣，就拿了许多金银财帛去孝敬张良娣，又在背地里极力说李泌的坏话。张良娣要立自己的儿子做太子，时常在肃宗皇帝耳边絮叨。后来肃宗由宠爱张良娣，慢慢变得畏忌张良娣了。他不敢说自己不许，只推说是李泌等大臣，忠心于现在的太子。现在的太子在外面立了战功，无故废太子，大臣们不答应。张良娣听了这话，把一肚子怨气，都撒在李泌身上，还私地里勾结了一群奸臣，日夜攻击李泌，并且派刺客，在半夜里闯进李泌的卧室行刺。刺客被李泌府中的仆人抓住，审问一番，得知是李辅国派来的。当时，朝廷中的忠义大臣，都为李泌打抱不平，要去奏明皇上。李泌不愿，说："此事还关系着张良娣，我们也得投鼠忌器，这事就算了吧。"李泌上奏告老还乡，不管肃宗皇帝如何挽留，李泌一心要归隐衡山。肃宗皇帝只得下诏给李泌三品禄，赐隐士服，又给李泌在衡山建造了园庐。李泌住在衡山，在屋子四周种满松树、樱树，给屋子题名为"养和草堂"。李泌在衡山脚下，发现一株龙形的松树，派人送进京，献给肃宗。

李辅国渐渐独揽大权。这时，肃宗立张良娣为张皇后，张皇后仗着皇帝宠爱，又见皇帝体弱多病，懒于治理朝政，就在深宫中替皇帝代管国家大事。起初还和皇上商量着办事，后来慢慢地独断独行。肃宗多病，也懒得管事，任皇后胡作妄为。张皇后大权在握，就联合丞相李辅国，招权纳贿起来。李辅国本是太监出身，因此只有他一个人能在宫中自由出入。见了肃宗皇帝，却又故意做出小心谨慎的模样。他见皇帝信佛，也跟着信佛，在宫中西苑，设一个小佛堂。又说终身不吃荤，见有杀害牲口的，就做出不忍心的样子。肃宗皇帝被李辅国的这些举动所感动，拍着他的肩头，说道："你真是天下第一善人！"李辅国在背地里做的那些阴险狠毒的事，肃宗都不知道。肃宗皇帝体弱多病，常在内宫。大臣要见天子，都得先孝敬李辅国一些财帛。

京兆尹元擢，应诏入宫，准备了一座阗州温玉雕成的美人，孝敬李辅国。温玉是稀世之宝，即使是大寒的时候，那玉也是暖暖的。用它雕成的美人儿，天姿国色，是绝品。李辅国得了，十分欢喜，就替他在皇帝面前说好话。从此元擢和李辅国二人，做了知己。元擢在家中备下盛大的酒筵，请李辅国赴席。元擢养着伎女，让她们当筵歌舞斟酒，李辅国乐得手舞足蹈。他虽然是一个阉割了的太监，但也不能忘情于人欲。听说元擢的女儿长着绝世的容貌，就对元擢说道："你我交情这么好，不妨请出你的妻女？"元擢亲自进内院，叮嘱女儿元春英打扮出来，拜见李总监。元春英不但长得琼姿玉貌，而且满腹诗书。那些富贵人家，贪慕春英小姐姿色，都来求婚。春英小姐因他们都是纨绔子弟，只贪美色，不解情爱，都一口回绝，说："此生愿老守闺中，长伴父母。"因此那些王孙公子，都断了念头。

李辅国喝得醉醺醺的，一见春英小姐的青春美貌，乐得心花怒放。斜着两只眼睛，含含糊糊地说道："元太守！你那温玉美人儿，怎么比得上这朵解语花更让老夫动心呢？"春英小姐满脸娇羞，忙掩着面，退进后堂。第二天，相国李揆到元擢府中替李辅国说媒。元夫人膝下，只有这个千娇百媚的女儿，多少富贵人家前来求婚，她都没有答应。听说李辅国是一个太监，又比他女儿大许多，因此怎么也不肯。无奈元擢贪念功名，猪油蒙了心，不问夫人肯不肯，春英小姐愿不愿意，就一口答应把粉妆玉琢的女儿，嫁给了年过半百的老太监。

李辅国得了春英小姐做妻子，心中快乐无比。先拿出私财二十万，在兴庆宫门外，盖造了一座壮丽的新府第。到了成亲那天，李辅国要讨春英小姐的好儿，先上了一道奏本，亲自捧进宫，面求肃宗皇帝和张皇后，启驾到新府第吃一杯喜酒，光彩光彩。肃宗皇帝看在他是一朝元老的面上，自然答应。倒是老太监娶妻房，京师里的人都当做一件笑话谈论。茶坊酒肆，赵大、王二，都讲这件稀奇事。有的替春英小姐抱屈，说："好好一朵鲜花，插在了牛粪上！"

春英小姐出阁那一天，轰动了全京城的百姓，老的少的都赶到兴庆宫外看热闹。文武百官，一队一队地摆着舆仗，到李府道贺，从辰时到午时，旗锣伞扇，密密麻麻的。正热闹的时候，只听得唵唵喝道的声音，原来皇帝和皇后的銮驾来了。道旁的百姓，都跪倒在地，不停地磕着头，谁也不敢抬头。等到銮舆走远了，才敢站起来。他们伸长了脖子看，前面黄旗舒展，彩盖辉煌，还隐约可见。李辅国正在府中招待同僚，十分忙碌。忽然门官接二连三地飞马来报，说："万岁和娘娘驾到！"李辅国忙带领众文武官员，赶到府门外跪下接驾。帝后两座銮舆，在中庭歇下。大臣上去把肃宗皇帝从銮舆中接出来。张皇后的凤驾，由夫人命妇上去接驾。

等百官都回避过了，夫人们都围着张皇后，走进内院，休息更衣。张皇后和众夫人说笑了一会儿，沐春园花厅上，已摆好了筵席。内官进来，请娘娘启驾入席。众夫人分两行领着路，走到大花厅，那李辅国早已打扮成新郎模样，在阶石旁跪倒接娘娘凤驾。张皇后笑着对李辅国说道："五郎！过一会新娘来了，我替你求着万岁主婚怎么样？"李辅国忙叩着头道："多谢娘娘洪恩！"然后起来，在前面领道。皇帝和皇后并肩坐在正中一席，李辅国站在一旁劝酒，肃宗笑着对李辅国说道："五郎自便，留些精神应付新娘子要紧！"一句话，说得四座大笑起来。张皇后趁肃宗高兴，把求皇帝主婚的话说了。肃宗十分高兴，一口答应。李辅国又跪地谢恩，然后退出廊下，去陪众同僚饮酒。

这一天，肃宗皇帝十分有精神，吃完喜宴，与张皇后手拉着手，到花园闲步。见一洼绿水，四周绕着白石栏杆。左边一座湖石假山，十分玲珑，沿着山石种着琪树瑶草。右边是一片草地，绿得可爱。肃宗自从即位以来，身体常常患病，很少在外游走，见了这片草地，顿时精神焕发。一回头，见广平王跟在身后。肃宗手搭在广平王的肩头，父子二人，在草地上说说笑笑地走着。忽然看见远远的一对花鹿，站在树林下面，伸长了脖子看人。张皇后在一旁说道："俶儿快射这鹿儿！"说着，内侍捧来弓箭。广平王接着，也不试力，也不瞄眼，随手一拉弓，嗖的一声，那边一声长嚎，一头鹿儿倒在了地上，四脚乱蹬。肃宗皇帝看了，哈哈大笑，抚着广平王的肩头，说道："太上皇在时，常说我儿是英雄，果然不差！"广平王忙谢过恩，奏道："儿臣他日如果能掌朝廷大权，杀奸臣如杀此鹿！"肃宗听了，忙摇着手说道："我儿不要妄言，招人忌讳。"

正说着，四个内侍扛着那头死鹿过来。李辅国也笑吟吟地赶来，广平王见了李辅国，做出待理不理的样子。张皇后在一旁看了，怕李辅国下不得台，恼羞成怒，就说道："俶儿，快谢过五郎送你的鹿！你俩还是干兄弟呢，也要亲近亲近。"原来李辅国兄弟五人，李辅国最小，入宫的时候，善于趋承肃宗和张皇后。张皇后心中很疼爱李辅国，不好意思自已认他做干儿子。后来趁着灵武兵马慌乱时，李辅国也立了功，张皇后就逼着肃宗认李辅国为义子。从此张皇后称李辅国为五郎，让他早晚在宫中出入，毫不避忌。满朝的臣工见李辅国得了宠，恨不得个个拜在他门下做干儿子，只是李辅国不收。当朝丞相李揆，暗地里不知孝敬了多少财帛，才把李辅国巴结上，称他一声五父。从此满朝的官员，见了李辅国，谁也不敢提名道姓，抢着叫五父。肃宗十二个王子，都跟着叫他五哥。只有广平王不肯叫，见了李辅国，只叫五郎。

李辅国也知道广平王和他作对，但他暗地里窥探皇帝的意思，大有立广平王为太子的意思。广平王在玄宗太上皇的孙子中，是长孙，平时颇得玄宗太上皇和肃宗皇帝的宠爱。在安禄山、史思明作乱的时候，广平王又亲率兵马，斩关杀贼，屡立奇功。肃宗奉太上皇回京城，肃宗要封广平王为兵马元帅，广平王再三辞谢，只在宫中随侍父皇，十分孝顺。肃宗因而更是喜爱他，常与张皇后说要立广平王为太子。张皇后宠冠六宫，生有两个儿子，李佋和李侗，李佋已封为兴王。张皇后欲立李佋为太子。这时李辅国与张皇后勾结，也十分忌惮广平王，两人在背地里营私结党，又指使丞相李揆在皇帝跟前说广平王在外弄兵招权。谁知肃宗皇帝十分宠信广平王，无论他怎么说，皇帝总是不信。广平王也很机警，见李丞相和他作对，打听到是李辅国指使的，就专门为难李辅国。见了李辅国，总是严词厉声。不管张皇后和肃宗皇帝怎么劝说，广平王总要冷嘲热骂李辅国。正下不得台时，忽然内侍上来奏称："新娘的花轿已到！"张皇后道："等万岁认过了义女，再行大礼。"李辅国乐得忙磕头谢恩，内宫宫女，簇拥着万岁和娘娘，去往大堂。

一阵细乐，两行宫灯，新娘春英小姐被引到堂上来了。春英小姐见了万岁和娘娘，跪倒娇声奏称：“臣女叩见父皇万岁，母后千岁！”接着春英小姐就和李辅国行过夫妇交拜之礼，送入洞房。坐床撤帐，行过合卺之礼，李辅国退出洞房，向皇帝皇后叩谢主婚之恩。这时只有四个丫鬟，陪着新娘坐在绣房。忽然一位少年王爷，掀着帘儿闯进房。春英小姐忙站起身迎接，这位王爷忙摇着手，说道：“不要客套！小王和新娘如今已经是姐弟了，小王见姐姐今天受了委屈，特来看望看望。”说着，就在春英小姐对面坐下来，细细地端详了一会，忽然拍手道：“如此美人，才配做小王的姐姐呢！”接着，又连连顿足叹息道：“可惜，可惜！”

李辅国新婚这天，肃宗皇帝下旨，封李辅国为兵部尚书南省视事，又封元擢为梁州长史，春英小姐的弟兄，都有封官。只苦了春英小姐，每天陪着这个没用的老太监，守着活寡。有时她母亲到尚书府中探望女儿，没人在跟前的时候，母女二人总是抱头痛哭一场。老夫人把女儿接回娘家住，不到三天，李辅国就打发府中的使女，接二连三地来催逼着新夫人回府。春英小姐一听说李辅国来催，就吓得珠唇失色，紧搂着她母亲说：“我不回去。”每次都是元老夫人劝慰一番，才含着眼泪，坐上车回府。不到七八天，又慌慌张张逃难一样回到娘家，见了母亲就哭。元老夫人再三问：“我儿心里有什么苦楚，跟母亲说说？”春英小姐听了，羞得满脸通红，一句话也不说。

元老夫人看了，也觉得诧异。老夫妻俩没人的时候，也常常谈论女儿的事。元老夫人说：“一个女孩儿，嫁了一个不中用的丈夫，误尽了她的终身，也怨不得她心里悲伤。只是女儿每次回家慌慌张张的，一说起女婿，总是伤心。她在女婿家里，不知受了什么委屈。我看她心里定有难言之隐，只是不好意思说。”元擢也说：“像李尚书这样残缺的人，娶一房妻子，也只是装装幌子，说不上有什么闺房之乐。但女儿回家住不上三天，李尚书怎么就催着要女儿回去呢？照他们这样亲热的情形，理应夫妻恩爱，为什么女儿又伤心呢？”老夫妇俩猜了半天，也猜不出个所以然来。

·射来的情缘·

一天晚上春英小姐回娘家，元老夫人拉她一起，母女二人，谈些心事。元老夫人无意中伸手碰到春英小姐的粉臂，发现她的皮肤上有无数伤疤，忙问：“我的儿，你好好的皮肤，怎么弄了这么多伤疤？”春英小姐听了，眼泪哗哗地落下来。元老夫人不放心，忙坐起身，举着烛台一看，身上青一块紫一块的满是伤疤，脖子上、腿上更是伤得厉害。再仔细看，都是牙齿咬伤、指甲抓伤的痕迹。元老夫人用指尖儿抚摸着，见女儿十分痛楚。元老夫人心中万分不忍，一把搂住春英小姐，问道：“你怎么弄成这样了？”春英小姐这时也顾不得羞了，呜咽着说道：“都是那老厌物给我的！他也不想想自己是一个没用的人了，还是每夜不饶人。一睡上床，就逼着我把衣服脱了，任他抱着搂着，揉着搓着，抓着咬着，一直缠到天亮。就是在白天，也不肯罢休。每天一定要弄出几处伤疤，才罢手。”春英小姐说到伤心的时候，搂住母亲痛哭一阵，说道：“他还不管人死活，拿着手指，把孩儿的下体弄坏了！”元老夫人急忙解开春英小姐的下体一看，血迹模糊。元老夫人咬着牙说道：“该死！该死！这老禽兽险些要了我女儿的命！都是你父亲老糊涂了，多少富贵公子来求亲都不肯，偏偏把我的宝贝女儿葬送在老禽兽手里。现在我也不要性命了，明天我不放你回去，等那老禽兽来了，我跟他拼命。”

第二天，元擢回到家，元老夫人上去一把揪住他的胡子，哭着嚷着说：“赔我女儿来！”元擢不知道发生了什么事，两人就揪打起来。春英小姐在中间劝着父亲，又拉着母亲。正闹得厉害的时候，尚书府又打发人来接人了。元老夫人把来人一顿臭骂，那班随从婢仆忙赶着空车回去，报告李尚书，李辅国就亲自来元府接他的新夫人。元擢和春英小姐的弟兄们，见李辅国来了，就在外院摆筵席款待。李辅国一心在春英小姐身上，也无心多坐，催春英小姐回府。春英小姐见了李辅国，躲在深闺里面不敢出来。元擢见女儿不肯跟李辅国回去，走进内院，顿足大骂。元老夫人也不示弱，见女儿被逼得无路可走，上去揪住丈夫的衣带厮打起来。元擢怕让李辅国听见了不雅，急忙转身逃到外院。元老夫人追出外院，手指着元擢，满嘴骂着李辅国，骂他是禽兽，老厌物，淫恶之徒！又说：“把我好好的女孩儿，满身弄得紫一块青一块的，没有好肉。”李辅国听了，半是恼怒，半是羞惭，也不说话，气愤愤地起身回府了，慌得元擢父子三人，忙躬身送出大门。

李辅国每天和春英小姐缠惯了，一连十多天不见春英小姐，急得坐立不安。他知道春英小姐吃了他的亏，一时不肯回来了，就想了一条讨好春英小姐的法子。第二天，李辅国进宫在张娘娘跟前替春英小姐求道："春英小姐承万岁爷和娘娘的大恩，收她做女儿，那春英小姐就是当朝的公主了。堂堂公主下嫁，怎么能不赐她彩邑？在姐妹中，也光彩光彩。"张娘娘听了，就跟肃宗皇帝说了。张皇后的话，肃宗皇帝没有不依的。第二天，圣旨下来，把京师西边二十里外的一座章城，赐给春英小姐做彩邑。李辅国接了圣旨，兴冲冲地跑到元擢家，在春英小姐跟前献殷勤。春英小姐不肯回去，只因今圣旨下来，在面子上夫妇二人不能不双双进宫去谢恩。元老夫人也再三劝说，夫妇终究是夫妇，让她跟着女婿回家委屈过几天，再回娘家休养。又替她出了一条主意，说："你现在做了当朝的公主，就可以常常进宫，朝见母后，一来与娘娘亲近亲近，二来也避免这老厌物的折磨。"一句话点醒了春英小姐，于是跟着李辅国回府。夫妻二人一起进宫谢恩。

春英小姐脸蛋美丽，身材袅娜，又能说会道。进宫不到半天，张皇后就跟她很投缘，当夜留她住在宫中，李辅国一个人退出宫。这是皇后的主意，他也不好说什么。英春小姐在宫中，伴着娘娘有说有笑。张皇后很喜欢她，索性给她在宫中准备了一间卧房。张娘娘想李辅国是个残废人，也不用女人，把他妻子留在宫中，也不妨事。李辅国没有春英小姐陪伴，心里说不出的寂寞。他自出娘胎，到四十多岁，才知道女人的好处。眼前没有春英小姐，就拿府中的丫鬟女仆出气。每晚选几个有姿色的女人，上床玩弄，把她们个个弄得不死不活的。李辅国也奇怪，越是见了肌肤白净的女子，越是不肯饶她。不是用嘴咬，就是拿手抓，直到皮肉上流出了鲜红的血，他才痛快。有时性起，把那班美貌的乐伎，叫到房中，扒得一丝不挂，让家奴用皮鞭抽。一鞭一条血痕，打得皮开肉裂。李辅国坐在一旁看了，呵呵大笑，心里一痛快，就把金锭彩缎赏给她们。还把绸缎称为遮羞缎，金锭叫做养伤钱。李辅国在家里淫恶胡闹的事，春英小姐听了，更是不敢回去了。

宫里的妃嫔，见春英小姐得张娘娘的欢心，春英小姐又和气有趣，就都和她一起说笑。春英小姐住在宫中，倒也不寂寞。每当花前月下，幽闷无聊的时候也不免洒几滴伤心泪。宫女们见春英小姐伤心，都上来围着她，竭力解劝，又拉着她到御苑各处风景幽雅的地方游玩解闷。春英小姐最爱花鸟，她走到花丛深处，听到树头鸟鸣婉转，随意走去。春英小姐正走得开心，忽然听到空中嗖的一响，一支金批箭，从树外飞来，射中了春英小姐的肩窝。春英小姐痛得晕倒在花下，后面那群宫女各自玩耍着，谁也没留心到春英小姐。

过了半天，一个少年王爷，跳进花树丛，找他的箭儿。一眼看见一个绝色佳人，被他射倒在花下。这王爷也顾不得了，上去把春英小姐的娇躯抱在怀里，用力拔下那支箭儿来。“哎呦”一声，春英小姐又痛醒了，见自己被一个少年公子抱在怀里，那少年正伸手替她解开衣襟，想要挣脱身子。那王爷见她肩窝上，鲜红的血淌了出来，忙低声说道：“姐姐不要动！”他从自己左手上撕下一截崭新的袍袖，包住箭创，才轻轻替她合上衣襟，放她起身。春英小姐痛得站不住身子，这王爷伸过手臂，让春英小姐靠着，向树林外高声嚷道：“你们快来呀！”喊了半天，走来四五个宫女，见春英小姐流了很多血，忙上前扶住春英小姐问道：“李家公主，是谁射伤了你？”那王爷一边连连向春英小姐赔罪，一面又对众宫女说，自己在花丛外的草地上练习骑射，不提防一支流箭，射坏了这位姐姐。说着，又再三嘱咐宫女，好好地把这位姐姐扶回房，请御医调理养伤。春英小姐听宫女叫他千岁爷，才知道他是太子。又听太子满口说着抱歉的话，人又和气又多情，长得也俊秀，年纪也轻，看着看着，也就忘记了疼痛。太子抱过春英小姐的娇躯，见春英小姐绝色佳人，也不免动情。

这位王爷，早已看上了春英小姐。他就是从前的广平王，广平王自从那天在李辅国家里见了这春英小姐，就替春英小姐抱屈。他当时情不自禁地对着新娘说了几句多情的话，从此以后时时想着春英小姐。只因自己是一位王爷，李辅国也是当朝第一个擅权的大臣。虽说自己和他作对，但越是作对，越不便到李辅国家里去。李辅国自从那天碰了广平王几个钉子，暗暗探听皇帝的心意，要立广平王做太子。为了讨好广平王，就领头上了一道奏章，说广平王仁孝圣武，应当立为储君。肃宗皇帝一身多病，早就想立太子，只是张皇后和李辅国一心一意要立王子李佋为太子。可李佋不久因病去世，使张皇后心中顿时失了一个依靠。如今又见李辅国上奏说要立广平王为太子，肃宗心中就放心了，于是即刻下旨立广平王为太子。这一天，太子给肃宗皇帝请安后，就到御苑中练习射箭，不料一支箭射中了春英小姐的肩窝。

春英小姐中了这一箭，心里想太子这一箭，为什么不射中别的宫女，偏偏射中我呢？莫非我与太子有前缘吗？病情危急的时候，浑身烧得厉害，昏昏沉沉的，好像看见太子站在自己面前，有时和她说笑着，有时竟上来搂抱她。春英小姐在睡梦中呻吟着，醒来睁眼一看，哪里有什么太子，只是几个宫女站在床前伺候。自从见了那年少英俊，又多情多义的太子，春英小姐心里就莫名的多了一些想法。太子每天侍奉完父皇的汤药，抽空出来，就到春英小姐的房门口，偷偷问宫女：“今天姐姐的病情怎么样？”宫女对他说有起色，他就十分高兴。对他说病情沉重，就急得双眉紧锁，不停地叹气。每次来，手里总拿着花，问过话以后，就把花交给宫女，叮嘱她悄悄拿进房，养在春英小姐床前，给她看着玩。又再三叮嘱宫女："姐姐问起，千万不要说是我送来的。"宫女问："千岁爷为什么天天送花？"那太子笑道："你们有所不知，我知道李家姐姐爱花。那天她在花树下游玩，吃了我一箭。我心中实在过意不去，又不便到姐姐床前道歉，只得每天亲自采些花送来。不要让姐姐知道是我送她的，免得她心中不安。"宫女听了，笑着接过花进去了。

过了几天，太子打听到李夫人的伤势痊愈，已经能起身了。他再也忍不住了，趁宫里午后闲静时候悄悄走进李夫人房中。侍女恰巧都不在跟前，太子一脚踏进房里，静悄悄的，一阵甜腻腻的香气飘来，太子的心不由得跳动起来。屋子中间帐幔垂地，侧耳一听，没什么声息。太子踌躇起来，两脚跨进一步，又退了回来。正在惶惑的时候，忽然听到一缕娇脆的声音，从帐幔中传出来："好闷啊！"太子听了，有了主意，见镜台上有玉杯汤壶，倒了一杯茶汤，端在手里。一手揭起帐幔，见李夫人斜倚着坐在床沿上。见她云髻蓬松，脂粉不施，在那里出神。太子挨身上前，放低了声道："夫人！饮一杯汤解解闷吧！"李夫人正出神，以为是宫女，也不抬头，伸手接过玉杯，捧着茶杯出神。

太子屏息静声地站在一旁，偷眼看着李夫人，见她俊俏娇艳，心里说不出的怜爱。几次想上去握住李夫人的手，诉说衷肠，又不敢。忽然见李夫人的玉颈垂到酥胸前，一点一滴的眼泪，正落在玉杯里面。太子看了，万分动情，上前屈膝跪倒在李夫人怀中。李夫人见一个男子扑入怀中，大惊，一松手，玉杯滚下地去，茶汁倒得太子一身。亏得太子抢得快，把那玉杯抢在手中，见还有半杯茶汁留着，一仰脖子，把那半杯茶汁和李夫人的眼泪，都喝了下去。李夫人羞得要起身，谁知一双纤手，已被太子紧紧地握住不放。见那太子抬着头，软贴在自己胸前，斜着两眼望着自己。春英小姐见太子对自己如此深情，一寸芳心，早就给了太子，也不忍心反抗了。只默默坐着不动，任太子捧住她的纤手，不住地搓弄着。后来那太子渐渐不老实起来，竟摸到身上来了。正在这时，听到廊下宫女的说笑声，李夫人急忙推着太子，低声劝他快出去。太子却不肯，紧拉着李夫人的手儿，要她答应那心事。李夫人只得点点头，又凑在太子的耳根，低声叮嘱了几句。冷不防太子凑过去，朝她珠唇上吻去，这下她更是一心向着太子了。太子依着李夫人的嘱咐，等到黄昏人静的时候，扮成宫女，偷偷混在众宫女队中，走进李夫人房里，如了二人的心愿。李夫人自从嫁了那残废的李辅国以后，幸得太子多情，二人成就了好事，她才懂得男女之好。一时二人相互迷恋着，如胶似漆。太子住在东宫，碍着妃嫔，不能每天和李夫人欢会，心里很是烦恼。

太子有个弟弟，叫李倓，现封建宁王，性子很烈，与太子无话不说。建宁王眼看着张皇后和李辅国内外勾通，揽权行奸，心中很是不平。他常和太子说起父皇身旁，有两大害，不可不除。太子再三劝他要多多忍耐。建宁王暗地里打听到张皇后和李辅国在背地里设法谋害太子，想要改立张皇后的亲子李侗为太子。皇子李侗是张皇后与肃宗皇帝在灵武时所生，肃宗皇帝最钟爱这个皇子。俗话说母以子贵，那时张皇后还是良娣，生了这个儿子，就升做皇后，野心也渐渐膨胀。建宁王与太子手足之情深厚，得知消息，不由得恼怒起来。

·李夫人乔装从征·

建宁王怒气冲冲地冲进宫，打听到父皇在御苑中晒太阳。肃宗身体一天比一天衰弱，太医建议肃宗每天到御花园中晒晒太阳。肃宗晒太阳的时候，张皇后总在一旁陪侍。建宁王进宫，见张皇后坐在一旁，上去依礼朝见了父皇，也不便再说什么。张皇后是何等机警之人，见建宁王满面怒色，假托更衣，退出御花园，并指使心腹，躲到御苑走廊深处，偷听肃宗父子说话。建宁王是个率直的人，见张皇后退去了，就把张皇后与李辅国招权纳贿，密谋陷害太子的事，一五一十地说了出来。说完，又恳切地说道："陛下如果再听信妇人，那天下虽然是陛下得来的，也将从陛下那里失去！到那时陛下有什么面目去见祖宗？"几句话，说得肃宗皇帝勃然大怒起来。肃宗正亲信张皇后和李辅国二人，怎么听得进建宁王的一番忠言？早已忍不住喝骂："逆子，你竟敢离间骨肉！"也不听建宁王把话说完，就叫内侍把建宁王逐出御花园。

建宁王抱着一肚子冤屈，去见太子。兄弟二人一见面，抱头大哭了一场。太子劝住了建宁王，建宁王把进谏父皇的情形说了。太子听了，大惊，说："我的弟弟，你这不是闯下祸了吗？"建宁王问："怎么闯了祸？"太子说道："弟弟今天受父皇一顿训斥还是小事，只怕父皇回宫对张皇后说了。张皇后与李辅国二人，定要置你于死地不可。依愚兄之见，弟弟今晚赶紧逃命，逃出京城，躲在民间，这是最妥的方法了。"建宁王听了太子一番话，细心一想，觉得自己现在的处境确实危险，但事已至此，怕也没用，于是慨然对太子说道："俗话说，君要臣死，臣不得不死；父要子亡，子不得不亡。如今依哥哥的话，人子获罪于父，不得原谅，即便活在世上，也毫无趣味。我现在就回家等死去！"建宁王说完，起身要走。太子上去一把拉住他，苦苦劝他出京躲避一阵。建宁王摇着头呜咽着出去了。太子放心不下，偷偷去见李夫人，求她到张皇后跟前探听消息。李夫人当晚就去朝见皇后。

张皇后已从她派去偷听的人那里，知道了建宁王在皇帝跟前说的话。张皇后立刻把李辅国宣进宫，商量对付建宁王的法子。李辅国劝张皇后在皇帝跟前竭力进谗，务必取了建宁王的性命。又劝张皇后密谋陷害太子的事既然已经被建宁王告诉了万岁，索性一不做二不休，就说建宁王是太子指使来离间骨肉的，求万岁爷废去太子，立皇子李佋为太子。张皇后把李夫人当做是自己的心腹，就把她和李辅国二人商量的话，都告诉了她。李夫人听说要废去皇太子，十分慌张，急忙回自己的院子。太子正躲在自己房中候信，李夫人把探听来的话说了。太子手足情深，听说要取建宁王的性命，也十分慌张。想马上打发一个人去建宁王府报信，但当时已是深夜，又没人可以差遣。好不容易挨到天亮，又怕别人走漏了消息，就自己乔成内侍模样，混出宫。

好不容易赶到建宁王府，一脚跨进门，就听到人声鼎沸。赶进内院一看，只见府上的男女都围着建宁王，齐声哭喊着。见太子进来了，只得停住了哭声，让开道，让太子进来。太子一看，只见建宁王直挺挺地躺在逍遥椅上，满脸铁青，两眼翻白。太子叫了一声“弟弟”，扑上前去大哭。建宁王已经死了！王妃姬妾围着他的尸身，大哭一场。太子问起情由。原来昨晚建宁王从宫中回府，就在书房里长吁短叹。直到天亮，还不见王爷回内院，王妃急了，急忙走进书房一看，原来王爷早已服了毒了。太子听了，又抱着建宁王的尸身哭了一场。王妃上去劝住，又劝太子快回宫，说太子私自出宫探望建宁王的事，万一被张皇后知道了，又要无事生非，在皇帝跟前搬弄闲话，对太子实在不利。太子听了，只得含着一肚子悲哀，悄悄回宫。这里建宁王死了不到两三个时辰，果然肃宗皇帝圣旨下来，赐建宁王自尽。从此张皇后派了几个心腹宫婢，在东宫里留心太子的举动。李夫人得了这个消息，又暗暗告诉太子，劝他在宫中一切举动都要谨慎些，二人也要少来往好，免得让人抓住了把柄。太子听了李夫人的话，吓得在宫中小心翼翼，谨言慎行，半年下来，非常苦闷。

李辅国因李夫人久住宫中，夫妻不得亲近，就玩弄家中的婢妾姬妓。但她们都不及李夫人美貌白腻。一年多来，李辅国府中的婢妾，都被他玩弄得人人害怕，个个叫苦。李辅国玩厌了，又想起他宫中的夫人，几次进宫来接李夫人回府。李夫人总说皇后不许，李辅国也没话说。后来李辅国在家，实在想夫人想得厉害，就进宫面求张皇后，说要接李夫人回家。张皇后很爱李夫人，留她在宫中，早晚说笑着做个伴儿，因此也舍不得放她出宫。又想李辅国是一个残废的身子，要夫人回家也没用，就又留住了她。李夫人巴不得张皇后留她，一来也免得遭灾，二来也可以跟太子多见几面。后来李辅国再三恳求，张皇后答应留李夫人在宫中过了新年就放她回去。这时正是腊月，离新年越来越近，李夫人心中万分着急，忙悄悄地与太子商量，可也想不出什么妙计。

恰巧这时候天下兵马副元帅郭子仪回朝，奏陈军事。这次郭元帅杀敌立功，肃宗皇帝非常欢喜，特地在延曦殿赐见。郭子仪见过圣驾，奏报军情，说大敌已除，唯有史思明孽子史朝义负隅顽抗，请万岁爷另遣大臣，与他共讨叛贼。肃宗留郭子仪在殿上领宴，又大赐金帛给随征将领。郭子仪领过了宴，谢恩出来，当朝文武大臣，又替他接风洗尘。李辅国也在府中摆下筵席，又召家伎歌舞劝酒。郭子仪四处应酬，忙了一天，回到行辕里，已是黄昏，就在私堂休养一会。正蒙眬欲睡，忽然家仆进来报称，外面有一个少年官员求见。郭子仪忙问："来人叫什么？深夜来访有什么事？"家仆回说："那官员只说有紧急公事，要与元帅商量。小人问他姓名，他不肯说，只说'你家元帅见了我，自然知道'。"郭子仪立即传见。等那少年官员走进屋子，郭子仪吓了一跳，忙屏退家仆，上去拜见。原来这位少年官员，正是当朝的东宫太子。

郭子仪带着太子进了后院，询问太子的来意。太子就把张皇后与李辅国谋废太子的事说了，又把建宁王被逼自尽的事说了，请郭子仪帮他想一条免祸的计策。郭子仪听到李辅国专权作恶，也是切齿痛恨。听到太子问他计策，低头想了想，得了一条妙计，说："今天小臣朝见圣上时，奏称贼势猖獗，求皇上另遣大臣讨贼。明天小臣去朝见圣上，保荐千岁，求圣上封千岁为天下兵马大元帅，率各路人马，前去讨贼。一来，千岁离了宫廷，也免了许多是非；二来千岁爷手握重兵在外，张皇后和李辅国也会惧惮，不敢谋废太子。"太子听了，也不禁大喜，连说："妙计，妙计！"当夜辞退出来，悄悄回宫。第二天，郭子仪上朝，奏请太子亲自统兵讨贼。肃宗皇帝这几天听张皇后在耳边尽说太子的坏话，听了郭子仪的话，乐得借这件事打发太子出去，免得他在宫廷里闹意见。当即就准了郭子仪的奏章，立刻下旨，封太子为天下兵马大元帅，与副元帅郭子仪统率六路大兵，征讨贼寇史朝义。

史朝义在江淮一带，声势还是十分浩大，兵力也十分雄厚，肃宗也时时忧虑。太子得了圣旨，又上一道表章，请调朔方、西域等军，大举出征。这话深合肃宗心意，当下太子一共调齐了二十万大军，正要出发。忽然回纥可汗磨延啜，派遣太子叶护到唐朝来讲和，并率领精兵四千来助唐皇杀贼。肃宗大喜，立即传叶护上殿朝见，并令他与太子结为兄弟。回纥的兵马，十分骁勇。唐太子得了他的帮助，声势更是浩大。在宫中耽搁没多久，就要起程。这时太子心中，舍不下的是李夫人。李夫人在宫中，听说太子要统兵出京，也是难舍难分。况且过完新年，自己也要出宫回李辅国府里。从此一别，二人不知什么时候才能再会。

太子因怕在宫女跟前露出破绽，不敢去见李夫人。但分别的日子一天一天挨近，李夫人十分焦急，心里的事，又不好对宫女说，只是每天在黄昏人静的时候，独自一人，走在庭院里，望一回，叹息一回。这晚天上月圆，宫廷寂静，李夫人没带一个宫女，独自倚栏望月。一阵北风刮来，寒意阵阵，就想回屋添衣服。远远见一个侍女走来，就命她到房里去取。那侍女劝李夫人到庭心去望月，李夫人见天心一片皓月，十分可爱。只是一个人，在这夜静时候不敢去，就命那侍女伴着同行。那侍女在身后默默走着，走到庭心时说："到西院的月台上望月，景色更好。"李夫人听了，就从花径中走去。

走到月台上一看，果然月色如水，万籁无声。当头一轮满月，圆圆的分外皎洁。李夫人看了，想起天上月圆，人间别离的心事，不禁长叹。正在叹息，那侍女突然上来，伸着两臂，把李夫人的纤腰，紧紧抱住。李夫人十分惊诧，在月光下一看，顿时心花怒放，脸贴着那侍女的脸，两人亲热起来。原来侍女不是别人，竟又是那太子扮的。二人你贪我爱，说不尽的别离心情，相思滋味。李夫人因李辅国要逼着她回府，心中已是万分的不愿意了。又见太子要统兵远征，心中更觉得不舍。二人说到情浓之时，李夫人紧紧地搂着太子的脖子，热泪点点，落在太子的肩上。太子替李夫人擦着泪，温存劝慰着。李夫人说要随着太子离开京师，双宿双飞。太子听了，只是摇头，说："这千军万马的，怎么可以？"二人一直谈到三更，才硬着心肠分别了。

第二天，太子忙着检点兵士，准备起程。太子从前在灵武，也立过一番战功。那时不过是一个王爷，如今已是太子，声势自然跟以前大不相同。所到之处，文武百官，都来朝参，一路上十分威武。但太子心中想念着李夫人，十分苦恼。这天，住在西京行宫。天色已晚，一个内侍送上灯。大元帅正闷坐无聊，行宫中原伴有守宫的侍女，有几个长得很是美丽。侍女都打扮得花一样，拿着乐器，在廊下伺候着。那内侍进去，大元帅正闷坐着，长吁短叹。这内侍悄悄向门外招手，那班宫女，走进屋子，弹奏起来。才奏了一曲，大元帅连连摇手，那班宫女也只得退出去。只有内侍站在一旁。大元帅从宫中出来，一路上晓行夜宿，总是这个内侍在跟前伺候。这内侍伶俐聪明，长得很清秀，大元帅也十分宠信他，寂寞的时候，就跟他说话解闷。这内侍见大元帅常常皱着眉头叹气，总是唱着曲子，逗大元帅笑。大元帅听他唱得抑扬婉转，比宫中的女乐唱得还好，因此经常让他唱曲解闷。

这时宫女退了出去，大元帅又吩咐内侍唱一曲解闷。那内侍提起精神，学着杨贵妃唱了一阕《清平调》，又舞霓裳羽衣舞。看他腰肢软摆，珠喉轻啭，活像一个女孩儿，引得大元帅也不禁哈哈大笑起来。大元帅一笑，那内侍更舞得有精神了，那身子转得风一样快。谁知他脚下一不留神，被靴底儿一侧，倒在地下了。只听他一直叫着“哎哟！”却总是直不起身子。大元帅见他摔得可怜，站起身来，亲自上前去扶，在灯光下一看，惊诧起来。原来这内侍竟是女人改扮的！这时她一双脚上的靴儿脱落了，露出六寸罗袜、一只小脚儿。大元帅疑心是张皇后指使她来行刺自己的，心中一怒，拔下腰间的宝剑，呵斥道：“你是哪里的贱婢，胆敢乔装来欺蒙本帅？”说着，伸手去揭她的帽子，露出一头云鬟。大元帅又呆了，原来不是别人，正是他朝思暮想的李夫人。

大元帅趁势搂住李夫人的纤腰，连问：“夫人怎么出宫到这里来了？”李夫人笑着说道：“自从那晚和千岁分别了，妾身睡不安，吃不下。就想出一个乔扮的主意，乘那天晚上东宫里人人都在收拾行装，改扮成一个内侍，混出宫。一路上吃尽千辛万苦，幸好如了妾身的心愿，每天在千岁爷跟前侍候着，得千岁爷另眼相看，妾心已十分满足了。没想到今天，天公不作美，竟然让千岁发现了，千岁竟然要杀妾身。”李夫人说着，不由得倒在大元帅怀里，娇声呜咽。大元帅见了李夫人，本来就千依百顺的。今又见李夫人为自己吃了这么多苦，更加疼惜她，一夜工夫，二人的相思病就都好了。多情太子，从此身边有了意中人伴着，出去临阵，也加倍有精神，连日攻城略地，十分勇猛，杀得史朝义兵败将亡，逃去雍州城不敢出来。报捷文书，接连送到朝廷。肃宗皇帝看了，十分欢喜。

宫中自从太子出征了，张皇后和李辅国拔去了眼中钉，一个在宫中，一个在宫外，瞒着肃宗皇帝，招权纳贿，大胆妄为。肃宗皇帝的身体，越来越衰弱，每天在屋子里躺着，没精神坐朝。所有朝廷大事，一概托给张皇后和李辅国二人。自己在宫中养病，闲着没事，就读佛经。当时有一个三藏寺的住持和尚不空，道行十分高深，肃宗每天传不空和尚进宫讲天竺密语，讲经说法。不空和尚劝肃宗皇帝在佛前多做善事，肃宗皇帝于是传旨内藏大臣，把百品名香舂成粉和着银粉，涂在京师大小庙宇的佛殿墙上。一时京师各寺院墙垣，都成了银色的，路人经过，远远就能闻到一阵一阵的香气。

·丞相的离间计·

新罗国进贡一方五彩宝毯，地毯做得十分精巧。每个方格子里，都织有歌舞伎乐、列国山川的图像，微风吹来，氍毹上的五色蜂蝶飞动着，燕雀跳跃着。蹲下身仔细观看，也辨不出是真是假。

肃宗皇帝就把这块宝毯赐给三藏寺。月氏国进献了一座万佛山，有一丈多高，上面有一万多座佛。肃宗皇帝传谕把万佛山摆在佛殿上，把宝毯铺在山下，让善男信女进殿膜拜观看。这座万佛山，是用沉檀香木雕成的，上面镶嵌着珠玉珍宝，漫山满谷塑着佛像。佛身大的有一寸多，小的只有二三分。佛头有的细如黍米，有的大如赤豆。又用金银精炼成细丝，织成流苏幡盖、菴罗葡萄。用百宝堆积成楼阁台殿，佛殿前塑着上千僧人。山下有一座紫金钟，拿小槌子敲一下钟，山上的一万多僧人，立即拜倒在地。当众僧人拜倒的时候，又有一阵诵经唱佛号的声音，从钟里发出来。肃宗皇帝宫中有一把九光扇，这扇子映着灯光日光，就能发出九种颜色的光。每年四月初八浴佛的日子，肃宗皇帝就亲率数千僧徒进入内道场，绕着万佛山礼佛，把九光扇插在山顶上，顿时九道奇光齐发，照得满室灿烂。京师的百姓，扶老携幼的，都来看佛光。肃宗皇帝又跟着不空和尚学了打坐，回到宫里，准备了一间净室，每天在屋子里盘腿静坐。

一天，肃宗心里忽然想起李辅国是朝廷第一奸臣。只因张皇后从中庇护着，肃宗看在夫妻情分上，也就隐忍了。肃宗每次想起李辅国骄横跋扈的行径，就不由得一肚子气。如今肃宗静悄悄一个人静坐着，不觉蒙眬睡着。梦见高力士领着数百骑兵，拿着长戟追赶李辅国。李辅国拍马逃去，高力士追上，一戟扔过去，正刺中李辅国的头，血水淌了下来。骑兵见李辅国已经被杀，欢呼着离去了。肃宗见了，十分诧异，忙命内侍去问高力士："为什么要杀李辅国？"高力士答道："是奉太上皇的命令！"正疑惑的时候，忽然醒了。

这时内侍进来报说："李辅国求见。"李辅国进来奏称："现在正是春天，张娘娘德被六宫，应行亲蚕之礼。"肃宗体弱，不愿和李辅国多说话，就答应了他。李辅国得了皇帝圣旨，就大肆操办起来。在光顺门搭起高大的彩楼，沿路铺着锦帐挂着宫灯。到了亲蚕之期，所有文武官员的命妇，齐集在光顺门迎接圣驾。三声静鞭响过，一队队宫卫拥着龙舆凤辇，来到光顺门。命妇都上前朝见过了，跟着皇后的凤辇，走到御花园。只见一片桑林，翠叶如盖，中间搭着一座高台，鼓乐齐奏，赞礼官宣读文书。皇后盛服上台，祭过天地，拜过蚕神。丞相李揆的夫人捧来蚕筐，皇后手拿桑枝往筐里一抛，算是亲蚕了。接着一阵笙歌，皇后下了高台，在迎晖殿中，赐夫人们领宴，文武大臣都在西偏殿领宴。

酒席上，李辅国领头，奏请上皇帝尊号，又上皇后尊号为翊圣皇后。唐朝皇太后和皇后上尊号，每加一个字，每月就加俸十万两。张皇后贪财，嘱咐李辅国奏请为自己上尊号，既能多得钱财，又可以夸耀六宫。谁知肃宗皇帝看了奏章，问丞相李揆："能给张皇后加尊号吗？"李揆再三谏劝说："皇后没有盛德不能上尊号。前吴皇后都没有上尊号，张皇后怎么能独上尊号？"肃宗听了，就把李辅国的奏章搁了起来，不提上皇后尊号的事。

过了几天，张皇后见皇帝没有一点动静，忍不住问皇帝。肃宗见皇后来责问他，就把事情往李丞相身上推。张皇后非常刚愎，听了皇帝的话，立即大怒，与肃宗大吵大闹，足足闹了一夜，帝后二人都不得安睡。最后还是肃宗皇帝答应她第二天下旨上皇后尊号，张皇后才没有再闹。

皇帝一晚上不得安宁，第二天睡了一天，起来时已经日落西山，早已过了午朝，来不及下谕了。谁知到第二晚上，忽然月蚀。正是十五，满满一轮明月，被遮得黯淡无光，满院漆黑，六宫中顿时惊慌起来。月蚀原来是皇后的责任，必定是皇后德行不足，上天才会垂象。月蚀以后，皇后必有奇祸。张皇后看了，也害怕起来，忙率领六宫妃嫔，在宫中摆设香案，跪拜祈祷。忙了大半夜，月轮才慢慢吐出光来。

第二天，张皇后上了一本表章，自请罪责。这样一闹，张皇后就把上尊号的念头打消了。但从此张皇后对李丞相恨入骨髓，蓄意想谋害他。李揆得知后，当夜邀来心腹同僚，一同商议。众人都说张皇后弄权，是因为有李辅国，要预防张皇后的谋害，得先去说动李辅国，劝他脱离皇后，皇后没了李辅国，就发不了威了。在座几位官员听了，说："这倒是一条好计，只是李辅国是当朝的大奸臣，他与张皇后同流合污已经很久了，不会轻易与我们联合的。"李揆说道："我自有办法劝服李辅国。"

过了几天，李揆邀请李辅国到府中，大开筵宴，又邀请百僚作陪。这席酒，十分丰盛，又有女乐当筵歌舞着。俗话说，酒落欢肠，李辅国一欢喜，一直喝到半夜。散席之后，李揆把李辅国邀到书斋清谈。这时左右无人，只有李辅国和李揆二人。李揆说道："大将军功高望重，位极人臣，下官不胜钦敬！"李辅国生平最爱别人给他戴高帽子，三句好话一说，他就乐得手舞足蹈。何况李丞相素来刚直，李辅国见了他还畏惧三分，今天居然当面奉承自己，叫李辅国怎么不喜出望外，忙谦让着道："下官出身阉宦，怎比得上大人簪缨世家，宰辅门第。一人之下，万人之上，由不得老夫不敬佩。"李揆低声说道："俗话说，月盈则缺。大将军一生荣宠，要防人背后暗算。"一句话说得李辅国忙站起身来，向李揆作揖道："不知有谁暗算下官，还求丞相指教。"李揆当时不慌不忙，压低声音微笑着说道："以大将军的势力，还有谁敢暗算？只是听了一些传闻，张皇后因迎凉草和凤首木的事，对将军很不满意。"李辅国听了这几句话，更加深信不疑了。

原来，迎凉草和凤首木是两样稀世的珍宝。当时回纥国出兵帮助太子扫平了史思明。回纥葛勒可汗，上疏求婚。肃宗皇帝念他出兵助战的份儿上，又因回纥国可汗长得品貌不凡，又与太子结为兄弟，就把幼女宁国公主下嫁回纥。宁国公主下嫁的时候，肃宗皇帝亲自护送到咸阳。父女二人依依惜别，肃宗再三劝慰，公主流着泪道："国家多难，以女儿和蕃，女儿即使死也无恨！"宁国公主到了回纥，被尊为可敦，夫妇二人，十分恩爱。葛勒可汗献给肃宗皇帝五百匹名马、五百件貂裘、一千条白毡，算是谢礼。肃宗皇帝又下诏册封葛勒为英武威远毗伽可汗。从此两国遣使往来，十分融洽。后来回纥可汗得了迎凉草和凤首木两样奇珍异宝，特意派遣使臣到唐朝来进贡。

当时李辅国权侵中外，凡是外国进贡来的礼品，都要先送到大将军府中，请李辅国检验。李辅国见了这两样宝贝，心中非常欢喜。恰巧那几天肃宗皇帝患病，连着几天都没有坐朝。李辅国把回纥国的使臣打发后，也不奏明皇帝，就把这两件宝物悄悄吞了，藏在自已府中，说是回纥国使臣特意拿来孝敬他的。

每到夏天，大将军府中举行盛大的宴会，李辅国就把迎凉草拿出来，陈设在座上。那迎凉草干如苦竹，叶细如杉，枝叶全是翠绿色。盛暑的时候，把迎凉草放在窗户之间，就有阵阵凉风吹入屋里，使得满屋生凉。凤首木高一尺，雕成双凤的模样，每到严冬大寒的时候，把凤首木放在高堂大厦之间，就有暖气蒸发出来，满室和煦，犹如二三月。凤首木又叫常春木，用烈火烧，却没有焦灼的痕迹。这两个宝物，藏在李辅国府中已经很久了。后来不知什么人多嘴，把这事悄悄地告诉了张皇后。张皇后听了大怒，因为她与李辅国早就私下约定，不论外面进献什么宝物，李辅国都必须先报告张皇后，然后二人平分。李辅国得了这两样宝物，瞒着皇帝还情有可原，竟然还隐瞒自己，实在可恨。

李辅国进宫，张皇后就向他索取这两件宝物。李辅国说是回纥可汗孝敬自己的，与皇后不相干，张皇后听了，当时就大声怒骂。李辅国因自己的私事张皇后都知道，如果被皇后声张出去，就是欺君大罪。见皇后动怒，只得忍着气，自己认错，说愿把宝物送进宫，孝敬皇后。

过了好多天，依旧不见宝物送进宫。张皇后暗地里催问了好几次，李辅国一味支吾着。后来李夫人住在宫中，李辅国几次求皇后放李夫人出宫。不料那时李夫人已悄悄逃出宫，跟着太子在西京行宫恩爱着，张皇后交不出李夫人。因此，李辅国那边索要夫人，张皇后这边索要宝物，成了骑虎之势。后来张皇后索性对李辅国说："献了宝物，再还你夫人。"这本是张皇后的缓兵之计。谁知李辅国见张皇后要挟得厉害，不禁恼羞成怒，说夫人不要了，也不肯把这两件宝物送进宫。

当时满朝官员，都以为李辅国是张皇后的心腹爪牙，却不知道他们二人这时就已经闹翻了。如今张皇后和李辅国二人，不但不是心腹，竟变成了仇家。张皇后心中处处防备着李辅国；李辅国也时时想推翻张皇后灭口，免得她把自己的私事暴露出来。李丞相独把这些打听得明白，然后从中挑拨。李辅国一肚子牢骚，正无处发泄，听李揆这么一说，也把张皇后欺弄圣上，谋废太子的话说了。李揆乘机说愿结为父子，共防张皇后，共同保护太子。李辅国大喜，二人对烛拜认了父子，李揆称李辅国为五父。李辅国欣欣得意地辞别回府。

李辅国有一个知己，名叫程元振，也是太监出身，担任飞龙厩内使。程元振权位虽在李辅国之下，但凶狠有过之而无不及。满朝文武，都称他为十郎。李辅国酒醉醒来，想起与李揆拜认父子的事，就派人去把程元振请来，一起商议大事。程元振也竭力劝说，应与李丞相联合。他说："太子掌兵在外，立功不小，张皇后虽然握有宫廷重权，但圣上身体衰弱，不久太子就会掌权，我们做大臣的，应当顺势识时。"几句话说得李辅国连声道妙。从此以后，李辅国、程元振二人，就与李丞相联合起来，竭力对抗张皇后。张皇后见自己被孤立了，就天天在肃宗皇帝跟前诉说李辅国贪赃枉法、欺君罔上。肃宗皇帝早就知道李辅国是个大奸臣，只是他大权在握，羽翼已成，一时也无法剪除。肃宗皇帝的病，一天天沉重起来。太子这时领兵在外，朝内一切大事，全交给了李辅国、李揆二人。张皇后心中十分焦急，悄悄派人去通知越王李係。

越王李係，是肃宗的二儿子。当时传说，越王李係和张皇后在灵武避难时，结下一段风流孽缘。后来张皇后随着肃宗皇帝进京，肃宗把越王封在南阳。张皇后权位一天比一天高，时时刻刻想谋害太子，好把自己的亲生儿子李佋立为太子。后来，李佋不幸病死。另一个亲生子李侗又太小，即便立了太子，对自己的帮助也不大。如今肃宗皇帝的病情一天天加重，李辅国的势力也一天天见长，于是想起了往日跟她同日合意的越王李係，就悄悄派人去催越王进京，又答应他到京后，就立他为太子，二人同居深宫，共享快乐。越王见既可得皇帝位，又能与心爱的张皇后聚首，自然愿意。当即星夜起程，从南阳赶向京师。

太子在西京，一边与李夫人恩爱相守，一边监督兵马，征讨史思明。忽然接到李辅国和李揆二人送来的表文，说圣上病将垂危，请太子速回京师，主持朝政。太子一听说父皇病危，就把兵权交给郭子仪，带着李夫人星夜赶回京师。

太子进宫那天，越王还没赶回京师。张皇后见太子先到，和颜悦色迎接着太子，神色与从前大不相同。太子也没心思去管，只问："父皇病情怎么样？"张皇后领着太子到寝宫，肃宗皇帝紧闭着双眼，睡在床上。太子上前连连叫了几声，肃宗已经开不了口了，只是微微点着头儿。太子一阵心酸，几乎要哭出声来。张皇后邀太子到密室，悄悄诉说李辅国久掌禁兵，骄傲自大，妄图作乱，劝太子将李辅国拿下杀死。太子这时见父皇病危，已经心乱如麻。听了张皇后的话，更是急得流下泪来道："这事只能从缓商议。"这时进来一个心腹宫女，在张皇后耳边低声诉了几句，张皇后听了面带微笑。太子见了，莫名其妙，只见张皇后忽然懒懒道："太子远路奔波，已经疲倦，先回东宫，以后再商量。"太子听了，也只得告辞出来。

太子前脚才出宫门，后脚越王就钻进了密室。当时越王与张皇后久别重逢，尽情风流了一回。事过以后，张皇后就说起李辅国谋反的事，又说："太子生性软弱，不能诛杀贼臣。你如果能做成这件大事，不愁大位不是你的了。"这时越王一心迷恋着张皇后，凡事也不顾利害，拍着自己的胸脯，满口答应下来。越王在京的时候，与内监总管段恒俊非常亲近。段恒俊也是一个有大志的人，他见李辅国的权威一天比一天大，心里也有些不甘。见越王回京，他知道越王和张皇后是联通一气的，自己可得一个大帮手。当即连夜拜见越王，告诉他李辅国谋变的事。越王见段恒俊说了许多李辅国的坏话，又见他满脸愤怒，自己与他也很有交情，就想把这桩大事托付给段恒俊。二人商量了半夜，段恒俊回宫就挑选两百名精壮太监，埋伏在后殿。矫诏把太子、李辅国二人召进宫，乘其不备，把二人杀死。

越王和段恒俊二人商议的时候，身边只有一个俊俏婢女伺候着。这个婢女小名秋葵，长得绝顶美丽。越王爱上了她，私下把她勾搭上手。从此离不开她，越王想把秋葵封为第十二王妃。但这婢女与越王约定，现在甘愿做贴身婢女，一旦第一王妃去世，就得把她升为第一王妃；如果第一王妃一辈子不死，她就甘心一辈子不受封号；又要越王起誓终身安于王位，不得做篡逆之事，更不能再与张皇后发生暧昧情事。当时越王迷恋秋葵的姿色，一一答应着。后来事过情迁，越王早把秋葵的话忘了。秋葵听到越王要谋事，又从小厮嘴里打听到越王进宫，与张皇后做了暧昧事情，因此把越王恨入骨髓。

那个小厮长得眉清目秀，知情识趣，心中早已看上了秋葵。夜静更深，秋葵偶尔到屋外歇着，那小厮又上来纠缠。秋葵知道越王已经变了心，见小厮也长得不错，年纪又轻，就把小厮多年的相思医好了。事过之后，悄悄唆使他到李辅国府中告密，说越王和段恒俊要谋杀太子和李辅国、程元振。

·计除李辅国·

那小厮当夜悄悄出了越王府，奔向李辅国府第中告密。李辅国听了大惊，连夜把程元振、李揆二人邀进府，密议对付的方法。李揆说道："这事我们虽不可不信，也不可全信。我们明天不如派少数飞龙厩兵士，到凌霄门口探听虚实。随后由程元振带领大队人马在后面接应。"越王以为事情做得十分机密，认为李辅国和太子二人这次插翅也难飞了，当即进宫，把计策告诉张皇后。张皇后一面令段恒俊挑选两百名精壮太监，各拿一把短刀，埋伏在后殿门口；一面乘着肃宗皇帝精神昏迷的时候，偷出玉玺，在假圣旨上盖了印，然后派两个干练的内监，分头把圣旨送到东宫和李辅国那里，想等太子、李辅国二人进宫时，用伏兵把他们乱刀杀死。谁知那两个送圣旨的太监，刚走出宫门，就被程元振派兵抓住，送到空屋里锁起来。过了一会儿，李辅国也带了家将直入凌霄门，探听宫中虚实，并分派兵士，守着各处宫门，不许放一个人出入。

天亮的时候，太子进宫，李辅国上前拦住，说道："宫中有变，殿下不可轻易进去！"太子惊诧道："宫中好好的，有什么事变？"李辅国就把张皇后矫旨和段恒俊伏兵谋变的事说了。太子听了，流下泪来说道："父皇病情危急，我作为儿子的，难道因为怕死，就不进宫吗？"程元振也从一旁劝道："社稷事大，殿下还是慎重为是。"

李辅国再三劝着，无奈太子心中挂念父皇的病情，还是决意进宫。程元振见拦不住太子，心里万分焦急，向兵士们举了举手。兵士们会意，蜂拥上前，把太子团团围住，推进了飞龙殿。程元振让一队兵士看守殿门，不放太子出去。李辅国又逼着太子下一道手谕给禁兵监。李辅国带领禁兵，闯入中宫，迎面遇见段恒俊带着两百名内监。两队人马，就在丹墀下厮杀起来。这两百名太监，平时就没训练过，再加上以少敌众，自然抵挡不住，不一会已死了大半，剩下的太监自知不是对手，于是纷纷丢下刀棍，四散逃命去了。这时禁兵一声大喊，涌上殿把越王和段恒俊二人，活活捉住。程元振见了段恒俊，恨得牙痒痒的，拔下佩刀就要向他砍去，李辅国拦住说道："先不要杀了他，我们还有大事没办。"随即吩咐把越王和段恒俊二人打入大牢，转身拿着宝剑，冲向内宫，对程元振大声说道："跟我来！"程元振见捉了越王和段恒俊，就想就此罢手，不敢进内宫。

李辅国独自一人，率领一队禁兵，大步走进内宫。当时张皇后正在宫里坐着等消息，听见内侍进来报说："李辅国已经杀进宫来了，越王和段恒俊已经被捕。"张皇后知道大势已去，慌张起来。正在窘急的时候，内宫门外一阵阵的呐喊声，越来越近。张皇后起身逃向皇帝的寝宫，李辅国也追进寝宫。张皇后一时情急，就隐藏到肃宗皇帝的龙床背后。肃宗皇帝病情虽然沉重，但神志还很清楚。睡在床上的他，听到宫门外喊杀连天，也十分惊慌，只苦于身体不能转动，嘴巴不能言语，只睁大了两眼看着窗外。忽然看见张皇后慌慌张张从外面逃进屋子，知道大事不妙。李辅国仗剑追进屋子，见皇帝躺在龙床上，忙把手中的剑藏到衣袖里，趴在地上说道："臣李辅国参见，愿吾皇万岁！"站起身时，见肃宗皇帝张大了嘴，正喘不过气。李辅国知道皇帝快要死了，心想索性把张皇后杀死算了，就大着胆子向龙床追去。张皇后见李辅国追来，急忙钻到龙床下面。李辅国上去一把抓住张皇后的手，横下心把剑咬在嘴里，伸出两手，把张皇后拖出来。张皇后一摔手，攀住龙床的柱子，大声嚷道："万岁爷快救我！求万岁爷看在十多年夫妻的情分上，替我向李将军讨个情！李将军要杀了我，皇上！"肃宗皇帝看着李辅国如此横暴，气得晕厥过去。

李辅国把张皇后拖出寝宫门外。一到了门外，禁卫兵上前去接住，用一条白汗巾，把张皇后捆绑起来。接着李辅国领着头，到各处后宫搜查，想找到他的夫人李氏，谁知把后宫搜了个遍，也没看见他的妻子，宫人也都说不知道。李辅国没法，只得退出宫，请令暂时把张皇后打入冷宫。李辅国和程元振合兵，正要到飞龙殿去见太子。忽然见肃宗的六皇子兖王李僩带领了几十个王府家将，闯进宫大声喝问："李辅国你为什么带剑入宫？"李辅国昂着头，冷冷说道："因皇后谋逆，本大将军奉东宫太子之命，进宫来保护万岁。"兖王又问："皇后现在在哪里？"李辅国答："已被拿下，打入冷宫了！"兖王平时虽也和张皇后不和，但见李辅国如此跋扈，心中恼怒，拔下佩刀，迎头砍去。程元振在一旁喝一声："拿下！"冲来两队禁兵，把兖王带进宫的家将全部拿下。兖王忙向内宫逃去，程元振带领一队禁兵，赶进内宫。兖王逃进寝宫，看见父皇直挺挺地躺在龙床上，双目紧闭。兖王跑到床前，双膝跪倒，叫着："父皇！快救孩儿的性命！"叫了半天，也不见皇帝有什么动静。伸手去探皇帝的鼻息，肃宗不知什么时候已经驾崩了。兖王见父亲死了，不禁号啕大哭起来。程元振追进寝宫，把兖王抓住，打入大牢。

李辅国见皇帝已死，胆子更大了，亲自赶到冷宫。张皇后被汗巾捆住，倒在地下连连讨饶道："五公公！五爷爷，饶了婢子一条贱命吧！"李辅国也不理会她，只吩咐四个禁兵，上去给皇后松绑，解下那条汗巾，往张皇后的脖子上一套，四个禁兵一齐用力，活活把张皇后勒死了。李辅国见张皇后死了，转身出来，又从大牢里提出越王李係、兖王李僩和段恒俊，把他们一一杀死。一座庄严宫殿，顿时血污满阶。李辅国知道张皇后还有一个幼子，只有三岁，叫李侗。肃宗在位时，已封他为定王。他是张皇后的亲骨血，必须斩草除根，于是吩咐手下兵士，入宫搜寻定王。

定王在宫里，由乳母、保姆看管照顾着。乳母和保姆听说李将军来搜宫，把三岁的小王爷，丢在床上，各自逃命。只有一个姓赵的老宫人，心中不忍，就把小王爷抱在怀里，躲到后殿。后殿都是空屋，楼上只堆了一些帘幕帏帐。赵宫人抱了小王爷上楼，无处藏躲，就把小王爷藏在帘帏下面。那小王爷好像也知道情况危急，也不哭不嚷。赵宫人退身走下楼，坐在楼梯口守着。这时李辅国带领禁兵，已在后宫搜得家翻宅乱，退出宫时经过后殿门口，看见一个宫女探着头。李辅国见这宫女形迹可疑，喝令禁军上去，一把揪住她并质问定王的下落。那宫女却面不改色，一句话也不肯说。李辅国说了一个搜字，兵士分头向后殿搜去，搜到后殿楼上，见定王已被一大堆帘帏压住，早已闷死了。李辅国见小王爷已死，随手把剑锋往赵宫人脖子上一抹，扬长而去。

李辅国随即与程元振二人，到飞龙殿请出太子，说皇上已经驾崩，皇后已死。太子想起父亲死得可怜，大哭一场后，换上素服，与满朝文武相见，宣布肃宗皇帝晏驾，并立李揆为首相。太子在肃宗灵柩前即位。过了四日，才在内殿听政，称为代宗皇帝。那时满朝中只有苗晋卿是个正直大臣，但他年已七十，又向来胆小，无法有所作为。新任同平章事元载，只知道剥削百姓，趋奉权要，当然也不敢说话。众文武官员唯唯诺诺，任凭李辅国处置国事。李辅国竟自命为定策功臣，更加专恣起来。一天退朝后，左右无人，李辅国向代宗奏称道："皇上只要居住在禁中就可以了，外边的事自有老奴处理！"代宗听了，心中十分不快。只因李辅国手握兵权，不便指斥他，只得称李辅国为尚父，大小事情，都由尚父做主。群臣出入宫中，必须先到李辅国府中请示过后，才敢去朝见代宗皇帝。代宗因李辅国对宫廷盘查得很严，无法接李夫人进宫，心里十分挂念。这时代宗已追封生母吴氏为章敬皇太后，废张皇后和越王李係、兖王李僩为庶人。立长子李适为鲁王，二子李邈为郑王，三子李回为韩王。

长子李适，是代宗的侍女沈氏所生。说起沈氏，代宗皇帝和她有这样一段情史。章敬皇太后身体柔弱，生下代宗时只有十六岁，不能乳养孩子，就由宫中的十六个乳母、保姆，轮流养育皇子。代宗皇帝是肃宗的长子，又是玄宗太上皇最心爱的长孙，宫里自然万分小心。当时有一位姓沈的乳母，最年轻美貌，原本是士人的妻子，因家境贫寒，不得已进宫做乳母。她家里有一个和代宗同年的女孩，小名珍珍。沈乳母进宫后，日夜想念家里的女儿。章敬皇后仁慈，见沈乳母在宫里愁眉不展，问起情由，知道她家里还有一个小女儿。章敬皇后就命沈乳母把小女儿抱进宫，一块儿养着，将来也可以与皇子做个伴。那珍珍长得雪肤花貌，比母亲还要美丽。代宗皇帝自幼和珍珍性情相投，寝食与共。章敬皇后十八岁时，就生病去世了，临死的时候，把代宗托给沈乳母。这时肃宗皇帝爱上了张良娣，也不把代宗放在心里。代宗皇帝孤苦伶仃，养在后宫。珍珍渐渐长大，出落得天仙一般，水灵灵的。代宗和她早晚做着伴，不离左右，两小无猜，渐渐有了私情。珍珍十七岁时，就替代宗皇帝生下了长子李适。

代宗想立珍珍为妃，只因珍珍名义上是个侍女，虽生了一个皇子，却不好对父皇说。直到安禄山攻入长安，珍珍被乱兵掳到东京。后来代宗亲自统兵攻入东京，在民间找到珍珍，二人才得以见面。代宗把她接进宫住下，没几天东京又被史思明攻破了。代宗皇帝仓皇出走，来不及救珍珍，珍珍从此下落不明。代宗皇帝也曾派人四处找寻，但始终杳无音信，心中更加想念珍珍，后来遇到李夫人，才放下那段痴情。代宗即了皇帝位，满朝文武大臣都上奏章，劝皇上早立正宫。无奈代宗心中藏着一段私情，不好对众人说。他想把李夫人升为正宫，但李辅国在朝，他也不好意思强占人妻。只好借口说长皇子李适的母亲遭安史之乱，现在还杳无下落，因此把后位虚留着，只册立韩王李回的母亲独孤氏为贵妃。

朝廷一切大事，都听李辅国的。所有前朝旧臣，与李辅国不相投的，都被李辅国排挤出去。不到一年时间，如知内省事朱光辉、内常侍啖庭瑶及山人李唐等三十多人，都被李辅国借着圣旨，发配黔中了。李辅国平时最恨礼部尚书萧华，于是借事贬萧华为峡州司马。程元振因拥立有功，威权也一天一天大起来。程元振最忌惮左仆射裴冕，就在代宗皇帝跟前弹劾了一本，贬裴冕为施州刺史。那时全朝廷的文武官员，只知有李、程二大臣，不知有代宗。俗话说，一山不容二虎。朝中既有李辅国，又有程元振，他们二人都是奸诈小人，整天争权夺利，置国家大事于不顾。一天，程元振入宫密奏代宗，说李辅国有谋反之意。代宗惊慌起来，说："兵权都在李辅国手中，朕怎么除掉他？"程元振奏说："陛下不用担心。李辅国手下有一员大将，名叫彭体盈，一直怨恨李辅国专横。陛下只要假以辞色，不愁彭体盈不为陛下所用。"代宗连夜传彭将军进宫，安慰他说："你如果能联合李辅国手下的兵士，就封你为大将军。"

彭体盈奉诏后，喜不自禁，暗中联合一群禁军将领，给他们权力，令他们背叛李辅国。事情办妥之后，代宗就下旨，解除李辅国行军司马及兵部尚书的兼职。又下旨左武卫大将军彭体盈代任闲厩群牧苑内营田五坊等使，右武卫大将军药子昂代任判元帅行军司马。李辅国得旨大怒，急忙进宫，要面见代宗皇帝。朝门已由彭体盈派兵守着，见李辅国进宫，上前拦住，说道："尚父已经被罢官，不能进宫。"李辅国见手下的人都背叛自己，一时气壅，双目紧闭，晕倒在地。左右上前扶起，李辅国气急败坏地说道："老奴该死！侍奉不了陛下，请求赴地下侍奉先帝！"谁知福不双至，祸不单行。李辅国迁居城外没几天，就来了一个刺客，在半夜的时候，跳进屋子。那时李辅国正左拥右抱，搂着两个侍女睡着。钢刀下去，人头落地，连右臂也砍了。两个侍女醒来，吓得缩在被窝里，喊着："皇天爷爷！"府中的差役听了，知道郡王爷被刺，点起灯笼火把，四处找寻李国辅被砍的人头，后来在毛厕里找到了。圣旨下来，追封李辅国为太傅官，并假意严令抓捕凶手。

凶手姓杜名济，是程元振府里的武士，因刺死李辅国有功，升为梓州刺史官。程元振自从李辅国死后，又升任了骠骑大将军，独揽政权。郭子仪是一个忠正大臣，又手握重兵，程元振觉得诸事不便，于是矫皇帝召，召郭子仪入京。郭子仪那时正和史朝义交战，连获胜仗，得了朝命，急忙赶回京师朝见天子。郭子仪到了宫门口，却被程元振派的兵士百般拦阻，进不去。郭子仪回京十天，还不能朝见天子，心里郁郁不乐，后来明白是程元振的诡计，十分愤怒，于是立刻上表，自请撤掉副元帅及节度使的职衔。有旨准奏，并将鲁王李适改封为雍王，封为天下兵马大元帅，令鲁王统兵征讨史朝义。程元振怕雍王大兵在握，不好驾驭，奏请任用中使刘清潭为监军。刘清潭是程元振的心腹，另带一支兵马向回纥征兵，令回纥国出兵助战。雍王李适是天生的战将，行军到了东京，与史朝义相遇，一连厮杀了几次，史朝义损失了许多人马，退进东京，闭关死守。后来史朝义打听到刘清潭到回纥请兵，就想了一条反间计。派人到回纥可汗跟前，说唐室两次大丧，中原无主，请回纥可汗遣派人马入关，收取府库，可得金帛子女无数。

·智退吐蕃兵·

当时回纥国葛勒可汗已死，传位给牟羽可汗。牟羽可汗是肃宗幼女宁国公主所生。回纥国的风俗，父亲死后，儿子可娶母亲为妻。宁国公主在回纥国中，有美人之称，虽然新寡但风韵犹存。她的亲生儿子牟羽可汗登位以后，要娶母亲为后。儿子娶母亲为妻，在回纥国是很平常的事情。但宁国公主毕竟是汉人，不肯抱子为夫，就辞别回纥回到大唐。牟羽可汗十分喜爱中国女子，见母亲不肯嫁他，就派大臣到唐朝来求婚。代宗因情面上不能推辞，就令仆固怀恩的女儿嫁给牟羽可汗为妻。仆固怀恩的女儿，虽然年少貌美，但在牟羽可汗眼里，总不及宁国公主风韵动人。夫妻二人，过了不到一年，就时常反目。牟羽可汗仍想到中国来，把他母亲接去做妻子。屡次派使臣到唐朝，以问候公主为名，请公主回国。宁国公主是个贞静自爱的妇人，不肯做这乱伦的事情，坚决推辞。牟羽可汗见宁国公主不肯回到自己身边，就想亲自带兵，打进唐室京师，劫她回国成亲。恰巧史朝义说中原无主，牟羽可汗就带领回纥兵长驱入关，乘机劫夺田地，掳掠人畜，一连攻陷了十几座城池。

急报传到深宫，代宗也很惊慌。急忙派遣仆固怀恩前往抚慰，又命雍王李适，统兵到陕州，接牟羽可汗的驾。那时回纥国的兵，列营河北。雍王与御史中丞药子昂等人共赴回纥营中，与牟羽可汗相见。牟羽可汗高坐胡床，逼令雍王跪拜。药子昂在一旁看了，高声说道："雍王是大唐天子长子，两宫在殡时期，按礼无须跪拜！"牟羽可汗不说话，大将车鼻代答道："唐天子与可汗曾结为兄弟，雍王见了我可汗，如同子侄见了叔伯，礼应跪拜。"魏琚也在一旁说道："雍王为大唐太子，以后就是华夷共主，怎么能屈节拜外国可汗？"牟羽可汗听了大怒，目视车鼻，将药子昂等四人，按在地上，各鞭打三百下。雍王满面羞惭，退出营帐。当晚韦少华与魏琚二人，因伤势太重而死。雍王十分愤怒，要进兵攻打回纥营，替二人报仇。诸路节度使，也愿调兵相助。药子昂竭力劝阻，说："叛贼未灭，不能再启衅端。"

仆固怀恩与牟羽可汗有翁婿之谊，于是从中调和。令牟羽可汗带领回纥兵士为前驱，与各路兵马一齐向东京进发，围攻史朝义。雍王留守陕中。史朝义领兵十万，与唐朝各将对阵。各路节度使中，镇西节度使马璘，最为勇敢，领众军杀入敌阵，锐不可当。史朝义手下的士兵被杀得弃甲抛盔，自相践踏，尸满山谷。史朝义逃到郑州，仆固怀恩乘胜夺回东京。回纥兵自河阳进入东京，肆行杀掠，抢劫奸淫，东京百姓，一再遭殃。等抢劫完，回纥兵一把火，把一座东京城竟烧去了半座。各路兵马，因要追杀史朝义，也无暇顾及。史朝义被各路兵马追赶得无路可走，就去投奔契丹部。又被范阳留守李怀仙，追杀回来，见部下七零八落，只剩下十余骑，就缢死在医间庙门口。唐朝安禄山、史思明两次大乱，历经四年才结束。

虽然扫平了史朝义，但回纥兵却在各州县纵兵淫掠，弄得百姓逃散，城郭荒凉。代宗皇帝没办法，一面令赵城尉马燧私下贿赂回纥兵各将帅，劝阻他们的强暴行为；一面又下旨，册立回纥可汗为英义建功毗伽可汗。自可汗至宰相，共赐实封二万户，又晋封仆固怀恩为尚书左仆射兼中书令，坐镇朔方，令护送回纥可汗回国。牟羽可汗见唐室天子如此优待，也不好意思再胡闹了。只是临走的时候，还不能忘情于宁国公主，请公主同返回纥国。宁国公主知道牟羽可汗淫心未死，就选了四个宫女，赠与牟羽可汗。牟羽可汗得了唐朝四个宫女，也很欢喜地带回国。

宁国公主真是红颜薄命，因牟羽可汗如此一闹，她美人的名，传到吐蕃可汗的耳中。吐蕃可汗早就羡慕中国的女色，得知唐朝有一位绝色的宁国公主，又是文君新寡，就立即派遣使臣到唐朝，指名要娶宁国公主。堂堂一位公主，岂肯做再醮妇人？代宗皇帝严词拒绝了。谁知吐蕃可汗竟恼羞成怒，邀同吐谷浑、党项、氐、羌各部落番兵，二十万人马，长驱东入。前锋冲关陷州，转眼逼近了邠州。邠州节度使连忙报告朝廷。邠州与京师相距不远，代宗得了警报十分焦急，当即召集群臣商量退兵的计策。但当时在朝的都是文官，彼此面面相觑，也想不出一条御敌的计策。当初唐朝金城公主嫁给吐蕃可汗，与吐蕃在赤岭下立下界碑。凭借着金城公主与吐蕃可汗的恩义结合，总算保得几年太平。金城公主去世以后，吐蕃又与唐朝失和，屡次觊觎唐室边界。当时幸得河陇节度使王忠嗣、哥舒翰、高仙芝等将帅，守御有方，才没有大患。安史之乱以后，所有边界守兵，都被召入东西两京，四境空虚。肃宗初年，吐蕃可汗娑悉笼猎赞，乘唐室内乱，攻取威武河源等军，并攻陷廓、霸、岷等州。代宗即位时，又攻入临洮。

那时郭子仪虽然平了安史之乱，但也忧虑吐蕃，在前一年就上奏劝代宗慎防吐蕃。那时程元振专权，得了贿赂，私通吐蕃。郭子仪奏章入朝，都被程元振扣留。这年春天，吐蕃又大举入寇，攻破大震关，连陷兰州、廓州、河州、鄯州、洮洲、岷州、秦州、成州、渭州，占尽了河西陇右。边关的告急文书送进朝廷，都被程元振押下。这时，吐蕃可汗得知宁国公主是中原第一美人，于是派遣使臣来京求婚。若答应与他成婚，就愿退兵出关，永远称臣。无奈宁国公主贞节自守，誓死也不肯做失节妇人。吐蕃可汗誓要娶得美人，就长驱直入泾州。泾州刺史高晖，是程元振的党羽，早与吐蕃可汗暗通声气。一见吐蕃兵到，就开城迎接，把城献了，还自愿充当蕃人的向导，不久就攻入邻州。邻州刺史官逃进京师，报告吐蕃凶横的情形，代宗才知道吐蕃的事，忙令郭子仪前去救应。郭子仪救兵还没到，吐蕃兵已经浩浩荡荡，杀奔奉天、武功，横渡渭水。那时雍王李适，派判官王延昌星夜赶进京师，请求救兵，又被程元振拦阻，不准入宫。那时渭河北面守将吕月，率精锐两千人，与吐蕃兵奋勇搏战，无奈吐蕃的援兵源源不断，吕月最后战败被擒。吐蕃兵冲过便桥，攻到京师城下。

满朝文武，都张皇逃命，宫廷大震。那班妃嫔，都围着代宗痛哭。代宗见情势危急，只得带着众妃嫔，由雍王李适率领一小队人马保护着，逃奔陕州。郭子仪得知京师危急，连忙从咸阳领兵赶回。一入京师，只见百官逃散，百姓流离。打听到皇帝已逃亡在外，就急忙追踪出城。才到开远门口，远远看见将军王献忠，带领五百骑士，拥着丰王李珙，后面跟着几个官员。又另外准备了一辆花车，车里却是空的，前面插着一对红旗，车前数百夫役各扛抬着猪羊牲口，得意扬扬。郭子仪一看，知道是投顺吐蕃去的，立即横刀跃马，拦住去路，大声喝问："你们要到哪里去？"王献忠见是郭子仪，不禁胆寒，忙下马躬身说道："如今主上东迁，社稷无主。公身为元帅，为什么不废君立君？"王献忠话没说完，丰王李珙也上前来说道："元帅身为国家重臣，今天的事，只要公一言就能定下。"郭子仪大声说道："朋友都不能乘人之危，况且殿下与圣上是叔侄之亲，怎么能骨肉相残？今天的事，下官只知有天子，不知有他人！"说着，怒目而视。几句话，说得人人惊慌，个个羞惭。郭子仪又喝着王献忠道："今天献城降虏的计策，一定是你出的！难道敢违抗国法吗？"众人哑口无言。郭子仪令他们随着自己，出了京城，向东而行。沿路招抚散兵，前往陕州，保护代宗。

这时，京师已成了一座空城，吐蕃可汗到了京城，见宫殿巍峨，却不敢进去。唐朝降将高晖，首先驰入宫中。吐蕃可汗随后进了后宫。这时六宫妃嫔都已逃散，只剩下一些老病的宫女，吐蕃人见了，视为天仙美女，纷纷抢占了去。吐蕃可汗一进宫门，就去找宁国公主。宁国公主见城郭破碎，帝后远逃，自叹命薄，早已投了太液池。吐蕃可汗千辛万苦地杀进京师，只扑了一个空，大失所望，于是令手下大将马重英等，在京师焚掠淫杀，把长安城弄得十室九空。吐蕃又从民间搜出一位唐朝的子孙广武王李承宏，立他为帝，又令前翰林学士于可封为相。得知苗晋卿是唐朝的贤臣，把他从家里拖出来，封他为太宰官。苗晋卿站在朝堂上，不说一句话。吐蕃可汗高坐殿上，呼叱百官。

这时郭子仪手下兵士很少，到了御宿川，扎下人马，就令判官王延昌，到商州招抚旧部。各路军马，得了郭子仪的号令，都奔赴咸阳。郭子仪对各将帅哭说一番，求大家同心协力，收复京城。众军官都感激涕零，发誓遵从号令。郭子仪先赶到行宫，朝见代宗皇帝。代宗怕吐蕃兵马冲到潼关，要留郭子仪护驾。郭子仪奏称："臣不收复京师，无颜面对先帝。臣如果出兵兰田，胡虏必定不敢东来，请陛下不要担忧。"代宗准奏。郭子仪派左羽林大将军长孙全绪，率两百骑兵到兰田。并令第五琦为京兆尹，与长孙全绪同行。并调宝应军使张知节，统兵千人，作为后应。长孙全绪驻军韩公堆，白天打鼓，晚上放火，作为疑兵。另选两百骑兵，渡过浐水，在长安游弋。吐蕃兵饱掠一番，正想回去。忽然听城中百姓欢呼说："郭令公从商州调集大军来攻长安了！"吐蕃可汗令探子出城探听，回来报称："郭公确实率领大队官军，即日前来围攻京师。"吐蕃大将马重英听了，不由得惶恐起来。在半夜人静的时候，京师四城鼓声骤起，接着一片喧嚷，隐约听到"郭令公"三字。郭令公就是郭子仪，因为之前封魏代国公，后来又封汾阳王，京师百姓都称他为郭令公。高晖听了，吓得惊魂失魄，连夜逃出城。吐蕃可汗也带领众蕃兵向北退去。

其实此时郭子仪还在咸阳，是长孙全绪打发手下部将王甫潜入城里，联合数百少年，乘夜在城里鼓噪。吐蕃二十万将士，竟被"郭令公"三字吓退了。这全是郭子仪的妙计。吐蕃兵退，捷报到了咸阳，郭子仪转奏皇帝，请代宗回銮。代宗正巡阅潼关，查出丰王李珙等在京师的事，勃然大怒，传旨赐丰王自尽，然后返驾京师。回京后，代宗找到宁国公主的尸骨，厚礼埋葬。这次吐蕃作乱，皇帝出奔，全是程元振一人从中作祟。他暗地里勾通了外国，想借着吐蕃的兵力，灭去唐朝，平分天下。谁知被郭子仪一番计谋，依旧保住了唐家天下。程元振万分恼恨，把郭子仪恨入骨髓。皇帝回銮，程元振装作没事人一样，也随驾回朝。当时太常博士柳伉，上奏弹劾程元振。当时各路节度使，因为痛恨程元振，所以代宗屡次发诏征兵，没有一个人应召。代宗读了柳伉的奏章，因程元振当初有护驾之功，不忍取他的性命，就削夺了程元振的官爵，放归田里。程元振得了诏书，还说皇上不念旧情，对皇帝十分怨恨。

代宗回朝的第三天，就在两仪殿赐郭子仪宴，文武百官陪宴。当殿又赐郭子仪铁券，把他的像画在凌烟阁上，作为唐室的大忠臣。代宗在危急出奔的时候，还不忘情于李夫人，带着李夫人，一同到陕州避乱，回鸾时又带着李夫人回宫。因李辅国早已去世，也就没有什么可顾忌的了。于是代宗下旨，册立李夫人为正宫皇后，立雍王李适为皇太子。代宗和李夫人二人的心愿，到此才算如愿以偿。帝后二人在宫中，形影不离，言笑相亲，十分恩爱。代宗要掩去皇后从前的事，特令皇后改姓独孤氏，宫中都称她为独孤娘娘。独孤皇后随身带着一架短琴，每次弹奏，空中宛如有鬼神吟唱的声音。代宗皇帝问："这琴怎么这么神异？"独孤皇后奏答："这琴叫软玉琴，是东海弥罗国所献，同时献进的还有软玉鞭。"当时李辅国得了外国贡物，常常收入自己的府库，李辅国将软玉鞭送入宫中，由张皇后收藏。独孤皇后在李辅国家里时，非常喜爱这架琴，把它随时带在身边。代宗游幸兴庆宫，在夹墙内找到了"软玉鞭"，与独孤皇后那架软玉琴，配成对儿。

独孤皇后不会骑马，代宗每天退了早朝回宫，就亲自牵着一匹青鬃小驹，扶皇后跨上雕鞍。在兴庆宫四面的走廊下，教皇后学骑马。代宗每天只爱与皇后亲昵，所有国家大事，都托付给丞相元载。六宫妃嫔见万岁性情和顺，整天追随游玩。代宗皇帝要讨皇后欢喜，也令妃嫔们陪着饮酒歌舞。妃嫔要讨皇帝的好，个个打扮得花枝招展，在万岁和娘娘跟前跳着唱着。可怜她们献尽狐媚，满心想得到万岁的临幸。谁知代宗一心系在皇后身上，宫灯一亮，皇帝就丢下六宫粉黛，和皇后二人，双双携手，回正宫自寻欢爱去了。独孤皇后没入宫前，已和皇帝私下生了一个皇子李回，被封为韩王。入宫以后，接着又生了一个女儿华阳公主，长得和母亲一样美丽。代宗十分欢喜，常常抱着她，逗她玩。

李辅国生前吞没的外国进贡来的珠宝，有千余件。他死后，独孤皇后对代宗皇帝说了，代宗派了几个内臣，到李辅国府中查抄。所有府中藏着的奇珍异宝，都收入大内宝库。凡是独孤皇后所心爱的，都摆在皇后寝宫。帝后二人，早晚把玩着这些宝物。独孤皇后生性贤德，她在宫中虽然很得皇帝宠爱，但丝毫不肯榄权。代宗每当朝廷有疑难大事，就与皇后商酌，皇后再三避让，说："妇人见识浅短，不能参与国家大事。"代宗皇帝要得皇后的欢心，打算访寻皇后家的子侄辈，赐他们官爵。皇后知道了，竭力辞谢，说："妾身的父亲元擢，与李辅国是同党，负罪于国家，逃得一命，已是万幸。怎么能让罪人的后代揽得功名呢？"代宗见皇后这么谦让贤德，更加宠爱她。

·真假沈贵妃·

这年六月，是独孤皇后四十岁大庆。代宗皇帝要让皇后高兴，就在御园中遍扎灯彩，令命妇夫人们，入宫陪伴皇后游宴。三十六宫妃嫔媵嫱，个个浓妆淡抹，在各处游玩。到了晚上，灯光齐放，密如繁星，处处笙歌。这位多情天子，整天追随着皇后，言笑相亲。晚上，万岁与娘娘在御园游玩到夜深月落，才回宫安寝。第二天，群臣上表，请加皇后尊号。代宗下旨，尊为贞懿皇后。皇后心里十分欢喜。

那夜万岁和娘娘在御园游玩，天上一轮皓月，人间满地笙歌。代宗在月下花前，看着贞懿皇后，更加觉得皇后美如天仙。两人又说起从前在东宫月下偷情的事，见左右无人，情不自禁地在白石栏边亲热了一回。谁知贞懿皇后身躯娇弱，受不了风露，过了三天，就病倒在床。代宗皇帝担心皇后，也不坐朝了，整天陪伴在皇后榻前，侍奉汤药，又用好话安慰着。独孤皇后病了二十四天就去世了。代宗抱着皇后的尸体，号啕大哭起来。宫中妃嫔宫女，围着劝着，代宗总是哭泣不止。从早哭到晚，精神恍惚，好像疯癫了一样，抱着皇后的尸身，不肯放手。过了三天，经元老大臣和妃嫔宫女跪着求着，代宗才把皇后的尸身收殓，把灵柩停在内殿。代宗睡在棺木旁，昼夜不肯离开。悲伤的时候，就拍着棺木，大哭一场。御园中名花开放，代宗就亲自采一支供养在灵座前。天上打大雷下暴雨了，代宗就到灵柩前软语安慰着。

满朝的文武大臣，见万岁爷形容憔悴，精神恍惚，人人忧虑彷徨，天天在朝房里商议。补阙官姚南仲，上了一道奏章，力劝皇上养身节哀。又说："皇上应上体祖宗付托之重，下慰贤后九泉之心，应当善自珍重。"代宗读了这几句话，才恍然大悟。于是下旨，将皇后葬于庄陵。出殡这天，仪仗十分隆盛。满朝官员，都步行送葬。代宗素衣白马，紧随在灵车后面。又令宰相常兖，代皇帝作哀册，表达天子的眷念之情，叙写皇后的贤淑之德。文武百官，都献挽辞。代宗回宫，把那些辞章凄惋的挽辞，令乐府谱成丧歌，让妃嫔们吟唱。万岁一听到歌声，就痛哭不止。元载经常与皇帝相见，得知万岁还是十分哀伤，退出宫对各大臣说应当设法劝谏。但商量了半天，也想不出一个好方法。后来还是姚南仲，想到了一个解忧的方法。

代宗在东宫没认识独孤皇后以前，曾宠爱宫女沈氏，将她册为太子妃。沈氏生下一个皇子，就是现在的太子。后来因东京变乱，仓皇逃奔，沈氏至今生死未卜。当时代宗与沈氏情爱深厚，曾寻找沈氏。姚南仲这时借口说沈氏还在民间，奏报皇上。代宗爱恋沈氏，也与爱皇后一样。皇后已死，得知沈氏还在民间，旧日的情怀，不禁涌上心头。接着又听中州太守报称，已在中州找到沈氏。代宗大喜，下旨睦王李述为奉迎使，工部尚书乔琳为奉迎副使，又令升平公主同行，奉皇帝册文，向中州进发。

睦王到了中州行宫参拜，见上面坐着的果然是沈氏贵妃。睦王在宫中的时候，也曾见过沈妃。现在见那妇人面貌依然，出落得更美丽了。升平公主虽然没有见过沈氏，但听代宗皇帝说起沈妃在西京的时候，割牛脯给皇帝吃时，伤到了左手食指。升平公主在一旁侍奉，留心沈氏的左手，果然有伤痕。沈氏身边还有一个女官李真一，也曾侍奉过代宗皇帝，升平公主认识她。李真一流落民间，辗转与沈氏相遇，后来被中州太守找到。代宗皇帝派朝廷大臣，备着全副法驾，到中州把沈氏迎接进宫。

到了京师，已是傍晚时分。代宗皇帝亲御芸晖殿迎接，见了沈妃，拉着手儿，不禁流下眼泪。当即在殿上摆设盛筵，代宗与沈妃并坐殿上饮酒，文武大臣一一上来参拜道贺。代宗下旨，赐群臣在殿前饮酒，乐府献上女乐，一时笙歌杂奏，舞影翩跹。代宗转悲为喜，开怀畅饮，大臣各献喜词。一席筵宴，喝到半夜，才撤席回宫。女官李真一送沈氏回宫，就退了出来，在穹门口，遇到高力士的儿子高常春。高常春当初与李真一在宫中就认识，李真一笑着迎上去说："高公公！我们很久不见了！"谁知高常春却一言不发，劈手把李真一揪住，大声喝道："我今天要问你个欺君之罪！"李真一大惊，忙问："什么欺君之罪？"高常春冷笑着说道："今天那个沈妃，分明是我的妹妹。你怎么拿她冒充沈妃，送进京来欺蒙圣上？"李真一见被高常春看出破绽，不敢抵赖，忙趴在地下叩头，求高常春道："我和你妹妹流落中州，没有办法才出此下策，请高公公多多帮忙。"

高力士生前收养了一子一女，这两人是同胞兄妹。哥哥高常春，高力士在时，就带他进宫，也做了内侍官。妹妹彩云，常进宫探望哥哥，因而与女官李真一相识。那时代宗皇帝已被立为太子，住在东宫。沈氏原本是个侍女，与太子有了私情，生了王子，才被立为太子妃。当时东宫诸妃中，沈妃长得最美丽。彩云在暗地里最留意沈妃的神态，沈妃的一言一笑，彩云都模仿得十分相似。说也奇怪，彩云跟沈妃长得十分相像。更奇怪的是，当年沈妃陪伴代宗皇帝在东宫的时候，沈妃随手拿着佩刀，割取肉脯给代宗吃。代宗见沈妃的粉腮映着灯光，更为动人，忍不住伸手去摸。沈妃佯羞躲着，一不留心，金刀割破了左手的食指。恰巧那天彩云也因剖瓜割伤了左手食指。后来因为安史之乱，彩云和李真一二人，都被贼兵追赶，流落民间。

李真一遇到一个老年尼姑，被收留在佛院，苦度光阴。彩云却落到歹人手中，被卖给一个员外做婢妾。员外的夫人见彩云进门，就和她丈夫大闹，逼着把彩云赶出大门。彩云被那夫人痛打一顿，赶出大门，无路可走的时候，碰巧遇见了李真一。两人患难相逢，忍不住拉着手痛哭，诉说分别后的苦楚。李真一见彩云无家可归，劝她一块儿投到佛院。佛院里的老尼姑生性慈悲，见彩云身世可怜，就把她留下，好茶好饭招待。第二年，老尼姑圆寂了。佛院里的几个年轻的女尼们，个个不守清规，在外面结识了许多浮头少年。见老尼过世了，年轻女尼索性把那些浮滑少年拉进佛院，吃酒唱小曲，甚至还留他们在佛院里过夜。李真一和彩云二人，见有男子在屋中，就躲在后院，不敢向外面探头。那班恶少听说她们是宫里逃出来的，个个跑到后院，百般勾引她们。李真一和彩云二人，在夜静更深的时候，偷偷逃出了佛院。

李真一偶然从恶少口中听得，万岁正派奉迎使，到各路州县寻访沈贵妃。李真一与彩云二人从佛院里逃出来，无路可奔。忽然记起朝廷寻访贵妃的话，见高彩云长得像沈贵妃，巧的是沈贵妃左手食指有刀伤，高彩云的左手食指上也有，李真一就想让高彩云冒充沈贵妃，报到官里，暂图眼前温饱。将来到了宫中，再说出真情也不迟。高彩云也不懂什么欺君之罪，又见自己长着一副花容月貌，却一生漂泊，找不到一个如意郎君。听了李真一一番言语，不禁勾动了富贵之念。两个女人不知利害，到中州太守堂上一报，那太守听说是当今的贵妃到了，吓得屁滚尿流，忙叫夫人出来，把高彩云迎接进行宫住下，然后又急忙上奏朝廷。

代宗一听说他心爱的沈妃有了下落，喜得来不及细思，就派睦王和升平公主二人，去把高彩云和李真一二人迎接进宫。进宫的时候，已近黄昏，在灯光下面，一时也分辨不出。高彩云的哥哥高常春，在殿下伺候着，暗暗留神看着，竟认出高坐在殿上的是他的妹妹，而不是沈氏贵妃。高常春因走失了妹妹，也曾几次在各州县寻找过，却找不到，心中苦恼。那天突然见妹妹竟敢高坐殿上，与万岁爷并肩促膝地浅斟低酌，他在殿下站着，心里惶恐不安。高常春知道这是欺君之罪，是要问斩的。他本想上殿把这事喊破了，却又没有这个胆量。眼看着万岁爷携着他妹妹的手，进了内宫。他一个人，急得在穹门下打转，这时见那女官退出宫，他想这件事一定是李真一闹的鬼，心中一急，上去揪住那李真一不放。

李真一起初只想回宫，也不曾想到有欺君大罪。被高常春一说破，也慌得眼泪直流，跪在地下，不停地磕头，求高常春救她。高常春说道："这还有什么办法好想的，欺君之罪，已经坐定了。我们二人天亮就要砍脑袋了！"一句话，说得李真一浑身颤抖，满脸露出可怜的神色。高常春见了，想到二人都难逃一死了，心肠不禁软了下来。李真一也有几分姿色，高常春看着，心中不忍，伸手把李真一扶起来。二人脸贴着脸偎依着，高常春心中涌起一股爱恋，不禁拍着胸脯说道："你不要忧愁，事到如今，汤里火里，都有我承当！如果这件事真相大白，万岁爷查问下来，你就说你一概不知，我自会给你顶着。我会全部招认，说是我想出的李代桃僵的计策，欺蒙了圣上。当时只想安慰圣上，没想到却犯了欺君之罪。如果是死罪，我去承担！”李真一听了，心中十分感激，不由得靠到高常春怀中，高常春趁势紧紧搂住她。

代宗皇帝满心快乐，扶着假沈贵妃的肩，退回寝宫。左右宫嫔，一齐退出。假贵妃手中捏着一把汗，服侍万岁上龙床睡下，自己也把上下衣脱了。临上床的时候，心头不由得乱跳。这多情天子，想贵妃想得久了，见假贵妃钻进绡衾，忙伸过两臂，当胸一抱，腾身上去。突然大喝一声道：“哪里来的贱婢，竟敢冒充宫眷？”假贵妃见事情被识破了，慌得她赤条条地趴在枕边，连连磕头说：“婢子该死！”

这个假贵妃，原来还是个处女，怎么能瞒得住皇上？代宗一近身，就已知道是假冒的。见这女子长着一身白腻的肌肤，跪在枕上，浑身打着战，楚楚可怜。美人越是可怜，代宗越觉得可爱。代宗皇帝最是多情，最能怜惜女人。他见身旁跪着的这位一丝不挂的美人，眉目身材处处像昔日的沈氏妃子，不禁把新欢旧爱，都移到高彩云身上。于是立刻和颜悦色地伸手扶起彩云，搂到怀中，问个仔细。彩云此时才放大胆子，把在外流落，又用计冒充贵妃，由地方官送进宫的事，一五一十地在枕上奏明。一夜恩爱，鸾颠凤倒。第二天万岁爷心中欢喜，立即把高彩云封为良娣。又下旨各处地方官，寻访沈妃真身。又叮嘱，即使有相似的，也可送入京师，由皇上察看。诏书下去，顿时又引来了许多假充的沈妃。其中有几个长相美丽的，代宗就留在宫里，整天与美人寻乐，把朝廷大事都抛在脑后。

当时掌握朝廷大权的是元载。他紊乱朝纲，公然行贿。内外官员要朝见皇上，都必须先拿重金孝敬元载。元载的府第，宽广高大。他见宫中有一座芸辉殿，就在自己的府第西边也建造了一座芸辉堂。芸草原本产于阗国。将芸草煎成汁，混入土舂成粉屑，涂在墙壁上，光照四座，香飞十里，所以称为芸辉堂。芸辉堂外面有一个池子，用文石砌成池岸。里面养着苹阳花、碧芙蓉等名贵花草。元载一到春夏花开的时候，就凭栏观赏。

元载的床前，悬挂着紫色的龙髯拂，有三尺长，拂柄用水晶做成，用红玉做成环钮。风雨晦冥的时候，龙髯拂沾上雨点，就光彩动摇，奋然怒张。把龙髯拂放到堂中，晚上蚊子都不敢进屋。把龙髯拂浸到池潭里，鱼就会成群结队游来。龙髯拂是琉球国进贡的，元载私自收到府里。每次府里设宴，元载必将龙髯拂拿出来。后来有人告诉代宗，代宗屡次要元载拿进宫给他看。元载百般推诿，代宗大怒，元载不得已，就把龙髯拂献给代宗。

元载十分好色，府中婢仆略有姿色些的，都被他引诱成奸。元载好洁成癖，每次行淫之前，必令此女再三洗沐，裹以绣衾，裸体上床。每次完事后，必定赏给她们珍贵的物品遮羞。暗令府中的仆人，物色妇女，携入府中，供他淫乐。妇女们贪遮羞之物，争相献身。他又令府中姬妾，引来官家内眷，暗中与她们偷情。元载的卧室，分为春夏秋冬四室。陈设华丽，衾枕精美洁净。每次内室筵宴，官员内眷入府，常常有人被奸污，但畏惧元载的权势，都含忍不说。也有一群无知妇女，贪恋他的枕衾精美，争相献媚。

·飞将军郭令公·

左拾遗林清，买来一个姬人，献给元载。这个姬人美色无双，元载见了大喜。岐王曾经有个爱妾叫赵娟，元载入宫的时候见过，美绝人寰。因为是亲贵内眷，元载不敢妄想。十年之后，美人的身姿还常在元载心头盘旋。谁知岐王竟不能消受如此美人，第二年就死了，赵娟漂泊民间，嫁给薛氏为妻。薛氏是长安的大商人，家财百万。自从得了赵娟，百般宠爱，家中资财，任其挥霍。赵娟到薛家六个月，就生下一个女儿，是岐王的遗种，取名瑶英。瑶英在襁褓之中时，赵娟就用香玉磨成粉屑混入乳汁，喂给瑶英吃，因而瑶英的肌肤有一种奇香。薛氏一生经营，百万家产，败于赵娟一人之手。

薛氏去世后，家里已经一贫如洗，薛瑶英也已经长大，如洛水神仙，姿容曼妙，满京师人人都称她为薛美人。这时赵娟贫困不堪，听说元载爱好妇女，凡是入府荐寝的妇女，都给珍宝遮羞。于是入府与元载相见，元载一见赵娟，得偿宿愿，自然欢喜。但相隔十年，不免有美人迟暮之叹，就想要薛瑶英。赵娟索价高昂，林清有事求于元载，就以万金购得佳人，献入元载府中。

元载见了绝世佳人，神魂飞扬。当即纳薛瑶英为姬人，把稀世珍宝金丝帐和却尘褥，拿出来给美人享用。却尘，是兽名，因不染半点尘土而得名，产自句丽国。薛瑶英幼读诗书，擅长歌舞，仙姿玉质，元载日夜看着，神荡魂销，从此薛瑶英宠擅专房。薛瑶英轻歌妙舞，动人心魄。

贾至、杨公南二人与元载交情最深，每次宴会，座中有贾、杨二公，就令薛瑶英出内室，歌舞劝酒。贾至赠诗："舞怯铢衣重，笑疑桃脸开；方知汉武帝，虚筑避风台！"当时满堂宾客，都为薛瑶英一人倾倒，争相献珠衫玉盆。薛瑶英又善于巧媚，迷人心志。元载为她所惑，整天围着美人转，府里的事一概不管。薛瑶英同父异母的兄长从义，进入元载府与赵娟通奸，内外把持。天下要求做大官的人，无不奔走于元载之门。赵娟与从义二人，上下其手，纳贿贪财，一时巨富。满朝官吏，多半是元载引荐的。

代宗皇帝当时沉溺于女色，无暇管理朝政。仆固怀恩因久戍边关，已阴谋反叛。李抱真到朝廷告密，代宗不见。直到接到河东节度使辛云京的急报，说仆固怀恩已反，代宗才惊慌起来，召老臣郭子仪入宫，任郭子仪为关内河东副元帅，兼河中节度使。郭子仪是先朝功臣，闲居家里已久；七子八婿，都是亲贵，过着安乐的日子。如今代宗命他率兵平叛，他也只能从命。郭子仪刚到河中，就听说仆固玚已被他自己的手下杀死，仆固怀恩北逃往灵州，河东已经解严了。

原来仆固玚向来刚暴，自从太原战败后，就转攻榆次。谁知打了十多天，还是不能拿下。仆固玚令裨将焦晖、白玉到祁县调兵，焦晖与白玉调来人马赶到，仆固玚说他们慢了，要治他们的罪。焦晖与白玉害怕遭到不测，就在晚上率众兵杀死仆固玚。仆固怀恩在汾州，得知儿子已死，悲痛欲绝。仆固怀恩的老母，得知孙子惨死，责备仆固怀恩道："国家待你不薄，我让你不要反，你不听我的话，才有今天的祸事。我已经老了，如果因此获罪，你将来有什么面目去见祖宗？"仆固怀恩被母亲骂得无言可答，匆匆逃出。母亲大怒，提刀呵斥道："我为国家杀了你这个逆贼！"幸亏仆固怀恩逃得快，才保住性命。

仆固怀恩部下的将士，听说大将郭子仪出镇河中，在营中窃窃私语，都说没脸见汾阳王。仆固怀恩听见了，想到自己众叛亲离，竟将老母抛弃，率亲兵三百骑渡河。走到灵州，杀死朔方军节度留后浑释之，据州自固。沁州戍将张维岳知道后，统兵赶到汾州，收抚仆固怀恩的余众，并杀死焦晖、白玉二人，割取仆固玚的首级，献给郭子仪，并将仆固玚首级送到京师，群臣入殿庆贺。代宗传旨将仆固怀恩的母亲接到京师，好生赡养。怀仆固恩的母亲来到京师，不到一月，就因悲伤去世。代宗下诏封其为楚国太夫人，依礼厚葬。

郭子仪率大军赶到汾州，仆固怀恩匍匐马下，说道："犯臣发誓决不再叛！"郭子仪代他上奏朝廷，代宗赦免仆固怀恩，仍让他统兵，驻守汾州。郭子仪大兵大胜回朝，代宗封郭子仪为太尉，兼朔方节度使。郭子仪辞去太尉之职。谁知仆固怀恩见郭子仪回京，又用计引诱回纥、吐蕃十万大军一同入寇。边关将吏，飞报入朝，代宗大惊，急忙传郭子仪进宫商议大事。郭子仪见了代宗皇帝，奏道："怀恩有勇无谋，军心不稳，他麾下的大将都是臣的旧部，必定不忍对臣锋刃相向，臣料想怀恩不会有什么作为的。"代宗命郭子仪出镇奉天，郭子仪奉旨出守。令儿子郭晞与节度使白孝德防守邠州，自己统兵到奉天严阵以待。仆固怀恩带着吐蕃兵逼近奉天城，诸将踊跃请战，郭子仪摇头说道："贼兵远来，必然想要速战速决。我坚壁以待，暂不出兵。等贼寇来了，我自有计策退敌，敢言战者斩。"传命守城兵士，偃旗息鼓，等候命令。

不到一天，仆固怀恩果然引着吐蕃兵直扑城下。见城上没有守兵，不禁疑虑起来，立马踌躇了许久。见天色已近黄昏，就退军五里下寨，直到第二天黎明，才击鼓进攻。忽然听到远远的一声号炮，川鸣谷应，吐蕃军急忙登高瞭望。只见奉天城外南面的高山上，已经埋伏了许多官军，阵势严整，阵中一张帅旗上写着一个大大的"郭"字。仆固怀恩看了惊诧道："郭令公已到城里了吗？"吐蕃兵听到郭令公的大名，个个吓得变了神色，纷纷退走。仆固怀恩没办法，只得领着部众转奔邠州，还没到城下，就看见城里竖起大旗，旗上面又写着一个"郭"字。仆固怀恩惊诧道："难道郭令公也到了吗？真是飞将军啊！"

话没说完，城门忽然大开，一个大将持矛跃马，领兵冲出，大声说道："我奉郭大帅命令，只取反贼仆固怀恩的首级，其他人放下武器一概无罪。"来将是节度使白孝德，仆固怀恩正要拍马上去接战，谁知手下部众却纷纷退散。仆固怀恩只得急忙拨转马头逃走，白孝德驱兵追击，郭晞又从斜路上杀出。仆固怀恩抱头鼠窜，渡过泾水，退到灵州。然而吐蕃兵十分凶猛，攻入凉州，又连夺维州、松州、保州三地。郭子仪令剑南节度使严武出奇兵截杀吐蕃兵，吐蕃兵损失大半，麾军退去。郭子仪见大敌已去，也不穷追，随即入朝复命。代宗慰劳再三，加封尚书令，郭子仪即上表辞退。代宗只好收回成命，另给赏赐。

这年老臣李光弼病死徐州，终年五十七岁。代宗追封李光弼为太保，赐谥号武穆。李光弼是营州柳城人，父亲李楷洛，原本是契丹酋长，武则天时叩关入朝，受封蓟郡公，赐谥忠烈。李光弼的母亲，虽是妇人，颔下却长有五寸长的须髯，生下李光弼和李光进。李光弼数次手握军符，战功卓著。

平定安史之乱后，李光弼晋封为太尉，驻守泗州。不久又讨平浙东叛贼袁晁晋，受封为临淮王，赐给铁券，绘画像于凌烟阁。程元振、鱼朝恩十分妒忌。代宗出奔陕州，召李光弼入援，李光弼拖延不去。代宗回京后，又命李光弼为东都留守，李光弼借口转往徐州，后来郁郁而终。李光弼的母亲留居河中，曾受封为韩国太夫人。代宗令郭子仪将李光弼葬于长安南原。当时郭李齐名，李光弼死后，郭子仪也十分伤感。

天下暂得太平，代宗改广德三年为永泰元年。当时元载当道，专门剥削百姓。一亩田，税钱十五，称为青苗钱。麦熟以后，又额外加征粮税，百姓困苦不堪。代宗那时又迷信佛教，下旨命百官到光顺门迎浮屠像。浮屠像都由内官扮演，仿佛戏里的神鬼。将《仁王经》用两台宝车，从大内移往资圣西明寺。命胡僧不空等人讲经说法，令百官都穿着朝服听讲。当时权臣鱼朝恩、元载都假装信佛，兵部侍郎杜鸿渐等人迎合权臣，上奏章说佛法无边，虔心皈依，就能逢凶化吉，遇难成祥。代宗也被他们煽惑，常常入寺听经。

一天，君臣讲经正讲得热闹，忽接连收到奉天同州盩厔一带的守吏的告急文书。说仆固怀恩又引来北方夷狄入寇，快要打入国境了。代宗起初还不相信，不久又接到郭子仪奏章，说："叛贼仆固怀恩，唆使回纥、吐蕃、吐谷浑、党项等胡虏，分道入寇。吐蕃自北道攻往奉天，党项自东道进犯同州，吐谷浑自西道攻打厔盩，回纥为吐蕃后应，仆固怀恩率领朔方兵做内应。铁骑如飞，数十万人杀奔中原。"

代宗听了顿时慌张起来，急忙回朝下旨，令凤翔、滑濮、邠宁、镇西、河南、淮西等节度使出兵，阻截贼寇。命令刚发出去，就接到一个大喜报，说仆固怀恩在鸣沙因病暴死。鱼朝恩、元载、杜鸿渐等相继入朝庆贺，并归功于佛法。代宗也十分宽慰。

谁知只隔了一两天，风声又紧！仆固怀恩的部众，由叛将范志诚接领，仍进攻泾阳，吐蕃兵已逼近奉天。代宗连忙下旨停止讲经，令郭子仪屯兵泾阳，将军白元光、浑日进屯兵奉天，调陈郑泽潞节度使李抱玉出镇凤翔，渭北节度使李光进移守云阳，镇西节度使马璘、河南节度使郝廷玉驻守便桥，淮西节度使李忠臣扼守东渭桥，同华节度使周智光屯兵同州，鄜坊节度使杜冕戍守坊州，内侍骆奉仙将军李日越驻守盩厔。部署已定，代宗亲率六军，驻扎苑中，下令亲征。鱼朝恩借筹备军饷之名，大肆搜刮，令城中男子，各穿皂衣作为禁兵，城门关二开一。全城大骇，百姓多半逃到郊外。

一天百官入朝，等了许久，阁门一直不开。突然听到兽环响了，鱼朝恩率禁军挺刃而出，对群臣说道："吐蕃人入犯郊畿，车驾要临幸河中，诸公认为怎么样？"满朝公卿惊愕不已，一时不知如何回答。刘给事说道："鱼公要造反吗？如今大军云集，不戮力抵御贼寇，反而挟天子离京？"鱼朝恩被他一言说破，哑然无话，只得将阁门打开。

代宗视朝，与群臣商议军情。正商议时，奉天传来捷报：朔方兵马使浑瑊入援奉天，袭击虏营，擒获一名虏将，斩敌千人。代宗大喜，立即派遣中使传谕嘉奖，随即退朝。一连十几天下大雨，贼寇不能前进，吐蕃兵劫掠一番离去，将庐舍焚烧殆尽。代宗得知吐蕃兵退去，更加相信是佛光普照，于是令寺僧继续讲经。

哪知吐蕃兵退到邠州，遇到回纥兵，又联军围攻泾阳。郭子仪命各将尽心守御，相持不战。吐蕃兵和回纥兵见泾阳城守备严谨，就退屯北原，第二天又来到城下。郭子仪令牙将李光瓒赴回纥兵营，指责回纥弃盟背约，并说郭公在这里屯军，愿与回纥联兵共击吐蕃，如果要战就另约时间。

回纥都督药葛罗惊问道："郭公在这里吗？你是诈我的吧？"李光瓒道："我是郭公派来的。"药葛罗道："郭公如果在的话，就请郭公来面议。"李光瓒回去报告郭子仪，郭子仪道："寇众我寡，难以力胜。我朝对回纥不薄，不如挺身而去，晓以大义，或许能免动干戈。"说完，就要前去。诸将请求选铁骑五百随行，郭子仪道："五百骑怎么敌得住十万贼众，这样做非但无益，还会引发祸端。"说完，一跃上马，扬鞭出营。郭子仪的三儿子郭晞，叩马劝阻道："大人身为国家元帅，怎么能轻易以身犯险？"郭子仪道："今天如果交战，不但你我父子必死，还会危及国家。如果能够讲和，既利家又利国。即使这次为国殉难，我也无愧无悔。"说着，头也不回地去了，身后只有几个亲随。

来到回纥营前，郭子仪令随骑先行，喊道："郭令公来了！"回纥兵听了，人人大惊，药葛罗在营前拉弓立马等着。郭子仪远远望见，急忙卸甲，投枪下马。药葛罗对部下说道："果然是郭令公。"说着也翻身下马，扔掉弓箭，鞠躬下拜。回纥将士，一齐下马拜倒，说道："参见郭令公。"郭子仪欠身还礼，握着药葛罗的手，正言道："回纥为唐室立功，唐天子待你们也不为薄，怎么能背负前约，帮助叛逆，与我朝结怨呢？仆固怀恩叛君弃母，怎么会懂得感激？现在他已经遭天殛而死，我特地前来规劝你。如果听从我的劝告，就退兵；如果不听从我的劝告，我也任由你们处置。但你们如果敢杀了我，我的将士必定死力相搏，到时恐怕你们也没有生还的希望。"

药葛罗听了，露出惶恐的神色，鞠躬答道："仆固怀恩谎说大唐天子已经晏驾，令公也去世，中国无主，我才率兵前来的。今天得见令公，才知道是上了仆固怀恩的当。我与令公没有仇怨，怎么会兵戎相见？"郭子仪乘机说道："吐蕃无道，乘我国有乱，不顾甥舅旧谊，入寇京畿，掠夺的财物，不可胜载。你与我朝修好，还能破敌致富。"药葛罗大为感动，说道："我愿为公抗击吐蕃。"郭子仪随后从容率军还城。

药葛罗一面立即派遣石野那等入觐代宗，一面与奉天守将白元光合击吐蕃。吐蕃连夜逃去，两军兼程追击，在灵台西原遇到吐蕃后哨兵，鼓噪杀人。吐蕃兵饱掠财帛，毫无斗志，丧失了许多兵马，丢弃了许多辎重。白元光将夺回的财帛，送给回纥。药葛罗也收兵回国。吐谷浑、党项也纷纷各自回国。代宗认为天下太平，可以高枕无忧。这时元载入相多年，权势渐渐大了起来。担心被人告发，特地上奏说百官论事应先告知宰相，然后再上奏皇帝。刑部尚书颜真卿上疏驳斥，元载就说他诽谤朝廷，矫旨将颜真卿贬为陕州别驾。

·汾阳王绑子入朝·

这时郭子仪家里出了一件子媳反目的事，逼得郭子仪特地从边地上跑回来，处理家事。原来代宗的女儿升平公主，嫁给郭子仪的六子郭暧。唐朝定制，公主下嫁，翁姑应当拜公主，公主拱手受之。升平公主嫁给郭暧，也照此例。成婚那天，升平公主受着翁姑的跪拜，郭暧在一旁看了，心里很不舒服，只因是朝廷的旧制，不得不忍耐着。时间久了，同住在一个屋檐下，公主难免盛气凌人，郭暧忍无可忍，夫妇二人常常发生口角。

一天，公主竟要婆婆为她拿巾栉。郭暧大怒，呵斥着公主道："你不要仗着你父亲是天子，就目无尊长！我父亲不过是不屑做天子而已！"说着，上前掌掴公主。幸亏侍婢急忙上去劝住，公主面颊上只轻轻地挨了一掌。升平公主不堪羞辱，柳眉双竖、杏眼圆睁，怀着一腔怒气，驾车回宫，向父皇哭诉。代宗素来敬重郭子仪，听了公主的话，说道："这就是我儿的不是了。你也知道我唐家天下，全仗你的公公一人保全。你公公如果真的要做天子，天下怎么还能为我家所有？你在郭家，应当敬侍翁姑，礼让驸马，不要再自矜娇贵，惹起争端。"公主哭泣不休，代宗道："你先在宫中住几日，等你公公回家了，朕自会处理。"

代宗皇帝正因升平公主夫妇反目的事，心里很不自在。忽然殿中监进来报说："汾阳王郭子仪绑子入朝，求见万岁。"代宗连忙来到内殿，召郭子仪父子入见。郭子仪见了代宗皇帝，立即叩头奏道："老臣教子不严，违忤了公主。今天特地绑子入朝，求陛下赐死。"说着，就把那驸马都尉郭暧推上丹墀跪下。代宗见了，忙叫内侍官扶起郭子仪，然后赐座，笑着说道："不痴不聋，不可以做翁公。他们儿女闺房之事，朕与将军都应该置之不理，由他们自己处理就好。"说着，传谕给郭暧松了绑，送进后宫与崔贵妃相见。升平公主是崔贵妃所生。当时升平公主也坐在崔贵妃身旁，郭暧见了升平公主就上来拜见，可她却冷冷地待理不理。倒是崔贵妃见了郭暧，欢喜得有说有笑，好言安慰着。又拉着升平公主与驸马爷同坐，一再开导着公主。

升平公主对郭暧也有夫妻之情，只是一时不肯服输，与驸马爷相对坐着，低着头不说话。代宗在内殿与郭子仪谈了一会军国大事，然后踱进崔贵妃宫。小两口各自默默坐着，见了万岁爷进来，各自上去叩见。代宗皇帝哈哈大笑，左手拉着驸马，右手拉着公主，说道："好孩子！快回家去吧。"升平公主经崔贵妃一番劝说，气早消了。听了父皇的话，就坐着香车与郭驸马一起回家。回到家里，郭子仪要正家法，喝令儿子跪下，亲自动手杖责了十多下。升平公主在一旁看了，心痛起来，忙上前跪倒在公公面前，代丈夫求饶。郭子仪见公主也跪下来了，慌得忙丢下杖儿，叫丫鬟把公主扶起来，送这对小夫妻回房。

郭子仪处理完家事以后，依旧辞别朝廷，出镇边疆。朝廷中鱼朝恩、元载等奸臣，见郭子仪走了，又放胆大弄起来。当时鱼朝恩为了拉拢私党、侵吞内帑，上奏请求立章敬寺。章敬寺原本是庄屋，代宗将庄屋赐给鱼朝恩。鱼朝恩借口为帝母吴太后祈祷冥福，把庄屋改为寺院，迎合代宗皇帝。又说庄屋不够用，奏请将曲江、华清两座离宫，作为章敬寺的内院。代宗皇帝听说是为供奉吴太后的，自然恩准。鱼朝恩得了两座大宫院，征集了十万工役，动工兴建。章敬寺落成之日，代宗皇帝亲自前往进香，剃度尼僧三千多人。赐胡僧不空法号，称为太辩正广智三藏和尚，给公卿食俸。不空谄附鱼朝恩，由鱼朝恩引进宫，拜见代宗皇帝。不空说鱼朝恩是佛徒化身，代宗因而对鱼朝恩另眼相看，鱼朝恩因此更加骄横。不空和尚时时被代宗皇帝宣召进宫，讲无量法。宫中的妃嫔们，个个到不空和尚跟前顶礼膜拜，听和尚讲经说法。

代宗皇帝穿着僧人衣帽，盘腿静坐听经。这时满屋香烟缭绕，梵韵悠扬，除代宗和不空二人，全是女子。众妃嫔借着礼佛，个个打扮得粉香脂腻，希望博得代宗眷顾。不空和尚原本是流落北方的一个无赖，安史之乱后混迹军中，辗转来到京师。因京师百姓十分迷信番僧，不空就冒充番僧，在民间骗钱，勾引妇女。后来由元载汲引他与王公大臣相见，鱼朝恩也要利用他哄骗皇帝，就把不空和尚收留在自己府里，编些因果报应的说法。不空和尚讲经的时候，穿插着讲些奸盗邪淫的故事，宫中的妃嫔宫女们听了，人人欢喜，个个称道。有时万岁爷不在眼前，妃嫔宫女们都围着不空和尚，纠缠着他说些野话。不空和尚见这些宫眷，个个国色天香，心旌早已动摇。那班妃嫔，也与不空十分亲昵。不空深得代宗信任，出入宫廷，毫不禁阻。不空和尚渐渐放出手段，把一个陈嫔勾引上手，又用灵药讨妇人欢心。宫中的女子得了不空和尚，都把他当做宝物一般，你抢我夺。

不空和尚一个人忙不过来，就去找了一个替身。这替身，就是鱼朝恩的养子鱼令徽。鱼令徽长得很清秀，但为人穷凶极恶。他仗着养父的威势，在京师无恶不做。鱼朝恩在北军建了一座大牢，暗令鱼令徽带着地方恶少，劫捕富人，送府尹衙门毒刑拷打，令他们自认谋逆，再送入监牢中毒死，然后将富人的资财没收。鱼朝恩父子，因此富能敌国。京师百姓对此敢怒而不敢言。鱼令徽仗着有财有势，时时奸占良家妇女。淫僧不空和尚和鱼令徽二人在宫中狼狈为奸，快乐逍遥，早已秽声四传，只瞒住了代宗皇帝一人。满朝文武，无不切齿痛恨。但鱼朝恩的权威滔天，朝臣也无可奈何，甚至对代宗皇帝，也渐渐地跋扈起来。

那时满朝奸臣，只忌惮郭子仪一人。元载屡次在代宗皇帝跟前诋毁郭子仪，劝代宗贬去郭子仪的官爵，代宗不听。元载更加忌讳郭子仪。不空和尚献计，令鱼令徽带着恶少，在深夜赶到京城外的郭氏祖坟，把郭子仪先代的坟墓掘开，又把郭子仪父亲的尸骨挖出来泄恨。四个盗坟贼，被看守坟墓的庄丁抓住，当场打死了两个，另外两个送到京师御史官衙门。秦御史听说郭子仪的祖坟被毁，立刻进宫上奏万岁。代宗大怒，一边下谕严刑审问，是什么人主使的；一边派常侍官带着圣旨到郭子仪家里安慰郭家，又发八万两白银，为郭家修复墓陵。御史官得了圣旨，忙回衙门审问盗坟贼。谁知狱中的两人，早已被元载买通了狱官，用药毒死了。

郭子仪在边疆得了此消息，急忙赶回京师。七子八婿，纷纷把事情告诉郭子仪。郭子仪心中明白，一定是仇家所为。但此时元载、鱼朝恩二人的势焰，炙手可热，郭子仪也不能拿他们怎么样。当即入朝谢过圣恩，退朝出来后又去一一拜访元载、鱼朝恩二人。还在家中设下盛大的筵席，请二人饮酒。又暗暗拿四千两银子，抚恤那四个盗坟贼的家属。鱼朝恩见郭子仪都惧怕他，胆子就更大了。鱼朝恩常常无故革去官员，然后将自己的亲信加封晋爵。朝廷百官人人畏惧鱼朝恩，谁也不敢说一个不字。

那时鱼朝恩的养子鱼令徽，只有二十岁，代宗因他年幼，就封为内给使，穿绿色袍。一天，鱼令徽在宫中与同辈争闹，被紫色袍内给使呵斥了一番。因为按宫里的规矩，紫色袍者为尊，鱼令徽也不好说什么，只好忍着气回家告诉鱼朝恩。鱼朝恩当即带着鱼令徽朝见代宗，奏道："臣儿令徽，官职太卑微，屡次受人欺负，乞求陛下赐他紫衣。"代宗还没说话，鱼朝恩见一个内监，捧着紫衣在一旁候着，就把衣服取来，递给鱼令徽，伏地谢恩。代宗看了，满肚子气愤，但想到朝廷兵权都在鱼朝恩手中，一时也不好开罪他，只得忍着气笑道："这下称心了吧！"鱼朝恩父子扬扬得意地退了出去。代宗衔恨在心，暗中想除去鱼朝恩的名位，于是召元载入宫商议。

元载本来是鱼朝恩的同党，因代宗许诺升他爵位，就不顾交情了。元载这人也有野心，因鱼朝恩权势在自己上面，一时不得不低头屈服，现在有代宗皇帝撑腰，自然愿意。当时朝中禁兵，都归鱼朝恩一人掌握，代宗怕元载不能相敌。元载奏道："臣自有办法。"说完退出宫。神策都虞侯刘希暹，是鱼朝恩的心腹，在宫中探听到消息，半夜偷偷去告密。鱼朝恩听了惊惧不已，从此见了元载十分恭敬。刘希暹力劝鱼朝恩须先发制人。鱼朝恩仗着手下有六千禁兵，刘希暹又十分骁勇，就与兵马使王驾鹤、万年吏贾明观、养子鱼令徽以及二十多个心腹，聚集府中准备谋反。谁知这时鱼朝恩最信任的两个心腹，已被元载收买了。原来鱼朝恩位高权重，防范很严，每次出入府门或进宫朝见，身旁总随带一百武士，由家将周皓统带着。如今周皓和皇甫温，得了元载的钱财，暗中想要谋取鱼朝恩的性命。两人在鱼朝恩府里窃听了计谋，急忙到元载府里报信。元载就带着周皓、皇甫温进宫，朝见万岁，把他们商议的计策奏明。代宗吩咐他们小心行事。

过了几天，就是寒食节。宫中府中禁烟火，到傍晚时候，才传火备餐。当夜代宗在宫中备酒，邀集朝中亲贵入宫领宴，鱼朝恩当然也在座。宴散之后，众官谢恩回家，鱼令徽替养父招来小车，鱼朝恩起身谢恩下殿。左有鱼令徽，右有都虞侯刘希暹扶着，跨上小车。忽然一个内监传出皇帝谕旨："请相公内殿议事。"推车的武士，就推着小车走向内殿。鱼令徽、刘希暹两人，在车后紧紧跟着。走到内殿门口，禁军上来拦住。鱼令徽、刘希暹只得在门外站着，眼看着小车推进内殿。鱼朝恩身体十分肥胖，出入宫禁，必坐小车代步。

鱼朝恩刚从小车上跨下，周皓劈手抓住鱼朝恩的两臂。鱼朝恩只说了一句："大胆奴才！"元载从左边，皇甫温从右边，拿着麻绳把鱼朝恩反绑起来，推上大殿。鱼朝恩大喊："老臣无罪，为何绑我！"代宗喝令鱼朝恩跪下，数落他招权纳贿、结党谋反等十六条大罪，命人将鱼朝恩当殿缢死。周皓、皇甫温二人动手，揪住鱼朝恩走下殿，活活地把鱼朝恩勒死。然后把鱼朝恩的尸身装在小车里推出宫，鱼令徽接着送回家。圣旨下来，说鱼朝恩是奉旨自缢，特赐六百万缗治丧。神策军都虞侯刘希暹、都知兵马使王驾鹤，都是鱼朝恩的党羽。代宗为安抚人心，升他们为御史中丞。后来刘希暹有怨恨朝廷的话，被王驾鹤奏报皇帝，代宗勒令刘希暹自尽。所有鱼朝恩的同党，从此不敢再有反叛之心。

元载自以为有诛杀鱼朝恩之功，恃宠而骄，趁机弄权纳贿。岭南节度使徐浩是元载的心腹，在外搜刮南方珍宝，运到元载府中。代宗皇帝自知懦弱，不能镇服百官，就想起了李泌。李泌是三朝元老，足智多谋。代宗令吏部侍郎杨绾，捧着皇帝手诏和彩缎牛羊等礼品，到赤云山去请李泌入朝。赤云山曲折盘旋，沿路苍松夹道。杨绾在山中找了一天，都没找到李泌家，只得暂住农家休息一晚。第二天清早起来，问了农夫路径，再上山寻找。转过山冈，见四五个樵夫挑着柴草走来。杨绾上去问路，樵夫用手指着东北山峰下的数间茅屋，说："那就是李相国家。"杨绾走去，见前面一条小径，上面架着一座小石桥。清泉曲折，从桥下流过，水声潺潺，令人忘俗。一个山人闲坐在桥头，抬头看着白云。

杨绾从山人跟前走过，来到茅屋下，叩着柴扉。一个绾髻的童儿走来，说李泌到附近的山上游玩去了。杨绾求童儿带路，那童儿说："家里要有人看门。"杨绾就把十个内监留下看守茅屋，自己跟着童儿走到小桥上，原来刚才坐在桥头上看云的山人就是李泌。三人回到茅屋，杨绾取出圣旨宣读，李泌拜过圣恩说："隐居多年，养成了山野脾气，不能再受拘束。"因此要写表辞谢。杨绾再三劝说："圣上眷念很深，不可违旨。"李泌才答应下山。到了京师，进宫朝见万岁。代宗见了李泌，十分喜悦，立赐金紫，又要封李泌为相。李泌再三辞谢，代宗命人在蓬莱殿西边，建造一座书院，令李泌住在书院中。代宗闲暇的时候，就到书院找李泌闲谈，所有军国大事，无不与李泌商酌办理。

代宗得知李泌四十六岁了还没有娶妻，就替李泌做主，娶前朔方留后李玮的外甥女窦氏为妻，并赐府第。宅第建得十分高大，在完婚的这一天，代宗皇帝亲自到李泌家主持婚礼。李泌和新夫人，双双朝见万岁。代宗又赐新夫人两箱宝物。新夫人窦氏才十九岁，长得千娇百媚。夫妻二人，十分恩爱。代宗在宫中，时时赏赐李泌金帛。李泌夫妇二人，也常常入宫谢恩。第二年，窦氏生下一个男孩，代宗赐名李蘩。元载见李泌的权势一天比一天大，十分妒忌，常在代宗跟前说李泌才堪外用，想把李泌调离京都，自己好在朝中独断独行，不受人钳掣。这时江西观察使魏少游，请求朝廷拨派官吏，元载就把李泌推荐上去。代宗知道元载有意排挤李泌，特召李泌进宫说道："朕暂时派爱卿到江西任职，等朕除去了元载，再召爱卿进京。"李泌听了，受命担任江西判官。

元载见李泌已经南去，更加专横。同平章事王缙，与元载朋比为奸，贪风顿时大行。各路州郡，都有元载的心腹。元载的岳父褚义，原本是一个田舍老翁，毫无才识，住在宣州。得知女婿权倾天下，急忙进京向元载求官。元载给他一封信，让他去河北。褚义得了信，走到幽州偷偷打开，只有白纸一张，上面写着元载二字。褚义一时进退两难，不得已拿着信去谒见幽州判官。谁知判官看了元载的信，很是敬重，问明了褚义的来意，就报知节度使。节度使立即开筵，将褚义尊为上客，留在节度使衙署住了几天。褚义临走的时候，节度使赠送千匹绢和五百两黄金。元载的妻子和王缙的弟妹，倚仗着夫兄的势力，在外面招摇纳贿。

迷点

爱殇

细说大唐第一家庭

◎王珠被德宗纳为贵妃，却一点也不欢喜，这是为何？

◎朱泚本是个忠义大臣，怎么突然造起反来了？其中有何隐情？

◎韩愈给宪宗上了什么奏章，竟惹得宪宗大怒要处死他？韩愈能逃过此劫吗？

第拾章

藩镇割据

·小公主嫁狂徒·

元载的书记官卓英倩，生性贪婪狡猾，一味谄媚元载，很得元载的欢心。因此天下求名求利的人，都来买通卓英倩，求他引见。卓英倩因此坐拥巨资，成了大富翁。成都司录李少良，上疏力陈元载的罪状。元载将奏折扣住，令御史官弹劾李少良，并矫诏召李少良入京，将他关在暗室中，用狼牙棒活活打死。李少良的朋友韦颂和殿中侍御史陆珽二人，在大殿上为李少良鸣冤，都被元载令人擒下，打入死牢。韦、陆二人气愤填膺，撞壁而死。代宗知道了，心中十分懊恨，只是被元载挟制，一时也不敢翻脸。忽然想起浙西观察史李栖筠是个忠义刚直之臣，暗暗下手诏，传李栖筠进京，封为御史大夫。

李栖筠受职后，立即查出吏部侍郎徐浩、薛邕、京兆尹杜济虚、礼部侍郎于劭四人，都是元载的党羽，专门欺君罔上、卖官鬻爵。李栖筠上了一本奏章，将徐浩四人全部罢官。元载深恨李栖筠，就与同党阴谋陷害他。没过几天，李栖筠在家里突然无疾而亡。因此外边许多人谣传，说李栖筠是被元载买通人，用药毒死的。代宗皇帝虽然也十分怀疑，但是元载在朝中的党羽很多，一时又没有真凭实据，只得一再忍耐。元载见李栖筠去世，更加肆无忌惮，骄横无忌。代宗因此心中忧虑，整天愁眉不展。一天左金吾大将军吴溱入宫，朝见代宗，低声奏道："如今心腹大患，只有元载一人。陛下是不是因为他而忧心？"代宗长叹一声道："朝事乱成一团，全是朕的过错。元载之所以敢大胆妄为，都是朕平时纵容的。现在想要除了他，已经很难了！"吴大将军是章敬皇后的胞弟，与代宗是甥舅之亲。吴将军一句话说中了万岁爷的心事，君臣二人在宫中秘密商议，直到更深，吴将军才退出宫。

第二天，吴将军悄悄召集吏部尚书刘晏、御史大夫李涵、散骑常侍萧昕、礼部侍郎常兖，在府中的南书斋商议国家大事。正商量时，一个壮士突然闯了进来，众人大惊。那壮士脸上罩着黑纱，立在门口，一言不发。吴将军按着剑，大声喝问："什么人？"那壮士举手揭去黑纱，一屋子的人，连忙跪倒在地，齐呼："万岁！"原来代宗皇帝，见事情危急，就装扮成禁兵混出宫。来到国舅府，把手中小红旗一举，国舅府的家将见是宫中的密使，就放他进去。唐朝时，皇帝有密事宣召大臣，就从宫中派一个密使，手执小红旗，上面有金印。代宗令众大臣入座，愤愤说道：“昨晚内侍探得消息，说元载与王缙召集徒党，密谋起事。元载打算指挥禁兵，围攻宫廷劫持朕西行，挟天子以令百官。众大臣都是忠义之士，岂能坐视乱臣贼子倾覆李家社稷？”众大臣听了，个个悲愤，有扼腕叹息的，有拍桌大骂的，纷扰了半天，却想不出一条计策。

一屋子人静悄悄的，这时一个壮士走进屋子，原来是国舅府的守卫长余龙。吴将军喝令他退出去，谁知余龙好像没听见一样，大步跨到主人跟前，跪倒在地，说道：“万岁爷有急难，责任在主公；主公有急难，责任在小人。如今事情危急，小人想出一条计策。”吴将军问：“什么计策？快快说来！”余龙说道：“元载之所以胆大妄为，都是因为有个人是他的心腹爪牙。”吴将军道：“谁？”余龙道：“左卫将军董秀。”这话一说，满屋子的人都愕然。原来董秀是统带御林军的，时时随侍在皇帝身边，代宗皇帝一直把他当心腹。没想到这人竟是奸臣的同党，真是让人意外。吴将军不信，说道：“你有什么证据？”余龙道：“小人的八拜之交常胜，是董秀家的守卫长，他家主公和元载二人的来往，常胜都知道。元载、董秀二人的阴谋，常胜知道后也很气愤，就告诉了小人，并打算辞了守卫长的差使。只要把董秀拿下，其他就都不怕了。”代宗听到这里，忍不住说道：“好，好！你快去把常胜叫来，让他把董秀拿下。事成之后，朕自有重赏。”余龙连忙磕头谢恩，起身退出去。吴将军劝代宗：“事情危急，万岁既然已经出宫，也不宜再回宫，暂且在臣家驻驾几天，等擒下奸贼，再由臣等护送陛下回宫。”皇帝听了，就在国舅家住下，众大臣也留住在府中伴驾。

余龙一去，傍晚了也没有回来。正在焦急的时候，忽然门外一阵喧嚷，只见余龙和常胜二人，揪住左卫将军董秀来到堂上。那时董秀正准备去元载府上，不料守卫长常胜，早已与余龙商量好了，又与手下的守卫兵士暗暗约好，路经吴将军府上时，就把董秀的马车，赶进了国舅府。董秀发现了，连连喝问。常胜上去拖出董秀，余龙也上去帮着把董秀推到堂上。董秀大声咆哮着。正喧嚷着，吴溱手捧皇帝诏书大声宣读道：“董秀听旨！”董秀转身向内跪倒，听诏书道：“元载图谋不轨，董秀为内援，令左金吾大将军吴溱拿下，严刑审问。”董秀听了诏书，连忙辩解。吴将军大喝一声：“搜！”四个武士上来，架住董秀，在他身上里外一搜，什么也没有。又抓下纱帽，细细搜索一番，也什么都没有。吴将军又吩咐脱下靴子，在靴统子找到一卷文书。吴将军接过一看，竟是元载和王缙二人密谋起事的案卷。上面写明谋反日期，几路兵围攻宫廷，几路兵擒抓国戚大臣。

吴将军看了大怒，喝一声："打！"大杖小棍立即向董秀身上打下去。董秀忍着痛，一言不发。吴将军令人把他的衣服脱下，用皮鞭痛打。打得浑身皮开肉绽，满地下打着滚，董秀还是咬紧牙关，什么也不招。余龙心生一计，从厨房里拿来一大桶盐卤，往董秀身上泼去。皮肉新开裂的地方，沾了盐卤，就痛彻心骨，董秀这时忍受不住，说："犯官愿意招认了！"吴将军当即取得口供。原来元载和董秀约定在大历十二年三月初一起事。董秀带领御林军，在宫中为内应；王缙调集四城兵马，包围京城。代宗听说董秀果然是奸贼的内应，亲自来到大堂，令常胜和余龙二人，乱棍打死董秀。下旨令左金吾大将军吴溱兼统御林军，连夜带一千兵马，悄悄包围元载的府第。

吴将军仗剑当先，根据董秀的口供，知道他们在萃秀轩中聚会，就领着一百多个武士，赶到萃秀轩。其他的兵士与元载府里的守卫兵厮杀。吴将军赶到萃秀轩时，人都已经不在了。吴将军于是赶进后花园，分头搜寻，果然把一群乱臣从花木丛里、山石洞里，一共搜出五个，唯独不见元载和王缙。吴将军又四处找寻，一抬头看见一个穿红袍的，正在爬墙。吴将军纵身过去，揪住袍角，把那人拉下来，正是同平章事王缙。吴将军拿剑搁在王缙脖子上，问道："元载躲在哪里？"王缙指着墙外说："已经逃到墙外了。"吴将军微笑着，也不去追。揪住王缙衣领，回到堂上。元载府里的三百个守卫兵，都被御林军活捉的活捉，杀翻的杀翻。吴将军令人拿一根长绳，把捉到的八个官员捆到一起。这时，二三十个御林军士，用大杠抬着元载送上堂来。元载见了吴溱，大喊道："国舅快做个人情，松松绑儿！"吴将军不理他。御林军抬来囚笼，把一群乱臣贼子一一装进去，送往政事堂。

第二天代宗下旨，令左金吾大将军吴溱、吏部尚书刘晏、御史大夫李涵、散骑常侍萧昕、礼部侍郎常兖，一同开堂公审。元载和王缙这时无可抵赖，只得一一供认。朝旨下来，令刑官监视，赐元载自尽。元载剥削百姓，陷害同僚，人人痛恨。朝旨将他赐死，人人心中痛快。元载临刑的时候，乞求速死，刑官冷笑道："相公当朝二十年，享尽威福。今天落在下官手里，也是天网恢恢，疏而不漏。相公平时羞辱的人多了去了，今天稍微受些污辱也不为过！"说着，脱下脚上的袜子，塞到元载嘴里，然后慢慢地将他缢死。尸身抛在政事堂下，暴尸三天，任百姓践踏。元载的妻子王氏，是前河西节度使王忠嗣的女儿，骄侈泼辣。生下三个儿子，无一成材，只知道仗势作恶，声色犬马，样样精通。元载一死，朝旨令将元载的妻儿，一并正法，家产没收。王缙及吏部侍郎杨炎、谏议大夫韩洄、包佶，起居舍人韩会等分别贬官。卓英倩等六个官员，罪情重大，在政事堂上杖打而死。代宗余怒未消，派遣中使到元载的家乡，发掘元载祖坟，毁棺裂尸。

从来朝中的宦官弄权，没有不外结藩镇的。当时肃宗、代宗二帝，都因宫廷变乱，无暇顾及边疆。这时安史之乱虽然已经平定，但余孽犹在。河北四镇，都是安禄山和史思明的旧部，骄横无忌。卢龙节度使李怀仙，性情暴戾，被幽州兵马使朱希彩所杀，朱希彩自称留后。代宗优柔寡断，一再姑息，仍任朱希彩为节度使。李怀仙的部下不服，将朱希彩杀死，改推经略使朱泚为元帅。代宗就把朱泚任为节度使。那时相、卫二州的节度使薛嵩病死，儿子薛平只有十二岁，将士推他继承父职。薛平将职位让给叔父薛萼，自己回到乡里。薛萼自称留后，代宗也没办法。其中魏博节度使田承嗣，最为跋扈，公然为安禄山、史思明二人建造祠堂，称作四圣。又上表求做宰相，代宗派遣中使慰谕，令他毁去四圣祠，然后授他同平章事一职。

田承嗣的儿子田华，更是淫恶。他依仗父亲的权势，在魏、博两州奸淫良家妇女。妇女们被奸污了，有含羞自尽的，也有闹到节度衙门里的。田承嗣见有妇女吵进衙门，吩咐守卫兵，用乱棍将她们打死。妇女的父兄们，吓得躲在家里，不敢说一个不字。田华色胆越闹越大，部下将士的妻小，略长得漂亮些的，就强行霸占，将士们也是敢怒不敢言。代宗皇帝的幼女永乐公主，长得十分妩媚。田华年幼的时候，随着父亲进宫，曾见过永乐公主，一直念念不忘。田华见代宗派遣中使来劝田承嗣，毁去四圣祠，就要父亲上表，替他求婚。代宗皇帝为了收服田承嗣，只得把心爱的永乐公主，下嫁给田华为妻。田华性情粗暴，仗着父亲藩镇的权势，不把公主放在眼中，依旧大声呼叱，任意作践。公主金枝玉叶，受了莽夫的欺凌，也只得忍气吞声地过日子。

田承嗣做了皇亲国戚，更加骄横。诱使相卫兵马使裴志清，驱逐留后薛萼，率众归顺田承嗣。田承嗣随即率兵袭取相州，代宗下旨阻止。田承嗣拒不奉诏，攻陷洺、卫二州。代宗忍无可忍，下诏河东节度使薛兼训、成德李宝臣、幽州朱滔、昭义李承昭、淄青李正己、淮西李忠臣、永平李勉、汴宋田神玉各路兵马，六万人合攻田承嗣。又下诏贬田承嗣为永州刺史，田承嗣的儿子，都放逐荒凉之地。田承嗣不奉诏，与各路兵马交战，常常以诡计取胜。田承嗣的长子田悦，尤其骁勇善战，各路兵马都被他击败，占据三四个州城。田悦率兵攻到临洺城下，临洺是河东咽喉，一旦失守，后果不堪设想。当时各路人马，都被田承嗣、田悦父子两路强兵冲断，相互间不通消息。

临洺守张伾，死守了三个月，粮尽援绝。张伾的爱女，长得秀美，是张太守的掌上明珠。张伾不得已，将爱女装扮得十分娇艳，让她坐在白玉盘中，然后对众军说道："如今城里已经没有粮食了，我就把女儿作为粮饷！"兵士听了大为感动，请求死战。开城奋勇杀出，锐不可当。田悦大败，退了五十里。兵士获得粮米，收军入城，依旧深沟高垒，严防死守，等待救援。张伾命人扎了一只纸鸢，临高放到空中。纸鸢飞过田悦军营，落到河东马燧的营中，鸢背上写着："三天不到，临洺就将陷落。"马燧得知消息，遂与河阳李芃、昭义，三路援救张伾。众军包围田承嗣父子，斩敌五百人。田承嗣军大乱，田氏父子穷途末路，迫使永乐公主上疏求情，请皇上允许田承嗣入朝请罪。代宗皇宗念在公主面上，就答应了田承嗣的请求。下诏恢复田氏父子的官职，又赐铁券。这时田承嗣已经年老，大历十四年病亡，享年七十五岁。

大历十四年五月，代宗皇帝崩驾。遗诏召郭子仪入京，摄行冢宰事。立太子李适为嗣皇帝，在太极殿即位，称德宗皇帝。德宗尊郭子仪为尚父，加封太尉，兼中书令。封朱泚为遂宁王兼同平章事。两人位兼将相，但都不问朝政。常兖在政事堂，每次有奏请，就代郭、朱二人署名。朱泚工于心计，曾将猫哺乳的老鼠，献给代宗，说是祥瑞。常兖就率领百官，入朝称贺。崔祐甫上表力排众议，说："反常的东西就是为妖孽，猫本应捕捉老鼠却哺乳老鼠，事情反常，不应庆贺。"常兖因此忌恨崔祐甫。代宗驾崩，崔祐甫认为应当遵照遗诏，臣民只要服丧三天就可，常兖说百姓可以服丧三天，群臣应该二十七天。两人为此争吵不休。常兖上表弹劾崔祐甫，署名郭、朱。德宗于是贬崔祐甫为河南少尹。不久郭子仪与朱泚上表，说崔祐甫无罪。德宗惊诧不已，问他们为什么前后不一，二人都说之前的署名是常兖署的。德宗因常兖欺君罔上，把他贬为潮州刺史。令崔祐甫代为丞相，专权处事，对他言听计从。又下诏，令四方无须进贡；所有梨园子弟都隶属太常，不必另外供奉。在朝门设下登闻鼓，百姓如果有冤屈，可以打登闻鼓，由三司询问冤情。

德宗皇帝因代宗沈妃是自己的亲生母亲，寻访多年都没有消息，万分想念。登了帝位后先下诏，封沈氏为睿真皇太后，追封太后曾祖沈士衡为太保，祖父沈介福为太傅，父亲沈易直为太师，太后的弟弟沈易良为司空，沈易直的儿子沈震为太尉。一天之间，封官一百二十七人。建中元年，又册前上皇太后沈氏尊号。崔祐甫擅长绘画，德宗皇帝命他画太后像，供奉在含元殿，举行大祭。又分别派遣沈氏子弟，到各州县寻访，一旦找到皇太后，立即让大臣备好法驾，奉迎皇太后回宫。但找了几年，依然杳无消息。

·不爱皇帝爱才子·

德宗在东宫时，与朝臣王承升十分相投。德宗喜好琴，王承升的妹妹王珠擅长弹琴。一天，王承升邀太子到私宅听妹妹奏琴。二人高坐在大厅里，王珠坐在屏后，叮咚弹琴。德宗喝着酒，听到琴声悠扬悦耳，不禁停下酒杯，凝神听着。那琴声忽如鸾凤和鸣，忽如风涛怒吼，一曲弹完，德宗不禁拍案赞叹。德宗早就听人说，王珠小姐长得天姿国色，听了琴声，更觉得美人可爱。当时就对王承升说，想与王珠相见。王承升听了，以为妹妹得太子青睐，将来必定富贵无边，于是欢欢喜喜跑进内室，让妹妹打扮一番，与太子相见。自己出来，依旧陪着太子饮酒谈笑。

谁知太子和王承升浅斟低酌了许久，王珠小姐始终没出来。急得王承升又跑到后院去催，只见妹妹依旧是乱头粗服地躺在绣榻上，手中捧着书看。王承升十分诧异，又上去催促妹妹出去拜见太子。王珠小姐见她哥哥急得在屋子里乱转，不禁嫣然笑道："什么太子，跟我有什么相干，也值得急成这个样子！你们男子图功名富贵，我们做女孩儿的，却不图什么功名富贵！不见也罢！"王承升听他妹妹说出"不见"两字，急得忙向妹妹打恭作揖，说道："好妹妹，你看在哥哥面上，胡乱出去见一见吧！"王珠听了，笑吟吟地站起身，对着镜子把鬓儿略微拢了一拢，不施粉脂，不换衣裙，袅袅婷婷地向外院走去。王承升急忙跑在妹妹前面，向太子说道："弱妹王珠，拜见千岁。"王珠盈盈拜下地去。德宗看她脂粉不施，天然妙丽，心中恍恍惚惚，正要伸手去扶，王珠已站起身转身进去了。太子痴痴地看着，无心再坐，随即起身告辞。从此太子魂思梦想，饮食无味。

那时王贵嫔最得太子宠爱，见千岁忽然变了心，多番探听，才知道是为了王家的闺女。土贵嫔便设法告诉皇后，皇后奏闻皇上。那时代宗皇帝最疼爱德宗，听说王承升的妹妹有绝世姿色，就先让宗室大臣李晟夫妇到王家传谕，要纳王珠为太子贵嫔。李晟夫人陈氏，奉了皇后懿命来到王家内宅。令人服侍王珠香汤沐浴，又在暖室里解下她的衣裳，见她肤如凝脂，腰如弱柳，双肩削玉，乳峰高耸，臀阔脐圆，面色娇艳，珠唇玉容，长发委地，十分光润。陈氏一边看着，一边赞叹道："这女孩儿我见犹怜，真是天地间的尤物！"王珠万分娇羞，听说要宣召她进宫封做太子的贵嫔，死也不肯进宫，说："自古帝王除玄宗皇帝外，全是薄幸男子。女孩儿一进宫，绝没有好结果的。"哥哥王承升再三说着劝着安慰着，王珠被哥哥逼着，只得说道："我年纪还小，不懂得什么礼节，到了东宫如果有什么失礼的地方，岂不连累了哥哥？请哥哥去求太子，等太子登了大位，册立我为贵妃了，我再进宫也不迟。不然今天即便违旨，也不进宫！”王承升知道妹妹生性刚烈，怕真的闹出人命，就到东宫把妹妹的话奏明太子。太子是多情种子，听说王珠愿做他的贵妃，也甘心耐性等着。

一转眼，德宗登了大位，做了皇帝。原来有一位贵嫔王氏，也很得宠，自贞元三年，得了病就卧床不起。病时劝德宗皇帝立她的皇子为太子，德宗为了安王贵嫔的心，立皇子为太子，又册立王贵嫔为皇后。这天，在坤德宫举行了册立典礼，王皇后受封完就死了。德宗十分悲伤，一想念王皇后，总是愁眉泪眼的。宗室王公大臣见皇帝愁苦不已，怕皇帝苦坏了身体，就轮流着陪伴皇帝，在御苑中饮酒说笑。德宗的悲伤，渐渐淡了，猛然想起王家的美人，于是令翰林学士吴通玄，捧着皇帝册文，到王承升家，立王珠为懿贵妃。这时王珠出落得更美丽了，德宗把她宣进宫，当做珍宝一样地捧着。从此把坐朝的大事也忘了，整天陪伴着王贵妃说笑，把后宫的三千粉黛，都丢到脑后。

德宗皇帝每夜临幸王贵妃，见王贵妃肌肤白净如玉，就令人把宝库中收藏的珠玉，串成衣裳，赐给王贵妃穿着。粉面脂香，衬着珠光宝气，更是美得天仙一般。德宗看了，真不知道怎么宠爱才好。王贵妃又有洁癖，每天都要沐浴三次，梳洗三次，更衣三次。王贵妃身边有宫女数百人，前后拥着。德宗又为王贵妃修造了一座水晶楼，走在屋子里，四面墙壁上都是美人的身影。水晶楼落成的那天，德宗在楼下设宴，宣召大臣命妇和六宫嫔嫱，在楼下游玩。一时笙歌不断，舞女联翩。众人正在欢笑的时候，忽然不见了王贵妃。德宗问询，宫女奏道：“娘娘上楼休息去了。”德宗一刻也离不开王贵妃，急忙令宫女上楼宣召。宫女去了半天，也不见王贵妃下楼。于是德宗亲自上楼，只见王贵妃坐在牙床上，正低着头抹着眼泪。德宗看了，又是痛惜，又是诧异。说也奇怪，王贵妃自从进宫，从来不曾开过笑口。不管德宗皇帝怎么哄说劝慰，她总是低着头默默不言。德宗皇帝见美人不开笑口，叹为平生第一恨事。德宗常自言自语道：“朕如能见王贵妃一笑，即便丢了皇位也欢喜。”谁知王贵妃就是不笑。而且皇帝越是怜爱，她越是紧锁蛾眉。

德宗以为是自己的恩情不足，就更加格外地在美人身上用工夫。真是轻怜热爱，千依百顺，谁知越弄越坏，王贵妃整天长吁短叹。德宗怕委屈了美人，就下令建起这座水晶楼，满以为水晶楼落成之日，必能获得美人开口一笑。谁知王贵妃竟痛哭起来，她见德宗皇帝站在跟前，哭得更加凄凉。德宗皇帝想上前抚慰，王贵妃忽然哭拜在地，一声一声求着：“万岁爷放了我这贱奴吧！贱奴自知命薄，受不起万岁爷的恩宠，更受不住宫廷里的拘束。贱奴自从入宫，日夜想念家里，心如刀割。又因宫中礼节烦琐，行动有人监视，犹如狱中囚犯。万岁爷百般宠爱，贱妾受了圣恩如同芒刺在背，饮食无味，魂梦不安。万岁爷如果可怜贱妾命小福薄，就放贱妾出宫，还我自由。贱妾生生世世，感激万岁爷天高地厚之恩！”德宗皇帝没料到王贵妃说出这样的话，十分扫兴，本想训斥她几句，又见她哭得十分可怜，只得默然下楼，另找妃嫔饮酒作乐去了。

德宗皇帝心里最宠爱王贵妃，王贵妃不在跟前，酒也懒得吃，歌也懒得听，舞也懒得看。李夫人和左贵嫔在跟前伺候着，她们巴不得王贵妃失了宠，自己可以爬上高枝。李夫人装出千娇百媚的样子，劝万岁爷饮酒。又说：“万岁爷太宠爱王贵妃了，王贵妃恃宠而骄，难免在万岁爷跟前无礼了。”左贵嫔也接着说道：“这也怪不得王贵妃受不起万岁爷的深恩，从来天生贱骨的人，就是享不了富贵荣华之福。我在母家的时候，家里有一个婢女，名叫惜红，后来送给姨父做妾。姨父那时正断弦，见惜红面貌好，就想把她扶为正室。谁知她天生贱骨，见主人宠爱，反而百般推让，主人无可奈何，就另娶继妻。姨父依旧宠爱惜红，经常送给她绮罗珠玉，但她都不用，整天乱头粗服，与一群奴婢一起嬉笑玩闹。这难道不是天生的贱骨吗？”德宗听了，也不禁哈哈大笑。席散之后，德宗皇帝就临幸左贵嫔。

第二天起床，德宗还是不能忘情于王贵妃，又来到水晶楼。见王贵妃乱头粗服，与宫女在一起做着粗活。德宗想起左贵嫔的话，不禁大笑。王贵妃见了万岁爷，依旧求着皇帝放她出宫。德宗听了，冷笑一声，说道：“真是天生贱骨，不可救药。”当下传总管太监下旨，除王贵妃名号，令王珠穿着入宫时的衣裳，送出宫门，退回王家。传谕王承升道：“你妹妹是天生穷命的女子，朕不能违天强留宫中。她命中注定贫寒，将来必不能安享富贵，可择军校配婚，不可让她嫁给仕宦之家。”王承升领了皇帝的谕旨，心里郁郁不乐。见妹妹回到家，笑逐言开，娇憨可爱。本想埋怨她几句，又见她天真烂漫地追着王承升，哥哥长哥哥短地说笑着，就不忍再说她了。王珠在家里，整天拉着府中的婢媪，在后花园中嬉戏。

这时中书舍人元士会，三十二岁了，长得十分清秀，深通音律。元士会和王承升是知己，比王承升小三岁，就拜王承升为兄长。元士会的妻子钟氏也懂音律，夫妇二人在闺房里调筝弄瑟，非常恩爱。王珠小姐做闺女的时候，也曾和元士会见过，谈起音乐，彼此十分投合。只因碍于男女之嫌，也不敢常常见面。王珠也曾在婢媪跟前，夸元士会是当今第一才子。这话辗转传到元士会耳中，不禁起了知己之感，常常独自一人，坐在书房里叹道：“王家小姐，真是我元士会的知己！”这话被钟氏听到了，夫妇之间不免争执，从此钟氏就不许她丈夫再到王家去了。王珠小姐不久也被德宗宣进宫，册立为贵妃，就断了两边的妄想。不料王小姐又被宫里退了出来，住在家里，成了待嫁的孤鸾。

这一天，元士会在家中闷坐无聊，信步走到王府，拜访王承升。王承升不在家，元士会是在王家走熟的人，他来到王家，自由进出，也没人阻止他。元士会走进王承升的书房闲坐。才坐下，忽然听到琴声。元士会忍不住起身，循着琴声走去。书房后墙，开着一扇月洞门，通着后花园。元士会对花园的路也很熟，听到琴声是从东面牡丹台传来，走过去一看，见王小姐正坐着弹琴。王小姐停下手，推开琴，笑着站起来说道："琴声入徵，必有佳客来访。"转身一看，果然见元士会站在荼蘼架下听琴。元士会见了王小姐，忙上前作揖道："小姐弹的好琴，小生偷听了。"王珠见元士会一身缟素，问道："元君府上谁过世了？"元士会叹了一口气，说道："拙妻钟氏去年过世了。"王小姐不禁说道："好一个多情的相公！"忽然觉得这话说得太亲密了，粉腮儿羞得通红，低着头说不出第二句话。元士会见王小姐身边有婢媪陪伴着，她又是册立过贵妃的，自己是一个男子，不便停留，当即告辞。回到家里，不知怎么了，总是坐立不安。

好不容易挨到第二天，又去拜访王承升。王承升正在家中，见元士会神情郁郁，以为他是忘不了妻子，就宽慰他一番。却不知道元士会别有心事，一时不能如愿才心情抑郁，只苦于不好对王承升说。元士会自从那天在花园中与王珠小姐相见以后，全副心思都在王小姐身上了。王珠小姐是他心中早就仰慕的美人，又能妙解音乐，叫他怎么能不想？他每次到王家，碍着王承升不能和美人见面。一连到王家去了三四次，总是和王承升饮酒谈笑。屡次想把爱慕他妹妹的话说出来，无奈他妹妹是册立过贵妃的，如今虽说被退出宫，但这个美人，因曾承过帝王恩泽，已视同禁脔，谁敢有求婚的妄想。每次话到嘴边，总是不敢说出来。后来想了一个妙计，每天一早起来，他也不随班上朝，只在王家大门外远远候着。见王承升出门上朝去了，他就上门去访问王承升，然后到王承升书房中等着，直到王承升退朝回家和他弹琴饮酒。连着三四天都是这样，王承升虽然觉得蹊跷，也不好意思问。

元士会一人坐在书房中，早有快嘴的丫头告诉了王珠小姐。王珠小姐由丫鬟扶着，走到书房，替哥哥招呼客人。二人各有心事，谈着谈着不知不觉都把心事吐露了出来。元士会趁丫鬟不在跟前，王珠小姐正转过柳腰抚弄着琴弦，忍不住站起身来，走到王珠小姐身后，抱住她低声说道："望小姐可怜小生，每天想着小姐都快要疯了！"王珠小姐任他抱着却不说话，只拿着罗帕呜咽起来，元士会慌得小姐长小姐短地安慰着，又连连追问："小姐有什么伤心事，告诉小生。小生即使丢了性命，也要为小姐办到！"

王珠小姐看元士会这样体贴地安慰着自己，心中十分感激。这时她叹息了一声，说道："想我之前也是一个洁白如玉的女孩儿，自从被那臭皇帝硬拉进宫，糟蹋了身子，破了贞节，成了残花败柳。现在还有什么脸面见人呢？"元士会听了，连连说道："小姐别这么说，在小生心里，小姐跟天仙一样神圣的。"元士会又问："听说小姐在宫中，深得万岁爷的怜爱，珠玉绮罗满身，又为小姐建造一座水晶楼。万岁爷如此恩情，小姐为什么要辞退出宫呢？"王珠伸着一个纤指儿，向元士会额上轻轻一点，说道："亏你自命风雅，还问这个！你想那庸人俗富的皇宫，是风雅的人住的地吗？好好的一个女孩儿，一入了宫廷，就把廉耻也丢了，装妖献媚，哄着臭皇帝欢喜。做妃嫔的，除了每天打扮着听候皇帝玩弄以外，走一步，说一句，都不能自由自在。这种苦闷羞辱的日子，是我们风雅人能过的吗？"王珠停了停，又说道："如今我的身子已经破了，只求嫁一个清贫合意的郎君，一双两好地过日子。即便是沦为乞丐，也是甘心的。"元士会乘机上去拉住王珠的玉手，涎着脸，贴着身子说道："小姐中意小生吗？"王珠听了，只是摇着头。

元士会见了，连连追问。王珠叹一口气说道："已经太晚了！我现在不但成了残花败柳，而且也是一个薄命的弃妇，谁也瞧不起我了。如今谁来亲近我，都得不到什么好处。"元士会听了，说道："我也不问好处不好处，我只觉得小姐可爱。我爱小姐，也不是今天的事。当时只因小姐是一位黄花闺女，我又有一位妻房。如今我妻子已死了，小姐又不幸出宫，飘零一身，我不怜惜小姐，还有谁怜惜小姐呢？我不找小姐做伴，又去找谁呢？"王珠说道："你可知道我出宫的时候，万岁爷传旨，不许我再嫁给士宦之家，只许婚配军校。你如果娶我做继室，就要抛了前程，你舍得吗？"元士会指天誓日说道："如果能娶小姐为妻，不要说丢了官，就是穷得饿死，也不后悔！"王珠听了，嫣然一笑道："郎君可是真心的？"元士会跪倒在地，拉王珠并肩跪下，一边叩头，一边说道："苍天在上，元士会情愿弃官娶王珠小姐为继室。如果食言，愿遭天谴。"王珠小姐听了，忙伸手捂住元士会的嘴，相视一笑，手挽着手站了起来。王珠笑着说道："得郎君如此多情，真是薄命人的大幸！"话还没说完，外面一人呵呵笑着进来，说道："贤弟如此多情，妹妹真是有福了！"王珠看见哥哥，羞得转身飞快逃出屋子。

·乞丐夫妻·

元士会和王承升二人，说定了婚姻之事。元士会立刻把冠带卸下来，交给王承升求他代奏皇上，挂冠而去。王承升念在同胞兄妹情分上，设了一席筵宴，替元士会夫妇二人饯别，还赠送了许多珍宝。元士会在郑州老家，还有几亩薄田和几间房屋，夫妻二人一起回郑州住着。夫妻二人，十分恩爱，朝弹一曲，暮下一局，十分清闲。郑州是个小地方，元士会的左右邻居，都是贫家小户。见元士会夫妇二人，忽然衣锦荣归，人人看得眼红。又打听到这位新夫人，曾经是万岁爷册立过的贵妃，众人一传十，十传百，一群乡村妇女，把元夫人当成了天仙，个个上门来拜见。王珠小姐自从嫁了元士会，整天和颜悦色，笑逐颜开。一群村妇天天来和她玩闹着。

这群乡村妇女见了元夫人，四处传说元夫人的美貌，是天上少见，地下难有。郑州的褚官人仗着父亲在京中吏部做官，在家乡横行不法，霸占田土、鱼肉乡民，无恶不作，最坏的是爱奸污良家女子。他仗着郑州刺史是他父亲的门下，整天在街头巷尾寻花觅柳。一天，褚官人听一个少妇说起元夫人的美貌，又听说元夫人曾经被万岁爷册立为贵妃，私自从宫中逃出来，和元相公勾搭上了，带着百万家财逃到乡间。第二天就到元府，要见元夫人。元府的仆役，见他是一个男子，不肯放他进门。褚官人见不到元夫人的面，寝食不安。他和邻家那个少妇，早有私情，于是和少妇商量，借她的衣裙，假扮成妇人混进元府，把元夫人勾搭上手，偷出她的金银珍宝，两人一起享用。邻家少妇听了，连忙拿出自己的衣裙给褚官人，又替他梳了一个云髻。

那少妇有一个小姑，不守妇道，也看中了褚官人，只是她面貌丑陋，褚官人不喜欢她。她眼看着嫂嫂房里藏着一个野男人，闷着一肚子干醋，只因惧怕褚官人，不敢在外面声张。见褚官人乔扮成女人，要混进元府勾引元夫人，于是抢先一步，赶到元府告诉守门的奴仆。那群奴仆跟着主人在京中，耀武扬威惯了，都不是肯省事的人。听了那小姑的话，都当成一件好玩的事，说道："我们等这淫棍来了，把他扒得赤条条的，再打他一顿，他才知道我们元府的厉害呢。”正说着，果然见一个妇人，扭扭捏捏地走来，那小姑见了躲到一边，向门丁努着嘴。一群奴仆立即一拥上去，七手八脚地将那妇人身上的衣裙扯成碎片，顿时一个男子的身体露了出来。大家拳脚交加，褚官人两手捧着肚子，拔脚奔逃。但身上脸上被打了十多拳，早就青肿起来。褚官人低着头，逃到家里，也不说话，只往床上一倒，医治了一个多月，才能勉强起床。

病好之后，褚官人立即跑到郑州刺史衙门告密，说元士会诱拐官眷。郑州刺史听了，立即调齐军役，打进元府。不问情由，就把元士会夫妇二人捆绑起来，打入囚笼，带回衙门。元夫人吓得缩在囚笼里，哭得泪人一样。元士会看了，虽然万分心痛，但也无法可想。刺史官捉住了元士会夫妇二人，回衙也不审问。第二天，就亲自押着他们上路，赶往京师。不到半个月工夫，就到了京师。刺史官把元士会夫妇直接送到吏部大堂，那些堂官都认得元士会。只是他娶了王承升的妹妹为继室，这件事众人都不知道。王承升的妹妹，是经当朝万岁爷册立过为贵妃的，元士会竟大胆娶为妻子，这可是欺君犯上的罪，众人都替他捏一把汗。大家商议，看在同僚面上，就把王承升请来了。

元夫人见了哥哥，啼哭不已。王承升只得看在兄妹的情分上，替元士会做一个和事老，送了一笔钱财，打发郑州刺史回去。又把元士会夫妻二人带回家。元夫人在路上，经过一番风霜跋涉，大病了一场。元士会和夫人躲在王府，休养身体。元士会是挂冠而去的人，不敢到外面，怕让人知道他依旧逗留京师，告到上官，又是一个欺君的罪名。好不容易，盼到夫人病体痊愈了，王承升赠送盘缠，送元士会夫妇回郑州。谁知祸不单行，郑州元士会府里已被一群强盗打劫得干干净净，还死了两个仆人。不用说肯定是褚官人做的。褚官人只花了几文小钱，招来一群狐群狗党，乘着黑夜，赶到元府，打破大门，见人就杀，见东西就抢。看守府第的男女仆人，早吓得屁滚尿流，四散奔逃。等到官兵得到风声赶来，他们早已溜得无影无踪了。褚官人这事做得十分保密，连褚官人的妻子也蒙在鼓中。只可怜元士会，为了这位美人，弄得家破人亡，受尽惊慌，历年积蓄下来的官俸和夫人的闺房私蓄，都被抢得干干净净。从此夫妇二人日子也艰难起来。奴仆见主人失了势，也都散了。

元夫人身边只留下一个小丫头，一切家务烹调的杂事，都要元夫人亲自动手。一个脂粉美人，弄得乱头粗服，憔悴可怜。元士会自幼享福惯了，见心爱的夫人日夜辛劳，也只能在一旁叹气。一天，元夫人在厨房做饭，十分疲倦，草草收拾了一下，就去睡了，不小心留下了火种。夜深时，火星爆发，顿时将府第烧着了。元士会从梦中惊醒，见满室通红，千百条火舌扑来，忙抱着睡着的夫人，打算从窗户里跳出去。回头一看，卧房已被火包围了。夫人身上，只穿了一件小红袄儿。元士会鼓着勇气，再冲进屋子，拿了几件破裙袄儿给夫人穿上。左邻右舍都惊醒了，赶来帮着救火。一场火一直烧到天亮，把一座高大府第烧成了灰。元夫人想想自己苦命，又连累了丈夫，呜咽痛哭。元士会忙着劝解夫人，一群闲人围着他们夫妻二人，有拍着手打哈哈的，也有说俏皮话的，没有一个人可怜他们，更没有一个人招呼他们。元士会万分怜惜妻子，扶着夫人到邻居家，求他们暂时收留，讨一碗水给他夫人润润喉儿。谁知二人走到东，东家不理，走到西，西家不睬。说他们二人是晦气鬼，不能让他们把晦气带进门。他们走遍了邻里，邻里们都好像见了鬼一样，把门关得紧紧的。元士会只得扶着夫人，慢慢走到离市街十里远的一座破庙。

夫妻二人双双在神座下席地坐着。一个是朝廷命官，一个是官家小姐，竟弄成现在这样的下场，岂不可怜？元士会呆呆地坐了半天，想到这里有一位八拜至交姓吴的朋友，自己兴盛的时候，姓吴的也得了他许多好处。听说他现在很得意，不如向他借点钱，作为进京的路费，找到了王承升，再从长计议。当下告诉夫人，并把两扇破庙门关起，搬了一块石头顶着大门，又安慰了她几句，然后从庙的后门出去。元夫人亲自关上后门，独自一人坐在神座前等着。她心惊胆战，从辰时等到午时，还不见丈夫回来，急得在神座前痛哭。这一哭，把满腹的忧愁心事都引出来了，哭得泪枯肠断。正哭得伤心时，丈夫在外面打着后门，元夫人去开了门，元士会只是叹气。元夫人连连问："借到银钱了吗？"元士会道："这狗贼，他见我失了势，连见也不见我，只令他家仆役送了一两银子。我赌气丢下银子出来，一连走了四家，都推说没有办法。到最后实在无法可想了，去找了一个新结识的朋友，倒是那新朋友，拿出十两银子。"元士会说着，把银子交给元夫人。

夫妇二人雇了马车进京，谁知到了王府一打听，王承升已经去世了一个多月。因元夫人不肯在宫中做贵妃，母家的人都不能倚势发迹。王承升死了，王夫人却恨元夫人入骨。因此她哥哥死了，也不派人通知她。王夫人因丈夫死了，就把家里的钱财卖给了刑部堂官乔琳。乔琳和元士会素昧平生，两人相见了，元士会问起王承升夫人的地址，乔琳一口回绝，说不知道。元士会夫妇二人，到京师扑了一个空。真是上天无路，入地无门。回家没有盘缠，留在京师，处处招人白眼。官家是最势力的地方，见元士会失了势，还有谁肯帮他？元士会私娶了宫中的退妃，让万岁爷知道了还有罪名，因此元士会夫妇二人，也不能留在京师。最后两口子竟沦落成乞丐，到其他州县叫化为生了。

德宗在位，罢了杨炎的相位，任用右仆射侯希逸为司空，前永平军节度使张镒为中书侍郎。同平章事希逸上任不久就死了，张镒性情迂缓，没有一点宰相的气度。只有卢杞仗着德宗的宠信，在位的时间久了，就乘机揽权，倾轧同僚。因为杨炎的权力在自己之上，诸事不便，就决计排挤杨炎。杞府中有一个谋士，想了一条栽害杨炎的计策。杨炎新立的家庙，靠近曲江离宫。开元年间，萧嵩想在那里立私祠，玄宗因为那里有王者气象，就不许萧嵩在那里立私祠。如今杨炎胆敢违背祖训，在那里立家祠，杨炎明显有谋篡的异志。奏章一递上去，果然不出那谋士所料，德宗看了大怒，立即降杨炎官阶为崖州司马，遣派八个禁兵，押送前去。卢杞用了些银钱，叮嘱禁兵在半路上把杨炎缢死。德宗以为卢杞是好人，就封他为丞相。郭子仪在军中得知了，叹着气道："这人得志，我的子孙就都要遭殃了！"

建中二年六月，郭子仪患病回京。满朝文武，都到大将军府中探问病情，卢杞也来问候。郭子仪是一位风流福将，他平时在军中，随军带的姬妾很多，都美貌如花。每次郭子仪见客，姬妾也侍立在一旁，毫无羞涩之态。遇到常见的宾客，姬妾们也夹在里面歌唱谈笑，毫不避忌。一听中军官报告说卢丞相到，郭子仪先令房中姬妾避去，然后才请卢丞相进来相见。卢杞离开后，有人问郭子仪："这是为什么？"郭子仪说道："卢杞貌恶心险，妇人见了必然受到惊吓，难免有失态的地方。卢杞多疑，让他看见妇人笑他，徒然招来怨恨。我正担心子孙受到他的祸害，怎么会自招嫌隙呢？"宾客听了，都佩服郭子仪见识深远。这次郭子仪抱病回京，病情沉重。德宗十分敬重元老，令侄子舒王李谟，带着圣旨探视郭子仪。郭子仪病倒在床，不能起身，只在床上叩头谢恩。舒王转身出去，郭子仪就死了，享年八十五岁。德宗皇帝得了丧报，非常悲伤，停止坐朝，下诏令众臣到郭府唁吊，丧费全由朝廷支付，追封郭子仪为太师，配享代宗庙堂。

郭子仪身为上将，为人谦和，又忠心耿耿。当时朝中无论忠奸，一听到郭子仪，没有不敬重的。田承嗣是当时最有威权的大臣了，郭子仪曾派人到魏州。田承嗣听说郭子仪派的人来了，不禁向西下拜，对那人说道："我多年来从不向别人屈膝，但是今天应该拜汾阳王。"郭子仪的威德，就是如此让人敬重。当时有个李灵曜，占据汴州城造反，不问公私物品，一概劫下。郭子仪在汴州有私宅，李灵曜丝毫不敢损坏宅子里的器物，还派遣兵士护送汾阳王的器物出汴州。德宗时郭子仪二十年来，以一身保天下安危。家中子弟三千多，七子八婿都是高官。孙子数十人，早晚都到郭子仪房里问安。

当时传下一个故事。当初郭子仪从华州原籍从军塞外，因为进京催要军饷，回到银州。这天正是七月七夕，忽然风起走石，月色无光。郭子仪在马上，不能分辨道路，就到路旁找到一所空屋，席地而睡。正蒙眬入睡的时候，忽然四面墙壁红光齐发，光从屋外射进。郭子仪大惊，走到庭心，只见一辆七宝云车，从空中冉冉降下。车中坐着一个美女，端庄美貌，仙骨不凡。郭子仪心中若有所悟，连忙拜倒在地，说道："今天是七月七夕，你必定是织女星官。愿赐长寿富贵。"只见那仙女嫣然一笑道："大富大贵大寿！"说完，云光合上，彩舆慢慢升到空中消失了。后来女仙的话果然应验了，郭子仪既大富大贵，又得以寿终正寝。当时史官称郭子仪权倾天下，福德双全。

·朱泚变节·

自从郭子仪死后，唐室天下从此多事。先是李宝臣作乱，后来又有田悦之乱、朱滔之乱。当朝大臣不但不知道改过，反而更加虐待百姓。德宗皇帝一面任命李怀光为朔方节度使，征讨田悦、朱滔；一面大肆搜刮长安富商家财，接济军费。当时判度支官杜佑，想出各种苛刻的赋税，百姓不胜劳苦。有些软弱的百姓，受不了官家的逼迫，自己缢死。德宗又令判度支官遍查都民税粟，强行借去四分之一，先后共搜刮二百万缗。都城百姓人人惊慌，见官兵如见盗贼。第二年，德宗又改任赵赞做判度支官，赵赞又设了名目繁多的税收。百姓叫苦连天，皇帝却一点儿也不知道。搜刮了民膏民血，送到军中。谁知各路军将打仗，还不肯齐心协力，总是你推我诿。

接着李正己、梁崇义、惟岳等人，又四处造反。李希烈、朱滔两路叛兵，来势最为凶猛。官家兵马，见了贼兵就败。军情报到京师，德宗万分焦急。这时保卫京师的，只有李勉、刘德信两路兵马。德宗没有办法，只得把这两路人马调去救应东都。又命舒王李谟为荆襄等道行营都元帅，户部尚书萧复为元帅府长史，右庶子孔巢父为左司马，谏议大夫樊泽为右司马。又调回泾原一带的将士，让他们一同东行。泾原节度使姚令言奉了皇命，率领五千泾原兵士，回到京师。当时大雨磅礴，兵士们冒雨兼程，又冻又饿，好不容易才到了京师。不料京兆尹王翃奉旨犒师，只给将士们吃了一餐粗饭菜汤，此外没有任何赏赐。那五千兵士看了，心中大怒，把饭菜泼在地上，用脚踏成泥，嚷道："我们替皇帝冒死杀敌，怎么连一餐像样的饭也没有？这要我们怎么为皇家拼命？琼林、大盈两库满是金帛，朝廷如此小器，不肯分丝毫给我们，我们难道不会自己动手？"说完，五千人立即披甲张旗，向京城冲来。

姚令言从宫中出来，忽然听到兵变，急忙上马赶到城外，对众人大声传谕劝阻。军士们一声吆喝，拥上来把主帅团团围住，鼓噪着走到通化门。这时德宗在宫中，得知兵变的消息，急忙令总管太监出城抚慰军心，每人赏给一段彩帛。军士们见了彩帛，大声骂道："我们难道是为了这区区彩帛来的吗？"其中有一个箭手，弯着弓搭上箭，嗖的一箭射去，直中太监的咽喉，太监倒地而死。众人一哄，打进了京城，见人就杀，见东西就抢。百姓们拖儿带女，哭着四处逃奔。乱兵对百姓大声喊道："我们是来保护你们的，你们的财物暂时借给我们用用，等打倒了朝廷，就不收你们的税了。"兵士反乱的事，早有朝廷官员报到宫中。德宗非常震惊，忙令太子及翰林学士姜公辅同出朝门劝慰。乱军列阵丹凤门，举着手中的弓箭，大声鼓噪着，根本听不进话。太子返身逃进宫中，德宗急忙传手谕令禁兵挡住乱军，谁知竟无一人前来。

德宗见召不到禁兵，慌乱起来，忙左手拉着王贵妃，右手拉着韦淑妃，带着太子和公主，从后苑逃出北门。仓促之间，连玉玺都没来得及拿。德宗逃到北门外的十里长亭，坐下略微休息。宦官窦立尝、霍仙鸣，带着一百多个内监随侍一旁。过了一会儿，普王李谊也带领一队兵士前来护驾。德宗命普王李谊为前驱，太子为殿后。司农卿郭曙、右龙武军使令狐建也赶来护驾，共有五六百名兵士，姜公辅叩马奏道："朱泚从前也是泾原军元帅，后来因为作乱，被废了功名，闲住在京城。现在的乱兵全是朱泚的旧部，一旦他们奉朱泚为主，势必难以除掉。陛下不如趁现在把朱泚召来同行，免除后患。"当时德宗十分慌张，也无暇顾虑这些，没有听姜公辅的话，只一味催逼着人马向西前进。

乱军在丹凤门外许久不见圣旨出来，猜想皇帝可能已走了，纷纷拔出利剑，上去砍破宫门，直接冲入含元殿，大掠琼林、大盈两库。京师百姓怨恨皇帝苛敛他们，也乘势进宫窃取库物。一座壮丽的宫殿，闹得破碎狼藉。乱兵无主，扰乱不休。姚令言去找朱泚商议，因为径原将士都是朱泚的旧部。朱泚讨平刘文喜后留镇泾原，封为太尉。谁知朱泚的兄弟朱滔举兵反叛，用蜡丸封密信，派人送给朱泚。半路上送信的人被马燧部下捉住，送到京师。德宗召朱泚入朝，把朱滔的书信拿给他看。朱泚看后，十分惶恐，叩头请求一死。德宗知道他们兄弟隔得远，不能同谋，但为了防止朱滔再来诱惑朱泚，就把朱泚留在京中，赐他府第，给他俸禄。乱兵攻入京城，一时六军无主，姚令言提议拥戴朱泚为主帅。泾原兵士听了，人人欢喜。姚令言亲自领着乱军来到朱泚府第。朱泚一再谦让，乱兵围在府门外不肯散去。一直拖延到半夜，姚令言劝朱泚以社稷为重，出来稳定大局，朱泚才答应下来。

五千名乱兵举着火炬，前呼后拥，把朱泚送入宫。朱泚半夜在含元殿升座，传令兵士不得妄动。第二天，朱泚又迁居北华殿，当即发下榜文："泾原将士远来赴难，不懂朝廷规矩，驰进宫阙，惊动圣驾西出巡幸。现由太尉总掌六军，所有神策军士及文武百官都赶往行在。不能前去的，立即报告本司。三天之后核查，没有名字的，杀无赦！"满京城的文武官员，见了朱泚的榜文，才知道德宗已经西出。卢丞相和新任同平章事关播，深夜爬出中书省的后墙，混出城了。神策军使白志贞、京兆尹王翃、御史大夫于颀、中丞刘从一、户部侍郎赵赞、翰林学士陆贽、吴通微等大臣，陆续赶赴行在。直到到了咸阳，才见到圣驾。德宗传旨，车驾转赴奉天。奉天太守听说万岁驾到，不知道是什么原因，顿时惊慌起来，想要逃到山谷里去。主簿苏弁在一旁劝道：“天子西来，作为太守，按理应当出城迎接。如果逃匿，反而会招来罪责。”奉天太守听了觉得不无道理，就勉强镇定心神，出城将天子的车驾迎接进城。

各路将帅，打听到万岁爷来到奉天，纷纷前来朝见。左金吾大将军浑瑊，从东京赶来，奏称朱泚占据京师作乱。德宗听了大惊，说：“朱泚是忠义之臣，怎么会做出这样大逆不道的事？”卢杞当时正在天子身旁，极力说朱泚忠诚，绝不会作乱，并愿做担保。德宗听信了卢丞相的话，一面令浑瑊担任行在都虞侯，兼京畿渭北节度使，下诏征召各路兵马前来支援；一面写诏给朱泚，命他早点平定大难，迎回乘舆。诏书写好了，准备用玉玺盖印时，德宗才想起当时仓促出宫，忘了带玉玺。诏书上没有玺印，是发不出去的。德宗万分焦急，回到宫中长吁短叹。王贵妃随侍左右，见万岁爷神色忧郁，问道：“朝中什么事让万岁爷这么忧虑？”德宗就把丢了玉玺的事说了。王贵妃听了，不慌不忙地从绣枕下拿出玉玺来。德宗一看，果然是玉玺，忙问：“爱妾从哪里得来的？”王贵妃奏道：“臣妾见万岁爷仓皇出宫，把玉玺遗留在书案上。贱妾知道这是天子的信物，不能遗失，就带了出来，一直藏在枕头下。不是万岁爷说起，臣妾几乎忘了。”德宗欢喜得拉住王贵妃的手，连呼爱妾，从此天天宠幸王贵妃。

朱泚原本是个忠义大臣，怎么忽然变了心，竟然造起反来了呢？说起这罪魁祸首，正是姚令言和光禄卿源休二人。光禄卿源休曾奉命出使回纥，一番辛劳之后却没有得到重赏，心里颇有些怨恨。见天子西去，京师里六军都由朱泚掌控，就在夜里去见姚令言，商量叛乱的事。姚令言听了十分惊慌。源休说道：“将军这次率领泾原将士来京，士兵作乱害得皇上西巡，这是灭族的大罪。将军如果不反，天子回銮以后，将军能保全身家性命吗？”姚令言听了，忙起身把源休邀到密室细细请教。源休说道：“如今六宫无主，朱泚手握重兵，正是千载难得的机会。我有一计可以逼朱泚造反，如果大事能成，再设法除了朱泚这个傀儡；如果事情不能成功，将军就杀了朱泚自首。罪魁祸首是朱泚，而不是将军，将军何乐而不为呢？”姚令言听了，忙问源休有什么妙计，能逼朱泚造反。源休笑道：“将军难道忘了当年太祖在晋阳宫的事吗？”姚令言听了，恍然大悟。

第二天姚令言就在北华殿大设筵宴，请大元帅朱泚入席饮酒。当时陪席的有光禄卿源休、检校司空李忠臣、太仆卿张光晟、王部侍郎蒋镇、员外郎彭偃、太常卿敬钉等人。众人在饮酒的时候，百般奉承着朱泚，你劝一杯，我敬一杯，称他圣雄、豪杰，把朱泚捧上了天。朱泚初担大任，原本十分谨慎。他在宫里坐着万岁爷的龙椅，睡着万岁爷的龙床，出入有禁军拥着，起坐有宫女太监伺候着，心中十分快乐。

帝王之念，油然而起。只是他一向忠顺，又碍着众人的脸面不好意思做出叛君的事。被众大臣劝着酒，一杯杯下肚，已经有了七八分醉意。一阵阵笙歌入耳，一队队舞姬近身，轻歌曼舞，艳美撩人。朱泚这次入宫，六宫妃嫔三千人个个吓得躲在后宫，不敢出来。朱泚也因她们是帝王的眷属，不敢亵渎，因此占领宫殿一个多月以来，都住在北华殿，始终没有窥探后宫。

姚令言悄悄进宫劝着众位妃嫔道："朱大将军有保护宫廷之功，明天朝中大臣公宴朱大将军。你们的性命，都在他手上。明天宴会，要选几个绝色的美人，在筵前歌舞。只有大将军快乐了，你们才能长保安乐。"妃嫔听姚将军这么说，只得答应。姚令言知道宫中最擅长歌舞的是虞贵嫔，长着绝世容貌。德宗每次听完歌舞，都要召幸她。只因韦淑妃嫉妒心重，每次都阻止德宗召幸虞贵嫔，虞贵嫔为此十分恼恨韦淑妃。这次天子蒙尘，王贵妃和韦淑妃都随着万岁爷西幸，独有虞贵嫔被丢在宫中。她又惊慌，又气愤。姚令言深知虞贵嫔的心事，悄悄叮嘱虞贵嫔道："只要你好好伺候朱元帅，得了好处，就一定能宠冠六宫。那时不但你能扬眉吐气，我也能借此攀龙附凤，富贵无极。"虞贵嫔听了，就起了做皇后的念头。

第二天，虞贵嫔领了舞姬上殿歌舞，打扮得妖冶动人。朱泚当时正被众人灌得醺醺大醉，酒力壮了色胆，他见这群舞姬个个长得天仙一般，领队的虞贵嫔尤其出众，袅袅娜娜，艳冶无双，朱泚不禁看呆了。姚令言暗地里留心看着，知道是时候了，悄悄地向众人递过眼色。众人会意，一个个悄悄溜下殿来。

虞贵嫔跳着唱着，娇喉如黄莺般圆脆，扭着杨柳一般轻柔的细腰，慢慢地移近朱泚身旁。朱泚心痒难耐，悄悄伸出一只脚，踏住虞贵嫔的裙摆。虞贵嫔一时站立不住，柳腰儿一折，眼看就要倒下地了。朱泚趁势伸手握住虞贵嫔的玉臂。虞贵嫔一缩手，媚眼斜觑着朱泚，娇羞地笑着。这一笑千娇百媚，把朱泚的魂儿，都勾到九霄云外去了。此时朱泚也顾不得什么君臣大义了，一转身，伸出两手把虞贵嫔的纤腰往怀中一抱。虞贵嫔趁势贴着朱泚，走进春华宫了。当晚朱泚就留宿在虞贵嫔的宫中，一连四天都没有出来。

姚令言每天在宫门外探听，宫中笙歌嬉笑声不绝。这时朱泚只顾眼前的快乐，早把君臣之义忘得一干二净了。姚令言邀集了李忠臣、张光晟、蒋镇、彭偃一、敬钉等文武大臣，上了一道劝进表，劝朱泚应天顺人，接了唐家天下，登皇帝位。朱泚看了表文，犹豫不决。姚令言进宫，对朱泚大声说道："现在造反是死罪，不造反也是死罪。元帅已经占据了唐家宫廷，也奸污了唐家宫眷，还有什么退路呢，还犹豫什么呢？"朱泚听了，点头称是。随后，光禄卿源休也进宫来劝朱泚称尊。

朱泚忽然想起了段秀实。段秀实是国家元老，京师军民人人爱戴他。只因他秉性忠诚，敢言直谏，当时奸臣卢杞等人都不能容他，常常在皇帝跟前说他的坏话，设计陷害他。段秀实因此弃官回家，整天在家闭门读书，不问外事。朱泚要做皇帝，心想如果段秀实能出来帮助自己，自己就能让百姓和京外各路官员信服。朱泚和众人商量妥了，当即派遣一队骑兵，拿着军中令箭，去召段秀实进宫。

段秀实早已打听到朱泚有谋反之心，于是紧闭大门，不放骑兵进门。骑兵见无门可入，就从后面翻墙进去，硬逼着段秀实进宫。段秀实知道此去凶多吉少，叫来家中子弟嘱咐了后事才进宫。朱泚见段秀实来了，非常欢喜，笑着说道："司农卿来了，我的大事就成了！"段秀实正色说道："将士东征，犒赐不丰厚是有司的过失。将军以忠义闻名于天下，应当抚慰将士，扫清宫禁，迎回圣上，恪尽臣职，这才是大功啊。"朱泚听了，心里很是惭愧，默默无言。

段秀实出宫，悄悄请来将军刘海宾和泾原将吏何明礼、岐灵岳，商议诛杀朱泚。正在这时，德宗派遣金吾将军吴淑来京师慰问朱泚。朱泚假装受命，把吴淑留下。私下却派遣泾原兵马使韩旻率领三千铁骑，直取奉天，一路扬言迎皇帝銮驾回京。岐灵岳探得消息，忙告诉段将军。段秀实听了大惊，说道："事情危急，只能以诈应诈了。"随即让岐灵岳到姚令言军中偷来兵符，说朱元帅另有机密，星夜把韩旻的战骑追了回来。

段秀实明知这次自己必定要死在朱泚的手里，就对岐灵岳说："韩旻回来，盗取兵符的事必然败露。后果我一人承担，绝不拖累各位。"岐灵岳道："将军是国家柱石，应该留下来匡扶社稷。现在事情危急，这事就让灵岳一人承担。日后如果能诛杀逆贼，灵岳死也瞑目！"正说着，韩旻的兵马回来了。朱泚十分诧异，当着众将问道："是什么人追回的？"岐灵岳这时正在门外，听了朱泚的话，立即挺身而入，用手指着朱泚说道："天子蒙尘在外，臣子本该尽忠，守卫天子，怎么能派兵袭击天子？灵岳生为大唐忠臣，不能袖手旁观，就盗了兵符追回韩旻。你这奸贼，敢拿我怎么样？"朱泚听了，怒不可遏，喝令左右将岐灵岳推出宫门斩首。岐灵岳临刑时，依旧骂不绝口，至死也没有说出主谋。

·安乐王刺贼·

朱泚急于称帝，天天召源休、李忠臣、姚令言进宫商议。段秀实一直借口有事，拖延着不去。朱泚再三派人，催逼段秀实进宫商议大事。段秀实没法，只得进宫。一走进殿门，就看见源休手里拿着牙笏，恭恭敬敬地对朱泚行着君臣之礼。段秀实怒不可遏，一脚跨到朱泚眼前，夺过源休手中的牙笏，向朱泚脑门上打去，厉声呵斥道："狂贼！敢做大逆不道之事，就该碎尸万段。我是忠义男儿，岂会追随你这个逆臣贼子？"朱泚慌忙往后退着，用手护着头。然而牙笏已经打到朱泚的额头上了，顿时血流满面。段秀实还要打，李忠臣、姚令言等人赶紧上来拦住。随即上来三四个兵士，按住段秀实。段秀实大声说道："士可杀不可辱！今天我杀贼不成，被贼杀了我也无悔。"众兵士立即乱刀齐下，把段秀实砍倒在地。朱泚见了，良心发现，忙向众人摇手说道："这是义士，不能杀！"已经来不及了，段秀实的尸首，早已经成了肉泥。

段秀实一死，京师的忠义大臣，个个悲伤愤慨。何明礼是段秀实的同谋，也被朱泚斩首。刘海滨随后也被朱泚抓去杀死。凤翔节度使张谥部下的营将李楚琳，杀死张镒，率领全部兵马投降朱泚。这时朱泚羽翼已成，罪名也更重了。一不做二不休，朱泚索性迁居宣政殿，自称大秦皇帝，改元应天，立虞贵嫔为皇后，立兄长的儿子朱遂为太子，弟弟朱滔为冀王太尉尚书令，为皇太弟。姚令言、李忠臣等人拥立有功，封姚令言为侍中，李忠臣为司空，源休为中书侍郎，蒋镇为门下侍郎，蒋链为御史中丞，敬钉为御史大夫，彭偃为中书舍人。其他如张光晟等人，都被封为节度使。

当时太常卿樊系颇有文才，朝廷中人都十分敬重他。朱泚登位的时候，姚令言说樊系文章好，要他撰写册文。樊系对朱泚的叛君行径感到不齿，不肯上朝称臣。朱泚命一队武士到樊系家里押着他进宫。左右太监拿剑逼着樊系撰写册文，樊系无奈，只得执笔。写完册文，樊系走下殿向西跪倒，号啕大哭。朱泚在殿上见了大怒，喝令武士将樊系推出朝门斩首。樊系当即低头往石柱上一撞，脑浆迸裂而死。大理卿蒋沇，也不甘心在朱泚殿前称臣，悄悄溜出京城，打算逃奔奉天。路上被朱泚派兵抓回宫，硬授给他官职。蒋沇只得绝食称病，逃到山谷里躲着。

这时朱泚霸占了大唐德宗的宫廷，在两千个宫女中挑选了三百个年轻貌美的女子，日夜淫乐，其中也包括安乐王妃。安乐王是德宗皇帝的侄子，安乐王妃是王皇后的外甥女，常常留住在宫中，陪着皇后游玩。这次兵变安乐王妃来不及逃出宫，就躲在了后宫。朱泚临幸后宫，看见一个容颜秀丽的女子，不问情由就把她奸污了。第二天，安乐王妃乘人不注意的时候，悬梁自尽。安乐王因王妃被困在宫中，一直在宫外守着，不肯离京。后来打听到他最心爱的王妃被朱泚奸污，含羞而死，安乐王气得在家里，几次哭晕过去。

安乐王气愤难忍，拿出家里所有的金银珍宝，买通了宫中的一个宿卫。宿卫悄悄把自己的衣帽，借给安乐王。安乐王假扮成宿卫，藏着利刃混进宫。半夜的时候，悄悄潜伏在锦华宫的东廊下面。锦华宫是虞贵嫔的住处。朱泚荒淫无度，每夜临幸过虞贵嫔以后，还轮流到各个心爱的妃嫔房中寻欢。每夜至少要临幸五六个妃子，直到天亮了，才回锦华宫安寝。锦华宫东廊下面，是朱泚来往的必经之路。安乐王打听清楚后，就静静地在廊下守着。

景阳钟报过三更，果然有两个小太监领着朱泚从宫中走出来，身后紧跟着两个宿卫。这时凉月当空，当朱泚走到跟前时，安乐王从怀中拔出一柄短刀，刀光映着月光，反射到朱泚的眼睛里。朱泚故意装作没发现，慢慢地走着，突然抬起右脚，用力一踢，安乐王手中的匕首被朱泚踢落在地。朱泚见刺客没有了刺刀，立即纵身上去与刺客扭打起来，二人倒在地下一阵乱滚。朱泚是大将出身，安乐王只是一个娇生惯养的王爷，不一会儿就被朱泚反绑起来。拿来红灯一照，朱泚才认出是安乐王，立即传谕交刑部堂官严刑审问。

文武大臣听说大秦皇帝在宫中受了惊吓，都到宫中请安。源休痛恨唐室天子，乘机劝朱泚剪除唐朝宗室，以免留下后患。朱泚当即下谕，关闭六城，把京城中所有的皇室宗亲一一抓来。不论老少男女，一共七十七人。又抓到藏匿在家的官员、逃亡在外的文武官员的眷属，共两百多人。然后将他们全部押赴西郊斩首，从此满京城都是朱泚的同党。

朱泚每天受着百官的朝贺，竟然称孤道寡起来。接连几天都有探马来报，说唐德宗皇帝困守奉天，粮尽援绝，士无斗志。朱泚当即率领十万大军，自封征西大元帅，姚令言为副元帅，浩浩荡荡杀奔奉天。奉天城里的德宗皇宗，得了消息，十分焦急。这时，右龙武将军李观率领一千卫兵赶到，德宗令他速速备战。李观只有一千兵士，怎么敌得住十万大军？李观只好在奉天城竖起招兵旗，三天招了五千新兵，在城里加紧训练着。德宗正苦于军械不足，泾原兵马使冯河清令将士押来一百车兵器。

右仆射崔宁从京师奔来奉天，叩见德宗，奏说朱泚杀戮宗室，占污宫眷。德宗听了，不禁流下泪来。崔宁足智多谋，是个忠臣，德宗皇帝很看重他，当下慰劳了他一番。崔宁退出宫，悄悄对众大臣说道："主上本来十分英明神武，只是被奸贼卢杞所误，才导致了今天的局面。"当时的文武大臣，大半是卢杞的同党。有人把崔宁的话告诉了卢杞，卢杞大怒，与王翃商议模仿崔宁的笔迹与朱泚通信。卢杞拿着假信给德宗，又说崔宁从朱贼那里来，陛下不可不防。德宗看了假信，又听了卢杞的话，大怒起来，立刻召崔宁进帐。崔宁奉诏进帐，见帐内静悄悄的没有一个人，正要退出帐，这时两个大力士跳出来，把崔宁活活勒死。

那时朱泚已经兵临城下。德宗令浑瑊督率城中将士，奋力御敌。浑瑊令都虞侯高固，用草车塞住城门，纵火御敌。烟焰向外扑去，城中的兵士从火中杀出，挥舞着长刀乱砍，杀死了许多敌兵，敌兵才退下去。朱泚亲自拍马上来救应，在城东列阵。邠宁留后韩游环带领士卒，整夜在城上守着。见城外兵士乘夜拆毁西明寺，韩游环料知敌兵是想借用寺院木材，做成云梯攻城，于是立即命兵士赶造火箭。第二天，朱泚果然带领兵士，搬运云梯来攻城。城里火箭齐发，云梯着火就燃，敌兵纷纷从梯上坠地而死。朱泚见不能取胜，就收兵退去，远远地围住城池，不放一人一马出城。

这时城里兵士已经不多，粮食也渐渐不能接济了。德宗坐在围城里，万分焦急。妃嫔公主们躲在屋子里，听到外边喊声震地，个个吓得玉容失色。德宗也只是长吁短叹，无计可施。内侍常德随侍德宗六年了，为人忠诚，见主上愁得寝食不安，就跪奏道："万岁爷有告急密旨吗？奴才愿拼死冲出城叫来救兵。"德宗听了大喜，说道："朕的心腹之臣只有朔方节度使李怀光，还拥兵数万可以救朕。你冒死前去告急，如果李怀光发兵救了奉天，朕一定记你头功。"说着，写下密旨交给常德，君臣二人在宫中挥泪作别。

常德扮成樵夫，在三更时分悄悄出城。浑瑊派一队兵士，送他出城，远远地保护着常德，偷偷越过朱泚的营地。正走着，一声梆子响，朱泚营中的守夜兵士，立即射出数十箭，一箭正中常德的腿腕。常德应声倒地，肩窝、背脊上也连中了四箭。常德痛彻心骨，一时站不起来。敌兵一拥而上，正要下手抓住他，常德大喊一声，从地上跳起来，连滚带爬，滚到草木深处去了。敌兵用枪尖拨着草根，四处找着。

城里的将士在后面大喊，扑上前去叫战。敌兵见有兵士前来叫战，以为自己中了伏兵，也无心恋战，边战边退回兵营去了。

第二天，朱泚又得了幽州散骑和普润两路兵马前来助攻。敌兵的声势越来越浩大，城中的兵士都吓得手足无措。左龙武大将军吕希倩出城应敌，被敌兵杀死。浑瑊和高重捷出兵接应，杀死了朱泚手下大将日月。高重捷恋战不退，被朱泚亲自赶来，斩死马下。朱泚随后指挥大队人马，直逼城下，奋勇攻城，恨不得把奉天城立刻踏平。城里的浑瑊、韩游环二人，昼夜血战，勉强守住城池。这时城中的粮道早已被敌兵断绝，城中只剩下两斛白米，是留着给皇帝吃的。满城文武官员及大小将士，个个都饿着肚子抵抗。

满城将士大臣饿了三天，德宗早朝的时候，见大臣个个面黄肌瘦，嗓音低哑，目光无神。德宗流着眼泪道："都是朕一个人的错，卿等无罪。为今之计，各位爱卿还是将朕绑送给敌人，开城投降吧。这样不但能填饱肚子，还能保住富贵。"德宗说到这里，呜咽起来。文武官员，都拜倒在地，流泪奏道："臣等愿意至死效忠陛下。"浑瑊令兵士每夜缒出城，趁敌兵静睡的时候，在城根下挖掘草根，剥取树皮，运进城中充饥。每天还哭着劝慰将士，晓以大义。因此兵士们虽然饥寒交迫，但都毫无变志。但兵士们每天吃一顿树皮草根，怎么能抵御贼寇？一群饥饿的兵士，天天在城墙上守城，都有气无力的。

正危急的时候，城外忽然推来四架云梯。这些云梯高数丈，下面安着巨轮。每架云梯上站着五百个兵士，箭如飞蝗从四面射进城中。敌兵据高临下，城中兵士一排一排地中箭，号哭之声惨不忍听。浑瑊在城上督战，身中数箭，支持不住了，才去奏明皇帝。德宗听说城池旦夕之间就要沦陷，也无计可施，只是流泪。侍从臣子面面相觑，束手无策。德宗挨到夜静更深的时候，沐浴更衣，当庭设下香案。王贵妃在一旁伺候着，德宗含泪哀求上天，又遥拜宗庙社稷，祈求能保住唐朝天下。

第二天，浑瑊又来奏说："兵士死亡殆尽，应再招募兵士。"德宗说道："只要有忠勇将士保住城池，朕绝对不吝惜功名重赏。"浑瑊哭道："万一城池被贼兵攻破，臣决心一死报答陛下！陛下一身关系宗社，应早想良策。"德宗听了，凄然起身握住浑瑊的手，说道："朕不会忘记将军今日之功的。"说着，亲自送浑瑊走出宫门。这时守宫卫士，都上城御敌去了。太监也各自逃命，德宗皇帝在宫门口出入，身边没一个侍卫。君臣二人，正走到宫门口，忽然听到外面一声巨响，好像是城墙塌了。德宗和浑瑊顿时大惊，浑瑊急忙辞别出宫，飞马赶到城下，幸好城墙依然完好。

城外烟焰熏天，并有一股臭气迎面扑来。浑瑊十分诧异，急忙上城瞭望，只见城外敌兵纷纷逃散，后面敌军营中，火光冲天，哭声震地。原来朔方节度使李怀光，接了德宗的密旨，就带领大军，星夜赶来。快到奉天时，李怀光登山一望，见敌兵声势强盛，漫山遍野立着营头。知道只可智取，不可力敌，就偃旗息鼓，悄悄地把人马驻扎在深山密林里。朱泚一味攻打奉天城池，不把后路放在心里。不料李怀光令数万兵士，日夜挖掘，从地下挖了一条长长的地道，通到朱泚中军帐下。这条地道，足足挖了半个月才挖成。李怀光命人在地道里塞满硫磺火药。这天朱泚亲自督阵，正在奋力攻城，忽然听到自己营地上一声巨响，数千兵士的尸身都轰到天上去了。朱泚心中万分慌张，急忙麾兵退去。正想逃跑，李怀光率领兵士，冲杀过来。朱泚抵挡不住，急忙带了数百残兵，落荒逃回长安城。

奉天城解了围，德宗心里万分欢喜。李怀光打退了贼兵，急着进城觐见天子。谁知李怀光才走到城门口，中使就捧着圣旨来到城外，拦住李怀光，传旨到："皇上有命，李将军不必入城，速带本部兵马收复长安。"李怀光听了，不禁懊恨道："我大老远的赶来御敌勤王，近在咫尺却不能见到天子，这肯定是奸臣卢杞从中搬弄是非。"原来卢杞、白志贞、赵赞等奸臣，见危机已解，自以为有保驾之功。忽然听说李怀光带领大军进城，有入城清君侧的意思。卢杞心生一计，急忙进宫奏道："朱泚兵锋受挫，退守长安。李怀光千里来援，锐气正盛，不如令他继续追击，急攻长安，乘胜平贼。"德宗十分听信卢杞，立即派中使去传旨。李怀光奉了圣旨，只得领着本部人马，转奔咸阳。李晟也带着兵马前来勤王，来到了东渭桥。卢杞劝德宗下旨，阻住李晟进宫朝见，令他与李怀光一同攻打长安。

李晟在咸阳遇见李怀光，二人说起卢杞专权，十分愤慨，就一同上表斥责卢杞、白志贞、赵赞三人。德宗正信任卢杞等奸臣，见了奏本，不忍心革去卢杞、白志贞、赵赞的功名。李怀光见皇帝不听信自己，心中气愤难耐，就与李晟接连上了十道奏本斥责卢杞等奸臣。并把军队驻扎在咸阳城外，拥兵不进，声称天子不准他的奏，他就回师直攻奉天，先清君侧再除逆贼。随从护驾的臣子人人在德宗跟前，指斥卢杞等人的罪状。今天也说，明天也说，说得德宗皇帝也动摇了，于是下谕贬卢杞为新州司马，降白志贞恩州司马，赵赞为播州司马，并下谕安抚李怀光、李晟。李怀光又上奏斥责宦官翟文秀，说他恃宠不法，应当诛杀。德宗虽然舍不得杀翟文秀，但国势危急，全赖将帅匡扶社稷，不得已杀了翟文秀，然后催促李怀光进兵。

·杨氏助夫守城·

德宗皇帝依了李怀光的奏章，把卢杞等奸臣降官，又杀了宦官翟文秀，希望李怀光进兵长安杀了朱泚。谁知李怀光依旧屯兵咸阳，不肯进兵。考功郎中陆贽，上表劝皇帝下罪己诏。德宗也依了陆贽，颁下大赦的诏书和罪己的诏书。王武俊、田悦、李纳三个人见皇帝不追究他们的罪责，纷纷去了王号，上疏谢罪。朱泚罪在不赦，见了诏书自然没什么反应。李希烈见了皇帝的罪己诏，知道德宗懦弱无能，野心更大了。他自恃兵强，就想自立为帝。

忽然德宗得到密报，说李怀光也有反意。德宗大惊，想到奉天城中兵马空虚，一旦事起，必然无兵可战。于是德宗就和浑瑊商议，打算再招士兵。浑瑊奏说："如今人心慌乱，已经没有人再肯应招了。况且刚刚招募的士兵，也不能立即应战。为今之计，不如向吐蕃借兵。"德宗皇帝听了，立刻修了国书，命陆贽前往吐蕃借兵。吐蕃的大丞相尚结赞，得了德宗的御书，派遣大将论莽罗统率两万士兵前来援救中国。李怀光得到消息大怒，立刻上疏德宗道："向吐蕃借兵，有三不利：如果攻克京城，吐蕃必然纵兵大掠；吐蕃立了大功，必然谋求厚赏；吐蕃兵到了必然观望不前，我军胜了，他想着邀功，我军战败，他就必然生变。"德宗读了李怀光的奏本，觉得他的话说得也很有道理。这时吐蕃大军已经到了边关，德宗忙令陆贽去止住吐蕃人马。吐蕃将士见中国皇帝疑惑不决，心中很有怨言。

李怀光见皇上自己的人马不用，却去向吐蕃借兵，显然是不信任自己了，造反的心思因而更重了。李怀光上表德宗，说他不信任自己，言语中颇有怨恨之意。德宗心中不安，就亲率六师，直趋咸阳。令李怀光兵马前进，攻打长安。李怀光得了消息，以为德宗皇帝要亲自来抓他，就与部下图谋大事。正慌张时，忽然圣旨来到，加封李怀光为太尉，赐他铁券，并说永不加罪他。德宗本来是要安李怀光的心，无奈李怀光这时已决心造反，他当着中使的面，把铁券扔到地上，大声说道："我李怀光本不想造反，现在皇上却赐我铁券，这不是逼我造反吗？"中使吓得缩着脖子，转身逃跑。

事已至此，李怀光索性竖起反旗，派人与朱泚连成一气，共讨唐室。朱泚与李怀光结为兄弟，约定灭了唐朝之后两家平分天下，并拿出十万黄金和彩缎，送给吐蕃将士。吐蕃兵得了好处，也不愿帮助唐天子了，偃旗息鼓回国去了。德宗皇帝见吐蕃兵走了，李怀光也反了，吓得手足无措。正无计可施的时候，浑瑊慌慌张张进宫说道："李怀光已令部将赵升鸾混入奉天城，劝说陛下的禁兵做他们的内应。现在宫中的禁兵，已经全部反了。"德宗皇帝听了，立刻慌乱起来，也不和众大臣商议，就急忙退进宫。浑瑊也退出宫去召集部下。

德宗带着妃嫔公主和太子悄悄从后宫逃出去，只留刺史戴休颜守着奉天城。满朝大臣听说万岁爷出奔了，都急忙丢下家私，出城跟上御驾，一路上狼狈不堪。浑瑊统领五六百人断后，君臣们凄凄惶惶地在小路上走着。忽然看见树林深处，露出一片旌旗。探路的禁兵急忙奏明万岁，万岁传谕浑瑊上前探问。浑瑊上前去看，只见一员大将走来，后面漫山遍野都是兵马。那大将一人一骑迎上前来，走近一看原来是李晟。浑瑊问道："李将军是要跟着李怀光造反吗？"李晟慌忙下马，躬身说道："末将怎么敢反？敢问将军圣上车驾在哪里？"浑瑊忙摇着手说道："小声点，万岁就在后面的大榆树下，快去见圣上！"李晟跟着浑瑊来到德宗驾前，慌忙跪倒，奏说："逆臣李怀光谋反，臣带着本部一万人马脱身出来，特来保驾。"德宗听了，点头赞许，封李晟为右将军，令他带领人马攻取长安。浑瑊依旧保护着车驾，前往梁州。当时不受李怀光诱惑肯出力为皇帝杀贼的，还有崔汉衡、韩游环、李楚琳等大将，他们奉了皇帝诏书，合兵昼夜攻打长安。

朱泚自从兵败回到长安，也无意于天下，只管整天在宫中与宫眷放纵淫乐。与李怀光结为兄弟以后，朱泚仗着李怀光兵多将勇，每天都能攻得唐家城池，自己跟着坐享其成。李怀光每攻得一个郡县就上报朱泚，商量进退之计。朱泚见李怀光如此忠顺，就召李怀光进京辅政，封他为大师司，公然自称朕，称李怀光为卿。李怀光见了朱泚的诏书，又羞惭又气愤。朱泚原本与李怀光约定平分关中之地，各立帝号，永为邻国。不料朱泚忽然变卦，竟要收李怀光为臣。李怀光不由得大怒，放一把火把自己营垒烧毁，率兵大掠泾阳。十二县百姓，四散逃亡，鸡犬不留。朱泚气走了李怀光，少了一个帮手，而李晟、浑瑊等将军又奋力围攻，四方勤王的兵士，如云一般会集长安城外。

李晟召集各将军，一同商议进取的办法。众将军建议先攻取外城，占据坊市，然后北攻宫阙。李晟认为坊市狭小，妨碍交战，建议先从苑北进兵，直捣中坚，并说只要腹心一溃败，贼兵必然四散，各将连声称赞。李晟自领一军来到光泰门外，督众星夜建造营垒。天亮时，刚好把营垒建成。突然看见贼兵蜂拥而至，李晟笑道："我只担心贼兵躲着不出来，现在他们自己来送死，真是天助我也！"下令大军分成两路奋勇杀出。李晟匹马当先，找张庭芝厮杀。两边鏖战了三四个时辰，朱泚的人马渐渐抵挡不住，向白华门退去。李晟也收兵回营。当天晚上尚可孤、骆元光两路兵赶到，与李晟合兵。

第二天早上，李晟下令，牙前将李演及牙前兵马使王佖带着骑兵，牙前将史万顼带着步兵，合成冲锋队。自己则督大军押后，直奔光泰门。贼兵抵敌不住，退至范北神麕村。李晟率兵紧追不舍，扑毁苑墙二百余步。敌兵竖起木栅，拦住缺口，埋伏弓箭手，躲在栅中刺射。李晟前队的兵士多被射倒，兵士不觉向后退却。李晟见状，在阵后大声呵斥，军心再振。史万顼最为勇猛，只见他左手握盾，右手握刀，劈断数排木栅。步兵随后潮水一般涌进栅门，把栅木踏倒。冲锋队纵横驰骋，锐不可当。朱泚手下的大将，如姚令言、张庭芝都出来拼命力战。李晟命四路步兵骑兵，包围敌军，边战边进。正酣战的时候，忽然数千骑兵从内城门冲出来，进击李晟军后。李晟领着一百多个校刀手，贴地滚杀过去，砍断马腿，并命兵士边战边喊，敌军的骑兵都惊得四散奔逃。

姚令言见挡不住李军，急忙进宫报告朱泚。朱泚听说城被攻破，吓得魂不附体。姚令言劝朱泚弃城逃走。朱泚带着虞贵嫔，由姚令言、源休率领着残余的兵士，保护着从西门逃出去。李军进到内城，先搜捕余孽，捉住李希倩、敬瑊、彭偃数十人；又回到含元殿，令兵士们扫除宫禁。后宫曾被朱泚奸污过的妃嫔，听说李晟入城唐天子快要回宫，纷纷自尽。李晟一边派人收拾宫中的尸体，一面传令将士不得骚扰民间。谁知将军高明曜竟然私自强占贼妓，尚可孤的偏将司马伷占用一匹快马。李晟知道后，将二人斩首示众。全军肃然，从此秋毫无犯。

朱泚从长安逃出来，赶往泾州。沿途粮食缺乏，一万人马零散，最后只剩下数百骑兵。好不容易赶到泾州城，城门却紧紧关着。朱泚令骑兵大喊开门，城楼上一人大声说道："我已为唐天子守城，不愿再见伪皇帝了！"朱泚抬头一看，认出是节度使田希鉴，就对田希鉴说道："我曾授予你旌节，你怎么能在我落难的时候背叛我呢？"田希鉴冷笑道："那你怎么背叛唐天子呢？"朱泚大怒，命骑兵纵火烧门。田希鉴取来旌节，扔到火中，大声说道："还你的旌节，快退下！"朱泚的部下见无路可去，不禁流下泪来。田希鉴对朱泚的部下说道："你们都是泾原旧部，为什么要跟着姚令言自寻死路？如今唐天子既往不咎，允许你们改过自新。你们只要投降，就有活路！"士兵们听了，都说愿意投降。姚令言连忙上前阻止，却被士兵拔刀砍死。朱泚见了，急忙转过马头向北奔去。虞贵嫔落在后面，被朱泚的部下掳去，不知下落。

朱泚奔到驿马关，被宁州刺史夏侯英带领人马拦住。朱泚又转奔彭原，随身只有十多个骑兵。部将梁庭芬、韩旻二人，起了歹心，密谋杀死朱泚。梁庭芬跟在朱泚身后，偷偷射过一支箭，正中朱泚的脖子。朱泚大叫一声，翻身落马，掉到路旁的深坑里。韩旻大步上前，一刀斩下朱泚的首级。二人又同时赶到泾州投降，献上朱泚的首级。田希鉴用檀木盒子装着朱泚的首级，送到梁州。德宗下旨，封田希鉴为泾原节度使，对他从前私通朱泚的事一概不问。又封李晟为司徒中书令，并下诏回銮。

德宗从梁州起驾，直抵长安。浑瑊、韩游环、戴休颜等大臣，都在咸阳迎驾，并护送德宗回到京师。李晟、骆元光、尚可孤统领十余万兵马，到京城外恭迎御驾。德宗率妃嫔、公主、太子，回到宫中。宫中的宫眷已经死亡大半，德宗心中十分凄凉，于是赐宫女每人一匹绢压惊。过了一天，宴飨功臣。李晟居首，浑瑊次之，所有随征将士依次列坐。饮酒时，李晟起身奏道："如今还剩下两大逆贼：一是李怀光，一是李希烈，请陛下下旨声讨。"德宗准奏，命浑瑊统兵前往征讨李怀光，李晟率五万人马征讨李希烈。

李希烈占据汴州，僭称帝号，兵马四出。那时项城县是往来的要道，李希烈急着攻取项城，以早日进取咸阳。项城的县令李侃，是一个小儒，不能担当大事，听说李希烈派兵来攻，吓得要弃城逃跑。他的夫人杨氏却是一位女中豪杰，厉声对丈夫说道："贼寇来了，你应当守城，不能守就该以死谢罪，怎么能逃跑呢？"李侃叹气道："兵少财乏，怎么守？"杨氏说道："项城如果落到叛贼手里，城池成了贼人的城池。那时仓廪被贼人占据，府库也被贼人所有，百姓成为贼民，那国家还要你这个父母官干什么？如今不如散尽所有财粟，招募死士，共守项城。城存我存，城亡我亡，才是上对得起朝廷，下对得起百姓。"李侃听了，一个劲地摇着头，始终不肯发兵。

杨氏不管他，立即召吏民来到庭中，高声对吏民说道："县令身为一邑之主，应当保护吏民。但县令任期满了就要离职，离开此地。你们不同，你们世世代代生长在这里，田地房屋在这里，祖坟也在这里，应当共同死守。"吏民听了都振臂大喊："我们誓死守卫项城！"杨氏又下令道："我现在与你们约定，有能用瓦石击中贼人的，赏千钱；持刀杀死贼人的，赏万钱。"吏民听了，都十分踊跃。说完，杨氏从后堂把李侃推出来，逼着他率众登城。杨氏亲自做饭，一一赏赐吏民。

忽然一个贼将鼓噪而来，李侃胆寒，逃下城来。杨氏代丈夫登城，对城下的贼人说道："项城父老都深明大义，誓死守卫项城。你们即使攻得项城，也不能示威，不如到其他地方去，免得多费心力。"贼众见城上站着的是一个妇人，忍不住大笑起来。杨氏下去，推着丈夫上城率众抵御。仓促间，敌阵中飞来一箭，射中李侃的肩头。李侃忍不住痛，返身下城，正碰上杨氏。杨氏说道："夫君怎么能在这个时候下城呢？吏民无主，城亡在即，今天即便是战死城上，也能千古留名。"李侃不得已，只得裹住伤口再次登城，督率吏兵反击。万弩齐发，贼军大为受挫。贼兵竖起云梯，一名敌将首先登梯。城中守卒一箭射中他的面颊，敌将坠死城下。贼兵没了主将，顿时大乱，四散而去，项城县因此得以保全。事后，刺史官把杨氏守城的功劳上奏。德宗下诏，升李侃为太平令。

李希烈的兵士见项城攻不下，就去围攻陈州。相持了一个月，也不能攻下。李希烈的兄弟李希倩，还被朝廷抓去正法了。李希烈大怒，令部将崇晖攻取陈州，又亲自督兵攻打守陵。谁知李晟遣部将刘洽、高彦昭，用十面埋伏之计，攻破李希烈的阵线。贼军兵士伤亡过半，李希烈逃到汴梁。李晟派都虞侯刘昌、陇右节度使曲环等战将率兵三万，大破陈州的围兵，砍下李希烈部下三万五千个首级，又生擒大将崇晖。兵威大振，远近惊心。李希烈奔逃到蔡州，汴州、滑州一带都归顺了唐朝。

浑瑊、韩游环二人，奉德宗手诏征讨李怀光，也十分顺利。浑瑊、韩游环召集十二路人马，力攻渡河。李怀光听说唐朝兵马大集，就吩咐放起烽烟，但没有任何人马前来救他。部下将士反而自相惊扰，一会儿说西城被围了，一会儿又说东城投降了。第二天，城中将士都换了章师，章师上都写着“太平”字样。李怀光住在宫中，一晚上惊醒数次。一时良心发现，自尽而死。朔方将士牛石俊割下李怀光的首级，献城投降。浑瑊麾众入城，捕杀李怀光部下阎宴等七人，然后奏凯京师。德宗皇帝亲自出城慰劳军队。

当时只有李希烈固守蔡州，负隅顽抗。贞元二年正月，又派遣部将杜文朝，攻打襄州。杜文朝战败，被唐山南东道节度使樊泽擒住。三月李希烈又派部将袭取郑州，又被义成节度使李澄击败。李希烈看着兵势一天天衰败下去，积忧成疾，整天躺在床上。李希烈最宠爱的姬妾窦氏，小名桂娘，是汴州户曹参军窦良的爱女。不但长相美丽，而且颇有文才。李希烈取得汴州，听说了桂娘的艳名，就派人送聘礼到窦家，要聘取桂娘为妾。窦良深爱女儿，桂娘是他的掌上明珠，怎么能给人做妾？就将来人辱骂了一番，并把他的聘礼扔了出去。

李希烈得知后，心中万分懊恨。一时恼羞成怒，立即派将士领着亲兵，跑到窦良家中，把窦桂娘强行劫了去。窦良见来人如此无礼，提着剑在后面追赶着。窦良是快六十岁的人了，年老力弱，怎么追得上？他气急败坏地在后面追着，不知不觉追了二十里路。窦桂娘在前面，见父亲追得可怜，又怕父亲真的追上了，会遭到贼人的毒手，回头哭着对父亲说道：“父亲舍了孩儿吧！孩儿此去必能灭贼，使父亲得享富贵。”窦良听了女儿的话，看看实在追不上了，就忍着一肚子冤气，回家去了。回到家，夫妻二人相对大哭了一场。

·郜国公主·

窦桂娘见了李希烈也不十分抗拒，李希烈当天就如了愿。窦桂娘对他曲尽欢爱，李希烈对窦桂娘更是爱如珍宝。后来李希烈称帝，册立窦桂娘为贵妃。窦桂娘趁机竭力用美色媚惑李希烈，又故意卖弄才情，常常替李希烈管理军国大事。李希烈不管什么机密，都告诉窦桂娘。

后来李希烈逃奔到蔡州，窦桂娘对李希烈说道："妾身认为陛下的将领之中虽然不乏忠勇之士，但都比不上陈光奇。妾身听说陈光奇的妻子窦氏，很得陈光奇的欢心。妾身若与窦氏交往，将来万一有事，也可保得万全。"李希烈正宠爱窦桂娘，自然言听计从。窦桂娘于是与窦氏互相往来，窦桂娘小窦氏几岁，就称窦氏为姐姐。日久情深，免不了互诉肺腑。窦桂娘乘机对窦氏说道："蔡州一隅之地，怎么敌得了全国？妹妹认为，李希烈早晚会败亡的，姐姐应该早做打算。"窦氏听了，颇以为是，就把这番话转告给了陈光奇。陈光奇从此有了异心，想要谋杀李希烈。凑巧这时李希烈生病了，陈光奇就买通李希烈的家医陈山甫，暗中把李希烈毒死了。

李希烈有个儿子，非常机警。他见父亲死于非命，知道父亲是被部下所害，故意把父亲的尸身藏起来，秘不发丧，想借李希烈之命杀尽将吏。计策还没有定下，有人献来一筐樱桃。窦桂娘乘机说道："把樱桃送给陈光奇的妻子，可以免去他人的疑虑。"李希烈之子听了她的话，就让窦桂娘派一个女仆，把樱桃送给窦氏。窦氏也是个精细的人，见樱桃里有一颗并不是真桃，而是一粒涂着红色的蜡丸，心里知道有蹊跷。等女仆转身走后，就捡出蜡丸，与陈光奇剖开蜡丸，里面有一张纸条，上面写着："反贼昨晚已死，尸身埋在后堂。孽子秘不发丧，想借机谋杀大臣，请速速谋划计策。"

陈光奇连夜召来部下将士，商量计策。牙将薛育说道："怪不得李希烈房中乐曲昼夜不绝，原来是为了瞒人耳目。我们如果不先发制人，必遭毒手！"陈光奇随即与薛育二人，各率部下闯入牙门，声称要见李希烈。李希烈的儿子，见事情已经败露，仓皇出来说道："我愿去掉帝号。"陈光奇厉声说道："你父亲背叛大唐，天子有命，令我来诛杀贼人。”说着，也不等他答话，上去一刀将他杀死。又杀死李希烈的妻子，并割下李希烈的首级。一共割下七颗头颅，献进都城，只留下窦桂娘没杀。

德宗因陈光奇杀贼有功，封陈光奇为淮西节度使。又因窦桂娘智勇有谋，李希烈之死，都是出自窦桂娘的计谋，就把窦桂娘宣召进宫。王贵妃见窦桂娘长得妙丽多姿，就认她做义女，把她留养宫中，并奏请德宗拜封窦桂娘的父亲窦良为蔡州刺史。自从朱泚谋乱以后，李怀光、李希烈也相继称皇称帝，闹得天翻地覆。直到这时，才略微太平。

谁知疆场烽烟未尽，朝内又生出许多事来。当时李泌文采风流，深得德宗皇宗欣赏，被加封为邺侯。丞相柳浑朴实正直，常在殿上直言敢谏，惹得德宗心中非常不快。柳浑又与张延赏屡次发生龃龉，张延赏暗中派人对柳浑说：“你少说几句话，相位才能长保。”柳浑正色答道：“替我谢谢张公的好意，柳浑头可断，嘴不可禁！”不久，柳浑就被德宗罢为左散骑常侍。张延赏因与禁卫将军李叔明有仇，就设法陷害他，竟然还想趁机连累东宫。

李叔明是鲜于仲通的弟弟，赐姓为李氏。儿子李昇，与郭子仪的儿子郭曙、令狐彰的儿子令狐建，都是宫中的宿卫。这三个少年貌似潘安，眉清目秀，年少风流。德宗西奔时，三人护驾有功，德宗回銮以后，就封他们为禁卫将军。自古嫦娥爱少年，这三个美少年在宫中宿卫多年，宫里的妃嫔媵嫱多半是久旷的怨女，见了美男子，哪有不垂涎的？三人平时在宫中出入，和宫娥彩女调笑厮混惯了，渐渐瞒着万岁爷，做出许多风流事。起初三人是各人找各人心爱的，在月下偷情，花前诉恨。宫廷中的女子，心中的怨恨最深。她们年深月久地幽闭在深宫里，有的终生都见不到一个男子，因此对男子的情爱也是最深。如今有了这几个美少年暗地里偷香送暖，妃嫔们才少了些怨恨。

当时德宗皇帝最宠爱的妃嫔，除了王贵妃、韦淑妃几个人以外，其他人都是长门春老，空守辰夕。一群背时的妃嫔同病相怜，彼此十分亲昵。没事的时候，各人诉说着自己的心事，什么都不隐瞒。妃嫔之中有几个年轻貌美的，像荣昭仪、郭左嫔都是长着第一等的容貌。只因生性娇憨，不善逢迎，不得皇帝的宠幸，手头也就没什么金银。平时没有金银去孝敬宫中的总管太监，那太监在万岁跟前说几句坏话，妃嫔们就更得不到帝王的宠幸了。宫女们得了三位少年宿卫的好处，想起荣昭仪、郭左嫔二人都是美人坯子，却整天守着空房，很是可怜，就分些余情给她。从此郭曙和荣昭仪成了一对，令狐建和郭左嫔成了一对。每次值宿的时候，都悄悄地在幽房密室中尽情旖旎，放胆风流。

李昇在三人中年纪最轻，长得也最俊。宫中成百上千个女人都用尽心机，装尽妖媚去勾引他。李昇却天生一种古怪脾气，常常对同伴说："不是第一等绝色可爱的女子，我绝不动心。宫中的庸脂俗粉，不要说和她有染，就是看一眼，也会坏了我的眼睛的。"因此，他见郭曙、令狐建等宿卫官见了宫中的女人，不论香的臭的蠢的俏的，一个个都搂到怀里宝贝心肝地叫着，不免暗暗耻笑他们。

长安宫中的妃嫔宫女正在各寻欢乐，忽然反贼杀进长安来了。德宗皇帝慌张逃奔，左手牵着王贵妃的衣袖，右手拉着韦淑妃的纤手，在黑夜寒风里连爬带跌地逃出北门。这时候皇帝后面还跟着六宫妃嫔和公主太子等人，一群人啼啼哭哭地在荒郊野地里走着。走了一个时辰，眼前白茫茫一片。原来已经到白河堤上了，几个护驾的宿卫官沿着河岸去搜寻船只。好不容易，找到了三艘渔船。先把万岁爷扶上船，后面的妃嫔们也跟着上了船。无奈船小人多，堤岸又高，又是在黑夜里，有几个胆小脚软的宫眷不敢上船，只得沿岸跟着船，边走边哭着。北风吹来，哭声更是凄楚。

这时李昇保护着几个妃嫔，在堤岸上一步一步慢慢地走着。忽然一个妇人晕倒在地，正好倒在李昇的脚旁。李昇这时明知这妇人是宫中的贵眷，也顾不得了，伸手就把那妇人拦腰抱起，掮在肩头走着。那妇人的粉臂，触在李昇的脖子上，十分滑腻。一阵阵的甜香传来，让他心头不由得怦怦乱跳，忍不住想知道这妇人长的模样。忽然天上云开月出，月光照在妇人脸上，李昇一看，竟是一个绝世的美人。见她蛾眉双蹙、樱唇微启，李昇一颗心都醉倒了。

这时候，宿卫官又找到了几条渔船，并扶着岸上的妃嫔们上船。李昇怀中抱着的妇人这时也醒过来了，李昇便扶着她上了渔船。说也奇怪，李昇自从抱过那妇人以后，心中常常想着她，一路都不肯离开她。妇人一路走着，李昇一路追随，悄悄在旁边保护着。德宗来到奉天城，李昇在行宫中当着宿卫官。后来德宗奔往梁州，李昇和郭曙、令狐建三人，一直在宫中守卫着。李昇暗中探听，才知道那妇人不是什么妃嫔，而是当今皇上的女儿——郜国公主。

郜国公主是德宗皇帝最心爱的女儿，自幼聪明美丽，长大后却红颜薄命。公主十六岁时下嫁驸马裴徽，夫妻俩日子过得很好，第二年就生下一个女孩。那女孩长得和母亲一样美丽，小名筝儿。父亲裴徽非常喜爱她，常常抱着她到宫中游玩。德宗见筝儿长得可爱，就聘娶她为太子的妃子。

谁知公主和裴徽做了六年夫妻，裴徽就撒手而去。驸马死后，公主成了寡鹄孤鸾。有时德宗接她进宫住着，总见她愁眉泪眼的，就替公主做主，又替她续招了一个驸马长史萧升。萧升面如冠玉，年纪比公主还小几岁。公主下嫁了他，也很欢喜。但薄命人终究薄命，夫妻二人恩爱了十年，萧驸马又一病死了。郜国公主进宫搂着父皇的脖子，哭得死去活来。她和萧驸马没有生一子半女，那时筝儿已经长大成人。德宗就让太子把筝儿娶进宫，做了太子妃，又把郜国公主接进宫和太子一块儿住着。郜国公主从此五更梦回，一灯相对，尝尽寡鹄孤鸾的凄凉。

郜国公主虽说是三十开外的年纪了，但她天生丽质、肌肤娇嫩，又善于打扮，看上去只有二十来岁的样子。公主已经人到中年，但德宗每次见了她，还把她当小孩子一样抱着，公主也在父皇跟前撒痴撒娇。德宗传旨，公主一切日用器物都与王贵妃、韦淑妃一样。如此娇生惯养的美人，怎么经得起逃亡路上的奔波劳累？幸好遇到了多情的宿卫官李昇。

李昇因迷恋郜国公主的姿色，平时在宫中值宿，总爱站在公主的宫门外望着。远远望见公主的影儿，他心中就觉得十分快乐。白天宫中来往的人多，耳目也杂，李昇不敢有什么妄想。但每到夜静更深的时候，李昇就悄悄地走进宫门，站在公主的窗外廊下，隔着窗儿厮守着。在李昇心里，这样远远地看着心上人，他已经很满足了。郜国公主长着绝世容颜，中年多愁善感，又流离失所，在五更梦回的时候常常发出一两声娇叹。美人的叹息声，不禁勾起李昇满腹怜爱。

郜国公主仓皇出逃的时候，得到李昇温存服侍，心中也很感激他。李昇的清秀眉目，公主看在眼里，也未尝不动心。但她毕竟是一个公主，即便感激、心动，也只能在无人的时候想想罢了。她万万想不到她心里想的人，每夜就站在她的窗外。这时候天气渐渐暖和起来了，郜国公主每到半夜时分，就起身到屋子里闲坐一会儿。这时就有宫女走进房，服侍她焚香穿衣。李昇在窗外，有时听见公主娇声低吟着诗歌，有时又看见公主在窗上的身影，云环松堕，玉肩双削。他恨不能跳进屋里，当面看个仔仔细细，清清楚楚。后来天气越来越热，郜国公主半夜经常走出房间，到台阶上望月纳凉。郜国公主袒着酥胸，张着皓臂，斜躺在美人榻上。月光照着公主雪一般的肌肤，两个丫鬟轮流替换着，在一旁打着扇。最可爱的是公主赤着的双足，洁白玲珑，好像白玉雕成的一样。公主因为夜深无人，身上只穿着一件睡衣，腰肢更显得袅娜了。

这月下美人的娇态，李昇每天晚上躲在台阶下的牡丹花里，都看得清清楚楚。李昇心想，郜国公主真是天仙下凡，嫦娥入世。他爱到极致之时，觉得就是死他也不怕，只想跳出去，跪在公主肩下，求她怜惜。即便美人恼了，一剑杀死自己，也是心甘的。但李昇又怕在夜静更深的时候，惊坏了美人，又怕当着宫女的面，羞坏了美人，就这样守着，直到一天晚上郜国公主又出来纳凉，她好像忘了什么，就命宫女进屋去了。

这时只剩下公主一人，斜倚在榻上，抬着头望着月光。李昪心想，这真是天赐良机，就大着胆悄悄爬上台阶，从公主身后绕过去。郜国公主一只玉手，正垂在榻沿上，月光照着，更显得洁白可爱。李昪看着，也顾不得那么多了，抢步上前，捧住公主的手，发狂地亲吻着。

郜国公主忽然发现背后有人，不免大惊。娇声叱咤着，顺手一掌打过去，打在了李昪的脸上。公主急忙回过身去看，那时月光正照在李昪脸上，公主认出来那人不是别人，正是一路服侍她的少年宿卫。

公主何等娇贵，从来不曾被人轻薄过，突然被一个宿卫官轻薄，自然不免娇嗔气恼。李昪直挺挺地跪在郜国公主跟前，低着头不说一句话。公主见他腰上佩戴着宝剑，也不说话，只伸手过去拔下宝剑，向李昪脖子刺去。李昪见公主刺来，竟然伸长了脖子迎上去。宝剑正要刺到李昪的脖子，忽然听到两个宫女从屋子里说笑着出来，公主忙缩回手中的剑，伸着脚尖儿，向李昪胸前轻轻点了点。李昪趁势往公主的榻下一倒，缩成一团，在公主身体下面躲着。公主也把裙幅儿展开遮住李昪，又把宝剑藏在身后。

两个宫女过来，分别站在郜国公主的左右，一个替公主捶着腿，一个替公主打着扇。公主尽找些闲话和宫女们说笑着。李昪缩在榻下听了，知道公主心里对自己也有了意思，心里不禁万分欢喜。公主主婢三人说笑了很久，公主起身扶着一个宫女的肩头，头也不回地进屋子睡了，丢下李昪一个人冷清清地缩在榻下。他不知公主是喜还是怒，慌得一动也不敢动，直到月色西斜，公主还没过来。李昪缩在榻下，手脚都有些麻了。正窘迫时，忽然榻上伸出一只纤手，把他慢慢从榻下扶出来，又扶他悄悄走进了公主房中。当晚，公主和李宿卫两人都了了心愿。

李昪遇到郜国公主，二人一个是深怜热爱，一个是贪恋痴迷。二人也顾不得名誉了，暗去明来地整天干着风流事。郜国公主虽然是三十多的妇人了，但长得十分妖媚，把李昪迷恋得几乎连性命也不要了。李昪是个二十多岁的少年，与公主厮混没多久，就消瘦得不成样子了。宫中沸沸扬扬，到处都传着李昪和公主二人的风流事。太子妃听了，万分羞恼。太子妃是郜国公主的女儿，母亲做了这么丢人的事，叫她做女儿的脸面往哪里搁？她也曾悄悄去劝母亲检点些，无奈母亲处于热恋中，怎么肯听女儿的劝？

·公主和蕃·

朝廷中有大臣与禁卫将军李叔明有仇，一直想找机会报复他。他们打听到李叔明的儿子李昇，有污乱宫廷的行为，就想借此除掉李叔明父子。其中张延赏与李叔明的仇恨最深，又与太子作对。他不但想借李昇污乱宫廷的事，推倒李叔明，还想连带推倒东宫，从中掀起大的风波。于是独自进宫，朝见德宗皇帝，把李昇私通郜国公主的事，一一奏了出来。郜国公主是德宗最宠爱的，德宗听说她做出这样寡廉鲜耻的事情，不由得愤怒起来，当时就要传公主进宫训话。张延赏万分刁恶，连忙奏道："如今东宫妃子是郜国公主的亲生女儿。陛下如果查问起来，东宫太子和东宫妃子脸上都不好过。东宫将来要继承陛下做天子，此事一旦传扬出去，他日太子还有什么脸面君临天下？万岁如果一定要彻查此事，就得先废了太子，然后才能放手去追究相干人等。"德宗皇帝听了，低头想了一会儿，对张延赏说道："爱卿先退下，朕自有道理。"张延赏知道自己的计策已经得逞，就退出宫去。

李泌年高德厚，是德宗生平最敬重的人。德宗把丞相李泌传进宫，将张延赏的话一一对他说了。李泌是有见识的人，听了德宗的话，就知道张延赏有意摇动东宫，奏道："这是张延赏有意陷害东宫，陛下不可轻信。"德宗问："爱卿怎么知道张延赏是陷害东宫呢？"李泌答道："张延赏与李昇的父亲李叔明有嫌怨。李昇自从回銮以后，蒙陛下恩宠，任为禁卫将军，眷爱正隆，一时无可中伤。而郜国公主是太子妃的生母，从这秽乱之事入手，就可以兴起一桩大案，并牵连太子。请陛下明察。"德宗听了，不禁点头称是。但李昇污乱宫廷的事，李泌也知道一些，趁此机会奏道："李昇既然已经有了嫌疑，理应罢斥，免得外面多生是非。"德宗第二天，依了李泌的话，免了李昇的禁卫之职，从此也不听信张延赏的话了。

张延赏弄巧成拙，心里十分郁闷。郜国公主因为有德宗的宠爱，在宫里的势力也很大。她见自己宠爱的人，无端被张延赏害得革去了官职，从此对张延赏恨入骨髓。俗话说，最毒妇人心。郜国公主在宫中，一直和禁卫官通着声气，她悄悄让一个禁卫官，在半夜时分将张延赏杀死了。李昇见他的对头死了，胆子更大了。他没有官职以后，出入也更自由了，整天陪着公主，在宫中尽情风流。

郜国公主丈夫刚死的时候，她能贞静自守，但自从失了节以后，就变得淫荡起来。她与李昇昼夜欢乐还嫌不够，打听到郭曙和令狐建二人也是风流少年，就让宫中的侍女，悄悄把二人引诱进宫，藏到屋子里。三个少年男子，伴着一个中年妇人，轮流取乐。郜国公主十分勇健，不到三个月，就把三个强壮少男弄得筋疲力尽。后来李昪见公主的情爱移转到别人身上，就吃起醋来。一天晚上，夜深的时候，三个少年争吵起来，竟然在公主屋里拿刀动枪，闹得沸沸扬扬的，连太子宫里也听到了。太子听到吵闹声，当下就带领一队中官，赶过来把三人捆绑起来，关到暗室里去了。第二天，送交内省衙门审问。郭曙和令狐建二人，在宫中当着禁卫将军，自然有借口推脱。李昪是被革职的人，深夜还在内宫吵闹，该当死罪。念在他从前有护驾之功，从宽问了一个充军的罪名，发配到岭南去了。自从出了这桩风流案，郜国公主淫荡的坏名声，闹得内外皆知。太子妃跪在郜国公主跟前，哭着劝着，郜国公主总是不肯悔改。

郜国公主见不能再和郭、李、令狐三人厮混了，转眼又勾引了三个强壮有力的少年寻欢。这三个少年，一个叫李万，一个叫萧鼎，还有一个叫韦恽。三人之中，李万最为淫恶，不但污乱了宫廷，还想图谋不轨。他趁着郜国公主迷恋他的时候，唆使郜国公主谋杀德宗皇帝，说自己篡了位，郜国公主就是皇后了。郜国公主听了李万的话，总是不肯。后来李万想了办法，把德宗的生辰八字写在纸上，放在公主的床褥下面，说七天之后皇帝就能无疾而终。谁知第四天，就有人在德宗跟前告密。德宗大怒，立刻调了十个禁卫武士，冲进郜国公主宫中，把李万、萧鼎、韦恽三人一齐抓住，又在公主的床褥下面搜到了纸条。德宗十分恼怒，亲自动手打了郜国公主几巴掌，喝令将公主打入冷宫，永远监禁。又将李万乱棍打死，萧鼎、韦恽二人发配塞外。

德宗余怒未息，又召太子进宫，当面训斥了一番。太子见父皇盛怒不休，十分恐惧，叩头请罪，又说愿意与太子妃离婚。德宗又召李泌进宫，想要废了太子，对李泌说道："舒王已经长大成人了，而且孝顺仁厚，可继承大位。"李泌听了，十分惊骇，奏道："陛下册立储君时，上告天地祖宗，下告天下万民。现在太子并无过错，忽然废子立侄，臣认为不妥。"德宗说道："舒王年幼时，朕对他就像自己的儿子一样。现在立他为太子，有什么不好的？"李泌跪奏道："侄子终究不是儿子，陛下有亲生儿子却不能信任，难道侄子就能相信吗？况且舒王的孝心，也是出于天性。陛下如果立舒王为太子，反而会陷舒王于不义，让他们兄弟间产生嫌隙。"

德宗正在气头上，听了李泌的话，火更大了，大声斥责道："这是朕的家事，本来无须过问丞相。丞相怎么能一再违逆朕的意思呢，难道你不怕灭族吗？"李泌毫不畏惧，哀声说道："臣正是为了顾全家族，才这么据理力争。如果一味顺从，不指出陛下今天的过失，只怕陛下废了太子之后，忽然悔悟，反而会怨臣没有尽到臣子的谏劝之道。那时臣罪有应得，即使灭族也不足以减轻臣的误国之罪！臣只有一个儿子，他日同遭死罪，我李家就无异于绝嗣了。臣虽然也有侄子，然而臣在九泉之下，终究会为没有嫡子供奉宗祠而感到遗憾。”李泌说着，不禁痛哭流涕。

德宗又问道：“贞观、开元时期也曾另立太子，不也没有发生危乱吗？”李泌奏答道：“承乾想要谋反的事被察觉后，国舅长孙无忌及大臣数十人问明了罪情，太宗才下诏废了太子。但当时的言官尚且奏明太宗，请太宗做一名慈父。太宗恩准，承乾因此得以终享天年。如今太子并没有过失，怎么能与承乾相提并论呢？今天的事，更应当仔细审察。如果太子确实有错，陛下也应当另立皇孙。这样万世以后，皇位仍是由陛下的嫡系子孙继承。以前发生过武惠妃进谗，陷害太子李瑛兄弟的惨事，望陛下不要相信谗言，辨明真假。不能因太子妃母亲不法，而无辜连累太子。臣敢以身家性命担保太子的清白。”

德宗冷冷说道：“这是朕的家事，与你有什么相干，你一定要这么力争吗？”李泌应声答道：“天子当以四海为家。臣身为宰相，四海以内的事都应当过问，怎么能眼睁睁地看着太子含冤呢？臣如果知而不言，就是失职了！”德宗这时，也无话可说，只得挥着手说道：“丞相先下去，让朕再想想，明天再议。”李泌叩着头谏道：“陛下如果信任臣，陛下父子必能慈孝如初。但陛下今天回宫，在妃嫔面前请不要露出丝毫辞色。臣担心小人多事，乘隙生风，会借机依附舒王以谋取富贵。到那时，太子就危险了。”德宗点头说：“知道了。”李泌随即退下。

没多久太子来到丞相府，谢过丞相的保全之恩。李泌劝慰太子说道：“殿下不必忧虑，万岁圣明，必定不会一直误会太子。太子只要多加孝敬，不要抱怨，李泌在世一天，必定为太子尽一天力。”果然没多久，德宗召见李泌，流泪说道：“之前要不是爱卿恳切劝谏，朕差点就铸成大错了。朕今天才知道太子非常仁孝，并没有犯下什么大错。从今以后，所有军国重务及朕的家事，朕都要与爱卿商量。”李泌见大事已定，自己也年老了，就上表告老回乡去了。谁知李泌回到家里没几天，朝中的黄门官就奉着圣旨，接二连三地召李泌进京。李泌再三辞谢，不肯入朝。德宗就派亲信大臣，到李泌家中商议朝事。

原来这时吐蕃与羌浑，大举入寇陇州，连营数十里，关中震动，连京城百姓也都恐慌起来。边疆将士大多坚壁自守，不敢出去接仗。陇右百姓都被蕃人掳掠，妇女受尽蕃人的奸污。同时云南、大食、天竺各部落，都与吐蕃响应，侵扰大唐境内。德宗连得警报无计可施，就派亲信大臣去李泌那里问询退兵之计。李泌说：“这事容易。吐蕃心里最怕的，只有回纥国。只要派遣使臣与回纥联合，吐蕃知道了，必定退兵。”那大臣道：“我朝因先帝蒙尘陕州之事，与回纥结怨已经很久了。现在又去与回纥修和，只怕会被夷狄耻笑。”李泌听了，在书案上写了一封书信交给他，德宗依计派遣使臣送到回纥国。回纥国可汗，正因多年没有朝拜大唐，又疑又惧。见大唐派使臣来修和，顿时觉得十分荣耀，当即带领人马入关，朝见中国皇帝。吐蕃一见回纥国的兵将，果然退出关外。

德宗在宫中，设宴款待回纥可汗。见回纥可汗长得魁悟，正当少壮，下诏将八皇女咸安公主许配给回纥可汗。回纥可汗喜出望外，当筵拜谢。德宗令他先将公主的画像带回国，挂在宫中，让外臣都瞻仰天朝贵女。又约定第二年春天，由回纥可汗来中国迎亲。一转眼到了婚期，回纥可汗果然亲自送来牛羊和聘礼。回纥可汗又怕公主途中寂寞，就把妹妹骨咄禄毗伽公主及回纥国中大臣的妻子共五十人，都带到中国来陪伴公主，回纥可汗亲自带一千骑兵护卫着。德宗亲自到延喜门，接见回纥可汗。回纥可汗又奉上表文，表文上写道：“陛下如果担心西戎入犯，女婿愿出兵为陛下除掉祸患。并奏请皇帝改回纥为回鹘，取捷鸷如鹘之意。”德宗准许。

第二天，德宗皇帝亲自设宴招待骨咄禄毗伽公主，并请骨咄禄毗伽公主到银台门朝拜德宗，礼节十分隆重。又让女官带着公主入宴，贤妃出去相迎。骨咄禄毗伽公主先拜，然后贤妃答礼。前后两次盛宴，主客都非常开心。德宗很是欢喜，下旨设咸安公主官属，立亲王府，封回纥可汗为亲王。任命滕王李湛然为婚礼正使，右仆射关播为护送使，由骨咄禄毗伽公主伴着大唐公主一同西行。第二年，又命滕王送去册书，封合骨咄禄为长寿天亲可汗，咸安公主为长寿孝顺可敦。谁知天不从人愿，咸安公主嫁到回纥国，不到一年，长寿天亲可汗就不幸短命死了。

妙年公主，孤孤凄凄，在外国做了寡鹄孤鸾。公主写了一封诉苦信，送呈中国皇帝。德宗见女儿在外国做了寡妇，也觉得可怜，忙派了一个使臣，带了几个宫女和许多金珠缎帛，德宗又亲自写了一封信给公主，信上说了无数安慰的话。谁知御书送到回纥宫中时，咸安公主的锦衾绣被中早已有了一个如意郎君。原来蕃人的风俗是，父亲死后儿子可以续娶父亲的妻子。咸安公主正是妙年美貌，合骨咄禄的儿子多罗斯可汗，也正值盛年，两人相见，自然相爱。咸安公主深闺寂寞，也顾不得一生的名节了，就和多罗斯可汗配成了一对。送信的使臣见了这情形，只得悄悄回国。

这年八月，德宗正带着妃嫔和太子在御苑赏月。忽然月色暗淡无光，德宗就问太子是吉是灾。太子奏道：“以前燕国公逝世时也发生月蚀。如今发生月蚀，想必是朝中又要失去一位大臣了。”过了几天，果然地方官来报，说前丞相李泌逝世。德宗听了，泪流不止。李泌自幼富于智略，七岁时就有神童之名，玄宗曾召他入宫相见。当时宰相张九龄，与李泌结为小友。后来李泌历仕三朝，才高器大，深得帝王重用，去世时享年六十八岁。

德宗因李泌已死，每次有军国大事，都没人可以商量了。当时的户部侍郎裴延龄，为人奸诈阴险，事事迎合皇帝意旨，德宗也爱听裴延龄的话。这年四海升平，德宗准备大修神龙氏寺，以答谢天恩。裴延龄奏称："同州谷中有数十棵大树，高八十丈，可以作为建寺的木材。"德宗惊喜道："朕听说开元、天宝年间宫中大兴土木，下旨寻求良木始终都没有，现在怎么忽然有了嘉木？"裴延龄立即献谀道："天生珍木，必待圣君而出。开元、天宝年间，怎么会有呢？"德宗听了，十分欢喜。裴延龄要讨皇帝欢心，又上疏奏道："在粪土中发现十三万两白银。"韦少华上表弹劾裴延龄欺君罔上，奏请令三司核查。无奈此时德宗正宠信裴延龄，不管旁人怎么谏诤，德宗总是不信。

·神姑卢眉娘·

太子李诵在东宫，最宠信两个侍臣。一个是杭州人王伾，一个是山阴人王叔文。王伾、王叔文二人都是翰林待诏，王叔文诡谲多谋，自称读书明理，能文善治。太子时常与侍读们一起谈论朝中宫中之事，众人大放厥辞，言辞滔滔，只有王叔文不发一言。等到侍臣都退下了，太子留住王叔文，问他为什么不发一言。王叔文答道："殿下身为太子，应当视膳问安，不宜谈论外事。皇上如果因此疑殿下收揽人心，殿下要怎么解释？"太子听了，说道："多谢先生提醒，今后一定唯先生之教是从。"王伾擅长书法，王叔文擅长围棋，二人每天与太子写字下棋。下棋的时候，二人乘机进言，或说某人可为相，或说某人可为将。这些人都是王伾和王叔文的私党，他俩想依附太子，植立党羽，等太子登位了，他们二人就可以大权在握了。

谁知世事无常，太子忽然得了风瘫，病情十分严重，后来竟然不能发声了。这时正是贞元二十一年元旦，德宗御殿接受群臣朝贺，太子的病情危急，不能上朝。德宗知道太子病情危急，十分悲伤。退朝回到后宫，伤心不已，后来得了感冒，病情也一天天沉重起来。过了二十多天，既不见天子坐朝，也不见太子的病情减轻。朝廷内外都不通消息，百官天天在朝堂上候驾，人人惊疑不定。八月初二晚上，忽然内廷太监传出谕旨，召翰林学士郑絪、卫次公进内宫草拟遗诏。这时，翰林学士才知道德宗早已崩逝，赶紧握笔匆匆拟稿。正下笔写着，忽然内侍进来说道："禁中因嗣皇帝未定，正在商议，请翰林学士暂且停笔，听候禁中消息。"卫次公听了，忍不住大声说道："太子虽然有病，但深得人心。即使不得已废掉，也应立广陵王为太子，不然必定会导致大乱。一旦发生事变，谁能承担？"郑絪点头道："正是这样。"内侍只得把翰林学士的话，转达禁中。

废立之议，是宦官李忠言等人从中拨弄的。他们听了翰林学士的话，知道不能违背众人，才宣告德宗皇帝已经驾崩，立太子李诵为嗣皇帝。郑纲、卫次公二人依旨写好诏书，立刻颁发出去。太子知道因为自己生病，人心不定，就勉强撑着病体到九仙门召见群臣。第二天，太子在太极殿即位，这就是顺宗皇帝。

顺宗尊德宗为神武皇帝，将德宗奉葬于崇陵。举殡那天，德宗贤妃韦氏奏请出宫奉侍园陵，顺宗准奏并替她在陵旁建了几间房子。宫廷内外，都称道韦氏的贤德。这时顺宗皇帝虽然能勉强听政，但喉音依旧暗哑，还没有痊愈。每次百官入宫奏事时，顺宗命人在内殿设一幅长幔，由长幔后面的太监代传旨意，裁决政事。百官透过幔子往里面看，隐隐看见顺宗皇帝左右站着两个人。一个是顺宗亲信的太监李忠言，一个是顺宗宠爱的妃子牛昭容。另外命王叔文负责裁决草诏，王伾负责传递帝命。王叔文一有什么事要上奏，就托王伾告诉李忠言，李忠言又转告牛昭容，牛昭容代为传达给顺宗。顺宗信任这四个人，对他们的话往往言听计从。

王叔文推荐韦执谊为相，顺宗封韦执谊为尚书左丞同平章事。随后又举荐了韩泰、柳宗元、刘禹锡等人，彼此互相标榜。百官的升迁，都要先经过王叔文、王伾同意才行。于是一群利禄小人，都拿着金帛奔走于二王之门，公然行贿。王叔文和王伾的私宅，门庭如市，日夜不绝。金帛略微少了点的人，往往连他们一面都见不到。一些钻营利禄的人，都不远千里而来，一时不能拜见的，就在邻近的地方住下。长安市上，酒馆子里，都住满了宾客。王伾尤其爱财如命，他接见宾客，按人取贿，无所忌惮，收到的金帛，都用一个大柜子藏起来。王伾与夫人每天晚上都睡在大柜子上，以防钱财被人盗窃了。

顺宗久病不愈，但储君还没有册立，一旦发生不测，就会引起内变。朝中大臣为此深感忧虑，就想上表请皇上早点册立储君。王伾和王叔文二人为了一己之私，多方阻挠。宫中的宦官俱文珍和刘光锜，也很有权势，见二王专权，心里很是愤慨。一天，趁着王伾和王叔文不在跟前，当即密奏顺宗早立太子。顺宗皇帝因自己久病不愈，也想到要立嗣。命人宣召翰林学士郑絪进宫，商议大事。郑絪进宫，朝见过万岁，万岁不能开口说话，用手向身后指着。郑絪会意，写下立嫡以长四字，呈给皇帝。顺宗看了，点头微笑。郑絪随即在御案前草拟诏书，立广陵王李纯为太子。太子奉诏迁入东宫居住，侍奉父皇，接见大臣，非常贤德孝顺。

顺宗有二十七个儿子，广陵王是王良娣所生，是顺宗的长子。顺宗担心立李纯为太子，其他人不服，就封弟弟李谔为钦王，李诚为珍王。又封儿子建唐郡王李经为郯王，洋川郡王李纬为均王，临淮郡王李纵为溆王，弘农郡王李纾为莒王，汉东郡王李绸为密王，晋陵郡王李综为郇王，高平郡王李约为邵王，云安郡王李结为宋王，宣城郡王李绿为冀王，德阳郡王李绮为和王，河东郡王李绾为福王；又封李绚为衡王，李绾为福王，李纮为抚王，李绲为岳王，李绅为袁王，李纶为桂王，李绰为翼王。诏书全由郑絪一人起稿，只有太监俱文珍知道，连牛昭容也不知道。第二天圣旨传下，宫中和朝中的人都大为震惊。

陆质是太子的侍读使，入宫给太子讲经义，劝太子监国。太子说道："皇上只是令先生来这里讲经，其他事先生不必操心！以后不要再说这话了。"陆质碰了一鼻子灰，从此不敢再多嘴了。但顺宗皇帝自从登位后，病情始终不见好转，已经很久不登殿坐朝了。西川节度使韦皋上表请太子监国，并上疏太子道："王叔文、王伾、李忠言等谬当重任，树党乱纪，长此以往必然会误了国家。愿殿下早日监国，斥逐群小，安定天下。"接着荆南节度使裴均、河东节度使严绶也纷纷上表，奏请太子监国。太监俱文珍，也在宫中顺宗皇帝跟前奏请让太子监国。顺宗看看自己的精神，也实在支撑不下去了，就准了群臣的奏请，下诏令太子监国。太子来到东朝室，接见百官，受百官朝贺。太子想到父皇患病，忍不住流下泪来。臣下见了，无不称颂。宫外的王叔文、宫内的牛昭容，都失了权势。太子生母王氏，整天陪伴在顺宗皇帝身旁，细心照料着顺宗。顺宗皇帝因没有朝政缠身，身心安闲起来，病情也略微有所好转。

太子为了让父皇安心养病，下诏令四方进献珍奇之物。拘弭国进贡一对却火雀、履水珠和常坚冰。却火雀毛色纯黑，与燕子一样大，叫声十分清脆。把却火雀放入火中，火焰就会立即熄灭。顺宗皇帝非常喜欢这对却火雀，用水晶笼装着，悬挂在寝殿里。每天让宫女拿蜡烛去烧，却火雀的羽毛始终不损分毫。履水珠是黑色的，鸡蛋一样大，上面有水波绉纹，正中有一个小孔。拘弭国进贡的使臣说："握着履水珠，就可以在波涛中行走，而且还不会被水打湿。"顺宗皇帝听了，起初不信。命宫中会游水的内侍拿着履水珠，跳进太液池。果然内侍不仅能在水面上往来行走，还能钻入池心，而且衣帽干燥，毫无水渍。顺宗十分诧异，令人将履水珠藏入内宫。常坚冰，产于拘弭国的大凝山，从拘弭国送到京师，依旧清冷如故。

此时岭表献来一名奇女子，名叫卢眉娘，只有十四岁，美丽非凡。她的眉毛弯而细长，又是彩绿色，因此称为眉娘。顺宗召眉娘入宫相见，询问她的家世。原来眉娘的祖辈是后汉卢景祚、景宣、景裕、景融兄弟四人，这四人都是皇帝的老师，后来避难流落岭表。传到眉娘，已经有十二代了。顺帝问："你有什么技能？"眉娘献上绣本。只见一尺白绢，上面绣着七卷《法华经》。上面的文字小如米粒，但点画分明，细如毛发。眉娘又献上飞仙盖，是用一缕丝染成五彩，在掌中结成华盖，中间有十洲三岛、天人玉女、台殿麟凤之象，用灵香膏涂在上面，硬而不断。顺帝见了十分叹赏，称眉娘为神姑。又令她走近御床，细看她的肌肤，明净娇腻，十分可爱。顺宗叹道："好女儿！"命人送到太子宫中。眉娘在宫中，每天只吃胡麻饭。太子也非常喜爱她，宫中的人都称眉娘为神姑。

顺宗因身体越来越衰弱，下诏禅位太子，自称太上皇，改元永贞，大赦天下。五天后，太子李纯即位，称为宪宗，奉太上皇居于兴庆宫，尊生母王氏为太上皇后，贬王伾为开州司马，王叔文为渝州司户。宪宗初登帝位，竭力振作朝纲，奸佞小人都被罢黜。当时升平公主，即郭子仪之子郭暧的妻子，入宫朝贺，并献上女伎。宪宗说道："太上皇尚且不受献，朕怎么敢接受呢？"命人将女伎退还。接着荆南献上毛龟，宪宗也不受献，下诏道："朕所宝贵的唯有贤才，嘉禾神芝都是人臣谄媚君王的东西。从今天起，不要再上报瑞兆。所有珍禽野兽，也不要进献。"臣下十分敬畏，天下从此清明。

每月初一和十五，宪宗必率领百官到兴庆宫朝贺顺宗皇帝。元和元年，奉上尊号，称为应乾圣寿太上皇。顺宗皇帝见宪宗如此孝顺，心里也很欢喜。第二年，太上皇医治无效，突然崩逝，只有四十六岁。顺宗在位，前后仅有半年。后来宪宗皇帝登位，顺宗卧床三年。三年之中，宪宗皇帝常在太上皇榻前侍奉汤药。太上皇每次痛苦的时候，就传神姑到榻前唱游仙歌。歌声婉转美妙，太上皇渐渐安宁下来。神姑天生娇喉，每次曲终，细如游丝，余韵绕梁。宪宗皇帝在一旁听了，也为之神往。又见她面容美丽皎洁，衬着弯弯的眉儿，小小的唇儿，天仙一般。神姑每次与宪宗皇帝在榻前相见，掩唇一笑，百媚横生。顺宗皇帝升天，宪宗在丧期中，不便视朝，整天在宫中闲坐。忧闷无聊的时候，就宣召神姑卢眉娘唱游仙歌，日子久了，宪宗皇帝就离不开眉娘了。

眉娘渐渐长大，出落得苗条妩媚，娇憨烂漫，让人见了不得不爱。宪宗皇帝虽然不好女色，但天天听着她婉转的歌喉，看着她曼妙的姿色，也不能不动心。宪宗皇帝对眉娘既然有了心，后来每次传眉娘进宫，都会支开宫女和妃嫔，只留眉娘一人在跟前。眉娘见了宪宗，也十分娇憨。每次宪宗命她唱歌，她就盘腿席地依着宪宗皇帝膝前坐下，娇声唱着。唱到悠扬动神的时候，宪宗皇帝忍不住伸过手，摸着眉娘的脖子，眉娘如同小鸟入怀，温婉顺从。等宪宗要把她搂到怀里时，眉娘却又嗤嗤地笑着，惊鸿一般躲到一边憨笑着。宪宗皇帝见她天真烂漫，倒也不忍逼得太紧，但宠爱眉娘的念头却更深了，宫中一有珍宝脂粉，都先赐给眉娘。宪宗皇帝只要见了眉娘就十分欢乐，但真见到了眉娘却又奈何她不得。

天气渐渐暖了，宪宗皇帝在殿东南角廊地下，听眉娘唱歌。月上中天，一片皎洁的月光，照在眉娘脸上。宪宗皇帝目不转睛地看着眉娘，见她长眉侵鬓，珠唇含娇，忍不住乘眉娘正抬着头唱着的时候，过去搂住她的细腰，把她抱到怀中。眉娘惊得玉容失色，宪宗凑上脸，正要和她亲热，眉娘却低头倒在宪宗的怀里，嘤嘤地哭了起来，哭得带雨梨花一般。宪宗看了万分怜惜，心里不忍，就放开了手，好言劝慰她，并替眉娘拭干脸上的泪痕，又赏她轻纱明珠，命宫女们好好送她回房。眉娘自从受了惊吓，第二天就浑身发烧，一连八天都不能唱歌。宪宗皇帝是一天也离不得眉娘的，几天不见眉娘，心中十分挂念。过了八天，宪宗再也忍耐不住了，就亲自移驾后宫探望眉娘。从此宪宗每天坐完朝，就到眉娘病榻旁坐着。

眉娘渐渐好了，见了宪宗皇帝，偏又百般撒娇，十分亲热。眉娘爱哭，病着的时候，更是爱哭。每次哭，必要宪宗皇帝劝慰一番才肯说笑。宪宗每天和眉娘在床头枕畔厮混熟了，慢慢地把要纳她为妃子的话说了。眉娘听了，也不拒绝，只是奏道："婢子年纪还小，不懂得礼节，怕会冒犯天颜。万岁爷如果怜惜婢子，求开恩缓一两年，等婢子学熟了礼节，再侍奉万岁也不迟。"宪宗听了，就答应眉娘缓一两年再册立她为妃子。眉娘又求着宪宗释放后宫五百个年长的宫女，过了几天又请求释放六百教坊女伎。宪宗的宠爱全在眉娘身上，自然事事听从，宫女们都颂扬眉娘的功德。宪宗皇帝心中只爱眉娘，一心盼望两年后能册立眉娘为妃。到那时，有这样一个美人陪伴着，还要那三千粉黛干什么呢？不要说三千粉黛，就连平时最宠爱的郭皇后、郑淑妃，宪宗皇帝也觉得十分讨人厌了。

宪宗度日如年地挨过了两年。好不容易到了第三年，一天，宪宗皇帝到后宫探望眉娘，见她云鬓蓬松，三千烦恼丝全部剪掉了。宪宗心中失望到了极点，拉住眉娘的手，连连追问。眉娘只说了一句："万岁爷放了奴婢吧。"然后跪倒在地，呜咽痛哭起来。宪宗看她哭得十分伤心，也不忍强逼她。到了第二天，宪宗又去探望，本想把她的心思劝过来。谁知宪宗还没开口，眉娘就跪着哭着求皇上放了她。这样哭了五六天，宪宗见眉娘不肯回心转意，只得叹道："你是天上的女仙，不是朕这样的俗人能享受的。"随即赐给眉娘金凤环，宪宗亲自替眉娘戴到手腕上，说道："这个你拿去，做个纪念吧。"然后赐眉娘道号逍遥仙子，将她放归南海。

·《女论语》·

宪宗皇帝自从眉娘离开后，整天闷闷不乐，心中只想着眉娘。郭皇后、郑淑妃百般劝慰，又令后宫嫔嫱歌舞取乐。宪宗心中，总觉得好像丢了什么一样。正想念得苦，忽然内侍来报说："逍遥仙子已经仙去了！"宪宗万分悲伤，命高僧在宫中大做法事，超度仙子。又有人来报说："在东海上，常常见到眉娘乘一片紫云，往来遨游。"宪宗忙派中使备好香车宝马，到东海迎接眉娘仙驾。中使去了三个月，空着手回来说："没有看见眉娘的仙踪。"宪宗虽然失望，但从此深信神仙不死之术。

东莱节度使举荐高僧田佐元和僧人大通。宪宗召他们进宫，天天讲道。大通能炼石成仙，宪宗特地准备一间净室给他。大通选了一块玉石，日夜作法，玉石窈窕如同美女。大通再加以雕琢，玉石顿时衣袖翩翩。宪宗一看，酷似眉娘，十分喜爱，于是命人把玉石装在锦盒里，藏到寝宫。同平章事李绛又奏称："青兖有一个奇人玄解，能知道过去未来的事。童颜鹤发，跨一头黄色牝马。马只有三尺高，不吃草也不吃谷子，每天饮酒三升。玄解骑着马，在街市里往来，说起千百年间的事，仿佛历历在目。"宪宗召玄解入宫，把他供养在九英室。宪宗将自己平时用的紫茭席，赐给玄解。紫茭席光软香洁，冬暖夏凉。宪宗又赐玄解龙膏酒，这酒是乌弋山离国进贡的，喝了令人神清气爽。宪宗每天罢朝回宫，就与僧道谈仙论道。

玄解生性朴实，不懂礼节。宪宗常问他："先生年岁已高，为什么容颜却不老呢？"玄解答道："臣的家在海上，常在海边种植灵草，吃了灵草容颜就不会老了。"玄解说着，从衣袋中取出三包灵草种子，宪宗吩咐太监将灵草种在殿前。灵草有三种：双麟芝、六合葵和万根藤。双麟芝是褐色的，一茎分两穗，如同鱼鳞，结的子如同瑟瑟；六合葵是红色的，叶子长得像戎葵，共有十二片叶子，二十四朵花，结的子很像相思子；万根藤，一棵有万根，枝叶都是碧绿色，花瓣细如发丝，长五六寸，一朵花里有千根蕊。灵草长成后，玄解奏请皇上采食，果然精神日渐旺盛。

这时西域进贡两块美玉，一块是圆的，一块是方的。玄解见了，奏道："圆玉是龙玉，方玉为虎玉。龙玉是龙所喜爱的，把它放在水里，彩虹就会出现；虎玉是老虎所喜爱的，用虎毛拂拭玉石，就能看到紫光四射，群兽见了无不畏服。"宪宗不信，令人把圆玉投入液池。霎时只见波涛汹涌，雷雨齐作，水底隐隐有龙吟声。又命人把方玉拿到后苑万牲园里，用虎毛拂拭，果然紫光四射，园子里的野兽都俯首帖耳，不敢妄动。

玄解在宫中住了三年，想要出宫。宪宗一再挽留，玄解奏道："野人一直出入三山，养成了疏野的性格，如今困在宫禁之中，许久没看见三山景色，心里十分想念。”宪宗于是命巧匠用木头刻成三山，并用珠玉镶嵌其中。宪宗带着玄解一同前往观看，宪宗笑指着三山说道：“如果不是上仙，怎么能登上蓬莱仙境呢？”玄解笑道：“在臣看来，三山也不过是咫尺！”不久，玄解偷偷出宫去了，宪宗十分懊恼。过了十多天，青州司马奏称，看见玄解又跨着黄马到东海去了。宪宗因而命内给事张维则去青莱寻访神仙。

一天，张维则在东海岛屿间停船。当时夜深月朗，忽然听到鸡叫犬吠声，海面顿时起了大雾。张维则出去一看，隐约看见一座楼台，于是趁着月色走去，见花木台殿之中走出一个公子，穿着紫霞衣，吟啸自如。张维则上去拜见，公子问：“你从哪里来的？”张维则自称是大唐使臣。公子笑道：“唐皇原本是我的朋友，你回朝时代我问候唐皇。”说完，命人捧来金龟印交给张维则。张维则回到船上，楼台人迹全都不见了。金龟印长五寸，宽一寸八分，上面篆刻着八个字：凤芝龙木受命无疆。

张维则把金龟印送到京师，面呈宪宗皇帝。皇帝大喜，说道：“那海上公子，应该是玄解的化身。朕前生肯定也是仙人。”但皇帝看着印上的文字，始终不知道是什么意思。皇帝把金龟印悬挂在帐门上，每天晚上金龟印都发出五色光芒。不久，寝殿前的连理树上忽然长出两株生灵芝，形状如同龙凤，宪宗这才悟出印上的“凤芝龙木”指的是什么。因为宪宗相信神仙之术，四方常进贡奇异之物。大轸国进贡重明枕、神锦衾、绿色麦和紫色米，吴明国进贡常燃鼎、鸾蜂蜜。

宪宗皇帝因迷信神仙之术，常常独自一人在空室中静坐。为了修成仙体，不吃稻米，整天只吃药饵瓜果，身体渐渐瘦弱。郭皇后和郑淑妃再三劝谏，又亲自做好食物进献，宪宗都不吃，后妃忧愁万分。郭皇后说：“万岁如此沉迷下去，一定会伤到圣体。为今之计，只有用声色来扭转万岁的心思。”但六宫粉黛，却没一人有绝世容颜。郭皇后只好私自拿出财帛，令中官四处访求奇才绝色的女子。

中官来到贝州清阳，听说宋氏姐妹五人，个个奇才绝色。宋氏的父亲宋庭芬，才华横溢，膝下有五个女儿：长女若莘、二女若昭、三女若伦、四女若宪、五女若荀，五个女儿不仅容颜美丽，而且聪明绝伦。宋庭芬在家无事，就教女儿经书诗赋。若莘、若昭文辞淡丽，性情贞静闲雅，远近闻名。前来说媒的人，络绎不绝。若莘姐妹五人，相约不嫁，发誓要以学艺扬名。若莘如同严师，在家里教导四个妹妹，又写下十篇《女论语》。文章模仿《论语》体裁，讲的都是妇人之道。若昭又将《女论语》一一加以注解。一时乡党传诵，宋氏姐妹贤德之名四起。中官闻名而来，与宋庭芬相见。宋庭芬说：“我的女儿都立志不嫁，我不能为了富贵逼迫她们。”中官要求将若莘姐妹所著之书进献，宋庭芬就把若莘的《女论语》拿给中官。

中官回到宫里，郭皇后问宋氏姐妹的姿容。中官奏说姐妹五人，都艳绝人寰，若昭尤其出众。郭皇后担心万岁不近女色，郑淑妃想了一个办法，用兰麝香把《女论语》熏了一下，趁宪宗不注意的时候，悄悄放在皇帝寝宫的御案上。宪宗夜静更深的时候，闭目静修，忽然闻到奇香，宪宗走过去一看，御案上有一个锦盒，上面写着《女论语》三字。宪宗很是诧异，随手打开盒子翻读了几页，心中不禁肃然起敬。第二天传中官来问，中官奏称是昭义节度使李抱真所献。宪宗又详细询问宋氏的家世，中官把宋氏姐妹五人的才色，详细奏说了一番。宪宗大喜，立即命中官到清阳，宣宋氏五女入宫。

谁知宋若莘姐妹很有志气，说皇帝不以礼相聘，决不入宫。如果让她们屈居妃嫔之列，死也不愿入宫。中官如实转奏皇上。宪宗一心想见宋氏姐妹，就令昭义节度使李抱真带着圣旨，到宋家聘请若莘姐妹五人，进宫教后妃诵读《女论语》。又封宋若莘的父亲宋庭芬为金华令。宋若莘姐妹五人进宫，宪宗命宫中后妃嫔嫱都尊她们为老师，又将延秋宫作为讲室。一时六宫嫔媛和公主，都拜宋若莘、宋若昭为师。女弟子一百多人，宫中成了女学堂。宪宗常到学堂中游幸，见粉黛云髻，济济一堂，各拥一卷，娇声吟诵着，心中很快乐。宋若莘长得容颜端庄，仪态万方；宋若昭美丽入骨，顾盼动人；宋若伦妩媚天成，宋若宪娇艳照人，宋若荀娇憨袅娜，令人神往。宪宗见她姐妹五人，天生丽质，就常召她们一起谈笑。

宋若莘文才最好，宪宗令她掌管后宫记注簿籍，批答奏牍，文词丽洁，中外传诵。宋若昭姿色最美，又善于辞令，宪宗常召她到内宫纵谈经史，吟诗唱和。日久情浓，宪宗就临幸了宋若莘，又临幸了宋若昭。宪宗想将宋若昭姐妹二人，册立为贵妃，宋若昭再三辞谢说：“进宫之初，我们姐妹决心不做妃嫔。只因万岁情意不可推却，才与万岁结欢，但妃嫔的封号，我们姐妹不敢接受。”宪宗无法，只得下诏称宋若昭为学士，宋若莘为先生。

宋若昭情意深长，宪宗在若昭宫中临幸的次数最多。宋若莘耽于翰墨，倒也不计较这些。只是自从宋若昭得到皇帝宠幸以后，若伦、若宪、若荀三人，也常在内宫中走动，与宪宗皇帝谈笑不避，言行无忌。宪宗也爱她们姐妹，日子久了，姐妹五人都承受了皇帝的恩宠，但都不愿接受妃嫔的封号。除了封宋若昭为学士以外，姐妹四人都称先生。这四先生一学士，在内宫中权势很大。宪宗皇帝每天与五位美人周旋着，心中十分得意，早把那群修道之士，丢在脑后。宪宗再不打坐修道了，整天只顾纵情酒色，荒废朝事。宪宗自从开了色戒以后，在宋氏姐妹五人之外，还常常挑选后宫美女临幸。一时宠爱的妃嫔很多，共有二十多人。有立为贵嫔的，有立为昭容的，个个都美丽轻盈。数年之中，各宫眷共生皇子二十人，公主三十二人。

其中最得宠的宫眷，除宋氏姐妹五人以外，还有纪美人和郭贵妃。纪美人生下长子李宁，当时丞相李绛奏请立储，宪宗就立李宁为皇太子。郭贵妃是郭子仪的孙女，父亲是郭暧，母亲是升平公主。郭贵妃与宪宗皇帝是表兄妹，以母家豪贵入宫，立为贵妃。郭贵妃生下一子一女，儿子李恒，女儿岐阳公主，十分贤淑，宪宗非常宠爱。多次命宰相挑选朝中的公卿子弟，招一个最杰出的做驸马。宪宗钟爱公主，选婿非常谨慎。虽然宰相荐举了十多个官家子弟送进宫，但都不合宪宗心意。足足选了一年，最后选中了太子司议郎杜悰。杜悰才貌清秀，宪宗十分合意，还把他送进内宫，令郭贵妃与岐阳公主传见。岐阳公主见了杜悰，不禁盈盈一笑。郭贵妃见杜悰彬彬有礼、文采飞扬，也很喜欢。宪宗于是把岐阳公主下嫁给杜悰为妻。

杜悰的祖父杜佑，有功于国家，杜悰世袭太子司议郎官职。成婚这天，宪宗皇帝亲临麟德殿，送公主下嫁，从西朝堂出发。宪宗又亲临延喜门，送公主登舆，大赐金钱；还在昌化里为公主建造府第，开凿龙首池为恩沼。杜氏世代都是贵族，如今婚配公主，结婚大典自然竭力铺张。但公主生性谦虚温婉，并不恃尊骄纵。下嫁杜家之后，公主孝顺翁姑，敬事尊长，毫不骄矜。杜家老少长幼数百人，公主一一以礼相待。成婚才几天，公主就对杜悰说道："皇上所赐的奴仆，不好驾驭，不如奏请送还宫中，另买贫家子女比较好。"杜悰依从了公主。从此闺房静好，举案齐眉。第二年，杜悰升任殿中少监、驸马都尉，又外放为澧州刺史。公主随驸马赶赴任所，只带了十个仆从。杜悰十分廉洁，从不骄侈乱纪。不久，杜悰母患病，公主亲自侍奉汤药。杜母后来还是一病而终，公主痛哭尽哀。公主在杜家二十多年，无一事不遵循法度。府中上下，人人称赞。

郭贵妃生了这样一个贤德的公主，又生了一个品貌端正、性情温厚的遂王李恒。当时原本已经立李宁为太子了，但宪宗皇帝异常宠爱遂王。遂王是三皇子，又是郭贵妃所生。郭贵妃是郭子仪的孙女，又是升平公主的女儿，在所有妃嫔之中，再也没有比郭贵妃更高贵的了，宪宗皇帝自然对郭贵妃另眼相看。也因此其他妃嫔们都非常妒忌郭贵妃，时时在宪宗皇帝跟前说郭贵妃的不是，说郭贵妃仗着母家的势力，在宫中揽权植党。恰巧那时皇太子李宁又死了，宪宗就立遂王李恒为太子。俗话说母以子贵，宫中妃嫔见郭贵妃的儿子被立为太子，深怕皇帝册立郭贵妃为皇后，就联合一起倾轧郭贵妃。

宪宗皇帝在后宫中，宠爱的妃嫔很多，但最宠爱的还是宋氏五姐妹。宋若昭生得慧美绝伦，最得宪宗宠爱，又是女学士，皇帝也十分敬重她。宋若昭的长姐宋若莘，虽然也一样美貌，但生性端庄，宪宗皇帝命她掌管后宫记注簿籍的事。不料元和末年，宋若莘一病而亡，宪宗非常哀痛。从此更加宠爱若昭，并令宋若昭掌管后宫记注簿籍的事。但宋若昭整天陪伴着宪宗皇帝宴饮游乐，没有闲暇，就把管理簿籍的事，交给妹妹若宪、若伦。宋若宪、若伦得了大权，宫中上自妃嫔下至诸媛，谁不趋奉孝敬她们姐妹？宪宗又晋封宋若昭为梁国夫人，此时宋氏姐妹在宫中的威权就更大了。

只有郭贵妃自恃门第清高，又是皇太子的生母，不肯屈节趋奉宋氏姐妹。宋氏姐妹因此也很仇恨郭贵妃，常常乘着宪宗皇帝临幸的时候，在枕席上诋毁郭贵妃，说她私结大臣，阴谋夺权。宋若伦、若宪、若荀姐妹三人，装尽妖媚，把精明强干的宪宗皇帝，深深诱入她们的迷魂阵。日子久了，宪宗也听信了她们的话。这一年，恰好正宫皇后死了，群臣奏请立郭贵妃为后。这一来，宪宗的疑心更重了，以为郭贵妃真的私自联合大臣。这时宪宗宠爱的妃嫔，不下二十人。宪宗担心一立郭氏为皇后，就要受她的钳掣，因此更不肯立郭氏为皇后了，于是所有宫中大权都交给宋若昭一人。可惜美人福薄，宋若昭得宠没几年，也短命死了。宪宗哀痛欲绝，无日无夜在宫中淌眼抹泪，任后宫三千美人，百般劝慰献媚，还是悲哀不已。宪宗下诏，宋若昭灵柩出殡这天，京师全城百姓都悬帛致哀，用皇后之礼安葬。

·求仙问道·

宋若昭病死后，宋若宪见有机可乘，整天追随着万岁，陪寝陪宴。宪宗见宋若宪面貌与若昭十分相像，就把一腔痴情用到宋若宪身上，整天与宋若宪淫乐。又把掌管后宫的大权，交给宋若宪一人。宋若宪和姐姐宋若伦、妹妹宋若荀都年轻貌美，不怕这多情天子不入她们的圈套。姐妹三人一面迷惑皇帝，一面招权弄势，在外面有神策中尉王守澄与宋若宪暗通声气，招权纳贿，声势很大。

王守澄有两个死党，一个是翼城医人郑注，一个是司空李训。他们在朝中联合党羽，欺压良懦，所有朝中正直大臣，都被他们倾轧得不得安宁。只有宰相李宗闵、李德裕刚正不阿，上殿参劾王守澄勾结宫禁，狼狈为奸。这时宪宗正迷恋着宋若宪姐妹，又常听宋若宪说王守澄是一个忠良的大臣。不管李宗闵怎么劝谏，宪宗皇帝总是不信。一切奏章公文，全由宋若宪一人掌管，见了臣工忠正劝谏的奏章，宋若宪就藏起来。宪宗天天被妇人小臣阿谀着，更是昏昏沉沉，忠奸不辨了。

宋若宪姐妹得了外面许多贿赂，不说别的，单单驸马都尉就送了宋若宪十万两黄金。宋若宪暗暗把所有的钱财，统统运到家乡清阳，交给父亲宋庭芬收藏。宋若宪在宫中，有学士、先生的名号，与妃嫔不同。如果皇帝去世，她出宫回家还可以享受富贵。因此宋若宪在宫中，得了外面的贿赂和宪宗皇帝的赏赐，就全都搬回家，预备以后出宫享用。宋若宪与各妃嫔联合一气，二三十个美人把皇帝围起来，千娇百媚，不怕皇帝不动心。宪宗被招引得连日连夜在宫中宴游淫乐，朝廷大事都丢在脑后。人的精力毕竟有限，二三十个妃嫔天天淫声媚态引诱着，弄得宪宗皇帝渐渐精力不济。宫中的和尚道士，见皇帝迷于色欲，不把修佛学道的事放在心上，背地里商量着，要把万岁爷的心转过来，依旧信奉仙佛之法。

那时宪宗皇帝因宠爱妃嫔，整天领着妃嫔在御苑宫殿中游玩，还嫌玩得不畅快，就召来度支使皇甫镈、监铁使程异，动用国库百万银两，大兴土木。宪宗命人建造了麟德殿、龙首池和承晖殿。龙首池上建起一座龙宫，命宋若宪搬进去住着。宋若宪忽然怀了身孕，一群奸佞的大臣，都奏说学士腹中的是龙种，宪宗十分欢喜。

等到怀胎十月生下地，果然品貌不凡，啼声洪亮。宋若宪说是上天赐陛下的贵子，陛下应当为他祈福。宋若宪一句话，让宪宗又想起那群和尚道士来了。恰巧李道古向宪宗引荐方士柳泌和浮屠大通，说他们能为人祈福延寿。宪宗命他在宫中建立道场，做三十三天法事，为新生的皇子祈福。

那时宪宗在后宫宠幸得多，生的孩子自然也多。宪宗领着柳泌、大通二人，到妃嫔床前一一替婴儿祈福。柳泌拿出长生不老药，献给皇帝。宪宗服下，果然精神倍长。宪宗恃着自己精力充足，又日夜与后宫的妃嫔周旋着。宪宗所宠爱的，除宋若宪以外，如章昭仪、吴左嫔、金良娣等十多个妃子，个个都是月貌花容。宪宗雨露遍施，恩爱倍浓，但精力毕竟有限，日夜寻欢，时间长了自然不济。柳泌为了讨皇帝的欢心，暗中献进房中药丸。宪宗服下，又精神抖擞，百战不疲。宪宗宠爱的妃嫔太多，有了这个，就得丢下那个。如今仗着药丸之力，宪宗每夜宣召七八个妃嫔，伴着他寻欢取乐，哄得那班美人，个个欢喜，人人开怀。

宪宗见药有奇效，更加把柳泌看得和神仙一般，又替柳泌在华清宫中建了一座炼丹室，每天陪着柳泌在室中修道炼丹。柳泌拿着金块石块，往丹炉中烧炼着，给宪宗服下。金石的效果十倍于药丸，宪宗吃了，顿时神气清爽，精神健朗。郭贵妃知道了，就去朝见皇帝，极力劝谏，说服用金石会伤害身体，请万岁另求延年益寿的办法。宪宗非但不肯听郭贵妃的话，反而将丹炉中炼出来的金石，赏几块给郭贵妃服用。郭贵妃服下后，也觉得身体清健，从此非但不劝皇上，还和宪宗抢着服用金石。柳泌又奏称天台山生有灵草，只有有道之士才能找到。又说服用灵草，比服食金石还有益，能延寿千年。宪宗听了，非常欢喜，下谕命柳泌为台州刺史，把宫中炼丹的事，交给大通。当时许多谏议大夫，纷纷上奏章，说历代从来没有人任用方士为官的。宪宗看了，心里很不高兴，下谕道："如今朕只劳用一州的民力，令人主长生，臣下为什么都要阻拦呢？"几句话，吓得臣工再也不敢开口。

这时宫中只有一个浮屠大通，他见柳泌在宫中的时候，十分得皇上的信用，自己却毫无权势。如今柳泌不在皇上跟前，没人和他争权的了，就慢慢用佛法去打动皇帝的心。宪宗只知道崇信仙佛，却没有一点主见。如今见大通说佛法无边，也十分相信。大通又说凤翔法门寺塔上，有一节佛指骨，劝宪宗派京师高僧去把佛骨迎进宫来供奉，说这样就能得到佛天保佑，万寿无疆。宪宗听了大通和尚的话，下旨京中各寺院主持，随着钦使大臣，前往凤翔恭迎佛骨。一时朝中大臣，都跟着和尚去迎佛骨。

佛骨迎到京师那天，万人空巷，男女老弱塞满道路。当时的刑部侍郎韩愈，是一代大儒，文章泰斗。他见宪宗皇帝一味迷信仙佛，把国家大事都丢在脑后，心中万分难受，借迎佛骨的事，上了一道奏章。说道：

佛者，夷狄之一法耳！自后汉时始入中国，上古未尝有也。昔黄帝在位百年，年百一十岁；少皞在位八十年，年百岁；颛顼在位七十九年，年九十岁；帝喾在位七十年，年百五岁；尧在位九十八年，年百一十八岁；帝舜及禹，年皆百岁，其后汤亦年百岁。汤孙太戊，在位七十五年，武丁在位五十年，史不言其寿。推其年数，当不减百岁。周文王年九十七，武王年九十三，穆王在位百年。当其时，佛法未至中国。非因事佛使然也。

汉明帝时始有佛法，明帝在位才十八年，其后乱亡相继，运祚不长。宋、齐、梁、陈、元、魏以下，事佛渐谨，年代尤促。唯梁武帝在位四十八年，前后三舍身施佛，宗庙祭不用牲宰，尽日一食，止于菜果，后为侯景所逼，饿死台城，国亦灭亡。事佛求福，乃更得祸。由此观之，佛不足信，亦可知矣！

高祖始受隋禅，则议除之。当时群臣识见不远，不能深究先王之道，古今之宜，推阐圣明以救斯弊，其事遂止。臣常恨焉！今陛下令群僧迎佛骨于凤翔，御楼以观，舁入大内，又令诸寺递加供养。臣虽至愚，必知陛下不惑于佛，作此崇奉以祈福祥也。但以丰年之乐，徇人之心，为京都士庶设诡异之观，戏玩之具耳！安有圣明如陛下，而肯信此等事哉？然百姓愚冥，易惑难晓。苟见陛下如此将谓真心信佛，皆云天子大圣，犹一心信向，百姓微贱，岂宜更惜身命？遂至灼顶燔指，十百为群，解衣散钱，自朝至暮，转相仿效，唯恐后时，老幼奔波，弃其生业。若不即加禁遏，更历诸寺，必有断臂脔身以为供养者。伤风败俗，传笑四方，非细事也。

佛本夷狄，与中国言语不通，衣服殊制，口不道先王之法言，身不服先王之法服。不知君臣之义，父子之情。假使其身尚在，来朝京师，陛下容而接之，不过宣政一见，礼宾一设，赐衣一袭，卫而出之于境，不令惑众也。况其身死已久，枯朽之骨，岂宜以入宫禁？乞付有司，投诸水火，断天下之疑，绝前代之惑。使天下之人知大圣人之所作为，固出于寻常万万也。佛如有灵，能作祸祟，凡有殃咎，悉加臣身！上天鉴临，臣不怨悔！

宪宗这时正迷信佛法，见了韩愈的奏章，当即大怒，说他亵渎神灵，命丞相定韩愈死罪。幸亏当时的丞相裴度还能主持公道，上疏为韩愈求情。宪宗看在丞相面上，革去韩愈刑部侍郎的官职，将他降为潮州刺史。从此宪宗整天在宫中与僧道为伍，满朝大臣不但不劝谏，反而迎合皇帝，到处求神拜佛。当时的皇甫镈是个大奸臣，一心献媚进谀，他领头奉宪宗尊号，称为元和圣文神武法天应道皇帝，并令四方度支使、监铁使，多多进奉贺礼。这些钱财都是从百姓身上剥削而来的，弄得百姓怨恨，四处流亡。

柳泌自从奉了圣旨去做台州刺史以后，天天逼着百姓上山采药。柳泌为了讨好皇帝，把百姓逼得走投无路。谁知他折腾了一年，却连一株仙草也没采到。宪宗皇帝因日夜与妃嫔们寻欢作乐，身体渐渐有些支持不住了，一直记挂着天台山的仙草，常常打发使臣到台州去催柳泌。柳泌怕犯了欺君之罪，就躲到山中，不敢出来。宪宗大怒，令浙东观察使抓住柳泌，送进京师。幸亏皇甫镈和李道竭力替柳泌求情，宪宗才赦免了柳泌。柳泌又在宫中炼了金石，献给宪宗服下。宪宗一时贪恋女色，那药力又十分劲猛，果然精力旺盛。宪宗又重用柳泌，封他为待诏翰林。

宪宗的亲信大臣，各立党派，互相倾轧。柳泌等人结成一党，吐突承璀等人结成一党，宫内太监王守澄、陈弘志等人结成一党。宪宗沉迷于神仙色欲，将朝廷大事都置之度外，任凭朝外大臣和宫中太监互相争夺。宪宗皇帝因服食金石之药太多，中了热毒，性情十分躁烈，一时怒起，就杀太监。内侍们人人自危，与王守澄、陈弘志、马进潭、刘承、韦元素等太监暗地里结成一党，常常瞒着众人，在宫中密谋大事。吐突承璀与二皇子澧王李恽，交情深厚。前太子李宁病死的时候，承璀进言立李恽为太子。宪宗也爱二皇子，只因皇子的母亲出身微贱，才改立遂王李恒为太子。宫中各立私党，每党各拥一位皇子，阴谋废掉太子李恒。

太子得了消息，十分恐慌，秘密派人去征求司农卿郭钊的意见。郭钊是太子的舅舅，进宫面见太子，劝道："殿下只须存有孝谨之心，静候天命，不必惶恐。"过了几天，就是元和十五年的元旦，群臣齐集麟德殿朝贺。宪宗精神十分清健，赐百官在明光殿筵宴。皇上与各丞相王公同席饮酒，十分欢乐。席间君臣雅歌投壶，直到黄昏才尽欢而散。不料到了第二天，宫中竟传出消息，说皇上圣驾已经升天了。文武大臣，急忙进宫。走到中和殿前，见殿门外中尉梁守谦带兵环绕殿门，不放众大臣进去。遥望门里面，管宫太监王守澄、陈弘志、马进潭、刘承、韦元素等人，各各执剑怒目圆睁。

陈弘志高声对门外诸大臣说道："万岁爷昨晚因为误服金丹，毒发暴崩。"郭钊大声问道："大行皇帝可留有遗诏？"王守澄答道："遗诏命太子李恒嗣位，令司空兼中书令韩弘辅政。太子现在正在圣上寝宫，应即日正位，然后办理丧事。"吐突承璀十分愤怒，大声说道："昨晚万岁爷还好好的，怎么今天就无病而崩了？我们身为臣子，陛下生前不能亲奉汤药，陛下驾崩后也该拜拜遗体！你们怎么能在宫内拿剑拦着大臣？”说着，一手拉着澧王李恽的袍袖，想要冲进宫去。兵士立即上来拦住，两边争闹起来。皇甫镈和令狐楚怕事，上前竭力把吐突承璀和澧王李恽劝出宫去。谁知那班太监的手段十分毒辣，暗暗派了两个刺客在半路上刺死了吐突承璀和澧王李恽。这时宫中被太监包围住，谁也不敢把这消息告诉新皇帝。吐突承璀和澧王二人，就这样白白地送了性命。

事后有人传说，宪宗是被宫内太监刺死的。那天黄昏时候，宪宗皇帝宴罢群臣回宫，走到中和殿门口，吩咐侍卫退下，只留两个小太监掌着一对纱灯，慢慢走进宫中。走到正廊下时，忽然听到屋里有男女的嬉笑之声。宪宗因为服用丹药，性情十分暴躁。听了这种声音，哪能不发怒？正要喝问，忽然屋子里奔出一男一女来，男的在前面逃，女的在后面追，嘴里戏笑着，不停地娇声叫着：“小乖乖！小乖乖！”那男的一面假装逃着，不停地回过头，向那女的笑着。宪宗皇帝迎面走过去，他们二人都没有看见，那男子竟与宪宗皇帝撞了一个满怀。宪宗大喝一声，这一对男女才站住，借着廊下的灯光看去，那男子正是太监王守澄，女子却是学士宋若宪。宋若宪是宪宗皇帝心中最宠爱的人，宪宗亲眼见她做出这种浪荡事，气得拔下小太监腰上的挂剑，向宋若宪的酥胸刺去。不料王守澄也挥过一剑，深深刺在宪宗皇帝的腰眼上。只听到皇帝喊了一声，就倒地死了。宋若宪见闯了大祸，十分慌张，正要哭喊，王守澄上前紧紧捂住宋若宪的嘴巴。

太监王守澄，因与女学士宋若宪调戏，犯了弑君的大罪。王守澄这时，索性把宫里有权势的同党都召到密室商量，最后决定假说皇上是误服金丹，中毒而崩。一面把皇上的尸体，安放在龙床上，把血污擦干净；一面用棉絮塞住腰间的伤口，外面罩上龙袍，把尸体放在寝宫，不放任何人进宫见皇上。然后假借皇帝的遗诏，宣召太子进宫，把他留在东偏殿，直到皇帝棺敛完毕，才让太子在太极殿即位，称为穆宗。

爱殇

细说大唐第一家庭

迷点

◎太监刘克明很得敬宗皇帝的宠信，为何他还要谋划弑君这样冒险又大逆不道的事？

◎武宗自知这皇位是霸占来的，为了巩固统治，他将采取怎样的措施来征服朝野上下？

◎赵匡胤深受世宗皇帝的厚恩，如今被六军逼迫称帝，他将如何是好？

第拾壹章

残唐灭亡

·假太监杀真君·

穆宗登基后，皇宫内外的大权，都掌控在王守澄等太监手中。他们假借穆宗皇帝的命令，把方士柳泌和浮屠大通二人当殿杖打致死。又说丞相皇甫镈荐引方士，同谋药死皇上，下诏把他充军崖州。王守澄原本和女学士宋若宪有私情，那天王守澄杀死宪宗皇帝，宋若宪亲眼目睹。王守澄怕宋若宪泄露他弑君的大罪，竟然借用皇帝的诏旨，把宋若宪幽囚起来，不久又赐宋若宪自尽。宋若宪家的弟侄女婿十三人，都被流配岭表。满朝全是王守澄的死党，有谁敢说一个不字？

穆宗皇帝和皇太后母子二人，见了王守澄的党羽也十分害怕。所有朝廷大权，全在内侍手中，穆宗从不过问。当时穆宗迎生母郭太后移居兴庆宫，每月初一、十五穆宗率领百官到宫门问安。每到佳节，穆宗又率领六宫妃嫔，陪着皇太后在御苑游览宴饮。王守澄用女色去引诱穆宗，以陪太后游玩为名，密令内外命妇、后宫亲眷，华装艳服进宫。穆宗左顾右盼，见她们个个仙姿国色，颦笑宜人，忍不住和她们轻薄调笑起来。命妇谁不愿意亲近皇帝，因此在花前月下，闹出许多风流事。

金吾将军的妻子曹氏，最为美丽冶荡，横波一转，令人魂销。她初次入宫，与穆宗相见，两人就深情款款。当夜穆宗借着宫中宴饮为由，把曹氏留住在兴庆宫中。两人酒至半酣，偷偷溜出席，走到花深月静的地方，穆宗竟在一幅草茵上临幸了曹氏。第二天，曹氏辞别出宫，穆宗皇帝赏了她一箱珍宝，又封她为曹国夫人。从此，穆宗常常把曹国夫人宣召进宫，一进宫总是十天八天不放她出来。曹氏生性爱动，爱好骑马。穆宗就替她在御堤上建了一条马道，夹路种着桃柳，芳草如茵。穆宗皇帝跨着一头栗色马，曹国夫人跨一头银鬃马。两人并着马头，在马道上驰骋，笑乐无忌。一到春天，道旁桃红柳绿，万花齐放。曹国夫人又打扮得十分娇艳，在花下徘徊着，如同天上的仙子。穆宗怕曹国夫人一人在宫中太寂寞了，就把王公命妇全部召进宫，陪曹国夫人饮宴游玩。御花园中，顿时绣带招展，粉面掩映。穆宗在里面，调情凑趣，十分快活。

这天是七夕良辰，穆宗皇帝亲御丹凤门，宣诏大赦。为了博曹国夫人的欢心，召入教坊倡优，在殿前演着杂戏。众夫人夹在倡优队中，笑谈畅饮。当时京师有一个名娼叫杨雪雪，也入宫供奉。穆宗见她容光焕发，转侧动人，当夜就召幸了她。杨雪雪珠喉婉转动人，唱的词词意艳雅，都是新曲。穆宗常常携着杨雪雪在花前月下，娇声歌唱。没几天，宫中妃嫔都传遍了她的词。穆宗问："这词是什么人作的？"杨雪雪奏道："是江陵士人元稹。"穆宗于是把元稹召进宫，封为知制诰，令他整天陪侍宫中，为杨雪雪作艳曲。

当时有一位中书舍人武儒衡，很瞧不起元稹。一天，天气酷热，文武大臣朝散之后，坐在阁下吃西瓜。当时元稹也在，武儒衡见西瓜上面有苍蝇，边用扇子挥着，边说道："你们从哪里来的，竟敢聚集在这里？"同僚听了大惊失色，元稹也满面羞惭，低头退去。但那时元稹雅擅词曲，很得皇帝的宠用。元稹填了一首《端阳竞渡曲》，献给穆宗。穆宗令后宫歌女五百人，齐声歌唱，十分动听。穆宗命王守澄修造了五十条龙舟，在上面雕刻彩画；令小太监扮作各种鱼妖水怪，在水面上绕着龙舟走着。

到了端阳佳节，穆宗皇帝带着六宫妃嫔和命妇夫人，驾临鱼藻宫，观看龙舟。五百名宫女，打扮得妖艳娇美，唱起《端阳竞渡曲》，婉转悠扬。这时穆宗皇帝正与妃嫔传杯递盏，谈笑取乐。穆宗趁机和曹国夫人在筵前眉来眼去，说到情浓之处，忘形起来，拉住曹国夫人的手，向御苑走去。宫女知道风流天子的脾气，忙捧着巾栉盆盒，跟在身后。看看万岁爷搂着曹国夫人的肩，慢慢地走到花障子后面。宫女们也很知趣，连忙站住屏气静息地等着。只听到曹国夫人一阵阵娇笑，万岁爷低声叫着爱卿。宫女个个羞得面红耳赤，你看着我，我看着你，抿着嘴笑。过了半天，万岁爷才笑嘻嘻地拉着曹国夫人的手，从花障后面转出来。几个宫女上去拥着曹国夫人，走进更衣室，伺候曹国夫人梳洗沐浴。穆宗皇帝喜欢玩弄外来的夫人命妇，与曹国夫人最是情浓。

曹国夫人放荡风流，最爱围猎。穆宗皇帝因宠爱曹国夫人，每到秋天，就亲自带领神策军，到骊山打猎。又因陪着曹国夫人，让臣民看见了不雅，就借口陪郭太后游幸华清宫。到了华清宫，却撇下郭太后一人冷冷清清地住下，自己和曹国夫人坐着车儿，向骊山进发。两人住在骊山行宫里，整天整夜地游玩，不想回宫。

这天，穆宗皇帝正带着曹国夫人围猎，曹国夫人跨着一匹银鬃马。她要在万岁跟前显露一手，就往来奔驰，追兔逐鹿，十分快活。万岁爷也拍马跟着曹国夫人一起追逐。忽然一名神策军翻身落马，那马受了惊，就在围场中乱跑，一直冲到御驾跟前。穆宗胯下的栗色马大吃一惊，举着前蹄，立了起来。穆宗从马背上跌了下来，正在这时，那匹溜了缰的马，竟向穆宗皇帝直奔过去。这时穆宗皇帝跌闪了腰，倒在地下，不能动弹。奔马举起前蹄，向穆宗的脑门上踏去。左右大臣，个个吓得大惊失色。这时，嗖的一箭飞来，不偏不倚正中马眼。那马应声倒地，曹国夫人拍马过来，轻舒玉臂，扶起万岁爷，原来这一箭是曹国夫人射的。曹国夫人本领高强，一箭救了御驾，穆宗皇帝心中更是说不出的欢喜。穆宗正要站起来，忽然手脚抽搐，得了风疾。文武百官护着皇帝的圣驾，回华清宫。

郭太后见皇上四肢不停地抽搐，也慌张起来，急忙下令回长安。一面传御医开药调治，一面召集大臣商议立嗣的事。丞相李逢吉，一力奏请立景王李湛为太子。中书门下两省和翰林学士等官，也都纷纷上奏。穆宗在位多年，一直没有册立正宫。生有五个王子，长子李湛是后宫王氏所生，当时封为景王。许多臣子纷纷请立长子为太子，穆宗立景王李湛为太子，册立王氏为妃。穆宗虽然得了瘫痪之症，但仍不忘淫乐之事。每天坐在一辆小车上，让四个小太监推着，一群美人围着这位风流皇帝，弹唱调笑。玩乐到十分动情的时候，就把美人拉进小车，放下四面的窗幔，只听见车中低低的调笑声，直到欢尽乐极，才放美人出来。穆宗皇帝最不能忘怀的是曹国夫人，常把曹国夫人留在宫中，夜以继日地临幸。

穆宗身体多病，渐渐支撑不住。郭太后看了十分心痛，想起宪宗在的时候，服食丹石，很有成效。见穆宗精力不济，就要死了，只得让方士炼好丹药，让穆宗服下。无奈穆宗这时已经元气大亏，时日不多了，郭太后只好下谕命太子监国。这时太子只有十六岁，性情又十分痴呆，内侍们就请郭太后临朝。郭太后大怒，斥退内侍，厉声说道："你们是要我做武后吗？"谁知穆宗皇帝正在这时候，一病而崩，宫中顿时慌乱起来。

国太舅郭钊受穆宗遗命，要扶持太子李湛为皇帝。谁知到处都找不到太子，后来在西偏殿下才看见太子，那时太子正和一个小太监在殿下踢着球。众大臣把太子拥到太极殿即皇帝位，就是敬宗皇帝。尊帝母王氏为皇太后，封二弟李涵为江王，三弟李凑为漳王，四弟李溶为安王，五弟李瀍为颖王。

敬宗做了皇帝以后，免不了有许多坐朝的仪式。敬宗受不了这些拘束，常常在朝会的时候，偷偷溜下座跑到中和殿，找几个小太监和他打球玩耍。一见到略有姿色的宫女，就不肯放手，当着众太监的面，胡乱奸淫着。这时穆宗的灵柩，还供奉在太极殿上。敬宗每次经过梓宫，毫无敬意，常常带着小太监在灵柩前打着大锣大鼓，大声歌唱。丞相李逢吉见皇上荒淫无道，屡次劝谏，敬宗都听不进去。李丞相没法，只得抓了几个小太监斩首，说他们大不敬。敬宗见杀了小太监，从此既不坐朝，也不出宫游玩，整天在宫中与妃嫔宫女们嬉戏淫乐。

一天，敬宗正追着一个小宫女。那小宫女长得十分美丽，只是年纪还小，害怕皇帝的淫暴。见皇帝追着她，知道不是好事，撒腿就向宫门外跑去。敬宗见了美丽的女子，自然不肯放手，一路追出宫门。小宫女一路慌慌张张地跑着，不小心撞到了左拾遗刘栖楚。刘栖楚是有名的忠直之臣，见了大怒，随手举起牙笏，往那宫女脑门上打去。一时用力过猛，那宫女被打破了脑门，竟然倒地死了。慌得刘栖楚跪到地上，连连磕头。刘栖楚一边磕着头，一边奏道："陛下年富力强，刚刚嗣位，正应该勤劳问政。然而陛下却沉迷声色，日夜歌舞不休，如此荒淫，福祚定然不会长久。身为臣子，不能规劝帝皇，臣罪该万死！"敬宗厌烦听刘栖楚的话，令太监扶着刘拾遗出宫。大臣李德裕献给皇帝六幅玉屏，每幅屏上都写着谏言。敬宗自然不听这些，反而用玉屏围起众妃嫔，让她们脱掉衣裙，裸着身体在屏中跳舞。李德裕和刘栖楚二人，见皇帝如此荒淫，一起辞官回家了。

敬宗又打算率领六宫到骊山沐浴。右拾遗张权舆手捧劝谏表文，跪在紫宸殿下谏阻。敬宗一直不坐朝，紫宸殿上也没人接受他的表文。张权舆不停地磕头哭号，从辰时一直跪到申时。值殿太监看他哭得可怜，就替他把表文送进宫。敬宗见表文上满纸都是劝谏不要巡幸的话，说古时周幽王临幸骊山，被犬戎所杀；秦始皇临幸骊山，导致亡国；唐玄宗临幸骊山，安禄山作乱；先帝临幸骊山，享年不久。敬宗读完奏文，仰天大笑道："骊山果真这么凶险吗？朕更想前去巡幸了！"随即巡幸骊山。骊山上的行宫，因为荒废了很久，成了野兽的巢穴。敬宗住在行宫里，狐狸作祟，扰得他不得安宁。敬宗大怒，鞭杀了十多个管宫太监，又亲自拿着灯笼，躲在殿角，射杀狐狸。妃嫔纷纷劝谏，敬宗不听。

当时宫里的妃嫔，很多人与太监们通奸。太监刘克明性情伶俐、皮肤白净，是太监刘光的养子，擅长蹋球。敬宗在东宫的时候，刘克明就陪着太子蹋球，年纪渐渐长大，一直没有阉割。他在宫中，暗暗地与美貌的宫女通奸。后来胆子渐渐大起来，竟然与董淑妃结下私情。不料事有凑巧，那天晚上，敬宗皇帝又在半夜的时候，躲到东偏殿角上，等着抓狐狸。一个小太监怀藏着灯笼，正在暗地里静悄悄地守着。忽然听到东廊尽头，有东西爬抓的声音，接着一团黑影滚了过来。敬宗皇帝立即抽弓搭箭，嗖的一声，那边哎哟一声，一个人倒下地来。敬宗皇帝十分诧异，忙上去看，见倒在地下的，不是别人，正是宦官刘克明。小太监举起灯笼，照着他的脸，大声喝问着。刘克明说道："奴才得知万岁爷深夜出宫，特地来保护万岁爷。"敬宗皇帝毫无心机，听了刘克明的话，信以为真，哈哈大笑。吩咐太监，扶刘克明回房养伤。

刘克明自从中了万岁爷一箭，躺在床上，养了二十多天才能下床。他和董淑妃正打得火热，却因为受了伤，不能暗去明来，心里万分焦急。刘克明将一把无名火，全烧在万岁爷身上。敬宗皇帝早已不把这事放在心上了，但刘克明做贼心虚，总疑心万岁爷已经窥破了他的秘密，一直把敬宗皇帝当做眼中钉。刘克明在宫中多年，威权很大。宫中的大小太监，全是他的党羽。他病在床上二十多天，那些太监天天在他的病榻前秘密商议，谋划大逆不道的事。

这时到了严冬，敬宗皇帝觉得厌倦了，就回銮长安。兵部尚书余应龙奏称："征西大将军苏佐明，班师回京。"敬宗一高兴，当下传旨当晚在正仪殿赐宴。当时陪宴的，除苏佐明、余应龙二人以外，还有二十六个文武大臣。君臣对酌，非常开怀。敬宗皇帝爱好杯中之物，喝得酩酊大醉，呕吐起来。小太监扶着皇帝去换衣服，众大臣坐在筵前等候着，忽然听到一声惨叫，好像是皇帝的呼叫声，众大臣吓得脸色大变。苏佐明忍不住了，推案而起。正慌张的时候，殿上的灯火全部熄灭了。眼前一片漆黑，众大臣一步也走不了。半天之后，才有小太监点起灯火，回头一看，殿上已经站满了兵士，肩上都掮着雪亮的刀枪。众大臣知道中了计，面面相觑。

过了一会儿，太监刘克明带剑上殿，满脸杀气，身后跟着一队铁甲兵。刘克明对众大臣厉声说道："万岁爷驾崩了！"一句话，吓得众大臣惨无人色。苏佐明忍不住滚下泪来，余应龙问道："万岁爷好好的，怎么突然就崩了驾呢？"刘克明瞪着双眼，一手按住剑柄，大有拔剑出鞘之势。余应龙见了忙低下头，再也不敢做声。这时学士路隋，正坐在余应龙左边。刘克明右手拿着剑，左手把路隋揪下席。然后喝令小太监捧来笔砚，逼着路学士草遗诏，命传位给绛王李悟，并说绛王年幼，令刘克明摄政，尊为尚父。

遗诏发到宫外，人人诧异。明知是刘克明一人捣的鬼，但满朝都是宦官的势力，众大臣也奈何他不得。二十八个入宫赴宴的官员，都被刘克明监禁在宫中。众大臣再三向刘克明哀求着，刘克明都不理。直到敬宗皇帝的尸体收殓完毕，绛王李悟进宫即位，诸事妥当之后，刘克明才把众大臣放出宫。

·太子自刎·

刘克明把众大臣在宫中监禁了三天三夜，才放他们出宫。苏佐明十分悲愤，扮成农人混出京城。又悄悄地召集枢密大臣王守澄、杨承和中尉魏从简、梁守谦等忠义之臣，秘密商议。决定由苏佐明率领士兵到涪州迎来江王李涵，乘城中不备，攻入京师，直奔宫中。这时宦官刘克明已与董淑妃成双作对，丝毫不把绛王放在眼里。听到宫门外喊杀连天，刘克明忙命小太监打听，才知道苏佐明已经率兵把宫禁围得水泄不通了。

刘克明指挥众太监，到宫门外抵御。苏佐明奋力攻打，但宫中有左右神策飞龙兵帮助守住宫门，实在是很难攻进去。余应龙扶着江王，令兵士高声大喊："真天子在此！快开宫门！"宫中的神策兵听了，竟然自相残杀起来。苏佐明率兵乘势杀进去，神策飞龙兵见了江王，齐呼万岁。转过身来，帮着江王大杀太监。苏佐明眼快，在人群中看见刘克明抱着一位小王爷，四处乱窜。苏佐明射去一箭，刘克明应弦而倒。众人一拥上去，将他剁成肉泥，绛王李悟也和刘克明死在一块了。众太监见刘克明死了，都四散奔逃。

江王入宫，见了绛王的尸首，免不了抚尸痛哭。众大臣拥着江王，在凝禧殿即皇帝位，称为文宗。文宗是穆宗皇帝的二儿子，尊母后萧氏为皇太后。第二天，宫中发出一道圣旨，放出三千宫女，又放出鹰犬，罢去田猎，裁去闲职太监一千二百人。这一年大丰收，文宗命司农贮存五谷。文宗天性俭朴，在宫中布衣麦饭，见了文绣雕镂的器物，都要命人藏入府库。这时太极殿因为皇帝久不坐朝，两墀下长满了草，文宗命人割除。下令每逢单日，坐朝听政。每天众大臣奏事，一直到中午都没有退朝。敬宗皇帝在的时候，每月只坐朝一两天，公事压积了很多，文宗一一查问，自然就延长了坐朝的时间。这时刘克明的死党，都被搜杀干净。

中监仇士良，是文宗最亲信的人。他在江王藩府中，服侍文宗多年。奉文宗入宫时，有护圣驾的功劳，文宗对他另眼相看。谁知小人一得志，就跋扈起来。仇士良在宫中暗结党羽，把持朝政。朝命出入，都是仇士良一人操纵着。加一官晋一爵，仇士良都要向官员索取钱财。文宗皇帝又特别信任仇太监，每天坐朝，遇到难以抉择的事，就问仇士良。仇太监也很有口才，经常当殿代万岁爷宣布旨意。日子久了，满朝政事，都听仇士良一人的号令。慢慢的，每天朝堂上，只听到仇士良一人的声音。臣下有事奏请，仇士良就代皇帝下旨，处理国家大事。文宗高坐在龙椅上，木偶一般，心里很是气愤。但仇士良党羽已成，文宗在宫中一举一动，都被太监钳掣住了，不得自由。文宗心灰意懒，渐渐无志于国事，也不坐朝了。所有内外大事，都被仇士良一人操控。仇士良招权纳贿，肆意妄为。

文宗整天在宫中闲着无事，就和妃嫔们厮缠着，渐渐沉迷色欲。文宗最宠爱纪昭容，纪昭容容貌端丽，性情贤淑，文宗常去临幸。一天纪昭容房中，忽然多了一对姐妹花，姿色艳比芙蓉，肌肤白如霜雪，腰肢袅娜。这对姐妹见文宗驾到，都惊鸿一般转身离去。美人模模糊糊，如同雾里看花，越是看不清楚，越是爱看，越是爱就越是想。这时文宗眼花缭乱，心旌动摇，心中越想得厉害，越不敢问。纪昭容的妒忌心很强，文宗宠爱着纪昭容，也不愿兜这闲气，但文宗越是不说，心里越是想得厉害。

一天，文宗独自在御园中闲走，慢慢走到万花深处。一瞥眼，叶底下露出一对美人，文宗认出正是在纪昭容屋里的姐妹花。这时，文宗忘了自己是天子之尊，满脸堆着笑容，迎上前去。那姐妹二人见无处可避，只得拜倒在地，娇呼万岁。文宗万分欢喜，当时没顾得上问话，就伸过手去，一手拉住一个，慢慢走出来。文宗就近转入延晖宫，一夜临幸了姐妹二人。初入温柔，深怜热爱，一连十多天都不出宫。纪昭容打听到万岁爷有了新宠，心里虽然万分悲怨，但也不敢去惊动圣驾。直到二十天了，还不见万岁爷出延晖宫。纪昭容满肚子醋气，再也忍不住了，借口叩问圣安，闯进宫，打算看看万岁爷的新宠，到底是怎么样的一个美人儿。

谁知一见面，纪昭容惊得连忙跪下地，连连叩头说道："万岁爷错了，错了！"文宗听了，一时莫名其妙。那姐妹二人听了纪昭容的话，羞得粉面红晕，都低下了头。纪昭容又说道："万岁爷可知这两个新宠是万岁爷的什么人？她姐妹二人，是万岁爷的侄女啊！"文宗听了，惊得跳起来，忙问："是谁的女儿，怎么会是朕的侄女呢？"纪昭容奏道："她们姐妹二人是李孝本的女儿。"文宗听说是他哥哥湘王李孝本的女儿，急得在屋子里乱转，嘴里连说："糟了！糟了！"纪昭容又接着说道："她们姐妹二人，是新出阁的，刚嫁给段右军没多久。贱妾和她们性情相投，就常常让她们进宫。没想到万岁爷看上了眼，现在这事可怎么办？"文宗看着两侄女娇艳万分，心里爱怜不舍，心中一横，双脚一顿，说道："这事木已成舟，朕也顾不得什么侄女不侄女了！她们二人，朕是爱定了，明天朕就下旨册立她们为昭仪，另外在宫中选两个美人赏给段右军。"纪昭容听说万岁爷要册立自己的侄女做昭仪，连忙磕头苦劝。无奈文宗被美色迷住了，怎么也不听。

第二天，文宗就发下谕旨，立两个侄女为昭仪。满朝大臣，不禁哗然。拾遗魏謩上疏规劝，文宗读了他的奏章，自惭形秽，亲笔在表文后面批道："朕广选女子，原本是打算赐给诸王的。只是怜惜孝本的遗孤，才把他的女儿收养宫中，并无册立之事。”就这样把乱伦的秽德，轻轻抹掉了。魏謩也无话可说了。文宗又怕这劝谏之事一开了头，大臣们都要纷纷上奏章劝谏，不得不装模作样一番。宫里有起居舍人，专门记录皇帝的起居。文宗要查看起居录，舍人奏道：“起居录记录的是人主的善恶之事，为的就是警戒人主。陛下只要力行善政，就无须查看。帝王如果要查看，从此舍人就不敢直书帝王善恶了。”

魏謩又奏请早立太子，文宗每天游玩，都令长子李永随侍左右。太子李永已经二十岁了，玉树临风，自幼爱踢球骑马。长大后，自有一群大臣子弟，陪着他在外面斗鸡走狗。渐渐地太子出入娼家，行为放浪起来。他又仗着自己容貌俊秀，每次王公大臣家宴时，见有内室美眷，就施展手段百般勾引。闺秀命妇贪恋富贵，又爱他年少英俊，私下和太子偷香送暖，给丈夫戴绿帽子。太子的性情，很合他父皇的心意，因此文宗在宫中，每次宴乐，都要召他随侍左右。太子即使当着父皇的面，与宫女们依旧是调笑无忌。

那时有一位杨贤妃，是文宗在教坊中挑选进宫的。这女子天生美艳，性情活泼，文宗得了她，异常宠爱。谁知事有凑巧，从前太子李永在教坊中出入，就和杨贤妃结下一段深情。二人海誓山盟，情意绵绵。只因李永是长王子，将来有做太子的希望，如果娶了一个妓女做妃子，会招惹非议，因此一直拖着。不知哪位大臣，要讨皇帝的好儿，竟把杨贤妃献进了宫。文宗与她居然一见钟情，一宵雨露，就册立她为杨贤妃。满朝大臣，为迎合万岁爷的心意，纷纷上表进贺。

文宗要讨杨贤妃的欢心，就在熙春殿上，大设筵宴，赐群臣饮酒。喝完酒，退到后宫，又传各王子公主拜见贤妃。第一个是王子李永，他进宫去行礼，一抬头见坐在上面的新妃子，不是别人，正是和他在枕上花开并蒂、海誓山盟的意中人。他心中一酸，气愤难耐，但当着父皇的面，也不得不忍着，拜倒在他意中人的裙下。李永拜完出宫，回到府里，一时无处发泄，就把自己书室中的文具珍宝，乱摔乱扔一番。府里上下的人，个个惊得目瞪口呆。

正在不可开交的时候，忽然父皇的册旨下来。王子李永忍住气愤，忙设下香案接旨。中官宣读诏旨，册立长子李永为皇太子。一些趋炎附势的大臣，得了消息，忙又纷纷到太子府里贺喜。太子府中三天三夜，笙歌宴饮，热闹非凡。庆贺完以后，太子照例迁入东宫居住。皇帝又派了一群东宫的官员，天天陪着太子饮酒游乐。太子虽然天天和近臣太监们游玩着，但每当想起意中人，心里就绞痛不已。而东宫离杨贤妃的凝晖宫，偏偏又近在咫尺。太子每天清早在楼头眺望，只见烟树迷蒙，挡住了凝晖宫的屋顶。太子见屋怀人，常常伤心叹息。

一天，太子趁人不注意的时候，一个人悄悄地溜进凝晖宫。这时黄昏月上，宫廷廊下映着红绿的灯光。太子躲在灯光后面等着，半天过去了，果然见内侍扶着杨贤妃慢慢地走出来。杨妃倚着栏杆，望着月亮。太子心里正想念着她，骤然看见意中人，怎么忍耐得住，也顾不得避开宫侍，急忙纵身出去，伸出两手握住杨贤妃的肩头，说道："你害我想得好苦啊！"杨贤妃大吃一惊，玉容失色，紧蹙双眉，娇声喝道："有贼！"太子见了，怕惊动宫中侍卫出来，急忙转身退回东宫。

杨贤妃这时攀上高枝，早已不把太子放在心里了。太子当着宫侍的面，做出这轻薄的样儿，杨贤妃心中又气又羞。她怕宫侍口没遮拦，把太子的轻薄样儿在人前说出来，一旦传给万岁爷知道了，疑心自己和太子有什么暧昧事，自己就保不住皇帝的宠爱。杨贤妃想出一个狠毒的主意，索性先发制人，在文宗皇帝跟前，日夜说着太子的坏话。文宗皇帝正宠爱杨贤妃，听说太子胆敢调戏杨贤妃，就要传旨废去太子名位，把太子送交刑部看管。消息传到太子那里，太子知道大祸来临，又悲伤又恐慌，关上屋子，一个人徘徊到天亮。他越想越害怕，最后竟悄悄地自刎了。

第二天东宫侍臣上奏万岁，万岁爷勃然大怒，把东宫近臣全部打下大牢。消息传到杨贤妃耳中，这时杨贤妃正与一位少年王爷在密室中谈心。这王爷就是文宗皇帝的弟弟安王李溶。在诸位王爷中，安王长得最俊秀，杨贤妃入宫之初，一眼就看中了他，二人天天秘密来往着。杨贤妃听说太子已死，就乘万岁爷晚上临幸的时候，在枕席之间替安王进言，请万岁爷立安王为太子。安王也神通广大，用黄金买通了宫中太监。第二天宦官仇士良率领总管太监，二十多个人去见万岁爷，奏请立安王为太子。说话的时候，气势汹汹，声色严厉。文宗一向害怕宦官的威权，见他们众口一词，要立安王为太子，心中明知道安王与他们结了同党，也不敢当面说破，只推说立储是国家大事，要与丞相商量。

第二天，文宗皇帝召左丞相李珏到密室中，说出宦官拥立安王的事。李珏极力说不能立安王。文宗叹着气说道："朕如今受制于宦官，哪还有朕说话的地方？"李珏奏道："老臣一定尽力效忠陛下！"说完，匆匆退出宫。李珏回到相府，召集了文武大臣秘密商议。众官都拥立敬宗少子李成美为太子，只怕宫中的宦官不同意。文武大臣联名上奏，请求立李成美为太子，共有五百多人。李成美是个循规蹈矩的少年，文宗见有许多大臣署着名，胆子也大了起来。仇士良等太监，见有许多外臣扶持李成美，也不敢反对。文宗于是大着胆下圣旨，册立李成美为皇太子。

文宗在宫中，时时受着宦官的气，心里闷闷不乐。俗话说，忧能伤人。文宗心里的闷气郁积久了，后来一病不起，打算命太子监国。这时宫中密布仇士良的心腹，见皇帝寝宫中要传出密旨。仇士良派出心腹侍卫，在半路上劫去圣旨。仇士良私改诏书，立皇弟李溶为太弟，命太弟监国。第二天，文宗驾崩，太子李成美得了消息，要到寝宫哭送。走到寝宫门外，忽然四个力士跳出来，不由分说，擒住太子，把他送到密室中，活活用麻绳缢死了他。太弟见太子已死，放心地自立为皇帝，坐朝听政，称为武宗。

武宗皇帝很精明强干。他用阴谋把这皇位霸占过来，担心内外人心不服，就用威力整顿朝纲。所有文宗时旁落的大权，武宗统统收了回来。中尉仇士良仗着有扶立之功，每次朝会时都高视阔步，叱咤百官。武宗心中十分愤怒，只因当时宫中的太监都是仇士良的同党，不便下手。武宗多次赏赐内侍金帛，让他们叛离仇士良，效忠自己。仇士良渐渐觉得自己势孤力单了，就告老回家。

众太监到仇士良府里饮酒饯别，仇士良对众内官说道：“你们要想在宫中树立权威，就不能让天子过于精察世事。应当引着天子奢靡纵色，让他无暇顾及其他的事，然后你们才能得志。记着一定不要让天子亲近儒生，天子一读书，就知道前代兴亡的教训，就会忧心朝政，那时你们就无法揽权了！”几句话，说得众人叹服。仇士良离开后，宫中的太监又朋比为奸起来。

·郑太后的报复·

武宗明察内外，又没有什么嗜好，众太监无法使天子昏惰。众太监听了仇士良的话，结合私党，背着武宗皇帝，暗地里做招权纳贿的勾当。但武宗是一位英明之主，朝廷政事，不论大小，都要亲自处理。太监要在暗地里营私舞弊，也很难下手。因此太监们背地里商议，要探听万岁爷有什么嗜好，设法投其所好，使万岁爷陷入其中，无暇顾及国家政事。后来打听到万岁爷酷好杯中之物，众太监设法搜罗各处的名酒。武宗喜欢喝的酒名，传到四方，幽州刺史官苏允中就献上十二坛名酒，又献进一个劝酒的美人。

那美人是扬州的娼妓，名叫小翠。小翠不但容貌美丽，更善于劝酒。每当华筵初张，小翠就展开娇喉唱《酒中八仙歌》。每唱一阕，就劝一回酒。座中的宾客，既贪她的美色，又爱她的娇喉，不知不觉举杯痛饮。小翠有满肚子的新奇酒令，屋里的十景架上满是玉筒。一筒是一种酒令，既风雅又香艳。牙筹上都雕着艳雅的词句，就是不能饮酒的人，见了也不由得起了兴致，强饮几杯。因此文人雅士、达官富商，都挤在小翠儿的妆阁里不肯离去。小翠儿的名气，一天天大了起来。官府大员，常常把小翠儿传进府里陪伴饮酒，十天八天的不放她出来。从此小翠儿也不把文人商贾放在眼里，一心巴结达官贵人。每次坐着香车出行，前呼后拥，招摇过市。如今她索性巴结上了皇帝。武宗虽然是一个英明的君主，但见了这个花一般的美人儿，能歌能唱，能说能笑，不由得神魂颠倒。

宫中的太监，见这位英明的万岁也糊涂起来了，就趁机在暗地里招权纳贿。武宗得了小翠儿，每天在绛云轩饮酒听歌，猜拳行令，灌得烂醉如泥。节度使杜悰见万岁如此沉迷不醒，就上了一道奏章，力劝皇上励精图治。武宗皇帝因饮酒过量，伤了肺腑，卧病不起，心中非常悔恨自己好色贪酒。读了杜悰的奏章，万分悲伤，靠在床头不停地流泪。无奈肺病一天比一天严重，挣扎到了冬天，武宗就晏了驾。这时宫中太监的威权，一天比一天大。武宗皇帝病势危急时，太监们就在宫中秘密商议，想立太叔光王李忱为太子。

光王是武宗皇帝的弟弟，宪宗皇帝的少子。光王的母亲郑氏，原本是丞相李锜的姬人。李锜和宪宗，在东宫的时候就很相投，有时宪宗还到李锜家中游玩，十分快乐，忘了回宫就留住在李锜府里。李锜的妻妾子女们也都和宪宗谈笑无忌，其中爱姬郑氏长得美艳出众，尤其善于烹调。宪宗皇帝又最讲究饮食，在李锜家中尝到了美味的酒菜，自然开怀。李锜也想讨好宪宗，就让爱妾郑氏出堂拜见。谁知他二人一见了面，各自生了情。宪宗从此更是走得勤了。

从前宪宗到李锜家，一般都是李锜在家的时候，两人吃喝游玩着，大说大笑，十分亲热。宪宗自从心里有了郑氏以后，就趁着李锜不在家的时候，偷偷地去和郑氏私会。他是东宫太子，又是将来的皇帝，有谁敢管他的闲事？每次宪宗到李锜家中，就和郑氏在花园中放胆风流。后来也被李锜亲自冲破过几次，李锜心里虽然觉得酸溜溜的，但也不敢因此坏了君臣的义气，索性向宪宗说明，把爱姬送给了宪宗。宪宗大喜，把郑氏娶进宫，不到半年就生下了光王李忱。

宪宗即位以后，因宠爱郑氏，自然也加倍宠爱光王。无奈光王自幼就有几分呆气，生性十分残忍。宫中各位王子都不和光王来往，背地里说他是私生子。宪宗见他不得人心，只得立文宗为太子。光王见自己不能得势，在宫中也很安分。十多年后，光王忽然又得宠起来。原来光王平时在宫中，与太监交好，宫中太监都称他为太叔。武宗时太叔的权势很大，宫中人人敬畏他。太监都仗着太叔的势力，植党营私，太叔也渐渐地起了野心。母亲郑太妃在一旁竭力撺掇着众太监，拥戴光王，又答应众太监事成以后，给他们许多好处。

太监们在宫中秘密商议，联合外面的大臣，篡改了皇帝的遗诏。说皇子年幼，立光王为皇太叔，全权处理军国政事。武宗晏驾以后，太叔居然高坐朝堂，裁决政事。国事处理得井井有条，文武百官十分信服。宰相李德裕，奏请皇太叔自称天子，称为宣宗。谁知宣宗一登位，很是精明，处事又苛刻少恩。以前的几个太监，都被宣宗找借口裁撤了，宣宗对待外臣也少恩寡德，弄得内外怨恨。宣宗因自己贵为天子，就尊生母郑氏为皇太后。又担心李锜把宪宗旧时的私情泄露出来，损害他母子的颜面，就硬说李锜有大逆之罪，将他全族斩首。

武宗在的时候，有一位得宠的王才人，长得十分美秀玲珑，武宗生平最钟爱她。王才人是穆宗在时选进宫的，年仅十三岁就很擅长歌舞。十四岁时，模样儿也长得美秀娇艳了。武宗是太子的时候，见了她十分喜欢，穆宗就把她赏给了太子。武宗登位后，原本打算册立王氏为皇后，只因她出身微贱又没有生育儿子，武宗才不得不立王氏为才人。但是王才人实在长得惹人怜爱，不但眉眼俊美、体态苗条，而且肌肤白嫩、姿态翩跹。她和武宗一样披着甲胄，戎装跨马，在西山下围猎，刚健婀袅，十分动人。王才人在宫中，直到武宗崩驾，受到的宠幸始终都没有消减。王才人不但容貌美丽，而且心性聪敏，凡是皇帝爱好的，王才人无不曲意承欢。武宗见了，更是爱不释手。从来爱美人的，总不免在床笫之间，多用些工夫。武宗的身体，因此渐渐地被掏虚了。

当时武宗痛恨佛法，下令京师东都只许留两所佛寺，每所佛寺留僧人三十名。将其余的寺院全部毁掉，勒令僧尼还俗，并没收田产。寺院的木材用来做公廨驿舍，所有铜像钟磬一律熔化，改铸钱币。共计毁去寺院四千六百余座，勒令还俗的尼僧有二十六万五百人，收没良田数千万顷，奴婢十五万人。自古以来排斥佛祖的帝王，共有三人：一是魏太武帝，二是周武帝，三是唐武宗。佛家称之为“三武之祸”。武宗力排佛教，专信道教。即位初年，就宣召方士赵归真入宫，传授符篆之术，封他为道门教授先生，并在西安宫外，为赵归真建了一座望仙观。武宗每天坐完朝，就到观中听讲法典，十分虔诚。

赵归真趁机广引徒党，又迎合意旨，为皇帝修炼快乐仙丹、不老神药。武宗服下以后，精神陡然倍长、春兴更浓，从早到晚，与王才人纠缠不休。武宗只顾讨王才人的欢心，也不怕伤害身体，渐渐地容颜憔悴，形体枯瘦。王才人也劝谏万岁爷，少服丹药。无奈武宗为了眼前的快乐，什么也不顾，挨到会昌六年一病不起。武宗弥留的时候，只有王才人一人侍立在榻旁。那时武宗已经不能说话，用手指着王才人，两只眼睛瞪着，不眨一下。王才人知道万岁爷舍不下她，忙拜倒在御榻下，拭着眼泪说道：“陛下千秋万岁后，妾愿相随于地下。”一句话才说完，武宗就咽了气。

宣宗即位后，得知王才人的美貌，立即传旨宣召王才人觐见。王才人知道新皇帝不怀好意，借口入室更衣。退到寝室后，王才人紧闭双扉，解下衣带自缢而死。宣宗十分悼惜，下旨追封王才人为贤妃。出殡那天，宫中妃嫔想起王才人在时的种种好处，一起哭着为她送葬。宣宗见死了一个美人儿，整天长吁短叹，闷闷不乐。皇太后郑氏见万岁爷因想念美人，弄得废寝忘食，就替他在后宫中，挑选了十个美貌的娇娃，任宣宗临幸。宣宗眼前有了美人，心中的烦闷也就烟消云散了。这时宫中的大权，全操在皇太后郑氏一人手中。

郑太后入宫之初，就和太皇太后郭氏，结下了生死之仇。原来太皇太后郭氏，在兴庆宫颐养多年，历经穆宗、敬宗、文宗、武宗四朝，宫中的人都十分尊重太皇太后。郑氏不过是偷偷摸摸和皇帝好上的，名不正言不顺。郑氏因得了皇帝宠幸，不免恃宠而骄，在郭皇后跟前，常有失礼的地方。郭皇后是郭子仪的孙女，诗礼之家，最重名节。她见了郑氏轻狂的样儿，怎么忍得下？母后有统率六宫之权，郭氏瞒着宪宗，把一腔怨恨都发泄在郑氏身上。郑氏也知道自己来路不正，只得挨打受骂，吞声忍气地过着日子。这次母以子贵，宣宗即位后就尊郑氏为太后。郑氏升为太后以后，就想乘机报复郭氏。

宣宗想为生母吐气扬眉，对太皇太后郭氏也很失礼。郑氏又唆使宫中太监造谣，说宪宗之所以暴崩是因为太皇太后暗中下了毒。宫廷顿时沸沸扬扬，宣宗听了，立即命兴庆宫监断绝太皇太后的饮食。郭氏是六七十岁的老妇人了，一生养尊处优，从没遭人欺凌，突然遭此剧变，弄得她悲愁交集，以泪洗面。宫中的太监宫女都走光了，只剩下太皇太后一人，孤苦伶仃地闷坐在宫里。有一个老侍女，服侍了太皇太后二十多年了，非常忠心，忍着饥饿，不肯离开。太皇太后几次让她出宫，宫女说："奴婢至死侍奉太皇太后。"

太皇太后一天晚上睡到三更，突然醒来，心里万分悲凉。见窗外明月如昼，悄悄地起来，到勤政楼眺望了一会儿，不禁悲从中来。一时辛酸不已，纵身就要向楼下跳去。太皇太后上身正探出窗外，老宫女早已伸手拦腰抱住太皇太后。二人回到屋里抱头痛哭，天色快亮的时候，太皇太后突然暴崩了。宫中谣传太皇太后是服毒自尽的。宣宗余怒未息，不愿让太皇太后葬于宪宗陵旁，竟把太皇太后葬在景陵外园。太常官王皞上奏谏阻，宣宗不听。王皞再次上疏说道："太皇太后是汾阳王的孙女，嫁给宪宗为妇，身历五朝，母仪天下，陛下不能废了正嫡的大礼。"宣宗不理，贬王皞为句容令。

宣宗除对太皇太后失德以外，在朝政上尚能励精图治。太后的弟弟郑光，出身低贱，行为粗鲁，原本出镇河中。宣宗常得到谏议大夫弹劾郑光的奏本，就把他召回京师，封为右羽林统军。郑太后屡次在宣宗跟前，说郑光家里很贫寒。宣宗就赐郑光黄金千两，又常常赐他珍宝玉帛，但始终不让他做高官。

宣宗长女万寿公主，下嫁起居郎郑颢。天子嫁女儿，惯例要用银叶装点车辆，宣宗下令用铜叶代替银叶，以示天子的俭朴。公主临嫁的时候，宣宗叮咛她要谨守妇道，不得轻视夫族，干预朝事。一天，郑颢忽然得了重病，宣宗特地派中使到驸马府中探视。中使回到宫中，宣宗问："我家公主在干什么？"中使答称："在慈恩寺中看戏。"宣宗大怒道："朕家的女儿，怎么能如此骄纵？难怪士大夫都不愿与朕家联婚。"立刻令中使到慈恩寺，召公主回宫，当面责备道："夫君有病，你本应不离左右，侍奉汤药，怎么能抛下夫君独自去看戏呢？况且到寺院看戏，也不符合妇道。"公主慌忙谢罪出宫。皇亲贵族从此都不敢再放肆，始终谨守礼法。

宣宗的二女儿永福公主，美丽非凡，原本宣宗让她下嫁于琮。一天，永福公主侍奉宣宗进膳，稍不合意，公主就娇声叱咤，将匕箸一把折断。宣宗大怒道："你这样的性情，怎么能做士大夫的妻子？"随后下令由四女广德公主下嫁于琮。当时公主郡主，都不是很守妇道，在夫婿家任意出游；一旦驸马身死，公主就入宫另嫁。宣宗下诏："国家教化，始于夫妇。公主郡主守寡的，不得再嫁。"当时史官，称宣宗为小太宗。因为太宗在时是唐朝极盛之时，宣宗在位，也与太宗时一样太平。可惜太平了没多久，宣宗年到五十精力衰弱，也犯了文宗、武宗爱服食金石丹药的毛病。开始还有点药效，到大中十三年秋季，药性猝发，宣宗背上生疽，精神日见衰败，不久就驾崩了。

宣宗在时，没有册立太子。右军中尉王宗实，竭力主张立郓王李温为嗣皇帝，史称懿宗。懿宗因为自幼在外生活，游荡成性，一住到宫中，就觉得十分拘束。渐渐地懿宗也放纵起来，骄奢无度，淫乐不休。懿宗十分信佛，时常临幸安国寺，赐给寺里两把沉檀座椅，花了十多万钱。又设了万人斋，令百姓不论男女，都必须入寺饮食。传闻法门寺供养佛骨，就派中使用香车宝马，前往法门寺迎佛骨。群臣连上奏章劝谏，王宗实更是沉痛地说，宪宗因迎佛骨而晏驾，愿陛下谨慎。

懿宗皇帝是个昏君，即位以来穷奢极侈。在内宫宠爱许多妃嫔，她们平时的起居服用，都十分奢华。一衣一饰，动辄就千金万金，弄得国库渐渐空虚。这时关东连年水灾旱灾，百姓伤亡成千上万。懿宗还要穷兵黩武，借着征剿盗匪为名，调集军队，征收军粮。百姓流亡四方，沦为盗贼。盗匪越聚越多，到处打家劫舍，良民也不得安居，天下骚乱。外面乱得不堪收拾，朝中大臣也相约瞒着不奏报皇帝。懿宗整天在宫中和妃嫔寻着快乐，醉生梦死。

·哑公主嫁夫·

懿宗生平最宠爱的，就是郭淑妃。郭淑妃出身微贱，懿宗在王府的时候，郭氏的母亲在王府做裁缝，郭氏也随着母亲到王府游玩。郭氏的样貌，并不十分美丽，但她善于搔首弄姿，而且装扮得体，懿宗看在眼里觉得万分可爱。当时懿宗背着人，私下和她勾搭上了。郭氏虽然年纪小，但很知道攀高奉承。她在懿宗跟前撒痴撒娇，很得懿宗宠爱。后来懿宗做了皇帝，因偏爱郭妃，在位十年之久，还没册立皇后。懿宗屡次要立郭氏为皇后，臣下都说郭氏出身微贱，不能母仪天下。懿宗没法，只得封郭氏为淑妃。

郭淑妃生下一个女婴，封为同昌公主。同昌公主长得平庸，又是一个哑巴。懿宗因她是郭氏所生，给她的衣食都十分奢华，又对她千依百顺，养成了同昌公主骄惰的性情。十二岁的时候，同昌公主忽然说起话来，一开口就说道："今天我活了。"郭氏和懿宗皇帝听了十分诧异，连连追问她为什么这么说，同昌公主只是摇头，始终不肯说。从此以后同昌公主娇声说笑歌唱着，懿宗更是欢喜，用尽各种奇珍异宝哄她开心。

当时有一个韦保衡，是谏议大夫韦诚的儿子。韦保衡长得俊美，玉树临风，是一位翩翩公子，比同昌公主大三岁。郭淑妃见了，由衷的喜欢他，常常把韦保衡传进宫，伴着自己游玩。这时韦保衡只有十八岁，小孩子心性，只知道游玩，并不知道什么男女私情。郭淑妃见了韦保衡，就将宫女支到一旁，把韦保衡抱在怀里，百般挑逗着，任你铁石心肠，也不由得勾动春情。一个是中年妇人，一个是少年男子，一个是皇妃，一个是臣子，不知不觉就犯下了奸情。日子久了，外面早就沸沸扬扬说开了。

郭淑妃为了避嫌，就和懿宗皇帝商议，要将同昌公主下嫁韦保衡。懿宗皇帝宠爱郭淑妃，凡是郭淑妃说的话无不听从。同昌公主知道母亲和韦保衡有私情，不愿下嫁。这一下，可把郭淑妃急死了。她满心希望把同昌公主嫁给韦保衡，她是韦保衡的岳母，就可以光明正大地来往了，二人也可以伺机偷续旧欢，不料同昌公主竟然不愿意。郭淑妃再三劝说着，同昌公主总是不肯。郭淑妃无计可施，就把自己所有的珠宝首饰珍玩，都给同昌公主做嫁妆。又和懿宗皇帝商量，拿出五百万缗，赐给公主做嫁妆。又在仁寿宫旁，建了一座宅第，飞檐画栋，宏伟高大。屋里窗牖栏榭，都镶嵌着珠玉；平常用的器具，都是用金银铸成的。

朝中的文武官员，见懿宗如此宠爱公主，也都争相献着宝物。司空李从仁别出心裁，用金银铸成一个井栏，赠给公主。又有一个吏部官员，用金子铸成一个药臼，赠给驸马。同昌公主下嫁那天，懿宗遍赐京师百姓彩缎。京师大街，都扎着彩幔。公主府中的大小器皿，由四万人抬着，在大街上游行了一周。京师万头攒动，一条大街挤得水泄不通。如此豪奢，连从前的太平公主、安乐公主都比不上。

韦保衡得了这样一位贵妇人，又有许多钱财，早乐得骨软筋酥了。每天除了入朝站班以外，整天陪着同昌公主在闺房中说笑游玩。二人如胶似漆，寸步不离。郭淑妃借探望女儿为名，时常移驾驸马府，留恋宴饮，深夜不归。母女共事一夫，京师臣民传为笑谈。懿宗因喜爱女儿而更宠爱郭妃，任她自由出入，毫不禁止。韦保衡因为有岳母妻子为他吹嘘，官升翰林学士。咸通十一年，曹确被罢相，韦保衡竟与兵部侍郎于悰、户部侍郎刘瞻，同时入相。从此朝中文武大臣，都与韦驸马交往，联成一气，内外为奸。一群蝇营狗苟的臣僚，争着趋承伺候。当时人称韦保衡为牛头阿旁，说他阴恶可怕，如同恶鬼。

韦保衡正得意的时候，同昌公主忽然害起病来。这病来得古怪，只见她两眼向上，四肢蜷曲，嘴里不停地怪叫着。懿宗立即传唤医官二十多人，到驸马府诊脉。众医官都不知道是什么病症，皱眉叹气，束手无策。同昌公主奄奄一息，没几天就长辞人世了。懿宗没了爱女，心中万分痛悼，郭淑妃也悲痛不休。懿宗皇帝亲自做了挽歌，交给群臣。驸马府里供着灵座，懿宗皇帝亲自哭灵，令宰相以下官员，都前往祭吊。又下旨追封同昌公主为卫国公主，令礼部定谥号为文谥。

郭淑妃失去了爱女，悲痛之余，就把一口怨气都发在医官身上。郭淑妃私用皇帝玉玺，矫诏捕杀当时为公主诊脉的二十个医官，硬说他们误用药方，医死了公主。审理案子的官员，不分青红皂白，就把二十位医官全部斩首。又搜得医官的亲族三百多人，全部打入大牢。到第二年正月下葬同昌公主时，郭妃命人用铁索捆着医官的亲族，让他们走在公主的灵柩后面。还命人一路鞭打着他们，一鞭下去就是一条血痕，呼号之声，惨不忍闻。

懿宗与郭淑妃并坐在延兴门上，当公主的灵柩从延兴门下经过时，皇帝不禁掩面悲啼，郭妃更是哽咽难言。护丧的仪仗长达数十里，两百人抬着黄金铸成的开路神，在前面开路。此外公主的珍宝服玩，分别装成一百二十车抬着。乐工李可及作了《叹百年曲》，招来民间歌女五百人，手执香花，跟着丧车，边走边唱。又招来五百舞女跳地衣舞，把彩绸系在腰间，边走边舞。舞女经过之处，珠玑满地，贫穷人家拾到一颗珠子，就可以用三年了。公主生前的衣服珍玩等物品，都埋进墓里。

同昌公主死后，懿宗对韦保衡的宠信依旧不减。郭淑妃因为不便再到驸马府中住宿，就常常秘密召韦保衡进宫陪伴。两人任意调笑，不避耳目。郭淑妃常对懿宗皇帝说道："妾想念亡女，十分痛心。因此时常召见女婿，见女婿如见女儿。"懿宗信以为真。郭淑妃没看见韦保衡，就愁眉泪眼，郁郁不乐。懿宗见妃子不开心，就令中官到驸马府，宣召韦保衡进宫。郭淑妃一见了驸马，立即笑逐颜开。懿宗见郭淑妃快乐，他也就觉得快乐了。从此韦保衡的权力，比以前更大了。

当时，于惊与韦保衡同在相位，韦保衡有意排挤于惊，因此常常在皇帝跟前，诋毁于惊。懿宗听信了韦保衡的话，把于惊贬为韶州刺史。韦保衡想取于惊的性命，派刺客在半路上下手，消息传到广德公主耳中，她不禁惊慌起来。于惊是广德公主的丈夫，广德公主又是懿宗的同胞妹妹。听说韦保衡要谋害自己的丈夫，广德公主心生一计，自己穿着男子衣冠，扮成于惊坐在轿子里，让于惊坐在自己的香车里。夫妇二人，一路谨慎小心地走着。每到一家客店，公主就与于惊换榻而睡。刺客几次要下手，但都找不到于惊，于惊因此得以保全性命，平安到了韶州。

韦保衡因为什么与于惊结下这样的深仇呢？一半是因为同僚争权，两不相容；一半却是因为广德公主撞破了他和郭淑妃的好事。那天广德公主入宫，朝见完懿宗皇帝，就要出宫，经过御园时，广德公主不小心看见郭淑妃正和韦保衡在做不伦之事，广德公主吓得掩面而逃。郭妃眼快，已经看见了她，怕广德公主在懿宗皇帝跟前多嘴多舌，就唆使韦保衡先发制人，下毒手把于惊夫妇二人赶到韶州，以拔去眼中钉。韦保衡和郭妃二人在宫中，彻夜干着风流事。不久懿宗抱病在床，韦保衡更是毫无顾忌。

韦保衡和郭妃只知道贪恋色欲，哪里知道宫中的太监早已在背地里结党营私。为首的就是左神策中尉刘行深、右神策中尉韩文约，二人都是太监出身，宫中所有的大小太监，都听他们的号令。懿宗因宠爱郭淑妃，一直没有册立皇后，也没册立太子。懿宗亲生的儿子有八个。长子魏王李佾，二子凉王李健，三子蜀王李佶，四子威王李偘，五子普王李俨，六子吉王李保，七子寿王李杰，八子睦王李倚，全是后宫妃嫔所生。依照立嗣以长来说，魏王李佾理应被立为太子。只是刘行深、韩文约二人，想扶持幼主，以便自己专权，竟然乘着懿宗病势昏沉的时候，拥立懿宗五子普王李俨为太子。

普王的母亲王氏，出身也很卑贱。所有禁卫军的兵权，全握在刘、韩二人手中。王氏母子二人，与刘、韩两个阉人勾结起来。郭淑妃没有生育儿子，平时只知道一味迷恋韦保衡。王氏在背地里谋划的大事，她一点儿也不知道。后来懿宗崩了驾，刘、韩二人，矫诏传位普王，称为僖宗。僖宗一登位，就把郭淑妃幽禁起来，并贬韦保衡为贺州刺史。俗话说，人情反复无常。所有从前趋奉韦保衡的官员，见韦保衡失了势，都抢着上奏章弹劾他。僖宗看了众人的奏章，又降韦保衡为澄迈令，接着又赐他自尽。好好的一个风流俊美的少年，只因贪恋女色，把自己前程毁了，性命也送了。

这时朝廷的大权，全在刘行深、韩文约二人的手上。田令孜是僖宗皇帝最亲信的人。僖宗即位之初，只有十二岁，童心未泯，常在宫中和小太监玩耍。一有大臣奏议，僖宗就交给枢密田令孜处理。田令孜原本是一个小马坊使，平日也读书识字。僖宗在王府时，就与田令孜朝夕亲近，称田令孜为阿父。僖宗即位以后，让田令孜入主枢密，非常倚重他。田令孜为了讨得僖宗的欢心，凡是僖宗爱吃的果物，他都亲自进献。各种奇珍异果，陈列在榻前，君臣二人，对坐畅饮。田令孜又带着宫中数百人，侍奉僖宗。僖宗高兴的时候，就与他们击鞠抛球。

皇帝平时十分奢华，再加上刘、韩二人暗中贪污，库藏早已空虚了。田令孜又劝僖宗下旨，没收两市商货，统统输入内库，任皇帝使用。田令孜和刘行深、韩文约三人联合一气，在外面招权纳贿，依照银钱的多少，确定官位的大小。少主童昏，权奸骄恣，人怨沸腾，天变频繁，水旱灾害时有发生。饿殍载道，盗贼到处横行。那时有两个大盗，劫夺州县，十分猖獗，官军不能控制。

这两个大盗，一个是濮州王仙芝，一个是冤句黄巢。王仙芝与黄巢，都以贩卖私盐为生，横行无忌。黄巢又有一种防身的绝技，弹弓百发百中。他性情豪爽，略通诗书，屡试进士，不能得第。后来与王仙芝往来，结成生死之交。乾符元年，王仙芝聚集千人揭竿起事。第二年得众数万，攻陷濮州、曹州，声势十分浩大。黄巢得知王仙芝得利，也纠众响应，剽掠州县，声势汹涌。不到一年，黄巢就有数十万人，东西驰突，锐不可当。转眼大唐半壁江山，都落入黄巢之手。黄巢杀入潼关，攻破华州，留党目乔钤据守，自己率着众兵，直趋长安。

僖宗连得警报，十分惊慌，到南郊求天，祈求苍天保佑。求神完毕，回到朝中，再与众大臣商议退贼之计。谁知宣召的诏书，接二连三地发出，却不见一个大臣进宫来议事，僖宗更加慌张。正焦急的时候，忽然田令孜慌慌张张进宫说道："万岁爷，不好了！贼兵已经杀进长安来了。万岁爷快做好出巡的准备吧。"僖宗听了这话，吓得目瞪口呆，连忙问道："叫朕到什么地方去安身呢？"田令孜大声说道："陛下不如临幸蜀地。臣已经召集神策兵五百人护驾，请万岁爷快点启行。"僖宗慌忙回到后宫，只带了平时所最宠爱的妃嫔三四人和福、穆、潭、寿四王。田令孜在前面领路，五百神策兵在后面保驾，奔出长安城。京城中没了主帅，将士及百姓一起拥进府库，盗取金帛。直到午后，百官才知道车驾已经西行。有几个稍有良心的，就跑出城追去。

这时黄巢还没有入城，进城来的是凤翔、博野的救兵。谁知救兵来了，反而成了反兵，在京城中烧杀劫夺，横行不法。当时田令孜在外招募新兵，新兵所穿的衣服都很华丽。恰巧凤翔、博野的救兵来到，走到渭桥，见新军衣着如此华丽，众兵士心中十分不服，大声鼓噪道："他们有什么功劳，竟享用如此华丽的衣服，我们却在外面挨冻受饿。"众士兵一拥而上，剥下新军的衣服，然后出城做贼兵的向导。

直到晚上，黄巢前锋将领柴存入都，金吾将军张直才与群臣到灞上迎接。黄巢乘着黄金舆，戎服兜鍪，昂然入宫。党徒华帻绣袍，乘着铜舆，护卫的骑士有数十万。沿途掠夺辎重财帛，自东京到京师，百姓夹道观看。贼众见百姓衣衫褴褛，就把金帛分给他们，百姓欢呼，称为黄王。黄巢进入春明门，来到太极殿，宫女数千人拜迎，黄巢见有许多美女，大为欢喜。

·刘季述逼宫·

黄巢入宫霸占了僖宗的数千宫女，在他看来个个都是西施王嫱，因而整天整夜寻欢作乐。一群趋奉势力的大臣，天天上表黄巢登位称帝。黄巢早有这个心思，于是择了吉日，坐朝称帝。谁知黄巢一坐上龙位，文武大臣呼了三声万岁之后，忽然觉得头晕眼花，慌得黄巢急忙跳下龙位，不敢再坐。然后派心腹守住宫廷，自己住到田令孜的宅子里，改称将军，申明军律，约束兵士。过了几天，贼党渐渐放肆，四处骚乱，焚毁都城，杀人满街。见有富贵的人家，就任意抢劫，黄巢也不喝止他们。

文武大臣见黄巢不敢称帝，辜负了他们一片攀龙附凤之心，不肯甘休，又不断地上劝进表文。黄巢自从那天坐了一次龙椅以后，虽然心惊胆战，但后来思量一番，还是想坐龙椅。他每天睡到半夜，就起身到庭心里走着，想着主意。后来黄巢主意已决，令手下兵士捕杀唐家宗族，即便是三尺孩童也照抓不放。然后又携着内眷入宫，接受百官朝贺，自称大齐皇帝。即位含元殿，画皂缯为衮衣，大赦天下，改元金统，立妻曹氏为皇后。改年号为“广明”，“广明”二字是寓“唐”去“丑口”二字，再加上一个“黄”字，意为“代唐”。黄巢专门与唐家官吏为难，凡是不肯降顺他的官员，就四处搜捕，杀人遍地。京师百姓，有大半惨遭杀戮，百姓心中十分愤怨，但都敢怒不敢言。

当时僖宗皇帝避难逃到蜀地，随后就调遣大将程宗楚、唐弘夫二人，统兵直攻京师。京师百姓，在城内暗中响应。黄巢得知官军大举而来，也无心守城，当即率众向东出城逃去。程、唐二军，从延秋门杀入。官兵一入京师，见街市繁华，也起了异心。黄昏时候，百姓还没有安枕，将军一声叫喊，官兵就开始掠取金帛妇女，恣意享乐。市中无赖少年，趁机混在其中劫夺财物。黄巢率兵离京城不远，打听到官军有变，又带兵回去还击，进入都门。程、唐二将没有防备，手下兵士又四散寻乐去了，一时无法调集，两人相继阵亡。黄巢再入长安，那群附逆的奸臣，齐上黄巢的尊号，称其为承天应运启圣睿文宣武皇帝。黄巢自称帝以后，前后共有十年，攻城略地，所向无敌。

后来陈州刺史赵犨，用强兵守住要路，四面埋伏，专等贼兵前来厮杀。果然贼将孟楷，移兵进攻。赵犨伏兵四起，斩杀了孟楷。黄巢得了战败的消息，十分愤怒，合兵十万围攻陈州。赵犨哭着劝谕兵士，誓死固守。待贼兵稍稍松懈时，赵犨立即领着锐卒，开城袭击，杀死众多贼兵。黄巢非常气愤，幸亏这时朱全忠带来了救兵。李克用带着五万汉蕃兵，合攻黄巢。李克用追着贼兵来到中牟，乘贼兵渡河的时候，逆击中流，杀贼上万。黄巢渡过汴河，向北逃走。李克用穷追不舍，到封邱杀贼数千，到兖州又杀贼数千。这时黄巢手下只剩千人，他们一齐逃到了泰山。

黄巢自知难免一死，于是对甥儿林言说道："我本打算清君侧，洗濯朝廷。如今事情失败，我也无颜见天下人。你可以斩了我的首级，献给天子，也能保得一生富贵。"林言不忍下手，黄巢急忙拔佩刀自刎，一时脖子没断，气息奄奄。黄巢睁着两眼，望着甥儿。林言无奈，只得把黄巢的首级割下，又斩黄巢兄弟妻子的首级，连同自己的首级也割下来。唐将时溥将首级送到行在。僖宗大喜，当即在大玄楼受俘，命人将黄巢的首级悬挂在都门。

黄巢的姬妾数百人，一齐跪在楼下。僖宗在楼上望去，见个个花容暗淡、玉貌凄惶，不觉动了怜香之念。于是传几个女子上楼，当面问话道："你们都是朝廷勋贵的女儿，世代蒙受国恩，怎么能甘心从贼？如有委屈，可从实奏来，朕一定饶恕。"僖宗见那些女子，个个都长得花容月貌，故意说了这几句话。他想要她们叩首乞怜，然后自己就可以开恩，把她们收在后宫，慢慢召幸。

谁知那些女子，毫无乞怜之态，反而说道："狂贼凶悍，国家动用数十万士兵，都不能将其一举消灭，反而弄得丢弃宗庙，远迁巴蜀。陛下君临宇宙，率有万众，都不能抵抗逆贼，我们不过是一介弱女子，又有什么能力抵抗？如果说我们有罪当诛，试问满朝追随逆贼的将相，该怎么处置？"僖宗听了，恼羞成怒，喝令处斩。可怜数百花容月貌的好女子，都身首异处。临刑时，刽子手不忍看她们痛苦，就先用药酒将她们弄晕了才用刑。

僖宗退到内宫立刻下旨，密令神策军监在京师搜捉之前追随逆贼的将相，将他们的亲族一概处斩。那时田令孜自居功高，在朝廷日益骄横，每次朝会，只有田令孜一人说话，不许天子有任何主张。僖宗敢怒而不敢言，只能对着左右流泪。将士们见田令孜如此骄横，人人怨恨。秦宗权率兵出长安，劫掠外府州县，朱全忠、李克用也纷纷逞兵。国内几无宁日，人人以清君侧为名，扰攘了数年，大局才初定。僖宗启驾回宫，沿途苍凉满目，触景生悲。等到进了都城，更觉得铜驼荆棘，狐兔纵横。走到大内，只有几个老年太监出来拜谒，之前的宫女都不知去向。懿宗在时最宠爱的郭淑妃，也杳无下落了。僖宗十分伤感，田令孜又处处逼迫着僖宗，僖宗连行动都失去了自由。京兆尹王徽雇用五万人，修建宫廷，整葺城垣。

忽然得知李克用率领叛兵又逼近京师，田令孜大惊，不由分说，立刻要僖宗出逃。长安宫室，再次被乱兵所毁，荡然无存。李克用见僖宗已经出逃，只得还军河中，上表请皇上回宫，乞求诛杀田令孜。僖宗见了表文，也想回宫。田令孜偏又在夜间，带兵进入行宫，胁迫僖宗转幸兴元，一路随行的黄门卫士只有数百人。太子少保孔纬，奉太庙神主出京，在中途遇到贼兵，抛弃神主，独自逃亡。

宰相萧遘见田令孜劫夺车驾，就令朱玫率兵五千，追回圣驾。田令孜见后面有追兵，自已又劫持僖宗西逃，就命神策军使王建为清道斩斫使。沿途多盗贼，王建率长剑手五百人，前驱奋击，才杀退众贼，开出一条道来。看到大散岭下，车马不能通行，僖宗就取出传国玺，交给王建，君臣二人手拉着手，登上大散岭。一行人走在山中的崎岖小道上，走到傍晚，忽然朱玫率兵马追来，放火焚烧阁道。顿时烟焰熏天，蒙住去路，栈道被焚烧数丈。王建背着僖宗，一跃而过，得以脱险。晚上，僖宗头枕着王建膝上，休息一晚。天色微明，王建扶着僖宗起身，僖宗不觉大哭。哭完，僖宗解下御袍，赐给王建道："这上面有朕的泪痕，你拿去留做纪念吧。"

等到了正午，一行人进了大散关，就闭关死守。朱玫攻城，好几天都没有攻下，只得退兵。路过遵涂驿，见到肃宗玄孙襄王李煴，病倒在驿舍中。朱玫立即扶他上马，一同回到凤翔，召集凤翔百官商议。朱玫厉声说道："我今天立李氏一王，敢有异议的，立即斩首。"百官面面相觑，不敢发言。朱玫拥立襄王李煴，处理军国大事。李玫自任左右神策十军使，第二年改立襄王为帝，改元建贞，独揽大权。

朱玫原本令部将王行瑜带兵五万，进攻大散关，谁知王行瑜却忽然回到长安。朱玫见他擅自回师，召王行瑜入内，朱玫怒目相视，大声喝道："你擅自回京，是要造反吗？"王行瑜也厉声答道："我不是要造反，而是特地回来抓反贼的。"说着，举手一挥，门外冲进来一群武士，抓住朱玫就给斩了。随后又杀朱玫同党数百人，又杀死襄王李煴。王行瑜一面迎僖宗到凤阳，一面奏请夺去田令孜的官爵，贬其为端州令。

第二年，僖宗从凤阳回京，百姓流亡，城郭成为废墟。进了宫，更是满目荒凉。僖宗连年奔波，受尽惊吓，吃尽苦头，见了这样的凄凉景象，不由得悲伤。俗话说忧能伤人，僖宗入宫的第二天就患病，卧床不起，不到一个月，就奄奄一息了。群臣入宫商议大事，因僖宗的儿子都很年幼，打算立皇弟吉王李保为嗣皇帝，唯独杨复恭奏请立皇弟寿王李杰。李杰是懿宗的七儿子，是懿宗后宫王氏所生。僖宗一再出奔，李杰随从左右，深受僖宗倚重。杨复恭写了寿王的名字，递到僖宗榻前。僖宗已经不能开口说话了，就略微点了点头。僖宗当晚驾崩，遗诏命皇太弟李杰嗣位。百官率禁军到寿王邸中，迎新皇帝入宫，在柩前即位，称为昭宗。

昭宗体貌雄伟，又有英雄气概，还喜欢与士大夫亲近。立淑妃何氏为皇后，立戒不得宠任宦官。但宦官专权已有数代，要想革除旧习，一时也积重难返。当时宫中有个宦官名叫刘季述，最是奸险阴恶。数千太监，都是他的同党。刘季述见昭宗处处与宦官为难，心中十分愤恨，就与王仲仙、枢密王彦范、薛齐偓等人，阴谋推倒昭宗，立太子为嗣皇帝。恰巧昭宗在苑中围猎，多喝了几杯酒，醉意深浓，回到宫中，天色已经昏暗。一个小太监与几个宫女，正在殿头玩捉迷藏。没想到万岁爷这时驾到，那小太监箭一样地跑过来，与昭宗撞个满怀。昭宗大喝一声，小太监慌得忙趴在地下，不停地叩头。昭宗拔下佩剑，砍下太监和宫女的脑袋，怒气冲冲地跑到皇后宫中，责备何皇后约束不严。何皇后立即伏地请罪。

谁知昭宗杀死一个小太监，竟惹起宫中数千太监的公怒。第二天一清早，宫中的太监相约不开宫门，把六宫锁匙都收了起来。刘季述在外面带领禁兵千人，把两扇宫门，拍得震天动地的。刘季述亲拔佩刀，劈门而入。宫中太监围住刘季述，诉说皇帝杀死小太监的情形。刘季述大怒，立即把在朝的文武大臣唤进宫，对着众大臣说道："主上如此暴虐，怎么能治理天下事？为社稷计应当废去昏君，另立明主！"众大臣都诺诺连声，不敢说一句话。刘季述又召来禁中将士，在殿前列成队列。枢密王彦范起草立表章，请太子监国，逼着百官在表章上署名。将士们大声叫唤，一起冲进思政殿。

昭宗当时正在书房，阅览群臣的奏折，见众将士纷纷夺门而入，不禁大惊。刘季述佩刀入宫，把表章扔给昭宗，大声说道："这样做不是臣一个人的主意，是众大臣的意见。"昭宗见了，长叹而起，绕着宫里走着。刘季述上去扶住昭宗，昭宗怒愤填胸，大声喝骂。刘季述不说一句话，扶皇帝走出书房。这时见众太监扶着何皇后，从内宫走出来。何皇后吓得玉容失色，珠泪迸流。刘季玉手拿佩刀，逼着昭宗皇帝与皇后同上御辇。后面十多个妃嫔，涕泣相随，直到少阳院。

刘季述余怒未息，用刀尖画地，历数皇帝的罪恶，亲手锁了少阳院门。又熔铁灌入锁眼，在墙上挖了一个洞，用于送食物。刘季述转身走到外面，矫诏迎太子入宫，立为嗣皇帝。奉昭宗为太上皇，何氏为皇太后，加封百官，赏赐士卒。刘季述自称大将军，凡是之前被昭宗宠信的人，将他们一律赐死。可怜昭宗与何皇后二人，被幽禁在少阳院中，写诏书给刘季述，让他送来钱帛和书籍，刘季述概不理会。当时天气大寒，嫔妃公主都没衣服被子保暖，冻得直哭。司天监胡秀林，私下取来衣服被子送去。后来被人告发，刘季述命人抓捕胡秀林，用绳子捆送到大将军府。胡秀林见了刘季述，大声说道："中尉幽囚君父，还想多杀无辜吗？"刘季述一时无话可说，只得松绑让胡秀林离开。

刘季述又密遣养子刘希度到汴中，说把唐室江山作为赠品送给朱全忠。崔胤又致书朱全忠，让他兴兵救驾。朱全忠得了两封书信后踌躇不决，副使李振在一旁进言道："王室有难，应该成就霸业。刘季述不过是一介阉宦，竟敢囚废天子，现在不征讨他，他日还怎么号令诸将？如果幼主即位，他日天下之权，就在刘宦官一人手上了。"朱全忠听了这番话，恍然大悟，立刻将刘希度囚禁起来。随即派遣心腹蒋玄晖偷偷进入京师，与崔胤约定。又联合右军都将董彦弼、周承诲等忠勇将军，说定除夕举事，在安福门外设下伏兵，抓捕逆党。当时天色熹微，贼将王仲先驰马入朝，来到安福门外。神策指挥使孙德昭指挥将士，上去擒住王仲先，随手一刀，将他砍成两段。

孙德昭提着人头，来到少阳院门外，叩门大喊道："逆贼已经服诛，请陛下出来犒劳将士。"何皇后在院中，正与昭宗皇帝对坐哭泣，突然听到门外的呼声，还不敢相信，令小太监隔门问道："逆贼真的被诛了吗，首级在哪里？"孙德昭令人将首级从墙穴中传进去，何皇后与昭宗看了，见果然是王仲先的首级，不觉大喜！那时孙德昭已经破门而入，崔胤也从东殿赶来。昭宗驾临长乐门楼，百官纷纷前来道贺。周承诲抓住刘季述、王彦范等贼首，押到楼下。昭宗见了刘季述，眼中冒火，正要诘问。众将士已经一拥而上，把他们砍成肉泥。薛齐偓也是刘季述的同党，投井而死。孙德昭分兵到四人家中搜抓亲族同党六百多人，将他们全部斩首。这时宦官带着太子还了传国玺。

·史太行凶·

昭宗复位，当即赐孙德昭、周承诲、董彦弼三人国姓李。命李德昭为静海节度使，李承诲为岭南西道节度使，李彦弼为宁远节度使，让三人留住宫中，赐宴十天，倾尽国库所有平分给三人。时人称李德昭、李承诲、李彦弼为“三使相”。李德昭奏请定太子的罪，昭宗说：“我儿年幼无知，被奸人陷害，不足定罪，可仍居东宫，降为德王。”李德昭辞朝回到镇地，昭宗令士兵三千作为宿卫，暗地里监督宦官。

当时昭宗最亲信的人是丞相崔胤。崔胤每天在宫中出谋划策，外削藩镇之权，内除宦官之党，弄得内外怨恨。崔胤暗地里联合朱全忠，要与李德昭相抗。昭宗每天留崔胤在宫中谈论朝事，昭宗想将宦官诛杀殆尽，崔胤知道后极力怂恿。宦官党羽多，耳目长，背地里结成死党，准备抵抗。崔胤先令宫人掌管内事，阴谋夺取宦官的事权。宦官韩全诲对昭宗哭诉崔胤的阴谋，又唆使禁军对皇帝喧噪起来，说崔胤克扣冬衣。昭宗是一个惊弓之鸟，见崔胤威权很大，深怕养成第二个刘季述，再闹出逼宫的大事来，于是撤崔胤为盐铁使。崔胤心怀怨恨，派心腹秘密送信给朱全忠，让他清君侧。

朱全忠这时，正攻取河中晋、绛等州，斩杀了王珂，然后又攻下河东沁、泽、潞、辽等州，威振四方。奉皇帝诏书，朱全忠兼任宣武宣义天平护国节度使。得到崔胤的书信，朱全忠立即从河中回到大梁，发兵京师。韩全诲也有人在外面，探知朱全忠要入清君侧，急忙与三使相阴谋劫驾，然后逃奔凤翔行宫。商议的时候，只有李德昭不肯。韩全诲话已说出，势在必行，不管李德昭是否答应，他都决计先劫车驾。当即发令调动禁兵，分别把守宫门，所有文书来往和人员出入，都令禁兵搜查盘问。

有人密报昭宗，昭宗听说禁兵已经把守宫门，心中顿时慌张起来，忙召见谏议大夫韩偓。韩偓走到彰仪门口，就被守兵拦住。午时，韩全诲令李承诲、李彦弼二人登殿，奏请车驾西幸凤翔。昭宗支吾着说等晚上再商量，李承诲不好强逼，只得暂且退下。昭宗写了一封密信，赐给崔胤，上面写道：“朕为宗社大计，不得不西幸凤翔，卿等只要东行就可，惆怅！惆怅！”当晚昭宗在延英殿，召韩全诲等人议事。三更时分，李德昭留下的三千兵士，已经闯入内库，劫夺宝物。韩全诲见了昭宗，厉声说出“速幸凤翔”四个字，昭宗默然不答。韩全诲转身出去，喊来禁兵，胁迫诸王和宫人前往凤翔。昭宗一人坐在殿上，令中使宣召百官，百官无人应召。

韩全诲带兵登上大殿，厉声说道：“朱全忠意图入京劫持天子，迫使天子禅位，臣等愿奉送陛下驾幸凤翔，请皇上下诏令各将前来勤王。”昭宗见了声色大变，急忙拔出佩剑，逃到乞巧楼上。韩全诲追到楼上，硬逼着昭宗下楼。昭宗不得已走到寿春殿，李彦弼就在内院纵火，烟焰四腾。昭宗这时不得不与后妃等人，出殿上马。沿途饱受饥寒，食宿不安，奔波了一天到了田家砣。李茂贞出来迎接，昭宗喝了一碗薄粥，上马继续西行直到凤翔城。

朱全忠得知天子蒙尘在外，于是领兵进入长安，自任大将军，发号施令。朝中文武官员，统统畏服。朱全忠派康怀贞率领数千兵马，作为前驱；自率大军，向凤翔进发。两路兵马，直抵凤翔城下，耀武扬威。昭宗令李茂贞登城传话，说天子是因为避灾而驾幸凤翔，并非被宦官劫持，将军不要轻信谗言。”朱全忠在城下应声说道：“韩全诲威逼乘舆，我今天特地带兵前来问罪，迎接圣驾回宫。”韩全诲听了，逼着天子亲自登城令朱全忠退兵。朱全忠暂时不攻城，先略取了邠州，夺得邠宁节度使李继徽的妻子，回到河中，淫乐享用。朱全忠的手下四处攻城略地，所向无敌。昭宗困守在凤翔城，天天受着韩全诲的逼迫。那时韩全诲和崔胤同在一城，彼此逐渐闹得水火不容。昭宗被韩全诲逼着，不得不罢掉了崔胤的相位。崔胤趁夜逃到河中，求朱全忠发兵。朱全忠又发五万兵马，直到凤翔城下，分成五寨，日夜围攻。城中李茂贞出兵应敌，每次都被打败。困守了数十天，凤翔城里已经没有了食物，当时又是隆冬，雨雪连连，不知饿死冻死了多少士兵。城里只得卖人肉狗肉，人肉每斤一百文，狗肉五百文。昭宗也每天吃着人肉，为了充饥连御衣和后宫各王子的衣服都卖了。城里一天比一天艰难，经常有士兵偷偷投降朱全忠。

李茂贞无法可施，于是密谋诛杀宦官来赎罪。半夜，李茂贞写了一封书信，绑在箭杆头上，射出城外。信上把劫驾的事，全归罪于韩全诲，请朱全忠保驾回都。朱全忠把回信射进城，信上说道：“我举兵凤翔，原本就是为了保护圣驾，你能协助我诛杀奸臣，我还有什么说的。”李茂贞看完信独自进了行宫，谒见昭宗，请求诛杀韩全诲等人，与朱全忠议和。昭宗听了，非常欢喜。立即秘派殿中侍御使崔构、供奉官郭遵训，带着诏书出城，抚慰朱全忠，私订和议。约定在第二年正月，杀尽韩全诲的私党。

到了天复三年正月，李茂贞发动内变。关紧宫门，搜捕韩全诲及李继昭、李彦弼等十六人，一概斩首。昭宗令后宫赵国夫人、翰林学士韩偓，带着韩全诲等人的首级出城，奔赴朱全忠的营中，说道：“之前都是韩全诲等人逼迫车驾西幸，不让朕与将军议和。现在朕已经将韩全诲等人全部诛杀了。”朱全忠跪着接了诏旨，派遣判官李振奉表入谢，但始终没有撤兵。李茂贞怀疑是崔胤从中作梗，奏请昭宗飞诏召回崔胤，令他率百官赶赴行在。崔胤竟然一直拖着不应召。诏书连下了六七回，仍不见崔胤到来。

昭宗令朱全忠修书劝崔胤前来觐见。朱全忠故意写道："我没有见过天子，请你快来辨明真假。"崔胤这才入城谒见昭宗，奏请昭宗立刻回銮。李茂贞无法挽留，就求何皇后将平原公主赐给自己的儿子为妻。何皇后不肯，昭宗叹道："只要朕能活着回到长安，一个女儿又算得了什么。"随即将平原公主下嫁给李茂贞的儿子李侃，并下令起驾出城，驾幸朱全忠的兵营。崔胤杀了随从昭宗的七十二个宦官，朱全忠又密令京兆尹捕杀留居京中的九十多个阉人。随后朱全忠迎接圣驾入营，昭宗命韩偓扶起朱全忠，说道："朕家的宗庙社稷，因为爱卿得以幸存，爱卿才是真正的功臣啊。"说着，解下自己的玉带赐给朱全忠。朱全忠拜谢昭宗，然后命侄子朱友伦，统兵保驾先行，自己带兵随后跟着。

车驾到了兴平，崔胤召集百官，拜见昭宗。昭宗回到宫中，朱全忠当即上殿面奏道："宦官兴兵干政，危害社稷，此根不除，祸害就没有尽头。请皇上将内司事务都交给省寺诸道，将监军全部召回阙下。"昭宗当殿准奏。朱全忠、崔胤二人退朝出来，当即麾动兵士，大肆抓捕宦官。左右中尉及枢密使等以下数百人，都被抓到内侍省斩首。又命地方长官就近捕杀中使，只留幼弱黄衣三十人，负责打扫宫廷。从此诏命出入，全部由宫女传送。崔胤总管六军十二卫事，更加专权放肆。他奏请令皇子李祚为诸道兵马元帅，朱全忠为副元帅。皇子李祚年幼无知，兵权全被朱全忠掌握。第二年加封崔胤为司徒，兼任侍中。朱全忠晋爵为梁王，赐号回天再造竭忠守正功臣。朱全忠留下部骑万人，守卫京师。

这年冬天，朱全忠辞行回到镇地。昭宗亲自驾临延喜楼，赐宴饯别。朱全忠谢宴起行，百官将他送到长乐驿，崔胤一直送到灞桥才与朱全忠挥手作别。朱全忠的心腹，遍布宫禁，虽然身在河中，却无时无刻不想篡夺唐朝天下。朱全忠与崔胤一直秘密通着消息。崔胤见朱全忠想要谋反，表面上假装很亲近他，暗中却采取措施抵制。崔胤手下兵马很少，就借口防备李茂贞大招兵士。朱全忠窥破崔胤的心思，暗中令心腹入京投在崔胤部下。崔胤全然不知，每天尽心尽力训练士兵，忙得兴高采烈的。

那时宿卫使朱友伦，因为击球坠马，重伤而死。朱全忠怀疑是崔胤谋害了朱友伦，暗中派刺客将那天击球的人全部杀死，又奏请让侄子朱友谅代为掌管宿卫。然后又秘密上表昭宗，说崔胤专权乱国，应当严加惩治。昭宗畏惧朱全忠的威势，不得已罢免崔胤的官职，只让他做太子太傅，留在京师。不料朱全忠竟然唆使朱友谅，带领长安留守将士杀入崔府，将崔胤乱刀砍死。昭宗在宫中得到消息，立即宣召朱友谅到延喜楼问话。

昭宗正在问话，忽然接到朱全忠的奏章，请昭宗速速迁都洛阳，免得受制于邠岐。昭宗看完奏章，正彷徨不知所措。同平章事裴枢这时昂然直入，后面跟着一队禁兵。他见了昭宗，也不行礼，也不说话，只是逼着皇帝下楼，又逼着百官一起东行，令士兵们驱赶着长安百姓，搬到洛阳城去。都中人士，沿途号哭，叫骂不绝。车驾才离开长安城，张廷范已经奉了朱全忠的命令，担任御营使。他督率士兵拆毁宫阙和官宦民房，把木料全部抛到渭河。好好一座长安城，顿时成了荒墟。

朱全忠令张全义在洛阳大兴土木，建造宫殿。那时昭宗正走到华州，百姓在道路两旁齐呼万岁。昭宗听了，不禁流泪，凄声说道："不要再叫朕万岁了，朕恐怕不能再做你们的主子了。"当晚住在兴德宫，昭宗眼前只有后妃和王子几个人，十分凄凉。昭宗对侍臣说道："朕听说过这样一句俗话'纥干山头冻煞雀，何不飞去生处乐'。朕现在一路漂泊，也不知道最后会落在什么地方。"说着泪湿襟袖，左右侍臣也欷歔不已。二月初旬才到陕中，因东都新宫还没有建成，就在陕中暂作逗留。

朱全忠带领兵马，从河中来朝见昭宗。昭宗召见了朱全忠，又令何皇后出来与朱全忠相见。何皇后见了朱全忠，悲声呜咽着说道："从今以后我们夫妻都要倚仗你了。"朱全忠笑着领宴，席散之后回到自己陕州的私宅。昭宗命朱全忠兼掌左右神策军及六军诸卫事。第二天朱全忠在私府中设下宴席，请皇上临幸。昭宗畏惧朱全忠的势力，不敢不去。喝酒的时候，朱全忠请皇上先去洛阳督造宫殿，昭宗也唯唯诺诺，不敢不从。

又过了几天，昭宗大宴群臣，并替朱全忠饯行。酒过数巡，群臣辞谢出去，只剩下朱全忠一人在座，还有忠武节度使韩建一人陪坐。何皇后从内室出来，亲自捧着玉卮，劝朱全忠饮酒。正在这时，偏偏后宫的晋国夫人从后屋走出来，来到昭宗身旁，在昭宗耳边低声说了几句。朱全忠见了，不免动疑。韩建是朱全忠的同党，以为宫里已经设下埋伏，要杀了他和朱全忠，于是悄悄伸过一只脚，暗暗踢了踢朱全忠的靴尖。朱全忠领会，借口喝醉了，要离席回去。昭宗再三挽留，朱全忠头也不回地走了。昭宗见了，更加担忧。

第二天，朱全忠就赶赴东都，起程的时候，上疏奏请改长安为佑国军，荐举韩建为佑国节度使。昭宗虽然准奏了，但心里另有打算。乘夜深人静的时候，昭宗扯下衣袖，悄悄把诏书写在上面，让心腹内侍到西川、河东、淮南等地告急。昭宗在诏书上说："朕被朱全忠逼着前往洛阳，形同幽禁。卿等速速联合各镇，为朕匡复大唐。"内侍还没回宫，昭宗又接到朱全忠的表文，说洛阳宫室已经建成，请车驾立即启行。天监王墀奏到："星气有变，不利于东行。"昭宗听了，差遣宫人前去告知朱全忠，说皇后刚刚生产，不便立即东行，等十月份再东行。又把医官关佑之诊断皇后的药方，送到东都作证。

朱全忠疑心昭宗是有意拖延，令牙官寇彦卿带兵直奔陕中，催皇帝起程。寇彦卿到了行宫，狐假虎威，逼迫得更凶。昭宗拗不过他，只得随寇彦卿起程。朱全忠来到新安迎驾，暗中令医官许昭远告关佑之、王墀和晋国夫人谋害元帅，将他们一并处死。自从崔胤被杀，六军散亡殆尽，剩下的只有两百人，也都随驾东来。朱全忠设计将他们全部缢死，另外选了两百人代替，昭宗一直都没有觉察。从此御驾左右都是朱全忠的人，帝后的一举一动，朱全忠都知道得一清二楚。昭宗升朱全忠为护国、宣武、宣义、忠武四镇节度使。皇帝幽居宫中，毫无权力。

那时只有越王钱镠、邺王罗绍威以及李茂贞、李继徽、李克用、刘仁恭、王建、杨行密等人是唐室忠臣，众人纷纷移檄前来，声讨朱全忠。朱全忠见事情危急，就与心腹李振、蒋玄晖、朱友恭、氏叔琮等人，秘密商议举事。那天晚上昭宗正住在内宫，蒋玄晖率领牙官史太等一百多人，拍着宫门，借口有紧急军事，要面奏皇上。宫人裴贞一前去开门，史太等人一拥而进。裴贞一呵斥道："不得带兵进入内宫门。"话还没说完，脖子上就挨了一刀，倒地死了。蒋玄晖在宫里四处寻找，大声问道："至尊在哪里？"昭仪李渐荣急忙穿上衣服，推开窗子一望，只见刀光四闪，知道有变，颤抖着说道："宁可我们死，也不能让他们伤着皇上。"

昭宗也被惊醒，急忙披上衣服，匆匆跑了出来。路上撞见史太，见他拿着利刃冲过来，昭宗急忙躲到西殿，绕着柱子乱跑。史太大声喝令昭宗站住，跟在后面穷追不舍。李昭仪大哭，急忙扑上去，想要拦住史太。史太举刀砍向李昭仪，一声惨叫，李昭仪倒地而死。史太紧紧逼上前去，直扑昭宗。昭宗被史太逼到墙角，走投无路，双手抱着脖子，浑身打战。只见眼前刀光一闪，可怜的皇帝立即头断而死。何皇后得知，一路号哭着出来。途中遇到蒋玄晖，何皇后急忙跪下地哀求他饶命。蒋玄晖一时也不忍下手，令何皇后躲到后宫去。随后矫诏说："逆臣李昭仪、裴宫人已经被杀，立辉王李祚为太子，在灵柩前即位。"

辉王是何皇后所生，年仅十三岁。第二天太子李祚上殿受朝，称为昭宣帝。朱全忠上朝，假装惊慌的样子，跪在地上痛哭。随后又奏称养子朱友恭不能救驾，应该将他贬职处死。朱友恭因此被贬为崖州司户，后来朱全忠又矫旨赐朱友恭自尽。朱友恭临死时，对着人群大声喊道："杀了我来堵天下人的口，只能欺人，不能欺鬼。"昭宣帝每次见到朱全忠，都吓得颤抖不已，何皇后称朱全忠为相父。朱全忠见他们母子孤寡可欺，决心篡夺大唐天下。

·朱全忠终结大唐·

朱全忠大权在握之后，决心篡夺皇位。他先唆使蒋玄晖邀请昭宗的各个儿子，在九曲池畔饮酒。德王李裕、棣王李祤、虔王李禊、沂王李禋、遂王李祎、景王李祕、祁王李祺、雅王李禛、琼王李祥九人，都前来赴宴。朱全忠在席上，殷勤劝酒，灌得诸王酩酊大醉。朱全忠举起筷子在碗上用力敲了敲，一队武士闯了进来，把九位王爷一一勒死，投尸池中。昭宣帝和何皇后尽管知道是朱全忠做的，却丝毫不敢追究。朱全忠担心朝廷将相不服，就把与自己疏远的如裴枢等三十人，全部杀死，投尸河中，并笑着对同党说道："这些人自命清流，我偏要把他们投到浊流里去。"随后又令私党蒋玄晖等人，在宫中矫皇帝诏命，晋封朱全忠为魏王，加九锡礼。

朱全忠一心要做皇帝，不肯满足于虚名。蒋玄晖又矫昭写下禅位诏书，逼迫何皇后盖上玺印。何皇后见大势已去，就与昭宣帝迁居积善宫，整天以泪洗面。又担心母子二人性命不保，暗中令宫人阿秋、阿虔，出去通知蒋玄晖，只求传禅以后能保全性命。这时王殷正想与蒋玄晖争权，探知了这个消息，诬告蒋玄晖与何太后焚香立誓兴复唐室。朱全忠正疑心蒋玄晖，听了这话，不禁大怒，令王殷杀死蒋玄晖等人，积尸都门，焚骨扬灰。

王殷又诬告蒋玄晖私通何太后，并说是宫人阿虔、阿秋从中牵合的。朱全忠早就看中了何太后，听了这话，醋意勃发，密令王殷到积善宫，缢死何太后。又矫诏废何太后为庶人，将阿秋、阿虔活活杖死。昭宣帝此时孤苦伶仃，幽居深宫，自知不久于人世，决定下诏禅位。令张文蔚为册礼使、礼部尚书苏循为副使、杨涉为押传国宝使、翰林学士张策为副使、薛贻矩为押金宝使、尚书左丞赵光达为副使，六个唐室大臣带领百官，把唐朝二百八十九年相传的天下送给了朱全忠。朱全忠接了册宝，披上龙袍，称大梁皇帝。废昭宣帝为济阴王，迁居曹州。

第二年济阴王被朱全忠毒死，年仅十七岁。济阴王死后，各路节度使纷纷反抗，不听从朱全忠的号令，各自自立为王，把唐朝的天下，弄得四分五裂。当时最大的是朱全忠的大梁，之后是李克用的晋、李茂贞的岐、杨渥的吴、王建的蜀，共五个国家。此外还有吴越王钱镠、湖南王马殷、荆南王高季昌、福建王王审知、岭南王刘隐，称为五大镇。从此天下扰攘，强弱相争，数年以后，就成了五代的天下，称为梁、唐、晋、汉、周五国。梁太祖是朱全忠，唐庄宗李存勖原本是李克用的儿子。唐朝末年，李克用受封为晋王，李存勖自称唐帝。晋高祖本是北京留守石敬瑭，汉高祖刘智远本是沙陀部人，周太祖是邺都留守郭威。这五位开国皇帝，浴血奋战建立了五个国家。天下在手之后，安享富贵，各国皇帝都露出风流的本色来了。

大梁太祖皇帝登位之初，立张氏为皇后。张氏庄严多智，太祖见了也畏惧三分。谁知张氏当皇后没多久就去世了，当时只有淑妃吴氏，但太祖因她是娼妓出身，不怎么宠爱她。吴氏生了一个儿子，名叫朱友珪，封为郢王，担任控鹤指挥使。太祖因为轻视吴氏，因此也不怎么宠爱郢王。郢王心里很是怨恨。太祖长子朱友裕早死，义子朱友文留守东都，幼子朱友贞是东都指挥使。这四个儿子的妻子，个个长得花容月貌。太祖自从张皇后死后，内宫很少有得宠的人。见朱友文的妻子王氏，长得最是妩媚动人，随着丈夫留守东京。太祖借着侍奉翁父的名义，把四个媳妇全部召唤进宫，暗地里与王氏勾搭。王氏得宠后，居然与翁父双宿双飞。王氏趁枕席上欢爱的时候，求太祖立丈夫朱友文为太子。太祖满口答应。

一年后，太祖因房事过度，病倒在床，命王氏密召朱友文进宫，要把太子之位传给朱友文。朱友珪的妻子张氏在宫中，得到消息，暗地里派人告诉丈夫。朱友珪命牙兵扮成控鹤军士，乘夜杀入宫中，仆役冯延谔举刀砍死太祖。朱友珪一边命人用破毡裹了太祖的尸体，埋在寝殿阶下；一边命朱友贞杀死朱友文，然后自己在宫中即位。朱友贞来到东都，见朱友珪大逆无道，遂与驸马都尉赵岩、表兄龙虎统军袁象先，密谋诛杀朱友珪。袁象先带领上千禁兵，在半夜杀进禁宫。朱友珪见宫外已经被围得水泄不通，知道难逃一死，令冯延谔先杀死妻子张氏，然后杀死自己。冯延谔最后自刎而死。朱友贞在大梁即位，称为梁末帝，在位十一年，后来被唐帝李存勖所灭。

李存勖见梁末帝昏庸无道，国内又自相残杀，就带领人马攻打大梁。李存勖兵势十分强盛，梁国灭亡就在旦夕。梁国大臣在皇帝的寝宫拿到传国玺，出城去迎接唐军。梁末帝见宫中大乱，宫女太监被唐兵四处追杀，料想自己也没有生路了，就在寝宫与近臣皇甫麟一起自缢了。李存勖命人将梁末帝的首级，装进木匣，藏在太社。李存勖随后也称起帝来，就是唐庄宗。

庄宗生平最宠爱刘夫人，刘夫人貌美善怒。庄宗为了讨刘夫人一笑，自敷粉墨，与优伶在庭前歌舞，刘夫人果然媚笑。庄宗很懂音乐，常常自谱曲子登台演唱，取名李天下。一天李天下与伶人敬新磨在台上对唱，庄宗自称李天下。伶人打着庄宗的面颊，厉声喝道："治理天下的，只有一人，你是伶人，怎么能治理天下？"庄宗听了，非常欢喜，赏赐金帛无数。从此伶人出入宫禁，欺压大臣，调戏妃嫔。群臣虽十分愤恨，但都敢怒而不敢言。皇太后曹氏不喜欢刘夫人，常劝庄宗不能太宠爱刘夫人。庄宗不但不听太后的话，反而还要立刘夫人为皇后，只因正妃韩夫人还在，不好越礼册立刘氏。

当时朝中最有权的是郭崇韬，他位兼将相，权倾内外。郭崇韬想迎合皇上，率百官一同奏请立刘夫人为皇后，废正妃韩氏为庶人。郭崇韬素与宦官作对，宦官就联合伶人谄事刘皇后。刘皇后在庄宗跟前毁谤郭丞相，庄宗设计召郭崇韬入宫，趁他不注意，令武士用大锤砸碎郭崇韬的头，并杀了他的儿子郭廷诲和郭廷信。诸军得知大将军被害，纷纷叛变，围攻京师。庄宗得知，神色沮丧，叹道："我完了！"当晚乱兵攻打兴教门，庄宗亲自率领卫兵抵御。乱兵放火焚烧兴教门，爬进城去。近臣宿将都弃甲四逃，庄宗在慌乱中被乱兵乱箭射死。李克用的养子李嗣源，向来很得士心，进入洛阳，禁止士兵焚掠，将庄宗埋葬。

百官奏请李嗣源即位，称为明宗。明宗立妃子曹氏为皇后，封儿子李从荣为秦王，李从厚为宋王。秦王生性阴险刻薄，骄纵不法。这时石敬塘兼任六军诸卫副使，妻子是永宁公主。永宁公主与李从荣同父异母，姐弟二人向来不能相容。石敬瑭不愿与李从荣同在朝廷，请求外调。恰巧契丹入寇，明宗调石敬瑭坐镇河东。石敬瑭在外，声势一天比一天大。明宗原本是胡人，本名邈佶烈，是李克用的养子，赐名李嗣源。他即位的时候，已经六十岁了，每天晚上在宫里焚香祷告道："我本来是胡人，因兵乱被众人推为天下主，愿上天早生圣人，为万民之主。"明帝生性温和、爱人如己，在位时谷子年年丰收，境内和平。秦王见石敬瑭已经外调，就放胆在京中勾结徒党作乱。幸亏枢密使范延光、赵延寿早做防范，生擒了秦王，明帝下诏斩首示众。

不久明帝逝世，三子李从厚即位，称为闵帝。闵帝年幼无知，一切朝事都被胥吏小人操控。明宗在时，封养子李从珂为潞王。潞王见闵帝幼小柔弱，趁机统兵攻入长安，闵帝急忙逃到魏州。朝中百官纷纷上表劝进。李从珂入宫谒见太后、太妃，由太后下令，废除闵帝，命潞王即皇帝位。这时闵帝在卫州刺史王私赞的州廨中，李从珂密令王私赞的儿子王峦，捧去毒酒给闵帝喝。闵帝不肯喝，王峦亲自动手，缢死闵帝。潞王在宫里享受着富贵美人，十分快乐。当时正是千春节，潞王在宫中设宴，召各王公大臣及公主命妇入宫。石敬瑭的妻子永宁公主入宫拜见后，就要返回晋阳。潞王这时已经喝得大醉，大声说道：“为什么不留下来，是不是急着回去与石郎一起谋反？”石敬瑭得知后，心中惊恐不安，忙把洛阳的珍宝都运到晋阳。因此外面沸沸扬扬的，都说石敬瑭要谋反。

潞王得知后，时时提防着，向端明殿学士李菘问计。李菘劝潞王与契丹和亲，结为外援。薛文遇反对，说道：“陛下以天子之尊屈身夷狄，不是有辱国体吗？况且如果契丹要求公主下嫁，朝廷要怎么拒绝？”潞王一时也拿不定主意，不知道怎么办才好。石敬瑭想试探潞王，屡次上表，请求解除兵权。潞王下诏让石敬瑭镇守太平，并解除了他的兵权。石敬瑭看到诏书，大怒道：“我坐镇河东，主上当面许诺终生不解除我的兵权。现在昏主要杀我了，我怎么能坐以待毙？”谋士刘知远进言道：“将军带兵所念，深得士心。如今士马精强，如果兴兵传檄，帝业可成。”书记桑维翰也劝石敬瑭成就大事。石敬瑭听了，决心已定，上表称潞王是光帝的养子，不能承继天下，应当传位许王。潞王大为震怒，撕碎表文，扔到地上。然后下诏夺去石敬瑭的官爵，令张敬达、杨光远带兵征讨。

石敬瑭一边调兵抵御，一边派使臣到契丹求救，上表称臣。契丹主大喜，立即发了五万骑兵进入中国，与唐将高行周、符彦卿合战，唐兵大败。石敬瑭出兵与契丹兵合围晋安寨，潞王大为惊慌，逃到怀州，每天酣饮悲歌。有人劝潞王北行，他摇着头说道：“你们不要再说石敬瑭了，为了他我心胆都碎了。”石敬瑭以臣子礼，朝见契丹主。契丹主道：“我三千里来赴难，必能成功。我看你器宇不凡，真是中原之主！我想立你为天子。”石敬瑭再三辞谢，左右将吏又竭力劝进，石敬瑭才答应。契丹主命石敬瑭为大晋皇帝，登坛即位，国号晋。割中国十六州献给契丹，又答应每年献给契丹三十万匹帛。晋帝驱兵直入洛阳，洛阳将士纷纷前去相迎。潞王听说晋帝入城，就与曹太后、刘皇后、雍王手捧国宝，登上玄妙楼，纵火自焚。后唐立国十三年，共经历四个皇帝，最后亡于石敬瑭之手。

石敬瑭虽然得了天下，但帝位是契丹册立的。契丹主贪婪无度，时常索要巨额财物。石敬瑭刚刚得到天下，各路藩镇都不顺从他，府库空虚，百姓穷困。石敬瑭励精图治，推心置腹抚慰藩镇，卑辞厚礼奉养契丹，又训练兵卒，务农课桑，通商行贾，数年之后，天下稍安。但不久四海又骚乱起来，契丹兵时常入寇。石敬瑭因年老力衰，就把军国大事，托付给刘知远一人，同时重用冯道。一天，冯道进宫，晋帝叫幼子石重睿出来。令宦官抱着石重睿坐到冯道怀里，让冯道他日辅立幼主。六月，晋帝去世，称为高祖。冯道见石重睿年幼无知，就与侍卫马步、都虞侯景延商议，册立长君。随即立齐王石重贵为嗣皇帝，即是出帝。石重贵是石敬瑭的侄子。

石敬瑭在位，重用刘知远。出帝即位后，就罢黜了刘知远，刘知远因此痛恨出帝。

出帝是个不争气的皇帝，他到了内宫，见宫中三千粉黛，乐得神魂颠倒，整天迷恋裙带。宫女略有姿色的，无不受到皇帝召幸。出帝与正妃孙氏，在齐王府时十分恩爱。后来出帝登上皇位后，临幸了很多后宫女子，渐渐厌恶孙氏。帝后二人，常常因为闺房韵事反目。孙皇后的叔母冯氏，人到中年姿色不衰，体态风骚，在家里招来一群游蜂浪蝶，背地里做出许多偷香窃玉的事。因为帝后常常反目，冯氏时常入宫劝说。谁知出帝一见了冯氏，就像蚊子吸了人血一样，迷恋不舍。冯氏也贪慕富贵，故意在风流天子面前艳声浪态。二人眉来眼去，在没人的地方，了了心愿。出帝把冯氏留在宫中，夜夜欢娱，从此更不把孙氏放在眼里了。

第二年索性废了孙氏，立叔母冯氏为皇后。这违反伦常的事，传遍天下，天下大哗。大臣纷纷上奏，劝出帝罢黜冯氏。出帝自从得了冯氏，昼夜淫乐，把六宫粉黛都丢在脑后，朝廷大事也不理。渐渐的奸臣弄权，人心尽失。契丹这时大举入寇，直抵滹沱河边。朝中大臣见国家危在旦夕，纷纷入朝求见出帝。出帝在深宫拥着冯氏高卧，不见臣子。这时契丹主令张彦泽，率领两千骑兵，攻取京师，从封邱门斩关而入。京城顿时大乱，宫廷被围，出帝只得与太后出降。张彦泽将出帝送到开封府。

这时河东节度使北平王刘知远部下兵精粮足，听说契丹兵已经攻破京师，连忙分兵把守四境。河东将士劝刘知远自上尊号，说道："天下无主，天下不是我王的天下还能是谁的？"将士齐呼万岁，刘知远随即在军中称帝。契丹主大掠晋宫，掠得宦官宫女数百人，金银玉帛数百车。契丹主走到临城后患病，在杀狐林病死。刘知远走到大梁，旧时晋室藩镇纷纷前来投降。刘知远以汴州为东京，改国号为汉，称为后汉高祖。高祖在位十二年，患了重病，召苏逢吉入宫，委托他辅佐幼主刘承祐，又叮嘱他要防备重威。

·赵匡胤建宋·

后汉高祖逝世以后，苏逢吉等大臣先把高祖的尸身藏到后宫，秘不发丧，并矫诏将重威父子斩首，弃尸于市。然后发丧，立皇子刘承祐为周王。周王当时年仅十八岁，史称后汉隐帝。尊李氏为皇太后，朝廷大事都交给郭威。郭威权势嚣张，朝廷官吏和外州节度纷纷怨恨郭威。河中、永兴、凤翔三镇节度使，拒不奉命，趁机作乱。郭威代隐帝领兵讨伐，将其一一征服。

隐帝是个好色之徒，趁机在众妃嫔面前周旋着，日夜淫纵着，把身体弄得枯空，朝廷大事任由嬖臣操控。这时权势最大的是太后的弟弟李业，苏逢吉、杨邠、史弘肇自命托孤大臣，常常干涉李业。李业心怀怨恨，就在殿头埋伏下武士，等史弘肇、杨邠等人入朝的时候，将杨邠、史弘肇等人乱刀杀死。苏逢吉当时在家里，乱军闯进苏府，一刀割了他的首级。随后李业假传圣旨，派人去收回郭威的兵权。郭威部下的将士纷纷说道："天子年幼，军国大事都不知晓，怎么可能降旨收回将军的兵权，这一定是小人假传圣旨。"郭威听了，留养子郭荣镇守邺都，自己亲率大军长驱京师，要去清君侧。

隐帝得了奏报，派遣慕容彦超等带兵抵御。大军在七里居驻扎，隐帝坐着小车亲自前往犒劳将士。当夜慕容彦超率轻兵偷袭郭威，郭威早已设下了埋伏，率领铁骑直捣慕容彦超的阵地。慕容彦超的士兵纷乱无措，四散奔逃，死伤无数。郭威命大军追杀，隐帝骑着快马一路奔逃到赵村。追兵穷追不舍，隐帝躲进马厩，被乱兵搜出杀死。

这时郭威的大军，已经来到长安城下。郭威命士兵们在城外驻扎，自己进了迎春门，回到私宅。丞相冯道带领朝廷百官前去拜见，郭威带领百官入宫拜见太后，奏请太后册立嗣君。太后说道："河东节度使刘崇、忠武节度使刘信，是高祖的弟弟。武宁节度使刘赟、开封尹刘承勋，是高祖的儿子。他们四人都是嗣君人选，至于谁来继承皇位，由百官一同商议册立。"郭威建议立李赟，太后令郭威到徐州迎接新皇帝。

郭威奉了太后命令，准备到徐州迎接新皇帝。谁知他回到营中，数万将士忽然大哗起来。郭威听到帐外喧哗不休，正要派人出去查问。只见十几个大将跑进帐来说道："只有侍中做天子，将士才能安心。我们这些将士已经与刘氏结仇了，绝对不能再立刘氏。"

黄将军不等郭威说话，随手撕裂帐前的黄旗，披在郭威身上，不由分说把郭威拥出帐外。帐外已经搭起一座高台，众将士把郭威推到台上。台下数万将士齐呼万岁，然后拔寨而起，向南走去。路上郭威上表太后，请求供奉汉室宗庙，尊太后为母。又下诏告谕百姓，不要惊慌。

走到七里居的时候，窦真固统领百官赶到郊外迎接，呈上劝进表文。太后下诏，废刘赟为湘阴公。四方节度使也上表文，劝郭威上尊号称帝。郭威见臣下都归顺自己，当即自立为帝，改国号后周，史称周太祖。周太祖入居汉宫，力行节俭。四方进贡的珍美宝物，一律退回；搜集汉宫的珍宝玉器，全部摔碎；又放出宫女数万，上下安宁，百姓称道。

太祖称帝以后，立柴氏为皇后。太祖登位时已经五十岁了，柴皇后没有生下儿子，太祖与皇后都非常忧虑。妃子金氏、董氏，都生有皇子，柴皇后不愿继嗣妃嫔的儿子，只想在皇室的子弟中，选一人立为养子。侄子柴荣，深得柴皇后欢心，柴皇后想把他收为养子。太祖不忍违逆皇后，就令柴荣改姓郭，封为晋王。第二年，太祖忽然得了大病，群臣都不能觐见，人心惶惶。深宫传出诏书，令晋王听政。不久太祖逝世，郭荣为世宗皇帝。

这时北汉后代子孙刘钧，自立为王，举兵直犯周朝京城。世宗大怒，自统大军到高平迎敌。两方兵士大战，周朝右军将樊受能没交战几个回合，就带着骑兵逃走，右军溃散，纷纷投降刘钧。世宗见了，愤恨不已，跃马当先，领兵血战。世宗身旁的宿卫将赵匡胤，见皇帝如此奋勇，对同伴说道："主上有危险，我们怎么能坐视不理？"说着，领着两千人前进，奋勇杀敌，士卒也纷纷喊杀助威。敌将纷纷败退，敌兵死伤上万，刘钧乘夜逃走。当夜世宗与赵匡胤露宿营中，君臣同欢。

北汉刘钧固守晋阳，自称汉王，不肯降服。当时战将赵匡胤，最有勇有谋。世宗命赵将军带领六万人马，出清流关，攻打北汉。赵将军一路攻到滁州城下，守将皇甫晖断桥死守。赵匡胤跃马过河，等城里的士兵开城出战，赵匡胤率兵奋勇杀敌，活捉了守将，夺得滁州城池。赵匡胤这次立了大功，世宗封他为大将军。

周世宗是一代英明君主，即位之初就留心农事，注意减轻税收。平时在宫中，对符皇后以礼相待，夫妻非常恩爱，不轻易召幸妃嫔。符皇后因自己容颜渐衰，又没有生下儿子，时常暗中让别的妃嫔向皇帝荐枕，都被世宗斥退。符皇后每天睡到半夜，乘世宗熟睡，就让少年妃嫔陪寝。世宗醒来发现后，一笑置之，因此才有了四个皇子。世宗北征回来，路上感染风寒，病倒在行宫。丞相奏请册立太子，世宗下诏，立长子郭宗训为梁王。

梁王奉迎父皇回京。世宗的病情越来越严重，渐渐神志昏迷。世宗自知不久于人世，召来亲信大臣范质等人入宫托孤，立梁王为太子，并对太子说道："为父辛苦一生，在马上治天下，应机定策，出人意表。治理朝政，明察如神。闲暇就召儒士习读经史，共商国政。不喜欢丝竹珍玩之物，不因一己的喜怒而任意赏罚。群臣有过就当面指出，有功就加以赏赐，文武参用，各尽其能。你今后要处处效法为父，亲贤远佞才是治国的要道。”世宗说完，瞑目长逝。梁王郭崇训即位，称为恭帝。

恭帝初登大位，人心浮动。赵匡胤声望高，各军都有拥戴之意。这时北汉又会合契丹人马，入寇中国。恭帝令赵匡胤统兵抵御。殿前副都点检慕容延钊与部下各将士，秘密定计，趁着出军拥立赵点检为天子。内廷官员，对此一无所知。癸卯日，大军出发，军校苗训深知天文，见太阳下面竟然又升起一个太阳，对部下说道："这是天意啊。"当夜大军驻扎在陈桥驿，将士聚在一起谈论天象。都押衙李处耘，大声说道："主上弱小无识，我辈死命破敌，有谁知道我们？不如先册立赵点检为天子，然后北征。"众将士听了，齐声欢呼，当即把赵匡胤的弟弟赵匡义、书记赵普，邀到帐中商议。又令牙队军使郭延赟，飞骑潜入京师，报告殿前指挥使石守信、都虞侯王审骑。

甲辰日，天色微明，赵匡义、赵普二人与部将来到赵匡胤帐中。赵匡胤当时正醉卧帐中，起来一看，诸将拔剑出鞘，齐声说道："诸将无主，愿拥太尉为皇帝。"赵匡胤还没来得及说话，李处耘就拿来黄袍，披在赵匡胤之身。众将拜倒帐下，齐呼万岁，拥着赵匡胤出帐上马，回军汴中。

赵匡胤对众将说道："要我答应你们也可以，但你们得听从我的命令，不然我绝不做你们的主子。"众将下马齐声答应。赵匡胤与诸将约定道："不得惊犯太后。公卿将相，不得侵扰。朝市府库，不得劫掠。听命者有重赏，不听命者斩首。"众军士齐声答应，列队前进。

乙巳日，进入汴中。赵匡胤进明德门，命兵士各归营伍，自己也退居公署。忽然将士拥着丞相范质来到衙门，赵匡胤见了，哭着说道："我深受世宗皇帝厚恩，现在被六军所迫做出这样的事，实在愧对天地。还请丞相教教我，告诉我到底该怎么办。"范质还没说话，众将士都拔剑厉声说道："众军无主，今天必须立一个天子。"范质与文武各官，只得仓皇下拜，口称万岁。

赵匡胤登崇元殿，行受禅礼，即皇帝位。册封周恭帝为郑王，符太后为周太后，迁居西宫，大赦天下。赵匡胤因自己所统领的归德军在宋州，改国号为宋。华山隐士陈抟，骑驴经过陈桥，得知宋主代周，仰天大笑道："天下从此安定了。"唐朝灭亡后，梁太祖代立，历经后唐、后晋、后汉、后周五代，共五十五年。

图书在版编目（CIP）数据

细说大唐第一家庭／西江月色编著. －合肥：安徽文艺出版社，2012.3
（乱宫系列）

ISBN 978－7－5396－3484－5

Ⅰ.①细… Ⅱ.①西… Ⅲ.①历史小说－中国－当代 Ⅳ.① I247.5

中国版本图书馆 CIP 数据核字（2010）第 165075 号

出 版 人：朱寒冬

特约编辑：畅云天　泊　钦　　责任编辑：沈喜阳

装帧设计：浩　典　道·光

出版发行：时代出版传媒股份有限公司　www.press－mart.com

安徽文艺出版社　www.awpub.com

地　　址：合肥市翡翠路 1118 号　邮政编码：230071

营 销 部：（0551）3533889

印　　刷：北京睿特印刷厂大兴一分厂（010）60244002

开本：710 × 1010　1/16　印 张：34　字数：600 千字

版次：2012 年 3 月第 1 版　2012 年 3 月第 1 次印刷

定价：59.80 元（上、下）
